ちくま学芸文庫

古文研究法

小西甚一

筑摩書房

はしがき

「先生、まだですか——」という阿部君の催促が子守唄のように聞こえるようになってから、もう三年になる。手紙だってなかなか書こうとしない筆不精の私が、どうやらこの本を書きあげたのは、阿部君のおどろくべき忍耐と熱心とのたまものである。

阿部邦義君は、私の在勤する大学を卒業した人で、教え子のひとりである。教え子といったところで、年齢はいくつも違わないのだが、その阿部君に「先生、ひとつ書いてくれませんか」と頼まれると、いやとも言えない義理になってしまった。「君が出すのなら、ひとつやってみるか」。それから三年間、ずいぶん苦労させられた。男子の一言というものは、まことに重《じゅう》かつ大《だい》である。

書くからには、充実した本にしたい。私は、まず、どんな構成にするかで、考えこんでしまった。およそ学習書の生命は、例題の良し悪しによって決まるといっても過言でない。ところが、良い例題というものは、ざらに転がっているわけでない。といって、新しく作るのは、たいへんな労力を要する。いちばん経済的なのは、過去の入試問題を利用する方法で、これまでに出た問題を古代から近世と年代順に並べ、よろしく説明を加えることにすれば、著者はたいへん助かる。しかし、それでは、ほんとうに力がつくとは思われない。やはり、例題は、自分で作らなくてはいけない。それが苦労の第一であった。入試と離れるわけにもゆかないから、すこしは入試問題も使ったけれど、大部分は私の作ったものである。むやみに数ばかり多くして、申しわけみたいな説明をつけてもしかたがないと思うので、数としてはそれほど多くないが、これだけの問題をじっくり解いてゆけば、実力は充分につくはずである。

次に苦労したのは、述べてゆくことの限界である。専門の国文学者になろうという人ではないのだから、あまり細かくなってはいけない。しかし、現実には、かなり専門的な問題が出ているので、ある程度まではそうした場合にも役立つのでないとこまる。また、むかしは、古文といえば通釈がすべてであった。内容がどうであろうと、とにかく通釈さえ機械的にやってのけたら、古文はわかったということになっていた。ところが、戦後は、実にいろんな型の問題が出るようになった。通釈万能院や品詞分解居士の手におえない問題が、ぞくぞく出ている。私は、それを、かならずしも悪い傾向だとは思わない。そこで、むかしの頭では「これが古文か」と言われそうな問題まで採り入れてみた。これもそうとう骨が折れた。

それから、説明のしかたである。要点だけごく簡単にまとめたものを、なるべく短い時間でマル暗記するのが能率的だと考えている人が多いらしい。私も、ある程度はそれを認める。だから、暗記ですむ所は、説明をすっかり省いて、要点だけを並べるという手も試みた。しかし、それだと、応用が利かない。在学中の定期試験とちがい、憶えていることだけで間に合うという場合は、めったに無い。知らない事が出ても、ちゃんと応用力で処理してゆけるためには、やはり、じわじわと頭に入れてゆくのが、いちばん良い。それで、私は、大切な所は、ふだん教室で講義しているような調子で書いていった。前に何十人かの学生諸君がいるつもりで、その人たちに話しかけるような気持で書いたのである。だから、大いそぎで読み飛ばそうとすると、テンポが合わないかもしれない。そんな時は、教室で私の話を耳から聞いているような気で、テンポを合わしていただきたい。そうすれば、私の話は、快適なリズムで諸君の頭に流れこむであろう。

また、活字の組みかたも、私の苦労の種であった。原稿の書きっ放しで、あと出版社にまかせておくと、自分の考えたような調子が、どうも活字の上に表現されない。本というものは、何が書いてあるかだけでなく、どんなふうに読まれるかが、よく考えられていないと、全体として生きてこない。これが私の主張なので、原稿を書きながら、同時に、組版の指定も、自分でしていった。活字の大きさ、ゴジック（太字）の配置、行間のあきぐあいなど、みな私の指定である。そうして、最後の索引まで、全部を私だけの手でしあげた。

これは、私の凝り性からのことだけれど、学習書となると人まかせにしても構わないというような傾向が無いわけではないので、それに対するひとつのレジスタンスでもあった。えらい先生の名になっているが、中味は大学院あたりの学生が他の参考書を抜き書きし寄せ集めたもの——という実例をいくつか知っている私は、そういう先生に限って「学習参考書なんかは」とばかにしたような顔をしたがることも知っている。しかし、それは心得ちがいというもので、これからの日本を背負ってゆく若人たちが、貴重な青春を割いて読む本は、たいへん重要なのである。学者が学習書を著《あら》わすことは、学位論文を書くのと同等の重みで考えられなくてはいけない。りっぱな学者がどしどし良い学習書を著わしてくれることは、これからの日本のため、非常に望ましい。私は、学者としてはほんの端くれにすぎないけれど、心がまえだけは、そうありたいと思っている。

そんなわけで、筆不精だけのためではなく、執筆はとかく延びのびになりがちであった。その間、阿部君は「先生、まだですか——」を、根気よく、くりかえしていたのである。そうして、十枚、十五枚と、原稿が増えていったわけ。休暇になると、あるいは山の上の温泉で、あるいは静かな隠れ家で、都塵を避けては、この原稿と取り組んだものである。いま校正を終わって、やっと序文を書くことになり、まったく、やれやれである。

ずいぶん骨は折ったけれど、この本が完全無欠だということは言い切れないかもしれない。どうせ人間のすることだから、どこかに誤りが無いとは限らないし、また、学界も毎日進歩してゆくので、訂正を要する点がいつかは生じるであろう。そのときは、どしどし改訂してゆくつもりである。いちど書いたら、それっきりというのでは、良心的でない。重版のたびごとに訂正を加えてゆくことは、西洋の学者たちにとっては常識だが、日本ではあまり実行されていない。しかし、私は、自分の書いた本には、どこまでも責任を持ちたい。阿部君は、けっしていやだと言わないであろう。

昭和三十年八月二十六日

小西甚一

改訂版のあいさつ

「自分の書いた本には、どこまでも責任を持ちたい」という約束に、私は忠実であった。この本は、初版このかた幸いにもずっと好評で、先生がたからも高校生諸君からも絶大な支持を頂戴した。こうした支持に答えるためもあって、私は、毎年、すこしでも気に入らない所や新しい考えの出た部分があれば、どしどし書き直してきた。延べの頁数にして、およそ四分の一あまりが組み替えられたことになる。十年間にわたりこの本がいつも最高の使用率を示してきたのは、新しいエネルギーが絶えず補充され、老化しなかった結果でないかと思う。

しかし、部分的な組み替えは、何といっても技術のうえで限度があるし、十年の歳月は、やはり全体的な改訂を必要にさせたようである。なかでも、私が二年ほどアメリカに行き、英米人の英文学を研究する方法について勉強したことは、私の脳細胞にすくなからぬ変化をもたらした。また、新しい学習指導要領にもとづく大学入試が昭和四十一年度から実施されることになったのも、重要な情勢変化といってよろしかろう。それやこれやで、思い切ってすっかり書き直そうという決心をしないわけにゆかなかった。

この本の初版が出たとき、こういった内容と構成をもつ参考書はひとつも無かった。ところが、デザイン盗用で世界的に悪名の高いわが同胞の商魂は、ついに学者までなかま入りさせたらしく、この本をまねた古文参考書がぞくぞく現われた。なかには、第一版における私の誤りまでそっくり持ちこんだものさえある。しかし、それらの糊ハサミ式参考書を見て感じたのは、いっぽん筋がとおっていないということである。器用にまとめてはあっても、全体としてぐいぐい迫ってくる力がない。つまり、死に本である。では筋とは何か。良心である。十年にわたって書き直したけれど、私の本にはまだ不備があるかもしれない。だが、良心だけは、ぜったい不備でないつもりである。

昭和四十年九月五日

小西甚一

目次

古文研究法

はじめに

数学や化学などを勉強したあとで国語にとりかかると、さっぱり、つかみどころが無くて、何だか頼りない学科のような気がするかもしれない。解釈といっても、はっきり割り切れなくて、方程式をすかりと解くような痛快さが無いと言う人もあるだろう。どうせ日本語だもの、満点は取れなくても、ある程度の答案は書けるさと片づける楽観論者も少なくない。しかし、それらは、みな正しい観かたではない。国語は、たいへん筋途《すじみち》の立った勉強が必要なのであって、つかみどころの無いような勉強のしかたでは、話にならない。解釈は、難しい表現をすれば、快刀乱麻を断つというのでなくてはならぬ。切れないナイフで、かたいビフテキをごしごしやるような解釈は、解釈というに価しない。それから、日本語で書いてあるといったって、やさしいとは限らない。私たちは、大学で高い学問をしてゆけるだけの頭があるかどうかを試すため問題を出すのであって、低能児のテストをやるのではない。急所がはずれていたら、ほかの所が出来ていたところで、零点をつけるのは、あたりまえである。

国語という学科は、けっして楽ではない。頭をしぼらなければ、ぜったい力はつかないのである。しかし、雲や煙のように、つかみ所のない学科でもない。つかみ所は、ちゃんとある。それをしっかり把握してゆけば、きもちよく理解してゆけるはずである。勉強に筋途を立てないから、ぼんやりした印象しか残らないのである。私は、これから、古文の勉強法を述べてゆくのだが、それには、まず筋途を立てることが第一だと考える。国語の「勉強法」といえば、何か手っ取り早いやりかたを頭にうかべる人もあるだろうが、実は、そんな安っぽいものではない。私はむかし高等師範に入学して、垣内松三教授の「国文学方法論」という講義に出て、眼が廻るほどおどろいた。おそろしく難しいのである。当時のノートをいまよみかえしてみても、すごい講義だったと感心せざるをえない。あんな難しい講義を、われながらよくも辛抱してノートしたものだと思うのである。垣内教授の講義は、主としてドイツの解釈学理論を採り入れたもので、そうとう哲学や論理学で頭をきたえられた人でなければ、とても歯の立たないような高遠さに充ちていた。旧制中学を出たばかりの私たちが面くらったのは、無理もなかった。方法論というものは、垣内教授のようなえらい学者が、ほとんど全生涯をその研究に打ちこむだけの内容と価値とを、それ自身、もっているのであって、麻雀必勝法とか球つき上達法とかの「法」とは、まったく性質が違う。しかし、それほど高遠な方法論も、いちばん根本は、「正しい筋途を立てる」ということに結着するようである。実に簡単なことである。が、それを細かく考えてゆく段になると、えらい学者が何十年かの努力を傾けて研究しなくてはならないのである。要するに、方法論は、たいへん重要なものだということになる。

もっとも、私は、自分がむかし面くらったような方法論を、この本のなかで述べようとするのではない。垣内教授の講義は、専門の国文学者として高度の研究をしてゆくための方法論であった。私が述べようとするのは、大学の教養課程に進む人たちが、最低限度として要求されるだけの勉強を、どんな筋途でやってゆくかである。だいぶん隔たりがある。しかし、正しい筋途を立てるという精神においては、すこしも違うわけでない。

私は、古文の勉強を、大きく分けて、次のような系列に考えたい。

a　語学的理解

b　精神的理解

c　歴史的理解

この三系列は、もし将来、国文学を専門とするようになっても、そのまま押しとおしてくださって結構である。そうして、この三系列は、それぞれの内部で、また細かく分かれてゆくが、それは後で述べることにして、ここではっきり注意しておきたいのは、この三系列がたがいに別のものでなく、深く融合した理解のしかたであるという点である。たとえば、富士山に登るのに、大宮口から登っても、吉田口から登っても、頂上に行きつくという目的は同じである。理解のしかたが、あるいは語学的、あるいは精神的、あるいは歴史的というように分かれていても、国語を「理解する」という目的は、ひとつなのである。しかも、語学的理解だけでも、精神的理解だけでも、歴史的理解だけでも、十分ではない。そのすべてにわたるのでないと、ほんとうに理解したことにはならない。

高校生の勉強のしかたで、困りものだなと思うのは、勉強がばらばらになりがちなことである。文法といえば文法、文学史といえば文学史と、機械的におぼえるばかりで、それが解釈と深く結びついていない。だから、文法の問題として出題すると、ちゃんと出来るくせに、解釈のなかに織りこんでおくと、さっぱり出来ないというような現象がある。文法も、文学史も、「理解」のための方法だと考えてほしい。機械的な暗記だけでは、数学の定理や公式を暗記するのと同じことで、問題を解く力は、すこしも増えない。定理や公式のまる暗記をさせるような問題は、数学の方ではあまり出ないけれど、国語の方ではときどき見かける。これは出題者の責任だが、反省を要すると思う。しかし、また、勉強の筋途を立てるという意味からは、それぞれの部分をはっきり順序だてて把握することも、もちろん必要である。次に、そうした方面の考えかたを述べてみよう。

a　語学的理解

「どうせ日本語だから——」。こんな考えが、高校生諸君の頭のどこかにこびりついていやしないかと、私は、いつも心配である。なるほど日本語ではある。だから、だいたいは理解できる。ばかでない限りは——。しかし、出題者が要求するのは、つねに「正確な理解」であって、もし「だいたいの理解」も理解の中に入るとお考えの諸君があるなら、私は「正確な理解」以外は理解でないと申しあげておきたい。

正確な理解は、語学的な用意が十分であるとき、はじめて可能である。語学ぬきでシェイクスピアやゲーテを理解できるものでないということにはけっして異議を申したてない人たちが、語学とは外国語に対してのみ必要であるかのごとく思いちがいしやすい傾向をもつことは、たいへん残念である。英語を勉強するのと同様の態度、つまり、外国人になったつもりで、古語を外国語あつかいで学習する態度、これが古文学習の根本である。たとえば英語を学習するばあい、諸君は、まず man とか dog とかいう単語の記憶からはじまって、やがては Subjunctive mood とか Perfect tense とかいう文法にまで進むであろう。国語でも、同様である。私どもは語学的理解のために、

1 語彙

2 語法

の両者をマスターしなくてはならない。語法というのは、文法といくらかちがうのだが、それは後で述べる。それよりも、ここでは、語彙の勉強も語法の研究も、要するに古文を理解するための両手段であるにすぎず、ばらばらのものでないということを、しっかり頭に入れておいてほしい。

b　精神的理解

語学的に正確な理解ができてから、精神的理解の段階に進むという考えは、実は、当たっていない。ほんとうに正確な語学的理解は、精神的理解の裏づけがあってこそ、はじめて期待される。両者は、いつも**同時に**おこなわれなくてはならぬ。しかし、努力の重点をどこにおくかは、学習の時期によって相違してよろしい。いや、ちがえたほうが、いまの高校生諸君にとっては能率的だろう。私は、ブロックをひとつひとつ積みあげてゆくような語学的勉強を先にするのがよいと思う。

精神的理解のほうは、語学問題のように公式の利用ですかりと割り切れる快味がとぼしい。「こうすれば解ける」という一定の法則に頼れない。英語なら、aの語学的理解がその全部で、bは出てこない。数学の得意な人が多く英語もよく出来るという現象は、しばしば観られるのだが、そういう種類の頭だけでは、国語は突破できないのである。精神的理解もやはり両分して見ることができる。すなわち、

1　把　握

2　批　評

の両者がそれである。把握とは、作者が何を言おうとしているかに、全体的な理解をもつことであり、批評とは、把握されたことが、どんな価値をもつかについて、自分の態度を

はっきりさせることである。これも、どこからどこまでが把握の領分だなど、やかましく言いたてる必要はなく、むしろ、たがいに深く関係しあっているのだが、勉強の順序としては、把握のちからを充実するのが先になるべきだろう。

c　歴史的理解

語学的理解から精神的理解への途は、東京を出た特急が新大阪へゆくように、ひとつながりの行路である。しかし、その列車のなかで、自分がいま日本のどの辺を走っているかを知ることは、地図が頭のなかになければ、ぜったい出来ない相談である。ところで、その地図は、日本または日本のある部分を上空から見おろすような眼でとらえた形の表現であって、地図と同様のものを実際に見たければ、飛行機に乗ればよい。この飛行機にあたるものが、すなわち歴史である。

歴史的理解は、語学的理解にとっても、精神的理解にとっても、平等の重要さをもつ。「この文章は平安時代のものである」という判断は、そのなかに含まれる「をかし」の意味を決定するであろうし、ある問題が新古今歌人の作であることを知っていれば、考えの焦点を「幽玄」とか「妖艶」とかの美にしぼってゆけるであろう。歴史的な眼をもつことにより、国文の学習は、はじめて完全なものとなる。x軸に対してy軸が交わるとき、はじめてグラフの世界が成立するようなものである。しかし、そのような歴史の「眼」をもつためには、まずそれらの基礎となる「事実」を知っていなくてはならぬ。単語を知らないで語学的理解に向かうことがナンセンスであるように、事実を知らないで歴史的な観かたをすることはできない。歴史的理解にも、やはり

1 事項の整理

2 表現との連関

という学習の段階を考えるべきであろう。整理というなかには、それぞれの事実を憶えこんでゆく**集積**の努力と、雑然たる記憶ではなくてひとつの流れのもとに把握してゆく**系統づけ**の工夫とが、両方とも含まれているのだと諒解していただきたい。

さて、こうした段階がひとわたり片づいたならば、古文の勉強はいちおう完成である。もちろん、ひとわたりではなく、幾度もくりかえして、徹底的にやりぬくことが理想的である。しかし、高校生は、国文学科の専攻学生ではない。ほかに、数学も、社会も、理科も、それぞれかなり高度の勉強を要求されている。そのなかでおこなわれる国語の勉強には、おのずから限度がある。だから、ひとわたりでよいと思う。そのかわり、その「ひとわたり」は、確実な「ひとわたり」であってほしい。一足ずつ、がっちり踏みしめてゆくのであってほしい。私がこれから述べてゆくことを、ひとわたり確実にこなすのは、あまり楽でないだろうと思う。私は、けっして難しいことを述べるつもりではない。むしろ、

平凡な古文研究の常識をひとわたり説明するだけであるが、それを**確実に**把握し、ちゃんと身につけることは、なかなか容易でない。「平凡な知識を確実にこなす」、これ以外に勉強の方法はない。珍奇な知識は、いくらもある。国文学の玄人《くろうと》である私にとって、珍奇な知識をふりまわすことは、ステッキをふりまわすよりも容易である。しかし、諸君にとっては、ほとんど役に立たないにちがいない。珍奇な知識をおもちゃにして喜んでいるのは、実は、専門の国文学者なかまに多いのだが、諸君は、そんな閑人先生のまねをするにはおよばない。知識の遊びですごすには、青春の幾年かは、あまりにも貴重すぎる。

それでは、いよいよ語学的な勉強のしかたから、具体的に述べてゆくことにしよう。何度もいうようだが、私の述べることを、どうか**確実に**腹に入れてほしい。これから述べることが完全にマスターされたら、大学の入試ぐらいには、実は、かなり多額のおつりが来るはずなのである。完全とまでゆかなくても、七十パーセントぐらいでも、確実でさえあれば、少額だけれど、やはりおつりを頂戴できるのでないかと思う。問題は、分量よりも、むしろ「確実さ」の程度だろう。

第一部　語学的理解

一　語　彙

どんな文章を理解するときでも、そのなかに用いられている「ことば」を知らなければ、手も足も出ない。外国語のときなど、特にそのことが痛感されるだろう。国語は、その点、いくらか楽なようだが、古文になると、かならずしも安心はできない。何しろ、いま私どもが使っているのと同じでないものが多いのだから、ある点では、外国語とほとんど変わりがないとも言えよう。だから、問題のなかに出てくる単語の意味を正しくとらえることは、たいへん重要である。

そういう単語のことを、学者たちは語彙（ごい）とよぶ。vocabulary の訳語である。ところで、語彙とひとくちに言うが、その数は、たいへんなものである。普通の古語辞典では、ざっと四万語ぐらい収めているだろうと思う。それを全部おぼえこむことは、専門の国文学者にでもなるのでないかぎり、必要でないし、また、できる相談でもない。そこでいちばん能率的な勉強のしかたは、しばしば古文のなかに出てきて、その正しい意味を知っていると、いつも役に立つような種類の単語をよりわけ、それをよく頭に入れておくことである。試験問題でいうと、そんな種類の単語は、よく問題の中心部分に出てくるのであって、それを知っていると、問題ぜんたいが、はらりと解けるようなことが多い。いわゆるkey wordである。比較的少数のkey wordをしっかり研究しておくことは、受験戦術などいうケチなものばかりでなく、専門の国文学者でも、いつもやっている基礎技術なのだから、まずこの方面から地固めをしてほしい。なぜならば、語彙の勉強は、速成がきかないからである。間際になって、ねじ鉢巻でおぼえようとしても、なかなか頭に入るものではない。まして、その応用ということになれば、日数をかけて、少しずつ、じっくり積みかさねてゆくに限る。

語彙の勉強は、要するに記憶の問題で、片っ端からどしどし憶えこんでゆけばよいようなものだが、実は、それだけでは困る。外国語のばあいだと、現代語に限られるから、それでもよいけれど、古文は、幾百年あるいは千年以上にわたる歴史をもつものだから、ちょっと一本調子にはゆきにくい。たとえば、かりに「さるは」という語を採りあげてみよう。理屈からいうと、この語は「さ・あるは」が短縮されたものだから、当然「それは」「そんなぐあいだというのは」など訳したいところである。それで、誤りだとは言えない。ところが、中古文すなわち平安時代の文章では、「だけれど」「とはいうものの」と、前からの意味をひっくりかえすような使いかたが原則である。つまり、時代によって、意味・用法がちがうのである。こういった点を無視して、機械的に暗記するだけでは、生きた知識にならず、応用もきかない。時代による語彙の移り変わりを研究する専門の分科に国語史というのがあって、多くの学者がそれぞれすぐれた業績を出している。私がこれから述べようとするのは、そうした歴史的な観かたにもとづく語彙の整理である。

語彙の整理をしてゆくばあい、いちばん実際的な方法は、中古語をまずマスターして、それと他の時代の語彙とを対照することである。時代の順序からいうと、

上古――中古――中世――近世

というように勉強してゆくのが本筋であるかのごとく感じられるかもしれないけれど、それは、たいへん非能率的である。私たちがひとくちに「古文」と称するものは、中古すなわち平安時代を標準としているのであって、もちろん時代によりそれぞれ違った特色はあるが、それらの特色は、中古と比較することによって把握するのが、いちばん楽であり合理的でもある。それで、私は、語彙の勉強を、

(イ) 中古的語彙
(ロ) 非中古的語彙
　(a) 上　古
　(b) 中　世
　(c) 近　世

というように進めていただくつもりである。分量からいっても、(ロ) 全体が (イ) につ

りあうぐらいなのである。

(イ) 中古的語彙

中古文すなわち平安スタイルの文章に出てくることばは、かなり多いが、勉強する側からいうと、それを、さらにこまかく分けて、

(a) 現代語にないもの

(b) 現代語と意味のちがうもの

とするのが、記憶の経済になるかと思う。以下、それぞれ説明してゆくことにする。

a 現代語にないもの

現代語のなかに出てこない中古語は、すぐわかるわけで、まずそれを記憶するのが、第一歩となる。もちろん、その意味を記憶するのだが、同時に、用例と結びつけて、生きた使いかたをのみこむ必要がある。基本的な意味だけ暗記していても、それがある文章のなかでどんなニュアンスをもってはたらくかということにまで理解がゆきわたっていないと、解釈に生かせない。解釈に生かせないような語彙を、いくら豊富にたくわえていたところで、結局 walking dictionary でしかない。それから、同じ語のなかにいくつかの用法があるときは、その差異をよく心得ておくこと。もっとも、どうせ同じ語である以上、ひどく

かけ離れた用法が出てくるはずはない。ちがった用法のように見えても、もとは共通の意味から分かれてきたものだから、その共通的な意味をしっかり記憶しておくと、すこしぐらい珍しい用法にぶつかっても、何とか処理できるものである。次に、実例について、その要領を述べてみよう。

あいなし

ちょっと感じのつかみにくい語だが、こんな語を相手にして、中古語のとらえかたを身につけてゆくと、あとの勉強がたいへん楽であろう。この語は、語源がはっきりしないけれど、たぶん「愛なし」だろうと思われる。「愛」は、ものごとに対していだく「好い感じ」で、それが「なし」で打ち消されているのだから、すべて好感をもたないときに使うようである。訳語としては、(1)うれしくない・(2)おもしろくない・(3)満足できない等の意に相当することばが用いられる。もちろん、使われている場面によって、いろいろな訳しかたを工夫しなくてはならない。

例題 一

左の文章を通釈せよ。

(イ) 梨《なし》の花、よにすさましくあやしきものにして、眼にちかく、はかなき文《ふみ》つけなどだにせず、愛敬《あいぎやう》おくれたる人の顔など見ては、たとひに言ふも、げに、その色よりしてあいなく見ゆるを、唐土《もろこし》に、かぎりなきものにて、文《ふみ》にも作るなるを、さりともあるやう有らむとて、せめて見れば、花びらの端に、をかしきにほひこそ、心もとなくつきためれ。

(ロ) 世にかたりつたふる事、まことはあいなきにや、おほくはみな虚事《そらごと》なり。(枕冊子)

あるにも過ぎて人はものを言ひなすに、まして年月すぎ、境も隔《へだ》たりぬれば、言ひたきままに語りなして、筆にも書きとどめぬれば、やがてまた定まりぬ。(徒然草)

答 (イ) 梨の花は、たいへんおもしろみが少なく品もないものだというわけで、したしくとりあつかったり、ちょっとした手紙をつけてやったりなどもしないし、かわゆげのない人の顔なんかを見て、たとえに持ち出したりするのも、まったく、その色からして感心できないように見えるのだが、それを中国ではたいそうなものとして、詩などにもよんでいるようだが、それを、だけれど、何かわけがあるのだろうと思って、よくよく見ると、花びらの端に、おもむきのある色が、ほんのわずかついているようである。

(ロ) 世間で語りつたえる事は、ほんとうの事実はつまらないのか、たいていはみなでためだ。人は、事実以上にものごとを言いたてるうえに、まして年月もたち、場所もかけ離れたところだということになると、言いたいほうだいにでっちあげて、文章にまで記録してしまうと、それでもう事実ということになるのだ。

「感心できない」と訳したり「つまらない」と言い換えたりした技巧は、すこし高等だけれど、よく味わってほしい。なお、この「あいなし」が、連用形で連用修飾になるときは、もとの意味が薄くなって、単に程度のいちじるしさをあらわすだけの用法になる。

・例はいとよく書く人も、あいなくみなつつまれて、書きけがしなどしたるもあり〔いつもはたいへん上手に書く人も、むやみに畏縮して、書きそこないなどしているのもある〕（枕冊子）

・まいておとがひ細く愛敬おくれたらむ人は、あいなう敵《かたき》になして、御前《おまへ》にさへあしう啓《けい》する〔まして、あごのさきがとがって、かわゆげのないような人は、やたらと攻撃相手にして、中宮さまにまでわるく申しあげる〕（枕冊子）

心のなかの状態を示す形容詞は、一般に、連用形で連用修飾になると、もとの意味が薄れて程度のいちじるしさをあらわすのであって、何も「あいなし」に限ったわけではない。「いみじ」（非常だ・すばらしい）「かしこし」（恐ろしい・慎しむべきだ・尊い）「いたし」（心ぐるしい・いたわしい・りっぱだ・はげしい）等の形容詞は、それぞれに違った意味なのだが、連用修飾になると、「いみじく」も「かしこく」も「いたく」も、あまり違いがない。現代語でも、「おそろしい」「ひどい」などの形容詞や「ばかだ」などの形容動詞は、それぞれ違った意味をもっているが、連用修飾になって「おそろしく」「ひどく」「ばかに」などの形で使われると、単に程度のいちじるしさを示すだけで、あまり差がなくなる。このように、単語でも、その**用法ぐるみ**憶えるのでなくては、解釈に生かしてゆくことはできないから、よく注意してほしい。そこで、

心情形容詞→**連用修飾**｛いみじく／かしこく／いたく｝＝**たいそう**

といったようなパターンを頭に入れてくれたまえ。ずいぶん役に立つはずだ。

いみじ

前の例に出したとおり、「いみじ」には、だいたい二とおりの用法があるけれど、根本的には**普通の程度でない**ということで、それがいろんな場面に使われて、違った訳語を必要とするようになったのである。その根本的な意味さえのみこんでいれば、かならずしも二とおりに限ったわけではない。しかし、大別して、

a　わるい場合——たいへんだ・すごい・重大だ・おそろしい。
b　よい場合——なみなみでない・たいしたものだ・りっぱだ。

といったような訳語を用意しておけば、たいてい間に合う。

例題二

傍線部分を解釈せよ。

暮るるとひとしく参りたまひて、うち見まゐらせて、「(イ)あないみじ、昼見まゐらせざりつるほどに、はれさせたまひにけり」など言ひあはせらるるを(ロ)聞かせたまうて、

「何事いふぞ」とおほせらるれば、「昼のほどにはれさせおはしましにけることを申しさぶらふなり」と申さるれば、「いまは耳も(ハ)はかばかしう聞こえず」とおほせられて、(ニ)いとど弱げに見えさせたまふ。（讃岐典侍日記）

答 (イ) あ、たいへんです。
(ロ) お聞きあそばされて。主語は天皇もしくはそれに準ずる身分の人と考えられる。
(ハ) はっきりと
(ニ) ますます御衰弱の様子に

堀河天皇の御臨終のときの記事である。(イ)の答は、aで行けよう。なお、(ロ)の「せたまうて」という敬語は、地の文のなかに出てくると、最高の待遇であって（三七三頁参照）、臣下には使わないので、主語となる人の身分は、明記してなくてもわかるのである。

例題 三

傍線の部分を解釈せよ。

何事も入り立たぬさましたるぞよき。(イ)よき人は、知りたる事とて、さのみ知り顔にやはいふ。片田舎《かたゐなか》よりさし出でたる人こそ、よろづの道に(ロ)心得たるよしのさしいらへはすれ。されば、よにはづかしき方《かた》もあれど、みづからも(ハ)いみじと思へるけしき、か

たくななり。よくわきまへたる道には、かならず口おもく、問はぬかぎりは、いはぬこそ(ニ)いみじけれ。　（徒然草・七九段）

答　(イ)教養の高い人〔二六九頁参照〕　(ロ)えらいもんだと思っている様子が　(ハ)愚劣だ。　(ニ)りっぱなものだ。

(ロ)も(ニ)も、bの方の用法だが、訳語をかえておいた工夫を、味わってほしい。(ハ)は、「いみじ」と反対の意味に使われているので、こんなふうに訳した。もともと、頭のはたらきが鈍くて、スマートでないのをいう語である。

うし

漢字をあてると「憂し」だが、いま「憂鬱だ」などいうのよりも、意味はひろい。もとの意味は、こうあってほしいと希望するのと反対の状態になったときの感じで、場合により、(1)つらい・くるしい〔「世のなかをうしと恥《やさ》しと思へども」（万葉集）〕、(2)いやだ・気が進まない〔「ながめつつ聞けば鹿なく山もうし」（宗祇・萱草）〕、(3)憎らしい〔「寝てあかすらむ人さへぞうき」（古今集）〕、(4)無情な・冷たい〔「うき人しもぞ恋しかりける」（新古今集）〕などの訳語を、いろいろ当てはめる。「心」に結合して「心うし」となることもある。意味は「うし」とほとんど変わらない。動詞になると「心うがる」である。

例題　四

通釈せよ。

これより夕さりつかた、「うちのがるまじかりけり」とて出づるに、心得で、人をつけて見すれば、「町の小路なるそこそこになむ、とまりたまひぬ」とて来たり。「さればよ」と、いみじう心うしと思へども、言はむやうも知らであるほどに、二三日ばかりありて、あけがたに門をたたく時あり。「さなめり」と思ふに、うくて、あけさせねば、例の家とおぼしきところにものしたり。（蜻蛉日記）

答 その後の夕方、「のっぴきならないような次第だ」といって出てゆくので、へんだなと思って、召使いにあとをつけさせて様子をさぐらせると、「町の小路のどこどこに、おはいりになりました」と、帰って報告する。「やはりそうなんだわ」と、ひどくしゃくにさわるけれど、どう言ってやってよいかわからずにいるうち、二三日ほどして、明け方に門をたたく時がある。「あの人のようだ」と思うと、憎らしくて、あけさせないので、いつもの家と思われる所に行った。

「心うし」も「うくて」も、(3)の用法で解決する。この文章は、これだけでは、ちょっとわかりにくいが、語り手である女性の夫（藤原兼家）は、何人かの愛人をもっており、語り手のところへは、あまり来てくれないので、語り手は「うし」という状態に在るわけである。「町の小路なるそこそこ」「例の家」は、ほかの愛人をさす。これだけの事情を頭においてよめば、筋がとおるであろう。なお、平安時代は、夫妻がかならずしも同居せず、夫が妻の家にかよってゆくのが原則であった。四〇八頁参照。

うたて

もとは「うたた」と同源の語らしく、「移り進んで」「いよいよはなはだしく」などの意だが、「うたた」が一般的であるのに対し、「うたて」は、もっぱら**悪い方**にだけ用いる。「いつはなも恋ひずありとはあらねども うたてこの頃恋のしげきも」（いつだって恋しく思わない時はないけれど、いやにこの頃は恋しさがまさることだ）（万葉集・二八七七）という例で、作者は「恋のしげき」をいくらか歓迎しない気持で「うたて」と言っているのである。それが強まっては、「厭だ」「気にくわない」などの意味になる。高校程度の人たちがよむ文には、この方の用法が多い。「散ると見てあるべきものを梅の花うたてにほひの袖にとまれる」（散るのだと思いきっていたいのに、梅の花め、いやなこと、においが袖にしみついて、思いきらせない）（古今集・四七）。実際に使われている用例としては、「うたて」だけでなくて、

うたてあり　＝いやだ・なげかわしい・なさけない・同感できない
うたてなり　＝「うたてあり」に同じ
うたてや（な）＝いやなこと！
うたてげなり＝いやらしい・（悪い意味で）普通でない

うたてし　＝あんまりだ・どうかと思う・ひどい・見ちゃいられない

などの形で現われることが多い。これは、場合によって善い意味になったり悪い意味になったりすることがないから、わかりやすい。

例題　五

傍線部分を解釈せよ。

火桶《ひをけ》・炭櫃《すびつ》などに、手の裏うちかへし、皺《しわ》おしのべなどして、あぶりゐる者。(イ)いつかは若やかなる人などの、さはしたりし。(ロ)老いばみうたてある者こそ、火桶のはたに、足をさへもたげて、もの言ふままに、おしすりなどもすらめ。さやうの者は、人のもとに来て、居むとする所を、まづ扇して、塵はらひすてて、(ハ)居もさだまらずひろめきて、狩衣《かりぎぬ》の前、しもざまにまくり入れてもゐるかし。かかることは、いふかひなき者の際《きは》にやと思へど、(ニ)すこしよろしき者の式部の大夫・駿河《するが》の前司などいひしが、させしなり。（枕冊子）

答　(イ)若わかしい人が、いつそんなふうにしたか。
(ロ)老人じみていやなやつ
(ハ)ちゃんとすわりもせず、ばたついて

（ニ）いくらか身分のある者で〔二八五頁参照〕

「憎きもの」の段である。（イ）は、「いつかは」が「したりし」にかかることを、訳の上で、はっきりさせた。（ハ）の「ひろめき」は、「広めき」と解する説もあるが、落ち着かずふらふらする意に取る方がよい。（ニ）は、最後の「の」が連体格をあらわすことに注意。「すこしよろしき者の……が、させしなり」とつづくのである。それに、説明の「式部の大夫・駿河の前司などいひし」が加わったから、連体格という点を示すため、「の」を「で」と訳したわけ。いまのように（　）なんかを使って書くことが、もし清少納言の時代にあったとしたら、

　すこしよろしき（式部の大夫・駿河の前司などいひし）者が、させしなり。

とでもなったろう。

うつろふ

「移る」という動詞に、継続をあらわす助動詞「ふ」がつき、「移らふ」となったものが、音韻変化で「移ろふ」とかわった。「ふ」は、平安時代以後は使われなくなったが、奈良時代以前におこなわれていた助動詞で、四段型に活用し、動詞の未然形に接続した。したがって、「移ろふ」は、もともと「移ってゆく」と訳するのが正しいわけだけれど、「ふ」が助動詞であるという意識が無くなり、「移ろふ」でひとつの動詞だと考えられるようになって、「移る」をすこし念入りに言うといった程度の気持で使われた。もっとも、念入りに言うのだから、「移る」よりも

複雑な意味あいになる。

(1) 場所をかえる・移転する。「そこをたちて、ほかへうつろひて」（更級日記）

(2) 色がかわる。

a 色がつく。「しぐれもいまだ降らなくにかねてうつろふ神奈備《かんなび》の森」（紅葉する）（古今集）

b 色があせる。「紅はうつろふものぞ」（終助詞「ぞ」は古代には「そ」）（万葉集）

(3) 花が散る。「春風は花のあたりを避《よ》きて吹け心づからやうつろふと見む」（花が勝手に散るのだと見るかもしれないから）（古今集）

(4) 植物が枯れる。「うつろひたる菊にさしたり」（蜻蛉日記）

しかし、いずれにしても、**甲の状態から乙の状態になる**というのが根本の意味だから、それぞれの場合に応じて適当な訳語を考えればよい。なお、「映《うつ》る」という動詞に付いても、やはり「うつろふ」という形が成立する。これは、映るということを念入りに表現するときの形だが、仮名がきの場合は、「移ろふ」か「映ろふ」か明らかでないから、前後の関係に注意しなくてはいけない。

にほの湖《うみ》や月の光のうつろへば波の花にも秋は見えけり（琵琶湖に月光が映っているのを見ると、どんな季節にも変わらないはずの波の花にも、秋の様子があらわれていることだ）（新古今集）

これなどは、上に「月の光」とあるから、「映ろふ」のほうだと判断するのである。

例題　六

もとよりさる心をかはせるにやありけむ、この男いたくすずろきて、簀子に尻かけて、とばかり月を見る。菊いとおもしろく(一)うつろひわたりて、風にきほへる紅葉の乱れなど、(二)あはれとげに見えたり。ふところなりける笛とり出でて吹きならし、「影もよし」など謡ふほどに、よくなる和琴を、うるはしく(三)かきあはせたりしほど、けしうはあらずかし。

（源氏物語・帚木）

一　「うつろひわたりて」の解釈として、次のうち、どれがいちばん適切か。

a　ずっと枯れたようなおもむきで　　c　ひろびろと月光に映えて

b　いちめんに色がわりして　　d　あちこちと移し植えられて

二　「あはれとげに見えたり」を解釈せよ。

三　「かきあはせ」とは、何を何にかきあわせたのか。

答

一　b

二　ほんとうに何ともいえない情景である。

三　和琴を「影もよし」という歌に。

かなりの難題なので、まず私の通釈から見ていただきたい。この程度の問題だと、全文の意味がわからなくても、何とか答えられるような設問になっているものだ。

以前からこういったふうな打ち合わせがしてあったのだろう、この男はたいへんそわそわしながら、縁側みたいな所に腰をかけて、しばらく月をながめる。菊がたいそう美しく〔うつろひわたりて〕、風のまにまに先を争って散り乱れる紅葉など、〔あはれとげに見えたり〕。懐中に入れてあった笛を取り出して吹きならし、「影もよし」など謡うと、音色のよい和琴を、ちゃんと合奏していたぐあいが、わるくはありませんね。

―は、「移ろふ」と解するなら、移動する意か変色する意かであるが、菊があちこち移動するのではおかしいから、変色の方に取るところ。変色にしても、aとbとでは違ってくる。しかし、枯れてしまったのでは、美しいとは感じにくいだろうから、霜のため色がわりしているのだと解する。「映ろふ」と取っても、この場面には月が出ているから、誤解だとは決められないけれど、もし「映ろふ」だったら、「……に映ろふ」と映る相手を示してあるのが普通。したがって、bが正解となる。

こちたし

「言《こと》いたし――」が短く発音されて出来たことば。つまり、その事を言いあらわすことばが、ゴタゴタ多くてやりきれない――といった感じで、あまり良い意味には使わない。(1)ことごとしい〔「鶴《つる》はこちたきさまなれども」(枕冊子)〕、(2)いやに多い〔「何事も御さいはひ極《きは》めさせたまふあまりに、御命さへこちたくて、あまたの帝《みかど》におくれさせたまふこそ、いとくち惜しくはべれ」(無名冊子)=上東門院は、何事につけても御幸運すぎて、御寿命までもやけに長く、多くの天皇に先立たれなさったのは、どうもつまらない感じがする」など。しかし、連用修飾になるときは、もとの意味が薄くなって、**単に程度の著しさだけ**をあらわし、わるい意味には使わない。この用法については、二九頁参照。

例題 七

通釈せよ。

九月《ながつき》九日は、暁がたより雨すこし降りて、菊の露もこちたくそぼち、おほひたる綿などもいたくぬれ、うつしの香ももてはやされたる。つとめてはやみにたれど、なほくもりて、ややもすれば降り落ちぬべく見えたるも、をかし。（枕冊子）

答 九月九日は明けがたのすこし前ごろから、雨がすこし降って、菊におく水滴もひどくたまり、花にかぶせた綿なんかもたいへんぬれて、その綿に移った香も、珍重されている。朝になると、やんでしまっているが、やはりくもって、何とかするとぽつぽつ降ってくるにちがいないようなぐあいに見えているのも、おもむきがある。

「そぼつ」は、ぬれることだが、あとにも「ぬれ」とあるので、訳しかたを変えた。「おほひたる綿」は、九月八日の夕方、菊の花にかぶせておく綿である。九日に、その露にぬれた綿で身体をふくと、老衰しないまじないになるという。「つとめて」は、早朝の意と翌

早朝の意とがあるので、前後の関係をよく考えて訳さなくてはいけない。なお、連用修飾に使われた「こちたく」には、

いみじう暑き昼なかに、いかなるわざをせむと、扇の風もぬるし、氷水《ひみづ》に手をひたし、もてさわぐほどに、こちたう赤き薄様を唐撫子《からなでしこ》のいみじう咲きたるに結びつけて取り入れたるこそ、書きつらむほどの暑さ・心ざしのほど浅からず推《お》し量《はか》られて、かつ使ひつるだにあかず思《おぼ》ゆる扇もうち置かれぬれ。　（枕冊子）

〔ひどく暑い昼間に、どんな事をしたものだろうと（いうわけで）、扇の風もなまあったかい（のでだめだ）と、氷水に手をつけたりして、大さわぎしていると、まっ赤な薄手の紙（に書いた手紙）を、唐ナデシコのみごとに咲いたのに結びつけてあった、それを（取り次ぎの者が）届けてきたおりこそ、書いた時の暑さや（それをいとわず書いてくれた相手の）厚意の程度が並たいていでなく推量されて、一方で（ひっきりなしに）使っていてさえまだ不足に感じるほどの扇までも、ふとそこに置いてしまう（ほど心をひかれたことだ）。〕

などの例もあるから、よく見くらべてほしい。この例は、「こちたう」と「いみじう」とが対句のように使われているので、別にわるい感じで言ったのではないとわかる。直訳すれば「たいそう赤い」となるところを「まっ赤な」と意訳したのは、芸のこまかい訳しかたであるが、かならずしもまねるには及ばない。

はじめにも述べたように（二四頁参照）、中古文では、「だけれど」「とはいうものの」などのように、前からの意味をひっくりかえすような使いかたが原則である。文法の術語では、これを**逆接**という。英訳すると、but, however, although などに当たるだろう。上のことばに、さらに付け加えて言いたすとき用いるという説もあるが、中古文においては、その用例がないようである。たいていは「それにしても」「そのくせ」「それでいて」等の訳語になる。

さるは

例題八

うちとくまじきもの。えせ者。さるは、よしと人にいはるる人よりも、うらなくぞ見ゆる。（枕冊子）

通釈せよ。

答 気のゆるせないもの。つまらない身分のやつ。だけれど、上流だと世間でいわれる人よりも、かくしへだてがなく思われる。

「えせ者」は、ろくでもない者の意だが、ここでは、身分についていう。下の「よしと人にいはるる人」と対照する。この「よし」を、性質の善いことに解した注釈書もあるが、それでは、全体の意味がちぐはぐになる。「えせ者」は、余りつつしみぶかくないので、ガラガラとしゃべりちらす傾向があり、うっかりしたことは話せないというのであろう。

しかし、上品ぶっていながら、裏ではきたないことばかりしている上流人種よりも、さっぱりしていて、きもちの良い点もあると清少納言は感じたわけ。この問題で「さるは」が出来なかったら、手も足も出ない。ところで、これが、江戸時代の擬古文などになると、「というのは」という意味で順接に使われることがある。中古文を標準としていえば、正しい用法ではないのだが、入試問題にそんな用法の「さるは」が出ることもある。よく注意しなくてはいけない。

すずろ

ナリ活用の形容動詞で、**特定の意図をもたない**心の状態をいう。漢字なら「漫ろ」と書くところ。英訳すれば、aimlessly とか at random とかいう感じだろう。そういった基本意味から、いろいろな用法が生まれる。

(1) ぶらぶらと・あてもなく・何となく。「昔、男、すずろに陸奥《みちのく》の国までまどひいにけり」〔ふらりと奥州にまでさすらっていった〕(伊勢物語)

(2) わけもなく・むやみに・無造作に。「衣《きぬ》などに、すずろなる名どもをつけけむ、いとあやし」〔着物なんかに、やたらな名前をつけたようだが、どうもけしからん〕(枕冊子)

これらは、もとの意味から解ける用法だが、さらに、もうひとつ変化すると、

(3) そうあってほしいとは思わない・不本意な・いやな。「うたてある主《ぬし》のみもとに仕へまつりて、すずろなる死にをすべかめる」〔ひどい御主人にお仕えして、情けない死にかたをするところだった〕(竹取物語)

(4) 予期しない・思いがけない。「六波羅へは寄せずして、すずろなる清水におし寄せて」〔うっかりしていた清水の方へ〕(平家・額打論)などの意味にもなる。「すずろ」と同じ意味の語に「**そぞろ**」がある。母音uとoとのちがいだけで、用法は同じことである。

例題 九

傍線部分を解釈せよ。

頭中将の、(イ)そぞろなる虚言《そらごと》を聞きて、いみじう言ひおとし、「(ロ)何しに人と思ひけむ」など、殿上《てんじやう》にても、いみじくなむ宣《のたま》ふと聞くに、はづかしけれど、「真《まこと》ならばこそあらめ、おのづから(ハ)聞きなほしたまひてむ」など笑ひてあるに、黒戸のかたへなどわたるにも、声などするをりは、(ニ)袖をふたぎて、つゆ見おこせず、いみじう憎みたまふを、ともかくも言はず、(ホ)見も入れですぐす。(枕冊子)

答 (イ) いい加減な　(ニ) 袖で顔をかくして
(ロ) 何だって一人前のやつだと思ったんだろう。　(ホ) 頭中将のことを問題にしないで
(ハ) ほんとうのことをお聞きなさるにちがいあるまい。

(イ) は、解説のなかであげた(2)の応用で片づこう。(ハ) は「てむ」に注意。(ニ) は、ちょっと妙な言いかたであるが、袖をふさぐというのでは意味をなさないから、次の「つ

ゆ見おこせず」から考えて、「袖を顔にふさぐ」の意味だと解釈するところ。「顔」を補うのが、頭のはたらきである。(ホ)は、頭中将の方を見向きもしないで——と解する説もあるが、それでは、あまりに対抗意識が表立ちすぎて、「ともかくも言はず」という心づかいと合わない。「見入る」は「気をつけて見る」の意なので、意訳してみた。

備考 **頭中将** 「トウノチュウジョウ」とよむ。四一四頁参照。この場合は藤原斉信(ただのぶ)のこと。**殿上** 殿上の間。四位・五位および六位の蔵人で列席を認められた者の出仕する詰所で、清涼殿のなかに在る。四一四頁参照。**黒戸** 清涼殿の北、滝口の西に在った室。いまの京都御所にはない。

つとめて

同じ語で(1)早朝・(2)翌早朝という両様の意味に使われるから、どちらに訳するかは、**前後の関係**から判断するわけである。(2)の場合でも、おそい翌朝ではなく、翌日早朝と解するのが適切だろう。そんなわけで、どちらかといえば、(1)の方がもとの使いかたらしい。

・大将殿に、あくる日つとめて、西の大殿《おとど》より……たなばたに奉る(宇津保・祭の使)

・大宮、あくるつとめて、中の大殿《おとど》にわたり、君《きん》だち御裳《みも》ひきかけつつおはします(宇津保・菊の宴)

・みな御殿ごもりぬ。あくるつとめて、宮より御文あり(宇津保・国譲上)

などは、どうしても「早朝」と解するよりほかない。熟語の場合は、単に「朝」とした方がよい例もある。

かくて、つとめての御台、ここにて参らせたまひて（宇津保・楼の上下）

「つとめての御台」で「朝食」の意味になる。単独に使われるときは(1)か(2)のどちらかだが、はっきりしない場合は、早朝と解しておくのが安全である。

例題 一〇

通釈せよ。

冬はつとめて。雪の降りたるは、いふべきにもあらず、霜などのいとしろく、また、さらでもいと寒きに、火など急ぎおこして、炭もてわたるも、いとつきづきし。（枕冊子）

答 冬は早朝がおもむきふかい。雪が降ったのは、もちろんのこと、霜なんかのたいそう白く、また、そうでなくてもたいへん寒いのに、火などを急いでおこし、炭を持ってあるくのも、まことにピタリとくる感じだ。

つれづれ

普通「退屈」と訳されているが、いまの退屈とは同じでない。何かしたい気持があるのに、することがなく、心に空虚な感じを抱いている状態が「つれづれ」である。『宇津保物語』で、幼い仲忠が食物を探して歩くのに、母は、どうすることもできず、貧乏のどん底で、仲忠の帰るのを待っている。そのことを、かく出でてまかり歩《あり》くほど、つれづれと待ちたまふほど、苦《くる》しうおはしますらむ。といっている。愛児が苦労しているのに、退屈しながら待っている母親などは、有るはずがない。

・年来《としごろ》は、夜昼《よるひる》、恋しく悲しくのみ思うたまへつつ、世にえはべるまじくのみ思《おぼ》えしかば、「かくてもえ対面すまじきにや」と歎かれて、よろづの事もかひなく、つれづれとなむながめはべる。（宇津保・国譲中）

・東宮は、藤壺の参りたまはず、御返しきこえたまはぬを思ほし歎きて、院の御方・梨壺なども久しうなむ参う上《のぼ》らせたまはず、つれづれと物もきこしめさず。（同右）

・后《きさい》の宮のきこえたまひし事をのみ御心憂しと思《おぼ》しつつ、御つれづれとながめおはしませば。（宇津保・国譲下）

これらは、いずれも「歎く」「心憂し」などの語と「つれづれ」とが、いっしょに用いられている例である。すっかり憂鬱《ゆううつ》になって、食事も喉《のど》をとおらないときの状態を「つれづれ」といっているのだから、ぼんやりアクビしているようなのが「つれづれ」でないことを理解してほしい。もっとも、擬古文なんかでは、退屈の意味に使っている例もあるから、注意しなくてはいけない。

例題 一一

通釈せよ。

御文にえ書きつづけはべらぬことを、よきもあしきも、世にあること・身のうれへにても、残らず聞こえさせおかまほしうはべるぞかし。けしからぬ人を思ひきこえさすとても、かかるべいことやはべる。されど、つれづれにおはしますらむ、またつれづれの心を御覧ぜよ。また、思《おぼ》さむことの、かう益《やく》なしごと、多からずとも書かせたまへ。

（紫式部日記）

答 お手紙に書きあらわしきれないことを――良いことでも悪いことでも、世のなかの出来ごとや自分のことで言いたい件でも――すっかり申しあげようと存じますのよ。りっぱな方をおしたい申しますのに、こんなはずのことがございましょうか。だけど、あなたも、いまごろ、することもなくいらっしゃいましょう、わたしのどうしようもない気持もお察しくださいませ。それから、あなたのお考えになりますようなことで、こんなふうのとりとめもないことは、すこしでも結構ですから、お書きください。

手紙の文章なので、それらしく訳した。眼目は「つれづれ」だが、相手を恋しく思いながら、さて、どんなふうに行動しようというあてもなく、何かぼんやりと過ごしている状態なのである。一方を「することもなく」と訳し、他方を「どうしようもない」と訳したわけだが、原文は同じ「つれづれ」だから、両方の意味が「つれづれ」に含まれていることになる。「退屈」と訳したのでは、「思ひきこえさす」がぴたりとしない。この問題で、ほかに注意を要するのは、**書簡体の敬語**である。「せたまへ」などは、最高の敬語で、普通の地の文なら、天皇かそれに準ずる身分の人でなければ使わないのだが、書簡および会話のなかでは、普通に使ってもかまわないのである。全体的に敬語が多いことは、すぐわかるであろう。

最高敬語↑（**地の文**）｛せたまふ／させたまふ｝（**書簡**／**会話**）↓普通敬語

それから、「はべり」が原則として書簡や会話だけに出てくるということも、ついでに記憶しておいてほしい。

備考 **御文** 自分の手紙に「御」をつけるのは変なようだが、相手への敬意をあらわすため、こういう言いかたが有った。**うれへ** 他人に告げたい事。訴え事。**聞こえさせ** 「聞こゆ」は「言ふ」の謙譲態。それに尊敬の「させ」が付いて、さらに敬意が強められたもの。もし敬語態でなく言うなら、「言ひおかまほしう」となる。**けしからぬ** 「怪《け》しかり」すなわち「良くない」という意の形容詞を「ぬ」で否定したわけだから、「良い」という意味になる。現代語の「けしからん」とは同じでない。一五六頁参照。**かかるべい** 「かかるべき」の音便。

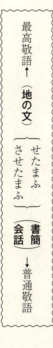

まかる

漢字にあてるなら「退」で、基本の意味は、**貴所から卑所へ行く**ことである。宮中から自宅へかえることも、貴人のいる室から自分の控え室にもどることも、みな「まかる」である。土地でいうと、政府の所在地から地方へ出かけるのが「まかる」であり、人の住むこの世にくらべると、死後の世界はあまり感心できない場所だろうから、死ぬことも「まかる」である。死ぬことをはっきり言いあらわすときは、とくに「身」をつけ加えて「身まかる」ともいう。訳語としては、

(1) 退出する。「母の宮、長岡といふところに住みはべりけるとき、宮仕へしはべるとて、しばしばえまからずはべりければ」（母である宮が、長岡という所に住んでいましたとき、子の業平は、宮中に仕えている身で、たびたび退出できませんでしたので）（業平集）

(2) 参る。「行く」の謙譲態である。「東山より安居院《あぐゐ》の辺《へん》へまかりはべりしに」（徒然草）「今ぞ心やすく冥途《よみぢ》もまかるべき」（大鏡）

の両者が、いちばん普通である。ところで、(2)に「参る」という訳語をあげたが、これは、現代語の「参る」であって、中古語の「参る」ではない。中古語の「参る」は、ちょうど「まかる」の反対で、この用法の「参る」とほとんど同じ意味の語に「まうづ」があり、その反対語に「まかづ」がある。ともに下二段活用の自動詞で、

まゐる（まうづ）――卑処→貴処

まかる（まかづ）― 貴処→卑処

といった関係になる。よく憶えておいてほしい。このほか、接頭辞のように使われて、下の語を謙譲態にする場合もある。それに当たる訳語は、現代語には無いので、前後にその気持のうまくあらわれるような言いかたを加えるのがよろしい。うまく言えなければ、むりに謙譲態に訳さなくてもよいであろう。

日ごろ経《ふ》るまで消息《せうそこ》もつかはさず、あくがれまかり歩《あり》くに（幾日かすぎるまで手紙もやらず、浮かれて歩いておりますと）（源氏・帚木）

「おりますと」に「まかり」の気持を入れてみたつもりである。これが、中世になると、謙譲というよりも、むしろ、もったいらしく言うような気分に使われている。

僧・法師にもまかりなり（平治物語）

「法師になる」ということを、すこしおもおもしく言ったのである。

例題 一二

傍線部分を解釈せよ。

かくて、この際《あひだ》に事多かり。今日《けふ》、破籠《わりご》持たせて来たる人、(イ)その名などぞや、いま思ひ出でむ、この人、歌詠《よ》まむと思ふ心ありてなりけり。(ロ)とかく言ひ言ひて、(ハ)「浪の立つなることと」と憂《うる》へいひて詠《よ》める歌、

行く先《さき》に立つ白浪《しらなみ》の声よりもおくれて泣かむ我やまさらむ

とぞ詠める。持《も》て来たるものよりは、(ニ)歌はいかがあらむ。この歌を、(ホ)これかれあはれがれども、一人《ひとり》も返しせず。(ヘ)しつべき人も交れれど、(ト)これをのみいたがり、ものをのみ食ひて、夜ふけぬ。この歌主《うたぬし》、また、(チ)「まからず」と言ひてたちぬ。（土佐日記）

答

(イ) その名は何といったか、そのうち思い出すだろう。

(ロ) それからそれへとしゃべった後

(ハ) 浪が立ってますな。

(ニ) 歌はどんなものかしら（感心できない詠みぶりだ）。

(ホ) 誰彼は、ほめはするけれど

(ヘ) してよいはずの人も同座しているのだが

(ト) 歌を「結構です」というばかりで（口さきだけ感心してみせるのである）。

(チ) おいとましましょうかな。

(ロ) は、直訳すると、「あれこれ言い言いして」であるが、どうも日本語としてはこなれていないので、意訳してみた。(ハ) は「なる」が伝聞・推定であるか、指定・断定であるかに眼目がある。この場合、浪の立つのは、現に見ているわけだから、伝聞・推定ではおかしい。(ニ) は、評語として「いかがあらむ」が用いられたときは、感心しないといいう気分があることを知ってもらうための設問。（へ）は助動詞「つ」が「べし」に加わると、普通の推量よりもずっと強くなることに注意してほしい。「交れれど」の下の「れ」は、助動詞「り」の已然形。（ト）の「いたがり」は、あとの「いたし」の項を参照のこと。最後の「まからず」は、「まからむず」の「む」を表記しなかったもので、詳しくいうと「まからむとす」である。「ず」は打消の助動詞ではない。主人に敬意を表して、帰ることを「まかる」といったのである。

備考 **破篭** 中にしきりのある食物入れの箱。いまの弁当箱に類したもの。**いま思ひ出でむ** 原文では「む」が「ん」と表記されており、現代語で「わからんね」というときの「ん」と同じく、否定助動詞「ず」の連体形だろうという説がある（佐伯梅友博士説）。それだと「いま思い出せないが」の意となる。**いかがあらむ** 船旅をしている人に対して「立つ白浪」とは、前途の多難を暗示して、縁起が悪い。そのため、非難の気持で言った。**またまからず** 「またまからず」全体を歌主の語と見て「もういちど参上しましょう」の意に解する説と、「まだまからず」（まだ失礼するのではありません）とよむ説とがある。前者は、「まかる」が貴所から卑所へ行く意であるのに合わない。後者は、あとの条を見ると、歌主が実際に帰ってしまったので、言行一致しない。

まゐる

これはbの項（六八頁以下）で説明すべき語だが、「まかる」といっしょに勉強した方が憶えやすいので、こちらに出しておく。この語は、自動詞と他動詞とがあり、しかも同じく四段活用だが、意味や用法は違うから、よく注意して見わけなくてはいけない。

【自動詞の用法】

(1) 参上する・参拝する。「わらはやみをして、あたり日にはべりつれば、くちをしうもえまゐりはべらずなりぬ」(マラリアにやられまして、熱の出る日に当たっていましたので、情けないことですが、参れなくなりました)(大鏡)

(2) 仕える。「宮にはじめてまゐりたるころ」(枕冊子)

(3) 「行く」「来る」の謙譲態。「ここにて対面したてまつらば、道場をけがしはべるべし。前の河原へまゐりあはむ」(いっしょに行きましょう)(徒然草)

【他動詞の用法】

(4) さしあげる。「花もなき梅の枝にひとつをつけてまゐらせけり」(徒然草)

(5) 「食ふ」「飲む」「着る」の尊敬態。「鮎《あゆ》のしらぼしはまゐらぬかは」(徒然草)

(6) 格子を上げる(下げる)。「つとめて、いととく、御格子《みかうし》まゐりわたして」(翌朝、たいへん早く御格子をずっとあげて)(枕冊子)

(1)の用法の「まゐる」が、卑処から貴処へゆくという基本意味で、ちょうど「まかる」の反対である。

例題 一三

中納言殿まゐらせたまひて、御扇たてまつらせたまふに、隆家《たかいへ》こそいみじき骨を得てはべれ。それを張らせてまゐらせむとするを、おぼろげの紙はえ張るまじければ、求めはべるなりと申したまふ。いかやうなるにかあると問ひきこえさせたまへば、すべていみじくはべり。さらにまだ見ぬ骨のさまなりとなむ、人びと申す。まことにかばかりのははべらざりつと、言高《こと》く申したまへば、さては扇のにはあらで、くらげのななりと聞こゆれば、これは隆家が言にしてむとて笑ひたまふ。（枕冊子）

一　右の文章には、中宮定子・中納言隆家・清少納言の三人の会話が記されている。会話の部分に「　」をつけ、それが誰のことばであるかを記せ。

二　傍線（イ）（ロ）の中の「まゐら」の意味をのべよ。

三　傍線（ハ）の部分における「が」の用法を説明せよ。

答

一　「隆家こそ……求めはべるなり」＝（隆家）
「いかやうなるにかある」＝（中宮）
「すべていみじく……はべらざりつ」＝（隆家）
「さては……くらげのななり」＝（清少納言）
「これは……してむ」＝（隆家）

二　（イ）は「参上する」で、貴人の所へ行くこと。（ロ）は「さしあげる」。

三　連体格。いくらか自分を卑下した気分がある。そうでなければ、「の」を使う。

「おぼろげ」は、いい加減な。クラゲには骨が無いから、清少納言は「見ぬ骨」ならクラゲの骨だろうとしゃれた。うまいしゃれなので、隆家は、わたしの発明したしゃれとして、もらっておこうと言ったのである。三は、格助詞「が」を現代語では主格にだけ使うので、中古語との差をとらえてもらうための設問。連体格というところさえ出来れば、合格点は大丈夫である。「の」にくらべて卑下の気分があることを示すおもしろい話が『宇治拾遺物語』（巻七）に出ている。「さた」という名の男が、女に縫い物を頼んだところ、女は「……さたが衣をぬぎかくるかな」という歌をよんで、その着物を返したので、男は、

「さたの」とこそ言ふべきに、かけまくもかしこき守殿《かみ》だにも、まだこそ、ここらの年月ごろ、まだしかめさね、なぞわ女が「さたが」と言ふべきことか（「さたの」と言わなくてはいかんのに、おそれ多くも守さまだって、まだ、長年月のあいだ、そうおっしゃったことはないのに、どうしてお前なんぞが「さたが」と言ってよいものか）

と激怒した——というのである。いつの時代にもそうであったかどうかは明らかでないが、すくなくとも平安中期から鎌倉時代にかけては、そのような意識があったらしい。

むず

「むとす」の短くなった形。つまり、中間の「と」が落ちて、上の撥音にひかれ、「す」が濁音化したのである。撥音を受けて濁音化する例は、他にも「去《い》にし」→「去んじ」・「好みたる」→「好んだる」・「飛びて」→「飛んで」等、少なくない。だから、意味は、「むとす」にもどして考えればよい。品

詞に分解すると、

む（意思の助動詞「む」の終止形）・と（格助詞）・す（動詞「す」の終止形）

となる。「……しようとする」と直訳できる。「むず」という形は、古くからある。『竹取物語』には「迎へに人びとまうでこむず」と見えるし、『蜻蛉日記』にも用例がある。しかし、「むず」という形ができても、「むとす」が無くなったわけではない。『宇津保物語』などは、「むず」「むとす」混用である。ところで、『枕冊子』の「わろきものは」の段に、

「言はむとす」といふを、「と」文字を失ひて、ただ「言はむずる」「里へ出でむずる」などいへば、やがていとわろし。まして文に書きては、いふべきにあらず（「言はむとす」というのを、「と」の音が落ちて、ただ「言はむずる」あるいは「里へ出でむずる」などいうので、その時は、たいへん感じがわるい。まして文書に書いたのでは、問題にならない）

とあるので、十一世紀のはじめごろは、下品な言いかたとして、嫌われていたことがわかる。『源氏物語』にも、原則としては使われていない。しかし、十一世紀の後半になると、また復活したらしく、『狭衣物語』にはかなり見えるし、十三世紀ごろにはたいへん多い。『枕冊子』に出てくる「むず」は、上品でない者のことばとして使われているらしい。

例題 一四

虫は、鈴虫。松虫。はたおり。きりぎりす。てふ。われから。ひを虫。ほたる。み

の虫。いとあはれなり。鬼のうみたれば、親に似て、(イ)これも恐ろしき心あらむとて、(ロ)親のあしき衣《きぬ》ひき着せて、「いま秋風の吹かむをりにぞ(ハ)こむずる。待てよ」といひて、(ニ)にげていにけるも知らず、風の音(ホ)聞きしりて、八月ばかりになれば、「ちちよ、ちちよ」とはかなげに鳴く、いみじうあはれなり。ひぐらし、ぬかづき虫、またあはれなり。さる心に道心おこしてつきあり(ヘ)くらむ。思ひかけず、暗き所などにほとめきたる。聞きつけたるこそをかしけれ。

（枕冊子）

一 右の文章には、句点（。）と読点（、）とをつけ違えたため、文意の通じなくなったところが三箇所ある。指摘して訂正せよ。

二 （イ）の「これ」とは何をさすか。

三 （ロ）の「の」の用法を説明せよ。

四 （ハ）の「こむずる」を文法的に説明せよ。

五 （ニ）の主語は何か。

六 （ホ）の主語は何か。

七 （ヘ）の「らむ」を説明せよ。

答 **一** （a）「みの虫。」を「みの虫、」とする。（b）「ひぐらし、」を「ひぐらし。」とする。（c）「ほとめきたる。」を「ほとめきたる、」とする。

二 子のミノ虫
三 主格をあらわす助詞。
四 こ（動詞「来《く》」の未然形）・むずる（推量の助動詞「むず」の連体形）。「むず」は「むとす」の約言として成立した助動詞。「むとす」は、む（意思の助動詞「む」の終止形）・と（助詞）・す（動詞「す」の終止形）。
五 親のミノ虫
六 子のミノ虫
七 習慣的な事がらに対しての推量。

一の（a）は、「ほたる」までがいろいろな虫の列挙で、「みの虫」だけが「いとあはれなり」の主語になっているから。（b）は、「ひぐらし」が「ほたる」までと同様、単なる列挙で、「ぬかづき虫」だけが「またあはれなり」の主語になっているから。（c）は、「ほとめきたる」という連体形の下に体言が省略された気持で、「聞きつけたる」の対象になっているからである。**七**の「らむ」については、二三九頁参照。

ものす

英語の do にあたる語である。日本語としては、サ行変格活用の動詞だが、英語の文法でいえば、代動詞に相当する。しかし、英語の do は、前に Do you write a letter? というように動詞が示されていて、その write を受けて Yes, I do. のごとく言うのであり、だしぬけに代動詞 do を持ち出すことはない。これに対して、中古語の「ものす」は、**相手にそのことが理解できる場面**なら、いつでも、いきなり「ものす」と言ってよろしい。だから、解釈者の立場からいうと、自分がその話の相手のつもりになって、話ぜんたいの関係から「ものす」の内容をとらえなくてはいけない。したがって、訳語は千変万化であって、標準的な例を示すことはむずかしいけれど、

(1) 行く。「例の家とおぼしき所にものしたり」（いつもの家と思われる所へ行った）（蜻蛉日記）

(2) 食べる。「物もものしたばで、ひそまりぬ」（食物もめしあがらずにやすんでしまわれた）（土佐日記）

(3) いる。「あるかなきかに消え入りつつものしたまふを御覧ずるに」（生きているのか死んでしまったのか判らないように意識を失った状態でおいでになるのを御覧になると）（源氏・桐壺）

(4) ある。「情けなき御心にぞものしたまふらむと、いとおそろし」（情愛の薄いお心でいらっしゃるだろうと、たいへんこわい）（徒然草）

などが、わりあい多く出てくるようである。

例題 一五

傍線部分を解釈せよ。

いといみじと思《おぼ》して、「我もいとここち悩ましく、(イ)いかなるべきにかとなむ思《おぼ》ゆる」と宣ふ。「(ロ)何か、さらに思ほしものせさせたまふ。さるべきにこそ、よろづの事はべらめ。人にも漏《も》らさじと思ひたまふれば、惟光《これみつ》(ハ)おりたちてよろづはものしはべる」など申す。

（源氏物語・夕顔）

答　(イ) どうなるんだろうかと。「死ぬのじゃないか」と心配する気持。

(ロ) 何をこのうえ思っておいでになりますか。そんな心配はおやめなさいという心持。

(ハ) 何もかもやっております。

光源氏の君が、愛人の夕顔を死なせて、自分も死んでしまいそうな気がしているのを、惟光がなぐさめているところ。「さるべきにこそ」は、「すべてがそうなるはずだったのでございましょう」という意味で、夕顔の急死も、前世からの運命だったのだから、おあきらめなさい——となぐさめるわけである。「おりたちて」は、自分がその事に直接関係することで、「のり出しまして」とでも訳したい。

ゆゆし

「忌忌《ゆゆ》し」がもとの意味で、口に出して言うのが遠慮されるような感じである。それが「とても言えないほどだ」という感じから、程度のいちじるしさをあらわすような意味にも転用された。だから、一般には悪い意味にも良い意味にも使われるわけだが、分類すれば、だいたい次のようなのが代表的な訳語だろう。

a 悪い意味

(1) 不吉だ。「ゆゆしき身にはべれば、かくておはしますも、いまいましう、かたじけなく」〔喪中《もちゆう》の身でございますから、こうしてお過ごしになりますのも、縁起がわるく、もったいなくて〕（源氏・桐壺）

(2) いやだ。「何かめでたからむ。いとにくし。ゆゆしき者にこそあなれ」〔何がりっぱなことなどあるものか。たいへんしゃくだ。いやな奴なんだ〕（枕冊子）

(3) 気味がわるい。「亡《な》くなりて、上《かみ》の御社の一の橋のもとにあなるを聞けば、ゆゆしう」〔死んで、その亡霊が上の御社の一の橋のところにいるそうだということを聞くと、気味がわるくて〕（枕冊子）

b 程度のいちじるしさ

(4) はなはだしい。「おのおの拝みて、ゆゆしく信おこしたり」〔めいめい参拝して、たいそう信仰心をおこした〕（徒然草）。この用法は、連用修飾になるときだけのようである（二九頁参照）。

c 良い意味

(5) すぐれている・りっぱだ。「舎人《とねり》など賜はる際は、ゆゆしと見ゆ」〔舎人（随身）なんかをいただく身分の人は、すばらしいなと思われる〕（徒然草）

このほか、勇ましいという意味にも使われるが、それは、中世になってからの用法らしい。「只今までゆゆしく見えられつる信頼卿」（平治物語）などがその例。おそらくは語源を「勇勇し」とかんちがいしたところから生まれた用法だろうと推定される。

例題　一六

傍線部分を解釈せよ。

「さは翁丸《おきなまろ》」といふに、ひれ伏して、いみじく鳴《な》く。御前にもうち笑はせたまふ。人びと参り集まりて、右近《うこん》の内侍《ないし》めして、「かく」など仰せらるれば、(イ)笑ひののしるを、上《うへ》にも聞こしめして、わたらせおはしまして、「(ロ)あさましう、犬なども、かかる心あるものなりけり」と笑はせたまふ。上《うへ》の女房たちなども聞きて、参り集まりて、呼ぶにも、今ぞ立ち動く。なほ顔など腫《は》れためり。「(ハ)物調ぜさせばや」と言へば、「つひに言ひあらはしつる」など笑はせたまふに、忠隆《ただたか》聞きて、台盤所のかたより、「まことにやはべらむ。かれ見はべらむ」と言ひたれば、「(ニ)あなゆゆし、さる者なし」と言はすれば、「さりともつひに見つくる機《をり》もはべらむ。さのみもえ隠させたまはじ」と言ふ。

（枕冊子）

答　(イ)大笑いする　(ロ)おどろいたことに　(ハ)食物をこしらえさせましょう。　(ニ)あら、いやだわ

（イ）の「ののしる」については、一二一頁参照。中古文では、「ののしる」が他の動詞に付くと、上の動詞の状態・程度を強調する用法になる。（ロ）は、七二頁参照。

備考 有名な翁丸の段で、翁丸という犬が、中宮の愛猫を追っかけた罰に、ひどくなぐられて、ほうり出された。皆は、死んだと思っている。翌日、全身はれあがった犬がやって来た。翁丸とも見えない。しかし、翁丸の話をしていると、この犬が涙をこぼした。その続きである。

らうたし

現代語の「かわいい」にあたる。「かわいい」は、見た感じが愛らしいという場合と、相手に対して愛情を感じるという場合とがあるけれど、中古語の「らうたし」も同様である。lovely と lovable との両方になる。この語の語幹「らうた」に接尾語「げ」がつき、現代語の「愛らしげ」にあたる「らうたげ」という形となり、それをナリ活用の形容動詞にして用いる。「らうたし」が「かわいい」だから、「らうたげなり」は「かわいらしい」と訳すれば、いちばん正確だろう。これと似た語に「らうらうし」というのがある。こちらは、ものごとが上手だという意味と、上品な愛らしさだという意味とがある。すこし違うから、注意してほしい。

例題 一七

あまたへ通ふべかめる透垣《すいがい》の戸を、すこし押しあけて見たまへば、（イ）月をかしきほどに霧りわたれるをながめて、簾《すだれ》を短かく巻きあげて人びとゐたり。内なる人、一人は柱にすこし居隠れて、琵琶《びは》を前に置きて、撥《ばち》を手まさぐりにしつつ居たるに、雲隠《くもがく》れたりつる月のにはかにあかくさし出でたれば、大君「扇ならで、これしても月は招《まね》きつべかりけり」とて、さしのぞきたる顔、(ロ)いみじうらうたげに匂ひやかなるべし。添ひ伏したる人は、琴《こと》の上にかたぶきかかりて、中の君「入る日を返す撥《ばち》こそありけれ。さま異《こと》にも思ひ及びたまふ御心かな」とて、うち笑ひたるけはひ、(ハ)今すこしおもりかによしづきたり。大君「及ばずとも、これも月に離るるものかは」など、(ニ)はかなきことをうちとけ宣ひかはしたる御けはひども、さらによそに思ひやりしに似ず、いとあはれになつかしうをかし。

（源氏物語・橋姫）

一　傍線部分を解釈せよ。

二　大君と中の君との会話によると、この姉妹は、どんなことをしようとしたのか。

三　姉妹の会話を現代語訳せよ。

答

一　(イ)　月が趣ふかく見られるようなぐあいに、ずっと霧がたちこめている
(ロ)　たいそうかわいらしく美しい
(ハ)　もうすこしおもおもしく深みがある。
(ニ)　何でもないことを気楽に話しあっておいでになる御様子

二　撥でまねいて、沈む月をもういちど上らせようということ。

三　「扇でなくても、これ（撥）でもきっと月はよびもどせますわよ」「入日をよびかえす

「撥というのはあるそうですが。風がわりなことを思いつかれるお方ですわね」「思いつかなくても、この撥も月に関係がないわけじゃありませんのよ」

という。姉妹が月をながめながら音楽をたのしんでいる情景で、こんなのを、中古語で「あそび」という。姉（大君）が撥をおもちゃにしていたら、それでよびかえされたかのように月が雲から出たので、じょうだんに「扇ならで……」と言ったわけ。もっとも、扇でよびかえすというのは考えちがいで、それは、あとの妹（中の君）のことばでわかる。「入る日を返す撥こそありけれ」は、入る月を返す扇なんかは聞いたことがありませんね——という気持が下に含まれている。入る日を返す撥というのは、還城楽《げんじょうらく》という舞楽のなかにある手である。「離るるものかは」は反語だが、裏の意味を表に出して訳しておいた。

備考　**透垣**　四〇三頁参照。**霧りわたれる**　「霧り」はfogの意の「霧」のもとになった動詞（四段活用）の連用形。「わたる」は、他の動詞に付き、上の動詞のあらわす状態が時間的または空間的に連続している意を示す。「ずっと」と副詞化して訳すると、たいていの場合に当てはまる。**大君**　長女。**中の君**　次女。あと、妹が何人いても、次女を「中の君」という。

わりなし

「わり」は「ことわり」の「わり」と同じであろう。それが「なし」なのだから、「理無し」で、ものごとに筋道が立たないという意になる。その基本的意味が、英訳すればunreasonableといった感じだろうと思われる。その基本的

(1) むちゃくちゃだ。「わりなく見むとする人もなし」〔無理に見ようとする人もない〕（徒然草）

(2) 〔手がつけられないほど〕つらい・くるしい。「一昨日より腹をやみて、いとわりなければ」（源氏・空蟬）

(3) めっぽう。「忘れたるなどもあらば、いみじかるべき事と、わりなく思《おぼ》し乱るべし」〔忘れているのなんかでもあるなら、ひどく恥ずかしいだろう事だと、やたらに御心配になったにちがいない〕（枕冊子）。この用法は、連用修飾のときに見られる（二九頁参照）。

(4) どうしようもない。「いと、わりなし。さいはての車にはべらむ人は、いかで、とくは参りはべらむ」〔てんで、どうしようもありません。最後の車に乗っています人は、どうして早く参りましょう〕（枕冊子）

などの訳語になる。

例題 一八

通釈せよ。

しのぶの浦のあまの見るめもところせく、くらぶの山も守《も》る人しげからむに、わりなく通《かよ》はむ心の色こそ、あはれと思ふ節ぶしの忘れがたきことも多からめ。親・兄弟《はらから》ゆるしてひたぶるに迎へすゑたらむ、いとまばゆかりぬべし。（徒然草）

答 こっそりする恋愛に、人目も気づまりで、闇にまぎれてたずねてゆこうにも、見はりの人が多い――というような女に、無理をして通うといった情熱にこそ、深く感動させられて、忘れられない事も、いろいろ多かろう。親や兄弟が認めて、公然とむかえるようなのは、たいへんてれくさいにちがいない。

歌をうまく利用して、縁語や掛詞などの和歌的表現が使ってあるので、訳しにくいけれども、本筋になる意味だけを言いあらわすと、右のようなぐあいになる。「しのぶの浦……」は、おそらく

うちはへてくるしきものは人目のみしのぶの浦のあまのたくなは（新古今集・恋二）

によったものであろう。しのぶの浦は、いまの福島県あたりの海岸をいうわけだが、その「信夫」を「人目をしのぶ」の「忍ぶ」にかけ、浦の縁語で「あま」（漁師）といい、海岸の縁で海草の「みる」を持ち出し、それに「見る」をかけている。また、くらぶの山は、山城国すなわち京都府にある山で、古くから歌によくよまれ、鞍馬《くらま》山の古名ともいわれている。その「くら」を「暗《くら》」にかけたもの。これも和歌にしばしば出てくる修辞である（四三七頁参照）。

b　現代語と意味のちがうもの

以上で中古語らしい中古語の代表的なものを、ざっとながめてみたが、これらは、あま

りなじみがないから、その意味も正面から憶えてゆくよりほかないわけで、面倒なようだけれど、かえって誤りが少ない。ところが、これから挙げてゆくのは、現代語にもある程度まで生きている種類のもので、なまじっか知っているような気がして、つい誤解しやすいのである。だから、あくまでも「中古語としての用法」を、正確に憶えなくてはならない。そのためには、いつも

中古の用法＝○○○○○
現代の用法＝○○○○○

というような対照の形式で憶えてゆくのがよいであろう。カードの表と裏とに分けて書くのもよかろうし、右のように並べて書くのもよい。とにかく、常に対照を忘れないことである。

あからさま

いま「あからさまにいうとね、あいつ、要領が悪いんだよ」など使うが、中古語のは、まるきりちがう。もともと「にわかだ」「急だ」という意味の形容動詞（ナリ活用）なのである。それが、平安時代には、多く「本格的でない」「一時的だ」「仮のものだ」などの意味に用いられた。平安時代の語法をまねた文章すなわち擬古文でも同様である。だから、

あからさま｛中古＝かりそめ／現代＝はっきり｝

と憶えておくがよろしい。この「あからさま」が「にも」を伴って「あからさまにも」となると、下にたいてい打消しが来て、「すこしも」「まったく」など訳するような意味に使われる。英語の at all に近い。

例題 一九

久しくへだたりてあひたる人の、我がかたにありつること、かずかずに残りなく語りつづくるこそ(イ)あいなけれ。(ロ)へだてなくなれぬる人も、ほどへて見るは、(ハ)はづかしからぬかは。(ニ)つぎざまの人は、(ホ)あからさまにたちいでても、けふありつる事とて、息もつぎあへずかたり興ずるぞかし。(ヘ)よき人の物語するは、人あまたあれど、ひとりにむきていふを、おのづから人も聞くにこそあれ。よからぬ人は、誰ともなく、あまたの中にうちいでて見る事のやうにかたりなせば、みなおなじく笑ひののしる、いと(ト)らうがはし。をかしき事をいひても、いたく興ぜぬと、興なき事をいひてもよく笑ふにぞ、しなのほどは測《はか》られぬべき。

（徒然草・五六段）

一　傍線部分を解釈せよ。

二　次の文を現代語訳せよ。

（a）おのづから人も聞くにこそあれ。
（b）しなのほどは測られぬべき。
三　右の文で、話し手は、どんな態度が望ましいと考えているか。簡単に説明せよ。

答

一　（イ）興ざめだ。〔二七頁参照〕
（ロ）気がおけずしたしくつきあっている人
（ハ）遠慮の気分がないものだろうか。いや、きっとある。
（ニ）ひとつ下の層の人
（ホ）ほんのちょっと出かけても
（ヘ）教養の高い人
（ト）そうぞうしい。

二　（a）自然とほかの人たちも聞くというわけなのだ。
（b）教養の程度は、きっと推測できるはずである。

三　相手の気持に対してこまかい心づかいをもち、必要以上にはしゃべらず、おちついて、しかも徹底するように話してゆく態度。

二　（a）の「おのづから」は、「何かのぐあいで」という偶然の意味と「ひとりでに」という自然の意味とがある〔一五三頁参照〕。前後の関係から見て、この場合は後者。（b）で

「しな」というのは、生まれた階級を意味するわけだが、上流の人はかならず教養が高く、下層の者はかならず教養が低いという前提のもとに、主として教養の高さあるいは低さをさすことがある。この場合は、それである。現代のように教育が一般化されていない時代では、それが当然の現象となっていた。「笑ひののしる」については、一二一頁参照。三は、要旨の問題である。そのとらえかたについては、四九九頁参照のこと。

あさまし

現代語で「あさましい奴らだ」というときの用法よりもずっと広く、いろいろな意味に用いられる。この語は、もともと「あさむ」という動詞から出た形容詞なのだが、それに、自動詞と他動詞とがあって（両方とも四段活用）、自動詞は「びっくりする」、他動詞は「ばかにする」というように、意味が違っている。それが形容詞化したとき、同じ「あさまし」という形になったので、

a 自動詞系統――思ったよりも程度が上だ。

b 他動詞系統――ひどく程度が低い。

と、両系統の用法がひとつの語に含まれることになったものであろう。訳語は、時によって適当に考えなくてはならないが、代表的なものをあげると、次のようなもの。

【a系統の用法】

(1) 案外だ。意外だ。「あげおとりやと疑はしくおぼされつるを、あさましううつくしげさ添ひたまへり」（元服して童姿よりも見劣りがしやしないかと疑わしく思っておい

でだったが、案外かわいらしさがお加わりになった」〈源氏・桐壺〉。この案外さは、良い方にでも悪い方にでもいう。

(2) ひどいものだ。あんまりなざまだ。「あさましう前《さき》の守《かみ》のし乱りける国にまうできて」〈前の地方長官があきれたざまにめちゃくちゃをやっておいた国にやってきて〉〈宇津保・吹上上〉。これは、案外さのなかでも、とくに悪い方。

(3) なさけない。不愉快だ。「あさましきもの。差櫛《さしぐし》すりて磨《みが》くほどに、ものにつき支《さ》へて折りたるここち」〈なさけない事がら。髪にさす櫛を新調して磨いているうち、物につっかかって折れたときの気分〉〈枕冊子〉

この(2)と(3)とは、b系統の影響で生まれた用法でないかと、私は考えているが、それはともかくとして、(2)でも(3)でも、その裏に**思いがけなさ**の感じが含まれていることは、見のがせない。

【b系統の用法】

(4) 〈素性が〉ごく低い。「あさましき身は、いたづらなる年のみ積もれるばかりにて」〈いやしい素性の私は、くだらない年月ばかりたくさん過ごして参りまして〉〈増鏡〉

(5) 〈事がらが〉お話にならない。「いみじうあはれに、心ぐるしう、見捨てがたきことなどを、いささか何とも思はぬも、いかなる心ぞとこそあさましけれ」〈〈男というものは、〉たいへん同情すべき状態で、きのどくで、とうてい見捨てられないような〈女

を捨てた）ことを、まったく何とも思わないが、どういう心理だろうと、お話にならない」（枕冊子）

(6)（外見が）見ぐるしい。「いみじげに腫《は》れ、あさましげなる犬のわびしげなるが」［たいへんなぐあいに腫れ、みっともない犬であわれなざまのやつが］（枕冊子）

(5)は、(2)(3)と同じような用法だが、こちらは「思いがけなさ」の感じを伴わない。時代があとになると、まだ他の用法も出てくるが、中古の例では、だいたい右の程度におさまるであろう。

例題 二〇

次の文から形容詞をとり出し、それぞれ解釈せよ。

海はなほいとゆゆしと思ふに、まいて海人《あま》の潜《かづ》きしに入るは、憂きわざなり。腰に着きたる緒《を》の絶えもしなば、いかにせむとならむ。男《をのこ》だにせましかば、さてもありぬべきを、女はなほおぼろげの心ならじ。舟に男は乗りて、唄《うた》などうちうたひて、この栲縄《たくなは》を海に浮けてありく、危《あやふ》くうしろめたくはあらぬにやあらむ。のぼらむとて、その縄をなむ引くとか。まどひ繰り入るるさまぞ、ことわりなるや。舟のはたをおさへて放ちたる息などこそ、まことにただ見る人だにしほたるるに、落とし入れて漂《ただよ》ひありく男は、目もあやにあさましかし。（枕冊子）

答　ゆゆし――気にくわない〔六二頁参照〕　うしろめたく――心配で
憂き――いやな　あさまし――いやはやだ
危く――危険で

まず形容詞とは何だかを知っていないと話にならないが、国語の形容詞は adjective とちがって**ク活用**および**シク活用**の用言であることを、この際、はっきり思い出してほしい。次に、それぞれの形容詞が、**この文章のなか**でどんな意味に用いられているかを、よく考えなくてはいけない。辞書的な意味としては、たとえば「ゆゆし」を「恐れ多い」「不吉だ」などと訳しても、けっして誤りではない。しかし、この問題においては、まったく見当ちがいだといわなくてはならぬのである。

備考　**栲縄**　コウゾなどの繊維を原料にした縄。**浮けて**　直訳すれば「浮かせて」だが、実際は、大部分が水中に在るわけだから、「ひたして」と意訳。**ありく**　足で歩くだけでなく、すべて行くことをいう。「浮けてありく」は終止するのでなく、連体形で主格になっている。**落とし入れて**　実際にほうりこむのではなく、女が自分でとびこむのだが、女に対して同情的に書こうとする気持から、こんな表現をしたもの。

例題　二一

(イ)たとしへなくながめしほれさせたまへる夕ぐれに、沖《おき》の方《かた》に、いとちひさき木の葉の浮かべると見えて、漕ぎくるを、あまの釣舟かと御覧ずるほどに、都よりの御消息なりけり。墨染の御衣、夜の御ふすまなど、都の夜寒に思ひやりきこえさせたまひて、七条院より参れる御文、ひきあけさせたまふより、いといみじく御胸もせきあぐる心地すれば、ややためらひて見たまふに、「(ロ)あさましく、かくて月日へにけること。今日あすとも知らぬ命のうちに、いまひとたび、(ハ)いかで見たてまつりてしがな。かくながらは死出の山路も越えやるべうもはべらでなむ」などいと多くみだれかきたまへるを、御顔におしあてて、

たらちねの消えやらで待つ露の身を風よりさきにいかでとはまし　（増鏡）

一　傍線部分を解釈せよ。

二　「都の夜寒に思ひやりきこえさせたまひて」とは、誰が何を思いやるのか。

三　「かくながらは死出の山路も」の「かくながら」は、どんなことを意味しているか。

四　「たらちね……」の歌において、

（a）「露の身」とは誰のことか。（b）歌ぜんたいはどんな心持をよんだものか。

答　**一**　（イ）たとえようもなくもの思いにしずみ、憂鬱になっていらっしゃる〔一一六頁参照〕

（ロ）よくもまあ、こんなふうで年月をすごして参りましたこと。

（ハ）何とかしてお目にかかりとうございます。

二　七条院が、流されていらっしゃる帝のくるしい生活を。

三　帝にお目にかかれないで。

四　（a）七条院

（b）ひとめ会いたいという念だけではかない命を保っていられる母上に早くお会いしたいものだ。

二で答に「帝」としたのは、これが後鳥羽上皇のことであると知っていれば当然だが、それを知っている人は、あまり無いだろう。しかし、「ながめしほれさせたまへる」「ひきあけさせたまふより」の「させたまふ（へる）」に注目するなら、帝でなくてはならぬと考えつくだろう。地の文における「せたまふ」「させたまふ」は、最高の敬語で、天皇とかそれに準ずる人にだけ使うものだから。ただし**地の文**ということは忘れないでほしい（四九頁参照）。**四**で「母上」とやったのは、「たらちね」から出た解釈。

備考　**御覧ずるほどに**　下に「その舟が着いてみると」といった意が省略されている。**思ひやりきこえさせたまひて**　下の「御文」にかかる。「思ひやりきこえさせたまひたる御文」「七条院より参れる御文」と両方が「御文」を修飾するのだが、いっしょにした言いかた。**いかでとはまし**　何とかしてたずねたいものだ。「いかで」は一四九頁参照。「まし」は subjunctive mood で、if… にあたる句が省略されている。二六一頁参照。

あはれ

ものごとに感動して思わず出すことばで、いまなら、「ああ」とか「あっ」とか「あら」とか言うところ。品詞でいえば、感動詞である。したがって、その内容はいろいろであって、特定の色彩に限定されない。それを形容動詞にして「あはれなり」と言うときも同様で、喜怒哀楽そのほか何でも、心につよく感じたのが「あはれなり」である。いまの「哀れなり」よりも、ずっと広い。もっとも、いまの「哀れなり」と同じ用法も、無いわけではない。

(1) かわいそうだ。「また、いとあはれなる事もはべりき。さりがたき妻《め》・夫《をとこ》もちたる者は、その思ひまさりて深き者、かならず先だちて死ぬ」(方丈記)

(2) 恋しい・なつかしい。「下﨟《げらふ》にはべりし時、あはれと思ふがはべりき」(源氏・帚木)

(3) 趣がある。「烏《からす》の三つ四つ二つなど飛びゆくさへあはれなり」(枕冊子)

(4) りっぱだ・感心だ。「御子もいとあはれなる句を作りたまへるを、かぎりなうめでたてまつりて」〔皇子もたいへんみごとな詩句をお作りになったのを、この上なく感服申しあげて〕(源氏・桐壺)

(5) 残念だ・なごりおしい・つらい。「都遠くなるままに、あはれに心ぼそく思《おぼ》されて」〔つらく頼りなくお思いになって〕(大鏡)

(6) しみじみと感ずる・心をうごかされる。「あはれに同じやうなる者のさまかなと見はべりしに」〔しみじみとさせられるような同じような様子をした人のありさまだなあと見

ましたところが」（大鏡）

感動詞として使われているときには、それほど内容をくわしく訳し出さなくてもよいことが多い。その用例は、

・昔、しばし在りし処のなくひにぞあなる。あはれ〔昔、しばらく居た処と同じ名のようじゃな。これはこれは〕（土佐）

・あはれ。しつる所得《せうとく》かな。年来《としごろ》はわろく描《か》きけるものかな〔うーん。もうけ物をしたわい。これまで長い年月、まずい描きかたをしたものだなあ〕（宇治拾遺）

・あはれ、我《わ》が道ならましかば、かく他《よそ》に見はべらじものを〔やれやれ、わたしのやってる方の事だったら、こんなふうに傍観してはいますまいに〕（徒然草）

などのようなものだが、時に応じて適切な訳を考えなくてはいけない。右に挙げた三つの訳をどの場合にでもあてはめてゆくのでは、いかにも知恵の足りない話である。それから、動詞にして、**あはれがる**とか**あはれぶ**とかいう形でも用いられる。意味は、形容動詞のときに準じて考えればよろしい。すこし例をあげておく。

・「いとうつくしう生《お》ひなりにけり」など、あはれがり、めづらしがりて〔「たいそうかわいらしく成長なさいましたね」など、なつかしがり、めずらしがって〕（更級日記）

・霞をあはれび、露をかなしぶ〔霞や露にしみじみ感じ入り〕（古今集・序）。この場合、「あはれび」と「かなしぶ」は同じ意味である。ひとつの事がらを分けて言ったもの

で、**互文**とよばれる修辞法である。

名詞の場合も、同様である。

若葉の梢《こずゑ》すずしげに茂《しげ》りゆくほどこそ、世のあはれも人の恋しさもまされ〔世のなかのしみじみとした情趣も人の恋しさもまさるものだ〕（徒然草）

要するに、たいへん意味のひろい語だから、固定した訳語は与えにくい。その時その時の使いかたをよく吟味するよりほかない。解釈力の差は、こういう語の訳しかたに、はっきりあらわれる。

例題 二二

傍線部分を解釈せよ。

和歌《やまとうた》は、人の心を種として、よろづの言《こと》の葉とぞなれりける。世のなかにある人、(イ)ことわざしげきものなれば、心に思ふことを、見るもの聞くものにつけて言ひ出だせるなり。花に啼《な》く鶯《うぐひす》・水に棲《す》む蝦《かはづ》の声を聞けば、(ロ)生きとし生けるもの、いづれか歌を詠まざりける。力をも入れずして天地《あめつち》を動かし、眼に見えぬ鬼神《おにがみ》をも(ハ)あはれと思はせ、男女《をとこをむな》のなかをもやはらげ、たけき武士《もののふ》の心をもなぐさむるは、歌なり。（古今集・序）

答 (イ) いろいろ経験することが多いものだから

(ロ) すべて生物は、どれだって歌をよまないものがあろうか。

（八）しみじみ感動させ

歌論の源流として有名な『古今和歌集』の仮名序から、歌の本質論を採ってみた。「種」と「葉」とは**縁語**（四三九頁参照）、「花に啼く鶯」と「水に棲む蝦」とは**対句**（四四〇頁参照）であり、

天地を動かし
鬼神をもあはれと思はせ

男女のなかをもやはらげ
武士の心をもなぐさむる

も、それぞれ対句を利用した文脈になっている。なお、「蝦」（かわず）は、今いうカジカであって、アマガエルやトノサマガエルではない。また、「鬼神」は「眼に見えぬ」といわれているとおり、霊魂とか精霊とかをさすのであって、後世いう怖るべき怪物の意味ではない。中国でも、鬼《クエイ》あるいは鬼子《クエイツ》といえば、幽霊《ゆうれい》のことである。

例題 二三

八《は》月晦日《つきつごもり》がたに太秦《うづまさ》にまうづとて見れば、穂に出でたる田に人多くてさわぐ。稲刈るなりけり。「早苗《さなへ》とりしかいつの間《ま》」とはまこと。げにさいつころ賀茂に詣《まう》づとて見しが、あはれにもなりにけるかな。これは、女もまじらず、男の片手にいとあかき稲のもとは青きをもたりて、刀か何にかあらむ、もとを切るさまのやすげに、めでたきことに、いとせまほしく見ゆるや。いかでさすらむ。穂をうち敷きてなみをる、いとをかしう見ゆ。庵《いほり》のさまことなり。

（枕冊子）

一 次の語の意味を問う。
(イ)さいつころ　(ロ)穂に出でたる田　(ハ)なみをる
二 「あはれにもなりにけるかな」とは、どういうことを意味しているのか説明せよ。
三 「庵」とは、この場合、何をさしていっているか。
四 「早苗とりしかいつの間」とはどんな意味か。
五 「いかでさすらむ」を平易な口語に直せ。

答
一 (イ)先般　(ロ)穂になるまで稲の成長した田　(ハ)ならんでいる
二 よくまありっぱに成育したものだということで、その早さに感歎する気分を含む。
三 田を見張りする人のいる小屋
四 「田植をしたのがいつの間にか」の意で、こんなにも早くという余情を含む。古歌の引用であろう。
五 どうしてそんなふうにするのだろう。

四は、「昨日こそ早苗とりしかいつの間に稲葉そよぎて秋風ぞ吹く」(古今和歌集・秋上)の引用である。知っていればそれにこしたことはないが、高校生なら、古歌の引用だと見当がつけば、まず良い方だろう。「もたりて」は「持ちたりて」の「ち」が音便で促音となり、それを表記しない形。「持っていて」と訳するがよい。

備考　**太秦**　山城国葛野郡（いま京都市右京区）の地名。この場合は、広隆寺をさす。**賀茂**　四三一頁参照。**見しが**　「が」は主格をあらわす。**あかき稲**　この「あかき」は赤色でなく、黄・褐色など、いわゆる暖色系統の色をさすのであろう。巻末の例題通釈で「黄ばんだ」と訳したのは、意訳だが、このような場合、あまり原語にとらわれると、かえって珍妙な訳になる。

あやし

この語は、大別して、a「怪し」とb「賤し」との両系統になる。それぞれのなかで、また細かい用法の差があるけれど、細かい差は、うまく訳せなくても、ひどい被害はない。しかし、aの系統に訳すべきものをbの系統に訳したら、一発即死ということになるから、よく注意してほしい。

【a系統の用法】

(1) ふしぎだ・へんだ。「人びとの花や蝶《てふ》やとめづるこそ、はかなうあやしけれ」〔くだらなく、わけがわからない〕（堤中納言）

(2) 普通でない・めずらしい。「斎宮《さいくう》の下らせたまふ別れの御櫛《みくし》ささせたまひては、かたみに見返らせたまはぬことを、思ひかけぬに、この院は向かせたまへりし、あやしとは見たてまつりしものを」〔斎宮が伊勢へおいでになる時の別れのお櫛をおさしになってからは、たがいにおふりむきにならないことになっているのに、意外にも、この院はお向きになっていらっしゃったので、変わってるなとはお見申しあげたのだが〕（大鏡）

(3) 不つごうだ・けしからぬ・よくない。「さはありとも、音聞きあやしや」〔そうだといっても、外聞がよくないよ〕（堤中納言）

(4) 身分が低い。「かくあやしき身のために、あたら身をいたづらになさむやは」〔こんな低い身分のわたしのために、もったいなくも一生を棒に振るはずがあろうか〕（徒然草）

【b系統の用法】

(5) みぐるしい・そまつだ・みすぼらしい。「あやしのやどりに立ちよりては、その家主がありさまを問ひ聞き」〔みすぼらしい宿に立ちよっては〕（増鏡）。中古語の用法では、「やどり」は旅宿の意。「やど」なら「宅」「家」の意である。

例題 二四

傍線部分を解釈せよ。

この殿は、こまつぶりに斑濃《むらご》の緒《を》つけて奉りたまへりければ、「(イ)あやしのもののさまや。こは何《なに》ぞ」と問はせたまひければ、「(ロ)しかじかとなむ申す。廻して御覧じおはしませ。(ハ)興あるものに」など申されければ、南殿《なでん》に出でさせたまひて、廻させたまふに、いと広き殿のうちに、(ニ)残らずくるめきありきければ、いみじう興ぜさせたまへば、(ホ)こと物どもはこめられにけり。（大鏡）

答

（イ）へんな形だなあ。
（ロ）これこれと申します。実際は「コマと申します」と答えたのだが、文章に書くとこうなる。
（ハ）おもしろいものでございます。下に「はべり」が略されたもの。
（ニ）隅《すみ》から隅までくるくる廻ってあるいたので
（ホ）ほかの物はすっかりおしまいになったということだ。

「こまつぶり」は、いまコマというおもちゃ。皇子（後の後一条天皇）は、そんな平民的なおもちゃは、御存知なかったのである。（ホ）の訳で「すっかり」とあるのは、上に「物ども」と複数の形があり、下に「にけり」の「に」で示される確述の用法があるので、その複数と確述とをいっしょに訳したもの。高等技術だから、まねなくてもよろしい。「けり」は伝聞の用法（二六九頁参照）。

備考 **この殿** 藤原行成をさす。十一世紀前半における書の大家。**斑濃** 同じ色で、ある部分を濃くある部分をうすく染めること。**南殿** 「なんでん」の上の「ん」が軽く発音され、表記されない形。寝殿造りで南向きの建物をいうが、大部分は紫宸殿の意に使われる。

例題 二五

その山越えはてて贄野《にへの》の池のほとりに行きつきたるほど、日は山の端《は》にかかりたり。「今は宿とれ」とて、（イ）人びとあかれて、宿もとむる。「所はしたにて、（ロ）いとあやしげなるげすの小家なむある」といふに、「いかがはせむ」とて、そこに宿りぬ。皆人びと京にまかりぬとて、(ハ)あやしの男ふたりぞ居たる。その夜もいも寝ず。この男出で入りしありくを、奥の方なる女ども、「(ニ)などかくありかるるぞ」と問ふなれば、「いなや、心も知らぬ人を宿したてまつりて、(ホ)かまばしもひきぬかれなば、いかにすべきぞと思ひて、え寝でまはりありくぞかし」と、寝たると思ひて言ふ。聞くに、いとむくむくしくをかし。

(更級日記)

注 かまばし＝釜

一 傍線の部分を解釈せよ。

二 「むくむくしくをかし」とは、どんな意味か、またどうしてそう感じたのか。

三 次の「人びと」「人」は誰か。

(イ) 人びとあかれて、宿もとむる

(ロ) 皆人びと京にまかりぬ

(ハ) 心も知らぬ人

答

一 (イ) 皆は手分けして宿をさがす。

(ロ) みすぼらしい庶民の小さな家がある。

(ハ) 下男。ごく身分の低い男の意。

（ニ）何だってそんなにお歩きなさるだ。
（ホ）釜でもちょろまかされちゃったら、どうするべえ。

二　うす気味わるい。夜なかにごそごそされるので。

三　（イ）従者　（ロ）小家の家族の者　（ハ）作者たち

「いかがはせむ」は、「どうしようか」「ほかに方法もない」「しかたがない」等の意味。「問ふなれば」は「たずねるようで」の意。この「なれ」は推定の用法である（二一七頁参照）。「ぬかれなば」の「ぬく」は盗む意で、「月夜に釜をぬかれる」ということわざもある。「かまばしも」を「かまはしも」とよみ、「しも」を副助詞と見るのは、副助詞が係助詞の下にくることになり、変である。「ばし」という副助詞に解する説もあるが、「夢ばしさましたまふなよ」などの「ばし」は、十三世紀ごろからで、この時代にはない。それで「釜ばし」を体言とした。

備考　**贄野の池**　宇治から奈良へ行く途中にあった池。現存しない。**かまばし**　庶民にとっては、釜もたいせつな家財であった。

ありがたし

「あること」が「かたし」だから、「ありにくい」「めったにない」「むずかしい」「稀だ」「めずらしい」「得がたい」などの意味になる。いま「そりゃあ、ありがたいね」などいうときの用法は、中古文には無い。時と場合によっては、「もったいない」「かたじけない」「尊い」などの訳になることもあるが、そんな場合でも、根本の意味としては「容易に有りにくい」という感じがたいへん強い。

例題 二六

傍線部分を解釈せよ。

上《うへ》の(イ)その道を得たまへれば、下《した》も(ロ)おのづから時を知るならひにや、男も女も、この御代にあたりて、よき歌よみ多く聞こえはべりし中に、宮内卿《くないきやう》の君といひしは、まだいとわかき齢《よはひ》にて、(ハ)そこひもなく深き心ばへをのみ詠《よ》みしこそ、(ニ)いとありがたけれ。（増鏡）

答 (イ) その道にお得意であると　(ロ) しぜん時代の傾向をのみこむ　(ハ) 限りもなく深いおもむき　(ニ) なかなか無いことだ。

「そこひ」は、「限り」とか「際限」とか訳するとよろしい。もともと「底」という語と同じ語源なのであろうが、底の意味に用いた例は、あまりない。この宮内卿は、新古今時代の女流歌人で、ゆたかな抒情性にとむ歌をよんだが、若くて亡くなった。そのことは、この文のつづきに見えるから、参考までに引いておく。

この千五百番の歌合の時、院の上のたまふやう、「こたみは皆世にゆりたる古き道の者どもなり。宮内卿は、まだしかるべけれども、けしうはあらずと見ゆればなむ。かまへて、まろが面《おもて》おこすばかり良き歌つかうまつれ」と仰せらるるに、面《おもて》うち赤めて、涙ぐみてさぶらひけるけしき、かぎりなきすきのほどもあはれにぞ見えける。さて、その御百首の歌、いづれもとりどりなる中に、

うすくこき野辺のみどりの若草に跡まで見ゆる雪のむらぎえ

草の緑の濃き淡《うす》き色にて、去年《こぞ》の古雪のおそくとく消えけるほどを推し量《はか》りたる心ばへなど、まだしからむ人はいと思ひよりがたくや。この人、年つもるまであらましかば、げにいかばかり眼に見えぬ鬼神《おにがみ》をも動かしなましに、若くてうせにし、いといとほしく、あたらしくなむ。

〔この千五百番の歌合のとき、上皇（後鳥羽院）がおっしゃるには、「こんどの歌合に加わるのは、みな世間で上手だと認められている練達の人たちだ。宮内卿はまだ早いだろうが、さしつかえないと思われるから……。ぜひ、わたしの顔を立てるほどりっぱな歌をよみなさい」とおっしゃると、顔を赤くして涙ぐんでいる様子には、限りない熱心さが見えて、心をうたれるさまであった。さて、そのとき宮内卿の奉った御百首の歌は、どれもそれぞれみごとだったが、その中に、

うすくこき野辺のみどりの若草に跡まで見ゆる雪のむらぎえ

というのがあった。草の緑の濃いところと淡いところとがあるのによって、去年からの古雪がおそく消えたところかはやく消えたところかを推しはかったとらえかたなど、まだ腕のた

しかでない人には、てんで思いつくことはむずかしいだろう。もしこの人が年をとるまで生きていたなら、ほんとうに、どんなにかすぐれた歌をよみ、目に見えない精霊をも感動させたことであろうに、若くて亡くなってしまったのは、たいへん気の毒で、惜しい。」

いたし

「程度がひどい」というのが基本意味で、漢字を当てるなら「甚し」である。「はなはだし」と同じに考えてよろしい。良い意味にも悪い意味にもなる。後者がとくに肉体的な場合に使われるとき、painful の意になるけれど、全体としては、かならずしもその方面だけに限るわけではない。訳語としては、次のようなのが代表的だろう。

(1) 苦痛だ・痛い。「頭《かしら》いたく、物食はず、によびふし」（徒然草）

(2) かわいそうだ・きのどくだ。「古代なる御書《ふみ》かきなれど、いたしや」（古めかしい御筆蹟だが、おきのどくだ）（源氏・行幸）

(3) ひどい・いちじるしい・はげしい・はなはだしい。「須磨の海人《あま》の塩焼く煙風をいたみ思はぬかたにたなびきにけり」（風がひどくて）（古今集）

(4) りっぱだ・すぐれている・すてきだ。「いといたき事かな。北の方《かた》を誰とか聞えし。詠《よ》みたまひけむ歌は憶《おぼ》ゆや」（たいへんすてきな事ですな）（大鏡）

これが連用修飾になると、ほとんど意味の独自性を失い、単に下の語の意味を強めるだけになる（二九頁参照）。いつでも「たいへん」と訳しておいてよろしい。音便の「いたう」

も同様。

北の屋かげに消え残りたる雪のいたう氷りたるに、さし寄せたる車の轅《ながえ》も、霜いたくきらめきて（徒然草）

動詞にして「いたがる」という形で使うときも、形容詞のときに準ずる。

これをのみいたがり、物をのみ食ひて、夜ふけぬ（こちら（歌）のほうばかり結構がり、物ばかり食べて、夜もふけてしまった）（土佐日記）

この『土佐日記』の「いたがり」は、これまでの注釈はみな「おそれ入る」「恐縮する」「痛み入る」など訳していた。これを「結構がり」としたのは、私の新説のつもりである。

例題 二七

「あな、聞きにくや」とて、笏《さく》して走り打ちたれば、「そよ、そのなげきの森のもどかしければぞかし」など、ほどほどにつけては、かたみにいたしなど思ふべかめり。（堤中納言物語）

通釈せよ。

答 「おや、変なことをいうね」といって、笏でかけよってたたくと、「そら、ごらんなさい。すぐたたくんだもの。そんなひどいことするの、いやだわよ」などいって、自分たち相応の相手で、おたがいに「すてきだ」など思うようなぐあいである。

短編物語集である『堤中納言物語』のなかの「ほどほどの懸想」から採った例文。少年と少女とのかわいらしい恋愛場面で、少年の詠みかけた歌に少女が返歌し、その返歌がちょっと少年をからかったような気分なので、ふざけ半分にたたいたのである。「なげき」は「歎き」と「投げ木」をかけたもの。笏でポンとたたかれたのを、木がとんで来て身体に当たったように、しゃれていった。「歎き」の方は、たたかれて悲観するという意味。もちろん、これは、ことばの上で悲観してみせるだけである。そうして、裏に「願事《ねぎごと》をさのみ聞きけむ社《やしろ》こそ果《はて》はなげきの森となるらめ」(古今集・一〇五五)をにおわせている。これだけの内容を直訳的に言いあらわすことはできない相談なので、意訳しておいた。「もどかし」は、じれったいという意味の用法とは違う。「もどく」すなわち非難するという意の動詞が形容詞化したもので、「非難されてよい」の気持である。「いたし」は、(4)の用法。「恋に心を痛めている様子だ」と解釈する説もあるが、誤り。

いつしか

現代語で「講義を聞いているうち、いつしか眠ってしまった」などいうのとは、まるきり違う。「いつか」に強めの副助詞「し」が加わった形で、その「し」を「ぜひ」と訳するなら、基本意味は「いつかわからないが、ぜひ……」ということになるだろう。それが、場面によって、(1)ぜひ早く・何とかして早く・いったい何時になったら——等、未来の事に訳するのと、(2)早くも・もはや・思ったよりも早く——等、すでに起こった事に訳するのと、両様になる。どちらにしても、気持に「早く」という意味を含ませて訳するのがよろしい。中古文では、(1)の用法が多い。形容動詞「いつしかなり」は、(2)の系統だけで、あまりにも早すぎるの意に用いられる。

例題 二八

夜半《よなか》ばかりより船をいだして漕ぎくる道に、手向《たむ》けする所あり。かぢとりして、(イ)幣たいまつらするに、幣の東《ひむがし》へ散れば、かぢとりの申して奉る言《こと》は「この幣《ぬさ》の散るかたに、(ロ)御船すみやかに漕がしめ給へ」と申して奉る。これを聞きて、ある女の童《めわらは》の詠《よ》める、

わだつみの道触《ちぶり》の神に手向けする幣の追風《おひかぜ》やまず吹かなむ

とぞ詠める。この際《あひだ》に、風のよければ、かぢとりいたくほこりて、船に帆《ほ》あげなどよろこぶ。その音を聞きて、童《わらは》も媼《おむな》も、(ハ)いつしかとし思へばにやあらむ、いたくよろこぶ。

（土佐日記）

一　傍線部分を解釈せよ。
二　「わだつみの」の歌を解釈せよ。

答　一　(イ)ヌサをさしあげさせること
(ロ)お船を早急に漕がせてくだされ。
(ハ)なんとかして早くと、そればかり思うからだろうか。

二　海路をお守りくださる神様にさしあげるヌサを吹きやった風よ、どうか、ずっと順風であっておくれ。

土佐の国守が任期満了して海路帰京する。しかし、天候のぐあいや海賊出没のうわさで、船はなかなか進まない。船中の人たちは、まさに「帰心、矢の如し」という状態である。そういった心理から、「いつしか」の感じを把握していただきたい。帆をあげる音だけで、みなが喜び勇むのである。「手向け」は、旅人の安全を守ってくれる神すなわち道祖神に対して、お祈りのため、何かをさしあげること。多くは、幣といって、細長くあるいはこまかく切った布を用いた。この場合は「散れば」「散るかた」とあるから、小さく切った布片であろう。陸上では、坂のいちばん高くなったところに、多く手向けをする場所があったので、「たむけ」が音便で「たうげ」(峠)となった。しかし、海路でも、手向けをする場所があちこちに存在したらしい。

備考　**かぢとり**　ふつう「船頭」と訳するが、その船の航行に関する責任者であり指揮者である人だから、船長というほうが近い。**たいまつらする**　「たてまつらする」のいくらか口語的な言いかた。「する」は使役助動詞「す」の連体形。**すみやかに**　早く。漢文をよみくだす時に多く用いる語なので、いくらか固い感じに訳するのが高等技術。**漕がしめたまへ**　この「しめ」は使役助動詞「しむ」の連用形。「す」「さす」よりも、あらたまった言いかた。これも固い感じに訳するのがよろしい。**道触の神**　旅路の守護神。**ほこりて**　「自慢して」の意に解する説もあるが、適切でない。中古語の「ほこる」には、元気になる・勢づく等の用法がある。この場合もそれ。**いたく** 二九頁・九〇頁参照。

うつくし

現代語の「美しい」とは、かならずしも一致しない。「かわいい」「かわいらしい」という意味がもとで、平安時代までの用例は、たいていそれである。「らうたし」と同様 lovely と英訳できるが、その love という意味あいは、「うつくし」のほうが強いようである。それは、この語と同系統の「うつくしむ」（かわいがる）・「うつくしぶ」（かわいがる）・「うつくしがる」（かわいく思う）・「うつくしげなり」（かわいらしい様子だ）等と比較してもわかるだろう。時としては beautiful と訳せる用例も出てくるが、この beautiful にあたる意味は、鎌倉時代より後に多いようである。「これなる松にうつくしき衣懸かれり」（謡曲「羽衣」）などは、あきらかに beautiful だけれど、「三寸ばかりなる人、いとうつくしくて居たり」（竹取物語）は、かわいい、つまりその相手をかわいがりたくなるような感じである。言いかえると、平安時代以前は**主観的**な性質がつよく、鎌倉時代以後は**客観的**な傾向がいちじるしいわけ。現代語の「美しい」に当たる中古語は「きよらなり」である。

例題　二九

通釈せよ。

ある人の子のわらはなる、ひそかに言ふ。「麿《まろ》、この歌の返しせむ」と言ふ。おどろきて、「いとをかしきことかな。よみてむやは。よみつべくは、はや言へかし」と言ふ。「『まからず』とてたちぬる人をまちてよまむ」とて求めけるを、夜ふけぬとにやありけむ、やがていにけり。「そもそも、いかがよんだる」と、いぶかしがりて問ふ。このわらは、さすがに恥ぢて言はず。しひて問へば、言へる歌、

ゆく人もとまるも袖の涙川みぎはのみこそぬれまさりけれ

となむよめる。かくはいふものか。うつくしければにやあらむ、いと思はずなり。

（土佐日記）

答 ある人の子でまだ幼少なのが、こっそりと「あたしがこの歌の返歌をするわ」という。びっくりして「こりゃすてきだね。ほんとうに詠《よ》めるの。詠めるのなら、さあ、言ってごらんよ」という。子どもは、「「おいとましましょうかな」って行っちゃった人が来たら詠むの」というので、追っかけたとかだが、夜おそくなったからというのか、とっとと帰ったそうな。「いったい、どんなふうに詠んだの」と、知りたがって訊《き》く。この子は、さすがにはずかしがって言わない。むりに訊くと、いった歌は、

京へ帰ってゆく人も、ここに残る人も、別れを惜しんで泣くので、袖をぬらす涙の川は、水のかさがどんどん増して、いよいよ深く濡れてゆくばかりです。

と詠んだのである。こうもうまく詠むものか。かわいいと思うからだろうか、実に意外な出来ばえだ。

五一頁に出した例文のつづきである。「詠みてむやは」は、ちょっと厄介だが、「て」は確述の助動詞「つ」の未然形。「む」はいわゆる推量の助動詞である。「てむ」は、普通には、意思をあらわすときに用いる。ここでは、相手に念を押す気持。「やは」を反語とし、「お前なんかに詠めるものか」と言ったのだとする説もあるが、適当でない。「いにけり」を「帰ったそうな」と訳したのは、「けり」を伝聞に解したからである（二六九頁参照）。「詠んだる」は、「詠みたる」の撥音便である。

うるはし

これも現代語とすこし違った用法である。**感歎する感じ**が基本意味であるけれど、それは、感歎する相手がりっぱだからで、そのりっぱさは、いつも**整然とした感じ**で裏づけられている。いくらか近づきにくいような感じもあり、したしみやすい「うつくし」とは同じでない。場合によっていろいろ訳するのは、いつものとおり。次の用例でよく理解してほしい。

(1) すばらしい・みごとだ。「青垣山こもれる大和しうるはし」（古事記・景行）
(2) きちんとしている。「小舎人は、ちひさくて、髪のうるはしきが」（枕冊子）
(3) 行儀がよい。「すずろに飲ませつれば、うるはしき人も忽ち狂人となりて」（徒然草）
(4) 本格的だ・模範的だ。「まことにうるはしき人の調度の飾りとする、定まれる様あるものを」（源氏物語・帚木）

そのほか「きちょうめんだ」「まっすぐだ」「りっぱだ」「正式だ」など訳するときもある。

例題 三〇

傍線部分を解釈せよ。

牛飼は、おほきにて、髪あかしらがにて、顔の赤みてかどかどしげなる。雑色《ざふしき》・随身《ずいじん》は、ほそやかなる、よき。男《をのこ》も、なほ若きほどは、さるかたなるぞよき。いたく肥えたるは、ねぶたからむ人と思はる。小舎人《こどねり》は、ちひさくて、髪のうるはしきが、すそさはらかに、声をかしうて、かしこまりてものなどいひたるぞ、らうらうしき。

（枕冊子）

答（イ）気の利いた様子の（がよい）。

（ロ）そういうぐあいなのが結構だ。「さるかた」は「ほそやかなる」をさしている。

（ハ）きちんとしているのが

（ニ）毛の末の方がさらさらしていて

「あかしらが」とは変なことばだが、赤毛のことらしい。「赤い白墨」というのと同じ理屈だろう。しかし、この所は、三巻本は「あららかなるが」となっており、そちらで解するなら、「ごわごわしているのが」となる。雑色は、蔵人所をはじめ、摂政とか関白とかの家におかれて、雑用をする者。随身は、近衛府の舎人《とねり》で、上皇・摂政・関白または特定の資格をもった大臣・参議・納言・大将などが外出するとき、武装して供をした者。小舎人は、近衛府の中将・少将が使う下廻りの少年である。「すそ」は、三巻本では「すぢ」とある。

かしこし

現代語の「賢い」と同じような用法もあるが、そうでない例が多いので、よく注意して見別けなくてはいけない。前問に出てきた「かしこまり」と同じ系統のことばだから、恐縮するような感じを基本意味としてとらえ、その背後に敬意を生かした訳や、特別だといったような気持の加わった訳を工夫すればよい。用法と訳語の例として、

(1) おそろしい。「かしこき海に船出せり見ゆ」(万葉集・一〇〇三)
(2) おそれ多い。「勅なればいともかしこし」(拾遺集・五三一)
(3) かたじけない。「かしこきおほせごとをたびたび承はりながら」(源氏・桐壺)
(4) りっぱだ。「乗りたる馬、いとかしこしとも見えざりつれど」(宇治拾遺)
(5) 良いぐあいだ。「風ふかず、かしこき日なり」(源氏・若紫)
(6) 才能がある。「かしこしとても、一人二人、世の中をまつりごちしるべきならねば」(才能があるといったって、一人や二人で社会を統治してゆけるものではないから)(源氏・帚木)
(7) たいへん(連用修飾)。「故大納言は、内に奉らむと、かしこういつきはべりしを」(なくなられた大納言は、宮中にお仕えさせようと(むすめを)たいへん大事にお育てにな

ったのだが」（源氏・若紫）。この用法は、「かしこく」あるいはその音便形の「かしこう」と、連用形にだけ出てくる（二九頁参照）。

などがある。現代語の「かしこい」は、(6)の用法がいくらか狭義になったもの。だから、本来は、たんに知識がすぐれているだけでなく、畏敬するに値するほど有能だという意だったろう。

例題 三一

無きことによりてかく罪せられたまふを(イ)かしこくおぼしなげきて、やがて山崎にて出家《すけ》せしめたまひて、都遠くなるままに、あはれに心細くおぼされて、

(ロ)君がすむやどの梢をゆくゆくも隠るるまでにかへりみしはや

また播磨《はりま》の国におはしましつきて、明石《あかし》の駅《うまや》といふ所に御宿りせしめたまひて、駅《うまや》の長の(ハ)いみじう思へるけしきを御覧じて、作らしめたまへる詩《からうた》いとかなし。

駅 長 無《カレ》レ驚《ク》 時《ノ》 変 改《スルヲ》　一 栄 一 落 是《ハ》レ 春 秋

（大鏡）

一　傍線部分（イ）を解釈せよ。

二　「君」とは次のうちどれが適当か。

主君　妻　友人　恋人

三　「いみじう思へるけしき」とは、どういう意味か。また、駅の長は何を感じてそう思ったのか。

答 一 ひどくお悲しみになって。「かしこく」は連用修飾なので、下の語の意味を強調するだけの用法。

二 主君。ここでは法皇。

三 たいへんきのどくに思っている様子。流される人は、誰でもきのどくだが、高位高官にあり、人格としてもりっぱな人であるだけに、ひどく感じたのである。

「かしこく」は、テクストによっては「からく」ともなっているが、二九頁に述べたような理由で、「かしこく」でも「からく」でも意味は同じようなことになる。「君」は、妻とする説もあるが、やはり法皇をさすと見るべきだろう。この歌は『拾遺和歌集』に収められており、「流されはべりて後いひおこせてはべりける」と詞書にある。この詞書から考えても、法皇（宇多法皇）をさすものと解するのがよいようである。

なお、「出家せしめたまひて」「御宿りせしめたまひて」「作らしめたまへる」は最高敬語のように見えるが（四九頁参照）、これは『大鏡』が老人の話という形式をとっているので、普通の地の文と違うためである。大臣でしかない菅原道真に「しめたまふ」を使ってよいわけ。

備考 **山崎** 京都から大阪へゆく途中にある町。淀川の右岸。**播磨** 兵庫県。**駅** 宿場。馬とか舟とかを準備して旅人にサーヴィスした所。そこで馬や人夫の世話をした親方が長である。

かなし

つよい感情の動きを表現する形容詞。感動詞の「あはれ」と同じような意味をもつから、比較してみるがよろしい。現代語は悲哀の意味にだけ用いるが、それは部分的な用法にすぎない。感情は、喜・怒・哀・楽といろいろに動くが、「かなし」は、そのどれにでも適用される。訳語を中心として整理すれば、

(1) かわいい。「四十人の子どものかなしく、千人の眷属《けんぞく》のかなしきによりて」(宇津保・俊蔭)

(2) ありがたい。「母の恩のかなしく、乳房《ちぶさ》の恋しさになむ」(宇津保・俊蔭)

(3) すてきだ。「陸奥《みちのく》はいづくはあれど塩釜の浦こぐ舟の綱手《つなで》かなしも」(奥羽地方はどこといってすてきな観どころもないけれど、塩釜の浦をこぐ舟のひっぱり綱だけは、すてきな観ものだ)(古今集・一〇八八)

(4) かなしい(自分について)。もちろん現代語の「かなしい」の意。「世のなかはむなしきものと知る時しいよよますますかなしかりけり」(万葉集・七九三)

(5) きのどくだ(他人に対して)。「母のものも食はであるを見て、いみじうかなしと見て」(宇津保・俊蔭)

などになる。そのほか、前後の関係によって、適当な訳語を工夫しなくてはならない。「かなしむ」「かなしぶ」と動詞になっても、「かなしさ」「かなしび」と名詞になっても、

だいたい右のような意味から解釈できよう。たとえば、『宇津保物語』俊蔭の巻で、孝子仲忠が熊にむかって自分の母に対する愛情をのべた条の、

牝熊《めぐま》・牡熊《をぐま》、荒き心を失ひて、涙を落として、親子のかなしさを知りて……。

などは、「親子の情のふかさを」、すこし難しくやれば「親子の至情を」とでも訳するのがよい。これは臨機応変の例。

例題 三二

傍線部分を解釈せよ。

孝養《けうやう》の心なき者も、子もちてこそ、親の志は思ひ知るなれ。世を捨てたる人のよろづにするすみなるが、(イ)なべてほだし多かる人のよろづにへつらひ望ふかきを見て、(ロ)むげに思ひくたすはひがごとなり。その人の心になりて思へば、(ハ)まことにかなしからむ親のため妻子《さいし》のためには、恥をも忘れ盗みもしつべきことなり。されば、盗人を禁《いまし》め、ひがごとをのみ罪せむよりは、世の人のうゑず寒からぬやうに(ニ)世をばおこなはまほしきなり。

（徒然草・一四二段）

答 (イ) いろいろ関わりの多い人　(ハ) ほんとうに愛するような親
(ロ) いちがいに軽蔑《けいべつ》するのはまちがいだ　(ニ) 天下の政治をやってゆきたいものだ。

「するすみ」とは、変なことばだが、「何にもない」ことである。どうして「するすみ」と

いうのかは、よくわからない。ここは、下の「ほだし多かる」から考えて、係累がないことである。あとの方に出ている「ひがごと」は、悪事と訳したらよいであろう。

くちをし

現代語では「くちおしい」も「くやしい」も同じく「残念だ」という気持で、区別がないけれども、中古語の「くちをし」は不満だという感じがもとで、「くやし」は後悔する意味がもとである。「くちをし」は、「口に出していうのがもったいないぐらいだ」というのが原義であろう。「くやし」は「悔ゆ」から出た形容詞。

くちをし——ものたりない
くやし——後悔される

という対照で憶えておくこと。訳語は、

(1) ものたりない・不満だ。「御坊はくちをしきことしたまへるものかな。おのれ酔ひたることはべらず。高名つかまつらむとするを、抜ける太刀むなしくなしたまひつること」〔つまらないことをなさったもんだな〕(徒然草)

(2) りっぱでない・水準に達していない・下賤だ。「とるかたもなくくちをしき際と、優なりとおぼゆばかりすぐれたるとは」〔てんで問題にならず水準以下のクラスと、優雅

だと感じられるほどすぐれているのとは」（源氏・帚木）

(3) しゃくにさわるがどうにもならない・残念だ。「かくうつくしうおはする御髪《みぐし》をえ見たてまつらぬこそ、心うくくちをしけれ」〔こんなにかわゆげでおいでになる御髪を見せていただけないのが、つらく残念です」（大鏡）

などが普通である。

例題 三三

通釈せよ。

雪のおもしろう降《ふ》りたりし朝《あした》、人のがり言ふべき事ありて文《ふみ》をやるとて、雪のことなにとも言はざりし返事《かへりごと》に、「この雪いかが見ると、一筆のたまはせぬほどのひがひがしからむ人のおほせらるること、聴き入るべきかは。かへすがへすくちをしき御心なり」と言ひたりしこそ、をかしかりしか。（徒然草・三一段）

答 雪のみごとに降っていた朝、人のところへ言ってやらなくてはならない用件があって手紙をやる際、雪のことを何とも書かなかったその返事に、「この雪をどんなふうに見るかと、ちょっと言ってくださらないほど風流気の無いみたいなお方がおっしゃることなんか、相手にできるものですか。ほんとうにまあ、ものたりない御心です」と書いてあったのは、たいへん趣のあることだった。

「おもしろう」を「みごとに」と訳したテクニックは、味わっていただきたい。形容詞「おもしろし」も、現代語「おもしろい」と同じでない点がある。つまり、中古語では、自然・景色・品物など客観的な存在に対して、興趣の深さを感じる意が主だったのである。主観的に、快適だ・愉快だ等の意に用いられることもあったが、それほど多くはない。「ひがひがし」は、ひねくれているということだが、この場合は、風流な精神をもとうとしない点を「ひがひがし」と批評したわけなので、意訳した。ただし「ひがひがしき」でなく「ひがひがしからむ」なので、仮想の気持に基づくやわらげの語法を訳文に出したい。

心あり

たいへん厄介なことばである。要するに「心」が「有る」ということなのだが、その「心」の内容によって、いろいろな意味になる。人の心は、心理学の教えるところでは、a理知・b感情・c意志の三種類になるという。そのうち、中古語で「心あり」というときの「心」は、主にaとbとであって、cに当たる用法はあまり出てこない。

【a系統の用法】

(1) 道理を心得ている・しっかりしている。「すこし心ある際《きは》は、みなこのあらましにてぞ、一期《いちご》は過ぐめる」〔すこしもののわかった程度の人は、みなこういう計画だけして、一生が過ぎてゆくようだ〕(徒然草)。場合によって、「気が利いている」「機転が利く」などの意味にもなる。

【b系統の用法】

(2) 思いやりがある・情味がふかい。「この来たる人びとぞ、心あるやうには言はれ」〔このやってきた人たちが、殊に友情があついと言われ〕（土佐日記）

(3) 情趣がわかる・趣味が豊かだ。「心あらむ友もがなと、都恋しうおぼゆれ」〔風雅の情のわかるような友人がほしいものだと〕（徒然草）

このほか、人に対する場合でなく、歌の作りかたについて「心あり」と言ったような例は、たいへん複雑で、

(イ) 作者の思いが豊かにこもっている。
(ロ) 趣向として気が利いている。
(ハ) 詠もうとするものが、いかにもそれらしい在りかたでとらえられている。
(ニ) 詠もうとするものが作者とひとつになって、すこしも隙がない。

など、いろんな用法があり、学者を悩ませているけれど、高校生程度の人はあまり出あわない用法だろうと思う。この「心あり」の反対が「心なし」で、意味は「心あり」の逆をそれぞれ考えればよい。「心あり」がいっそう強くいわれると「心ふかし」になる。「心ふかし」は、人について言うよりも、自然の景色などに対して言われることが多い。その時は、趣がふかい・情趣が豊かだ等の訳語が当たる。

例題 三四

通釈せよ。

八木《やぎ》のやすのりといふ人あり。この人、国にかならずしも言ひ使ふ者にもあらざなり。これぞ、たたはしきやうにて、馬《むま》のはなむけしたる。守《かみ》がらにやあらむ、国人《くにびと》の心の常として、「今は」とて見えざなるを、心ある者は、恥ぢずになむ来ける。これは、ものによりて賞《ほ》むるにしもあらず。（土佐日記）

答 八木のやすのりという人がいる。これは、なにも国の役所で召し使っている者でもないようだ。が、この人が、りっぱなさまに餞別をしてくれた。守の人がらの故であろうか、国人の心理としては、たいてい「もう用はない」とばかり、来ないようだが、情誼をわきまえた者は、おかまいなくやって来たことだ。これは、物をもらったので、ほめるわけではない。

「あらざなり」「見えざなる」は、それぞれ「あらざンなり」「見えざンなり」で、その撥音「ン」を表記しないもの。「ン」は「る」が撥音化したものである。現代語でも「有るのよ」を「有ンのよ」と言う女性が無いわけではない。「たたはしき」は、古いことばで、りっぱな・堂々たるなどの感じの形容詞である。「馬のはなむけ」は、これだけで一語。送りに来た人たちが、送られる人の行く方向へ馬の鼻を向けるからだという。後には、単に「はなむけ」となった。

すさまし

「すさまじ」と濁音によむ資料もあるけれど、一般的には「すさまし」だったろうと思う。形容詞の活用語尾はふつう清音であるばかりでなく、謡曲では各流ともかならずスサマシと発音しているからである。いま「凄まじい」などいうのとはちがい、漢字の「冷」にあたる感じで、熱中できないような気分のとき使われる。訳語は、

(1) 興味がわかない・気にくわない・つまらない。「すさましきもの。昼ほゆる犬・春の網代《あじろ》・三四月の紅梅の衣《きぬ》・児《ちご》の亡くなりたる産屋《うぶや》」(枕冊子)

(2) 不景気だ・ぱっとしない。「設けなどしたりけれど、すさましかりければ」(席のしたくなどしたのだが、シケていたので)(古今集)

(3) ものさびしい。「年くれてわがよふけゆく風の音に心のうちのすさましきかな」(年末のいま、だんだん年をとってゆく自分のことを思うと、夜ふけの風の音を聞くにつけても、心のうちは何とさびしいことであろう)(紫式部日記)

など。「風すさまし」なんかいうときは、「風がはげしい」と訳したいところで、中世になると、そういう用法も有るが、中古の文章では、やはり「風がものさびしく吹く」というように訳すべきだろう。

例題 三五

傍線部分を解釈せよ。

すなほならずして拙《つた》なきものは、女なり。その心にしたがひてよく思はれむことは、心うかるべし。されば、何かは女の恥かしからむ。もし賢女あらば、それも、ものうく、すさましかりなむ。ただ迷ひを主《あるじ》としてかれにしたがふとき、やさしくもおもしろくも思《おぼ》ゆべきことなり。

（徒然草・一〇七段）

答 （イ）こういう女の気に入るようにして、よく思われることがあるとしたら、それはなさけないことだろう。

（ロ）したしみにくく、気にくわないものにちがいない。

「女の恥かしからむ」は、「女に対して気がねする必要があろうか」の意。賢女といえば、りっぱな女性のようだが、実際そんな人がいたとするなら、とてもおつきあいできませんな――という兼好の考えかたからいうと、世のなかにろくな女性はいないわけで、ただ「迷い」が男を占領している間だけ、女がりっぱに見えるというのである。青年諸君にはちょっと同感しにくい論だろう。「おもしろく」は、前にも出てきたが（一〇五頁参照）、この場合は、対象としての女性に対して興趣を感じる意で、to be interested in よりも to be attracted by のほうでないかと思う。

なかなか

うっかりすると、現代語の「なかなかスピードのあるボールだね。ちょっと打てないよ」などいう用法と混同しやすい。しかも、中世語には、かなり違った用法があるので、よほど注意を要する。中古語の「なかなか」はナリ活用の形容動詞だが、語幹を副詞に使ったときの例で憶えると、わかりやすい。この語には、両様の意味があって、

(1) かえって・反対に・むしろ。「よろづところせき御ありさまよりは、なかなかやすらかに、御幸など御心のままならむとにや」（万事きゅうくつな状態でおいでになるよりは、かえって気楽で、御幸なども自由にあそばされようというわけだろうか）（増鏡）

(2) なまじっか。「なかなか文を御覧じてこそ、いとど思ひはまさらせたまひて候ひしか」（なまじっか手紙を御覧になって、いっそう恋しさがひどくおなりでした）（平家）

というようなぐあいになる。これが、形容動詞に使われる場合は、そのどちらかに属するわけだが、前後の関係によって、訳語はいろいろになる。(1)系統の用法として、

かしこき御蔭《みかげ》をばたのみきこえながら、おとしめ疵を求めたまふ人は多く、わが身はか弱く、ものはかなきありさまにて、なかなかなるもの思ひをぞしたまふ（かたじけない天皇のお情けにお頼り申しあげてはいるものの、けなしたり欠点をみつけようとしたりする人が多く、自分の健康はすぐれず、心細い気にばかりなって、しなくてもよい心配をなさる）（源氏・桐壺）

のような例がある。「かえってである心配」「むしろである心配」等では、訳にならない。こんなときは、意訳するよりほかない。⑵系統の用法としては、

「殿上にていひ期《き》しつる本意《ほい》もなくては、など、帰りたまひぬるぞ。いとあやしくこそありつれ」とのたまへば、「さる事には何のいらへをかせむ。いとなかなかならむ。殿上にても言ひののしりつれば、上《うへ》も聞《きこ》しめして興ぜさせたまひつる」と語る（「殿上で約束した予定も果たさないで、何だって、お帰りになっちゃったんですか。どうもけしからんことでした」とおっしゃると、「ああいう事に対しては、どう返答できるもんですか。たいへん中途はんぱな返答になるでしょう。殿上でも大評判でしたから、天皇もお聞きになって、おもしろがっておいでになりました」と話す）（枕冊子）

のような例がある。清少納言の機知にしっぽを巻いた殿上人が「なかなかならむ」と言っているわけで、これも「たいへんなまじっかでしょう」と直訳したのでは、何のことかわからない。「中途はんぱ」と訳したのは、ちょっとおもしろい技巧のつもりである。このほか、中世語にはaぜったい（at all）・bそうだとも（certainly）等の意がある（一八三頁参照）。

例題 三六

心には、重くなるけぢめもおぼえ⑴はべらず。そこと苦しきこともなければ、たちまちにかくしも思ひたまへざりしほどに、月日経《へ》で弱り⑵はべりにければ、今は(イ)うつし心

も失せたるやうになむ。惜しげなき身を、さまざまにひきとどめらるる祈《いの》り・願《ぐわん》などの力にや、さすがにかかづらふも、なかなか苦しうはべれば、心もてなむ急ぎたつ心ちしはべる。さるは、この世の別れさりがたきことは、いと多く、おほかたの歎きをばさるものにて、また心のうちに思ひたまへ乱るることのはべるを、かかる今はのきざみにて何かはもらすべきと思ひはべれど、なほしのびがたきことを、誰にかはうれへはべらむ。

（源氏物語・柏木）

一　右の文章は、柏木という通称でよばれる貴公子が、親友の夕霧に話していることばである。これは、どんな場面であると推察されるか。理由を示して答えよ。

二　傍線部分（イ）（ロ）（ハ）（ニ）（ホ）を解釈せよ。

三　傍線を施した「はべり」およびその活用形（1）〜（7）は、違った用法がまじっている。どれがどの用法に属するかを示せ。

答

一　危篤状態。（理由）「重くなる」「弱り」「うつし心も失せたる」「この世の別れさりがたきこと」「今はのきざみ」等が、すべて病状の悪化を示す。

二　（イ）意識　（ロ）とどまる　（ハ）かえって　（ニ）とはいうものの　（ホ）臨終の際

三　動詞「あり」の丁寧態――(3)・(5)

丁寧の助動詞――(1)・(2)・(4)・(6)・(7)

いきなり二の設問を出しても、なかなか答えられるものではない（というと洒落のようだが）。つまり、なじみのない文章で、誰がどんな状況のもとに何を述べているのか、見当がつきにくいから、部分の解釈も自信をもってはできないだろう。そこで、まず一の設問によって、問題文がだいたいどんな事がらを述べているか――推察してもらったわけ。この「推察」がコツだ。問題に出てくる古語を百パーセント知っているなどいうことは、多くの科目の勉強でいそがしい高校生諸君にとって、期待すべきでない。「どうせ、ある程度までは知らない古語が出てくるにきまっている」と、最初から腹をすえていれば、この例題ぐらいの難問にぶつかっても、あわてないですむ。

一の答で、理由のひとつに「今はのきざみ」をあげたが、これだって、正確な意味がわからなくても、現代語で「いまはのきわ」というのを知っていれば、他の「弱り」「この世の別れ」などをヒントにして、何とか見当がつくだろう。「きざみ」は、動詞「刻む」から出た名詞で、ものごとの区分された結果をいう。人については身分・階級、事がらについては等級・品等などの意になり、ひっくるめて grade と憶えておけばよろしい。時間については、刻まれた時間のうち、とくにある部分をさす。際・時節・おり・場合などの訳となる。「今はのきざみ」は、直訳すれば「もう（これきり）の際」だが、話主の重態という場面から、臨終という意になる。また「かかづらふ」も、本来は、関係する・ひっかかる等の意味で、concern oneself in と英訳できる語だが、この問題文においては、死にそうになっているのを祈禱なんかで引きとめられる結果「かかづらふ」のだから、ひっかかる相手は「この世」でなくてはならない。そこで「とどまる」という意訳が生まれる。高校の先生がたのなかには、意訳を極度に嫌うお方もいらっしゃるようだが、ある問題文を示し、そのなかで、ある語がどんな意味に用いられているかを問う場合、問われているのは、いつも問題文に示された場面のなかでの意味なのである。辞書的な意味を答えてもらうつもりなら、単語だけ出題しておけばよい。だから、

考えるのは――**辞書的意味**から
答えるのは――**場面的意味**を

という原則が、傍線部分の解釈における急所となる。これに比べると、(ハ)の「なかなか」は、辞書的意味と場面的意味が一致するので、「なかなかいとやすげにこそはべるめれ」と思うのだが、どうだろう。

備考 **けぢめ** 「ちゃんとけじめをつけろ」という「けじめ」と同じ語だが、なぜこうなり、どうしてそうならないかという差別をつけることは、この場面では、自分が心労で病気になるような原因を認

識する意となる。**うつし心**　「うつし」は「うつつ」と同じ語源。「現」の意。**さるは**　四二頁参照。**何かはもらすべき**　柏木は、光源氏の正妻である女三宮と密通し、それが光源氏に知れたけれど、光源氏はわざと表面に出さない。だから、柏木としても、この事件を心のなかに抱いて死ぬなら、万事まるくおさまると思う。しかし、包みきれない感情が動いている。**うれへはべらむ**　中古語の「うれふ」は、自分にとってよくない状態を他人に告げること。英語の appeal よりも意味が狭い。「訴える」という訳語が多くは当たる。転じて、悲しむ・なげく・心配する等の意ともなる。

ながむ

発音は同じナガムだけれど、意味としてはまったく違った両語があるから、気をつけていただきたい。つまりａ「眺《なが》む」とｂ「詠《なが》む」である。

ａのほうは、見ることだが、注意して見るのでなく、焦点をとらえずに見るのである。焦点をきめて見るのは「まもる」という。何となしに見るときは、だいたい本人が他の事を考えており、そのため焦点のきまらない場合が多い。そこで「もの思いにふけりながらぼんやり見やる」という意味にもなる。中古語として重要なのは、この用法である。ｂは、形容詞「長し」から出た動詞で、長くすること、とくに声を長くすることを意味する。詠ずるとか吟ずるとか訳しておけば無難だろう。ｂの場合は、前後にたいてい詩や歌に関する事が出ているから、見分けはそれほど難しくない。

例題　**三七**

(イ)野分だちてにはかに肌さむき夕暮《ゆふぐれ》のほど、常よりもおぼしいづること多くて、靫負《ゆげひ》の命婦《みやうぶ》といふをつかはす。夕月夜《ゆふづくよ》のをかしきほどに出だしたてさせたまひて、（二）やがて（一）ながめおはします。かうやうのをりは御遊びなどせさせたまひしに、心ことなる物の音《ね》をかきならし、（三）はかなく聞こえいづる言《こと》の葉も、人よりは異《こと》なりしけはひ・かたちの、面影《おもかげ》につとそひておぼさるるにも、闇《やみ》の現《うつつ》にはなほおとりけり。（源氏物語・桐壺）

一　傍線部分を解釈せよ。

二　「闇の現にはなほおとりけり」とは、どんな気持か。次の歌を参考にして、適当なものを選べ。

　ぬばたまの闇の現はさだかなる夢にいくらもまさらざりけり（古今集・恋三）

(1)　『古今集』の歌にいうよりも、なおいっそう暗くて、すぐそばによっても面影がはっきりわからない。それだから、逢ってみたところで、夢とは違い、現実には何も見えるはずもなく、悲しいことである。

(2)　『古今集』の歌に、闇の中の現実は、夢とたいした違いがなくはかないものだと嘆いているが、さだかであるとはいえ、まぼろしはやはりまぼろしで、闇の中の現実よりもはかないことである。

(3)　『古今集』の歌にいうとおり、闇の中の現実は、はっきりと見える夢よりも、どうしても劣っているように思われるので、せめて夢の中ででも逢ってみたいと恋い慕われることである。

答 一 （イ）台風めいて　（ハ）もの思いにふけっておいでになる。
（ロ）そのまま　（ニ）何気なくお耳に入れる
二 (2)

（イ）の「野分だちて」は、もし「野分たちて」とよむなら、意味が違ってくる。「だつ」は、他の語に付いて「……のようになる」の意を添える接尾辞だから、台風めくの意になるけれど、「たちて」なら、「野分」が主語となり、台風が吹きはじめるの意である。（ハ）は、「もの思いにふけりながら、ぼんやり庭のほうを見やっておいでになる」と訳してもよいが、重みは見ることよりも、もの思いのほうにあると考えられるので、心理的なものに注目して訳した。（ニ）の「はかなく」は一二三頁参照。「聞こえいづる」は「言ひ出づる」の謙譲態。「言の葉」は、場面から考えて、おもに歌のことだろうと推定できる。二は、引き歌の意味が、現実と夢を比較し、常識的には夢よりもはっきりしているはずの現実だけれど、闇のなかでは大差がない――という意味だから、問題文で「おとりけり」と断定している点にまず注意し、次に、夢が現実よりもおとることを把握する。

備考 **靫負の命婦**　靫負は衛門府勤務の武官。命婦は四位・五位の女官をいう。この女房の近い身内に衛門府勤務の者がいたところからの呼び名。**夕月夜**　暮れがたに出ている月。「月夜」は単に月の意。**出だしたてさせたまひて**　出かけさせなさいまして。「させたまひ」は最高敬語。**御遊び**　おもに音楽の宴をいう。**けはひ**　亡くなった更衣の。帝の深く愛していられた更衣が世を去ったので、帝は、悲歎にくれ、更衣の母に使者をつかわされるという場面である。帝であることは「させたまひて」から推察できる。

なほ

前問のあとの方に出ていた「なほ」だが、いくらか現代語と違った点がある。この副詞も、両様の使いかたに分けて考えると、わかりやすい。

第一は、何かの条件に反対の気持をあらわすもの、第二は何かの条件をみとめたり、その上にもっと何かの加わるような場合の用法である。

【a系統の用法】

(1) それでも・しかしながら・だけれど。「つとめて、なほもあらじと思ひて」〔翌朝、それでも、そのままにしてもおけまいと思って〕(蜻蛉日記)

(2) 何といっても・やはり。「かやうの事に権中納言のなきこそ、なほ、さうざうしけれ」〔こういう事に権中納言がいないのは、何といっても、ものたりない〕(大鏡)

【b系統の用法】

(3) もとのとおり・あいかわらず。「あるいは花しぼみて露なほ消えず、消えずといへども夕を待つことなし」〔露は依然として〕(方丈記)

(4) そのうえさらに・もっと・いっそう。「「切りぬべき人なくは、給《た》べ。切らむ」と言ひたらむは、なほ良かりなむ」〔きっと、いっそう良かろう〕(徒然草)

このほかに、どちらかといえばb系統から出たものだろうが、助動詞「ごとし」と対応して、なほ……ごとし。

という形になることがある。これは、「ちょうど……のようだ」と訳するのがよろしい。

例題 三八

傍線部分を解釈せよ。

(イ)都のてぶりたちまちにあらたまりて、ただひなびたる武士《もののふ》にことならず。(ロ)世の乱る瑞相とか聞けるもしるく、日を経《へ》つつ世のなかうきたちて、人の心も治《をさ》まらず、民のうれへつひに虚《むな》しからざりければ、同じき年の冬、(ハ)なほこの京《きやう》に帰りたまひにき。（方丈記）

答　（イ）都の風俗がいっぺんにかわって
（ロ）世のなかが平和でなくなる前ぶれだとか聞いたちょうどそのとおりで
（ハ）ふたたび

「てぶり」は、風俗・風習・ならわし等の意。「瑞相」は、もともと仏教語で、すぐれた姿・めでたいしるし等の意味であったが、後には、よいときもわるいときも、ひっくるめて前兆《ぜんちょう》・きざしを意味するようになった。この場合は後者。（ハ）は、臨機応変の訳である。つまり、用法としてはb系統の(4)なのだが、平家が福原へ都うつりをして、また京都に帰ってきたのを、「その上さらにこの京にお帰りになった」と訳したのでは、日本語としてよく通じない。はじめ京都に政府があって、いったん移転したのが、もういちど帰ってきたのだから、意訳して「ふたたび」とやったもの。

ののしる

いまは悪口をいうことに使うことばだが、中古の用例では、そういった意味は現われない。悪口をいう意だとされている例もあるが、それは誤解と認められる。中古文においては、もっぱら**大きな声または音を出す**ことである。それが基本意味で、いろんな訳語になる。

(1) やかましく言う・さわぎたてる。「何事にかあらむ、ことごとしくののしりて、足を空にまどふが」〔何事なのだろうか、大げさにわめきたてて、足も地につかないほどあわてまわっているのが〕(徒然草)

(2) 評判する・もてはやす。「年ごろ、ここかしこの説経とののしれど、何かはとて参りはべらず」〔年来、ここの説経、あそこの説経と評判だけれど、大したこともあるまいと思って、参りません〕(大鏡)

(3) やかましく音をたてる・動物がやかましく鳴く。「川の方を見やりつつ、ののしる水の音を聞くにも」〔さわがしい水の音〕(源氏・蜻蛉)

(4) 他の動詞の下について、意味を強める。「守《かみ》の館《たち》にて、饗《あるじ》しののしりて」〔大ごちそうをして」（土佐日記）。「あるじす」は、ごちそうをする意。それに「ののしる」が付くと、意味が強くなる。「大ごちそう」の「大」が「ののしる」にあたるわけ。現代語の「ののしる」にあたるのは、「のる」である。

あるはまた、我が身いみじきことども、かたはらいたく言ひ聞かせ、あるは酔泣《ゑひな》きし、下《しも》ざまの人は、のりあひ、いさかひて、あさましくおそろし〔あるいは、自分のすばらしいことを、そばで聞いちゃいられないほど言って聞かせたり、あるいは酔っぱらって泣き出し、下層階級の連中は、悪口を言いあい、けんかして、あきれるようなぐあいであり、おそろしくもある〕（徒然草）

例題 三九

人びとまゐりて、「いといかめしう吹きぬべき風にはべり。艮《うしとら》の方より吹きはべれば、この御前はのどけきなり。馬場のおとど・南の釣殿などは、あやふげになむ」と て、とかくこと行なひののしる。（源氏物語・野分）

一 傍線部分（イ）（ロ）の解釈として適当と思うものを符号で示せ。

（イ）
- a ひどく吹きそうもない
- b ひどく吹いた
- c ひどく吹くにちがいないような
- d 何というひどく吹く

（ロ）
- a 大騒ぎしてあれこれ処置をする
- b とにかくやってしまおうと騒ぐ
- c あれもこれもやろうと騒ぐ
- d 早くしてしまえと叱る

二 「まかではべりなむ」という中古文を、さきの「あやふげになむ」と比較し、それぞれにおける「なむ」がどう違うか、文法的に説明せよ。

答 一 (イ)＝c　(ロ)＝a

二 「まかではべりなむ」の方は、確述(完了)の助動詞「ぬ」の未然形に意思の助動詞「む」がついたもの。

「あやふげになむ」の方は、係り助詞で、下に「はべる」という結びが省略されている。台風が来そうなので、家人たちが大騒ぎしている場面。形容詞「いかめし」は、威儀を整えた感じだが、連用修飾に使うと、もとの意味がうすれ、単に程度のいちじるしさを示すだけとなる(二九頁参照)。一の(イ)は、例題通釈では「きっとひどく吹きそうな」としたが(六九三頁)、どちらにしても、確述の「ぬ」が生かされていればよい。(ロ)の「こと行なふ」は、命令する・指図する意。aは、意訳である。dは「のる」と混同しているので誤り。「艮」は四七五頁参照。二は二二六頁参照。

はかなし

「はかがゆく」「はかどる」「はかばかしい」などの「はか」を「なし」で否定した形。どしどし行ける感じの反対が基本意味だから、いろんな訳があるけれど、要するに**消極的**な感じである。がっちりした、巨大な、確実な感じと反対だと思えばよい。訳語は、前後の関係に注意して択《えら》ばなくてはいけない。

(1) 長もちしない・頼りない・確かでない。「川は、飛鳥《あすか》川。淵瀬さだめなく、はかなからむと、いとあはれなり」〔深くなったり浅くなったり、変わってばかりいて、あてにならないだろうと、たいへん感じさせられる〕（枕冊子）

(2) つまらない・ちょっとしたことだ・問題にならない。「近うさぶらふ人びとはかなき物語するを聞《き》こしめしつつ」〔とりとめもない話をするのを〕（紫式部日記）

形容動詞にして「はかなげなり」、動詞にして「はかなむ」（はかないと思う）、「はかなだつ」（はかなく見える）などともいうが、基本的意味は同じである。とくに「はかなくなる」は、人が死ぬことを意味する。

例題 四〇

傍線部分を解釈せよ。

東《あづま》にもいみじうあわてさわぐ。(イ)さるべくて身のうすべき時にこそあんなれと思ふものから、討手《うつて》の攻めきたりなむ時に、(ロ)はかなきさまにて屍《かばね》をさらさじ、(ハ)おほやけと聞こゆとも、(ニ)みづからしたまふことならねば、かつは我が身の宿世《すくせ》をも見るばかりと(ホ)思ひなりて、弟の時房《ときふさ》と泰時《やすとき》といふ一男《いちなん》と、二人をかしらとして、雲霞の兵《つはもの》をたなびかせて、都にのぼす。（増鏡）

答 （イ）そういう廻りあわせで死ななくてはならぬ時なのだわい。

(ロ) くだらないありさまで
(ハ) 朝廷でなさることだとはいえ
(ニ) 院が自身でなさることではないから。とりまき連中のしわざだという気持。
(ホ) 決心して

後鳥羽院が北条氏から政権をとりもどそうと計画された、いわゆる承久の変である。「思ふものから」「思ひなりて」の主語は、北条義時である。宿世は、この世に生まれてくる前に自分のしたおこないの力で、この世における生存のしかたが決められるという考えかたである。俗には、運命のことをもいう。ここでは「運だめし」ぐらいの気持であろう。

備考 **いみじう** 三〇頁参照。**あんなれ** 「あるなれ」の「る」が撥音便で「ん」となった形。「なり」は、連体形に付くときと終止形に付くときとで、意味が違うけれど、ラ変型のときに限り、すべて連体形に付く(二二〇頁参照)。したがって、断定か伝聞・推定かは、前後の関係から決めるよりほかない。この場合は、絶体絶命だと感じているのだから、断定に取る。**聞こゆとも** 「聞こゆ」は「いふ」の謙譲態。「いふとも」「いへども」と同じ意味だが、上皇に対することなので、こう言った。**一男** 長男。

むつかし

現代語の「むずかしい」は difficult の意だが、中古語では、その意味の用例がほとんどない。基本的には「感じがわるい」(unpleasant) ということで、その程度が強くなると、いくらか恐ろしさの感じも加わって、気味が悪い（evil）の意味にもなる。訳語がいろいろになるのは、例のとおりである。

(1) めんどうだ・うっとうしい・気づまりだ。「惜しむ由《よし》して、請《こ》はれむと思ひ、勝負の負けわざにことづけなどしたる、むつかし」〔秘蔵するふりをして、所望されようと思い、勝負ごとの負けた取られ物にかこつけて人にやったりする態度は、すっきりしない〕（徒然草）

(2) むさくるしい・気持がわるい・きたない。「蝶《てふ》は、捕ふれば、手にきりつきて、いとむつかしきものぞかし」〔手にリンプンがついて、たいへん気持がわるいものだわ〕（堤中納言）

(3) 無気味だ・こわい。「これはし十人《とたり》の子にて、いとど五月《さつき》にさへ生まれて、むつかしきなり」〔これは十人めの子で、そのうえ五月に生まれたということまであり、気味がわるいのです〕（大鏡）。五月に生まれた子は親に害をあたえるという俗信があったのである。「これはし」の「し」は、強めの副助詞。

例題 四一

通釈せよ。

さしたる事なくて、人のがり行くは、よからぬことなり。用ありて行きたりとも、その事はてなば、とく帰るべし。久しく居たる、いとむつかし。人と対《むか》ひたれば、ことば多く、身もくたびれ、心もしづかならず、よろづの事さはりて、時をうつす、た

がひのため益《やく》なし。（徒然草・一七〇段）

答 これという用事もなくて、他人のところへ行くのは、よくないことだ。用事があって行ったとしても、その用事が終わったら、さっさと帰るがよい。いつまでも居るのは、まことにうるさい。人と対坐していると、おしゃべりするし、身体もくたびれ、気もおちつかず、万事にさしつかえができて、時間が空費されるものだが、これはおたがいにとって不利益である。

「のがり」は「……のところへ」「……のもとに」の意で、中世以後の擬古文にもよく出てくる。「むつかし」を「うるさい」と訳したのは、主人がわの立場からの意訳だが、基本意味どおり「不愉快だ」でも結構。

めでたし

語源は「めで・いたし」で、「めづ」すなわち賞美する・かわいがる・感心する等の意味が「いたし」で強められるわけだから、訳もその気持ですればよい。「結構だ」と訳しておけば、たいていの場合に通用する。英語なら fine とか wonderful とかいった感じだろう。こまかく用法を分けるなら、次のようなぐあいとなる。

(1) たいへん美しい・すばらしい・みごとだ。「そばより、御額《みひたい》のほど、白くけざやかにて、わづかに見えさせたまへるは、たとふべきかたなくめでたし」（端のところから、

御額のあたりが、白くあざやかに、すこしお見えになっているのは、たとえようもなく美しい」（枕冊子）

(2) 結構だ・良いことだ・りっぱなことだ。「作れと仰《おほ》せられけるを、承《うけたま》はりて源氏を作りたりけるこそ、いみじくめでたくはべれ」（たいへん結構なことですわ）（無名冊子）

(3) じょうずだ・うまい。「思ふやうに廻《めぐ》りて、水を汲《く》み入るること、めでたかりけり」〔たいへんうまくいった〕（徒然草）

事がらについて言うときは、現代語の「めでたい」と同様の意味にも使われる。

例題 四二

通釈せよ。

この殿ぞ、藤氏《とうし》のはじめての太政大臣摂政したまふ。めでたき御ありさまなり。和歌もあそばしけるにこそ。古今《こきん》にも、あまたはべるめるは。「前《さき》のおほいまうちきみ」とは、この御事なり。多かる中にも、いかに御心《みこころ》ゆき、めでたく思《おぼ》えてあそばしけむとおしはからる。（大鏡）

答 この殿が、藤原氏として最初の太政大臣摂政におなりになる。すばらしい御羽ぶりだ。和歌もおよみになったとかである。『古今和歌集』にも、たくさん入っているようだ。「前太政大臣」とあるのは、この御方のことである。たくさんの作歌のなかでも、どんなにか御満足で結構に思われておよみになったことだろうと推量される。

「この殿」は、良房《よしふさ》。「前のおほいまうちきみ」とは、『古今和歌集』で作者名を示すとき、「藤原良房公」など書かず、こういう示しかたをしてあるというのである。この集の例として、作者の身分により、いろいろな記名法がとられている。まったく名を出さず、官職だけであらわすのは、最高の待遇である。「この御事なり」は、直訳すると「この方の御ことである」となるが、現代語としてこなれていないので、上のように訳した。『大鏡』の原文では「おしはからる」のあと、しばらく文章があってから、「多かる中にも」の次には、「あとに挙げる歌は」という気持を補ってみるがよい。

年ふればよはひは老いぬしかはあれど花をし見ればもの思ひもなし

という歌が出ている。この歌について「御心ゆき、めでたく思《おぼ》えてあそばしけむ」といっているのである。

やうやう

「ようよう八回まで切り抜けてきたが、九回の裏にフォア・ボールでピンチさ」というのとは、まるきり違う。古代語では「やくやく」といった。「陸奥《みちのく》のあさだの檀弓《まゆみ》わが引かばやくやく寄り来《こ》しのびしのぶに」(神楽歌・重種本)などが古い例である。「東北地方のあさだの檀弓をわたしが引くように、あなたを引っぱったら、だんだんこっちへおいでなさい、こっそりとね」といったような意味の恋歌だが、この「やくやく」が音便で「やうやく」となり、また「やうやう」ともなった。たいてい「しだいに」「だんだん」と訳しておけばよい。英語なら by degrees あるいは gradually といった感じである。

足柄山《あしがら》といふは、四五日かねておそろしげに暗《くら》がりわたれり。やうやう入りたつ麓《ふもと》のほどだに、空のけしき、はかばかしくも見えず〔足柄山というのは（そこにさしかかる）四五日前から（見るも）恐ろしいように（木が）こんもりしている。だんだん入りこんでゆく麓の辺でさえ、空の様子が、はっきりとも見えない〕（更級日記）

のような訳しかたで、だいたい行けよう。場合によっては、

この坊のうち、光さし入りたるやうにて、あかくなりぬ。見れば、普賢菩薩《ふげんぼさつ》、象に乗りて、やうやうおはして、坊の前に立ちたまへり〔この僧堂の中が、光のさしこんだようなぐあいで、あかるくなった。見ると、普賢菩薩が、象に乗って、しずしずとおいでになって、僧堂の前にお立ちになっていられる〕（宇治拾遺）

のように意訳する必要もある。なお、これと混同しやすい「やうやう」が中世文にはあるから、注意を要する。

半時ばかり舞うて後、山王おりさせたまひて、やうやう御託宣こそおそろしけれ〔（巫子《みこ》が）一時間ほど舞った後で、日吉《ひえ》山王が（その巫子に）おくだりなさって、いろいろお告げを下さったのは、恐ろしいことだった〕（平家物語・願立）

これは「様様」の音よみから出た語である。中古文には現われない。前後の関係で判断す

るよりほかなかろう。

例題 四三

昔、男ありけり。深草に住みける女を、(イ)やうやうあきがたにや思ひけむ、かかる歌を詠《よ》みけり。

年《とし》を経《へ》て住みこし里を出でていなばいとど深草野とやなりなむ

女、返し、

野とならば鶉《うづら》となりてなきをらむ(ロ)かりにだにやは君は来ざらむ

と詠めりけるにめでて、行かむと思ふ心なくなりにけり。（伊勢物語・一二三段）

一 傍線部分（イ）（ロ）を解釈せよ。

二 男の歌にこめられている具体的内容はどんな事か。簡単に説明せよ。

三 男はなぜ「行かむと思ふ心」がなくなったのか。簡単に説明せよ。

答 一 （イ）だんだん愛情が持てなくなってきたように感じたのだろうか。

（ロ）せめて、かりそめに狩りぐらいには来てくださらないことがありましょうか。

二 「ぼくがもし来なくなったら、君はさびしいだろうかね」という問いかけの裏に、そのうち来なくなるかもしれないよという暗示を与えている。

三 どこまでも男を慕いぬく女の真情に感動したからである。

(イ)の「やうやう」を「以前と違い」「もはや」と訳する説もあるけれど、考えすぎだろう。この「やうやう」は、男が「あきがた」になってきた経過を示すのであって、愛情の冷却が急激でなかったことを意味する。結果をさすのではない。(ロ)は、「やは」が反語であることに注意。裏の意味は「きっとおいでになりますわ」ということになる。**三**は、くわしく説明するなら、女は男がいなくなった時、さびしさに堪えきれず、死んで、その魂がウズラに生まれかわって、男を待つ――という気持だが、答案としては、右に示した程度でよかろう。「死ぬほどお慕いしていますわ」といわれ、感動しないようなやつは、男でない(と私は信じる)。

備考 **深草** 山城国紀伊郡深草郷。いまの京都市伏見区の北のほうにある。**住みける** 同棲していたの意。中古語の「住む」は、夫婦関係を持つ意に用いられることが多いから、注意を要する。この所は、女が深草に住むというよりも、男が深草において女と同棲したの意である。もちろん、女の家が深草にある。夫が妻の家へかよう事については、四〇八頁参照。

やがて

漢字をあてるなら、「即」である。事がらについても、時間についても、両点の間にへだたりがなく、直接的につながるような感じである。用法はかならずしも同じでないけれど、英語の just が「やがて」の感じである。現代語の「やがて」は、しばらく間をおいた感じになるが、中古語にはそんな用法はない。

(1) すぐに・さっそく。「やがて殿上の出仕ゆるされにけり」（即座に殿上の出仕をゆるされたとか）（古今著聞集）

(2) そのまま・その状態で。「吉野山やがて出でじと思ふ身を花散りなばと人や待つらむ」（吉野山に入ったきり、出まいと思っている私だのに、桜の花が散っちゃったら帰ってくるだろうと、いまごろ人びとは待っていることであろう）（山家集）

(3) とりもなおさず・すなわち。「さて後六《のちむ》年《とせ》ばかりありてや、賀茂の臨時の祭はじまりけむ。位につかせおはしまし年とぞ思《おぼ》えはべる。その日、酉《とり》の日にてはべりければ、やがて霜月《しもつき》の果《はて》の酉《とり》の日にてはべるぞ」（したがって、十一月最後の酉の日なのです）（大鏡）。宇多天皇が皇子でいられたころ、十一月二十日すぎ狩に出て、賀茂明神とお話なさった。その縁で、臨時祭も同じ日にきまったというのである。

例題 四四

傍線部分を解釈せよ。

女、ここに迎へむとて言ふなめり、これは親などあれば、ここに住まずともありなむかし、(イ)年ごろ行くかたもなしと見る見るかく言ふよと、心うしと思へど、(ロ)つれなくいらふ。「(ハ)さるべき事にこそ。(ニ)はやわたしたまへ。(ホ)いづちもいづちもいなむ。今までかくてつれなく、(ヘ)うき世を知らぬけしきこそ」といふ。いとほしきを、男、「などかう宣ふらむ。(ト)やがてにてはあらず。ただしばしの事なり。帰りなば、また迎へたてま

つらむ」といひおきて出でぬる後、女、使ふ者とさしむかひて泣きくらす。（堤中納言物語）

答 （イ）これまでの年月、出てゆく所もないと承知していながら
（ロ）顔色に出さないで答える。
（ハ）もっともな事ですわ。
（ニ）はやく連れていらっしゃいませ。
（ホ）私はどこへなりとも出てまいりましょう。
（ヘ）つらい世のなかを知らずに過ごさせていただきました（のはたいへんありがたいことでした）。
（ト）それっきりというのではない〔連れてきた女をそのままずっと置くつもりではない〕。

これも別ればなし。「はいずみ」という章から抜き出した。ある男が、新しい妻を迎えようとして、もとからいる妻にその諒解を求めるところである。しかし、言い出しにくいので、こんどの女の住宅が方角からいって良くないことになったから、しばらくこちらへ「方《かた》たがへ」に来るよ――という口実をこしらえた。その意味あいを、妻は、ちゃんとさとって、右のような返事をしているのである。「これは親などあれば」は、こんど連れてこようという女は、親なんか有って、住む所が有るのだから、男の方から通《かよ》ってゆけばよ

いわけで、何もこちらへ迎え取る必要はないという心持である。前問とあわせ、結婚形態としての「住む」と「通ふ」の違いがわかる条。

備考 **住まずともありなむ** この「住む」も前の例題と同じ用法。「なむ」の「な」は、確述（完了）の助動詞「ぬ」の未然形。「む」は推量。**いづち** この「ち」は、方向をあらわす接尾辞。「あち」「こち」「そち」「どち」など、みな同じ「ち」である。「こ」になると、場所を示す。「いづこ」「ここ」「そこ」「どこ」など。

ゆかし

語源は「行かし」で、そちらへ行きたいという意味である。つまり、行って、見たい・聞きたい・知りたいという感じで、好奇心をもったり、ひきつけられたりするときに使う。その「ひきつけられる」という感じのときは、相手に何かすぐれた点があり、しかもそれが表面にあらわれた良さだけでなく、その奥にまだまだこちらをひきつけるようなものがあるわけで、現代語の「ゆかしい」は、そういった感じである。この用法も、中古語にあるけれど、それだけには限らないから、注意を要する。

(1) 行きたい・見たい・聞きたい・知りたい。「そも、まゐりたる人ごとに山へのぼりしは、何事かありけむ、ゆかしかりしかど、神へまゐるこそ本意《ほい》なれと思ひて、山までは見ず」（行ってみたかったけれど）（徒然草）

(2) 上品で心がひかれる。「さてもゆかしくわたらせたまひける御よそほひの、いつしか変り衰へさせたまひけるはや」〔あんなにお上品でしたわしかった御様子が、はやくもみすぼらしくお変りになったことよ〕（吉野拾遺）

例題 四五

傍線部分を解釈せよ。

医師《くすし》篤成《あつしげ》、故法皇の御前《おまへ》にさぶらひて、供御《くご》のまゐりけるに、「いま参りはべる供御のいろいろを、文字も功能《くのう》もたづねくだされて、そらに申しはべらば、本草《ほんざう》に御覧じあはせられはべれかし。ひとつも申し誤りはべらじ」と申しける時しも、六条の故内府《だいふ》、参りたまひて、「有房《ありふさ》、ついでに、もの習ひはべらむ」とて、まづ「しほといふ文字はいづれの偏《へん》にかはべるらむ」と問はれたりけるに、「土偏《どへん》に候」と申したりければ、「才のほどすでにあらはれにたり。今はさばかりにて候へ。ゆかしき所なし」と申されけるに、とよみになりてまかり出でにけり。（徒然草・一三六段）

答 「学識の程度が、もうすっかりわかった。これぐらいでおよしなさい。お手なみは拝見しました」とおっしゃったので、大笑いになって、篤成は退出しちゃったとさ。

「供御」は、貴人のたべもの・食膳を尊敬態でいったことば。「本草」とは、本草学すなわち薬学（食品学を含む）に関する書物。この話は、シオを漢字で「鹽」と書くのだが、俗字の「塩」だと思って返事したので、笑われたのである。本字を知らないような男は、どうせ他のことを聞いても、ろくな知識のあるはずがないというわけである。何偏だとたずねたところに、落とし穴がある。それにうっかり引っかかったのが、運の尽き。「ゆかしき所なし」は「残らず知られた」「この上聞くことはない」の意だが、意訳した。

備考 **篤成** 和気篤成だろうという。鎌倉時代の典薬頭。**故法皇** 後宇多法皇だろうという。**六条の故内府** 内府は内大臣。源有房をさす。

よろし

身分・容姿・事がら、その他何でも、**水準すれすれ**の場合にいう。それ以上が「よし」で、それ以下が「わろし」である。英訳すればnot so badだろう。だから、「よし」の方から見れば、「よろし」は、あまり良くない・まあ普通だという意味になり、「わろし」の方から見れば、相当な・まあ良いとなる。つまり

よし――よろし――わろし

という関係にあるわけで、どんな訳語になるかは、前後の関係で、適当に判断するよりほかない。

例題 四六

通釈せよ。

上臈《じやうらふ》とおぼしき人、簾《す》のもとにゐざり出でて、「いと嬉しくたち寄らせたまへりつる験《しるし》に、いとたへがたく思ひたまへられつるを、只今おこたるやうにはべれば、かへすがへす喜びきこゆる。明日《あす》も御いとまの隙《ひま》には、ものせさせたまへ」などいひつぐ。「いとしふねき御もののけにはべるめるを、たゆませたまはざらむなむ、よくはべるべき。よろしくものせさせたまふなるをなむ、喜び申しはべる」と、ことば少なにて出づるは、いと尊きに、仏の現はれたまへるとこそ思《おぼ》ゆれ。（枕冊子）

答 上の方と思われる人が、簾のところまで膝をすべらせてきて、「たいへん嬉しいことに、来てくださいましたおかげで、とてもやりきれないと存じておりましたのに、さっそく快方に向かいますようでございますので、あつく御礼申しあげます。明日もお手すきの時がありましたら、おいでくださいませ」など、口上をとりつぐ。「たいへん頑強な御病因でございますようなので、油断なさらないことが、いちばんでございましょう。良い方にお向きになりましたようなのは、何よりでございます」と、ことば少なに述べて帰るのは、たいへん尊いので、仏がお現われになったという気がする。

「上臈」とは、身分の高い人をいう。女官であれば、二位・三位の典侍などをいうのだが、この場合は、その家に仕えている女房のなかで上の者をさす。「いひつぐ」は、主人が出て来られないので、その女房が代理で礼のことばを取り次いでいるわけ。「しふねき」は

「執念」という漢語を形容詞にしたものである。「もののけ」は、人にたたりをする霊などをいう。当時は、病気というものは、そういう霊のたたりでおこるのだと考えられていた。だから、病気になると、法師がおいのりをして、いまの医者のかわりをしたのである。「御病因」としたのは、意訳。「よろしく」は、全快ではなく、これまでよりも良好になったという意味である。「良い方にお向きになりました」はそういった気持の訳で、推定の「なり」を「ようなの」と訳してみた（二一七頁参照）。

わびし

「わぶ」という動詞を形容詞にしたものだが、動詞の「わぶ」（上二段活用）は、be troubled に当たる基本意味から、悲観する・つらく思う・さびしがる・困窮する等の意となるので、それに対応する形容詞も、同じような使いかたになる。好感を持てないような筋あいの形容詞なら、たいてい当てはまりそうで、だいたい painful という感じで訳することが多い。代表的な訳語は、

(1) つらい・難儀だ・くるしい。「ありつる童《わらは》は留るなるべし。わびしくこそ思《おぼ》ゆれ、さはれ、只だ御供にまゐりて、近からむ所にゐて、御社へはまゐらじなどいへば、ものぐるほしやなどいふ」〔さっきのメイドは留守番なのだろう。「やりきれないわよ。でも、御供にだけついて行って、近くの辺にでも待っていて、御社へは参詣しません」など言うと、「どうかしてるわね」など言う〕（堤中納言）

(2) 閉口だ・困る・かなわない。「うすものの表紙は、とく損ずるがわびしき」〔薄手の

材料でやった表紙は、すぐ痛むのが閉口だ」（徒然草）

(3) つまらない・おもしろくない・いやだ。「童の名は、例のやうなるはわびしとて、虫の名をなむ、つけたまひける」（ザラにあるのはつまらないというので）（堤中納言）

(4) 心ぼそい・さびしい。「山里は秋こそことにわびしけれ」（古今集）

(5) みすぼらしい・貧弱だ。「いみじげに腫《は》れ、あさましげなる犬のわびしげなるが」（ひどく腫れ、みぐるしい犬のあわれな様子なのが）（枕冊子）

などであろう。他動詞にして「わびしむ」、形容動詞にして「わびしらなり」とも言うが、この時には、(4)の用法にあたる意味が主のようである。「わびしむ」は、心ぼそく思わせる、「わびしらなり」は、ものさびしいという意味である。蕉風俳諧の重要な理念である「わび」は、この(4)と(5)に関係がある（六一九頁参照）。

例題　四七

「この枝を折りてしかば、さらに心もとなくて、船に乗りて、追風吹きて、四百余日になむまうで来にし。大願の力にや、難波より昨日なむ都にまうで来つる。さらに潮に濡れたる衣をだに、脱ぎかへでなむ、こちまうで来つる」とのたまへば、翁聞きて、うちなげきてよめる。

呉竹のよよの竹取り野山にもさやはわびしきふしをのみ見し

（竹取物語）

一　「心もとなくて」とは、どんな心の状態をいうのか。

二　傍線部分（二）を解釈せよ。
三　右の問題文には語あるいは文節の省略がある。どんな語あるいは文節か。

答　一　はやく都へ帰りたいとあせる心持。
二　そんなにつらい事を経験しましたでしょうか（いたしません）。
三　「大願の力にや（あらむ）」「うちなげきてよめる（歌）」

車持の皇子が、かぐや姫に依頼された蓬萊の玉の枝を持ち帰ったと称して、姫に航海中の苦労を述べているところ。一については、一五七頁上段を参照。二は、直訳すると、「そんなにまあ、つらい事がらをばかり見たでしょうか」である。この場合、主人公は、四百日余の航海をしたわけだから、(1)の用法がいちばんよく当てはまる。

備考　**大願の力にや**　下に「無事日本に帰って」という気持が省略されている。**難波より**　難波はいまの大阪。「より」は「を通って」の意。**さらに**　前の「さらに」は重ねての意。玉の枝を取るまでも、帰国したい心はしきりだったわけ。後の「さらに」は、下に「脱ぎかへで」と打消があるから、全然の意。**呉竹の**　「よ」の枕詞。

をかし

「ばかげている」・「笑うべきだ」というような使いかたは、中古文では、あまり見られない。**おもしろい**というのが基本的な意味だけれど、無条件におもしろさを受け入れるのでなく、いちど頭のなかで考えてから、そのおもしろさを味わうような感じで、どこか**判断作用**のにおいがする語である。「をかし」に対するものは「あはれ」で、これは、ものごとから受ける感じをあまり分析せず、全体的に感動してしまうような気分のときに使われる。「あはれ」を情的というなら、「をかし」は知的である。

> あはれ——全体的・情的・直感的
> をかし——分析的・知的・観察的

というような対照で憶えておくがよかろう。訳語には、

(1) （考えてみると）おもしろい・（これこれの点で）興味がある。「ある人の、月ばかりおもしろきものはあらじと言ひしに、また一人、露こそあはれなれと争ひしこそ、をかしけれ」（露のほうが心をうたれると反対したのは、まことにおもしろい）（徒然草）

(2) しゃれている・風雅だ・ふぜいがある。「わざとならぬ庭の草も、心あるさまに、簀《すの》子《こ》・透垣《すいがい》のたよりをかしく、うちある調度も、昔おぼえて、やすらかなるこそ、心にくしと見ゆれ」（簀子や透垣のぐあいが趣ふかく）（徒然草）

(3) 美しい・かわいい・かわいらしい。「いづかたへかまかりぬる。いとをかしう、やうやうなりつるものを」（どっちへ行っちゃったのだろう。だんだん、たいそうかわいらしくなったの

に」（源氏・若紫）。雀《すずめ》の子が大きくなりかけたのを、にがしてしまい、残念がっているところである。

(4) 優雅だ・上品だ。「村上《むらかみ》の御時の宣耀殿《せんえうでん》の女御、かたちをかしげに美しうおはしけり」（大鏡）

十二世紀ごろから、現代語の「おかしい」と同じ用法がすこし出てくるけれど、それほど多くはない。

(5) こっけいだ・へんだ。「見聞く人、をこがましう、をかしけれども、言ひつづくる事どもは、おろかならず恐ろしければ、ものも言はで、みな聞きゐたり」（ばかばかしく、こっけいに感じるけれど）（大鏡）

原則的には(1)から(4)の用法で考えるのが安全だろう。

例題 四八

通釈せよ。

さしあたりて、をかしともあはれとも、心に入らむ人の、頼もしげなき疑ひあらむこそ、大事なるべけれ。わが心あやまちなくて見すぐさば、さし直してもなどか見ざらむと思《おぼ》えたれど、それさしもあらじ。ともかくも、違《たが》ふべき節あらむを、のどやかに見忍ばむより他に、増《ま》す事あるまじかりけり。（源氏物語・帚木）

答　とにかく今、興味があるとでも、しみじみ心をひかれるとでも感じられ、気に入るような人が、もし信用できない疑いでもあるなら、それこそたいへんだろう。自分の心にぐらつきがなくて、ずっと連れそっていれば、相手の心を正しい方へ導いて、末長く夫婦でいられないはずもあるまいと思われるのだが、それも、けっしてそんなふうには行くまい。気の合わないような点があるとしても、それをどうにか辛抱《しんぼう》していっしょにくらすよりほか、それ以上の方法もないでしょうなあ。

「をかし」と「あはれ」とが、対照されているので、例題に引いてみたが、程度としては、ずいぶん高いので、高校生なら六割ぐらいわかれば、上出来だろう。百パーセントまでわからなくても、悲観するにはおよばない。古文にはこんなむずかしいのもあるという標本である。しかし、頭のよい人なら、わからないわけではない。要旨は、夫婦関係に在る男と女との愛情危機を述べているのである。妻君がたいへんその夫を愛していても、夫が他の女に対して愛情を抱いているようなことでもあれば、処置なしだというのである。よく説教して、思い直させたらよいだろうと考えるかもしれないけれど、そうは行かないもので、それよりも、すこしぐらい欠点があっても他の女とのトラブルさえない夫君なら、辛抱して末長く夫婦としてくらしてゆけ——といった意味あいになっている。

備考　**さしあたりて**　いま現に。**心に入らむ**　仮想法の「む」。**頼もしげなき疑ひ**　品行の上で信用できない疑惑。**あやまち**　判断の誤り。むしろ迷いというに近い。「ぐらつき」は意訳。**見すぐさば**

この「見」は、夫婦関係をもつこと。中古文によく出てくる用法。下の「見ざらむ」「見忍ばむ」も同様。**さしもあらじ**「さあらじ」すなわち「そうは行くまい」を、「しも」で強めた言いかた。**ともかくも**「のどやかに見忍ばむ」を修飾する。どうにかこうにか。

C　中古語の整理

以上にあげてきたのは、けっして当てずっぽうの選択ではない。現行教科書（古典乙I・II）および大学入試の問題を資料として、まず統計的に処理し、さらに数種の基準を適用して五段階にグレイドづけし、その高グレイドからとくに中古語としての特色があざやかなものを採りあげたのである。この調査は、あくまで科学的な処理にもとづくものだから、これだけの単語をしっかり勉強すれば、中古語の基本は、だいたいこなせるはずだ。中古文の性格も、同時に理解できるかと思う。しかし、それで中古語が卒業できたら、おやすいものだけれど、どっこい、そうは問屋がおろさない。中古語は、まだまだ他にたくさんある。それを、次に、ずらりと並べてみるから、応用のつもりで憶えて行ってほしい。それを解釈に生かしてゆくコツは、これまでに述べてきたところで、よく腹に入れてもらいたい。なお、これからあげる中古語のうち、○をつけたのは、入試に現われた頻度指数の高い語である。↓をつけたのは、その語に関する説明が他の箇所に出ていることを示す。その下に示した数字は頁数である。この項にあげた語は、巻末の索引にも重出しているが、語義だけを探すときは、直接にこの項を見ていただくのが早い。

○**あいぎゃう**（愛敬）［名］かわいらしさ。子供のかわいらしさよりも、若い人のもつ魅力的な美しさをいうことが多い。↓27

あいぎゃうづく（愛敬づく）［動・四段］顔かたちにかわいらしさがある。↓359

あいなだのみ［名］あてにならないのにあてにすること。

あえかなり［形動］かよわそうだ。デリケイトだ。

あか（閼伽）［名］仏に供える水。あるいは、それを入れる器。

○**あかず**［連語］㈠みちたりない。もっと……であってほしい。㈡残り惜しいほど魅力的だ。すてきだ。

あがた（県）［名］㈠地方。いなか。㈡任地。

あがたありき（県歩き）［名］地方官生活を送ること。または、その人。

○**あからさまなり**［形動］㈠にわかだ。突然だ。㈡本格的でない。一時的だ。ほんのちょっとだ。↓70

あからめ［名］㈠わき見。㈡にわかに姿が見えなくなること。

あかりさうじ（明り障子）［名］今いう障子。単に「さうじ」といえば、今のふすま（からかみ）。

あかる（明る）［動・四段］あかるくなる。

あかる（赤る）［動・四段］赤くなる。

あかる（別る）［動・下二］別れる。分岐する。ちりぢりになる。

あきらけし［形］はっきりしている。

あきらむ（明らむ）〔動・下二〕はっきりさせる。特に事がらの意味あいや理由をつきとめたり、それを説明したりする意味にも使う。

○**あくがる**（憧る）〔動・下二〕㊀心がおちつかない状態になる。そわそわする。㊁いつもの居場所から、ふらふら出てゆく。↓347 ㊂男女のなかが離れる。

あげつらふ（論ふ）〔動・四段〕すじみちを立ててものごとを述べる。

あさがれひ（朝餉）名㊀天皇の御食事。朝食だけには限らない。㊁清涼殿にある天皇の食事室。↓203

あさぎた（朝北）名朝吹く北風。

あさぢ（浅茅）名たけが低いチガヤのこと。

あさぢふ（浅茅生）名浅茅のはえているところ。

あざむく（欺く）〔動・四段〕㊀だます。見せかける。まどわす。㊁ばかにする。あなどる。㊂問題にしない。相手にしない。

あざらかなり 形動新鮮だ。

あさる（漁る）〔動・四段〕㊀食べ物をさがし求める。㊁海産物をとりあつめる。㊂一般にいろんなものをさがし求める。

あざる（戯る）〔動・下二〕ふざける。

あざる（鯘る）〔動・下二〕魚などが腐る。

あじろ（網代）名㊀冬、魚をとらえるため、川の浅い所に竹や木をあんで並べたもの。㊁竹・芦・檜などの細く削ったのを組みあわせたもの。垣・天井・車の外側などに使う。

○**あそび**（遊び）名㊀音楽を奏すること。↓66 ㊁なぐさみをして気を晴らすこと。㊂まじめでないこと。㊃遊女。

○**あだなり** 形動「空虚だ」という原義から、㊀役に立たない。くだらない。しようもない。「荒れたる軒に生ひたるあだなる草までも」(十訓抄)㈡頼りない。「我が身と住みかとのはかなくあだなるさま、またかくのごとし」(方丈記)㈢かいがない、むだである。うまくゆかない。「あだなる契りをかこち」(徒然草)㈣まごころがない。うわ気だ。「いとまめに実様《じちやう》にて、あだなる心なかりけり」(伊勢物語)㈤存在しなくなる。死ぬ。「花よりも 人こそあだに なりにけれ」(古今集)。「**あだあだし**」という形容詞もある。語幹「**あだ**」が体言に付き、「あだ心」(うわ気な心)・「あだ言《ごと》」(不確かなことば)・「あだ事《ごと》」(くだらない事がら)・「あだ名」(うわ気だという評判)・「あだ花」(咲いても実のならない花)等の名詞となる。反対語「**まめなり**」。

あたらし 形㈠もったいない。㈡新しい。語幹の「あたら」だけを副詞に使うこともあり、連体詞にして「あたら物」などと使うときもある。

○**あぢきなし** 形㈠かいがない。無益だ。㈡気にくわない。おもしろくない。古代語は「無礼だ」の意。↓171

あてなり 形動㈠身分が高い。㈡上品だ。「**あてやかなり**」「**あてはかなり**」(みやびやかだ)という形容動詞もある。

○**あながちなり** 形動㈠不適当だ。㈡必要以上だ。程度がすぎている。「**あながちに**」で連用修飾になると、やけに・むやみにの意。↓288

あなづる (侮る) 動・四段 現代語の「あなどる」。形容詞「**あなづらはし**」は、ばかにしてもかまわない・軽蔑《けいべつ》すべきだの意。

あひしらふ 動・四段 ㈠あいさつする。受け答えする。㈡程よくとりあつかう。㈢とりあわせる。「**あへしらふ**」も同じ。

あふ（敢ふ）〔動・下二〕㊀堪える。㊁しとげる。やりとおす。「**あへなむ**」と言えば、きっと我慢できよう・さしつかえあるまい等の意。副詞の「**あへて**」は、進んで・おし切って等の意。

あへなし 形㊀はりあいがない。あっけない。㊁もろい。「**あへなくなる**」は、死ぬこと。

○**あやなし** 形㊀あってもしかたがない。無意味だ。㊁すじが立たない。とんでもない。

あやにくなり 形動㊀意地がわるい。㊁おりがわるい。都合がわるい。

○**あらまし** 名予定。計画。形荒っぽい。「**あらましごと**」と言うと、a予定した事・b荒っぽい事の両方がある。

○**ありがたし** 形㊀めったにない。稀だ。㊁期待できない。実現しそうもない。㊂生存しにくい。㊃尊い。

○**ありつく** 〔動・四段〕㊀そういう状態におちつく。㊁安住する。㊂似あう。㊃もともとそんな状態だ。近世語では「生活の拠り所を得る」の意となる。

○**いかが**（如何）副㊀どう。どのように。㊁どうして。反語に用い、「きっと……だ」の意をあらわす。㊂批評のとき用い、遠まわしに否定あるいは非難する。「**いかがあらむ**」および形容動詞「**いかがなり**」は「さあ、どんなものだろうか」（あまり感心しない）の意。「**いかがはせむ**」は、どうしたらよかろうの意だが、反語に用い、どうしようもないの意ともなる。

○**いかで** 副㊀どうして。疑問をあらわす。反語のときにも使う。㊁何とかして。どうかして。下に意思をあらわす語を伴い、希望をかなえるための手段をこい願う。↓76

いさ 感返事できかねることを問われたとき、ためらう気持で言う。「さあ――」。副どうだか。下には、たいてい「知らず」が来る。誘いかけの「いざ」と混同してはいけない。

いささけし [形]すこしばかりだ。語幹を連体詞的に使って「**いささけわざ**」（わずかなこと）と言う例もある（土佐日記）。

いさよふ 〔動・四段〕ためらう。ぐずぐずする。名詞になると「**いさよひ**」。

○**いそぐ** [動]用意する。したくする。名詞形は「**いそぎ**」で、準備。中世には急用の意にも使う。

○**いたづらなり** [形動]㈠むだである。㈡することがない。㈢何も居ない。「**いたづらになる**」は、死ぬこと。「**いたづらごと**」は、役に立たぬ無用のことば。「**いたづらびと**」は、a病気でしごとのできない人・b役に立たない人・c免官になった人・dおちぶれた人。

いたはし [形]㈠骨が折れる。㈡気分がわるい。㈢きのどくだ。㈣大切である。

いたはる（労はる）〔動・四段〕㈠努力する。㈡病気をする。㈢大切にもてなす。㈣かわいがる。名詞形「**いたはり**」。

いちのひと（一の人）[名]摂政・関白。

○**いで** [感]㈠さあ。人を誘う意。㈡どれ。思い立った意。㈢いや。いやもう。感動の意。㈣そうさね。軽く打消す意。

○**いと** [副]㈠たいへん。きわめて。ほんとに。㈡否定文のなかで、あまり・たいしての意。

○**いとど** [副]なおいっそう。ますます。

いとほし [形]㈠きのどくだ。㈡いじらしい。㈢困りものだ。

いなぶ（辞ぶ）〔動・上二〕ことわる。承知しない。

いひがひなし [形]㈠ねうちがない。㈡身分が低い。㈢いくじがない。↓35

いひけつ（言ひ消つ）[動]㈠否定していう。

㈡省略する。㈢言いさす。㈣非難する。

いひしろふ 動㈠話しあう。㈡言い争う。

○**いぶせし** 形㈠心がはればれしない。㈡むさくるしい。きたなくて不快だ。㈢気になる。㈣窮屈だ。

○**いまやう**（今様）名㈠現代。㈡現代風。㈢「今様歌」の略。↓634

○**いみじ** 形㈠すばらしい。㈡ひどい。㈢連用修飾のとき、単に意味を強調する。たいそう。↓30

いりあひ（入相）名㈠日暮れ時。㈡日暮れ時につく鐘の音。

○**うきよ**（憂世）名㈠つらい事の多いこの世。㈡この世。俗世。近世語では、生計とか情事とかの特殊な用法がある。

うけがふ（肯ふ）〔動・四段〕承知する。ひき受ける。

うけばる 動押し切ってする。思ったとおりにする。表だってする。

○**うしろめたし** 形㈠不安だ。気にかかる。㈡良心がとがめる。やましい。↓74

うそぶく（嘯く）〔動・四段〕㈠口笛を吹く。㈡ほえる。㈢吟ずる。㈣知らないふりで何か声を出す。

うたた 副㈠ますます。㈡いやに。

うちつけなり 形動㈠軽率だ。㈡だしぬけだ。「うちつけに」と連用修飾に使うと、突然・てきめんに・たちまち等の意。

うちはへ 副ながながと。際限なく。

○**うつろふ**（移ろふ）〔動・四段〕「別の状態にかわる」という基本意味で、㈠移動する。「そこをたちて、ほかへ移ろひて」（更級日記）㈡色づく。「しぐれもいまだ降らなくにかねて移ろふ神奈備の森」（古今集）㈢色があせる。「紅は移ろふものそ」（万葉集）㈣散る。「春風は花のあたりを避きて吹け心づからや移ろふと見む」〔花が勝手に散るのだと見るかもしれないから〕（古今集）㈤萎れる。枯れる。「移ろひたる菊にさしたり」（蜻蛉日記）↓36

うつろふ（映ろふ）〔動・四段〕光や影が映る。

うべ〔副〕なるほど。もっとも。いかにも。肯定の意をあらわす。「**むべ**」ともいう。動詞の「**うべなふ**」は、a承知する・b服従するの意。形容詞の「**うべうべし**」は、もっともらしい・儀式ばっているの意。

うら〔名〕心・思い。感情をあらわす形容詞につき「**うらがなし**」「**うらさびし**」などの形を作る。

○**うらなし**〔形〕㈠何心もない。㈡心の隔てがない。腹蔵ない↓42

うれ〔名〕木や草の端。梢とか葉の先とか。

うれたし〔形〕㈠恨めしい。㈡いまいましい。憎らしい。

○**うれふ**（憂ふ）〔動・上二・下二〕㈠心配する。㈡悲しむ。㈢訴える。名詞形「**うれへ**」。↓48

えうなし〔形〕必要がない。どうなってもかまわない。

えせ（似非）〔接頭〕㈠似ているけれどほんものでない。㈡くだらぬ。ろくでもない。↓42

えならず〔連語〕何ともいえないほど……だ（……の所は、前後の関係で、すばらしい・みごとだ・きれいだ・りっぱだ等の語を適当に補う）。

えんなり（艶なり）〔形動〕㈠優美だ。㈡色っぽい。

おいらかなり〔形動〕㈠おっとりしている。㈡穏当だ。

○**おこたる**（怠る）〔動・四段〕㈠なまける。

㊁ゆだんする。㊂病気がなおる。名詞の「**おこたり**」は、なまけたり、ゆだんしたりした結果の過失を意味することがあり、さらに、それについて謝罪することをもいう。「**おこたりぶみ**」は、わび状。

おとなし 形㊀年長だ。㊁おもだっている。㊂老成している。大人っぽい。

おどろおどろし 形㊀恐ろしい。気味がわるい。㊁ぎょうさんだ。たいへんだ。

おどろく 〔動・四段〕㊀びっくりする。㊁はっと気がつく。㊂めざめる。他動詞の「おどろかす」にも、目をさまさせるという用法がある。

○**おのづから**（自ら）副㊀ひとりでに。㊁もしも。万一。ひょっとしたら。仮定の句に用いる。㊂たまたま。何かのぐあいで。↓88

○**おほかた**（大方）副㊀大体のところ。㊁普通。㊂一般的に。㊃全然。ちっとも。この用法はかならず下に否定の言いかたを伴う。

おほけなし 形㊀身分不相応だ。㊁おそれ多い。

○**おぼつかなし** 形㊀ぼんやりしている。㊁心ぼそい。㊂気がかりだ。㊃不審だ。㊄待ち遠しい。

おほとのごもる（大殿籠もる）〔動・四段〕「寝《ぬ》」の尊敬態。おやすみになる。

おぼろげなり 形動㊀なみたいていだ。㊁「おぼろげならず」の意。なみたいていではない。同じ語で、相反する意味があるから注意。↓55

おもしろし 形㊀魅力的だ（attractive）。㊁快適だ（pleasant）。㊂興味がある（interesting）。

おもはずなり 形動意外だ。↓96

およずく 動㊀成人する。㊁ませる。こましやくれる。㊂巧者だ。㊃地味だ。質素だ。

○**おろかなり**（疎かなり）形動㊀なみたいていだ。㊁いい加減だ。㊂関係が遠い。以上は「疎か」の方だが、別に「愚か」の方の用法もあるから、混同しないこと。「**おろかなり**」は、ばかだ・拙い・不十分だ等の意。

かいなでなり 形動㊀普通だ。㊁未熟だ。もとの形は「**かきなでなり**」。

かけうぐ 動・下二 かけて穴があく。

かけず 連語㊀つきとおして。㊁簡単に。もろくも。

○**かこつ**（託つ）動・四段㊀そのせいにする。㊁恨みを言う。ぐちをこぼす。名詞は「**かごと**」で、a口実・b恨みごとの両意になる。「**かごとばかり**」は、ほんの言いわけだけ。

かしがまし 形やかましい。うるさい。

かしこまる（畏まる）動・四段㊀謹慎する。㊁遠慮する。㊂遠慮しながら坐る。㊃お礼のあいさつをする。㊄あやまる。中世語には「つつしんで承知する」の意もある。名詞「**かしこまり**」には「おとがめ」の意もある。形容詞「**かしこし**」と同じ語源。↓98

かたき（敵）名㊀競技や娯楽の相手。㊁戦いの相手。㊂恨みのある相手。㊃結婚の相手。

○**かたはらいたし**（傍痛し）形㊀他人の事ながらきのどくだ。見ていてはらはらする。㊁傍で見聞しているとおかしくてたまらない。両方の意味をひっくるめて、現代語の「見ちゃいられない」に当たる。

かたみに 副かわるがわる。たがいに。↓91

かつ 副㊀二つの事がらが同時におこなわれる意。一方では。㊁二つの事がらがひきつづいておこなわれる意。すぐまた。㊂すぐそばから。すぐに。㊃すでに。もう。

かつがつ 副㊀まあともかくも。不十分ながら。㊁とりあえず。㊂はやくも。ぼつぼつ・少しずつという意をあげる説もあるが、誤り。

がてに 連語㊀動詞について、それが困難であることをあらわす。……しがたく。古代語では「**かてに**」。㊁名詞について、……まじりに。

かひなし（効無し） 形効果がない。むだである。

かる（離る） 動㊀遠ざかる。㊁男女の間がうとくなる。

きえいる（消え入る） 動㊀気絶する。㊁ひどく恥ずかしがる。㊂死ぬ。↓349

きざみ（刻み） 名㊀階級。身分。㊁おり。時節。

○**きは**（際） 名㊀端。最後。限り。㊁境。㊂そば。あたり。㊃身分の。身分の人。㊄……の程度の人。㊅才能。人物としての価値。

きやうざくなり（警策なり） 形動㊀詩文が上手である。㊁心のはたらきがすぐれている。「**かうざくなり**」ともいう。

○**きよらなり** 形動美しい（pretty）。現代語の「うつくしい」に当たるのが中古語の「きよらなり」で、中古語の「うつくし」は現代語の「かわいらしい」（lovely）に当たる。↓95

くぎやう（公卿） 名㊀「公」（大臣）および「卿」（大納言・中納言・三位以上・四位参議）。㊁「卿」のみをさす。㊂殿上人ぜんたいをさす。↓413

くたす（腐す） 動・四段㊀くさらせる。㊁悪く言う。「言ひくたす」ともいう。

○**くんず**（屈ず） 動・サ変くさくさする。

いやになる。ふさぎこむ。「**くつす**」ともいう。

け（故）名ため。せい。「御手もわななくけにや、的のあたりにだに近く寄らず」〔ふるえるためか、矢は的の近くにさえ〕（大鏡）

けいめい 名いっしょけんめいやること。奔走すること。サ変動詞に「**けいめいす**」という例が多い。

けうとし 形㈠気にくわない。㈡おそろしい。

けしからず 連語㈠りっぱだ。すぐれている。㈡常識はずれだ。感心できない。よくない。どちらの用法であるかは、前後の関係から判断するほかない。

けそうなり（顕証なり）形動はっきりしている。あらわだ。「**けしようなり**」ともいう。

けに 副いっそう。いよいよ。

○**げに** 副㈠現実に。実際に。㈡ほんとに。なるほど。他人のいうことに同感していう語。㈢まったく。実に。形容詞にして「**げにげにし**」といえば、aもっともらしい・bまじめだ等の意。

けやけし 形㈠すばらしい。㈡目だつ。特別だ。

こうず（困ず）動・サ変㈠なやむ。こまる。「日日せめられこうじて」（源氏物語・若菜下）㈡くたびれる。「験者などは、いとくるしげなめり。こうじて、うちねぶれば」（枕冊子）

○**ここら** 副㈠多く。㈡たいへん。

こころあて（心当て）名あて推量。

こころおきて（心掟）名㈠決心。心の持ちかた。

こころおとり（心劣り）名予想よりも劣っていること。幻滅。

○**こころざし**（志）名㈠考え。意向。㈡好意。

㊂贈り物。名詞の「志」は精神的好意の例が多く、「志す」と動詞にすると物質的な贈り物の例が多い。

こころづくし（心尽し）名気をもむこと。

○**こころにくし**（心憎し）形㊀心をひかれる。㊁深みがある。㊂なかなかりっぱだ。

○**こころもとなし** 形㊀不安だ。頼りない。心配だ。㊁じれったい。待ち遠しい。㊂ぼんやりしている。はっきりしない。動詞の「**こころもとながる**」は、じれったがる意だけのようである。

こころゆく（心行く）動満足する。せいせいする。

○**こちたし** 形㊀ことごとしい。「鶴はこちたきさまなれど」（枕冊子）㊁いやに多い。「何事も御幸ひきはめさせたまふあまりに、御命さへこちたくて、あまたの帝におくれさせたまふこそ、いとくちをしくはべれ」（上東門院は、万事につけて御幸運すぎ、御寿命までがやけに長く、多くの天皇に先立たれなさったのは、まことに不本意な感じです）（無名冊子）㊂連用修飾のとき、単に意味を強調する。たいそう。「暁がたより雨すこし降りて、菊の露もこちたくそぼち」（菊におく水滴もひどくたまり）（枕冊子）

こととふ（言問ふ）動㊀ものを言う。㊁質問する。㊂訪問する。

ことならば 連語同じことなら。どっちでも同じなら。「ことならば咲かずやはあらぬ桜花」（同じだというなら咲かない方がよい）（古今集）

ことわる（理る）〔動・四段〕㊀正しいのと正しくないのとを判断する。㊁理由を述べる。㊂言いわけする。

さうざうし 形「さびさびし」の音便。「有るべき事物が無いため、ものたりない」という基本意味から、不満だ・何となく満ちたりない等の訳にもなる。「よろづにいみじくとも、色このまざらむ男は、いとさうざうしく、玉の盃の底なきここちぞすべき」（何だろうとこなす才があっても、愛情問題に通じていないような男は、さっぱりものたりなくて）（徒然草）

○**ざえ**（才）名㊀学問。具体的には漢字。㊁芸術的な才能。→287

さかし（賢し）形㊀かしこい。㊁すぐれている。動詞「**さかしがる**」「**さかしだつ**」は、利口ぶる。名詞「**さかしら**」は、利口そうにふるまうこと・よけいな行為をすること。

ささめく（動・四段）小声で話す。名詞「**ささめごと**」は、ひそひそばなし。→321

○**さすが** 副そうはいうものの。だが、何といっても、やはり。

さて 副そういう状態で。そのまま。接続㊀それから。㊁それで。

さても 副㊀それでもやはり。㊁そんなぐあいでまあ。接続㊀それから。㊁それはそうと。感まあまあ。

さと（里）名㊀人家の集まった所。㊁宮中に仕える者が自宅をいう。

さながら 副㊀そのままで。㊁すっかり。㊂ちょうど。㊃否定文のなかで、at all に当たる意。全然。

さらぬ 連体㊀そうでない。ほかの。㊁何気ない。平気な。

さる 連体㊀そういう。そんな。㊁りっぱなひとかどの。

さるべき 連体㊀当然そうであるはずの。㊁そうなる運命の。㊂ちょうどぐあいのよい。㊃りっぱな。前後の関係で、訳語はいろいろになる。「さるべき日ばかりまうでつつ見れば」〔命日だけお参りして見ると〕（徒然草）↓61 強調形は「**さりぬべき**」。

しがらみ（柵）名㊀水の流れをせきとめるため、杭を打ち竹や柴を横に結びつけたもの。㊁障害物。

しきる（頻る）〔動・四段〕たびかさなる。

○**しな**（品・級・科）名㊀種類。㊁身分。階級。家がら。㊂人がら。品格。㊃品質。たち。㊄程度。段階。

しほたる〔動・四段〕㊀ぬれる。㊁涙を流す。↓74

しる（知る）〔動・四段〕㊀理解する。㊁経験する。㊂意識する。㊃したしく交際する。㊄治める。

すいがい（透垣）名木や竹をくみあわせ、間をすかして造った垣。↓64・403

ずいじん（随身）名上皇・摂政・関白および特定の資格のある大臣・参議・納言・大将が外出のとき、武装しておつきする近衛府の下級公務員。↓98

○**すくせ**（宿世）名㊀この世に生まれる前に生きていた人の世。前世。㊁前世でしたおこないのため、この世でそうなってゆくよりほかないなりゆき。

○**すさぶ**〔動・上二・四段〕㊀いよいよ程度がはなはだしくなる。㊁心のおもむくままに何かをする。㊂なぐさむ。もてあそぶ。㊃していたことをいつか止める。名詞の「**すさび**」は、a心がある方向に進むこと・bなぐさみ等の意。

すだく（集く）〔動・四段〕㊀集まる。㊁虫などが鳴く。あとの用法は、誤解から生まれた用法。

すぢ（筋）名㊀道理。㊁性質。㊂方面。㊃法則。㊄血統。

ずりやう（受領）名地方長官。

せうそこ（消息）名㊀手紙。伝言。㊁案内をこうこと。

せうと（兄人）名㊀女性からいって、男のきょうだい。㊁一般的に兄弟関係。

せちなり（切なり）形動㊀急だ。㊁切実だ。㊂連用形を副詞的に用い、程度の強さをあらわす。ひたすら。ひどく。

せみごゑ（蟬声）名キイキイ声。

せめて 副㊀むりに。㊁非常に。㊂しきりに。㊃せいぜい。

せんざい（前栽）名㊀庭の植えこみ。㊁植えこみのある庭。

そこはかと 副㊀どこそこと。場所をちゃんと心得ての意。㊁はっきり。「**そこはかとなく**」といえば、aどことということとなしに・b何ということなしに等の意。

そこら 副㊀たくさん。「この北野にそこらの松をおほさしめたまひて」〔たくさんの松をおはやしになって〕（大鏡）㊁たいそう。「顔はそこら化粧じたり」〔こてこて塗ってある〕（大鏡）

○**そぞろなり** 形動「すずろなり」と同じ。

↓43

そのかみ 名㊀ちょうどその時。㊁昔。

そぼつ（濡つ）動ぬれる。「**そぼぬる**」は、びしびしょぬれになる。「**そぼふる**」は、びしょびしょ降る。

だいとこ（大徳）名㊀高僧。㊁僧。

たきもの（薫物）名いろんな香を合わせて作った練り香。

○**たぐふ**（類ふ・比ふ）動㊀似あう。㊁匹敵する。㊂並ぶ。いっしょにいる。㊃つれだつ。ともなう。以上は自動詞（四段）。㊄並ばせる。㊅いっしょに行かせる。㊆くらべる。よそえる。以上は他動詞（下二段）。

たたずまひ 名様子。ありさま。

たどる（辿る）〔動・四段〕㊀さがす。㊁さがしながら歩く。㊂まごつく。㊃思いなやむ。㊄筋道だって考える。以上は自動詞。

○**たのむ**（頼む）動㊀あてにする。㊁信用する。㊂仕える。以上は四段活用。㊃期待させる。あてにさせる。以上は下二段活用。

たばかる（謀る）〔動・四段〕㊀くふうする。㊁相談する。㊂だます。

たむけ（手向）名㊀神や仏に供え物をすること。㊁供え物。㊂餞別。

たゆたふ〔動・四段〕㊀安定しない。㊁躊躇する。

たれこむ（垂れ籠む）〔動・下二〕ひっこもる。

ちからなし（力無し）形やむをえない。

ちぎり（契り）名㊀約束。㊁因縁。↓306

ぢもく（除目）名大臣以外の公務員を任用する儀式。↓416

ぢん（陣）名㊀宮中における警備員の詰め所。㊁法会における僧の出入り口。㊂兵士の集まり、またはそのキャンプ。

ついで（序）名㊀順序。㊁場合。機会。↓232

ついゐる〔動・上一〕べたりとすわる。

○**つきづきし** 形㊀ふさわしい。似あわしい。㊁感じが好い。反対語「**つきなし**」。

○**つたなし**（拙し）形㊀まずい。㊁にぶい。つまらない。㊂運がわるい。↓110

○**つつむ** 動㊀かくす。㊁用心する。以上は他動詞（四段）。㊂慎しむ。遠慮する。以上は自動詞（四段）。

つやつや 副すこしも。下に否定の語が来る。

○**つれなし** 形㊀冷淡だ。無情だ。㊁平気だ。㊂知らぬふうをしている。↓133

てぶり 名風俗。ならわし。↓120

とかく　副㊀あれやこれやと。㊁何にもせよ。

○**ところせし**（所狭し）形分量や程度が自分の考える標準以上なので精神的に圧迫感を受けるという基本意味から、㊀気づまりだ。「いたくわづらふ人にかかりて、ものの怪《け》調ずるも、いと苦しければ、困《こう》じてうち睡《ねぶ》れば、睡りなどのみしてと咎《とが》むるも、いとところせく」（重病人に関わりあって、とりつきものを祈り伏せるのも、たいへんつらいので、疲れきって居ねむりをすると、居ねむりばっかりして——と文句をいうのも、気づまりで」（枕冊子）㊁やっかいだ・うるさい。「箏《さう》の琴《こと》は、中の細緒のたへがたきこそ、ところせけれとて」（第十三絃の切れやすいのが厄介だといって」（源氏・紅葉賀）㊂いやにいっぱいだ・やけにのさばっている。「車のうちかへされたる。さるおほのかなるものは、ところせく、久しくなどやあらむとこそ思ひしか」（車の転覆したのは、何ともいやはや。ああいうでかいものは、のさばっていて、いつまでも安泰なんだろうと思っていた」（枕冊子）㊃……すぎていやだ。「夏草の茂みが中の露けさも、さこそはところせう思《おぼ》しめされけめ」（露っぽすぎて、ずいぶんいやな感じがなさったろう」（平家物語）

とじ（刀自）名㊀主婦。㊁家政婦。㊂宮中の台盤所・内侍所の雑用をする女官。

どち　名なかま。同志。

とねり（舎人）名㊀天皇や皇族の雑用をする役の者。特に許された場合は、貴族でも使うことができる。㊁牛車や乗馬の係りの者。

ともし（乏し）形㊀十分でない。㊁まずしい。

とよむ（響む）〔動・四段〕㊀鳴り響く。㊁

大声を出してさわぐ。↓136

なさけ（情け）名㊀思いやり。㊁深い趣味のわかる心。㊂おもむき。ふぜい。㊃恋心。恋愛心理。

など 副どうして。なぜ。なんだって。

なにがし 名㊀だれ。人の名がわからないとき、あるいは、わざと名を出さずにいう。「なにがしの大納言とかやは、数ならぬ身はえ聞き候はずと答へられけり」（徒然草）㊁それ。前後の関係でわかる事を、間接的にさす。Have you a boat? に対して、Yes, I have a large one. と答えるときの one にあたる。「五つのなにがしも、なほうしろめたきを」（五つの「あれ」も、やはり心がかりなんですが）（源氏・匂宮）。「五つのなにがし」は、仏教語の「五障」をさす。代名わたくし。すこし改まった気分のときに使う。十世紀ごろまではあまり見えない。「故按察《あぜち》の大納言は、世に亡《な》くて久しくなりはべりぬれば、え知ろしめさじかし。その北の方《かた》なむ、なにがしが妹にはべる」（源氏・若紫）

なのめ（斜）名・形動㊀ななめ。㊁平凡。㊂不十分。

なべて 副㊀一般に。㊁いちめんに。㊂普通。

なまめかし 形㊀優美だ。㊁色っぽい。

なめし 形無礼だ。無作法だ。形容動詞で「**なめげなり**」となる。

なりいづ（成り出づ）動㊀成長する。㊁昆虫が変態する。㊂出世する。

にがし 形不快だ。気まずい。

にびいろ（鈍色）名濃いねずみ色。喪服に使う。

にほひ 名㊀嗅覚的なにおい。「こち吹かばにほひおこせよ梅の花あるじなしとて春な忘れそ」（大鏡）㊁視覚的な色彩・つや。

「せめて見れば、花びらのはしに、をかしきにほひこそ、心もとなくつきためれ」〔しいて眼をつけると、花びらの端に、趣のある色が、有るのか無いのかという程度についているようだ〕（枕冊子）㊂着物をかさねるとき、上の着物と下の着物との色の配合。着物でなくても、色と色とのとり合わせにいう。「櫨《はじ》・蘇枋《すはう》の下簾《したすだれ》のにほひ、いときよげなる」（枕冊子）㊃精神的なはなやかさ・あざやかさ・みごとさ。「絵にかける楊貴妃《やうきひ》の容貌《かたち》は、いみじき絵師といへども、筆限りありければ、いとにほひ少なし」〔絵にかいてある楊貴妃の容貌は、すばらしい絵かきだって、筆でかきあらわせる限度があるということだから、どうもみごとさが少ない〕（源氏・桐壺）

にようばう（女房）名㊀宮中に仕え、私室を与えられている女官。房は室のこと。㊁貴族の家に仕える女。

にようゐん（女院）名皇太后や太皇太后で「……院」という称号をもつお方。

にようくらうど（女蔵人）名身分の低い女官で、雑用をつとめる者。↓414

ぬか（額）名㊀ひたい。㊁礼拝。

ねぎごと（願事）名祈願する事。

ねたし（妬し）形㊀にくらしい。㊁しゃくにさわる。㊂ねたましい。形容動詞「**ねたげなり**」には、しゃくなほどりっぱだの意もある。

ねぶ 動㊀年をとる。㊁年ごろになる。「**ねびまさる**」は、a年よりも大人びて見える・b成長するにつれ美しくなる。

○**ねんず**（念ず）動・サ変㊀心の中でいのる。㊁辛抱する。がまんする。

のち（後）名㊀子孫。㊁死後。

のどむ〔動・下二〕㊀おちつかせる。ゆったりさせる。㊁さしひかえる。さしおく。

のる（罵る）〔動・四段〕わる口をいう。

↓122

のわき（野分）〔名〕台風。動詞「**のわきだつ**」は台風めいた風が吹く意。

○**はしたなし**〔形〕㊀どっちつかずだ。中途はんぱだ。㊁きまりがわるい。㊂ぶっきらぼうだ。㊃みっともない。㊄迷惑だ。㊅雨や風がひどい。

はづかし（恥づかし）〔形〕㊀気がひける。きまりが悪い。㊁こちらがきまりの悪いほど相手がひどい状態だ。㊂こちらがきまりの悪いほど相手がりっぱだ。

はつかなり（僅かなり）〔形動〕「**わづかなり**」に同じ。↓442

はふる〔動・下二〕㊀ちりぢりになる。さすらう。㊁落ちぶれる。

ひじり（聖）〔名〕㊀たいそうすぐれた人。㊁天皇。㊂高僧。㊃僧。「だいとこ」参照。

ひたぶる〔副〕㊀ただもう。ひとすじに。

ひとわろし（人悪し）〔形〕体裁がわるい。

ひま（隙）〔名〕㊀すきま。㊁機会。㊂油断。㊃欠員。

びんなし（便なし）〔形〕㊀つごうが悪い。㊁ふさわしくない。けしからん。㊂かわいそうだ。

ふくだむ〔動〕自動詞（四段）は、けばだつ・ぶくぶくになるの意。他動詞（下二段）は、けばだたせる・ぶくぶくにする。

ふつつかなり〔形動〕㊀がっちりしている。丈夫そうだ。㊁ごつごつしている。㊂ぶしつけだ。

ふりはふ〔動・下二〕わざわざする。「**ふりはへて**」と連用修飾に使うことが多い。わざわざ。

ほいなし（本意なし）形㊀ものたりない。心が満たされない。㊁残念だ。情ない。

ほとほと（殆と）副㊀もうすこしの所で。㊁だいたい。形容詞にして「**ほとほとし**」と言えば、a非常にあぶない・b危篤状態だの意。

まさなし 形㊀みっともない。㊁よろしくない。不都合だ。㊂手におえない。始末にこまる。↓266

まだし 形㊀まだその時期になっていない。㊁不十分だ。未熟だ。副詞にして「**まだき**」「**まだきに**」と言えば、早くも・まだ早いのに等の意。

まとゐ（円居）名㊀円形に居並ぶこと。㊁会合。

まねぶ 動・四段㊀まねる。㊁見聞したとおりに語る。㊂学ぶ。

まめなり（実なり）形動㊀まじめだ。誠実だ。㊁勤勉だ。㊂健康だ。「**まめやかなり**」という形容動詞や「**まめまめし**」という形容詞も、だいたい、同様の感じ。↓286・287 反対語「**あだなり**」。

まもる 動・四段㊀じっと見つめる。㊁保護する。警護する。守護する。↓116・314

まらうど（客人）名お客。

みそかなり（密かなり）形動こっそりだ。漢文よみくだしに多く用いた「**ひそかなり**」に同じ。

みなと（水門）名㊀水が他の水と行き合う所。たとえば、川が海に入る所など。㊁舟が泊る所。

みやび（雅び）名都ふうで上品なこと。形容動詞「**みやびかなり**」「**みやびやかなり**」および動詞「**みやぶ**」（上二段）も同様の感じである。

みゆ（見ゆ）動・下二㊀現代語の「見え

る」に同じ。㊁会う。㊂やってくる。現代語にもこの用法はある。㊃結婚する。㊄思われる。感じられる。この用法も現代語にある。

みをつくし（澪標）名川や海に杭を立て、舟の往来に都合のよい水路を示したもの。

むくつけし 形㊀おそろしい。㊁気味がわるい。いやらしい。

○**むげ**（無下）名㊀ひどくつまらないこと。㊁身分がいやしいこと。形容動詞にして「**むげなり**」。副詞の「**むげに**」は、aやたらに・bまったく等の意。

むすぼる 動・下二 ㊀結ばれて解けなくなる。㊁気がくさくさする。㊂水蒸気が凝固する。露になる。「**むすぼる**」ともいう。

むつぶ（睦ぶ）動・上二 なかよくする。

むとくなり（無徳なり）形動㊀品がない。だらしない。㊁はりあいがない。

むねと（宗と）副㊀主に。もっぱら。㊁首領として。

むらい（無礼）名・形動失礼。

めいぼく（面目）名いま言う「めんぼく」。

めかれ（目離れ）名目がはなれること。

めやすし 形感じが良い。↓468

もだす（黙す）動・サ変 ㊀だまる。㊁そのままにしておく。

もて 連語㊀「持って」の意。「火など急ぎおこして、炭もてわたる」（枕冊子）㊁「以て」の意。……によって。……で。「はちす葉のにごりにしまぬ心もて何かは露を玉とあざむく」〔どうして露を玉に見せかけるのか〕（古今集）接頭㊀行為をあらわす語に付いて調子を整える。「もてさわぐ」「もて興ず」等。㊁「行く」に付いて、だんだん……てゆくの意をあらわす。「ぬるく緩

びもてゆけば」（枕冊子）

○もてなす 〔動・四段〕㊀とりおこなう。㊁とりあつかう。待遇する。㊂珍重する。㊃そぶりをする。

もどかし 形㊀非難に価する。気にくわない。㊁じれったい。いらいらする。↓91　動詞「**もどく**」は、a非難する・b反対する等の意。

ものうし 形㊀めんどうくさい。㊁感心しない。㊂つらい。いやだ。↓110

ものぐるほし 形気ちがいじみている。どうかしている。

ものし 形不愉快だ。形容動詞「**ものしげなり**」は、不快そうだ。

もはら 副㊀すっかり。㊁否定文のなかで、ちっとも。

もよほす（催す）動㊀うながす。せきたてる。㊁ひきおこす。さそう。㊂挙行する。㊃よび集める。

やさし 形㊀優美だ。㊁感心だ。㊂恥ずかしい。きまりがわるい。

やすし（安し）形㊀むずかしくない。㊁簡単だ。㊂安全だ。㊃のんびりしている。気楽だ。

やまがつ（山賤）名山林労働者。

やをら 副そろそろと。こっそり。

やんごとなし 形㊀放っておけない。のっぴきならない。㊁並たいていでない。㊂高貴だ。↓280

ゆくりなし 形㊀思いがけない。不意だ。㊁不用意だ。

○ゆゑ（故）名㊀理由。原因。㊁由緒。㊂縁故。㊃事故。故障。動詞「**ゆゑづく**」は、a子細ありげだ・b趣がある等の意。

よ（世・代）名㊀時代。時世。㊁年齢。㊂世間。㊃人生。㊄男女のなか。

ようせずは [連語]何とかすると。ひょっとすると。悪くすれば。↓288

よし（由）[名]㈠理由。原因。㈡いわれ。わけ。㈢様子。㈣手段。㈤口実。

○**よし**（善し）[形]標準よりもずっと上だ。人ならば、身分や教養が高いこと。「**よろし**」が水準すれすれの所であるのに対する。↓137

よすが（縁）[名]㈠手がかり。方法。㈡って。知りあい。相手。

よに [副]㈠実に。たいそう。㈡けっして。

らうがはし（乱がはし）[形]㈠混乱している。混雑している。㈡やかましい。↓70

らうらうじ [名]㈠上品に美しい。㈡巧みだ。↓98

りやうず（領ず）[動]㈠自分のものにする。㈡土地を支配する。

れいならず（例ならず）[連語]㈠いつもとちがう。㈡病気だ。

わくらばに [副]たまに。まれに。

わらは（童）[名]㈠成年式以前の子供。㈡召使い。かならずしも子供とはかぎらない。現代語のボーイもそうである。ホテルなどにいるボーイは、子供であることが例外である。

ゐや（礼）[名]うやまうこと。形容詞「**ゐやなし**」は、無作法だ。形容詞「**ゐやゐやし**」と形容動詞「**ゐややかなり**」は、礼儀正しい・うやうやしい。動詞「**ゐやまふ**」は、現代語のうやまう。

をこ [名]ばか。ばかなこと。形容動詞「**をこなり**」は、おろかだ。形容詞「**をこがまし**」は、ａばかばかしい・ｂ出しゃばりすぎるの意。

をさをさ [副]なかなか。どうして。下に打消の言いかたを伴う。

をぢなし 形㈠臆病だ。㈡拙い。
をとこ（男）名㈠一人前の男子。「わらべ」に対する。㈡夫。㈢出家していない男子。㈣下男。

（ロ） 中古語以外の語彙

中古語がひとわたり頭に入ったら、それ以外のことばは、あまり骨が折れないであろう。なぜなら、古代語はめったに出てこないし、高校程度の古文に出てくるぐらいのは、たいして難しいものでもない。近世語になると、現代語の知識で片づくものが多い。中世語は、かなり特殊なものがあるけれど、これも高校程度では、謡曲と狂言に出てくる、少数の特殊語彙を知っておけばよろしい。そういうわけで、中古語をマスターすれば、まあ峠《とうげ》は越えたようなものである。もっとも、これは、高校程度という条件づきであることをおことわりしておく。国文学や国語学の専門研究になれば、どの時代でも、まけずおとらず重要だし、また難しいのである。

a 古代語

古代語というのは、だいたい八世紀以前のことばで、いわゆる奈良時代の作品が、それに当たる。作品としては、『古事記』『日本書紀』『風土記』から、祝詞（のりと）・宣命（せんみょう）など、いろいろあるが、いちばん重要なものは、いうまでもなく『万葉集』

である。これらの作品をよみこなすには、たいへん多くの古代語を知っていなくてはならないが、高校程度としては、次に挙げるような語を知っていれば、ほかに知らない語が出てきても、何とか始末できるであろう。

あ（吾・我）[代名]わたし。「**あれ**」も同じ。「あれと汝と、族《ともがら》の多き少なきを競《くら》べてむ」〔わたくしとあなたと、なかまの多い少ないを競争しましょうよ〕（古事記）

あぢきなし [形]無礼だ。乱暴だ。けしからん。「素戔嗚《すさのを》の尊《みこと》のしわざ、はなはだあぢきなし」（日本書紀・神代上・訓）。

い‐ [接頭]語調を整えるときに使う。「奈良の山の山のまにい隠るまで」〔奈良山のあたりに隠れるまで〕（万葉・一七）。「やからどちい行きつどひ」〔親類の者たちが行き集まって〕（万葉・一八〇九）

いまし（汝）[代名]あなた。君。「課役徴《えつきはた》らばいましも泣かむ」〔税金攻勢に痛めつけられたら君も泣くだろう〕（万葉・三八四七）

いも（妹）[代名]あなた。女性にむかって呼びかけるときに使う。妻とは限らないけれど、妻であることが多い。さらに「こ」をつけて「いもこ」とも言い、それに「我《わ》が」をつけたのが短く発音された「わぎもこ」（我妹子）は、妻あるいは愛人を意味する。反対語「**せ**」。

いろせ [名]同母の男の兄弟をいう。兄でも弟でもいうから、英語の brother と同じような使いかたである。「あすよりは二上山《ふたかみやま》をいろせと吾が見む」〔明日からは二上山を弟と思って見ようことか」（万葉・一六五）これは姉から弟をさしていった例。

うつそみ（現身）名中古語の「うつせみ」に同じ。この世。神や霊の世界に対し、人間世界をいう。「うつそみの人なる吾や」〔この世に生きている人であるわたしは〕（万葉・一六五）。「うつせみ」という例も、古代語にある。「うつせみも妻をあらそふらしき」〔人の世となっても妻をとりあいするというわけらしい〕（万葉・一三）

うなさか（海界）名海のはて。「うなさかを過ぎて漕ぎゆくに」〔海のはてを漕ぎ過ぎてゆくと〕（万葉・一七四〇）

うまし（美し）形美しい。良い。「うまし国ぞあきつ島大和の国は」〔美しく良い国だ、あきつ島大和の国は〕（万葉・二）。シク活用の形容詞は、終止形が直接に名詞を修飾することもあった。これはその例。

おしなぶ（押し靡ぶ）動・下二 おしなびかせる。「おし」は「なびかせる」の意を強めた語。「荒山道を石《いは》が根禁樹《さへき》おしなべ」〔けわしい山道を、ごつごつした石や通行のじゃまになる木をふみ分けて〕（万葉・四五）

おつ（落つ）動・上二 落下する意味にも使うが、「名簿から落ちていた」などいうのと同じ用法がある。「隈《くま》も落ちず思ひつつぞ来しその山道を」〔道の曲りめごとに、もの思いにふけりながらやって来た、その山道を〕（万葉・二五）。「落ちず」は「漏れることなしに」の意になるので、意訳して「ごとに」とした。「寝る夜落ちず」（万葉・六）といえば、「寝る夜ごとに」「毎晩」の意になる。

か－ 接頭 音調を整えたり意味を強めたりする。「か青なる玉藻沖つ藻」（万葉・一三）

かがふ（襤褸）名ぼろぼろの着物。「かがふ

のみ肩にうちかけ」（万葉・八九二）

かがふる（被る）動中古語の「かうぶる」、現代語の「かぶる」にあたる。「麻衾《あさぶすま》ひきかがふり」（麻の夜具をひっかぶり）（万葉・八九二）

かにかくに 連語中古語なら「とにかくに」である。「かにかくに欲しきまにまに然《しか》にはあらじか」（どうもこうもしたいままに、そうではあるまいな）（万葉・八〇〇）

かれ（故）接続「だから」と理由や原因を述べるような気持で使うが、時には、単に「さて」「そこで」など、話の調子を別にするため用いられる。「かれ、この大国主神の兄弟《みあにおと》、八十神《やそかみ》ましき」〔さて、この大国主みことの兄弟が、八十人おいでになった〕（古事記）

-く 接尾活用語（多くは四段活用動詞）の未然形について、それを名詞化する。英語の -ing が gerund を作るのと似ている。「聞かく」（聞くこと）「言はく」（言うこと）「宣《の》らく」（宣ること）など。

くすし（霊し）形ふしぎだ。人の知恵や力以上のものに対して持つ感じ。「わたつみはくすしきものか」（海の神は、ふしぎな力のあるものだなあ）（万葉・三八八）

け（日）名日数。「二日」（ふつか）「三日」（みっか）などいうときの「か」が音韻変化をおこしたのであろう。「君が行きけ長くなりぬ」（あなたの旅行は、日数が延びてしまいました）（万葉・八五）

ここだ 副㊀たくさん。「ここだも騒く鳥の声かも」（万葉・九二四）㊁たいそう。「なにそこの子のここだかなしき」（どうしてこの子がひどくかわいいのだろう）（万葉・三三七三）

こゆ（臥ゆ）動中古語の「ふす」にあたる。身体を横にすること。「こいまろび足ずりしつつ」〔ふしころび、地だんだをふんでいるうち〕（万葉・一七四〇）。「こゆ」は、上二段活用の自動詞だが、やはり自動詞で四段活用の「**こやる**」と「**こやす**」がある。活用が違うだけで、意味は同じ。「旅にこやせるこの旅人あはれ」〔旅さきで横たわっているこの旅人よ、ああ〕（万葉・四一五）。「こやせる」の「る」は、存続（完了）の助動詞「り」の連体形。

さ- 接頭 音調を整えるのに使う。「さ寝をさ寝てば」〔寝たらばなあ〕（万葉・三三四）

さきく（幸く）副 さいわいに。無事で。「滋賀の唐崎さきくあれど」〔滋賀の唐崎は昔のままにあるが〕（万葉・三〇）。「無事にある」の意から、「そのままある」「昔どおりだ」の意にも用いられる。

-さぶ 接尾 他の語の下について、それらしい行動・様子をする意をあらわす。「少女《をとめ》らが少女さびすと」〔少女たちが少女らしくするというので〕（万葉・八〇四）

さまよふ（吟ふ）動・四段 うなる。うめく。「妻子《めこ》どもは足《あと》の方に囲《かく》み居て憂ひさまよひ」〔妻子たちは、足の方でぐるっと坐っており、心配のあまりうめいていて〕（万葉・八九二）

しかすがに 副 中古語の「さすがに」。「しかすがにわぎへの苑《その》に鶯鳴くも」〔しかしながらなんといっても、私の家の庭にうぐいすが鳴くことだ〕（万葉・一四四一）

しこ（醜）名 みにくいもの。見下げていうときに使う。「醜《しこ》のますらをなほ恋ひにけり」〔くだらない男だが、やはり恋しく思うことだ〕（万葉・二一七）。この例は、自分をあざけった言いかた。

しじに（繁に）副 しげく。「しじに生ひたるとがの木の」（万葉・九〇七）

しのに 副しっとりと。「心もしのにいにしへ思ほゆ」〔心もしおれて〕（万葉・二六六）

しのふ（偲ふ） 動賞美する。思慕する。「思ひしなえてしのふらむ妹《いも》が門《かど》見む」〔うちしおれて私のことを思っているであろう妻のいる家の門を見よう〕（万葉・一三二）。この意味の「しのふ」は清音で四段活用。「**しのぶ**」と濁音によむときは、忍耐する意で上二段活用。これは、大野晋氏の研究で、昭和二十四年に発表された説。

しましく（暫しく） 副しばらく。「しましくはな散り乱れそ」〔しばらくは乱れ散ってくれるな〕（万葉・一三七）。同じ意味で「しまらく」という形もある。

せ 名㈠女性から、夫・兄・弟などをしたしくよぶ語。㈡兄弟。㈢夫。「**せこ**」も同じ。反対語「**いも**」。

そがひ（背向） 名うしろの方。厳密に後方でなくても、斜や横についてもいう。「雑賀野ゆそがひに見ゆる沖つ島」（万葉・九一七）。ほんとうに後なら、見えるはずがない。

たかしる（高知る） 〔動・四段〕りっぱに作る。「高殿を高知りまして」〔りっぱな御殿をお造りになって〕（万葉・三八）。「たか」は、ほめた感じの接頭語。かさねた形は、一方を省いて訳してもよい。尊敬態では「**たかしらす**」という。「高知らす吉野の宮は」（万葉・九二三）。

たぎち（激ち） 名急流。「富士川と人の渡るもその山の水のたぎちそ」（万葉・三一九）。動詞は「たぎつ」で、四段活用。はげしく流れる意。

たたなつく 〔動・四段〕かさなる。「たたなつく青垣山」〔幾重にもかさなった青あおとめぐっている山〕（古事記）。「**たたなはる**」も同じ意味の動詞（四段活用）。

ちふ 連語「……といふ」が短縮したもの。「**とふ**」というのも同じ。「踏み脱《ぬ》ぎて行くちふ人は石木《いはき》より成り出でし人か」（ふり捨てて行くという人は、石や木から生まれた人なんだろうか）（万葉・八〇〇）。「やまとの国をあきつ島とふ」（古事記）。中古語では「**てふ**」という。

てづくり（手作り）名 手織りの布。「多摩川にさらすてづくり」（万葉・三三七三）

ときじ（時じ）形 時節かまわずだ。「時じくぞ雪は降りける」（時節かまわずに雪はふっていることだ）（万葉・三一七）

ともし 形 ㊀まれなため、あきが来ない。珍らしくて、興味ぶかい。㊁うらやましい。

な（汝）代名 おまえ。「夕浪千鳥ながなけば」（夕日にいろどられた浪の上を飛ぶ千鳥よ、おまえが鳴くと）（万葉・二六六）。「**なれ**」も同じ。

なへ 名・副 と共に。につれて。と同時に。「黄葉《もみちば》の散りゆくなへに」（万葉・二〇九）

なも 助 中古語の「**なむ**」にあたる。係助詞として用いられる。「撫でたまはむとなも、神ながら思ほしめさく」（続日本紀・宣命）

のどよふ 動・四段 ほそぼそとした力のない声を出す。「のどよひ居るに」（万葉・八九二）

のる（告る）動・四段 言う。述べる。告げる。「我妹《わぎも》子《こ》に告《の》りて語らく」（万葉・一七四〇）。尊敬態にいうときは「**のらす**」となる。「家聞かな告《の》らさね」（家はどこなの、おっしゃいな）（万葉・一）。「のらさ」は「のらす」の未然形。「ね」は、やさしく頼む気持の感動助詞。

はたのひろもの（鰭の広物）名 大魚。ヒレの大きいものという意で、「**はたのさもの**」（小魚）に対する。「火照命《ほてりのみこと》は、海幸彦《うみさちひこ》とし

て、はたのひろもの・はたのさものを取りたまひ」（古事記）

はたる（徴る）〔動・四段〕責める。催促する。「その兄、強《あなが》ちに乞ひはたりき」（古事記）

ふ 〔助動〕継続をあらわす。「吉野の国の花散らふ秋津の野べに」（万葉・三六）。活用は、動詞の四段活用と同じで、主として四段活用動詞の未然形につく。

ほる（欲る）〔動・四段〕願いのぞむ。ほしがる。「見まく欲《ほ》り我がする君も有らなくに」（わたしが会いたく思うあなたもいらっしゃらないのに）（万葉・一六四）

ま- 〔接頭〕真実な感じやほめた感じで使う。「ま玉手の玉手さしかへ」（万葉・八〇四）

まく（枕く）〔動・四段〕枕にする。「家ならば妹《いも》が手まかむ」（万葉・四二五）

まく（求く）〔動・四段〕もとめる。さがす。「妻まきかねて」（古事記）

まく（任く）〔動〕任命する。下二段または四段活用。その名詞形が「**まけ**」。「大君のまけのまくまく」（天皇の御命令のままに）（万葉・四〇九八）

まじ 〔助動〕中古語の「まじ」。「百代にも易《かは》るまじき大宮所」（いつまでもかわるはずのない御所）（万葉・一〇五三）

まほろば 〔名〕すぐれた所。「まほらば」「まほらま」ともいう。「大和は国のまほろば」（古事記）

みまし（汝）〔代名〕あなた。「みましの大臣の家の内の子ら」（続日本紀・宣命）

むかぶす（向伏す）〔動・四段〕むこうの方へ遠く伏す。「白雲の降《お》りゐむかぶすかぎり」（祝詞）

むた（共）〔名〕同時。いっしょであること。「汐干《しほひ》のむた」（汐干と共に）（万葉・一〇六二）

めぐし（愛し）[形]かわいい。いとしい。「妻《め》子《こ》見ればめぐしうつくし」（万葉・八〇〇）

もとな[副]根拠なく、わけもなく。むやみに。「何しかももとな言ふ」（何だってやたらに言うのか）（万葉・二三〇）

ゆ[助]中古語の「**より**」。「田子の浦ゆうち出でて見れば」（万葉・三一八）

わ（我）[代名]わたし。中古語でも「が」を伴う用法だけはあるが、古代語では、いろんな用法がある。「其の彼の母もわを待つらむぞ」（万葉・三三七）

をす（食す）[動]「飲む」「食ふ」「着る」の尊敬態で、転じて、国を治める意。「わが大君のきこしをす天の下に」（万葉・三六）

をつ（復つ）（[動]・上二）もとへもどる。「わが盛《さか》りまたをちめやも」（わたしの青年時代が再びかえってくることがあろうか）（万葉・三三一）

b　中世語

ふつう中世といわれるのは、十三世紀から十六世紀にかけてだが、ことばの世界では、中世は、すでに十二世紀ごろから始まっている。すなわち、政治史の方で院政時代といわれるころのことばは、鎌倉時代に近い性質をもっているので、国語史の研究者たちは、院政鎌倉時代という呼びかたをする人が多い。しかし、語彙としては、漢語が多く、それらは、現代語から推測してもだいたい見当がつくので、いちいち挙げない。中世独自のことばといえば、謡曲や戦記物語のなかに出てくる会話用語や、狂言のセリフがそれであろう。

謡曲や戦記物語でも、会話でない部分は、古典語に基づいているから、中古文の知識で処置できる。次に、現代語とは用法のちがうものを主として、中世語のアウトラインを観ていただこう。

あひだ（間）【助】体言としてでなく接続助詞に使われたときは、「……ので」「……ゆえ」というような意味になる。「あまりに申し勧《すす》むる間、かやうに見参《げんざん》はしつ」〔あまり勧めるので、このように会うことは会ったのだ〕（平家）

あるにもあらず【連語】存在するだけで、あまり価値がない。「あるにもあらぬ有様どもにて」〔みすぼらしいザマで〕（平家）

いうけん（雄剣）【名】刀を、もったいぶっていうことば。「雄剣を帯して公宴に列し」（平家）

いかさま【副】・【感】㊀きっと。たしかに。「いかさまこれは権現《ごんげん》の御利生《ごりしやう》とおぼえ候」（平家）㊁よし、ひとつ。それじゃ。「いかさま取りて帰り、古き人にも見せ、家の宝ともなさばやと存じ候」（謡・羽衣）㊂はい。いかにも。そうです。「いかさま、もうひとつ下されて、味をおぼえませう」〔はい。もう一杯頂戴させていただいて、味を感じ取りましょう〕（狂・素襖落し）

いかな【連体】どんな。これが「いかなこと」と熟して用いられると、感動詞のようになり、「あれあれ」「こりゃどうじゃ」「これはこれは」などいった感じ。「これは、いかなこと。座頭が眼をあき、ゐざりが立ち、

啞《おし》がものを言ふ」（狂・三人片輪）

いかに 感 もしもし。おい。「いかに与一。あの扇の真中射て、平家に見物させよかし」（平家）。「いかに申し候」といっても、意味は同じで、丁寧な感じになる。「いかに申し候。めでたう、ひとさし御舞ひ候へ」（謡・蘆刈）

いちだん（一段） 形動 かくべつ。現代語の「かくべつ」は、「かくべつ見事だ」というように副詞にも用いられるが、同時に「湯上りのビールはかくべつだ」のように、それだけで「特に良い」という意味をあらわすことがある。「一段」も同様で、「一段と良うござらう」（狂・千切木）のような連用修飾に使われるときもあり、「それは一段のことぢや」（狂・相合烏帽子）のように「たいへん結構な」の意味に使われることもある。

いちぢやう（一定） 形動・副 確かだ。確かに。「往生は、一定と思へば一定、不定《ふぢやう》と思へば不定なり」（徒然草）。「我らが如くの不覚人は、一定、執しつとおぼえ候なり」（私なんかみたいな碌《ろく》でなしは、きっと執着するにちがいないと存じます）（一言芳談）

いずれも 代名 皆さん。一同。「なうなう、いづれもござるか」（もしもし、皆さんおいでですか）（狂・合柿）

おこと 代名 あなた。自分と対等あるいはそれ以下の者に、したしみをもって言いかけることば。「おこと世に出でたまはん時の御慰みにて候間」（謡・鉢木）

おりない 連語 ございません。「ない」の丁寧態。「恐い者でも怖ろしい者でもおりないぞ」（狂・節分）

おんいりさふらふ（御入り候） 連語 オンニリソオロオと発音する。いらっしゃいます。

おいでになります。「木蔭《こかげ》を清めたまひ候は、もし花守《はなもり》にて御入り候か」（木蔭をお掃除なさるのは、ことによると花守りでいらっしゃいますか）（謡・田村）

かくれもない 連語 ひろく知られている。御存知の。「隠れもない大名」（狂・粟田口）

きよくなし （曲なし） 連語 つまらない。がっかりだ。「あら曲もなや。由なき人を待ち申して候ものかな」（謡・鉢木）

げな 助動 用言の連体形につき、伝聞・推定をあらわす。……そうだ。……ようだ。「まことに思ひ出した。夜瓜を取るには、ころびを打つて取るものぢやげな」（狂・瓜盗人）

けりやう （仮令） 副 たとえば。「仮令、木《き》樵《こり》・草刈・炭焼・汐汲などの風情《ふぜい》にもなるべきわざを、細かにも似すべきか」（花伝）

ござる （動・四段）「あり」の丁寧態。「はるか遠国の者でござる」（狂・鬼瓦）。「申して聞けうと存ずれども、そのをりもござらぬ」（狂・布施無経）

ごさんなれ 連語 「にこそあるなれ」の転じたことば。「さては惜しむごさんなれ」（平家）

こはもの （恐物） 名 おそろしいもの。「なう恐ろしや。清水に鬼がゐる。はつちや恐《こは》物《もの》」（狂・ぬけがら）。「**はつちや**」はハッチヤと発音し、恐怖のあまり出す感動詞。ひやあ。

これ （是） 代名 わたし。「これは東国方より出でたる僧にて候」（謡・田村）。謡曲の名のりには、「そもそもこれは」「これは」「かやうに候者は」の三種類があり、「そもそもこれは」がいちばん位が重い。

さいかく （才覚） 名・形動 機転のきくこと。「さてさて汝らは才覚な者どもぢや」（狂・

麻生）

さしめ 助動 命令形しかない。動詞の未然形につき、丁寧に命令する意をあらわす。……なさい。「それならば、も一つ飲うで、味をおぼえさしめ」（もう一杯飲んで、味をおあじわいなさい）（狂・悪太郎）

さた（沙汰） 名 ㈠処置。㈡評議。㈢命令。指示。㈣知らせ。報告。㈤うわさ。

さんざふらふ（さん候） 連語 サンゾオロオと発音する。そうでございます。相手に何か言いかけられて、返事をするときに言う。

しぜん（自然） 副 何かのぐあいで。どうかして。万一。「自然鎌倉に御上りあらばお訪ねあれ」（謡・鉢木）。おのずからという naturally の意味のときは、シゼンでなく、ジネンと発音されたようである。

したにゐる（下に居る） 連語 すわる。「まづ下に居い」（狂・附子）

しめ 助動「さしめ」と同じ。「語らう程に、よう聴かしめ」（狂・酢はじかみ）

せうし（笑止） 形動 ㈠こまった。弱った。たいへんだ。「あら笑止や。また雪の降り来りて候」（謡・葛城）㈡きのどくだ。「人の川へはまつたを、笑止なとは思はいで」（狂・飛越）

そつとも 副 ちっとも。すこしも。「その段は、そつともお気遣ひなされまするな」（狂・粟田口）

たのうだ（頼うだ） 連語 主人として仕える。いつも連体修飾に用いる。「あれに立たれたは、身どもが頼うだお方ぢや」（狂・真奪）

ちかごろ（近頃） 副 たいへん。まことに。「近頃誤りて候」（たいへん失礼いたしました）（謡・安宅）

です 助動 現代語の「です」に同じ。「隠れ

もない射手です」（狂・靭猿）

なう　感㊀よびかけのことば。ノオと発音する。もし。ねえ。「なう、その衣《ころも》はこなたのにて候」（謡・羽衣）。かさねて「**なうなう**」ということもある。㊁ああ。感情の激したときにいう。「なう恥しや」（狂・箕被）。「なう悲しや。子が泣きまする」（狂・児流鏑馬）。「なう腹立ちや腹立ちや」（狂・千切木）

なかなか　副・感㊀けっして。どうしても。とても。「なかなかお宿は思ひもよらぬことにて候」（謡・鉢木）㊁そうだ。そのとおり。「さては我らをもこれにて誅せられ候はんずるな」「なかなかの事」（謡・安宅）

なんぼう　副㊀どれぐらい。「学問をばなんぼう御きはめ候ぞ」（謡・丹後物狂）㊁何というまあ。「なんぼう怖しき物にて候ぞ」（謡・道成寺）

にっぽんいち（日本一）名・形動最上。たいへん結構だ。「それこそ日本一の事にて候」（謡・鉢木）

ねんなう（念無う）副㊀わけなく。「念なう討たれて候」（謡・放下僧）。㊁案外。「念無う早かつた。汝を呼び出だしたは、別《べち》の儀でない」（狂・千切木）

のさもの　名のらくら者。「まづのさ者を呼び出だし、この由訊ねうと存ずる」（狂・粟田口）

ひらに（平に）副ぜひ。「ひらに一夜《いちや》を明かさせて賜はり候へ」（謡・松風）

みたむない　形みっともない。ぶかっこうだ。「手も足もない見たむないものであらうなあ」（狂・千切木）

むさと　副思慮分別なく。「むさと討つて捨てたことぢや」（狂・武悪）。「**むさとした**」といえば、ばかげたの意。「むさとした事

を仰せらるる」（狂・今参）

めつきやく（滅却）名・動無くすること。無くなること。死ぬこと。「おのれら、滅却しおらうぞ」（貴様たち、死んじまうぞ）（狂・附子）

よしない 形くだらない。「よしないものにだまされた」（狂・米市）

わごりよ（和御寮）代名あなた。男にも女にも言う。「わごりよが行く後姿を見て発句をした」（狂・箕被）

わす 動・四段・下二「ある」「いる」「来る」の尊敬態。「猫殿は、天性、小食にわしけるや」（平家）。「何としてわせたぞ」（狂・石神）

c　近世語

近世文に出てくる用語が近世語かというと、そうとは限らない。なぜならば、近世の作者たちは、中古語で書かれた文章こそほんとうの文章だという意識をもっていたので、自分たちのいま使っていることばで作品を書くのは、わりあい限られた場合であった。それは、中世文と同じことである。したがって、近世文といえば、まず『玉かつま』『花月草紙』『奥の細道』『うづら衣』『去来抄』『雨月物語』などが頭にうかぶであろうが、それらのなかで近世語を探すのは、かなりめんどうである。というのは、だいたいが中古文を基礎にして書かれており、中古文の知識さえあれば、解釈に苦しむことは、あまりない。特に『玉かつま』や『花月草紙』の類は、なるべく中古文と同じ語法で書こうと努めているので、うっかり看《み》ると、中古文だと感ちがいしそうなほどである。こういった種類の作品を**擬古文**とよぶ。だから、近世語を知らなくても、近世文は何とかわかるものが多いし、近世語のなかには、現代語として使われているものも少なくないので、特別に近世語を勉強する必要はないかもしれない。しかし、**浮世草子**とよばれる種類の作品や**浄瑠璃**などには、わりあい近世語が多く用いられるので、よく出てくるようなものは、ひとわたり知っておいた方がよいであろう。

あくぎん（悪銀）名品質のわるい銀貨。江戸時代、関西は銀貨が行なわれていた。関東は金貨（大判や小判など）である。「三匁五分の豆板、悪銀と出しける」（日本永代蔵）。三匁五分は、銀貨の単位が貫・匁・分だったから、こんな数えかたをしたもの。豆板は、豆形の銀貨。↓420

あづかりてがた（預手形）名借用証書。手形は、証書のこと。もと、掌に墨や朱肉をつけて捺《お》したことからいう。商業用には為替手形があり、両替屋すなわち現代の銀行にあたる店で、送金の手段に用いた。A店へaという人がx両はらいこみ、遠くのB店あてに「a殿からx両あずかりました」という証書を発行してもらう。すると、aは、その証書さえ持ってゆけば、大金持参で旅行するにおよばない。また、a自身が行かなくても、その証書をたとえばbという人に送ってやれば、bはB店からx両を受け取ることができる。A店とB店とは、

ほかに多くの取引があるので、あとで適当に決済する。→421

あてこと（当言）名あてこすり。それとなく遠まわしに言うこと。「貧乏神めとあてことをいはれながら」（日本永代蔵）

ありきり（有切）名・副ありったけ。「皆ありきり貴様やってしまはつせえ」（東海道中膝栗毛・続編）

いたりせんさく（至り穿鑿）名ぜいたくきわまる好み。「いたり」は、ぜいたくの意。「いたり料理」（ぜいたくな料理）とか「いたり茶屋」（最高級の茶屋）とかいう語もある。

いつせき（一跡）名有り金そっくり。財産全部。「一跡をほつきあげ」（財産全部を使いはたし）（浮世物語）。「一跡に」と副詞に使うこともある。何も彼も・すっかり等の意。

いれふだ（入札）名投票。価格を決めるとき、あるいは物事を決めるときに、めいめい投票すること。前者の用法は、現代語にもニュウサツと発音されて、生きている。「諸方の入札、すこしの利潤を見かけて」（日本永代蔵）

うけじやう（請状）名物事をひきうけたり約束したりするときに書く証文。「おのれが請状にある親めが印判」（五十年忌歌念仏）。借家をしたり人に雇《やと》われたりするときは、保証人の請状が必要であった。それに捺す印を「請判」（うけはん）という。

うちぐら（内蔵）名住宅に続けて建てた蔵。座敷からすぐに蔵に行ける。これに対して、いったん外へ出なければ行けないのを「庭蔵」という。「たち続ける軒ばの内蔵は、景色朝日に映じて」（本朝二十不孝）

うとく（有徳）名・形動富裕。「有徳な町人

の聟《むこ》になつて」（仮名手本忠臣蔵）

うはに（上荷）名「上荷船」の略。沖の本船と陸との間を往復して、上積みの荷を運ぶ船。荷を満載していると、吃水が深くて、陸の近くに寄ることができない。小型の船で上積みの荷を運んでしまえば、軽くなって、接岸しやすい。「上荷・茶船、かぎりもなく川浪に浮かびしは、秋の柳にことならず」（日本永代蔵）

かいめん（改免）名「免」は税率。五年あるいは十年ごとに農地をしらべ、年貢《ねんぐ》として納める高を新しく決定すること。年貢を免じる意とした辞書もあるが、「このたび田畠の間地をあらため、新田・古田ともに棹入れて、免割は九つ八分六厘と極はまりて」（百姓盛衰記）などの例から考えると、誤りであろう。「棹入れて」は「測量して」の意。

かけすずり（懸硯）名「かけご」のある硯箱。蓋《ふた》をあけると、その「かけご」に硯や筆墨が入っており、別に引出しもあって、書類などを入れる。蓋に金具があり、提げられる。「染絹、懸硯を取りて行くに」（諸国ばなし）

かけり 名俳諧で、表現が動的なおもむきを持つこと。「句のかけり事あたらしく、まことに秀逸なり」（去来抄）

かじち（家質）名建物を抵当に入れて金銭を借用すること。「上本町の家質の手形」（今宮心中）

かする 動・四段）倹約する。節約する。「油かすりて宵寝する秋」（猿蓑）

がつてん（合点）名・動のみこみ。のみこむ。「母に如才があるものか。合点のわるい、聞き分けない」（待夜小室節）。「がてん」ともいう。

かなし（悲し） 形 貧弱だ。「喰ひ詰めになりて、内証かなしく」（資本金にくいこむことになって、ふところぐあいが貧弱で）（日本永代蔵）。浮世草子に多く見られる用法で、どの種類の作品にも出てくるわけではない。

かみこ（紙衣） 名 厚紙に柿渋《かきしぶ》を何度もぬり、日にほしてから、もみやわらげたものを、着物に仕立てた。寒さを防ぐのによい。「紙衣一衣《いちえ》は夜の防ぎ」（奥の細道）

き 助動 かならずしも過去ではなく、意味を強めるだけの用法が、西鶴の浮世草子には、しばしば出てくる。「世に有る程の願ひ、何によらず、銀徳にてかなはざる事、天《あめ》が下に五つ有り。それより外《ほか》は無かりき」（日本永代蔵）。「それより外は無し」を強めた言いかたである。もちろん、回想の用法もある。「世の費、ひとつもせざりき」（日本永代蔵）などはそれだが、中古語法のような回想ではなく、単に過去をあらわすものだと考えられる。また「けり」とも区別なしに用いている。

きうりをきる（久離を切る） 連語 家族の籍から除くこと。悪いことをした場合、親権者あるいは一族の代表者が五人組という町内自治単位の長（名主）を通じて町奉行《まちぶぎょう》に願い出で、その許可を得て居住権をとりあげ、その町内に入れないようにした処分。勘当（かんどう）の一種である。勘当とは、ひろくは処罰することであるが、江戸時代には、久離と同じ意味にも用いている。

きのどく（気の毒） 名・形動 困ったこと。弱ったこと。心配なこと。現代語の「気の毒」は、相手に対して抱く感情だが、室町時代から江戸時代にかけての用法は、自分に対して持つ感情である。このちがいは、よく注意してほしい。「身すぎはかけて暇《ひま》

のあるほど気の毒なるものはなし」（職業は、仕事が無くてぶらぶらしているほど有難くないことはない」（日本永代蔵）

げいしゃ（芸者）名芸人。特にタイコモチのこと。現代人のいうgeisha-girlとはちがう。「なかなか和尚芸者だわ」（東海道中膝栗毛・続編）

こばんいち（小判市）名関東は金貨制、関西は銀貨制であって、金一両は銀六十匁というのが換算の公定相場であったけれど、経済事情により、実際の相場は変動があった。その変動を利用して、小判金を銀貨で売買するのが小判市である。

さくじ（作事）名土木建築の工事。「作事に取りつき、所にては天晴《あつぱれ》棟高く思ひのままに作り立て」（日本永代蔵）

しんしやく（斟酌）名遠慮。辞退。現代語で「そこの事情を斟酌して」など言うときの用法とはちがうから、注意を要する。室町時代から江戸時代にかけては、相手からの申し出を受けないことである。

じんたい（仁体）名「にんてい」ともいう。人がら。風采。形容詞にして「**じんたいらしい**」といえば、人相とか風采とかのひとかどであること。「昔の厚鬢《あつびん》もうすく、仁体をかしげなれば」（日本永代蔵）

すい（粋）名・形動 →624

すいふろ（水風呂）名「すゐふろ」（据風呂）のなまったもの。桶《おけ》にたき口がとりつけてある風呂。現代でもよく家庭にある式の風呂である。まだ湯になっていない水の風呂のことではない。なお、江戸時代の風呂屋は、だいたい蒸気風呂で、湯気であったまる式のものであった。

せいもん（誓文）名・副証書。副詞に使うときは、「かならず」「たしかに」「けっし

て」などの意。「こりゃ誓文ほんまのこっちゃ」〔これは絶対に本当のことだ〕（東海道中膝栗毛）

せつき（節季）名㈠陰暦の十二月三十日。商家では、支払いを済ませる日に当たっているので、たいへん忙しい。㈡盆・暮れの決算期。

ぜにや（銭屋）名両替屋。金貨を銀貨に、銀貨を金貨に換える店であるが、江戸時代の両替屋は、現代の銀行にあたる業務をしていたのであり、商人にとっては必要欠くことのできない経済機関であった。↓421

たいき（大気）名・形動気前が大きく、こせつかないこと。「町人までもよろづに大気なる故ぞかし」（世間胸算用）

ぢざん（地算）名簡単な計算。加減だけをいうらしい。ソロバンを使わず算木でする計算だとか、地面に書いてする計算だとかいう説もあるが、「十露盤《そろばん》がなるかといへば、なるほど地算は置きまする」（手代気質）という用例から考えると、いずれも誤りである。

つう（通）名↓624

でいり（出入り）名もめごと。悶着。訴訟。「その晩に大きな出入りでもあつたら」（夏祭浪花鑑）

てがね（手金）名現在自分の手もとに置いてある金。「あり金」ともいう。

てまへしや（手前者）名財産のゆたかな人。金持。室町時代には「てまへもの」といっている。

てんびん（天秤）名はかりの一種。多く両替屋で使う。貨幣の重みをはかるのである。「豆板」とか「豆銀」とかよばれる銀貨は、大小軽重が一定しておらず、重さをはかって通用させたので、ぜひ天秤が必要なわけ

である。↓420

どうよく（胴慾）名・形動無情なこと。薄情なこと。「ええ胴慾な母様、おぼえて居さつしやれと、わつと泣き出す」（待夜小室節）

とひまる（問丸）名問屋。狭義には、船商人の宿であると同時に、彼らのため取引先の世話や、小運送の面倒も見てやるような問屋のことをいう。

ないしよう（内証）名内わの経済状態。ふところぐあい。「内証よろづ不埒《ふらち》になり」〔ふところぐあいが万事悪化し〕（吉野忠信）

のりかけ（乗掛け）名馬に人ひとりと荷物二十貫をのせて運ぶこと。またはその馬。「本馬」（ほんうま）に対する。本馬は、荷物三十六貫を馬にのせること。

はちたたき（鉢叩き）名腰に瓢《ふくべ》をつけ、鉦《かね》を叩いて、家ごとに廻って歩く空也念仏の僧で、陰暦の十一月十三日から四十八日間おこなう修行である。「鉢叩きあはれは顔に似ぬものか」（猿蓑）

ひとつがき（一つ書き）名箇条書き。「仔細《しさい》らしい一つ書き」（寿の門松）

ふらち（不埒）名・形動都合のわるいこと。不届きなこと。「大分の売りかかり、数年不埒になりて」〔多額の売りかけ代金が、数年分支払い不能になって〕（日本永代蔵）

ぶんげん（分限）名銀貨でいって五百貫目以上、千貫目以下に相当する財産をもつ者。千貫目以上を「**長者**」という。長者よりもずっと上の富豪を「**歴歴**」という。一万貫目でも、まだ歴歴の中に入らなかったらしいから、超特級の富豪である。

ぶんさん（分散）名破産。ただし、正式の法廷には持ち出さず、債権者と債務者との間で、話しあいによりおこなうもの。分散を身代限りと訳した辞書もあるが、誤り。「身代限り」は、裁判によって破産を宣告されること。

ほんぎん（本銀）名資本金。「利滞《とどこ》ほれば本銀に直し五百匁が七百匁の手形となり」（風流今平家）

ものまう（物申う）感ごめんください。こんにちは。他の家へ行って案内をこうときの呼び声。

をんなでら（女寺）名女の子を教える寺子屋。「女寺へもやらずして、筆の道を教へ」（日本永代蔵）

二　語法と解釈

語彙がひとわたり身についたら、こんどは語法の勉強という段になるが、実は、語法のことは、語彙を説明しながら、すでに幾分か触れてきたのである。それをお気づきになったか、どうか。

いったい、語法というのは、広い意味で「言いかた」のことである。よく文法と語法とを混同する人があるけれど、いまの学者たちは、文法と語法とを区別するのが普通である。文法は、ことばの法則である。こう言わなくてはいけないというルールである。しかし、そのルールを守りながら、そのなかで、いろんな「言いかた」がある。たとえば、現代語で、君はあまり勉強しないから、入学試験が心配だよ。

あなたはあまり勉強なさらないから、入学試験が心配ですよ。

お前《めえ》はあまり勉強しねえから、入学試験が心配だぜ。

というような文が、それぞれ成立する。ところで、

君はあまり勉強しねえから、入学試験が心配ですよ。

と言ったら、どうだろう。日本語として、まさに落第である。しかし、文法的には、すこしも誤っていない。そこに語法としての誤りをつかんでいただきたい。文法的には正しくても、実際にそういう「言いかた」が無ければ、だめなのである。逆に、文法には合わなくても、実際に存在する「言いかた」なら、しかたがない。

源氏・伊勢物語は、心のいたづらになりぬべきものなりと、多田の銀山出盛りしありさま書かせける（日本永代蔵「世界の借屋大将」）

「書かせける」は変で、文法的には「書かせけり」でなくてはならない。ところが、西鶴は、係助詞の「ぞ」なしに連体形で結ぶ言いかたをしばしば用いており、それが原則になっている。江戸時代には、こういう「言いかた」が存在したことは事実なのだから、文法的には誤りであろうとも、江戸時代の語法として認めるよりほかない。「出盛りし」の「し」も文法的にはおかしいのだが、これは助動詞「き」の項を参照のこと（二六四頁）。

こういった次第で、語法と文法とは、かならずしも、一致するわけではない。そうして、

古文の研究に必要なのは、語法なのである。しかし、語法と文法は、別ものだというわけでもない。どんな「言いかた」でも、とにかくいちおうは文法にもとづいて言われるのであり、まるきり文法を無視したのでは、言語にも文章にもならないはずである。だから、語法の研究は、いちおう文法を基礎にしてやってゆくのが、便利である。以下、文法を基礎にしながら、古文の語法を述べてゆくことにしよう。

ところで、私は、その説明を、助動詞から始めるつもりである。もし「文法」を期待する諸君がいられるなら、名詞から始まって、動詞→形容詞→形容動詞→副詞→接続詞というような説きかたをしないことに不満をお感じになるかもしれないが、私が説明の必要を認めるのは語法なのだから、助動詞からで十分なのである。それから、「文法」といえば品詞分解のことだ——と思いこんでいられる諸君も、いくらか期待はずれの感じをお持ちかもしれない。しかし、品詞分解は、代数における因数分解が数学のなかで占める地位と同様、古文研究のなかの時代おくれな部分にすぎない。品詞分解の重要性を力説するのは結構だけれど、そればかり熱中していると、もっと重要な「解釈と結びついた文法」を勉強する時間がなくなる。まあ、いちおう安心して助動詞から始めてくれたまえ。

(イ) 助動詞

「助動詞とは何ぞや」などいう説明は、すでに教室でお聞きになっているものとして話を進めることにする。その程度の説明が必要な諸君は、残念ながら、私の話をおよみになる資格がないとあきらめていただきたい。さて、語彙の方で中古を主とした私は、語法についても、やはり中古語法を基本として述べるであろう。理由は二五頁に述べたとおりで、中古語法が古文ぜんたいの標準になっているからである。前頁に挙げた『日本永代蔵』のような文章でも、中古語法をよく知っていれば、例外は例外として、ちゃんと処理できるはず。

ぬ

この助動詞は、ふつう完了とよばれるが、英語の perfect tense とは、かならずしも同じではない。むしろ、tense とは関係なしに、叙述を強める性質が主だと思われる。『宇津保物語』俊蔭の巻に、仲忠が大木の洞《ほら》をのぞいたら、熊のすみかだったので、驚いて、熊に、

かく領《りやう》じたまひける所なれば、まかり去りぬ。

とあやまる条がある。「あなたがこんなふうにお住まいになっておいでの所ですから、退去いたします」という意味で、未来のことなのだが、特に「ぬ」を用いたのは、「きっと……します」と強い心持で言ったのである。たち去るのは、これからのことだから、完了と解すると、おかしくなる。「ぬ」を「……た」と訳することしか知らない人は、「たち去ってしまった」など誤訳する。「ぬ」は、ぜったい過去の助動詞ではない。もちろん「た」と訳するのがよいときもある。しかし、過去の「た」ではない。探しものをしていて、み

つかったとき、思わず、

　有った、有った。

と言う。これは、過去において有ったわけではなく、現在、そこに有るのである。それを「有った」と言うのは、「有る」を強く表現したのである。その意味での「た」ならば、「ぬ」を「た」と訳することもある。また「……てしまった」と訳することもある。完了の助動詞とよばれるのは、こう訳することが多いからだが、これも、

　雨に降られてしまった。

というのが、別に事態の終結を意味するわけではなく、「雨に降られた」ということを強く表現しただけであるのと同様で、要するに、ものごとを確かに述べるための助動詞なのである。完了のなかでも、とくに**確述**の助動詞とよぶことにする。

例題　四九

傍線部分を解釈せよ。

俊蔭十六歳になる年、もろこし船いだし立てらる。此度《こたみ》は殊に才賢き人をえらびて、大使・副使と召すに、(イ)俊蔭召されぬ。父母悲しむこと、さらに譬《たと》ふべき方なし。一生に一人有る子なり。かたち・身の才《ざえ》、人にすぐれたり。朝《あした》に見て夕《ゆふべ》の遅なはる程だに、紅の涙を落とすに、はるかなる程に相見むことの難き途に出で立つ。父母・俊蔭、悲しび思ひやるべし。三人の人、額をつどへて、血の涙を落として、出で立ちて、(ロ)つひ

に船に乗りぬ。もろこしに到らむとする程に、仇《あた》の風吹きて、三つある船、(ハ)二つはそこなはれぬ。多くの人(ニ)沈みぬる中に、俊蔭が船は、波斯国《はしこく》に(ホ)放たれぬ。

（宇津保物語・俊蔭）

答 (イ) 俊蔭が指名された。　(ニ) 沈んでしまったが、その中で、
(ロ) とうとう船に乗りこんだ。　(ホ) 漂着した。
(ハ) 二つは難破してしまった。

「……た」とか「……てしまった」とか、いろいろに訳したが、意味は、いずれも同様で、それぞれ確述の役目をはたしている。どちらに訳さなくてはいけないという原則はないが、不自然でないように考える必要はある。

備考 **遅なはる** （帰りが）おそくなる。**波斯国** ペルシアのことだとか、そうでないとか、いろいろ学説があるけれど、作者は、そんな事はたぶん知らず、シナよりも遠い外国といった程度の知識で書いたものであろう。

この確述助動詞「ぬ」の用法で注意してほしいのは、連用形「に」である。つまり、

未然	連用	終止	連体	已然	命令
な	に	ぬ	ぬる	ぬれ	ね

と活用するのだが、その連用形「に」が助動詞「き」「けり」「けむ」「たり」等といっしょに使われると、よく助詞だとかんちがいするものだから、まちがえないようにしなければいけない。品詞分解の問題で、よくやられるやつである。用法としては、「き」や「けり」や「けむ」や「たり」のあらわす意味をさらに強める。その強めを、副詞や感動詞その他に替えて訳してもよい。

尾上《をのへ》の桜さきにけり〔まあ、さいたことだなあ〕

いづちへ行きにけむ〔行っちゃったんだろう〕

未然形の「な」も、他の助動詞や助詞といっしょに使われるときが多いから、注意を要する。助動詞では「む」「まし」、助詞では「ばい」ぐらいのものだが、「む」につくときは、助詞の「なむ」と同じ形になるから、混同してはいけない。しかも、助詞の「なむ」にも係助詞と終助詞とがあって、たいへんまぎらわしい。受験生いじめには、持ってこいの急所である。

(1) 知らぬ道の羨ましくおぼえば、「あな羨まし。などか習はざりけむ」と言ひてありなむ。

(2) 今年より春しりそむる桜花ちるといふことは習はざらなむ

(3) 夜半《よなか》うち過ぐる程になむ、絶えはてたまひぬる。

うっかりしていると、みんな同じに見えるのだが、(1)は確述助動詞「ぬ」の未然形に意思の助動詞「む」がついたもの、(2)は終助詞、(3)は係助詞である。「厄介だな。だから古文はいやなんだ」など弱音を出さないで、この区別をよく頭に入れていただきたい。その替り、確かな見別け法のコツを伝授しておくから。そのコツというのは、(1)用言の連用形についたら「ぬ」の未然形と「む」の結びついたもの、(2)用言の未然形についたら終助詞。(3)体言あるいは体言に準ずるもの・副詞・他の助詞などにつくなら係助詞――である。ただし、(1)の例外として、aク活用の形容詞・b形容詞型活用の助動詞・c否定助動詞「ず」の場合は、連用形に付いた「なむ」は係助詞である。この原則を憶えやすいように表にすると、

なむ
- (1) 連用形――助動詞（な＋む）
- (2) 未然形――終助詞（願望）
- (3) その他――係助詞

となる。なお、二二六頁を参照のこと。

次に、終止形「ぬ」に助動詞「べし」「らむ」「めり」「らし」などが付くと、やはり、それぞれの助動詞の意味が強調される。その強めは、副詞などに替えて訳すると、わかりやすい。

今も昔のやうに侍りぬべけれ〔きっといるにちがいない〕
便《たよ》りあらば遣《や》らむとて、置かれぬめり〔たしかに取っておかれたようだ〕
二十日《はつか》、三十日《みそか》と数ふれば、指《および》も損《そこ》なはれぬべし〔指もへんになっちまいそうだ〕

いつでも「きっと」「たしかに」を補って訳するとはかぎらず、その場合によって適当な訳語をくふうしなくてはいけないけれど、気持としては、常に「きっと」「たしかに」の感じを含めるのがよい。

例題 五〇

次にあげた文または歌に含まれる「なむ」の違いを説明せよ。

（イ）かかる御使の蓬生《よもぎふ》の露わけ入りたまふにつけても恥かしうなむ。
（ロ）ひたぶるの世捨人は、なかなかあらまほしきかたもありなむ。
（ハ）もののあはれも知らずなりゆくなむあさましき。
（ニ）ひとめ見し君もやくると桜花けふは待ちみて散らば散らなむ
（ホ）いみじく泣きたまひて、「まかでなむ」と聞こえたまふ。

答

（イ）係助詞。下に「はべる」などの語が省略されている。
（ロ）確述助動詞「ぬ」の未然形に推量助動詞「む」のついたもの。
（ハ）係助詞。

（ニ）終助詞。

（ホ）（ロ）に同じ。

さきに述べた見別けかたで割り切れるはずだが、（ホ）だけは、ちょっと迷うかもしれない。終助詞だと未然形につき、助動詞だと連用形につくわけだが、二段活用は未然形と連用形が同じ形なので、すこし厄介である。これは、文意が「さがります」と自分の意思を示したものであり、相手に対して「さがってちょうだい」と要求（願望）するのではないから、助動詞の方だと判断できる。さきの原則で割り切れないときは、全体の文意から判断するよりほかない。なお、（イ）は、文末に在るので、終助詞のような気がしやすいから、注意しなくてはいけない。

つ

「ぬ」とたいへん似た助動詞で、やはり完了といわれているが、これも確述と考えるのがよい。たいていは「ぬ」も「つ」も同じにあつかっているようだが、こまかく調べてゆくと、差が無いわけではない。しかし、差があることは確かだけれど、どんな差かといわれると、はっきり説明することがむずかしい。形の上でいえば、だいたい、

つ——他動詞に付く。

ぬ——自動詞に付く。

という区別がある。しかし、絶対的にそうだともかぎらない。意味的な差は、文法学者の

あいだでも、いろいろ説があり、はっきり断言しにくいのだが、私の考えでは、

つ——叙述の主体者がその事に直接関係のあるとき（主体的）

ぬ——叙述の主体者がその事に直接関係のないとき（傍観的）

というような区別ではないかと思われる。「この日暮らしつ」といえば、自分が主体になって、日の暮れるまでの時間をすごしたことになり、「日は暮れぬ」といえば、日が暮れるという事実を局外者の立場でながめているような感じになる。ある学者は、

つ——事がらがそこで終わったという意をあらわす。

ぬ——事がらがそこから始まったという意をあらわす。

という区別を考える。なるほど、多くの例がそれでうまく説明できる。

・恐ろしげなること、命限りつと思ひまどはる〔もう命もおしまいだと気も転倒する〕（更級日記）

・月日へて、若宮まゐりたまひぬ〔（はじめて）参内なさった〕（源氏・桐壺）

などはよい例だろう。しかし、かならずしもすべての用例がこの区別で説明し切れるとは限らない。高校生諸君としては、多くの学者が議論をかさねて、まだ定説のないデリケイトな差に頭をなやますよりも、

(1)「つ」と「ぬ」は**兄弟分**である。

(2) 両方とも**陳述の確定**をあらわす。（山田孝雄博士説）

という基本事項だけ、しっかり把握しておくほうが賢明だろう。

例題 五一

朝餉《あさがれひ》の御間にうへおはしますに、(1)御覧じていみじうおどろかせたまふ。猫を御ふところに入れさせたまひて、男《をのこ》どもを召せば、蔵人忠隆《ただたか》・なりなか参りたれば、「この翁丸うち調《てう》じて、犬島へつかはせ。ただいま」とおほせらるれば、あつまり狩《か》りさわぐ。馬の命婦《みやうぶ》をも(a)さいなみて、「(イ)めのとかへてむ。いと(b)うしろめたし」とおほせらるれば、(c)かしこまりて(2)御前にも出でず。犬は狩り出でて、滝口《たきぐち》などして(ロ)追ひつかはしつ。（枕冊子）

一 傍線部分（イ）（ロ）を解釈せよ。

二 傍線部分（a）（b）（c）について、現代語との違いを示せ。

三 傍線部分（1）（2）の主語は誰か。

答 一 （イ）ぜひ世話役をかえよう。（ロ）追っぱらってしまった。

二

	問題文の用法	現代語の用法
（a）	しかりつけて	いじめ悩まして
（b）	不安でならない	気がとがめる
（c）	謹慎して	つつしんで承知して

三　（1）＝天皇　（2）＝馬の命婦

天皇にかわいがられ、五位を頂戴し、世話役の女房までついている猫に、ふとした行きちがいから、翁丸という犬がとびついた。猫はいちもくさんに天皇の所へ逃げ出す。問題文は、その後の場面。さらにその後が例題一六に出ている（六三頁）。一の（イ）の「てむ」は、未然形「て」に助動詞「む」が付いたもので、ちょうど「ぬ」の場合の「なむ」に相当するけれど、助動詞「つ」のほうは、未然形と連用形が同じ形なので、注意を要する。

未然	連用	終止	連体	已然	命令
て	て	つ	つる	つれ	てよ

この「て」を助詞の「て」とかんちがいしてはこまる。未然形の「て」は、助動詞「む」「まし」および助詞「ば」などに付き、連用形の「て」は助動詞「き」「けり」に付く――

と説明してしまえば、何のことはないようだが、なかなかどうして。実際の試験で、

・昼ならましかば、のぞきて見たてまつりてまし（源氏物語・帚木）

・梓弓《あづさゆみ》おしてはるさめけふ降りぬあすさへ降らば若菜つみてむ（古今集）

・いとうたてある事をも聞えてけるかな（宇津保物語・国譲上）

というのを出題して、それぞれの「て」の活用形を示せと要求したら、ギャフン組が、ばたばた枕をならべるにちがいない。また、

・この物語見はてむと思へど、見得ず（更級日記）

・とまれかうまれ、とく破りてむ（土佐日記）

を出題して、傍線部分を文法的に説明せよと要求しても、かなり受験生諸君を悩ますことができるだろう。二二六頁の解説をよんでいる人は別として――。**二**の「さいなむ」は、多くの辞書に「責め悩ます」という訳をあげているけれど、中古語では「小言をいう」ぐらいの気持が普通のようである。**三**は、最高敬語「せたまふ」がポイントで、しかも「男ども召せば」とあるから、皇后でないことがわかり（後宮へは男を呼びつけることがない）、したがって天皇ということになる。

備考　**朝餉の御間**　清涼殿の西がわにある室。天皇が食事（朝食だけではない）をめしあがる所。**男ども**　単に男性のことではなく、この場合は男性の役人。実際には蔵人が来たわけ。**なりなか**　忠隆は長保二年正月二十七日に蔵人となった人であることが知られているけれど、なりなかについては不明。

うち調じて　原文は「うちてうじて」。「懲じて」と解する説もあるが、それなら仮名づかいは「ちやう」である。悪霊などを「調伏す」という語があるので、「調ず」でもこらしめる意に解しうる。**犬島**　犬を捨てる島。**馬の命婦**　五位以上の女官を命婦という。「馬の」は、近親者が馬寮の役人だったからであろう。**めのと**　世話人。乳母ではない。**うしろめたし**　一五一頁参照。**かしこまりて**　九八頁参照。**滝口**　清涼殿の外がわをめぐる溝の水が東北隅でいちだん低くなった所で流れ落ちる。その所およびその辺に詰める武士をいう。

終止形の「つ」に助動詞「べし」「らむ」などが付いたときは、さきの「ぬ」同様、強めになり、副詞などに替えて訳するとよいことも同様である。

・蠅こそ憎きもののうちに入れつべけれ〔ほんとに入れるのがよい〕

・海をさへ驚かして、浪立てつべし〔浪をおこしちまいそうだ〕

・いかで聞きたまひつらむ〔どうしてお聞きつけになっちゃったんだろう〕

こういった用法では、「つ」と「ぬ」の差はあまり目だたないようである。いずれも、単なる強めに訳しておいてよろしい。なお、さきに「ぬ」の条で述べた未来的な強意と同じ用法が、やはり「つ」にも存在するようである。用例は、かなり後の時代になるが、『平家物語』（教訓の事）に、

この後も讒奏《ざんそう》する者あらば、当家追討の院宣《ゐんぜん》を下されつとおぼゆるぞ〔今後も、もし告げ口を申しあげる者があるなら、当家（平家）を征伐せよという院からの御命令を、ぜっ

たいお下しになると思われるぞ」と見える。もしこれだけならば、中世の特殊用法だと思われるかもしれないけれど、すでに『宇津保物語』にもある用法なので、中古語法の用例に準じてよかろう。一九五頁参照。

例題 五二

清水へまうづる人に、しのびてまじりたり。初夜《そや》はてて、まかづれば、時は子《ね》ばかりなり。(イ)ものなどものするほどに、ある者ども、「この乾《いぬゐ》の方に、火なむ見ゆる。門いでてみよ」などいふなれば、(ロ)「もろこしぞ」などぞいふなり。ここちにはなほ苦しきあたりなど思ふほどに、人びと、「督《かう》の殿なりけり」といふに、(ハ)いとあさましういみじ。わが家も築墻《ついひぢ》ばかり隔てたれば、さわがしう若き人をもまどはしやしつらむ、いかでわたらむとまどふにしも、(ニ)車の簾はかけられけるものかは。（蜻蛉日記）

一 傍線部分を解釈せよ。

二 この文章の話主は、どんな人物と考えられるか。理由を示して説明せよ。

答 一 (イ) いただいているうち

(ロ) シナ（ほど遠い所）だよ。

(ハ) きっと途方にくれさせているのでないかしら

(ニ) 車のすだれはかけられるものだろうか（とてもかけられるものではない）。

二　上流階級の人。〔理由〕外出の時、すだれをおろした車に乗るのが普通と意識されているから。

とくに注目してほしいのが一の（ハ）で、この「……やしつらむ」を「きっと……ているのでないかしら」と訳した辺は、私の苦心作だ。まず「らむ」は現在推量で、ふつう「……ているだろう」と訳するが（二三四頁参照）、上に疑問の係助詞「や」があるので、その気持を「かしら」で出し、さらに確述「つ」の気持を副詞「きっと」に置きかえたわけ。「きっと……かしら」とは、へんな言いかたのようにお思いかもしれないけれど、これは、原文が確述と疑念の混合なのである。隣が火事である以上、幼少のむすめは大まごつきにちがいないと確信したのが「つ」であり、しかし、遠く離れているため、実際の状況はよくわからない不安さが「や」なのであって、母親が非常事態にぶつかった際のデリケイトな心の動揺ぶりを適確に言いあらわしている。こういった心理描写にまで立ち入った解釈ができるのは、助動詞や助詞の用法を正確に知っているからであって、その意味で語法の勉強が重要なのである。たんなる品詞分解だけに終わるなら、現代の若い人たちにとって、文法いじりなんか、要するにお荷物にすぎないだろう。

備考　**清水**　京都東山の清水寺。観世音をまつる。**初夜**　戌（いぬ）の時、およびその時におこなう仏前のお勤め。だいたい午後七時ごろから九時ごろまで。**子ばかり**　子（ね）は午後十一時ごろから午前一時ごろまでだが、この場合は午後十一時ごろだろう。夜中の十二時とする説もあるが、初夜の勤行が午後九時ごろに終わり、あと雑談なんかして、控え室にもどったとすれば、約三時間では長すぎるように思われる。**ものするほどに**　五九頁参照。**乾**　四七五頁参照。**いふなり**　この「なり」は推定の用法。二一八頁参照。**督の殿**　誰であるかは不明。内侍督・兵衛督・衛門督など、いずれも「督の殿」と呼ばれうる。**築墻**　「ついぢ」ともいう。四〇二頁参照。**若き人**　筆者の養女をさす。

り

いわゆる完了の助動詞のうち、「ぬ」と「つ」は兄弟関係であり、「り」と「たり」も兄弟関係である。しかし、「ぬ」「つ」と「り」「たり」とは、かならずしも兄弟分ではない。「ぬ」「つ」をさきに**確述**と名づけたが、「り」「たり」の方は**存続**とでも名づけたい性質の助動詞である。助動詞「り」は、もともと、

思ひあり→思へり

欲しあり→欲せり

のように、四段活用あるいはサ行変格活用の連用形に「あり」が結びついて、音韻変化をおこし、その「り」が助動詞として独立させられたものといわれる。だから、「り」は、四段活用およびサ行変格活用にしか付かないのである。したがって、その意味も、「思う」という状態で「ある」、「欲す」という状態で「ある」ことであり、「……てある」「……ている」と訳すれば、たいてい通じる。すなわち、ある状態が続いていることだから、存続と名づけたのである。

御車《みくるま》もいたうやつしたまへり、前《さき》も追はせたまはず、誰とか知らむとうちとけたまひて、すこしさしのぞきたまへれば（源氏・夕顔）

車を略式の簡素なものにしたその状態でいるのが「やつしたまへり」で、これを終結の意としたら、へんになる。下の「さしのぞきたまへれば」も、のぞくという動作がしばらく続いていることなのである。「やつしていらっしゃるし」「おのぞきになっていると」など訳するのがよい。また、現にある状態が続いている場合だけでなく、すでにある事がらがおこったりある動作をしたりして、その結果だけが存続している場合にも使う。

備考 助動詞「り」は四段とサ変の命令形に付く。これは、橋本進吉博士説による。従来は、四段は已然形に付くといわれていた。四段活用の已然形と命令形は同じだから、どちらに付くと考えても構わないようだけれど、奈良時代以前は母音エに二種類あり、ケとへとメはke fe meのほかkë fë mëとでも表記して区別しなくてはならないような音があった。前者を甲類、後者を乙類とよぶ。ところが、奈良時代の文献を調べると、四段活用の已然形には乙類、命令形には甲類が使われており、当時は両者が別の発音だったと認められる。しかも、助動詞「り」はいつも命令形に付いている。甲類・乙類の区別は、平安時代に入ってから消滅したので、四段活用の已然形と命令形も同じ発音になった。そのため、助動詞「り」が已然形に付くと考えても、形のうえではさしつかえない結果が生じた。しかし、歴史的な筋あいからは、命令形に付くとするのが適当である。已然形に付くと認めるべき積極的な根拠は、何もない。サ変の命令形は本来「せ」で、後に「よ」が加わった。「り」は本来の命令形「せ」に付く。

例題 五三

清水《きよみず》に(イ)こもりたりしに、わざと御使して(ロ)賜はせたりし、唐《から》の紙の(ハ)赤みたるに、草《さう》に、

山近きいりあひの鐘《かね》の声ごとに恋ふる心の数は知るらむ

ものを、こよなの長居やとぞ(ニ)書かせたまへる。紙などのなめげならぬも(ホ)取り忘れたるたびにて、紫なる蓮《はちす》の花びらに書きて参らす。

（枕冊子）

一 傍線部分を解釈せよ。

二 この文章のなかに現われる人物は、どんな関係に在ると思われるか。理由を示して答えよ。

答 **一** （イ）以前こもっていたことがあったが、そこへ
（ロ）お持たせくださった、そのおたよりは
（ハ）赤い色であるのに
（ニ）お書きになってある。
（ホ）持ってくるのを忘れた

二 主従関係。しかも、主人はごく高貴な人。主人側と思われる方のことには「賜はせ」「書かせたまへる」など尊敬態が使ってあり（特に「せたまへる」は最高敬語）、他の側では「参らす」と謙譲態が使ってあるからである。

一の（イ）は、細かい点まで考えた訳である。「し」（終止形「き」）は、自分が経験したこ

との回想だから（二六四頁参照）、「以前……ことがあった」と訳し、それが数日間にわたるものだったという気持で「たり」が使われているのだから、「……ていた」を訳語に加え、助詞「に」の含む意味あいを「……が、そこへ」と分けて訳したのである。（ロ）も経験したことの回想として「し」が使われているわけだが、上にいちど「以前……ことがあった」という訳語が出ているので、くりかえすのは拙いから、単に「……た」と訳しておいた。また、このときの「たり」は、持たせて届けるという事がらが有って、その結果（手紙が眼前に在るということ）だけが存続しているという気持なのだが、それを言いあらわす適当な現代語が無いので、たんに「くださった」と訳しておいた。もし「解釈せよ」でなく「説明せよ」と要求されたのであったら、そういった気持を述べておくがよい。（ニ）の「書かせたまへる」の「る」（「り」の連体形）も、やはり**結果の存続**である。すなわち、書くという動作は、手紙の終りまで来れば終わるわけだが、その結果（文字あるいは文面）は、ずっと存在し、いまそれを見ているわけなのである。その感じを「……てある」で出してみた。（ホ）も、忘れるという事がらは、すでにやってしまったのだが、その結果として、いま持っていないという事実は続いているので、「取り忘れたる」と言っているのである。しかし、こちらは、現代語で言いあらわしにくいので、単に「……た」としておいた。歌の意味は、

清水だから東山も近く、その山に時を知らせる鐘が幾度も響くわけだが、鐘の音の数

につけて、お前を幾度なつかしく思うことだか、お前の方でもよくわかっているにちがいない。

である。「知るらむ」は、現在、相手を見ていないので、「……ているにちがいない」と訳した。「らむ」の用法については、二三四頁参照。

備考 **草** 「草仮名」(そうがな)の略。いまの平仮名よりも、もとの漢字に近い形。**こよなし。** **なめげならぬ** 失礼に当たらないようなの。**蓮の花びら** 実物の花びらに字の書けるはずがないから、法会《ほうえ》のとき散華《さんげ》という儀式に使う紙製の花びらであろう。花びらといっても、造花のように花の形を立体的に造ったのではなく、平らな紙を花の形に切り、それに模様が描いてあるだけだから、字が書けるのである。

たり

「たり」は「て・あり」が結びついて出来た助動詞だから、やはり、その「あり」の気持が含まれていることは、「り」の場合と同様である。訳は、「……ている」「……てある」となるのが標準で、場合に応じ適当に訳することも、「り」と同様。存続の助動詞であることは「り」も「たり」も同じで、これも兄弟分だが、「り」が限られた動詞にしか付かないのに対し、「たり」はすべての動詞の連用形に付く。

例題 **五四**

もし夜静かなれば、窓の月に故人をしのび、猿の声に袖をうるほす。くさむらの蛍《ほたる》は遠く真木《まき》の島のかがり火にまがひ、あかつきの雨はおのづから木の葉吹く嵐に似たり。山鳥のほろほろと鳴くを聞きても、父か母かと疑ひ、峯の鹿の近く馴れたるにつけても、世に遠ざかる程を知る。あるは埋火をかきおこして、老《おい》の寝覚《ねさめ》の友とす。おそろしき山ならねど、ふくろふの声はあはれむにつけても、山中の景色、機《をり》につけて尽くることなし。いはんや深く思ひ、深く知れらむ人のためには、これにしも限るべからず。（方丈記）

一　傍線（イ）（ハ）（ホ）（ヘ）を文法的に説明せよ。

二　傍線（ロ）は何とよむか。理由も説明せよ。

三　傍線（ニ）の品詞およびどの語にかかるかを示せ。

答　一　（イ）「似」はナ行上一段活用動詞（連用形）。「たり」は存続の助動詞で、似るという状態がずっと続いていることをあらわす。

（ハ）否定助動詞「ず」の已然形。

（ホ）「知れ」はラ行四段活用動詞（命令形）。「ら」は存続の助動詞「り」の未然形。知るという状態がずっと続いていることをあらわす。「む」は推量の助動詞「む」の連体形で、仮想の用法。「もし知っている人があるとしたら、その人にとっては」の意。

（へ）強めの副助詞で、下の打消しが「しも」のついた語（ここでは「これ」）に関して言われていることをあらわす。

二 ウヅミビ。「うづむ」は、中古語ではマ行四段活用だったので、その連用形が体言「火」と結びつき、連濁の現象でウヅミビとなった。

三 副詞。「限るべからず」にかかる。

なお、同じ「たり」という形だが、まったく用法のちがう助動詞があるから、混同してはいけない。それは、**断定**の助動詞といわれる「たり」だが、存続の「たり」が動詞につくのに対し、断定の方は体言につくのであって、接続がまるきりちがう。断定の「たり」は、その成立も、存続の「たり」とは同じでない。存続の「たり」は「て・あり」の結びついたものだが、断定の「たり」は「と・あり」の結びついたものである。『今昔物語集』に、

専に世の謗《そしり》とあり

魚釣りの童《わらは》とありける時

などの言いかたが見える。この「とあり」は、「たり」で置き替えることができるので、「たり」のもとの形を使ったものと思われる。「たり」の連用形に「と」を認めるのも、こんな所が根拠になるわけである。すなわち、断定の「たり」の活用は、

未然	連用	終止	連体	已然	命令
たら	たり と	たり	たる	たれ	たれ

となる。ところで、断定の「たり」は、実は、純粋の中古文では、用例がたいへん少ない。たぶん、漢文訓読のような堅いあらたまった感じのことばづかいのなかで発達したものであろう。十三世紀ごろより後に、さかんに使われるようになった。

次に、断定の「たり」と区別しにくいものに、**形容動詞のタリ活用**がある。この見別けかたも、受験生泣かせによく使われるが、簡単な判別法としては、

1「たり」を除いて「が」をつけ、主格にしてみる。もし主格としての言いかたが成立するなら、それは断定の「たり」である。成立しないなら、形容動詞である。

〔例〕「堂堂たり」から「たり」を除き、「堂堂は……」としても、文にならない。だから形容動詞である。「大臣たり」なら、「大臣が……」という言いかたが成立するから、断定である。

2「たり」を現代語の「としている」に言い替えてみる。もしその言いかたが目的語なしに成立するなら、形容動詞である。成立しないなら、断定の「たり」である。

〔例〕「平然たり」を「平然としている」に言い替え、「彼は平然としている」とい

う文が成立するから、これは形容動詞。「首領たり」は、「彼らは首領としている」だけでは意味がよくまとまらない。「熊坂長範を」というような目的語を加えないと、成立しないわけだから、こちらは断定の「たり」である。形容動詞のタリ活用も、中古文にはあまりあらわれない。もしこれが出てきたら、中世以後の文でないかと、いちおう見当をつけてよろしい。

備考　**真木の島**　山城国の宇治の西北にある村。もと島であったのを埋めたてた。**山鳥の**　山鳥のほろほろと鳴く声きけば父かとぞ思ふ母かとぞ思ふ（玉葉集・行基）。**あはれむ**　「あはれぶ」ともいう。七九頁参照。○この問題文には対句が多く用いられており、その点で『平家物語』などに共通する。四四〇頁参照。

なり

この助動詞は、同じ形でありながら、接続のしかたによって、意味が違ってくる。つまり、(1)体言あるいは体言あつかいの語に付くときは**断定**・(2)活用語の終止形に付くときは**伝聞**か**推定**——という使いわけが、中古文および中古スタイルの文章には見られるのである。(1)は普通の用法で、

宗祇は連歌師なり。

のように**体言**に付いて、上に在る体言（この例では「連歌師」）を述語にするというはたらきがある。しかし、かならずしも体言でなくても、

・たよりにもあらぬ思ひのあやしきは心を人につくるなりけり（古今集・四八〇）

・都へと思ふをもののかなしきはかへらぬ人のあればなりけり（土佐日記）

のように、体言あつかいの語に付いて、体言に付いたときと同じ役目をはたす。このばあい、上の単語は、**用言の連体形**であることが多い（この例では「つくる」）。なお、(1)の用法のなかで、場所を示す例がある。それは「……に在る」と訳してよろしい。たいてい、

春日《かすが》なる三笠の山（春日に在る）

家なる妹《いも》（家に居る）

のように連体形として用いられるが、時には、

富士の山はこの国（駿河）なり。

というように、終止形の用いられることもある（右の例は『更級日記』）。それから、「……という」の意味で、

連歌師に宗祇なる者あり。

万葉集なる書《ふみ》あり。

のごとく言うことがあるけれども、これは後世の語法で、中古文には出てこないから、まちがわないようにしてほしい。以上は、あまり難しくない用法だが、厄介なのは、(2)の方である。実例でいうと、

男もすなる日記といふものを、女もしてみむとてするなり（土佐日記）

の「すなる」みたいなやつである。下には「するなり」とある。この両者は、接続も意味

もまるきりちがう。つまり、「す」は終止形、「する」は連体形である。

未然	連用	終止	連体	已然	命令
せ	し	す	する	すれ	せ(よ)

という活用を、はっきり思い出していただきたい。このように、用言の終止形につくときは、**間接に聞いたこと**あるいは**推定**をあらわすのである。訳語としては、「……とかいう」「……そうだ」「……のようだ」などが、これに当たる。右の例は、女の立場で書かれた文であって、表面的には女性となっている作者が、「男の世界のならわしは、直接には存じませんけれど、人から聞いたところでは、日記とかいうものをお書きになるそうです。その日記というものを、女である私も書いてみようと思って、書きつけるのです」といった意味で、「すなり」と「するなり」を使いわけているのである。現代とちがって、男と女とが、直接におたがいの生活を知ることは、すくなくとも貴族社会では、たいへん難しかったのである。下の「するなり」は、(1)の例にあげた「つくるなりけり」と同じく連体形についているから、「……のだ」「……のである」「……のです」と訳してよろしい。要するに、

すなる——**終止形**接続——するとかいう

するなり——**連体形**接続——するのです

となるわけ。まちがいやすい所だから、もうすこし実例をあげておこう。

・この十五日になむ、月の都よりかぐや姫の迎へにまうで来《く》なる〔迎えにやってくるそうだ〕（竹取物語）

・また聞けば、侍従の大納言の御むすめ、亡《な》くなりたまひぬなり〔おなくなりになったそうだ〕（更級日記）

・しづまりぬなり。入りて、さらば、たばかれ〔しずかになったようだ。はいって、それじゃ、うまくやれ〕（源氏物語・空蟬）

・笛をいとをかしく吹きすまして、過ぎぬなり〔笛をたいへん上手に、いっしょけんめい吹いて、通り過ぎたようだ〕（更級日記）

あとの二例は、推定の用法で、まわりの状況から、こうだろうと推しはかっていうもの。このばあい、家の中の人がしずかになったことも、誰かが通り過ぎたことも、直接にたしかめているわけでなく、あたりの物音や、笛の音の移動のぐあいで、間接に推定しているのである。この用法で、たいへん厄介なのは、「なり」の上の語が終止形と連体形の同じであるときだろう。つまり、四段活用の動詞は、終止形と連体形が同じだから、(1)の用法であるか、(2)の用法であるかは、前後の意味から判断するよりほかない。もうひとつ、それよりも厄介なのは、(2)の用法は、**ラ変型**の活用語に付くときに限り**連体形**に付くという

ことである。『源氏物語』の若紫の巻で、良清が光源氏に明石入道のむすめのことをうわさして、

けしうはあらず、かたち心ばせなどはべるなり。

と言う条がある。「はべり」はラ行変格活用だから、

未然	連用	終止	連体	已然	命令
はべら	はべり	はべり	はべる	はべれ	はべれ

となる。その「はべる」に「なり」が付いたわけだが、これも⑵の用法であって、良清はまだ入道のむすめを見たことがなく、人の話で美しく性質も良いことを知っているのである。この良清の話を聞いて、他の家来が、

海竜王の后《きさき》になるべきいつき女《むすめ》なんなり〔竜宮の王さまのお后にでもなりそうな秘蔵むすめのようですな〕

とひやかした。「なんなり」は「なるなり」の音便形だが、これは、同じ助動詞「なり」をふたつ重ねたもので、上の「なる」は体言に付くから⑴の用法、下の「なり」はラ変型活用の連体形に付くから⑵の用法である。なお、⑵の用法は、終止・連体・已然の三形だけが有って、未然形と連用形はあらわれない。つまり、

	未然	連用	終止	連体	已然	命令
(1)の用法	なら	なり に	なり	なる	なれ	
(2)の用法			なり	なる	なれ	

となるわけで、(1)も(2)も、命令形はない。この(2)の用法は、従来、詠歎をあらわすなどといわれていたが、そうではなくて、人から聞いたことあるいは推定をあらわすのだと説かれた。松尾捨治郎博士が、この説は、学界であまり注目されなかったが、昭和二十二年ごろ、佐伯梅友博士が松尾説の正しいことを論証され、それ以後、ひろく認められるようになったものである。ただし、この(2)の用法は、さきにも述べたとおり、**中古文**あるいは**中古スタイル**の文章についてのみ存在するのだから、問題とされる文章がいつ時代のものであるかを、よく考えなくてはいけない。

例題 五五

見わたしたまへば、高き所にて、ここかしこ僧坊どもあらはに見おろさる。「同じ小柴なれど、(a)うるはしうしわたして、(イ)きよげなる家《や》、廊《らう》などつづけて、木立《こだち》いとよしあるは、何人の住むにか」と問ひたまへば、(ロ)御供なる人、「これなむ、なにがし僧都の、この二年《ふたとせ》こもりはべる坊に(ハ)はべるなる」。「(b)心はづかしき人住むなる所にこそあなれ。あやしうも、あまりやつしけるかな。（c）聞きもこそすれ」などのたまふ。きよげなる童《わらは》などあまた出できて、閼伽《あか》たてまつり、花折りなどするも、あらはに見ゆ。

（源氏物語・若紫）

一　傍線部分（イ）（ロ）（ハ）に含まれる「なる」と同じ用法の「なり」を、右の文章から選び出し、それぞれ一つずつ示せ。活用形には拘わらない。

二　傍線部分（a）（b）（c）を解釈せよ。

答　一　（イ）＝あらはに見ゆ　（ロ）＝小柴なれど　（ハ）＝住むなる

二　（a）きちんと作りめぐらして

（b）こちらがひけめを感じるほどな

（c）聞きつけやしないかしら。〔三二二頁参照〕

「なり」には三種類ある。⑴断定助動詞・⑵伝聞推定助動詞・⑶形容動詞活用語尾である。判別法は、連用形「に」を作ってみて、成立しなければ⑵であり、さらに「に」を「が」に置きかえ、主格にしてみて、それが成立するなら⑴である。（イ）は「あらはに見おろさる」「きよげなる童」でもよく、（ロ）は「高き所にて」でもよく、（ハ）は「所にこそあなれ」でもよい。形のうえで判別するのは、このようにして、あまり難しくないけれど、重要なのは、判別の裏づけとなる解釈である。場面は、源氏がマラリアを祈禱で治療してもらうため、北山に行き、あたりの景色をながめているところ。ついて行った供人も、北山の案内をよく知っているわけでなく、そこの坊さんに聞いたのだろうと想像されるから、(八)の「はべるなる」は伝聞に取りたい。それに対する源氏の返事は、もちろん、供人以上に様子を知らないはずなので、「住むなる」も「あなれ」も伝聞に解するのがよいだろう。「あなれ」は、「あるなれ」の「る」が撥音便で「ん」となり、そのnを表記しない形。訳するときは、あまり伝聞の言いかたが重複するとうるさい感じなので、「住んでいる所のようだな」ぐらいでよかろう。解釈というものは、語法にもとづいて正確に原文の意味をとらえなくてはならないけれど、それを訳文として書きあらわすときは、あまり不自然な言いかたにならないよう考え、場合によってはある程度まで原文を離れてもやむをえない。

備考 **小柴** 「小柴垣」の略。細い柴を材料にした垣。**廊** 建物と建物をつなぐ屋根つきの通路。現代の廊下とは違う。**あやしうも** 「あやし」はみすぼらしいの意(八三頁参照)。「あまりあやしうもやつしけるかな」と置きかえてみるがよい。**閼伽** サンスクリットのarghaを音訳した語。仏前にそなえる水。

む

次に、しばらく、推量の助動詞といわれるものについて述べよう。他にもひっくるめて推量の助動詞とよばれる類のものは、たくさん有るが、そのなかで「む」を中心とするものに、「む」と「らむ」と「けむ」との三種がある。時間という点から見て、この三種は、

む——時に関係のない推量**（だろう）**
らむ——現在の推量**（ているだろう）**
けむ——回想の推量**（たことだろう）**

という区別をもっているが、それぞれの内部でまたいろいろな用法がある。以下、それらの用法について、あらましを述べよう。

例題　五六

次の文章を通釈せよ。

「これ、いつまでありなむ」と人びとにのたまはするに、「十日はありなむ」「十余日《よひ》はありなむ」など、ただこのころのほどを、ある限り申すに、「いかに」と問はせたまへば、「正月《むつき》の十余日までは、はべりなむ」と申すを、御前にも、えさはあらじとおぼしめしたり。女房は、すべて、年のうち、晦日《つごもり》までもえあらじとのみ申すに、あまり遠くも申しつるかな、げにえしもやあらざらむ、一日《ついたち》などぞいふべかりけると下《した》には思へど、さはれ、さまでなくとも、いひそめてむことはとて、かたうあらがひつ。

（枕冊子）

答 「これは、いつまで保《も》つだろう」と人びとにおっしゃるのに対し、「たしかに十日はありましょう」「十日以上は大丈夫でしょう」など、近日の日限を、もう、あるったけ申しあげるのに、「どう」とおたずねになるので、「お正月の十日すぎまでは、きっとございましょう」と申しあげるのを、お上《かみ》も、そんなには保《も》つわけにゆくまいとお考えになっていらっしゃる。女房たちは、みな、年内、よくいって三十日までも保ちますまいと、口をそろえて申しあげるので、あまり先《さき》のことに申しあげちゃったわ、なるほど、とても保ちそうにもない、一日とでも言うんだったわと心中では思ったけれど、ままよ、そこまでは保たなくても、いったん言い出しちゃったことは――と思って、頑強に突っぱった。

有名な雪山の条である。「む」が六回も出てくるが、そのうち「な」と結びついたものが四回、「て」に付いたものが一回で、さきに述べた「なむ」「てむ」の用法、

なむ＝ぬ＋む（きっと……だろう）
てむ＝つ＋む（確かに……だろう）

がどんなに重要であるかを思いかえしていただきたい（一九九頁参照）。その条で述べたように、「ぬ」も「つ」も、完了というよりは、確述の性質がつよいので、これが「む」に結びつくと、**確信をもった推量**をあらわす。もし「十日はあらむ」なら「十日はありまし

ょう」だし、「十日はありなむ」なら「たしかに十日はありましょう」となる。その差をよく理解してほしい。「なむ」や「てむ」は、上に「きっと」「たしかに」「まちがいなく」などの語を補って解釈するのがよい。「十余日はありなむ」を「十日以上は大丈夫でしょう」と訳したのは、確信をもった推量のつもりで、意訳してみたのである。ところで、「てむ」を「たしかに……だろう」だとすれば、問題の「いひそめてむこと」が変ではないかという疑問がおこる。これから言い出すのではなく、すでに言い出してしまったことなのである。それに「たしかに……だろう」という言いかたは、理屈に合わないと考えられよう。これは、実は、「む」には**仮想**という用法があるのであって、そちらで解釈するところ。つまり、「もし言い出さないとしたら、ともかくも、いったん言い出してしまったからには、そのことは頑ばらなくちゃ」という気持なのである。しかし、この場合は、「て」(つ)の意味の方がつよく表面に出ているので、仮想の方は訳さず、単に「いったん言い出しちゃったこと」と訳したのである。もし、この部分に傍線を引いて、「傍線の部分を説明せよ」とでも出題されたら、上のようなことを述べればよい。もっとも、こんな厄介な例は、やたらには出てこない。ふつうなら、

・春日野《かすがの》の飛ぶ火の野守《のもり》出でて見よいま幾日《いくか》ありて若菜つみてむ〔たしかに摘むだろうか〕

・梓弓《あづさゆみ》おして春雨《はるさめ》けふ降りぬあすさへ降らば若菜つみてむ〔きっと摘むことになるだろ

う」

のような「てむ」が見られる。次に、さきにちょっと述べた仮想の「む」を説明してみよう。

例題 **五七**

次の文章中にある助動詞「む」の用法を説明せよ。

思はむ子を法師になしたらむこそ、心苦しけれ。ただ木の端などのやうに思ひたるこそ、いといとほしけれ。精進物《さうじもの》のいとあしきをうち食《く》ひ、寝《い》ぬるをも。若きはものもゆかしからむ。女などのあるところをも、などか忌《い》みたるやうにさしのぞかずもあらむ。それをも安からずいふ。まいて、験者《げんざ》などは、いと苦しげなめり。困《こう》じてうち睡《ねぶ》れば、「睡りをのみして」などもどかる。いとところせく、いかにおぼゆらむ。

（枕冊子）

答 a「思はむ」「なしたらむ」の「む」――仮想。「仮にかわゆく思う子があるとして、その子を」「もし法師にしていることがあるとすれば」の意。

b「ゆかしからむ」「のぞかずもあらむ」の「む」――時に関係のない推量。みな「……だろうか」の意。

この「む」の用法は、注意を要する。これは「む」の**連体形**に限ってある用法だから、下

に体言あるいは体言を受ける助詞が有るかどうかをよく調べること。「む」の活用は、

未然	連用	終止	連体	已然	命令
		む	む	め	

で、終止形と連体形が同じだからである。さて、この用法は、英語の subjunctive mood と同じで、**事実と反対の仮想**を表わす。たとえば、

If I were a bird, I would fly to you!

というとき、事実は鳥でないわけだが、もし鳥であったなら——と仮想した言いかたである。それと同様に、事実は、かわゆく思う子があるわけでなく、その子を法師にすることもないのだが、もし仮にそんなことがあるとしたら——と、反対のことを仮想するのである。だから、

(1) 思はむ子を法師になしたらむこそ、心苦しけれ。

(2) 思ふ子を法師になしたるこそ、心苦しけれ。

と並べてみて、その差をよく理解してほしい。(1)に対して「かわゆく思う子を法師にしているのは」と訳したなら、点はやれない。それは(2)に対する訳である。なお、bで「む」と「らむ」の見わけが加味されていることも注意してほしい。「おぼゆらむ」は「おぼゆ」

（終止形）に「らむ」がついたので、「む」ではない。「ゆかしからむ」「のぞかずもあらむ」は、それぞれ「ゆかしかり」「のぞかずもあり」の未然形に「む」がついたもの。簡単なようだが、なかなか皮肉な問題である。もうひとつ同じ用法で出題してみよう。

例題 五八

左の文章を通釈せよ。

世にありと人に知られず、さびしくあばれたらむ葎《むぐら》の門《かど》に、思ひのほかにらうたげならむ人の閉《と》ぢられたらむこそ、限りなくめづらしくはおぼえめ。（源氏物語・帚木）

答 この世のなかにいると人に気づかれないで、さびしく荒れているような貧居に、意外にも美人であるような女《ひと》が余儀なくひっこもっているといったことでもあれば、それこそめずらしく感じるにちがいない。

「あばれたらむ」「らうたげならむ」「閉ぢられたらむ」は、いずれも連体形の「む」で、仮想の用法だから、直訳すれば、「もし荒れはてた貧居があり、そこに」「仮に美人である人を考えるとして、その人が」などいうことになるが、そんなに仮想形ばかりだと、訳文がゴツゴツして拙いから、仮想の気持を「……ような」で代用しておいた。仮想の「む」を「……ような」で訳するのは、よくある手だから、憶えておいていただきたい。「閉ぢられたらむ」の「られ」を「余儀なく」と訳した技術なども、応用してくだされればおもしろいかと思う。

備考 **あばれたらむ**　「あばる」は、荒れてこわれる意。下二段活用。**葎の門**　直訳すれば「蔓性の雑草が生えている邸」だが、中古文では「貧乏のためひどくなった家」の意によく用いられる。「貧居」としたのは意訳である。**らうたげならむ**　六四頁参照。

なお、助動詞「む」には、**誘いかけ**（勧誘）の用法があるから、注意を要する。これは、相手に向かって言うときに見られる用法で、現代語にも同じような言いかたがある。

　おい、映画を観にいこう。

この「う」は、「そんな事実もあろう」（推量）というときの「う」でもなく、また「明日はノートを写そう」（意思）というときの「う」でもない。「君もいっしょに行きたまえ」という意味を、やわらかく言っているのである。この用法を最初に指摘された佐伯梅友博士は、たいへんおもしろい例をあげていられる。

　鳴《なり》たかし。鳴り止《や》まむ。はなはだ非常《ひざう》なり。座をひきて立ちたうびなむ（源氏・少女）

光源氏のむすこに字《あざな》をつける儀式の席で、大学教授のギクシャクした様子を皆がおかしがって笑うので、教授が「やかましい。お静かになさい。まことに、けしからん。立って御退席なさい」としかりつけることばだが、貴族の坊ちゃんに対して、教授はずっと身分が低いわけだから、遠慮して「鳴り止め」「立ちたまへ」と言わなかったのである。同じような言いかたが、

かく一人《ひとり》ずみしはべるを、かたじけなくとも、渡りおはしなむや（宇津保・藤原の君）

など見える。三春高基という男が、貴宮《あてみや》という美人を妻にしたいと思い、貴宮の父の源正頼に「私はこんなふうに独身でおりますが、恐縮ながら、貴宮にぜひ来ていただけませんか」と求婚するところである。こんな場合は、**勧誘**よりもむしろ**希望**の気持になる。そして、確述の「な」（未然形）が加わると、勧誘にしても希望にしても、言いかたが強まる。

しのびては参りたまひなむや（源氏・桐壺）

これも、「うちうちで、ぜひいらっしゃいませんか」という気持。「ぜひ」を加えた訳文に注意。この助動詞「む」が「とす」を伴い、「行かむとす」「飛ばむとす」などの形になる言いかたがあり、それが結びついて「むず」となり、ひとつの助動詞のように使われることがある。十三世紀ごろからは、「んず」と表記することが多い。単に「む」を強めたような気持で使われている。五六頁参照。

例題 **五九**

「故大納言の遺言《ゆいごん》あやまたず、宮仕への本意《ほい》ふかくものしたりし喜びは、(a)かひあるさまにとこそ思ひわたりつれ。(b)いふかひなしや」とうち宣《のたま》はせて、いとあはれにおぼしやる。「かくても、おのづから、若宮など生《お》ひいでたまはば、(イ)さるべきついでもありなむ。命長くとこそ(ロ)思ひ念ぜめ」など宣はす。（源氏物語・桐壺）

一　傍線部分（イ）（ロ）を解釈せよ。

二（b）「いふかひなし」と対照して（a）「かひあるさま」の意味を説明せよ。

答 一（イ）きっとぐあいのよい機会もあるだろう。
（ロ）辛抱しておくれ。
二（b）は「わざわざ言うほどの効果がない」の意から「つまらない事になった」の意に使われているが、（a）は「効果のある状態」の意から「本意」を受けて「望みどおりの地位」の意となる。

桐壺の更衣《こうい》に先立たれた帝は、悲歎にくれていられたが、秋のある夕方、更衣の母の宅へ弔問の使者をプライヴェイトに遣わされた。母君からの返事をたずさえて帰った使者の女官に対し、帝がしみじみ述懐していられる場面である。亡くなった大納言は、きっとむすめを入内《じゆだい》させよと言い残した。北の方は、女手ひとつで、いろいろな苦難に堪え、りっぱにそれをなしとげた。帝は、その志に対し、ぜひ報《むく》いてやろう（具体的には女御《にようご》とか中宮とかの然るべき地位にしてやろう）とお考えになっていられた。ところが、更衣は思いがけなくも死去したので、帝は深く失望されると同時に、母君の心境を思いやり、更衣は女御にも中宮にもしてやれなかったけれど、皇子（後の光源氏）だけは、かわりに、東宮にしたいと希望し

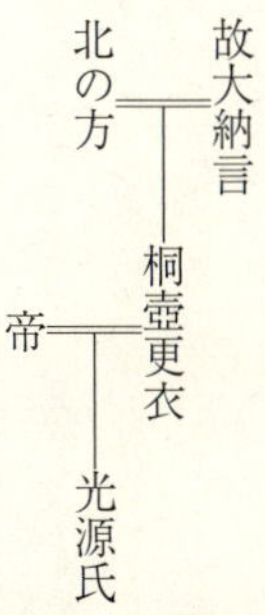

ていられる。だから、母君に対し「その時まで、長生きしなさいよ」とつぶやかれるのである。「かくても……思ひ念ぜめ」は、帝が、心中で母君と会っているような感じになり、ヴィジョンの母君に向かってつぶやかれることばで、対話めいた独語と解される。そうでないと、「思ひ念ぜめ」という勧誘の言いかたが理解できない。なお、勧誘の「む」は、たいてい「こそ……め」の形で現われるようである。

備考 **あやまたず** 違背せず。**宮仕へ** 広義には宮中での勤務だが、この場合は、後宮で后のひとりとして天皇に仕えること。**本意** 素志。かねてからの意思。**喜び** この場合は、特殊な用法で、報酬としてめでたい状態にしてやること。**おのづから** 何かのぐあいで。中古の用法では、unintentionally とか casually とかの意になることが多い。「ありなむ」を修飾する。巻末の通釈は、順序を原文と違えて、その点を示した。**思ひ念ぜめ** 「心がけてほしい」の意にも解されるが、中古語の「念ず」は、多く辛抱する意に用いられている。

らむ

「む」が時に関係のない推量であるのに対し、現在の推量「らむ」と回想の推量「けむ」がある。「らむ」が**現在の推量**であることは、学者の間でほとんど異論がなかった。しかし、その用法について詳しく分けて考えたのは、やはり佐伯梅友博士が最初である。佐伯博士によると、「らむ」は、いちおう

(1) 直接に見ていない事がらにつき、「今ごろは……ているだろう」と推量する。

(2) 見たり聞いたりしている事がらにつき、その理由・原因・範囲などを推量する。

の両用法に区別される。「見ているか」それとも「見ていないか」ということは、「らむ」の意味あいを考えるとき、いつも頭におかなくてはいけない。(1)の用法としては、時代はかなり古い例だが、有名な

憶良《おくら》らは今は退《まか》らむ子泣くらむその彼《か》の母も吾《あ》を待つらむぞ（万葉集・巻三）

がわかりやすい。この場合、憶良は、家庭から離れて宴会の席に出ているわけだから、彼の妻や子は、見ていないはず。したがって(1)の用法で解釈すると、よく当てはまる。「今ごろは、子どもが泣いているだろう」「今ごろは、私の帰りを待っているだろうよ」となる。(2)の用法は、

春立てば花とや見らむ白雪のかかれる枝に鶯《うぐひす》の鳴く（古今集・春上）

で考えるなら、「白雪のつもっている枝に鶯が鳴く」という事実は、眼にも見、耳にも聞いているわけだから、(2)の方になり、その理由を、「春になったから、この雪を梅の花とかんちがいしたのだろうか」と推量しているのである。この(2)の用法のなかで、注意を要するのは、**理由を示さない推量**である。普通なら、

宿りせし花橘《はなたちばな》も枯れなくになどほととぎす声絶えぬらむ（古今集・夏）

のような言いかたになる。つまり「宿にした花橘が枯れてしまったとでもいうのなら、どこかへ行ってもしかたがないけれど、枯れもしないのに、郭公が鳴かなくなった」という事がらは、作者が現に直面している事実なのである。だから(2)の用法になるわけで、その

理由を「など」（どうして）と推量しているのである。ところが、

ひさかたの光《ひかり》のどけき春の日に閑心《しづこころ》なく花の散るらむ（古今集・春下）

を見ると、のどかな春の日に桜の花がそわそわ散ってゆくという事実は、あきらかに眼前の景色だから、(2)の用法でなくてはならぬわけであるが、その理由に当たるものが示されていない。こんな場合は、歌の表面には出ていないけれど、さきの歌の「など」に当たるような語が、頭のなかでは考えられているのであって、解釈のときは、それを補って訳さなくてはいけない。「どうしてそわそわ散っているのだろうか」というようになる。

例題 六〇

枕をそばだてて四方《よも》の嵐を聞きたまふに、浪ただここもとに立ちくる心地して、涙落つともおぼえぬに、枕うくばかりになりにけり。琴をすこしかき鳴らしたまへるが、我ながらいとすごう聞こゆれば、弾《ひ》きさして、

　恋ひわびて泣く音《ね》にまがふ浦波は思ふかたより風や（イ）吹くらむ

とうたひたまへるに、人びとおどろきて、めでたうおぼゆるに、忍ばれで、あいなう起き居つつ、洟《はな》をしのびやかにかみわたす。げにいかに（ロ）思ふらむ、わが身ひとつより親はらから片時たち離れがたく程につけつつ（ハ）思ふらむ家を別れてかく惑《まど》ひあへると（ニ）おぼすに、いみじくて、いとかく（ホ）思ひしづむさまを、心細しと（ヘ）思ふらむと（ト）思せば、昼はなにくれとたはぶれごとを（チ）うち宣ひまぎらはし、つれづれなるままに、色いろの紙を

つぎつつ、手習をしたまふ。

（源氏物語・須磨）

一　この文中に出てくる「思ふらむ」を、それぞれ解釈せよ。

二　「恋ひわびて」の歌を解釈し、「吹くらむ」と同じ用法の「らむ」がこの文中にあるなら、指摘せよ。

三　傍線の語句（ロ）（ハ）（ニ）（ホ）（ヘ）（ト）（チ）に、それぞれ適当な主語を示せ。

四　左の部分を解釈せよ。

a　ただここもとに立ちくる心地して

b　琴をすこしかき鳴らしたまへるが、我ながらいとすごう聞こゆれば

c　めでたうおぼゆるに、忍ばれで

d　あいなう起き居つつ、洟をしのびやかにかみわたす。

答

一　（ロ）この人たちは、どんなふうに思っているのだろう。

（ハ）恋しく思っているだろう

（ヘ）思っているようだ

二　都を恋しく思い、悲しくなって声を立てて泣くと、その声と同じような音に、須磨の浦の浪が響く。これは、恋しく思う方角から風が吹いてくるためであろうか。

（イ）と同じ「らむ」は（ロ）。

三 (ロ)(ハ)(ヘ)——人びと

(ニ)(ホ)(ト)(チ)——光源氏

四 a まったく、自分のところまで寄せてくるような感じがして

b 琴をちょっとおひきになっている、その音が、自分ながらひどくしんみり聞こえるので

c いい声だなあと思われるにつけても、感動がおさえきれないで

d どうしようもなく起きていながら、みな目立たぬようにクシュンクシュンとやる。

一の(ロ)は、光源氏が、クシュンクシュンやっている従者たちを見ているわけだから、(2)系の用法で、従者たちがしおれかえっている理由を推量するのである。(ハ)は、都の家のことを思うという事実は、見たり聞いたりするわけでないから、(1)の用法。しおれかえっている状態は眼に見えるけれど、心のなかのことは、見たり聞いたりできない。しかし、従者たちそのものは眼前にいるのだから、「今ごろ……」とは訳せない。こんなときは、たんに「……ているだろう」「……ているようだ」など訳しておけばよい。恋しく思っているということを、確かめたわけでないから、「らむ」を使ったのである。これなどは、(1)の用法のいくらか応用的な場合で、

かく危《あや》ふき枝の上にて、安き心ありて睡《ねぶ》るらむよ(徒然草)

なども、同様の例である。いまにも落ちそうな枝の上で、ふらふら居睡りをしている男の

心理に対し、推量しているわけ。もし「安き心ありて睡らるるよ」なら、安心して睡っていることがわかっていることになるが、「らむ」を使うと、その男が安心して睡っているのか、そうでないのか、はっきりしない気持であり、「安心して睡っているようだね」と訳することになる。さて、源氏にもどって、(へ)も(ハ)と同様であり、それがわかれば、**二**のあとの方は解決する。歌の解釈は、さきの「春たてば」の歌と同じ構成で考えればよろしい。**三**は、敬語を使ってあるかどうかに着眼すれば、何でもない。**四**では、bの「かき鳴らしたまへるが」に注意。『源氏物語』の時代では、まだ接続助詞の「が」はあらわれていないと考えておけば、まあ、まちがいなかろう（二八一頁参照）。dの「あいなう」はやっかいな語だが、**連用修飾の用法**であることを思い出してほしい（二七頁参照）。「やけに」「やたらに」「むやみに」など訳しても、落ちつかないので、意訳しておいた。「かみわたす」の「わたす」は、「ずっと」「いちように」「ひとわたり」などいった感じ。訳語の「みな」がそれに当たる。

次にやはり「らむ」の用法で、佐伯博士の発見されたものがある。これは、いくらか特殊な用法で、さきの(1)(2)の用法に対し、(3)の用法とでも名づけよう。

夏と秋の行き交《か》ふ空の通《かよ》ひ路《ぢ》はかたへ涼しき風や吹くらむ（夏が去り秋がやって来て、行きちがう空の道路では、いつも、片方の側だけ涼しい風が吹くのだろう）（古今集・夏）

これは、毎年ある現象だから、「今ごろ……」と訳するよりも、「いつも……」の方が適切である。「らむ」には、このように、常習とか習性とかについて推量する用法がある。

鳥は、異処《ことどころ》のものなれど、鸚鵡《あうむ》、いとあはれなり。人のいふらむことをまねぶらむよ（枕冊子）

「いつもまねるようだ」の意。実物の鸚鵡は、まだ見ていなかったのであろう。習慣についての推量では、

いと久しうしはべらぬわざ、今夜《こよひ》いかで。御前には、常にあそばすらむものを（宇津保・国譲上）

という例が、おもしろいと思う。藤壺の女御が女一宮にむかって、琴をおひきなさいよと勧誘するところだが、上に「常に」とあるから、現在の推量とするよりも、習慣についての推量と解した方が適切であろう。もっとも、この(3)の用法については、学者の間にいろいろ異説があり、他人からの話や書物を通じて知った事に対する推量だとする説もわりあい支持されているようだ。しかし、高校生諸君は、あまり文法学者の異説なんか気にせず、代表的な説をひとつ頭に入れておけばよいだろう。

例題 六一

傍線部分を解釈せよ。

世の中に、なほいと心うきものは、(イ)人に憎まれむことこそあるべけれ。たれてふものぐるひか、(ロ)われ人にさ思はれむ、とは思はむ。されど、自然《じねん》に宮仕へ所にも、親は

らからの中にても、思はるる・思はれぬがあるぞ、いとわびしきや。よき人の御ことはさらなり、下衆《げす》などのほどにも、親などのかなしうする子は、目たて耳たてられて、いたはしうこそおぼゆれ。見るかひあるは、ことわり、(ハ)いかが思はざらむ、とおぼゆ。殊《こと》なることなきは、また、(ニ)これをかなしと思ふらむは、親なればぞかし、とあはれなり。

（枕冊子）

答 (イ) 憎まれるような、その事だろう。

(ロ) 自分は他人にそう思われ(=憎まれ)たい、と思うだろうか(=そんな者はあるはずがない)。

(ハ) どうしてかわいがらないわけがあろう(=かわいがるのも道理だ)

(ニ) かわいいと思うものなんだろうが、それは

(イ)(ロ)(ハ)は「む」の復習だ。(イ)は連体形の仮想法で、憎まれることがあるとして……の気持を「ような」であらわし(二三〇頁参照)、また「こそ」の強めを「その事」と訳してみた。(ロ)の「さ」は「人に憎まれむこと」をさす。「む」は、終止形で、意思の用法。(ハ)も反語。さて、めんどうなのは(ニ)である。いくつかの注釈書を調べてみると、

a それをかわいいと思うであろうが、それは

b　親はこの子をかわいいと思っているだろうが、それは

c　これをかわいいと思うそうだが、それは

d　この子をかわいいと思うようなのは

などがある。aは、たんなる推量になってしまい、適訳といえない。bは、現在推量という点を生かした訳で、(1)の用法に当たるが、この文章で論じているのは、「親はこんな場合にこう思う傾向があるようだ」という一般的な事がらであって、ある特定の親について「今ごろ……ているだろう」と推量するのではないから、無理だろう。cは、中古文学の権威だった池田亀鑑博士の説であるため、支持する人が多いらしいけれど、伝聞ならば「かなしと思ふなるは」とあるべきで、やはり無理だと思われる。dは、田中重太郎博士の説で、さすが『枕冊子』研究の大家にふさわしく、穏健な解釈である。これに従っておいても、だいたい正解で通用するだろうと思う。しかし、私の意見では、それなら「かなしと思はむは」とあるはずで、わざわざ「らむ」を使っている気持が生かされない。「む」の連体形を**仮想にもとづく柔らげ**の言いかたに用いる例は少なくないから、それに準じて「らむ」の連体形も柔らげと解釈できないわけではあるまい。しかし、この場合は、何もそんなに苦しい解釈をしなくても、(3)の用法ですらりと解けるのである。つまり、不出来な子ほどいとしく思うのは、親としての通有性なのであって、秀才の兄貴をかわいがる半分ほども鈍才の弟に愛情を向けないという親がもしあるなら、変質者だと考えてよろしか

ろう。そうすれば、凡才をいつも「かなし」と思うだろうのは、親の習性だ——という意味に取るのが、いちばん筋に合っていると思う。「ものなんだろう」という訳しかたは、よく味わっていただきたい。

備考 **ことこそあるべけれ**　「ことにこそあるべけれ」の意。「べけれ」は当然の用法。**てふ**　「といふ」の縮約形。**自然に**　「思はるる思はれぬがある」を修飾する。「しぜん」の説明（一八二頁）参照。**思はるる思はれぬ**　「思ふ」には think と love の両意がある。この場合は後者。「るる」「ぬ」はいずれも連体形で、下に「者」などの体言を補って考える。**かなしうする**　一〇二頁参照。**目たて耳たてられ**「られ」は「目たて」と「耳たて」の両方を受ける（三五〇頁参照）。「たつ」は注意を向ける意の他動詞。**いたはしう**　「いたはし」は「労はし」で、骨を折るさまの形容詞。転じて、気骨が折れるほど大事だ・かるがるしくはあつかえない等の意にも使われる。**見るかひある**　下に「子」を補って考える。見る価値があるの意。りっぱなということになる。**ことわり**　形容動詞「ことわりなり」（道理だ）の語幹を副詞ふうに使ったもの。英訳すれば indeed となる。**殊なることなき**　下に「子」を補って考える。格別の特色もない、すなわち平凡な子の意。**親なればぞかしと**　下に「思はれて」等の語句を補って考える。

け　む

過去のことを回想的に推量する助動詞であるが、場合によっては、過去というよりも、自分が経験しないことの推量といった気持で使われる。伝聞めいた推量ともいえよう。過去のことに対し、そうなった理由や原因を推量する用法もある。だいたい、「らむ」の現在性を回想に置き換えて考えればよいのだが、「らむ」における(1)(2)の用法と対応する用法だけで、(3)に当たる用法はない。

例題 六二

人は、己《おの》れをつづまやかにし、奢《おご》りを退けて、財《たから》を持たず、世を貪らざらむぞ、いみじかるべき。昔より、賢き人の富めるは稀なり。唐土《もろこし》に許由といひつる人は、さらに身にしたがへる蓄へもなくて、水をも手してささげて飲みけるを見て(イ)、瓢簞《なりひさご》といふ物を人の得させたりければ、ある時、木の枝に掛けたりけるが、風に吹かれて鳴りけるを、かしがましとて捨てつ。また(ロ)手にむすびてぞ水も飲みける。いかばかり心のうち涼しかりけむ。孫晨《そんしん》は、冬の月に衾《ふすま》なくて、藁一束《わらひとつかね》ありけるを、夕にはこれに臥《ふ》し、朝にはをさめけり。唐土《もろこし》の人は、これをいみじと思へばこそ、記しとどめて世にも伝へけめ。これらの人(ハ)は、語りも伝ふべからず。（徒然草・一八段）

一 右の文中に、助動詞「けり」が七回、「けむ」が二回、それぞれ用いられている。その理由を説明せよ。

二 そのなかに助動詞「つ」が二箇所まじっている。理由を説明せよ。

三 「ある時」は、どの文節を修飾するか。理由を示して答えよ。

四 (イ)の「見て」とは、誰が見たのか。

五 (ロ)の「また」の品詞は何か。

六　（八）の「これらの人」とは、どんな人か。

答　一　「けり」が用いられている所は、みな中国の故事について述べた部分で、作者が直接に見聞していないことだから、伝承回想の「けり」を用いた。また、「けむ」も、昔の中国人について推量する所に使われている。

二　「許由といひつる人」は、名については作者が確かな認識をもっているという気持で、確述の「つ」を用いた。「捨てつ」は、捨てたという事実をとくに強調するため、回想の形をとらなかった。

三　「風に吹かれて鳴りけるを」（理由後述）

四　「人の得させたりければ」の「人」

五　副詞

六　「己れをつづまやかにし、奢りを退けて、財を持たず、世を貪らざらむ」人

三は、何でもないようだが、大きい落とし穴をこしらえておいたつもりである。別の問いかたをすれば、

「掛けたりける」と「鳴りける」との文法的な差異を説明せよ。

と化けるのだから、恐ろしい。その答は、

「掛けたりける」は、掛けるという動作があって、その結果、ずっとぶらさがってい

たという気持で、結果の存続を回想した言いかた。「鳴りける」は、鳴るという事実があったことだけを回想する。

である。つまり、いちど鳴ったので、うるさいといって、それきり捨てたわけだから、「たり」は使えない。そうすると、「ある時」は、どうしても「鳴りける」の方でないと、ぐあいがわるい。ずっと続いている感じの所へ「ある時」では、適切でないから。**五**は、品詞をたずねた形式になっているけれど、考えの筋途としては、「また」の次で息を入れるか、それとも「飲みける」にかけるかが問題なのである。これは、前に「手してささげて飲みける」とあり、それを承けているのだから、「再び」の意味でなくてはならぬ。そうすると、接続詞ではなくて、副詞だと考えられるのである。

備考 **をさめけり** 上の「けり」もすべて伝承回想だが、いちいち「ということだ」と訳するのは、ごたつくので、みな「た」と訳し、終りの「けり」だけ代表的にその気持を出した。**これらの人** 上の「唐土の人」に対して日本人をさすという説もあるが、「これらの人」で「わが国の人」となる用例はないようである。「日本では……」という気持は、裏に含まれているものとして、補って解釈するところ。

べし

意味・用法のひろい助動詞で、その適用に迷う厄介なしろものだが、根本の意味あいは、**考えた結果の推量**である。つまり、いろいろ考えてみて、どうしてもこうであるらしいと推量するわけで、結論としてはあまり動かない気持である。当然とか命令とかいわれる用法も、そういう気持から出てくる。

「べし」の用法としては、普通、

推量（どうしても……であるらしい）

世をむさぼらざらむぞ、いみじかるべき〔りっぱなことであるだろう〕（徒然草）

当然（……のはずである）

いささかかたほにて、もどかれさせたまふべきも、おはしまさず〔すこしの欠点でもあって、悪くいわれてもしかたがないような所も、おありにならない〕（大鏡）

可能（……ことができよう）

若菜つむべく野はなりにけり〔つむことができそうに〕（古今集）

意思（……しよう）＝終止形だけ

毎度得失なく、この一矢に定むべしと思へ〔命中させようと思いなさい〕（徒然草）

命令（……せよ）＝終止形だけ

そのほかは思ひ捨てて、一事をはげむべし〔はげみなさい〕（徒然草）

ぐらいに分けるけれど、はっきりこの五種に区分されるというわけでもない。また、訳語にしても、その文章の気持によって、いろいろ工夫しなくてはいけないのであって、いつでも何とかのひとつ憶えではこまる。活用は、

推量・当然・可能				意思・命令
連用	終止	連体	已然	終止
べく	べし	べき	べけれ	べし

で、未然形と命令形はない。なお、「べし」の補助活用として「べかり」というのがあり、また平安時代特有の形として「べらなり」というのもある。活用は、

未然	連用	終止	連体	已然	命令
べから	べかり		べかる		
	べらに	べらなり	べらなる	べらなれ	

となる。「べかる」という形は、実際には、ほとんど用例がないので、連体形を認めない説もあるけれど、中古文には「べかんめり」という形がしばしば出てくる。この「べかん」は「べかる」の「る」が撥音化したものであろうし、助動詞「めり」は連体形につくはずだから、「べかる」という形も、理論的には有ってよいはずだと思う。「べらなり」は、古今集時代の歌によく出てくる。漢文訓読のときに多く用いられた語らしく、すこしあらたまった感じのようである。意味は、「……しそうだ」「……するようだ」といった感じで

ある。

例題 六三

通釈せよ。

おはすべき所は、行平《ゆきひら》の中納言の藻汐《もしほ》たれつつわびける家居近きわたりなりけり。茅屋《かやや》ども、蘆《あし》ふける廊《らう》めく屋など、をかしうしつらひなしたり。所につけたる御すまひ、やう変りて、かかる際《をり》ならずは、をかしうもありなましと、昔の御心のすさび思《おぼ》し出づ。いと見所ありてしなさせたまふ。水深うやりなし、植木どもなどして、今はとしづまりたまふここち、現《うつつ》ならず。かかる旅所ともなく、人さわがしけれども、はかばかしくものをも宣ひあはすべき人しなければ、知らぬ国の心地して、いとうもれいたく、いかで年月を過ぐさましと思《おぼ》しやらる。（源氏物語・須磨）

答 お住みになることになっている所は、行平中納言が藻汐に濡れ、涙に濡れながら悲しい生活を送ったとか聞く家に近いあたりであった。茅ぶきの家とか、蘆をふいた廊みたいな建物などが、趣ふかくこしらえてある。場所がらにふさわしい御住いだが、ちょっと変わったぐあいで、こんな時でないなら、きっと感興が深かろうにと、昔のものずきなことをした頃の心を、お思い出しになる。たいへんりっぱに手入れをおさせになる。遣水《やりみず》を深くたたえ、植木なんかをして、「これでどうやら……」と落ち着かれる気持は、何か夢みたいだ。

こんな一時的の住いにもかかわらず、人がごたごた出入するけれど、しっかりした御相談相手になりうる人といってはないので、外国にいるような感じがして、たいそう憂鬱《ゆううつ》で、どうしてこれからの年月を過ごしたものだろうとお思いにならないではいられない。

光源氏の君が須磨に行った当座の模様である。この後に例題六〇や例題一一九の場面が出てくる。かなり細かい所まで訳してみたから、原文とよく対照してほしい。まず中心となる「べし」の訳だが、はじめの「おはすべき所」は**当然**の用法である。しかし、こういう場合は、当然そうなるはずといった気持から、**予定**をあらわすことにもなる。「ことになっている」は、予定の感じで訳した。次の「宣ひあはすべき」は、**可能**である。終止形以外であれば、推量・当然・可能のどれかだから（二四七頁参照）、訳をえらぶのが、すこし楽になる。「藻汐たれつつ」は、やはり須磨にいた行平の、

　わくらばに問ふ人あらば須磨の浦に藻汐たれつつわぶと答へよ（古今集・雑下）

〔たまたま私のことをたずねてくれる人があるなら、「須磨の浦で藻汐に身を濡らし、涙に濡れながらつらい思いをして暮らしている」と答えてやってください〕

という歌を本文にとりいれたものである。藻汐は、藻を用いて塩を造るための海水で、それに濡れるのが「藻汐垂る」だが、別に「しほたる」という語があり、涙をながして泣くことをいう。この両語を掛詞《かけことば》にしたわけ。「いかで年月を過ぐさまし」の「まし」は、上に「いかで」という疑問語があるから、**意思**をあらわす用法で、「をかしうもありなまし」

の「まし」（事実と反対の仮想のもとでの推量）とは同じでないことに注意（二六一頁参照）。「やらる」の「る」は自発の助動詞。「ならないではいられない」と訳した技巧も、味わっていただきたい。なお、この問題文は、原文をすこし省略してある。

備考　**行平**　在原行平。史書には出ていない。桓武天皇の孫で、業平の兄。政治事件に関係し、須磨へ流されたという。ただし、この事は、史書には出ていない。**廊**　四〇二頁参照。**ありなまし**　二六三頁参照。**水深うやりなし**　「遣水」（四〇二頁）を深く作り。**旅所**　本宅の在る場所から離れ、一時的にどこかへ行くことが「旅」で、旅のため行っている所が旅所である。近くても遠くてもかまわない。花見か何かで、ちょっと郊外に出かけ、寺か何かに一泊しても、やはり旅所という。**うもれいたく**　心がめいって。

じ・まじ

以上で「む」系統の助動詞および「べし」について説明したが、いずれも推量助動詞の代表的なものである。ところで、それらに否定が加わると、否定推量の「じ」「まじ」になる。「じ」は「む」の否定形、「まじ」は「べし」の否定形である。この対応関係をはじめて指摘されたのは、私の知る限りでは、やはり佐伯梅友博士だったと思う。佐伯説によると、

肯定	む	べし
否定	じ	まじ

という関係になっている。だから、「じ」の用法を考えるのには、まず「む」の用法を考え、それを打消しにすればよいわけ。

今夜来む人に会はむ（今夜来るだろう人に会おう）
今夜来む人には会はじ（今夜来るだろう人には会うまい）

月夜に出でまさむとや（月夜においでになろうというのか）
月夜に出でまさじとや（月夜においでにならないおつもりか）

「まじ」も同様である。「べし」にいろいろ用法があるから、それに応じて訳語も工夫しなくてはいけない。

さてのみあるべし（そんなふうでばかりいるだろう）
さてのみはあるまじ（そんなふうでばかりはいないだろう）―推量―
さてのみはえあるまじ（そんなふうでばかりはいられないだろう）―可能―
さてのみはあるまじきなり（そんなふうでばかりいてはいけないのだ）―当然―

また、勧誘の打消しとでもいうようなのがある。

いと見ぐるしきこと。さらにえおはさじ（ぜったい、いらっしゃらないでください）（枕冊子）

「いで、おはさむ」といえば、「さあ、いらっしゃい」の意だから、その否定形は「いらっしゃらないでください」である。「まじ」は、古代語では「ましじ」といった。九世紀に入ると、「まじ」は用いられなくなったようである。

例題 六四

御乳母《めのと》の大輔《たいふ》のけふ日向《ひうが》へくだるに、賜はする扇どものなかに、片つ方は、日いとうららかにさしたる田舎《ゐなか》の館《たち》など多くして、いま片つかたは、京のさるべき所にて、雨いみじう降りたるに、

あかねさす日に向ひても思ひ出でよ都は晴れぬ（イ）ながめすらむと（ロ）

と、御手にて書かせたまへる、いみじうあはれなり。さる君を見おきたてまつりてこそ、えいくまじけれ。（枕冊子）

一 傍線（イ）（ロ）を解釈せよ。

二 「ながめたる人」に含まれる修辞的な技巧を説明せよ。

三 扇の両面に描かれた絵は、それぞれどういうことを意味するか。

四 「あはれなりき」とは、誰がそう感じたのか。また、どんな点が「あはれ」なのか。

答

一 （イ）都ではいまごろ気も晴ればれしないでぼんやり空を見ていることだろう（ロ）こんなに愛情のこまやかな君をお残し申して、とても行けるものではなかろうよ。

二 長雨を「ながめ」とも発音するので、同音の「歎《なが》め」を掛けたもの。あとの「ながめすらむ」がその掛詞になっている。〔二一六頁参照〕

三 表は「道中の無事を祈る。こちらの事も思い出してほしい」。裏は「都ではさびしい思いをしている」。

四 この文章の話主。「君」が乳母をお思いになる愛情とゆたかな歌才。

ところで、この歌を、なぜ「あはれなり」と感じ入っているのか。私の考えでは、表に日が出ているのを「おも・ひ・いで」にかけているのではないかと思う。「表」（おもて）のことを「おも」という例はある。つまり「表日出《おもひ》で《い》」と「思ひ出で」を掛けたわけ。裏の方は、「都の方は長雨している」状態の絵なのだから、ちょうど「都は晴れぬながめす」に当たる。絵と歌の間の特殊な掛詞ともいうべき技巧。

備考 **賜はする** 尊敬態の動詞「賜はす」の連体形。「賜ふ」よりも敬意が強い。主語は中宮定子。**片つ方** 片面。扇は両面に絵をかくことが多かった。もっとも、地紙を骨の片面だけにはった蝙蝠（かわほり）扇だと、両面にはかけないが、この場合は、それではあるまい。**あかねさす** 「日」の枕詞。**御手にて** 中宮などが自筆で手紙をお書きになることは、ほとんどなかった。ふつう「仰せ書き」すなわち代筆である。

らし

ふつう、現代語の「らしい」と同じだ――など説明されているが、適当ではない。中古語の「らし」は、推量のなかでも、とくに自信のつよい推量で、何か根拠とか理由とかを示しての言いかたが多い。したがって、疑問の係助詞「や」「か」などを伴うこともない。

み山には霰《あられ》ふるらし外山《とやま》なるまさきの葛《かづら》色づきにけり（古今集・巻二十）

「外山なるまさきの葛色づきにけり」が根拠となっているわけで、それに基づいて「み山には霰ふるらし」と推量するのである。この「らし」が「あり」「けり」「なり」の連体形に付いて短く発音されると、

ある・らし――あらし
ける・らし――けらし
なる・らし――ならし

となる。解釈のときは、それぞれ「あるらし」「けるらし」「なるらし」に還元して考えなくてはいけない。なお、十三世紀ごろから「らし」は用いられなくなった。だから、文中に「らし」が出てくれば、中古以前のものだと判断してよいが、歌は別である。つまり歌は中古語で詠むべきものだとされていたからで、わざと中古文をまねた擬古文についても同様である。十七世紀ごろから、また「らしい」という形で出てくるが、これは「らし」が変化したのでなく、「憎らしい」「愛らしい」などのような形容詞を作る接尾語から生まれたものだろうといわれている。だから、いったん消えたのち現われた「らしい」と中古語の「らし」は別語と見るべきであって、中古語のほうは自信の程度がずっと強いという点を記憶していただきたい。

例題 六五

次の文章あるいは歌に、中古語法として不適当な点があれば、とり出して示し、その理由を説明せよ。

（イ）今もかも咲きにほひけむ橘《たちばな》の小島の埼《さき》の山吹の花

（ロ）降る雪はかつぞ消《け》ぬらしあしひきの山のたぎつ瀬音やまさるか

（ハ）うすものの表紙はとく損ずるのがわびしきと、人の言ひき。

（ニ）この人、かならずしも言ひ使ふ者にあらざなり。

（ホ）亡《な》きあとまで人の胸あくまじかる人の御おぼえかな。

答 （イ）「けむ」が誤り。「今」と合わない。現在推量の形に「にほふらむ」とあるところ。

（ロ）「や……か」の疑問形がいけない。「らし」は疑問の形と共に用いられることがない。「音まさるなり」とありたい。

（ハ）「のが」が誤り。口語の言いかたがまじっている。中古文では「損ずるが」というべきである。

（ニ）誤りなし。

（ホ）「あくまじかる」が誤り。「まじかり」が直接に体言に続くことはない。「あくまじかりける」とすればよい。

（イ）（ロ）（ハ）は別に問題もないかと思うが、（ニ）は変だなとお感じになるかもしれない。「なり」が「ざ」に続くのは、おかしいようだけれど、これは元来「あらざるなり」で、その「る」が撥音化して「あらざんなり」となったのだが、平安時代には撥音や促音が音韻としてあまりはっきり認識されていなかったので、多くは表記しなかったもの。助動詞「めり」にも同様の現象が見られる。

あるなり→あんなり→あなり

なかるめり→なかんめり→なかめり

のような関係は、よく頭に入れておくがよろしい。（ホ）は難問である。「まじかり」は「まじく・あり」が短く発音されて出来たものだが、これは「まじ」を助動詞「む」「き」「けり」に続けるためである。そのため、未然形と連用形しかない。つまり、

まじから（未然形）＝「む」につく。

まじかり（連用形）＝「き」「けり」につく。

というたいへん限られた用法しかないのである。これは、高校生程度の知識としては、すこし高級すぎるが、優秀な頭脳をもつ人なら、リクリエイションのつもりで憶えておかれるがよかろう。何事によらず、知識はどこかで思いがけなく役に立つものだから。

備考　**橘の小島**　宇治川の岸ちかくにあった小島。洪水のとき流失したといわれ、現在はない。**かつ**　同時に一方で。**あしひきの**　「山」の枕詞。**あらざなり**　この「なり」は推定。二一七頁参照。

「見え・あり」の縮約形だといわれるが、古代語では二段活用の連用形に「あり」が付かない。「あり」は四段・上一段・カ変・サ変に付く例なので、助動詞「めり」は「見・あり」の縮約形だと考えられる。いずれにしても、語源からいって、目で見る事がらにもとづいてその状態が「……のように見える」という気持の推定をあらわすはずだけれど、実際の用例はちょうど「らし」と反対で、ごく自信のない推定である。だから、眼前にはっきり見ている事実なのに、わざわざ推定しているような言いかたにして、感じをやわらげる用法も生まれている。

めり

竜田《たつた》川紅葉《もみぢ》みだれて流るめり渡らば錦《にしき》なかや絶えなむ（古今集・秋上）

紅葉が散りぢりに流れるありさまは、眼前に見ているわけなのだが、言いかたをやわらかくするために「めり」を用いたのである。

只今は納言になむはべるめる（目下は納言でございますが）（宇津保・梅の花笠）

これは、官位をたずねられた返事である。自分が納言であることは、ちゃんと知っているはずだが、それを、わざわざ推定のような言いかたにして、控えめな感じを持たせたもの。下の訳文で「ございますが」としたのは、かならずしも逆接というわけでなく使われる「が」で言いかたをすこしぼんやりさせる用法が現代語にあるので、それで訳してみた。確述の「つ」といっしょに用いられることがあるのも、言いかたをやわらげる意味なのだろう。

便《たよ》りあらば遣《や》らむとて、置かれぬめり〔「適当なついでがあったら送ろう」といって、たしかに取っておかれたようだ〕(土佐日記)

などは、推量の「めり」が主で、それに確述の「ぬ」が添ったような形であって、「ぬべし」「つべし」と同じような意味あいだが、「めりつ」という言いかたになると、「つ」のあらわす意味を「めり」でやわらげているような感じである。

身にあまるまでの御志のよろづにかたじけなきに、人げなき恥をかくしつつ交《まじ》らひたまふめりつるを〔人としてのあつかいでないような恥を包み包みして、たしかお付き合いしていたようですが〕(源氏・桐壺)

桐壺の更衣が、宮づかえをしていた間、ひどくねたみを受けて、ついに病死したあと、残された母北の方が、帝の使いに述懐するところ。「人げなき恥をかくしつつ交らひたまふ」ことは、はっきりした事実で、母としては、それをはっきり言いたいのだが、帝の手前、すこしぼかしたのが「めり」である。「たしか……ようだ」でその気持を訳してみた。

例題 六六

助動詞および敬語に注意して傍線部分を解釈せよ。

(イ)天地にうけられたまへるは、この殿こそおはしませ。何事もおこなはせたまふをりに、いみじき大風吹き、なが雨降れども、(ロ)まづ二三日かねて空晴れ土かはくめり。かかれば、あるいは聖徳太子の生まれたまへると申し、あるいは弘法大師の仏法興隆のため生まれたまふとも申すめり。げにそれは翁らがさがな目にも、ただ人とは見えさせたまはざんめり。なほ権者《ごんざ》にこそおはしますめれとなむあふぎ見たてまつる。（大鏡）

答（イ）天地の神にお気に入りでおいでになるのは

（ロ）まず二三日前から空が晴れ地面がかわくといったぐあいです。

（ハ）やくざ眼《まなこ》にも、普通人とはお見えなさらないみたいです。

「めり」は、たいてい「ようだ」と訳しておけば無事なのだが、この文章での使いかたは、いずれも、断定を避けてすこし言いかたをやわらげるような気持なので、「といったぐあいです」とか「みたいです」とか意訳しておいた。要するに、言いかたがやわらかくなれば、どんな言いまわしになってもよいわけで、かならずしも推量という文法的意味にとらわれなくてもよいと思う。

備考 **この殿** 藤原道長。**こそおはしませ** 「にこそおはしませ」の意。同様の言いかたが例題六一の「人に憎まれむことこそあるべけれ」に出ていた（二四一頁）。**おこなはせたまふ** 「おこなふ」は、あるきまりに従って実行すること。たんなる「す」とは同じでない。**ざんめり** 二五七頁参照。**権者** 神仏が仮に人の形でこの世に生まれている者。

いちおう推量の助動詞としてあつかうが、現実の状態に反する仮定のもとで推量する意をあらわす、いわば仮想の助動詞である。その点で「む」とはだいぶん違う。つまり、subjunctive mood における推量であって、If I were a bird, I would fly to you! における would が、ちょうど「まし」に当たるわけである。だから、原則として仮想の条件すなわち If I were a bird に当たるものを含む。

まし

・見し人の松の千年《ちとせ》に見ましかば遠く悲しき別れせましや〔もしも、あの子のことを、千年もの命を保つという松によそえて見ていたならば、見し人——あの子——は、はるばると隔たった悲しい別れをするようなことがあったろうか〕（土佐日記）

・うぐひすの谷より出づる声なくは春来ることを誰か知らまし〔もしも、うぐいすが谷間から出てきて鳴く声がなかったとしたら、春のおとずれを誰が気づくことだろうか〕（古今集）

この場合、仮想条件は、上述のとおり**事実と反対の仮想**である。うぐいすが谷間から出てきて鳴いているのが事実なのに、もしそうでないとしたら……と仮想するわけ。だから、

ましかば…………まし
せ　ば…………まし
な ら ば…………まし

というようにして、いちおう仮想条件づきの形をよく憶えておいてほしい。しかし、条件句ぬきの言いかたもあるから、そのときは、頭のなかで仮想を補ってみることである。

見る人も無き山里の桜花ほかの散りなむ後ぞさかまし〔見る人も無い山里の桜の花は、よその桜が散っちゃったあとで咲けばよいのに〕（古今集）

「もし、できることならば……」というような仮想を補ってみるがよろしい。事実は、できないのである。こんなときは、後で咲いてほしいものだという希望あるいは注文の感じが加わる。それから、仮想条件だけの場合もある。

まはりを厳しくかこひたりしこそ、すこしことさめて、この木無からましかばと思《おぼ》えしか〔周囲を厳重にかこってあるのが、いやはや、ちっとばかり興ざめで、この木が無かったならと感じた〕（徒然草）

「無からましかば」の下に「よからまし」といったような文節を補って考えるところ。次に、**疑問語と共に**用いられた「まし」は、しばしば仮想的な意味あいを離れ、たんに「む」と同じような使いかたになる。

・これに何を書かまし（枕冊子）

・行き暮れて木《こ》の下蔭《したかげ》を宿とせば花や今夜《こよひ》のあるじならまし（平家物語）

「何」「や」が有るので、現実と反対の仮想ではなくて、「何を書こう」「花が今夜の主人というわけだろう」という訳でさしつかえない。次に、「まし」を強くいうため、確述助動詞「ぬ」の未然形と結びついて、「なまし」という言いかたになることもある。

里にては、今は寝なましものを〔もし自宅だったら、今ごろは寝ちゃっているだろうに〕（蜻蛉日記）

「べし」が「ぬべし」となるのと同じことで、訳語は場合によりいろいろだが、強調の感じさえ出たらよい。

例題 六七

次の文章あるいは歌は、助動詞「まし」に対応する仮想条件がない。その理由を説明せよ。

（イ）行方《ゆくへ》さだめぬ道なれば、来《こ》しかたもいづくならまし（謡曲・鉢の木）

（ロ）かはづ鳴く井手の山吹散りにけり花のさかりにあはましものを（古今集）

（ハ）秋のうちに朽《く》ちはてぬべしことわりの時雨《しぐれ》に誰が袖をからまし（和泉式部日記）

（ニ）うれしきを何に包まむ唐衣《からごろも》たもとゆたかに裁《た》てといはましを（古今集）

答（イ）「いづく」という疑問のことばと共に使われているから、「む」と同じような意味。仮想条件はなくてもよい。

（ロ）「もしできるなら」というような気持が、ことばとしては省略されている。

（ハ）「誰が」という疑問語があるから。

（ニ）「こんなことだったら」というようなことが省略されている。

（二）は、ちょっと難しいかもしれない。歌意は「うれしさがたいへんな分量で、何につつんだらよいのか、わからない。たもとに入れようと思っても、狭くて入り切らない。こんなことだったら、縫ってもらうとき、ゆっくり裁断してくれと注文しておけばよかったのに」というのである。

備考　**かはづ**　カジカガエル。**井手**　山城国にあった山吹の名所。今の京都府綴喜郡井手町。

き

回想の心持をあらわす。よく過去の助動詞といわれるが、過去というtenseそのものをあらわすのではない。日本語では、時をはっきり言いあらわす方法があまり発達していないから、ヨーロッパ語のように細かく言い別けられているtenseをそのまま当てはめると、無理が生じる。そうして、中古語における「き」は、回想でも、**自分で直接に経験したこと**の回想なのである。これに対して、次に述べる「けり」は、他人から間接に聞いたことの回想だとされている。この区別をはじめて発見されたのは、英語学者の細江逸記博士であって、前者を「目睹《もくと》回想」、後者を「伝承回想」と名づけられた。つまり、

き――目睹回想（直接経験）
けり――伝承回想（間接経験）

という使い別けが、中古語にはあるわけなのである。この**中古語には**という条件は、お忘れないように願いたい。そして、中古語のなかでも、和文脈すなわち『竹取物語』『宇津保物語』『源氏物語』『土佐日記』『蜻蛉日記』『更級日記』『枕冊子』などのような系統の作品についていえるけれども、漢文訓読の調子のまじった文章には、適用できない。たとえば、『今昔物語集』なんかでは、「き」も「けり」もめちゃくちゃに使っている。

今は昔、式部大夫大江匡衡といふ人ありき。学生にてありけるとき（巻二四・第五二話）

といったのがある。同じ人のことについて「き」と「けり」を併用しているわけである。また、和文脈が主でも、いくらか漢文訓読の調子の加わった作品は、やはり両者の使い別けがあやしい。『大鏡』に、

文徳天皇と申す帝《みかど》おはしましき。

という文がある。この語り手である世継は、すこし前の条で「おのれは、水尾《みのを》の帝のおりおはします年の正月《むつき》の望《もち》の日生まれてはべれば」と言っているので、貞観十八年（八七六）一月十五日の生まれだとわかるが、文徳天皇の譲位は天安二年（八五八）で、世継はまだ生まれていない。すると「おはしましき」は変である。ところがまた、年代はずっと後でも、中古文をまねて書いた『徒然草』なんかは、その使い別けがわりあいはっきりしているのである。もっとも、話しことばとしては「き」と「けり」の使い別けのない時代の人が書いたのだから、ところどころシッポを出している。

例題 六八

次の文について、助動詞「き」「けり」の使い別けが中古文の用法に合うかどうか。それぞれ説明せよ。

(a)黒戸は、小松の帝《みかど》、位に即《つ》かせたまひて、昔ただうどにておはしましし時、まさな事せさせたまひしを忘れたまはで、常にいとなませたまひける間《ま》なり。御薪《みかまぎ》にすすけたれば、黒戸といふとぞ。(一七六段)

(b)財《たから》多しとてたのむべからず、時の間《ま》に失ひやすし。才《ざえ》ありとてたのむべからず、孔子も時にあはず。徳ありとてたのむべからず、顔回も不幸なりき。(二一一段)

(c)「年ごとにたまはる足利《あしかが》の染め物、心もとなく候」と申されければ、「用意し候」とて、いろいろの染め物三十、前にて女房どもに小袖に調《てう》ぜさせて、後に遣《つか》はされけり。その時見たる人の近くまではべりしが語りはべりしなり。(二一六段)

(徒然草)

注 小松の帝は光孝天皇のこと。御在位は八八四→八八七。

答 a 正しい。「し」(「き」の連体形)と「けり」を混用しているようだが、「おはしましし」「せさせたまひし」は、いずれも「忘れたまはで」の内容であって、帝の経験を帝の立場から回想したものである。「いとなませたまひける」は、話主が伝え聞いたという意味の回想。

b　誤り。顔回は中国古代の賢人で、話主が直接に知っているはずはない。

c　正しい。「申されければ」「遣はされけり」は、いずれも話の内容だから、間接経験を回想する「けり」でよい。「近くまではべりし」「語りはべりし」は話主自身の経験。

「き」と「けり」が同じセンテンスの中に使われているのだから、語法違反の疑いがある。しかし、いちおう理屈が立つなら、何とかOKにしてあげるのがよろしい。別に兼好の顧問弁護士を買って出るわけではないけれど、だいたい『徒然草』のなかでは、原則的に「き」と「けり」を使い別けているので、その区別を知らなかったとは考えにくい。つまり、知識的には、両者を使い別けていたのである。したがって、できるだけ好意的に解釈してやるべきだろう。bなんかみたいに、どうしようもないボロは別として――だ。

備考　**ただうど**　この場合は、臣下とか平民とかの意でなく、帝位を標準とした言いかたなので、「帝でない身分」の意となる。**まさな事**　とりとめもない事。これも、親王という身分としての「まさな事」である。実際には、料理のこと。アメリカの亭主族にとって、料理はけっして「まさな事」ではないのだが。**心もとなく**　一五七頁参照。

例題　六九

通釈せよ。

人間、長く見れば朝《あした》を知らず、短かく思へば夕《ゆふべ》におどろく。されば、天地は万物の逆旅《げきりよ》、光陰は百代《はくだい》の過客、浮生《ふせい》は夢・まぼろしといふ。時の間《ま》の煙、死すれば何ぞ、金銀、瓦石《ぐわせき》には劣れり。黄泉の用には立ちがたし。然りといへども、残して子孫のためとはなりぬ。ひそかに思ふに、世にあるほどの願ひ、何によらず、銀徳にてかなはざること、天《あめ》が下に五つあり。それより外はなかりき。

（日本永代蔵）

答　人間（の命というもの）は、長いと思えば長いといえるが、短いと思えばごく短いものだ。だから「天地はあらゆる生物が仮にやどっては去る旅館（のようなもの）だし、時間は永遠に通り過ぎてゆく旅客（のようなもの）で、はかない人生は夢・まぼろし（と同様）だ」という。人はたちまちの間に煙となってしまうもので、さて死んでみると、何で金銀なんか役に立とう。瓦や石にも劣ったもので、あの世での役には立ちにくい。しかし、残しておけば、子孫のためにはなるものだ。ひそかに考えるのに、世のなかにある願いのうち、おかねの威力でどうにもならないことが、天下に五つある。それ以外にはない。

「なかりき」は「なし」を強めた言いかたで、回想でも何でもない。そのほかの語法や構文も無理が多い。西鶴などの作品をよむときは、あまり中古語法にあてはめすぎないよう、警戒する必要がある。高校生諸君は、ふだん中古語法でいじめられることが多いから、つい「き」「けり」は回想——と直感しがちだけれども、近世文は残念ながら治外法権をもつ。注意ありたし！

備考　**朝を知らず**「夜の明けることを知らない」の意。**おどろく**　夕方（暮れ六つ）を知らせる鐘の音に驚くのである。通釈は意訳である。**天地は** 以下は李白の「夫天地者万物之逆旅、光陰者百代之過客、而浮世若ㇾ夢」（春夜宴二諸従弟桃李園一序）による。有名な句だったらしく、芭蕉も『奥の細道』の最初に引用している。**銀徳** 当時、関西は銀貨が通用していた。四二一頁参照。**五つあり** 何と何であるかは明らかでない。

けり

「き」との違いは、前項で述べたとおりだが、「けり」には、間接経験の回想というだけでは割り切れない用法があるので、注意を要する。もともと「けり」は「来・あり」が短く発音されて出来たことばで、以前からずっとそんなふうで現在まで続いてきている――といったような感じらしい。それが、回想の気持に使われたのであろうが、これまで続いてきたことをふっと反省するとか、これまで続いてきたことが急にとぎれた感じで詠歎するとかいう用法にもなってゆく。

　曳《ひ》く船の綱手《つなで》の長き春の日を四十日五十日《よそかいか》まで我は経《へ》にけり〔こうしてひっぱってゆく船の曳綱《ひきづな》のように長い春の日を、むなしく海上で、四五十日にもなる間、私はすごしてしまったことだなあ〕（土佐日記）

四五十日という日数がたつ間、そのことをあまり明瞭に意識しないで来たのだが、曳綱の長さから、ふと日数の長さに気がつき、もう四五十日になるということをかえり見て、「経にけり」と言ったのであり、おのずから詠歎の気持がこもってくる。

　よそにのみあはれとぞ見し梅《むめ》の花あかぬ色香《いろか》は折りてなりけり〔よそながらみごとだ

と梅の花を賞美したのだが、ほんとうに賞美しつくせないほどの色香は、折り取ってのことだなあ」(古今集)

「あかぬ色香」に、これまで気づかなかったのである。それに、はじめて気づいたことだ——という気持の詠歎だが、その裏には「これまで気づかなかった」という余情があるので、単純な詠歎ではない。「けり」の用法をいちばんわかりやすく憶えるためには、

けり｛回想(間接経験)／詠歎

というような図式にしておくのがよいけれど、詠歎といっても、その気持には回想の裏づけがあることを忘れないでいただきたい。「かも」「かな」のような助詞による詠歎とは、感じがちがうのである。この「けり」は、回想という性質から、よく物語の地の文に使われる。たとえば、

・今は昔、竹取の翁といふものありけり。野山にまじりて、竹を取りつつ、よろづの事に使ひけり。名をば散吉《さるき》の造麻呂《みやつこまろ》となむいひける。その竹の中に、本《もと》光る竹ひとすぢありけり〔むかしむかし、竹取りじいさんという人がいたとさ。野や山に出かけて、竹を取っては、いろんな事に使った。名を散吉の造麻呂といった。その(取る)竹のなかに、根も

との光る竹がいっぽんあったそうだ」(竹取物語)

・いづれの御時にか、女御・更衣あまたさぶらひたまひけるなかに、いとやむごとなき際《きは》にはあらぬが、すぐれて時めきたまふありけり〔何天皇の御代(の事)だったか、女御や更衣(などのお后たち)が多勢おつかえしていられたなかに、ずっと高貴な出身というわけではなくて、ひときわ(天皇の)御寵愛の深いお方があったよしだ〕(源氏物語・桐壺)

のように、たいてい「けり」を原則とする。これは、物語というものが、昔こんな話があったとさ――といった気持で、自分が直接に経験していないことを述べてゆく性質の作品なので、多く「けり」を使うのであろう。だから、物語でも、会話のところには、いくらでも「き」が出てくる。『源氏物語』(帚木)で、馬頭《うまのかみ》の話のなかに、

童《わらは》にはべりし時、女房などの物語よみしを聞きて、いとあはれに悲しく、涙をさへなむ落としはべりし。いま思ふには、いとかろがろしくことさらびたる事なり〔(わたしが)子どもでした時、女房なんかが物語をよみあげたのを聞いて、実に心を動かされ、悲しくて、涙まで流しました。いま思うと、まことに軽はずみな、わざとらしいことです〕

と「し」(「き」の連体形)が出てくるのは、馬頭自身の経験なのだから、当然である。なお、訳するコツとして、物語の地の文には「けり」がたくさん出てくるから、いちいち「……たとさ」「……だったそうだ」「……だったよしだ」など言いかえていては、うるさくてしかたがないから、どこか代表的な所に伝承回想の気持を出しておき、他はたんに

「……た」「……だった」式に訳しておけばよかろう。

例題 七〇

次の文章のなかで、助動詞「ける」は、あとに挙げる（a）（b）の用法のうち、どれに属するか。理由を示して答えよ。

昔、安倍《あべ》の仲麿といひける（イ）人は、唐《もろこし》に渡りて、帰り来ける（ロ）時に、船に乗るべき所にて、かの国人、馬のはなむけし、別れ惜しみて、かしこの詩《からうた》作りなどしける（ハ）。あかずやありけむ、二十日《はつか》の夜の月出づるまでぞありける（ニ）。その月は、海よりぞ出でける（ホ）。これを観てぞ、仲麿のぬし、「わが国に、かかる歌をなむ、神代より神も詠んたび、今は上中下《かみなかしも》の人も、かうやうに別れ惜しみ、喜びもあり、悲しびもある時には詠む」とて、詠みける（ヘ）歌、

青海原《あをうなばら》ふりさけみれば春日《かすが》なる三笠の山に出でし月かも

とぞ詠《よ》みける（ト）。

（土佐日記）

（a）今は昔、竹取の翁といふ者ありけり。

（b）見わたせば花も紅葉もなかりけり

答 全部（a）。仲麿のことは、作者の時代よりずっと前で、作者は間接に聞いて知っているわけだから。詠歎と認めなくてはならないような所はない。

全部（a）が正解では、何だかペテンにかけられたような気がするかもしれないけれど、まあ、これは、私のいたずらである。「左の文章における助動詞「けり」の用法を説明せよ」とでもすれば、正直な出題ぶりですがね。いったい『土佐日記』における「けり」の用法は、回想も詠歎もあるのだが、特に「けり」の著しく密集して使われている部分が、二箇所ある。そのひとつが右の条で、他のひとつが十二月二十五日・二十六日の条である。仲麿のことは、時代が古いのだから当然として、あとの方の条は、貫之が新国守に招待されて出かけた場面だから、回想では変なようだけれど、これは、日記が貫之自身の記述ということになっておらず、同伴した女性の作とされているので、新国守の邸に行った貫之が大いに愉快にさわいだことを、その女性が間接に人から聞いたという形で、伝承回想の「けり」によって書きあらわしたものであろう。女性は、そういう席には、ついてゆかないのが、当時の風習であり礼儀であった。『土佐日記』における助動詞「けり」が間接に聞いたことの回想という性格をはっきり示しているのは、語法資料としておもしろい。参考のため、その条を引いておく。

二十六日。なほ守《かみ》の館《たち》にて、饗《あるじ》しのしりて、郎等《らうとう》までにものかづけたり。詩《からうた》、声あげて誦《い》ひけり。和歌《やまとうた》、主《あるじ》も客人《まらうど》も他人《ことひと》も言ひあへりけり。詩《からうた》はこれにえかかず。和歌《やまとうた》、主《あるじ》の守《かみ》の詠めりける、

都出でて君にあはむと来《こ》しものを来《こ》しかひもなく別れぬるかな

となむありければ、帰る前《さき》の守の詠めりける。
白栲《しろたへ》の浪路を遠く行き交《か》ひて我に似べきは誰ならなくに
他人《こと》々のもありけれど、さかしきもなかるべし。とかく言ひて、前《さき》の守も、今のも、もろともに下《お》りて、今の主《あるじ》も、前《さき》のも、手取りかはして、酔言《ゑひごと》に快《こころよ》げなる言《こと》して、出で入りにけり。

〔二十六日。やはり守の館で、大ごちそうをして、従者にいたるまで、心づけを与えた。漢詩を声はりあげて吟じたそうだ。和歌を、主人も、客人も、他の人も、詠じあったそうだ。漢詩は、これにはとても書けない。和歌は、主人役の守がよんだとかいうのは、「都を出て、あなたと胸襟をひらこうと、はるばる来ましたのに、来たかいもなく、もうお別れしてしまうのですね」という歌だった由で、それに対し、帰京する前国守《さき》がよんだそうだ。「白浪の立ちさわぐ海路をはるかに行ったり来たりして、私と同じような道すじをたどられるのは、他の誰でもない、あなたですのに」。他の人たちのもあったそうだけれど、あまりちゃんとした歌もないにちがいない。あれこれと語りあってから、前国守も、新国守も、ともども庭におりて、現主人も、旧主人も、手を取りあって、呂律《ろれつ》のまわらぬ舌で健康を祝し、旧主人は外へ去り、現主人は内へ入っていったそうだ。〕
「出で入りにけり」は、主語が二人だから、その筋あいを訳文に示すのがよろしい。

る・らる

「る」も「らる」も、意味や用法は同じで、接続が違うにすぎない。すなわち、「る」は四段・ナ変・ラ変に、「らる」はそれ以外の活用語に付くという差があるだけだ。あまりめんどうな用法はない。しかし、同じ「る」「らる」に、**受身**と**可能**と**自発**と**尊敬**の四種類の用法があるから、そのうちのどれであるかを見別けるのが、ちょっと厄介かもしれない。そうした場合、

(1) 受身は、人および動物について言われるのが原則である。

(2) 可能は、否定の形であらわれるのが原則である。

(3) 「る」「らる」を除いても、敬意が無くなるだけで、文の意味に変化がおこらなければ、尊敬である。

というような心得を知っていると、かなり助けになる。もっとも、これは、あくまで原則であって、実際の文章にぶつかると、解釈のちからで決めてゆくよりほかない場合も少なくない。なお、古代においては、「る」「らる」に当たる助動詞として、「ゆ」「らゆ」というのがあった。ru が yu となっているだけで、あとは意味も用法も同じことである。ただ、尊敬の用法だけが見られない。

例題 七一

名を聞くより、やがておもかげはおしはか(イ)らるるここちするを、(ロ)見る時は、またかねて思ひ(ハ)つるままの顔したる人こそなけれ。昔物語を聞きても、このごろの人の家の

そこほどにてぞあり（ニ）けむと思《おぼ》え、人も今見る人の中に思ひよそへ（ホ）らるるは、誰もかく思《おぼ》ゆるにや。またいかなるをりぞ、ただ今、人のいふ事も、目に見ゆる物も、我《わ》が心のうちも、かかる事のいつぞやありしかと思《おぼ》えて、いつとは思ひ出で（ヘ）ねども、まさしくありしここちのするは、我ばかりかく思ふにや。

（徒然草・七一段）

一 傍線の語の意義（職能）を述べよ。

二 「いつぞやありしか」の「しか」を文法的に説明せよ。

三 「思《おぼ》ゆるにや」「思ふにや」の下には何が略されているか。

答 **一** （イ）可能　（ロ）逆接　（ハ）確述　（ニ）経験しないことの推量　（ホ）自発　（ヘ）打消

二 「し」は回想の助動詞「き」の連体形。「か」は疑問の終助詞。

三 ともに「あらむ」が略されている。

「る」の可能と自発とを見別けるのが主眼で、あとは付けたしだが、**二**は、ちょっと意地がわるいから、注意。「しか」といえば、つい「き」の已然形と考えやすいけれど、上に係りの「こそ」がないことを見落とさないように。

例題 七二

傍線部分を解釈せよ。

（a）門出《かどで》をしたる所は、めぐりなども無くて、かりその茅屋《かやや》の、蔀《しとみ》などもなし。簾かけ、幕などひきたり。南は、はるかに野のかた（イ）見やらる。（更級日記）

（b）「いたうこそ困《こう》じにたれ。」「あはれ、紅葉《もみぢ》を焼《た》かむ人もがな。」「験《げむ》あらむ僧たち、（ロ）祈り試みられよ。」（徒然草・五四段）

（c）花橘《はなたちばな》は（ハ）名にこそおへれ、なほ梅の匂ひにぞ、いにしへの事もたちかへり恋しう（ニ）思ひいでらるる。（徒然草・一九段）

答　（イ）ずっと見える。　（ハ）有名になっているけれど
（ロ）ためしに祈ってごらん。　（ニ）思い出される。

（イ）と（ニ）は、さきの原則(1)(3)から、受身・尊敬でないことがわかるし、両ほうとも肯定文のなかで使われているから、(2)によって、いちおう自発と認めるのが順当だろう。しかし、よく考えてみると、（イ）は「見ることができる」と解釈してもよいところで、ぜったいに自発の用法だと決めることは難しい。可能の「る」「らる」は否定文にあらわれるという原則が、かならずしも確率一〇〇パーセントとは行かないのであって、前後の意味から可能に解したほうがよい場合は、原則にとらわれる必要もなかろう。もともと、助動詞「る」「らる」は、自発の意味が基本で、それから受身や可能が生まれたのだけれど、元来が同族であるだけに、区別のつきにくい用例がいくらも出てくる。中古の人たち

は、いちいち「いまのは可能だ」「さっきのは自発だ」など考えながら使っていたわけでないのだから、当然だろう。自発だとか可能だとかの区分は、二十世紀に生存する文法屋さんの営業活動によるもので、菅原孝標《たかすえ》のむすめなんかの知ったことではない。そこで、いちばん良心的で、しかもずるい答は、可能にも自発にもとれるような訳しかたをすることだ。「見える」「思い出される」は、その、ずるくて良心的な答の標本である。なお、（ロ）は尊敬の用法、（ハ）は完了助動詞「り」の已然形だから、ひっかからないように——。

備考　**門出**　中古は、旅立ちの際、日や方角の吉凶を考え、いったん別の所にひき移り、そこからあらためて出発する。いったんひき移るのを門出という。**めぐり**　直訳すれば「周囲」だが、あとの「野のかた見やらる」から考えて、周囲の塀や垣の類をさすのだろう。**いたうこそ**　以下を一人のことばに解するのが通説だけれど、私は、一人とすると話の内容がちぐはぐなので、数人がくちぐちに言う場面と解する。**たちかへり**　「すぐに」の意とする説もあるが、無理だろう。

以上で、主な助動詞についての説明を終わる。まだほかに「す」「さす」「しむ」「たし」「まほし」「ず」「ごとし」などの助動詞もあるが、私の話は、解釈のなかに語法をどうとらえてゆくかということが主眼なのであり、文法そのものを説明するつもりではないから、省略する。「す」「さす」「しむ」だけは、敬語法と関係して述べなくてはならぬことがあるけれど、それは、その項で述べるであろう。

(ロ) 助詞

古文を理解してゆく上に、助詞が重要な役目をはたすことは、すでに御承知のとおりだが、これから述べてゆくのは、古文にあらわれる助詞ぜんたいについてではない。なぜならば、すべての助詞が特に説明を要するわけではないのであって、解釈のとき注意しなくてはならぬものだけ述べる方が、むしろ効果的だと思われるからである。

が・の

「が」も「の」も、だいたい同じような使われかたの格助詞である。格助詞というのは、文節と文節との関係をはっきりさせる役目だが、この両者は、連体格および主格に用いられる。しかし、どちらかといえば、連体格すなわち連体修飾語を作る関係のさせかたが基本だったらしく、そのため、主格に用いるときは、大きな文節関係のなかにもうひとつ小さい文節関係が含まれている場合、小さい方の主述関係をあらわすのに用いるのが原則である。

雪の降りけるをよめる。

という文は、「雪の降りける」という文節に対して、もうひとつ「よめる」という文節が関係しているわけで、全体として「……を……する」という形の文節関係になっている。そのなかの「雪の降りける」において、「雪」が「降りける」の主語であることを、格助詞「の」で示したのである。こんな場合、雪降りけるをよめる。

とは言わない。数学の式のようにしてあらわすなら、

（aのb）をc。

となるわけであるが、もっと文節関係が加わって、

〔（aのb）がc〕がd。

といった形になることもある。『源氏物語』のように文章の長く続いてゆく作品では、しばしば出てくるから、関係を正確にとらえなくてはいけないのだが、そんなとき、右に挙げたようなパターンに置き換えてみると、頭のなかでごちゃごちゃ考えているよりも、早くて確かである。

いづれの御時にか、女御・更衣あまたさぶらひたまひけるなかに、いとやむごとなき際にはあらぬが、すぐれて時めきたまふありけり（源氏・桐壺）

前にも引いた文章だが（二七一頁参照）、この「あらぬが」は、文法学者の間でやかましい文例になっている。さきのパターンに当てはめると、

（いとやむごとなき際にはあらぬが〔a〕すぐれて時めきたまふ〔b〕）ありけり〔c〕。

となるわけで、「あらぬが」の「が」は格助詞である。ちょっと見ると、接続助詞のような気がして、「たいへん高貴な身分ではないけれど、ひときわ御寵愛の深いお方であった」

と訳したいところだが、中古文にあらわれる「が」は、すべて格助詞と考えておくのがよろしい。文法屋さんのなかには、接続助詞の「が」ではないかという用例を報告している人もあるけれど、それは専門研究者の間で議論中のことであり、高校程度の人たちがぶつかる中古文なら、すべて格助詞に解しておくのが安全だろう。そこで、

中古文の「が」は格助詞!

というような文句を、カードかノートに書きつけておいてほしい。ところで、さきの文例だが、「あらぬ」は連体形で、その下に「人」というような語が略されており、「時めきたまふ」の下も同様である。しかし、この「やむごとなき際にはあらぬ」人と「時めきたまふ」人とは同じ人物だから、「高貴な身分ではない人のひときわ御寵愛の深い人があった」と訳すると、現代語としてはおかしくなる。そこで、「人の」の「の」を「で」にかえて、

たいへん高貴な身分ではないお方で、ひときわ御寵愛の深いお方があった。

と訳するのがよかろう。もっとも、それは、**中古文についての**ことであり、『平家物語』などになると、

・忠盛、また仙洞《せんとう》に最愛の女房を持つて、夜な夜なかよはれけるが、或る夜おはしたりけるに、かの女房の局《つぼね》に、つまに月いだしたる扇を、とり忘れて出でられたりければ……。

・この僧いよいよ尊く思ひ、しづかに法施《ほつせ》まゐらせて居たりけるが、やうやう日暮れ月さし出でて、汐の満ちくるに……。

のような接続助詞としての用法が、いくらでも出てくるから、中古文に当てはめすぎて解釈しないように、注意していただきたい。

例題 七三

風かよふねざめの袖の花の香《か》に薫《かを》る枕の春の夜《よ》の夢　（新古今集）

「袖の」の「の」は、俗に「が」といふ意にて、余の「の」もじとは異なり。三の句を「梅が香に」として、すべてのさま梅の趣なり。桜はうとし。（美濃廼家苞）

「梅が香に」と直して梅の歌にはなるとも、「花の香に」として桜の歌にだになれば、難にあらず。より来るに随ふことなり。かやうの難は、今時の人常にいふことなれど、偏《せ》き論《ば》なり。桜にうとしとある、香のなきものならばこそあらめ、いかでか桜にうとからむ。（尾張廼家苞）

右は『新古今集』の注釈書に見られる意見の対立であるが、これについて、

一　助詞「の」に対する『美濃廼家苞』の説を、現代の文法用語で説明せよ。

二　それに対して、ほかの考えかたが成立するかどうか。もし成立するなら、簡単に述べよ。

三　両注釈書の間の説の相違点を簡単にまとめよ。

答

一　「袖の」の「の」だけは主格助詞、あとの「の」はすべて連体格助詞である。

二　全部を連体格の「の」と解する。「袖の枕の」と続くのだが、途中に「花の香に薫る」が同じく「枕」の連体修飾として入ったもの。

三　美濃説は「花」を梅と解する。尾張説は桜でよいとし、論拠として、(イ)梅と解するためには、本文を「梅が香に」とでも改めなくてはならない。(ロ)桜でも香はある——の二点をあげる。

一は何でもないけれど、二はちょっと考えつきにくいかもしれない。しかし、「袖の枕」とか「片敷く袖」とかいう表現がよく歌に出てくることを知っていれば、こういう考えかたもできるであろう。つまり、

ねざめの袖の
花の香に薫る}枕

と、二つの連体修飾が「枕」にかかるものと見るわけである。ひとつだけ主格に見るよりも、同じ連体格の「の」がいくつも並んだ方が、調子もなだらかで、妖艶な内容にもふさわしい。文法が文法だけのものでなく、解釈や鑑賞にもつながってくる例である。三は、目がさめてからもまだ薫っているような気がするほどの香といえば、どうしても梅でなくてはならぬと考えたらしい美濃説(本居宣長)は、すこし正直すぎる。これは、現実の匂いでなく、夢のなかの妖《あや》しくも美しい花のヴィジョンなのだから、尾張説(石原正明)の

ように桜でよいと思う。ことに「風かよふ」の感じは、どうも梅の頃の季節感ではないようである。『新古今集』でも、桜の花の歌の所に入れている。

例題 七四

次の文章に使われている助詞「の」は、それぞれどんな用法か。分類して示せ。

まめまめしき筋を立てて、耳はさみがちに、美相《びさう》なき家刀自《いへとうじ》の、ひとへにうちとけたる後見《うしろみ》ばかりをして、朝夕の出《い》で入りにつけても、おほやけ・わたくしのたたずまひ、よき・あしき事の、目にも耳にもとまるありさまを、うとき人に、わざとうちまねばむやは。近くて見む人の聞きわき思ひ知るべからむに、語りもあはせばやと、心ひとつに思ひ余る事など多かるを、うちひとりごたるるに、「何事ぞ」など、さし仰ぎたらむは、いかがはくちをしからぬ。

（源氏物語・帚木）

答

第一類——家刀自の・あしき事の＝主格

第二類┬朝夕の・わたくしの＝連体格A（すぐ下の体言を修飾）
　　　└見む人の＝連体格B（「べからむ」の下に省略された「人」を修飾）

すこし原文を縮めてある。めんどうなのは、仮に連体格Bと名づけた用法である。文法屋さんのなかには、指定格だとか同格だとか説明している向きが多い。私も、そういった立場で説明してみたことがあるけれど、いろいろ考えると、次に述べる佐伯梅友博士の説が、

いちばん適切なようである。つまり、山上憶良の有名な「貧窮問答歌」のなかに、

風雑《まじ》へ　雨降る夜の　雨雑《まじ》へ　雪降る夜《よ》は　術《すべ》もなく　寒くしあれば……
伏廬《ふせいほ》の　曲廬《まげいほ》の内に　直土《ひたつち》に　藁《わら》解き敷きて……

などある（万葉集・巻五）。これらの「雨降る夜（の）」「伏廬（の）」は、それぞれ下の「夜」「廬」を連体修飾しており、わかりやすいように書くと、

雨降る夜の┐
雪降る───┘夜

伏廬の┐
曲───┘廬

であった。それが、平安時代に入ると、「夜の……夜」「廬の……廬」とくりかえす言いかたが嫌われ、下の「夜」「廬」に当たる体言が省略されて、一般的に

体言＋の……連体形（体言省略）

という型が成立したわけ。しかし、こんな「の」に当たる用法が現代語にはないので、多くは「で」と言いかえ、

・雨が降る夜で雪の降る夜は（または「雨が降って雪の降る夜は」）
・ぺちゃんこの小屋でひん曲った小屋の内に（または「ぺちゃんこでひん曲った小屋の内に」）

などいったふうに訳する。だから、さきの「近くて見む人の……」は、

気心の知れた妻で理解してくれそうなのに話しあってみたいと……

とでも訳するところで、パターン化すれば、

体言＋の……連体形＝体言＋で……の

となる。さきの「いとやむごとなき際にはあらぬが」の「が」も、この「の」と同じ用法にほかならない。

備考 **まめまめしき** 「まめ」は「あだ」の反対語（二六六頁参照）。うわついていない意。**耳はさみ** 額髪をちょいと耳にはさんでおくこと。身だしなみに気をつけないさま。**美相なき** 美しいと感じさせる点のない。英訳すれば not charming である。**家刀自** 「刀自」は当て字で、本来は「戸主（とぬし）」の転じた語。家政管理者。**うちとけたる** 型式ばっていない。英訳すれば informal である。**うちまねばむやは** 反語。「まねぶ」は、そのとおり繰り返すこと。通釈の「話して聞かす」は意訳。**近くて上の「うとき」に対する。精神的な親近さをいう。**見む** この「見る」は夫婦関係をもつこと。**ひとりごたるる** 「ひとりごつ」は四段活用の自動詞で、独語する意。「るる」は自発の用法。

を

格助詞と接続助詞と間投助詞とに用いられる。格助詞としての用法は、現代語でいつも使っているのと同じで、「水を飲む」「花を買う」なんかの連用格だから問題はないが、接続助詞「を」は、活用語の連体形に付き、確定条件のもとで順接・逆接ともに用いられる。間投助詞の「を」は、もっと注意を

要する。

立ちとまり見てを渡らむもみぢ葉は雨と降るとも水はまさらじ（古今集）

この「を」は詠歎の気持である。また『狭衣物語』で、琵琶《びわ》をおひきなさいとすすめるところに、

奏《かな》でを、奏でを。

と言っている例がある。現代語なら「おひきなさいよ」の「よ」に当たるわけだから、間投助詞というよりも、終助詞と見るほうが適切かもしれない。古代語では、間投助詞「を」が優勢で、格助詞「を」はあまり見受けられない。たぶん格助詞「を」のほうが後の発達なのであろう。接続助詞「を」は、

・白露の色はひとつをいかにして秋の木《こ》の葉を千《ち》ぢに染むらむ〔ひとつなのに〕（古今集）

・八重桜《やへざくら》は、奈良の都にのみありけるを、この頃ぞ、世に多くなりはべるなる〔あったということだが〕（徒然草）

などのような用法で、だいたい「……のに」「……のを」「……が」など訳しておけばよろしい。

例題 七五

次の文章に用いられている助詞「を」に注意して、それぞれ解釈せよ。

（イ）この院の内に御曹司つくりて、まめやかに才《ざえ》深き師にあづけ聞こえたまひてぞ、

学問せさせ奉りたまひける。月に三度ばかりを参りたまへとぞ許し聞こえたまひける。（源氏物語・少女）

（ロ）あながちに御前《おまへ》さらずもてなさせたまひしほどに、おのづから軽《かろ》きかたにも見えしを、この皇子《みこ》うまれたまひてのちは、いと心ことに思ほしおきてたれば、坊にも、ようせずば、この皇子《みこ》の居たまふべきなめりと、一の皇子《みこ》の女御は思《おぼ》し疑へり。（源氏物語・桐壺）

（ハ）曇りがちにはべるめり。客人《まらうど》の来むとはべりつる、いとひ顔にもこそ。いま心のどかにを。御格子まゐりなむ。（源氏物語・末摘花）

答 （イ）この院の内に勉強室をこしらえて、精勤で学識の深い先生に預け申しなさって、学問をおさせになった。月に三度ぐらいを「お出かけなさい」と御許可になった。

（ロ）しいて御前を離れさせずおあつかいになったので、何とかすると軽がるしいようなふうにも見えたのだが、この皇子がお生まれになってから後は、たいへん特別に待遇なさっていられるので、「東宮にも、ひょっとしたら、この皇子がおなりになるはずのようだ」と、第一皇子の御母である女御は、お疑いになっていられる。

（ハ）だいぶん曇っているようです。お客さまが来られるということでしたのを、会いたくないようなぐあいなので……。そのうち、また、ゆっくりとね。御格子をおろしましようよ。

（イ）のは、格助詞である。これを、

そして「一箇月に三度くらいはね、行ってもよいんですよ」とお許しになった。

と訳している人もあるが、それだと、間投助詞になる。しかし、こういった用法は、例が

ないようである。この所は、

月に三度ばかりをぞ許し聞こえたまひける。

という構文で、その途中に許すことの内容を「参りたまへ」とはさみこんだものと見たい。

（ハ）は、末摘花とよばれる女性のところへ訪問していた大輔《たいふ》の命婦《みょうぶ》が、帰ろうとして、

わたしの家へお客が来ることになっているので、もし帰らないと、そのお客に会いたくないように思われても困るからという口実で、いとまごいをしているのである。「御格子まゐりなむ」とは、これまで格子（今ならば雨戸）があけてあったからである。「御格子まゐる」は、あけることにも、しめることにもいう。どちらであるかは、前後の関係で判断するよりほかない。

例題 七六

傍線部分を解釈せよ。

また聞けば、侍従の大納言の御むすめ、(イ)なくなりたまひぬなり。殿の中将の(ロ)おぼしなげくなるさま、わがものの悲しきをりなれば、いみじくあはれなりと聞く。上《のぼ》りつ

きたりし時、「これ手本にせよ」とて、(ハ)この姫君の御手を取らせたりしを、「さ夜ふけて寝ざめざりせば」など書きて、

鳥辺山谷《たに》に煙の燃え立たばはかなく見えし我と知らなむ

と言ひ知らず(ニ)をかしげにめでたく書きたまへるを見て、いとど涙を添へまさる。

（更級日記）

答 (イ) おなくなりになったよしだ。

(ロ) お嘆きの様子を

(ハ) この姫君のお書きになったものをくれたが、それに

(ニ) 趣深くみごとにお書きになってある、それを見て

(ハ) の「取らせたりしを」の「を」がいちばん難物だ。学者によって、接続助詞に解する説と格助詞に解する説とがある。さきにも述べたとおり、接続助詞は活用語の連体形に付くのであって、

連体形＋を→接続助詞
体　言＋を→格助詞

というパターンを知っていると、いろんな場合に応用が利くけれど、これはあくまでも原則であり、ぜったい例外なしとはいえない。現に（ニ）の「書きたまへるを」は、連体形プラス「を」だが、すぐ下に「見て」とあるのが「書きたまへるを」に結びつくから、これは「書きたまへる（もの）を見て」の意で、体言プラス「を」と同様に考えなくてはならない。そうすると、連体形プラス「を」の場合、いつも接続助詞だとは決めかねる。そこで、接続助詞だか格助詞だかを決めるのは、むしろそれを受ける他動詞があるかないかだということになる。（ハ）の場合、「取らせたりしを」を受ける他動詞は、何だろうか。おそらく、ずっと後の「見て」以外にはあるまい。つまり、

この姫の御手を取らせたりし⎤
をかしげにめでたく書きたまへる⎦（もの）を見て

と解するわけ。これもいちおう筋のとおった考えかたであるが、「取らせたりしを」と「見て」との間が離れすぎている感じだし、なかに歌まで入っているのだから、すこし無理ではなかろうか。また、「……など書きて」「と……書きたまへる」が何に書いたのかといえば、やはり「姫君の御手」だから、どうしても「それに」といったような語を補うことになり、したがって接続助詞に解し「……が、それに」と訳するのが穏当だと思われる。（イ）（ロ）は、伝聞の助動詞「なり」の復習である（二一七頁参照）。「聞けば」「と聞く」に照応するので、伝聞の用法であることは明らかだろう。

備考　**侍従の大納言**　権大納言で侍従を兼任していた藤原行成をさす。その「むすめ」は、三女にあたる。**殿の中将**　この当時の作品で、地の文で「殿」といえば、たいてい政権の座にある最有力者をさす。この場合は関白藤原道長で、その子の三位中将長家が「殿の中将」。**おぼしなげく**　「思ひなげく」の尊敬態。複合動詞を尊敬の言いかたにするときは、上の動詞だけ尊敬態に言うのが中古語法の原則である。三九一頁参照。**御手**　「手」は手蹟。**取らせたりし**　「せ」は使役助動詞「す」の連用形。直訳すれば「手にさせた」。**さ夜ふけて**　「さ夜ふけて寝ざめざりせばほととぎす人づてにこそ聞くべかりけれ」（拾遺集・夏）。壬生忠見の歌。**鳥辺山**　京都の東山にある地名。火葬場として知られる。

に

格助詞および接続助詞に用いる。あまり変わった用法はないが、現代語の「に」と同様、いろんな意味をあらわすから、その使われぐあいをよく考えて、適切な訳を発見しなくてはいけない。それから、助動詞「なり」の連用形と、ナリ活用の形容動詞の連用形も「に」だから、混同しないように注意してほしい。接続助詞のときは、

・君は、大殿におはしけるに、例の、女君頓《とみ》にも対面したまはず〔おいでになったが〕（源氏・若紫）

・うらなく言ひなぐさまむこそ嬉しかるべきに、さる人あるまじければ〔うれしいはずだのに〕（徒然草）

・からうじて生き出でたまへるに、またかなへの上より手取り足取りして下げおろした

てまつる〔息をお吹きかえしになったので〕（竹取物語）

・なつかしうらうたげなりしを思し出づるに、花鳥の色にも音にも、よそふべきかたぞなき〔お思い出しになるにつけても〕（源氏・桐壺）

・もの古《ふ》りたる森のけしきもただならぬに、玉垣しわたして、榊《さかき》に木綿《ゆふ》かけなど、いみじからぬかは〔普通でないそのうえ〕（徒然草）

・もの心細くすずろなる目を見ること思ふに、修行者あひたり〔思ったとき〕（伊勢物語）

のような意味に使われており、その時その時に訳語を考えるわけだが、だいたい「が」「のに」「ので」「につけても」「そのうえ」「とき」などの訳を当ててみるがよろしい。

例題　七七

なほ行き行きて、武蔵の国と下総の国との中に（イ）、いと大きなる河あり、それをすみだ河といふ、その河のほとりに群《む》れ居て思ひやれば、「限りなく遠くも来にけるかな（ロ）」と、わびあへるに（ハ）、渡守「はや船に乗れ。日も暮れぬ（ニ）」といふに（ホ）、乗りて渡らむとするに（ヘ）、皆人ものわびしくて、京に思ふ人なきにしもあらず。さるをりしも（ト）白き鳥の、嘴と足と赤き、鴫の大きさなる、水の上にあそびつつ魚を食ふ。京には見えぬ（チ）鳥なれば、皆人見知らず、渡守に問ひければ、「これなむ都鳥」といふを聞きて、

名にし負《お》はばいざこと問はむ都鳥わが思ふ人はありやなしやと

と詠《よ》めりければ、舟こぞりて泣きにけり（リ）。

（伊勢物語・九段）

一　傍線（イ）（ロ）（ハ）（ホ）（ヘ）（リ）の「に」を文法的に説明せよ。
二　傍線（ニ）（チ）の「ぬ」を説明せよ。
三　傍線部分（ト）の文の構造を、主述関係から説明せよ。

答　一　（イ）格助詞。（ロ）確述助動詞「ぬ」の連用形。（ハ）格助詞。上に「時」が略されている。（ホ）接続助詞。順接（……ので）。（ヘ）格助詞。上に「時」が略されている。（リ）確述助動詞「ぬ」の連用形。
二　（ニ）確述助動詞「ぬ」の終止形。（チ）否定助動詞「ず」の連体形。
三　「白き鳥の」が「嘴と足と赤き」および「鴫の大きさなる」に対して連体修飾となり、その全体「白き鳥……大きさなる」が「魚を食ふ」に対して主語となる。「水の上にあそびつつ」はその間にはさみこまれて「魚を食ふ」の連用修飾となっている。

一の（ハ）と（ヘ）は、接続助詞と見られないこともないが、やはり格助詞とすべきであろう。「三月といふに帰る」（枕冊子）などと同じような使いかたと見たい。三は厄介だが、図示すると、

白き鳥の┌嘴《はし》と足と赤き　　┐
　　　　└鴫《しぎ》の大きさなる┘（が）魚を食ふ。

で、「赤き」「大きさなる」（ともに連体形）の下にそれぞれ「鳥」が略されているわけであ

る。「白き鳥の」という「の」は、さきの「体言＋の……連体形」で（二八六頁参照）、英語なら関係代名詞 whose でも使うところだが、関係代名詞のないことが、日本語の重要な特色なので、それを格助詞「の」であらわすことになる。

例題　七八

花はさかりに(イ)月はくまなきをのみ見るものかは雨に(ロ)むかひて月をこひたれこめて春のゆくへしらぬもなほあはれに(ハ)情ふかし咲きぬべきほどのこずゑちりしほれたる庭など（a）見どころおほけれ歌のことばがきに(ニ)も「花見に(ホ)まかれりけるに(ヘ)はやく散り過ぎに(ト)ければ」とも「さはる事ありてまからで」などもかけるは「花を見て」といへるに(チ)おとれることかは花のちり月のかたぶくをしたふならひはさる事なれどことにかたくなる人（b）「この枝かの枝ちりに(リ)けり今は見どころなし」などはいふめる

（徒然草・一三七段）

一　右の文章の（a）（b）の所に、左の助詞の中から適当なものを選んで、ひとつずつ書きこめ。

は　も　の　が　や　か　ぞ　こそ　より　まで　のみ　ほど　だに　さへ

二　右の文章の傍線を施してある「に」について文法上の性質を考え、（イ）（ロ）（ヘ）（ト）とそれぞれ同類のものがあったら、符号で答えよ。

三　「はやく散りすぎにければ」の「はやく」は、次にあげる文例のうち、どれと同じか。

1　残りたる雪にまじれる梅の花はやくな散りそ雪は消《け》ぬとも

2 日数のはやく過ぎゆくほどぞ物にも似ぬ。
3 師の君にあひ奉らんとて、御宿をいそぎたづねしに、はやう立ちいでたまひにけりと聞きてあへなく帰りきぬ。

答

一 (a) こそ　(b) ぞ

二

(イ) さかりに	(ハ)	(ヘ) まかれりけるに	
(ロ) 雨にむかひ	(ニ)(ホ)(チ)	(ト) 散り過ぎにければ	(リ)

三 3

一は、係り結びの常識。**二**も、さきの**例題七七**ができれば、応用問題としてやさしい。(イ)は、形容動詞の連用形、(ロ)は格助詞、(へ)は接続助詞、(ト)は確述助動詞「ぬ」の連用形である。**三**は、文例1の「はやく」が「いそいで」、2が「すみやかに」、3が「すでに」と訳すべきもので、この場合は3に当たるわけ。

備考　**さかりに**　私が「ならびの修飾」と命名した形。三五〇頁参照。**たれこめて**　スダレやカーテンの類をおろし、その中にひっこもって。**咲きぬべき**　確述の「ぬ」を生かして「程なく咲きそうな」と訳するところ。**花のちり**　やはり「ならびの修飾」。

接続助詞。活用語の未然形に付くときと已然形に付くときとで、意味がちがってくる。未然形のときは仮定の気持であり、已然形のときはすでに決まった事がらについて述べる。だから、仮定・確定のどちらであるかを把握するのが「ば」を理解するポイントで、

ば

{花咲かば——花が咲くならば
{花咲けば——花が咲いたので

というような区別は、解釈のとき、いつも忘れてはいけない。

ば			
	未然	仮定	**ならば**
	已然	確定	**ので**

というような表にして憶えておくのもよかろう。ところで、確定の方の「ば」を「ので」と訳しておいたが、実際は、かならずしも「ので」だけでは訳しきれないことがある。

をのこども召せば、蔵人忠隆参りたる（枕冊子）

「呼んだところが」とでも訳するのが適切で、上に述べた事が下に言う事とたまたま同時あるいはひき続いておこる——といったような使いかたである。呼びつけるという事にひき続いて参上したという事実が存在したわけである。同時というほうの例では、

山桜わが見に来れば春霞峯にも尾にもたちかくしつつ（古今集）

がそれで、見にくるという事実と、春霞がいちめんに立ちこめているという事実とが、たまたま同時に存在しているのである。こんな時は、たいてい「……と」と訳しておけばよい。この用法について、佐伯梅友博士と私との間で、笑い話のような問答がかわされたことがある。

「唄をうたえば靴が鳴る」というけれど、それじゃ、うたわなかったら靴は鳴らないのか――といえば、そうでなく、やはり鳴るわけだね。「柿くへば鐘が鳴るなり法隆寺」というけれど、柿をたべなかったら鐘は鳴らないのか――といえば、やはり、これも鳴るんでね。

唄をうたうという事実と靴が鳴るという事実がたまたま同時におこっており、柿をたべるという事実と鐘が鳴るという事実が同時におこっているわけなので、この用法は、現代語にも存在するのである。それから、現在の事実とはいちおう別に、こんな条件のもとではきっとこんな結果になるという常例の気持をあらわす「ば」がある。

年ふれば齢《よはひ》は老いぬしかはあれど花をし見ればもの思ひもなし（古今集）

いま花を見ていなくてもかまわないのであって、花を見るという条件があれば、きっと心が晴ればれするという結果があることを述べているわけである。これも、訳語は「……と」でよいけれど、気持には「きっと」「いつもかならず」というようなものがあるから、

そのつもりで訳すること。そこで、已然形につく「ば」の訳は、

(1) ので・から

(2) と（たまたま同時に・ひき続いて）

(3) と（きっと・かならずいつも）

の三通りになる。使われている場面をよく見きわめなくてはいけない。(2)は、「たら」「ところが」など訳すると、感じのよく出る場合が多い。

なお、形容詞および否定助動詞「ず」に付く時は、謡曲ではかならずワと発音され、「恋しくば」「啼かずば」などとは言わない。そうすると、鎌倉時代に「は」（ワ）であったことは、たぶん平安時代もそうであったろうと考えさせるから、これは接続助詞でなく係助詞「は」であろうとする説がある。それなら、未然形に付くのでなく連用形に付くわけだが、形容詞および「ず」の未然形は「ば」が付くことだけのために設けられたものだから、もし「ば」を認めないとすると、未然形がいらなくなり、活用表は

	未然	連用	終止	連体	已然	命令
美し		しく	し	しき	しけれ	
ず		ず	ず	ぬ	ね	

のように修正されなくてはならない。しかし、これには、まだ異論もあって、完全な定説とはなっていない。

例題　七九

かくて京へ行くに、島坂にて、人あるじし（イ）たり。必ずし（ロ）もあるまじきわざなり。発《た》ちてゆきし（ハ）時よりは、くる時ぞ、人はとかくありける。これにも、かへりごとす。夜になし（ニ）て、京には入らむと思へば（ホ）、急ぎし（ヘ）もせぬ程に、月いでぬ。桂川、月のあかきにぞわたる。人びとのいはく、「この川、飛鳥《あすか》川にあらねば（ト）、淵瀬《ふちせ》さらにかはらざりけり」といひて、ある人のよめる歌。

ひさかたの月におひたる桂川そこなるかげもかはらざりけり

またある人よめり。

桂川わが心にもかよはねどおなじ深さに流るべらなり（チ）　（土佐日記）

一　傍線の（イ）（ロ）（ハ）（ニ）（ヘ）の「し」をそれぞれ文法的に説明せよ。
二　傍線の（ホ）（ト）の部分は、どんな意味か。「思はば」「あらずば」と比較して説明せよ。
三　傍線（チ）について説明せよ。
四　「急ぎしもせぬ」と「月いでぬ」との、「ぬ」を説明せよ。

答　**一**　（イ）サ変動詞「あるじす」の活用語尾（連用形）。（ロ）副助詞。（ハ）回想助動詞

「き」の連体形。(ニ) 四段動詞「なす」の活用語尾(連用形)。(ヘ) 副助詞。

二 (ホ)「思うので」。(ト)「ないので」。「思はば」「あらずば」は、未然形に「ば」が付いているので、仮定条件を表わし、「思うならば」「ないならば」の意となる。(ホ)(ト)は、已然形に「ば」が接続しているから、右のように確定条件を示す。

三 「……のようだ」と推量の意を示す助動詞で、平安時代初期に歌に用いられたが、後にはすたれた。助動詞「べし」の語幹「べ」に接尾辞の「ら」がつき、さらに「なり」の添ったもの。

四 「急ぎしもせぬ」=否定助動詞「ず」の連体形。「月出でぬ」=確述助動詞「ぬ」の終止形。

あしかけ五年間、地方へ赴任していた筆者が、久しぶりで京都に帰った喜びを述べた条である。二が主眼だけれど、わざわざ未然形の場合をひきあいに出してあるから、これができないようでは、お手あげだ。設問に「あらずば」という形を示したのは、高校程度の人たちによく知られている通説に従ったもの。だから、答には、未然形に付いたという立場をとってある。私個人の意見では、連用形に「は」が付いたものとしたいのだが——。

例題 八〇

傍線部分を解釈せよ。

(a) 巻向《まきむく》の檜原《ひはら》もいまだ雲居(イ)ねば小松が末《うれ》ゆ沫《あわ》雪流る　(万葉集・巻十)

（b）いつはりの(ロ)なき世なりせばいかばかり人の言《こと》の葉うれしからまし　（古今集・恋四）

（c）(ハ)暮れぬれば、いととくおはしぬ。北の方、「さればよ。(ニ)ものしくおぼさましかば、遅くぞおはせまし」とよろこびて入れ奉りたまひつ。　（落窪物語・巻二）

（d）つばくらめをあまた殺して見るだにも、腹に何もなきものなり。ただし、卵《こ》産む時なむ、いかでか出すらむ、はらかくと申す。(ホ)人だに見れば失せぬ。　（竹取物語）

（ロ）の「……せば」は仮定の用法である。すると、この「せ」は未然形でなくてはならないが、何の未然形だろうか。学者の間で異論があり、ひとつは、回想助動詞「き」の未然形だとする。つまり、

未然	連用	終止	連体	已然	命令
せ		き	し	しか	

と活用したというのである。他の説は、サ変動詞「す」の未然形で、たんに仮定を強める用法だというのである。どちらが正しいかは、専門学者の論争に任せておけばよろしい。高校生諸君の知ったことではない。それよりも、仮定の「ば」が要するに未然形に付くこ

と、および仮想（subjunctive mood）の、

せば……まし
ましかば……まし

という定型を復習するほうが（二六一頁参照）、ずっと大切だろう。（ハ）は、同時の用法である。来てくれるかどうか案じていた婿《むこ》君は、日が暮れると、ほとんど同時に来た。その気持が「ば」である。（ホ）は、常例の用法で、副詞「かならず」でも補っておくがよろしい。さて、（イ）だけは特殊な用法であって、否定助動詞「ず」の已然形「ね」と結びついて現われ、逆接の確定条件に用いられる。たいてい「……ないのに」と訳しておけばよい。古代に多く見られるが、中世あたりにも用例が無いわけではない。

言ひもあへねば雲の上、琵琶《びは》・琴《こと》・和琴《わごん》・笙《しやう》・篳篥《ひちりき》・鉦鼓《しやうご》・羯鼓《かつこ》や糸竹の、声澄みわたる春風の、天《あま》つ少女《をとめ》の羽袖を返し、花に戯《たはむ》れ舞ふとかや（以上のことばを）言い終わりもしないのに（早くも天人は）雲の上（に舞いあがり）、琵琶などの澄みきった音が春風と共に流れ、その春風に乗って天人は羽衣の袖をひるがえし、花に興じて舞い遊ぶようだ」（謡曲・吉野天人）

めったに出てこない用法だが、もし前後の関係で抵抗を感じる「ねば」に行きあったら、

いちおう逆接でないかという着眼だけは試みるのがよいだろう。

備考　**巻向**　いまの奈良県の桜井市にある土地である。**檜原**　ヒノキのはえている原。**末ゆ**　「ゆ」は経由を示す古代の格助詞。枝さきのすぐ近くを通過して。**沫雪**　あわのように柔らかい雪。「淡雪」（うっすら積もる雪）ではない。「沫」の歴史的仮名づかいは「あわ」、「淡」は「あは」で、別語。**おはしぬ**　「来ぬ」の尊敬態。主語は婿君。結婚の夜から三日間は連続して夫が妻の家へかよう（四〇九頁参照）。もし第二夜に来なければ、妻は見捨てられたことになるので、北の方（新婦の母）がひどく気をもんでいる場面。**はらかく**　テクストにより、いろいろ文字の異同があって、解釈も定説がないけれど、私は「腹にかきいだく」の意味だろうと推測している。

とも・ども

いずれも接続助詞。「ば」が順接であるのに対し、この「とも」「ども」は逆接であって、上に述べたことが下に言うことと逆の意味あいになっていることをあらわす。そうして、順接の「ば」の未然形の場合に「とも」が、已然形の場合に「ども」が、それぞれ対応する。つまり、次のような関係になっているのである。

とも――仮定……未然形に付く「ば」
ども――確定……已然形に付く「ば」

「とも」「ども」は、もともと接続助詞「と」「ど」に係助詞の「も」が付いて成立したものである。「ど」はそれだけで逆接の確定条件をあらわすのにいくらも用いられているが、「と」の方はわりあい稀である。しかし、無いわけではなく、

・穂に出でたりと、かひやなからむ〔穂に出たところで、どうせしかたがない〕（蜻蛉日記）
・愛敬《あいぎやう》なくと、詞しなめきなどいへば〔愛敬がなくても、ことばが上品に見えなどして言うと〕（枕冊子）

のような例が見受けられる。この機会に、**順接・逆接**ということをはっきりさせておこう。順接は順態接続を、逆接は逆態接続を略した術語である。上に述べたことが下に言うことへ同じ趣旨あるいは方向で続いてゆくと意識されているとき、それを順接と称し、上に述べたことが下に言うことへ反対あるいは別の趣旨で続いてゆくと意識されているとき、それを逆接と称する。接続詞や接続助詞の用法についての名称である。現代語でいえば、

〔順接〕フグは安い。そして、おいしい。
　　　　フグは安くて、おいしい。
〔逆接〕フグは喰いたい。しかし、命は惜しい。
　　　　フグは喰いたいけれど、命は惜しい。

のようなぐあいである。そうして、条件を示す接続の場合は、仮定条件と確定条件とがあることは、さきに述べたとおりで、これを順接・逆接に組みあわせると、次の四通りにな

るわけ。

(a) 順接仮定（未然の「ば」）	(c) 逆接仮定（「と」「とも」）
(b) 順接確定（已然の「ば」）	(d) 逆接確定（「ど」「ども」）

この関係を頭において、次の例題を考えてみよう。

例題 八一

次の文章のなかに、(a) 順接仮定・(b) 順接確定・(c) 逆接仮定・(d) 逆接確定が含まれているならば、それぞれ取り出して符号で示せ。

さきざきも申さむと思ひしかども、かならず心まどはしたまはむものぞと思ひて、今まで過ごしはべりつるなり。さのみやはとて、うち出《い》ではべりぬるぞ。己《おの》が身は、この国の人にもあらず、月の都の人なり。それを、昔の契《ちぎ》りありけるによりてなむ、この世界にはまうで来たりける。今は帰るべきになりにければ、この月の十五日に、かのもとの国より迎へに人びとまうで来《こ》むず。さらずまかりぬべければ、おぼし歎かむが悲しきことを、この春より思ひ歎きはべるなり。

（竹取物語）

答 (b)「なりにければ」「まかりぬべければ」

（d）「思ひしかども」

かぐや姫が竹取の翁に身の上をうちあけるところ。こういった種類の設問は、文章の筋みちを立てるのが解決のコツであって、その人物が「……する」のか「……しない」のか、まず見きわめる必要がある。文法的な肯定・否定とは限らず、その事実がおこったかどうかを把握しなくてはいけない。「今まで過ごしはべりつるなり」は、文法的には肯定文である。しかし、内容的には、以前から「申さむ」と思いながら、それを実行しないで現在に到ったわけで、くわしく言えば「今まで申さで過ごしはべりつるなり」なのである。したがって、逆接となる。

備考　**さのみやは**　「さのみやは包むべき」（＝そう隠してばかりいられようか）の略。反語だから、隠してはいられない意となる。**契り**　直訳すれば「約束」だが、この場合は、前世の行為によって、避けられないことになっている運命。宿世。**まうで来むず**　五六頁参照。**さらず**　「避らず」で、さけるわけにゆかずの意。やむなく。**おぼし歎かむ**　「思ひ歎かむ」の尊敬態。複合動詞の尊敬態は、上の動詞だけ尊敬の言いかたにする。三九一頁参照。

ものゆゑ・ものから

接続助詞には、条件を提示するもの（順接・逆接）と条件に関係がないものとがあり、前者はそれぞれに仮定と確定が組み合わされて四通りになるわけだが、そのほか順逆両用の接続助詞に「ものゆゑ」「ものから」がある。中古文では、両方とも逆接に用いるのが原則で、「ものゆゑ」

は「のに」、「ものから」は「けれども」とするのが、代表的な訳しかたである。

・恋すれば我が身は影となりにけりさりとて人に添はぬものゆゑ〔恋をしているので、私の身は影のような状態になってしまった。それかといって、人に寄り添うわけでもないのに〕(古今集)

・いつはりと思ふものから今さらに誰《た》がまことをか我はたのまむ〔嘘だとは思うのだけれども、そうかといって今さら誰のまことを信用しようか〕(古今集)

・来《こ》めやとは思ふものからひぐらしの鳴く夕暮は立ち待たれつつ〔どうせ来はしまいとは思うのだけれども、しかしまた、ヒグラシの鳴く夕方には、いつも立って待つようなことになるのだ〕(古今集)

これらは、いずれも中古語としての用法で、あとの時代には、かなり勝手な使いかたがあるから、それらは前後の関係で解釈してゆくよりほかない。

例題　八二

傍線部分を解釈せよ。

(a) 月は有明《ありあけ》にて(イ)光をさまれるものから、影《かげ》さやかに見えて、なかなかをかしきあけぼのなり。何心なき空のけしきも、ただ見る人から、艶《えん》にもすごくも見ゆるなりけり。(源氏物語・帚木)

(b) あけぼのの空朧朧《ろうろう》として、月は有明《ありあけ》にて(ロ)光をさまれるものから、富士の峯かす

かに見えて、上野・谷中《やなか》の花の梢、またいつかはと心ぼそし。　（奥の細道）

答　（イ）光はうすらいでいるのに（逆接）
　（ロ）光はうすらいでおり（順接）

形のうえで同じ語句を解釈させようというのだから、皮肉なねらいのようだが、わざわざ同じのを出題する以上、どこか違いがあるにちがいないと考えるなら、むしろ親切な設問だろう。（イ）は、月光がうすれたら、あたりがはっきり見えないのがあたりまえなのに、はっきり見えているわけだから、逆接となる。ところが、（a）はまだうす暗い時刻だから、月光がうすれるとあたりがよく見えなくなるのだけれど、（b）は富士山が見えるところまで明けはなれているのだから、「月光がうすれていったのに」ではおかしい。これは「月光がうすれてゆき、朝の空になってきたので、富士が見えて」と解釈しないと、実景に合わない。つまり、「ものから」を「ので」と順接に訳するのである。中古語法としては無理な解釈だけれど、同じく『奥の細道』に、そういう用例がある。

その夜、盲目《めくら》法師の、琵琶《びは》をならして、奥浄瑠璃《おくじやうるり》といふものを語る。平家にもあらず、舞にもあらず、鄙《ひな》びたる調子うちあげて、枕近う、かしましけれど、さすがに辺土の遺風わすれざるものから、殊勝におぼえらる。

「郷土芸術のなごりを忘れないで伝えているので、奇特なことだと感じた」の意である。

たぶん「ものから」を「ものだから」のように考えたのであろう。中古語法は、どこまでも中古語法だから、近世文までそれで割り切っては拙いことがあるわけ。「ものゆゑ」にも、逆接と順接とがあるので、注意を要する。

例題 八三

次の歌文に現われる「ものゆゑ」の文法的な用法を示せ。

(a) 待つ人も来《こ》ぬものゆゑに鶯《うぐひす》の鳴きつる枝を折りてけるかな　（古今集・春下）

(b)「竜《たつ》の首の玉取り得ずは、帰り来《く》な」とのたまへば、「かかる好き事をしたまふこと」と誹《そし》りあへり。「親君と申すとも、かくつきなき事を仰せたまふこと」と、ことゆかぬものゆゑ、大納言を誹りあひたり。　（竹取物語）

答 (a) 逆接確定の条件。(b) 順接確定の条件。

(b) は原文をすこし縮めてある。「ことゆく」は理解する意。かぐや姫をぜひ手に入れたいと熱望する大納言としては、こんな厳命をくだすのも無理はない。しかし、家来たちの身になれば、竜の首の玉を取ってこいなど、無茶なはなしであって、正気とも思われないから、悪口を言いあうわけ。したがって、順接に解するところ。「大納言の熱烈な純情を理解もできないくせに」と解すれば、逆接になる。これだけの文章では、どちらにでも取れるけれど、やはり『竹取物語』ぜんたいの書きぶりが五人の求婚者たちを嘲笑するようになっている点から、順接に解するのがよい。

備考 **枝** 梅花の咲いた枝。ウグイスは梅の花が好きなので、梅と言ってなくても、推察がつく。**親君**「親および君」と解する説と「親のような君」と解する説とがある。前後の文章に親を引きあいに出す必然性がないので、後説に従う。アメリカ語でいうボス。

ながら

これも順接・逆接両用の接続助詞。現代語でも「ながら」と訳せばよいのだが、基本的な意味あいは「上に述べた状態のままで」ということだから、順接・逆接いずれに解するとしても、そのつもりで訳語を考えなくてはいけない。

(1) 日は照りながら雪の頭に降りかかりけるを〔日は照っていながら〕(古今集)

(2) 秋の夜の露をば露とおきながら雁《かり》の涙や野辺を染むらむ〔おいたままで〕(古今集)

(3) 昔男ありけり。身は卑《いや》しながら、母なむ宮なりける〔自分はたいした官位ではないものの、母は皇女であった〕(伊勢物語)

後の例は、逆接的な使いかたなので、「ものの」と訳したが、心持は、たいした官位ではないという状態において、同時に母が皇族の出であるという事実を言っているのであろう。

例題 八四

通釈せよ。

過《よぎ》りおはしましける由《よし》、ただ今なむ人申すに、驚きながらさぶらふべきを、なにがし、この寺にこもりはべるとは知《しろ》しめしながら忍びさせたまへるを、うれはしく思ひたまへてなむ。草の御席《みむしろ》も、この坊にこそまうけはべるべけれ。いと本意なきこと。

（源氏物語・若紫）

答 こちらへおいでになりました由を、ただ今、人が申しましたので、とりあえず参上しなくてはならぬわけですが、拙僧がこの寺にこもっておりますということは御存知のくせに、こっそり来ていらっしゃいますのを、遺憾に存じまして……。くだらない処ではありますが、とにかくお宿は私の寺で御用意いたすところでしたな。いやどうも残念なことで……。

「驚きながら」とは、「驚いた状態のままで」、つまり、光源氏の君が来ていらっしゃるということを聞いて、びっくりして、そのびっくりしたままの状態で顔を出すこと。「取るものもとりあえず」「何はさておき」というような訳でもよろしい。これに対して、「知しめしながら」は、御存知であるにも拘わらずという気持で、逆接的な使いかたである。「思ひたまへてなむ」の次には、参上をさしひかえていましたという意味が省略されている。

備考 **なにがし** 第一人称。すこし謙譲の感じを含む。**こもりはべる** 丁寧の助動詞「はべり」が使われているので、会話文だとわかる。三七三頁参照。**忍びさせたまへる** 地の文のなかでは最高敬語だが、会話文なので、普通の尊敬。三七三頁参照。**思ひたまへてなむ** 「たまへ」は連用形。したがって下二段活用で、謙譲の用法。「なむ」の下には「はべる」を省略した気持。

つつ

接続助詞だが、条件を提示するわけでなく、たんに下へ続けるだけである。**反覆**あるいは**継続**をあらわす。この助詞は、現代語にも生きているので、そのまま「つつ」と訳してもよいが、「ながら」と訳するとよい場合も多い。

・かくあるを見つつ漕ぎゆくままに（こんなふうなのを見ながら）（土佐日記）

・思ひつつ寝ればや人の見えつらむ（思いながら寝たので）（古今集）

しかし、いつも「ながら」だけでは困るので、場合に応じていろいろ訳しかえなくてはいけない。

月出づれば、出で居つつ歎き思へり（月が出ると、いつでも出て坐ってはふさぎこんでいた）（竹取物語）

「坐っては」の「は」で反覆の気持を出したつもりである。

それより下つかたは、程につけつつ、時にあひ、したり顔なるも（それぞれ身分に応じては）（徒然草）

「応じては」の「は」だけでは反覆の気持が明瞭に出ないので、上に「それぞれ」を補った。

軒をあらそひし人のすまひ、日を経つつ荒れゆく（日がたつにつれて、だんだん荒れて

ゆく」（方丈記）

「につれて、だんだん」で継続の気持を出してみた。

山里は秋こそことにわびしけれ鹿の鳴く音《ね》に目をさましつつ〔目をさましさましする〕

（古今集）

「さましさまし」とかさねて反覆の意味をあらわした。

例題 八五

月のいと花やかにさし出でたるに(イ)、今夜《こよひ》は十五夜なりけりと思《おぼ》し出でて、殿上の御遊び恋しく、「所どころながめたまふらむかし(ロ)」と思ひやりたまふにつけても、月の顔のみまもられたまふ。「二千里の外《ほか》の古人の心」と誦《ずん》じたまへる、例の涙もとどめられず。いはむ方なく恋しく、をりをりのこと思ひ出でたまふに、よよと泣かれたまふ。「夜更《ふ》けはべりぬ」と聞こゆれ(ハ)ど、なほ入りたまはず。

　見る程ぞしばし慰むめぐりあはむ月の都ははるかなれども

その夜、上《うへ》のいとなつかしう昔物語などしたまひし御さまの、院に似奉りたまへりしも、恋しく思ひ出で聞こえ(ニ)たまひて、「恩賜の御衣は今ここにあり」と誦じつつ(ホ)入りたまひぬ。

（源氏物語・須磨）

一　(イ)の「に」を文法的に説明せよ。

二　(ロ)(ホ)を解釈せよ。

三　（ハ）と（ニ）に含まれる「聞こゆ」はどんな違いがあるか。

答　一　接続助詞。順接である。

二　（ロ）いまごろ、ものを思いながらこの月を見ていられるだろうよ。

（ホ）吟じてゆきながらおはいりになった。

三　（ハ）は動詞「言ふ」の謙譲態。（ニ）は謙譲をあらわす助動詞。

（ホ）の「つつ」は、反覆か継続かはっきりしない。もし反覆なら「幾度も吟じながら」とでも訳するところだが、原文に「吟じかへしつつ」とでもなければ、ちょっと無理だろう。いま、継続に訳した。「吟じながら」だけでもよいのだけれど、わざわざ「てゆき」と入れたのは、継続をはっきりさせるために試みた技巧。この所は、光源氏君が須磨におもむいて、都を思う情にたえかねている情景である。「夜更けはべりぬ」と申しあげたのは、侍臣。「上」は朱雀院の帝、「院」は桐壺の帝である。「二千里の外の古人の心」は、白楽天の「三五夜中新月色、二千里外故人心」で、三五夜すなわち十五夜の月から、この詩句を思い出したのである。「恩賜の御衣」は、「恩賜御衣今在レ此、捧持毎日拝二余香一」という道真の詩句。和歌の意味は、

都は月世界のように遠い存在となってしまい、なつかしい人たちに再びあえるのもいつのことかわからないけれど、月をながめている間だけは、しばらく心がなぐさめら

れる。

備考　**所どころ**　この「所」は人のことを尊敬の感じでいう語で、その複数形。英語でいえば people となる。**まもられ**　「まもる」は「目守る」で、見つめる意。「れ」は自発助動詞「る」の連用形。**泣かれたまふ**　この「れ」も自発。尊敬ではない。

だに・すら・さへ

いずれも副助詞だが、現代語に「さえ」があり、それと混線して、たいへん訳しにくいけれど、要点は、中古語の「だに」「すら」が現代語の「さえ」に当たり、中古語の「さへ」は現代語の「までも」に当たるということである。英語では、こんな区別ができず、みな even になってしまう。だから、基本的な常識として、

中古語	だに・すら	さへ	even
現代語	さえ	までも	

のような表で憶えておくほうがよろしい。ところで、「だに」と「すら」はよく似た助詞だが、いくらか感じはちがう。大体の区別をいえば、

だに——程度の軽いほうをあげて、ほかにもっと重いものがあることを、間接に示す。

すら——ある場合をあげて、ほかの場合もそうであることを強調する。

というようなことだが、現代語では両方を訳し別けることばが無いので、同じ訳語になってしまうのである。しかし、たいへんよく似た助詞であることは、中古文においては「すら」がほとんど使われず、たいてい歌にだけ出てくるという事実からわかる。つまり、中古文の作者は、「すら」という助詞を使わなくても、あまり不自由をしなかったわけだから。「さへ」は、何かを述べて、さらにその上に何かを加えて述べようとするときに使う。

この三つの助詞の使われぐあいを実例であげておこう。

・いづれの人と名をだに知らず〔名さえわからない。まして本人のことなど、わかるはずがない〕（徒然草）

・いろいろの病をして、行方すらもおぼえず〔行方さえもおぼえない。ほかの事は、もちろんだ〕（竹取）

・ただ涙にひぢて明かし暮らさせたまへば、見たてまつる人さへ露けき秋なり〔涙にぬれてばかりでお暮らしになっていらっしゃるので、御本人はもとより、それを見もうしあげる人たちまでも湿っぽい秋である〕（源氏・桐壺）

これらは標準的な訳語だが、「だに」が希望とか意思とか命令とかをあらわす文で使われるときは、「せめて……だけ」と訳するのがよろしい。

・今だに名のりしたまへ〔せめて今なりとお名のりなさい〕（源氏・夕顔）

・いまひときざみの位をだにとて贈らせたまふなり〔せめてもう一階級だけでもというの

で」（源氏・桐壺）

後の例は、「位をだに」の下に「贈らばや」とか「贈らなむ」とかいったような希望表現が略されているので、こんなふうの訳になる。

例題 八六

かならずさへといふ（A）所をも、近世人は多くだにといふ。こはだにをもさへをもすらをも、今の（1）には、皆おしこめて一つにさへといふ故に、さへをば（2）と思ひ、ただだにをのみ（3）のやうに心得て、共に（4）にして、其意差別あることをしら（B）なり。まづだにはたとへば、（5）にこれはなら（C）とも、せめてこれなりともといふやうの意、さへは、此事のあるうへに、又此事もそひくははるやうの意、すらは、やはり猶といふにちかし。然るに古今集よりこなたは、すらの意をも、ともにだにといへり。さればすらの意をだにといふはことなし、さへの意をだにといふは誤なり。

（本居宣長『玉あられ』）

一 文中の空欄（1）（2）（3）（4）（5）に、次にあげる二語のうちいずれかを選んで、記号で答えよ。

（イ）雅言　（ロ）俗言

二 空欄（A）（B）（C）に、次にあげる助動詞の中から最も適当と思うものを選び、活用させて答えよ。

ざり　じ　ず　たり　なり　べし　まじ　らし　らむ

三　さて、右の宣長の説明に従って、次にあげる『古今集』の歌の中で「すらの意」のだにに最も近い歌の記号を記せ。

a　いのちだに心にかなふ物ならばなにかわかれのかなしからまし

b　山しなのおとはの山のおとにだに人のしるべくわがこひめかも

c　夢にだにあふことかたくなり行くはわれやいをねぬ人やわするる

（九州大）

答

一　1＝ロ　2＝ロ　3＝イ　4＝イ　5＝ロ

二　A＝べき　B＝ざる　C＝ず

三　c

近世の擬古文には、古典語に対する理解不足から、へんな言いかたが多いことを指摘したものである。さすがに本居宣長先生だけあって、たいした学識だ。しかし、いくら本居神社の祭神になった宣長先生でも、現在学界の研究水準からいうと、すこしズレがあるので、私の説明とのくいちがいは、宣長説のほうを修正することにしていただきたい。どこを修正するかといえば、古典語の「すら」を「やはり」「なほ」と解したところで、これは適切といえないようだ。したがって、ふだんの学習や入試で助詞「すら」にぶつかったら、私の説明どおり処理しないと拙い。だが、本問の場合だけは特別だ。**三**の設問をよく見てくれたまえ。「右の宣長の説明に従って」と指定されている。つまり、問題文の論旨を正確にとらえているかどうか――をテストしようというねらいの問題だから、その線で答えないと正解にならない。そこで、設問の歌について「やはり」「なほ」と置きかえうる「だに」を探すと、cしか無いと思われる。このcの「だに」も、本当のところは私が通釈に示したような意味に取るべきだろうけれど（七一二頁参照）、しいて解すれば、「夢にもやはり会うことが……」で何とか説明できないわけでもない。設問に「最も近い」とあるのは、その意味である。なお、一の「雅言」は古典語、「俗言」は民間語の意である。民間語といっても、口語のことではない。中世には中世の、近世には近世の話しことばがあり、文章語とはかならずしも一致しない。それが中世の口語、近世の口語である。また、それぞれの時代に文章語があるうち、中古の女流作品に用いられた文章語が模範的なものと意識され、それを雅言と称したわけ。二は、前後の関係からどんな意味の助動詞が適当かを考えればよいのだけれど、それだけに注意を集中しすぎ、どの活用形がうまく接続するかをお忘れなく――。

備考　**近世人**　二十世紀からいっての近世でないことに注意。だいたい十七世紀ごろと考えてよかろう。**こともなし**　たいした事もない。中古語の「こともなし」は「他に比較するものもない」「とびきりだ」「ずばぬけている」等の意だが、宣長はいくらか自己流に使っている。

もこそ・もぞ

いずれも係助詞「も」にもうひとつ係助詞の「こそ」「ぞ」が加わった複合助詞。「……かもしれない」「……しやしないかしら」と心配し危ぶむ気持をあらわす。心配というところまで行かなくて、どうも自信がもてないといった感じのときにも使う。

・卜《うらな》ひたまひて、女御子《をんなみこ》にてもこそあれと思《おも》ほして〔女の御子じゃないかしらとお思いになって〕（宇津保・蔵開上）

・あなおそろし。人もこそ見れ〔人が見るかもしれない〕（同・国譲中）

・魂《たま》の緒《を》よ絶えなば絶えね存《なが》らへば忍ぶることの弱りもぞする〔弱りゃしないかしら〕（新古今集）

例題 八七

傍線部分を解釈せよ。

「こなた」といふ人あれば、閉《た》て開《あ》け(イ)ところせげなる遣戸《やりど》よりぞ入りたまひぬる。内のさまは、(ロ)いたくすさましからず、心憎く、灯《ひ》はあなたにほのかなれど、ものの綺羅《きら》など見えて、にはかにしもあらぬ匂ひ、いとなつかしう住みなしたり。「門《かど》よくさしてよ。(ハ)雨もぞ降る。御車《みくるま》は門の下《した》に。御供の人はそこそこに」と言へば、「今夜《こよひ》ぞやすき寝《い》はぬべかめる」と(ニ)うちささめくも、忍びたれど、(ホ)程なければ、ほの聞ゆ。

（徒然草・一〇四段）

答　（イ）不自由そうな　（ロ）あまり殺風景でなく　（ハ）雨がふりゃしないかしら。　（ニ）ひそひそ言うのも　（ホ）間があまり遠くないので

王朝ふうの恋愛風景スケッチである。身分のかなり高いらしい男性が、夕方、愛人のひそやかに住む所へたずねてゆく。ごく目立たないような車である。案内を乞うと、取り次ぎの者が出て……という次第で、問題文の場面となる。このあと、ひと夜を過ごした男は、後朝《きぬぎぬ》の別れを惜しみながら立ちいでるのを、女はしみじみ見送るという段切れになっている。要点は「雨もぞ降る」に不確実な事態への気がかりをとらえることである。

備考　**こなた**　下に「へ入らせたまへ」といったような語句が省略されている。**遣戸**　現代の雨戸と同じ式の引き戸。ドア式の妻戸や上へあげる蔀に対していう。四〇一頁参照。**綺羅**　見た目のきれいさ。**門の下に**　あとに「引き入れよ」といったような語句が省略されている。

がな

願望をあらわす終助詞。もともと願望の意味は「が」に含まれているのであって、「な」はそれを強めるだけ。「な」の替りに「も」が付いて「がも」になっても同じ理屈だし、さらにもうひとつ「な」を付けて「がもな」としても、言いかたが強くなるだけで、意味は同じである。ところで、「が」や

「がな」は、単独に用いられることはあまりなく、上に助詞「も」あるいは「し」が加わるのを原則とする。つまり、

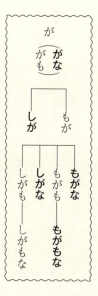

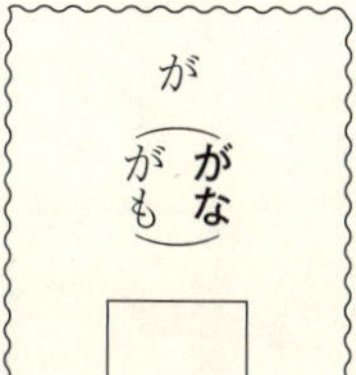

と、いろいろな形が成立し得るわけだが、普通に用いられるのは、太字の五種つまり「がな」「しが」「しがな」「もがな」「もがもな」だけである。そのなかで、「しがな」は、多く助動詞「つ」の連用形「て」と結びついた「てしがな」の形で用いられるから、**てしがな**として記憶してもよろしい。以下、実例を挙げておく。

しが　「甲斐《かひ》が嶺《ね》をさやにも見しがけけれなく横ほり伏せる佐夜《さや》の中山」（甲斐の山をはっきり見たいものだな。それなのに、気のきかない佐夜の中山めが横たわっていて、よく見えない）（古今集・一〇九七）。「けけれなく」は「心なく」の甲斐方言。

しがな　「年ふれば頭《かしら》の雪はつもれども小松のかげも待ち出《で》てしがな」（歳をとると白髪はだんだん増えるけれど、この小松のような子どもが生長してひろい蔭をつくるような大木

となるまで、私も長生きしたいものだなあ」（宇津保・蔵開上）

もがな　「昔のことの聞かまほしきままに、年のつもりたらむ人もがなと思ひたまふるに」（昔のことが聞きたいので、もし年よった人がいるようなら、いてほしいと思っておりますと」（増鏡・序）。「つもりたらむ」の「む」については二一九頁、「たまふる」については三八〇頁を参照してほしい。

もがもな　「世のなかは常にもがもな渚《なぎさ》こぐ海人《あま》の小舟《をぶね》の綱手かなしも」（世のなかは、こいでゆく舟がやがて姿をけすように、無常だといわれるが、いま海辺ちかくをこいでいる漁師の舟のひっぱり綱のありさまのおもしろさを見ていると、そのおもしろさに心がひかれて、いつまでも、このまま生きていたいものだなあ」（新勅撰集・五二五）。「綱手かなしも」については一〇二頁参照。

「し」あるいは「も」に結びつかないで「がな」だけが用いられることは、上に述べたように、あまり多くはないのであるが、例が無いわけではない。

がな　「遊びもの参らせよとおほせられければ、さまざま、黄金・白銀など、心をつくして、いかなる事をがなと、風流をし出でて、もて参りあひたるに」（おもちゃを献上せよとおっしゃったので、いろいろ、金や銀など、思案しぬいて、何かお気に入るものをさしあげたいものだというわけで、凝ったものをこしらえて、みなが持ってあがったところが」（大鏡・伊尹）

なお、「し」に付くほうの「が」は、武田祐吉博士の研究によると、奈良時代には、清音であったらしい。つまり、「しか」「てしかな」だったようである。平安時代はどうだか、よくわからないけれど、やはり清音だったらしく思われる。もっとも、まだ学界でも定説はない。

例題 八八

(イ)かたちきたなげなく若やかなるほどの、おのがじしは、塵《ちり》もつかじと身をもてなし、文《ふみ》を書けど、おほどかに言《こと》えりをし、墨つきほのかに、心もとなく思はせつつ、また(ロ)さやかにも見てしがなと、すべなく待た(ハ)せ、わづかなる声聞くばかり(ニ)いひ寄れど、息の下にひき入れ、(ホ)言ずくなるなが、いと(ヘ)よくもて隠すなりけり。（源氏物語・帚木）

一 (イ)は、どの文節を修飾するか。
二 (ロ)を解釈せよ。また「見てしがな」と思うのは誰か。
三 (ハ)の「せ」を文法的に説明せよ。
四 (ニ)は誰のおこないか。
五 (ホ)の下に体言をおぎなえ。
六 (ヘ)は何を「もて隠す」のか。

答 一 「言ずくなるが」 二 「見たいものだなあ」。思うのは男

三 使役の助動詞　**五** 女
四 男　**六** 短所

有名な「雨夜の品さだめ」の条で、馬頭《うまのかみ》がさかんに女性論をふりまわしているところ。「若やかなるほどの」の「の」は、例の「で」と訳する用法である（二八五頁参照）。「言ずくななる」の下に省略された体言（＝女性）を連体修飾し、その全体が述語「いとよくもて隠すなりけり」に対する主格となっている。構文だけでいうと、

　白き鳥の足赤きが居たりけり（白い鳥で足の赤い鳥が居た）

と同じことなのである。その間に、おそろしく長い語句が入って、これだけの文章になっているわけ。**二**は、もし「品詞分解せよ」と問われたら、

　見（動詞・連用形）て（確述助動詞・連用形）し（副助詞）がな（終助詞）

と答えればよろしい。「し」を回想の助動詞「き」の連体形とする説もある。「てしが」を「てき」の連体形「てし」に願望の助詞「が」が付いたものと説明した辞書はそれだが、この「し」に回想の意味あいはすこしも認められない。それだけでなく、用例は少ないけれど、「いかでこの人に、思ひ知りけりとも見えにしがな」（枕冊子・二六九段）のごとく「に」に付く場合もある。また、『宇津保物語』国譲下には「聞きしがな」と直接に連用形を受けた例もあるので、やはりこの「し」は副助詞と見るべきであろう。

備考　**おほどか**　こせこせしないさま。おっとり。**ほのかに**　濃い墨でべたべた書くのは、下品だと

意識された。**わづかなる声聞く**「やっと女の家に出入りできる段階になって」という気持が省略されている。**息の下にひき入れ** 声を。ほそぼそ言うさまをあらわす慣用句。

（八）呼応的語法

以上で、単語を主とした勉強がひとわたりすんだので、次に、単語と単語とが関係しあってゆく語法に行こう。これにも、いろんな場合があるけれど、まず慣用的な言いかたから述べてゆくことにする。

a 慣用の言いかた

中古文には、いつもきまったような言いかたが出てくる。その形式や用法をよく憶えておくことは、解釈にあたって、良いヒントをあたえてくれることが多いであろう。

え……ず 副詞「え」が下に否定の語を伴って間の語を打ち消すことは、中古文に多い型である。フランス語の否定表現も ne…pas の間に動詞をはさむ点が似ている。もっとも、この場合は ne が本来の否定で、pas は「ちっとも」の意をあらわす副詞である。「え……」を「で」とか「じ」とかで受けても、同様の表現になる。

え……ず＝……できない
え……で＝……できないで
え……じ＝……できまい

例文をあげてみよう。

・京に宮仕へしければ、まうづとしけれど、しばしばえまうでず〔都で官職についていたので、参上しようとしたが、たびたびは参上できない〕（伊勢物語）

・みそかなる所なれば、門よりもえ入らで〔ひそかに通う所なので、門から入ることもできず〕（伊勢物語）

・男ども申さく、「この珠、たやすくはえ取らじ」〔男たちが申しあげることには、「この珠は、容易に取れますまい」〕（竹取物語）

この「え……ず」という形が動詞「言ふ」と結びついて「えも言はず」となったものは、熟語のようにして、しばしば用いられる。「言うに言われぬ」という意味だが、なぜ言うに言われぬかは、場合によっていろいろである。つまり、すばらしくて言うに言われぬときと、ひどくて言うに言われぬときとがあるわけで、

・舎人《とねり》三十人、えも言はず装束《さうぞ》かせて〔とてもりっぱに着飾らせて〕（宇津保・祭の使）

・築土《ついぢ》・門の下などに向きて、えも言はぬ事どもし散らし〔とんでもないこと（ヘド）をし散らし〕（徒然草）

といったふうに、両方あるから、前後の関係で見別ける必要がある。これに対し、動詞「なる」と結びついた「えならず」は、良い方の意味に用いる。

御しつらひなど、えならずして、住まひけるさまなど、げに都のやんごとなき所どころに異ならず〔(光源氏の)御座所など、すてきなもので、(明石入道自身の）住宅の模様なども、なるほど都の貴族たちの（りっぱな）邸と違わない〕（源氏・明石）

「ず」のかわりに、否定推量の「じ」「まじ」を使うこともある。

さらにえ分けさせたまふまじき蓬《よもぎ》の露けさになむはべる〔とてもおはいりになれそうもない蓬の露っぽさでございます〕（源氏・蓬生）

それから、あまり出てこないけれど、出てきたら厄介なのは、「え」だけ言って、「ず」のない用法である。

御文たまはるべき人は、まだ目もおどろにて、え。なほ聞こえさせよとてはべればなむ〔御手紙を頂戴するはずの本人は、まだ視力も十分でなくて、とても……。でも、返事をさしあげなさいと申しておりますので〕（宇津保・蔵開上）

仲忠の妻の女一宮が、貴宮《あてみや》から祝状をもらったけれど、産後なので、返事が書けない。仲忠が代りに書いた手紙の文句である。「え」の下には「聞こえず」というような語が略されているのである。

例題　八九

この帝、鳥羽殿・白河殿などすりせ（一）させたまひて、常に渡り住まはせ（二）たまへど、なほまた水無瀬《みなせ》といふ所にえもいは（A）おもしろき院づくりし（三）て、しばしば通ひおはしましつつ、春秋の花、紅葉につけても、御心ゆくかぎり世をひびかし（四）て遊びをのみぞし（五）たまふ。所がらも、はるばると川にのぞめる眺望、いとおもしろくなむ（B）。元久の頃、詩に歌を合はせ（六）られし（七）にも、とりわきてこそは、

見わたせ（八）ば山もとかすむ水無瀬川ゆふべは秋となに思ひけむ　（増鏡）

一　傍線（一）（二）（六）（八）の「せ」の相違を文法的に説明せよ。

二　傍線（三）（四）（五）（七）の「し」の相違を文法的に説明せよ。

三　空欄Aに文法的に適当な語を補え。

四　空欄Bの部分は、本文では言い切りになっているが、語を補うとしたら、どんな語がよいか。

答　**一**　（一）サ変動詞「修理す」の活用語尾（未然形）。
（二）尊敬の助動詞「す」の連用形。
（六）サ行下二段活用動詞「合はす」の活用語尾（未然形）。
（八）サ行四段活用動詞「見わたす」の活用語尾（已然形）。

二 (三)サ変動詞「院づくりす」の活用語尾(連用形)。(四)サ行四段活用動詞「ひびかす」の活用語尾(連用形)。(五)サ変動詞「す」の活用語尾(連用形)。(七)回想の助動詞「き」の連体形。

三 「ず」 **四** 「ある」

「え……ず」の呼応は、すぐわかるはずだが、「えもいはず」と連用修飾にするか、あるいは「えもいはぬ」と連体修飾にするかは考えどころ。このコツは、例題八六の**二**を参照(三二九頁)。「院づくりし」でひとつの動詞であり、「院づくりをして」でないことに注意。意味としては、もちろん良いほうの用法になる。そうでなければ、下の「おもしろき」に合わない。

備考 **この帝** 後鳥羽上皇。**すり** 「修理」を拗音でないように言ったもの。**水無瀬** いまの大阪府三島郡にある地名。**元久の頃** 元久二年(一二〇五)六月十五日、後京極摂政良経の主催した詩歌合をさす。**とりわきてこそは** 下に「かくぞ詠ませたまひける」とか「詠ませたまひける歌」とかいった類の語句が省略されている。

な……そ

頼むような気持の制止をあらわす。「してくれるな」と訳すればよい。「な……そ」だいたい会話用語らしく、地の文にはほとんど見られない。「な……そ」の間には、原則としては動詞の連用形が入るわけだけれど、わりあい長い文節が入ることもあるから、その場合は、「な」と「そ」の呼応を見おとさないように注意すること。万葉時代には「な」だけで制止をあらわす言いかたもあった。

な思ひと君は言へども会はむ時いつと知りてか吾《わ》が恋ひざらむ（心配するなと（あなたは）おっしゃいますけれど、こんどお会いするのがいつと決まっていれば、私は恋しく思わないでしょうに（実際は、いつ帰るとも不明だから、慕わずにいられない））（万葉集・巻二）

平安時代には、こういった言いかたはない、中世文には「そ」だけの時もある。しかし、これは、中古語法をよく知らない人の誤用らしく、わざわざ記憶しておくほどの必要もなかろう。

例題 九〇

傍線部分を解釈せよ。

かぐや姫いはく、「(イ)声高になのたまひそ。屋《や》の上に居る人どもの聞くに、いとまさなし。永《なが》き契りのなかりければ、(ロ)程なくまかりぬべきなめりと思ふが、悲しくはべるなり。御心をのみまどはして去りなむことの、悲しくたへがたくはべるなり。かの都の人はいとけうらにて、老いをせずなむ。(ハ)さる所へまからむずるも、いみじくもはべらず。老い衰へたまへるさまを見たてまつらざらむこそ恋しからめ」といひて泣く。翁、「(ニ)胸いたきことなしたまひそ。うるはしき姿したる使にも障らじ」と妬《ねた》みをり。（竹取物語）

答（イ）大きな声でおっしゃいますな。
（ロ）間もなくおいとましなくてはならぬような次第だと思いますと、それが悲しうございます。
（ハ）そういう所へ参ることになっておりますのも、結構でもございません。
（ニ）悲しいことを言ってくださるな。りっぱな姿をしている天の使にも、じゃまされまい。

「まかりぬべきなめり」は、品詞に分けると、
まかり＝動詞（四段の連用）・ぬ＝助動詞（確定）・べき＝助動詞（当然）・な＝助動詞（断定）・めり＝助動詞（推量）〔「な」は「なり」の連体形。「る」が撥音化したのを不表記〕（二二四頁参照）

である。四つも助動詞をかさねたのは、訳しにくいけれど、なるべくその心持を出すようにつとめてほしい。「胸いたきこと」の「こと」は、「事」とするか「言」とするか、両説ある。いま後説に従った。前説だと「悲しい事をしておくれでない」となり、月の都へ去ることをさす。しかし、場面としては、かぐや姫のことばに対する返事だから、「言す」というサ変動詞にとっておいた。『宇津保物語』には、やはりサ変の「名す」（署名する）という動詞もある。

備考 **まさなし**　ふつう「よくない」「不つごうだ」等の意だが、この場合は「体裁がわるい」の意に用いる。**けうら**　「きよら」の音便形だが、clean の意でなくて、beautiful とか handsome とかの意。

まからむずる　五六頁参照。

を……み

この形は、だいたい歌に出てくるだけのようである。万葉時代に多く、古今集時代からは減ってゆく。「が……て」「が……ので」など訳するのが普通である。「を」と「み」の間には、形容詞の語幹が入る。

瀬を速み――瀬が速くて　都を遠み――都が遠いので
苫《とま》を荒み――苫が荒くて　君をうるはしみ――あなたがなつかしいので

この「を」が格助詞であるか間投助詞であるかについて、学者の間に議論がおこなわれており、まだ定説はない。しかし、高校生諸君としては、トップ・クラスの文法学者が大さわぎしているような難問に割りこみ、いっしょに頭を悩ますのは、あまり賢明でなかろう。それよりも、

(1)「の……み」の形もある。

吉野川ゆく瀬の早みしましくも淀むことなくありこせぬかも〔吉野川が流れてゆく、その瀬が早くて、しばらくでも停滞することがない、ちょうどそのように、われわれの仲もすらすらと進行してくれないかなあ〕（万葉集・巻二）

(2)「も……み」の形もある。

玉桙《たまほこ》の道の遠けば間使《まづかひ》もやる由もなみ思ほしき言《こと》も通はず〔道が遠いので、二人の間をかよう使さえやるきっかけもなくて、心に思う消息も往復させられない〕（万葉集・

巻十七）

(3)「……み」だけの形もある。

朝なさな筑紫《つくし》の方を出で見つつねのみぞわが泣くいたもすべなみ（毎朝毎朝、筑紫のほうを立ち出ては見ながら、声をあげてわたしは泣いてばかりいる。まったく、どうしようもなくて）（万葉集・巻十二）

ということを知っておくほうが、ずっと役に立つ。もっとも、(1)(2)はあまり出てこないから、とくに(3)を憶えておきたまえ。「山高み」「川早み」などの言いかたは、しばしば現われる。

例題 九一

左の和歌を解釈せよ。

（イ）春のきる霞《かすみ》の衣《ころも》緯《ぬき》を薄み山風にこそ乱るべらなれ

（ロ）夜を寒み衣《ころも》かりがねなくなべに萩の下葉もうつろひにけり

（ハ）山高み雲居《くもゐ》に見ゆる桜花心のゆきて折らぬ日ぞなき

（ニ）五月山《さつきやま》梢を高みほととぎすなく音《ね》そらなる恋もするかな

（古今和歌集）

答 （イ）「春」の着る衣は、人とちがって霞製だが、横糸が弱いので、山風のため吹き破られるようだ。

（ロ）夜が寒くて衣を借りなくてはならぬような季節となったが、雁もなき、同時に萩の下葉も散って行ったことである。「夜を寒み衣」は「かりがね」の序。

（ハ）その咲いている山が高くて、まるで大空に在るように見える桜の花だから、とても自分で出かけて行くことはできないけれど、花の美しさをしたう自分の心だけは、毎日出かけて行って、その枝を折らない日はない。

（ニ）五月らしい青葉の山で、ホトトギスがなく。ないている梢が高いので、空でないているような感じだが、その「空」にまようような心もうつろの恋をすることだ。「五月山……なく音」は「そら」の序。

「べらなれ」は二四八頁参照。序のことは、あとでまとめて述べるが、要するに枕詞の長いものと考えておけばよろしい。しかし、古今集時代の序は、いわゆる「有心の序」が多く、ある程度まで実景をも含んでいるから、解釈のなかに取り入れた方がよい。四四八頁参照。

b 係り結び

係り結びというのは、純然たる形式上のきまりであって、意味には関係しない。しかし、ひとわたり知っておくと、解釈の助けになることも少なくはない。係り結びということを、いちばん簡単な表にすると、

ぞ・なむ・や・か……連体形
こそ………………已然形

となる。たったこれだけのことである。いちどで憶えてしまいたまえ。もし、連体形とか已然形とかいう術語が頭に入りにくいという諸君がおありなら、

なむ——→ける
こそ——→けれ

という直観式の表を使いたまえ。この簡単きわまる表さえ憶えていれば、いくらでも応用がきくから。

しかし、係り結びの法則について、注意を要する点がある。その第一は、古代文においては、例外があること、第二は、中古文において、結びが立ち消えになる場合のあることである。古代語では、形容詞および形容詞型活用の助動詞は、已然形が発達していなかったようで、「こそ」の係りに対し、連体形で結んでいる。

・難波人葦火《あしび》たく屋《や》の煤《す》してあれどおのが妻こそつねめづらしき（万葉・巻十一）
・一日《ひとひ》こそ人も待ちよき長き日《け》をかくし待たえばありかつましじ（万葉・巻四）

結びの立ち消えというのは、係りを含む文節が連文節として下へ続くものであるとき、結びの文節は係りを受けつけないことである。

例題 九二

同じ心ならむ人としめやかに物語して、をかしきことも、世のはかなきことも、(イ)うらなく言ひ慰《なぐさ》まむこそうれしかるべきに、さる人あるまじければ、つゆたがはざらむとむかひゐたらむは、(ロ)ひとりあるここちやせむ。たがひに言はむほどのことをば、げにと聞くかひあるものから、いささかたがふ所もあらむ人こそ、(ハ)「われはさやは思ふ」などあらそひにくみ、「さるからさぞ」ともうち語らはば、つれづれ慰まめと思へど、げにはすこしかこつかたも、われとひとしからざらむ人は、おほかたのよしなしごと(ニ)言はむほどこそあらめ、まめやかの心の友には、はるかにへだたる所のありぬべきぞわびしきや。

（徒然草・一二段）

一 傍線部分（イ）の係り結びを説明せよ。

二 傍線部分（ロ）（ハ）（ニ）を解釈せよ。

答 一 「こそ」に対する結びがない。本来は「うれしかるべけれ」と已然形で結ぶはずのところ、接続助詞「に」を使って下に続けたので、結びがあらわれないのである。

二 （ロ）ひとりいるような気持になるのではなかろうか。

（ハ）わたしはそうは思おうか（＝そうは思わない）。
（ニ）言っているうちは、まあよいけれど

一は、さきに述べた「結びの立ち消え」である。**二**は、いずれも係り結びに関係した解釈。（ロ）は「ここちせむ」に係助詞「や」が加わったもの。「む」は、終止形・連体形ともに「む」だが、この場合は連体形。「や」が無ければ、「ひとりいるような気持になるだろう」で、それに疑問の意が加われればよい。（ハ）は、反語。「やは」の形は、反語のことが多い。（ニ）は、そこで文が終止せず、下へ続いてゆく点に注意。「こそ……（已然形）」の形で、しかも切れずに続いてゆく場合は、逆接の気持になる。次に「しかし」を補うと、よくわかる。英訳すれば、indeed... but だろう。

例題 九三

もろこしが原といふ所も、砂子のいみじう白きを二三日ゆく。夏は大和撫子《やまとなでしこ》の、こくうすく錦をひけるやうになむ咲きたる。これは秋の末なれば見えぬといふに、なほ、所どころはうちこぼれつつ、あはれげに咲きわたれり。もろこしが原に、大和撫子しも咲きけむこそなど、人びとをかしがる。（更級日記）

一　会話の部分に「　」をつけよ。
二　通釈せよ。

答

一 「夏は大和撫子の……秋の末なれば見えぬ」「もろこしが原に、大和撫子しも咲きけむこそ」

二 もろこしが原という土地も、砂がまっ白な所だが、そこを二三日がかりで行く。「夏は大和撫子が濃く薄く、錦をひきひろげたように咲いています。今は秋の末ですから見えませんよ」というが、でもやはり、所どころには、ぽつりぽつりとこぼれたようなぐあいで、ものさびしく咲いている。「もろこしが原という所に、よくもまあ大和撫子が咲いたなんてのは……」など、人びとがおもしろがる。

はじめのは、「といふに」が有るから、すぐわかるけれど、あとのは、「咲きけむこそ」とあって、それに対する結びが無いことに着眼すればよい。その下に「をかしけれ」といったような語が略されているわけなのである。いま咲いているのに「けむ」はすこし変なようだけれど、これは、咲いたはじめのことを頭において言ったのである。はじめ咲いた頃のことは、話主は知らない。通りすがりの旅人なのだから。だいたい、「なむ」や「こそ」があって、その下に結びがないときは、さきに述べたような立ち消えと見るか、あるはずの語が省略されていると見るかである。係りの助詞だけで言い止めた形は、文末にも、また「はさみこみ」の場合にも、よく出てくる。

いづこよりおはしますにか（あらむ）。

いと心地なやましうなむ（はべる）。

さすがにめづらしうあはれにこそ（はべれ）。
残りは次つぎの巻にぞ（続けはべらむ）。

これらの「か」「なむ」「こそ」「ぞ」は、終助詞めいた感じなので、訳もそういった気持を示してよいけれど、性質としてはあくまで係助詞なのである。終助詞めいた「こそ」と混同していけないのは、呼びかけの接尾辞「こそ」である。

例題 九四

通釈せよ。

晩近くなりにけるなるべし、隣の家々、あやしき賤《しづ》の男《を》の声々、目さまして、「あはれ、いと寒しや。今年《ことし》こそ、なりはひにも頼むところ少なく、田舎《ゐなか》のかよひも思ひかけねば、いと心細けれ。北殿こそ、聞きたまふや」など言ひかはすも聞こゆ。

（源氏物語・夕顔）

答 晩近くなっちゃったのだろう、隣の家では、目をさまして、身分の低い男どもの声ごえが、「やれやれ、どうも寒いことだの。今年は、商売もあんまり見込みがねえし、田舎まわりもする気がねえんで、えらく心細いこったぜ。北隣どん、お聞きですかい」など言いあうのが聞こえる。

はじめの「今年こそ」に対する結びは「心細けれ」である。だから、「今年こそ」が「いと心細けれ」の主語なのであって、その間に心細い理由が「なりはひ……思ひかけねば」

とはさみこまれているのである。「今年こそ」が「なりはひにも頼むところ少なく」にかかるのなら、そこで「こそ」の係りは立ち消えになるはずで、あとの結びは「いと心細しや」で結構だと思われる。次の「北殿こそ」は、呼びかけの用法。そこで、係り結びに関係のある事項を整理してみると、次のようなぐあいになるだろう。

(1) 係りには、左の助詞が用いられる。

強調 { **ぞ・こそ**……はっきりした強め / **なむ**……すこし柔らかい強め }

疑問・反語——**や・か**

「にや」「にか」↓疑問であることが多い。

「やは」「かは」↓反語であることが多い。

(2) 係りだけあって、それに対する結びがあらわれていないときは、

a 立ち消え（接続助詞「に」「を」「とも」「ども」「ど」「ば」で受ける）

b 省略（「はさみこみ」の場合と言い切りの場合とがある）

(3) 「こそ↓（已然形）」が「はさみこみ」に用いられるとき、逆接となる (indeed...but)。

（二） 文の組み立て

これまで述べてきたことは、わりあい法則的な面が多かった。つまり、何か拠りどころになる法則のようなものがあり、それを知っていると、解釈が楽に行くことが多かったわけだが、いつも法則とか原則とかにばかり頼りきれないことが、実際の解釈においては、いくらも出てくる。これから述べようとすることは、かなり応用的な色あいが濃いから、そのつもりで取り組んでほしい。しかし、やはり、原理的なことが骨組になってはいるのである。

まず、これまで述べてきたような動詞とか助動詞とか助詞とかは、いつもそれだけ取り出した形で問われていないことに注意してほしい。つまり、かならず「文」のなかで問われているわけである。同じ「を」でも、場合によって格助詞になったり接続助詞になったり間投助詞になったりするが、それは、文のなかでの使われぐあいが助詞「を」の性質を決めていることなのである。だから、文を離れて単語を考えるわけにはゆかないが、単語がすぐ文になるのでなくて、いちおう文節として文に参加することは、すでに御存知のはず。その文節と文節とがどう関係するかということが、解釈の場合、大きく響いてくるので、よく注意していただきたい。文節の関係のしかたには、

1　主述関係——これが真相だ

2　修飾関係

a　連体修飾——わたしの本

b　連用修飾――かすかに聞こえる

3　対立関係――美しく、愛らしい

4　独立関係――あら！　まあ！

という分けかたが、いちばん穏当だろう。このなかで、よく出てくるのが1と2で、これをしっかりとらえることが、しばしば解釈のキイ・ポイントになる。

a　主述関係

主述関係すなわち主語と述語との関係は、わかりやすく言えば、

何が――どうだ

誰が――どうする

といったようなことである。「何が」「誰が」にあたるものが主語、「どうだ」「どうする」にあたるものが述語であるぐらいのことは、わかりきった話のようだが、このわかりきったことを、解釈のうえに生かしてゆくのは、かならずしも楽ではない。なぜなら、日本語は、主語を出さない言いかたの方がむしろ普通であるような感じさえ与えられるほどで、「何が――どうだ」「誰が――どうした」は、なかなか型どおりにはつかめない。

例題　九五

望月《もちづき》のくまなきを千里《ちさと》の外までながめたるよりも、暁近くなりて待ち出でたるが、

いと心ぶかう青みたるやうにて、ふかき山の杉の梢に見えたる木《こ》のまのかげ、うちしぐれたるむら雲がくれのほど、またなくあはれなり。椎柴《しひしば》・白樫《しらがし》などのぬれたるやうなる葉の上にきらめきたるこそ、身にしみて、心あらむ友もがなと都こひしう思《おぼ》ゆれ。すべて月花をばさのみ目にて見るものかは。春は家を立去らでも、月の夜は閨のうちながらも思へるこそ、いとたのもしうをかしけれ。（徒然草・一三七段）

一 「待ち出でたるが」を口語訳し、「が」について、その意味（職能）を記せ。
二 「あはれなり」の主語は何か。
三 「心あらむ友もがな」を口語訳し、かつ「がな」について説明せよ。
四 「思へる」とは何を思うのか。

答
一 「待ちに待っているうちやっと出た月が」。「が」は主格助詞。
二 月（「待ち出でたる」の下に省略されている）
三 「情趣のわかるような友がほしいなあ」。「がな」は願望をあらわす終助詞。
四 花と月

一の「が」については、二八一頁参照。**二**は凝った趣向である。「主語は何か」と問われると、つい本文のなかに出ているような気になりやすいものだけれど、こんな意地の悪いのもあるから、御用心。しかも、その本文にない「月」が「いと心ぶかう……むら雲がくれのほど」をとびこえて、ずっと後の「またなくあはれなり」にかかるのだから、皮肉ではないか。「木のまのかげ」とか「むら雲がくれ」とかいっても、木や雲のことをいっているのではなく、木の間に見える月、雲間に見えかくれする月のことであって、それが「はさみこみ」のようになって、間に割りこんでいるわけ。「はさみこみ」のことは、もうすこし後で述べるが、要するに、「何が――」「誰が――」を探しあてることは、解釈のなかのかなり重要な部分をしめるといってさしつかえない。「誰が――」の場合は、**敬語の用法**から主語をとらえるという方法がある。「雲がくれの主語は敬語で発見」というわけだが、人間さまでない主語は、全体との関連から考えるほかあるまい。

例題 九六

ある君達《きんだち》に、忍びて通《かよ》ふ人やありけむ、いとうつくしき児《ちご》さへ出で来ければ、(イ)あはれとは思ひ聞こえながら、厳しき片つ方やありけむ、絶え間《ま》がちにてあるほどに、(ロ)思ひも忘れずいみじう慕ふがうつくしう、時どきはある所にわたしなどするをも、(ハ)否など言はでありしを、程経て立ち寄りたりしかば、(ニ)いとさびしげにて、珍しくや思ひけむ、かき撫でつつ見ゐたりしを、え立ち留《と》まらぬ事ありていづるを、ならひにければ、例のいたう慕ふがあはれにおぼえて、(ホ)暫し立ちとまりて、「さらば、いざよ」とて、かき抱きて出でけるを、(ヘ)いと心苦しげに見送りて、前なる火取りを手まさぐりにして、

子だにかくあくがれ出でば薫物《たきもの》のひとりやいとど思ひこがれむ

と忍びやかに言ふを、屛風《びやうぶ》のうしろにて聞きて、(ト)いみじうあはれにおぼえければ、児《ちご》も返して、そのままになむゐられにし。　（堤中納言物語）

傍線の部分について次の問いに答えよ。なお、人物は文中のことばで示せ。

（イ）誰が「あはれ」と思ったのか。　（ホ）誰が「暫し立ちとま」ったのか。

（ロ）誰が「思ひも忘れずいみじう慕ふ」のか。　（ヘ）誰が「心苦しげに見送」ったのか。

（ハ）誰が「否なども言はで」あったのか。　（ト）誰が「いみじうあはれにおぼえ」たのか。

（ニ）誰が「いとさびしげ」だったのか。

答　（イ）忍びて通ふ人　（ロ）児　（ハ）君達　（ニ）児

（ホ）忍びて通ふ人　（ヘ）君達　（ト）忍びて通ふ人

このように、「誰が——」を問う行きかたは、時どき出題されるが、そんな時は、まず「この文には何人出てくるか」をとらえるのがコツである。**何人出てくるか**を正確にとらえたら、大部分は成功だといっても、あまり言いすぎではない。「忍びて通ふ人やありけむ」「厳しき片つ方やありけむ」「いとさびしげにて」は、例の「はさみこみ」だ。「君達」は、男にも女にもいう。この所は、女にしないと、「君達に……児さへ出で来ければ」や「人やありけむ」が、どうもうまく落ち着かない。「いとさびしげにて」は、上述のとおり

「はさみこみ」である。つまり「程経て立ち寄りたりしかば……珍しくや思ひけむ」と続くので、思った主語は、男（忍びて通ふ人）である。そう解釈しないと、「珍しく思ったのだろう、頭を撫でながら」という続きぐあいが変になる。無理に解するなら、「珍しく思ったのだろう、父のところへ慕いよった、その子どもの頭を撫でながら」とでも補うよりほかないけれど、主語が別になってしまうようなものを補うのは、解釈法としてよろしくない。程経て立ち寄ったから、父の方も珍しく思ったのだろうと解すれば、続きは自然である。したがって「いとさびしげにて」は「はさみこみ」と考えなくてはなるまい。

b　ならびの修飾

主述関係の次にいつも考えられるのは、修飾関係である。すなわち、

　何　が――何にかかるか

　どの文節が――どの文節を受けるか

ということは、解釈のときの羅針盤みたいなもので、これを忘れたら、とんでもないことになる。もっとも、単純な修飾関係をまちがえることは、めったにない。

　信濃《しなの》の国更級《さらしな》といふ所に男住みけり（大和物語）

という文において、「男」が主語、それに対する述語の文節が「住みけり」であり、「信濃の国更級といふ所に」が「住みけり」に対して連用修飾の関係にあることなどは、誰でも

わかるであろう。さらに、「信濃の国更級といふ」が「所」に対して連体修飾であり、「信濃の」が「国」に対してやはり連体修飾であることなども、すぐ判別できると思う。ところが、次のような問題が出たら、どうだろうか。

例題 九七

次にあげる文章のうち、傍線部分は、それぞれ（a）主格・（b）述格・（c）連体修飾格・（d）連用修飾格のどれに使われているか。符号で答えよ。

御子《みこ》をば留《とど》めたてまつりて、(イ)忍びてぞ出でたまふ。限りあれば、(ロ)さのみもえ止めさせたまはず、御覧じだに送らぬおぼつかなさを、いふかたなく思《おぼ》さる。(ハ)いと匂ひやかに、美しげなる人の、いたう面瘦《おもや》せて、いとあはれとものを思ひしみながら、言《こと》に出でても聞こえやらず、あるかなきかに(ニ)消え入りつつものしたまふを御覧ずるに、来しかたゆく末思《おぼ》しめされず、よろづの事を泣く泣く契り宣はすれど、御答《おんいら》へもえ聞こえたまはず。(ホ)まみなどもいとたゆげにて、いとどなよなよと、我かのけしきにて臥《ふ》したれば、いかさまにかと思《おぼ》しめし惑《まど》はる。

（源氏物語・桐壺）

注 まみ――眼つき　我か――人事不省　たゆげ――だるそう　いかさまにか――どうしたものか

答 （イ）d　（ロ）c　（ハ）c　（ニ）b　（ホ）d

（イ）は何でもないが、（ロ）以下は、ちょっと骨が折れよう。（ロ）は述格のような気がするかもしれないけれど、そうではない。これは「おぼつかなさ」にかかる連体修飾で、もともと「さのみもえ止めさせたまはぬおぼつかなさ」と言うところなのを、間に「御覧じだに送らぬ」が入ったので、終りを「ぬ」とせずに「ず」としたのである。つまり、

さのみもえ止めさせたまはぬ ┐
　　　　　　　　　　　　　├ おぼつかなさ
御覧じだに送らぬ　　　　　┘

なのである。こんなふうに、両様の修飾がひとつのことにかかるのを、私は「ならびの修飾」と名づけた。はじめは自分ながら変な名称だなと思っていたが、だんだん広く使われるようになってきたらしい。さて、こんな場合は、前に出てくる方の修飾文節が連用形で止められる。「たまはず」の「ず」がそれである。（ハ）も同じく「ならびの修飾」で、もともと

匂ひやかなる ┐
　　　　　　├ 人
美しげなる　┘

という修飾のしかたなのであり、やはり「ならびの修飾」においては**前の方が連用形になる**という原則によって「匂ひやかに」となっているのである。（ニ）に対する主文節は「いと匂ひやかに美しげなる人の」である。（ホ）も「ならびの修飾」で、「臥したれば」にかかるのだが、この場合は、

まみなどもいとたゆげにて
いとどなよなよと
我かのけしきにて
臥したれば

と三つの修飾文節が「臥したれば」にかかるのである。だから、いつも「何が何にかかるか」という文節関係を頭においていないと、全体としての組み立てが正確につかめない。もうひとつ「ならびの修飾」を出してみよう。

例題 九八

(イ)家の集などいひて、歌よむ人こそ、書きとどむことなれ、これは、ゆめゆめさにはあらず。ただ(ロ)あはれにも、悲しくも、何となく忘れがたくおぼゆる事どもの、そのをりをり、ふと心におぼえしを、思ひ出でらるるままに、わが目ひとつにとむとて、(ハ)書きおくなり。

われならで誰かあはれと水茎のあとももし末の世に残るとも

（建礼門院右京大夫集）

一 傍線部分（イ）を解釈せよ。

二 （ロ）はどの語を修飾するか。

三 （ハ）は何を書きおくのか。

答 一 プライヴェイトな歌集など称して、歌人たちこそ歌を記録しておくことだが

二「おぼゆる」

三「あはれにも、悲しくも、何となく忘れがたくおぼゆる事どもの、そのをりをり、ふと心におぼえし」

「家の集」は、私家集のことで、勅撰集に対していう。つまり、公式に編集されたのでなく、個人の資格で作られた歌集あるいは詩集である。自分で作ったのもあるし、後人が作ったのもある。「ことなれ」の所がマルで切れていないのは、そこまでの部分が下の部分に対して逆接的な関係で続いてゆくことを示す（三三九頁参照）。次に**二**は「ならびの修飾」で、

あはれにも ┐
悲しくも ├ おぼゆる
何となく忘れがたく ┘

という連用修飾になっているのである。**三**は、要するに「事ども」を「書きおく」のであるが、その「事ども」を「ただあはれにも……おぼゆる」で連体修飾しているわけであり、さらに「をりをりふと心におぼえし」という説明を加えている。もし日本語に関係代名詞が有るなら、「事ども」の次に入れるところであろうが、無いから、助詞「の」でつないだのである。こういった用法の「の」は、ふつう「で」と訳する（二八五頁参照）。「おぼえし」の下には、体言「事ども」が省略されていると考える。

c　はさみこみ

文章がひとすじに進行している場合は、解釈もわりあい問題がないものだけれど、途中でフイと方向のかわることがある。そのときは、解釈によほど注意しないと、とんでもないことになる。

世に語りつたふること、まことはあいなきにや、多くはみなそらごとなり。（徒然草）

有名な文章だが、文の組み立てとして、注意しなくてはいけないのは、「まことはあいなきにや」の「や」に対する結びのないことである。普通なら、「ぞ」「なむ」「や」「か」に対する結びは連体形のはずで、この場合なら「そらごとなる」とあるところだが、終止形の「なり」で結んでいる。これは、文法違反ではなく、実は「あいなきにや」の次に「あらむ」が省略された言いかたである。ところで、「や」の係りが「多くはみなそらごとなり」という連文節に対して文法的な支配力（連体形の要求）を持っていないことは、「や」を含む連文節「まことはあいなきにや」が全体から離れた関係に在ることだと考えられる。つまり、

世に語りつたふること、多くはみなそらごとなり。

というのが、元来の組み立てなのであって、その中間に「まことはあいなきにや（あらむ）」が、ちょっとはさまれているのである。こんな言いかたを、「はさみこみ」と名づけ

る。佐伯梅友博士の案出された術語だが、たいへんわかりやすい呼びかたなので、私も拝借することにしている。この、

世に語りつたふること——まことはあいなきにや——多くはみなそらごとなり。

のような形、図式的にいえば、

○○○○——○○○○——○○○○。

のような形をとらえるのは、解釈のとき、しばしば有力なキイ・ポイントになる。

・この童《わらは》、船をこぐまにまに山も行くと見ゆるを見て、怪しきこと、歌をぞよめる。（土佐日記）

・けふ始むべき祈りども、さるべき人びと承はれる、今夜《こよひ》よりと聞こえ急がせば、わりなく思ほしながら、退《まか》でさせたまひつ。（源氏・桐壺）

・いとおどろおどろしくかき乱れ雨の降る夜、帝、さうざうしくや思しめしけむ、殿上に出でさせおはしまして、遊びおはしましけるに。（大鏡）

などの傍線部分も、やはり「はさみこみ」であって、それぞれ「……を見て」→「歌をぞ……」、「祈りども」→「今夜より……」、「帝」→「殿上に……」と続くのである。そこでひとつ例題を出してみよう。たいへんな例題だから、よく腰をすえて考えていただきたい。

例題 九九

左の文章のなかで、傍線部分は、どの部分（連文節）にかかるか。

皇子《みこ》たちは、春宮《とうぐう》をおきたてまつりて、女宮たちなむ、四所おはしましける。その
なかに、藤壺と聞こえしは、先帝の源氏にぞおはしましける、まだ坊と聞こえさせし
とき参りたまひて、高き位にも定まりたまふべかりし人の、とりたてたる御後見もお
はせず、母方もその筋となくものはかなき更衣腹にてものしたまひければ、御まじら
ひのほども心細げにて、大后の尚侍《ないしのかみ》を参らせたてまつりたまひて、傍《かたはら》に並ぶ人なくも
てなし聞こえなどせしほどに、けおされて、帝《みかど》も御心のうちにいとほしきものには思
ひ聞こえさせたまひながら、おりゐさせたまひにしかば、効《かひ》なくくちをしくて、世の
なかを恨みたるやうにて亡《う》せたまひにし、その御腹の女三の宮を、あまたの御なかに、
すぐれて愛《かな》しきものに思ひかしづき聞こえたまふ。（源氏物語・若菜上）

答 「その御腹の女三の宮……思ひかしづき聞こえたまふ」

何と「（藤壺と聞こえし）は」から「亡せたまひにし」までが「はさみこみ」なのである。
私は佐伯梅友先生の講義で、これだけが「はさみこみ」ですと説明されて、ぽかんとして
しまったことを憶えている。けだし「はさみこみ」でもレコードものだろう。つまり、帝
の子が春宮以外に、女四人いられた。そのなかで、藤壺の更衣を母とする第三皇女が、特
に帝のお気に入りだったということなのである。原文の形でいうと、
　女宮たちなむ、四所おはしましける。そのなかに、藤壺と聞こえし御腹の女三の宮を、

あまたの御なかに、すぐれて愛しきものに思ひかしづき聞こえたまふ。とあるべきなのだが、途中に、藤壺というお方がどんな経歴であるかを「はさみこみ」にしたわけである。こんなのは、入試にはめったに出ないと思うが、「はさみこみ」とはどういうことであるかを理解していただくため、極端なのをお眼にかけた次第。次に、わりあい入試問題なんかにも出そうな例題をもうひとつ挙げておこう。

例題 一〇〇

通釈せよ。

かかることを、内裏《うち》きこしめして、後院《ごゐん》にとて年ごろ造らせたまふ、大宮の大路《おほぢ》よりは東《ひんがし》、二条大路よりは北に、ひろくおもしろき院あり、それを中納言めして賜ふとて宣ふ。「この家、かく広き所なるを、まだ私の家なども無かんなり、これを文所《ふどころ》にして、かの始祖《しそ》の、ことに隠されたらむ手など習はれむに、よかんべかんなる。かの御子《みこ》ともろともに、琴《こと》など弾《ひ》きつつ聞かせたまへ」とて賜ふ。（宇津保物語）

注 後院――天皇が在位中に、譲位後の御居所として、あらかじめ定められた離宮
文所――書籍の類をしまっておく所

答 こういうことを、天皇はお聞きになって、後院にするつもりで数年前からお造りになった――大宮大路の東、二条大路の北なのだが――ひろく結構な院があるのを（中納言をお

よび出しになって）下賜されるという次第で、おことばがある。「この建物は、こんなに広い所だが、（あなたはまだ自宅もないようだ、）これを文所にして、あなたの先祖が特別に隠しておかれた曲でもあればそれを練習されるなら、もってこいだろうよ。あの子といっしょに琴などを弾いてはお聞かせなさい」というわけで、御下賜になった。

これは、たいへん「はさみこみ」の多い文章である。前半についていうと、基本になるのは、

　後院にとて年ごろ造らせたまふ院を賜ふとて宣ふ。

なのである。その途中に、いろいろな文が切り込まれているわけで、たとえば「造らせたまふ」は、そこで切れるのでなく、「大宮……北に」をとびこえて「ひろくおもしろき院」を修飾するのである。図示すると、

　造らせたまふ、大宮の大路よりは東、二条大路よりは北に、ひろくおもしろき院

となる。「大宮……北に」は、途中にはさみこまれて、院の位置を説明する役目をつとめている。「院ありそれを」は、もともと「院を」でよいところだが、あまり文章が長いので、ちょっと息を入れた言いかた。また、「それを中納言めして賜ふ」も、もともと「それを賜ふ」とあるところだが、途中に「中納言めして」を入れたもので、

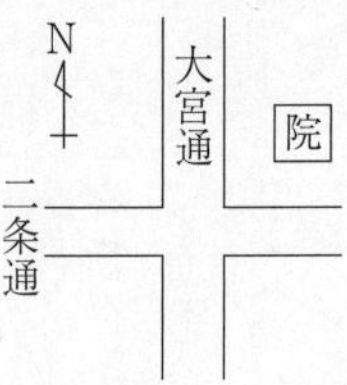

それを、中納言めして、賜ふ

となる。後半でいえば、「この家……文所にして」も、もともと文脈は

　この家を文所にして

なのである。その途中に「かく広き所なるを」「まだ私の家なども無かんなり」と別のことがはさみこまれているわけ。もっとも、「まだ私の家なども無かんなり」は純粋な「はさみこみ」だが、「かく広き所なるを」は「この家」に対して主述関係をもつから、対等の資格での「はさみこみ」ではない。図示すると、

　この家、かく広き所なるを、（まだ私の家なども無かんなり、）これを文所にして

となる。その他に注意すべき点をあげると、「大宮の大路」は、下に「よりは東」とあり、さらに「二条大路」「よりは北に」とあるので、京の南北に通る道だと推察できよう。つまり、一条↓九条は東西の通りで、それと交わるのは南北の路というわけである。「無かんなり」「よかんべかんなる」は、それぞれ「無かるなり」「よかるべかるなる」の音便だが、この「なり」「なる」は、**終止形接続**で、推定をあらわす。二一七頁参照。「隠されたらむ」「習はれむ」の「む」は、いずれも**事実と反対の仮想**をあらわす subjunctive mood

で、この場合、天皇は、中納言の先祖が隠した曲など有るとは思わず、またそれを練習することもないと思っていられるのだが、もしそんなことでも有れば——と仮想した言いかたなのである。二二九頁参照。

例題 一〇一

祭のかへさ見るとて、雲林院《うりんゐん》、知足院《ちそくゐん》などの前に車を立てたれば、郭公《ほととぎす》も忍ばぬにやあらむ啼くに、いとようまねび似せて、木高《こだか》き木どもの中に諸声《もろごゑ》に啼きたるこそ、さすがにをかしけれ。(イ)郭公はなほさらに言ふべき方なし。いつしかしたり顔にも聞えたるに、卯《う》の花・花橘などにやどりをして、はた隠れたるも、ねたげなる心ばへなり。五月雨《さみだれ》の短か夜に寝ざめをして、いかで人より先に聞かむと待たれて、夜深くうち出でたる声のらうらうじう愛敬《あいぎやう》づきたる、いみじう心あくがれ、せん方なし。六月《みなづき》になりぬれば、音もせずなりぬる。すべて言ふもおろかなり。夜なくもの、すべていづれもいづれもめでたし。乳児《ちご》どものみぞ(ロ)さしもなき。　（枕冊子）

一　(イ)の部分に、ひとつだけ読点をつけるとしたら、どこにつけるか。
二　「はさみこみ」があるなら指摘せよ。
三　傍線部分(ロ)の「さ」は何をさすか。

答　一　なほ、さらに言ふべき方なし。

一は「なほさらに、言ふべき方なし」としたいような所だが、中古語には「なほさら」という副詞がないのである。現代語と混同しやすいから、注意してほしい。二は、「郭公も啼くに」と続くはずの文なのだが、その間に話主の推量を「はさみこみ」にしたもの。

二「忍ばぬにやあらむ」

三「めでたし」

備考 **まねび似せて** 主語は省略されているが、郭公以外の鳥と考えられる。春曙抄本によると、鶯（うぐいす）である。**いつしか** 通釈には「早くも」としたが、春曙抄本では「いつしかと待つに」とあり、それなら「まだかまだかと」の意になって、この方が普通の用法である。

d 倒置

倒置というのは、普通の順序をひっくりかえした言いかたである。漢文や英語なんかではよく出てくるけれども、日本語ことに古文では、あまり多くない。しかし、有ることは有るのだから、いちおう憶えておけば、役に立つこともあろう。「はさみこみ」ほど重要ではないようだが——。さて、実例でいうと、

なほまづここ去らせたまへ。多くの人とり殺しつる蔵なり。まづ御覧ぜよ、ここらの人の屍を。去らせたまひなむとき、あるやうは申さむ（でも、まずここからおにげなさいませ。たくさんの人がこの蔵で死にました。まず御覧なさいませ、このおびただしい人の

死骸を。おにげになっちゃいましたら、そのとき事情は申しましょう」(宇津保物語)

なんかは、まさに倒置の好例である。句読点をつけた文章なら、たいてい大丈夫のはずだけれど、意地のわるい出題者は、ときどき句読点ぬきの文章を出したりするから、そういうときは倒置がありはしないかと、用心してみるのがよろしい。

例題 一〇二

左の文章に句読点をつけよ。

いと興あることかなさ聞きき神南備《かむなび》の蔵人《くらうど》の腹に生まれたまふ君ありとはかの蔵人はこよなく労《らう》ありし人なり父こそ下﨟《げらふ》なれ子は有識《いうそく》にていと心にくかりしものをこのごろぞ聞かざりつるいかやうにか生《お》ひ出でたまひたる　(宇津保物語)

答 いと興あることかな。さ聞きき、神南備の蔵人の腹に生まれたまふ君ありとは。かの蔵人は、こよなく労ありし人なり。父こそ下﨟なれ、子は有識にて、いと心にくかりしものを。このごろぞ聞かざりつる、いかやうにか生ひ出でたまひたる。

高校程度の人に対して、句読点ぬきの古文を出題することは、教育的によくないと思うが、出ているのは事実だから、ひとつだけ例題をあげておく。これは、神南備の種松という長者と源恒有《つねあり》のむすめとの間に女の子があり、その子が宮中に仕えて女蔵人をしているうち、帝との間に源涼《すずし》という男の子が生まれた。つまり、

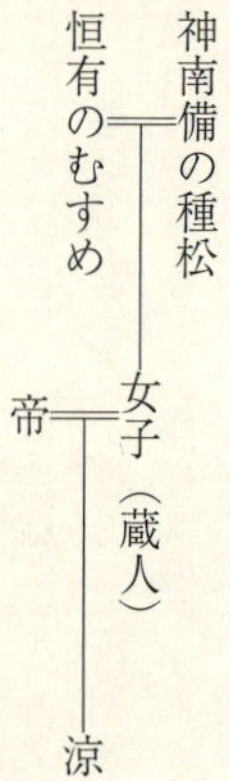

（複線は結婚を示す）

という関係になっているのだが、涼の母である女蔵人は早く亡くなって、涼は祖父の種松に養育されている。その涼のことを、うわさしているところ。まず「さ聞きき、神南備の蔵人の腹に生まれたまふ君ありとは」が倒置である。普通なら、「神南備の蔵人の腹に生まれたまふ君ありとは、さ聞きき」である。次に、「父こそ下臈なれ」は、係り結びで条件句となる言いかた（三三九頁参照）。したがってマルにならない。「心にくかりしものを」は、その下に「早く亡くなって惜しいことをした」という余情があり、省略がある。そこでマルにする。「このごろぞ聞かざりつる」は、涼のことについて、うわさを聞かないけれど……といった気持で述べているのである。上は亡くなった母（神南備の蔵人）についてのことだから、「心にくかりし」と回想の助動詞を用いる。下は現存する涼のことだから、「このごろ」と言い、「聞かざりつる」と言っているのである。したがって、

　子は有識にて、いと心にくかりしものを、このごろぞ聞かざりつる。

というパンクチュエィションは成立しない。

備考 **労あり** いろいろな事に経験の深い意。この場合は、人がらのりっぱなこと。**有識** 知識がゆたかなこと。しかし、それだけでなく、ふるまいも、たしなみも、不足な点がないのをいう。**心にくし** 奥ゆかしい。具体的にいうと、教養が深くて上品な感じであること。

e 省略

古文に省略が多いことは、これまでにも見てきた。近いところでは、倒置の例題に引いた宇津保の文にも、すぐ出ているわけ。それらを適当に補充することは、解釈の上に大きな影響があるけれど、どんなときに省略があり、どんなことが省略されるかという定型が存在するのではないから、適切な判断ができるように、ふだんから気をつけているよりほかない。しかし、係り結びの場合、結びのほうが省略される例は、わりあい多い（三四〇頁参照）。

・道風書かむこと、時代やたがひはべらむ。おぼつかなくこそ（はべれ）。
・年の積りにや、いと遥けきここちしはべる、あはれになむ（はべる）。
・さはいへど、その際《きは》ばかりはおぼえぬにや（あらむ）、よしなしごと言ひてうちも笑ひぬ。

また、係り結びでなくても、呼応的な言いかたのときは、下のほうがよく省略される。

さる節会《せちゑ》などに参るべくはべるべければ、すがすがともえ。（宇津保物語）

「え」の下に「つかうまつらず」といったような文節が省略されている。「さっさと済ましてしまうわけにもゆかない」という意味である。「え……ず」という呼応的な言いかたの下のほうが消えて、「え」だけで代表することは、ときどきある（三二九頁参照）。また、歌などには、省略が多い。

春雨のふらば思ひの消えもせでいとどなげきのめをもやすらむ（後撰集）

「春雨がふるなら、オモヒというヒ（火）が消えもしないで、何だって、いよいよナゲキというキ（木）の芽を萌（燃）えさせるのだろう」というのだが、これだけでは意味がよく通じない。「思ひの」の下に「消ゆべきに」を補ってみると、はっきりする。

あなやさし。いかなる人にてわたらせたまへば、身方《みかた》の御勢《おんぜい》はみな落ちゆき候に、唯だ一騎残らせたまひたるこそ、優《いう》におぼえ候へ。名のらせたまへ。（平家物語）

これも、原文どおりの文脈に訳すると、変なぐあいになる。「唯だ一騎残らせたまふぞ。かく残らせたまひたるこそ、優におぼえ候へ」を省略したものとして解釈するところ。

例題 一〇三

通釈せよ。

朝泰、返事に及ばず、急ぎ帰り参って、「義仲をこの者にて候。早く追討せさせたまへ。只今朝敵となり候ひなむず」と申しければ、法皇やがて思《おぼ》し召し立たせたまひけり。さらば然るべき武士にも仰せつけられずして、山の座主《ざす》・寺の長吏に仰せられ

て、山・三井寺の悪僧どもをぞ召されける。（平家物語）

答 朝泰は、返事をするまでもなく、急いで帰ってきて、「義仲はとんでもないやつでございます。早く御うちたいらげなさいませ。もう今にも陛下にお手向かいしそうでございます」と申しあげたので、法皇はその場で御決心になった。それでは、ちゃんとした武士に命じようというところなのだが、どうしたものか、そうはなさらないで、比叡山の座主と三井寺の長吏に命令されて、比叡山と三井寺の荒くれ坊主どもをお召しになった。

急所は「さらば然るべき武士にも仰せつけられずして」である。「さらば」は「さ・あらば」で、それなら、それじゃ等の訳が当たる。ところが「それじゃ、然るべき武士にも御下命にならないで」と直訳したのでは、日本語にならない。これは、きちんとした形では、

さらば然るべき武士に仰せつけうずるなれど、武士にも仰せつけられずして。

と言うはずなのだが、いっしょに言ってしまったものと解釈しなくてはならない。なお、「をこ」は「烏滸」とも「尾籠」とも書き、ばかな、愚劣なといったような意味だが、この場合は、常識はずれだ、箸《はし》にも棒にもかからないなどの感じであろう。「山」が比叡山（延暦寺）で「寺」が三井寺（園城寺）であることは、古典常識。「悪僧」の「悪」は、badの意味ではなく、強さをあらわす用法。「悪源太義平」、「悪七兵衛景清」なども それ。

例題 一〇四

通釈せよ。

シテ「実《げ》にや、人の親の心は闇《やみ》にあらねども、子を思ふ道に迷ふとは、今こそ思ひ白雪《しらゆき》の、道行き人に言《こと》づてて、行方《ゆくへ》を何と尋ぬらむ。聞くや如何に、上《うは》の空なる風だにも、地「松に音するならひあり。シテ「真《ま》葛《くず》が原の露の世に、地「身を恨みてや、明け暮れむ。シテ「これは都北白河《きたしらかは》に、年経て住める女なるが、思はざる外《ほか》に一人子《ひとりご》を、人商人《ひとあきびと》に誘はれて、行方を聞けば逢坂《あふさか》の、関の東《ひがし》の国遠き、吾妻《あづま》とかやに下《くだ》りぬと、聞くより心乱れつつ、そなたとばかり思ひ子の、あとを尋ねて迷ふなり。

（謡曲・隅田川）

答 ほんとうに、子をもつ親の心は、闇でもないのに、子どもの身を思う段になると迷うものだといわれるが、今こそ思いあたることである。道を行く人たちに伝言して、わが子の行方を尋ねたいのだけれど、どう尋ねたらよいだろう。このようにわたしが尋ねるのを、道行く人たちは、聞いてくれるのだろうか。いっこう上の空であるらしいが、空を吹いてゆく風だって、松に当たっては音をたてるのが習いだという。これほど再会を待ちわびるわたしに、何とか言ってくれてもよいのに。子に会えないわたしは、はかないこの世で、自分の身を思い歎きながら、過ごしてゆかなくてはならないのだろうか。わたしは都の北白川にながく住んでいる女ですが、思いがけなくも一人きりの子を人商人にさらわれて、行方を聞いてみると、逢坂の関よりも東にある遠い吾妻の国とかに行ってしまったということで、それを聞くやいなや心が乱れ、そちらの方へとばかり思いは走って、思いしたう子のあとを尋ねてうろついているのでございます。

こんどは謡曲だが、ひどく省略が多いことは、原文と訳文を対照してくだされば、すぐわかる。これほど補わなくては意味がとおらないような省略のしかたは、舞台で節をつけてうたうという特殊な事情によるもので、これまで見てきたような語法的省略とは性質がちがうけれど、省略であることは同じだといわなくてはならない。「人の親の……」は引き歌がある。

人の親の心は闇にあらねども子を思ふ道に迷ひぬるかな（後撰集）

それを受けた「今こそ思ひ白雪の」は、「白《しら》」に「知ら」をかけているわけだが、これだけでは語法上未完で、「思ひ知ら（れたり）」の省略と見なくてはならない。「白雪」は、本筋には関係がなく、

春くれば雁《かり》帰るなり白雪の道行きぶりに言《こと》やってまし（古今集）

によって、「道行き」の序詞みたいに使ったものであろう。古今集の歌は、普通「白雲の」だが、俊成の写した本には「白雪の」となっている。「行方を何と尋ぬらむ」も省略で、「行方を（尋ねまほしけれど）何と尋ぬらむ」と考えるところ。その次も「聞くや如何に

（と思へど）上の空なる（めり。空なる）風だにも松に……」というような文を、省略したもの。この部分は、

聞くや如何に上《うは》の空なる風だにも松に音する習ひありとは（新古今集）

によっている。その次は、

わが恋は松を時雨《しぐれ》の染めかねて真葛《まくず》が原に風さはぐなり（新古今集）

によるのだが、「真葛が原の」は、やはり序詞のように使っていて、本筋には関係がない。「明け暮れむ」までは、シテの狂女が心の中で思っていることなので、「……である」「……だろう」といったような形で訳したが、「これは都北白河に」以下は、ことばとして述べる部分なので、「……です」「……ます」調に訳しておいた。地謡とかけあいのようになっているけれど、地謡はシテの心を代わりに言っているだけなので、訳文はシテも地謡も区別なく訳してある。「これは」は第一人称（一八一頁参照）。「人商人」は、人をかどわかして売る人身売買の商人。「関の東の国遠き吾妻とかや」は、直訳すると「関の東の方の国で、遠い吾妻とかいう国」だが、あまりくどいので、さきのように訳しておいた。「そなたとばかり思ひ子の」は、「そなたとばかり思ひ（て思ひ）子の」である。こんなふうに掛詞《かけことば》を利用して省略するのは、韻文によく出てくる技巧だが、謡曲は、それを最大限度にまで利用する。

省略は、中古文や中世文に多いのだが、近世文でも、西鶴の浮世草子には、極端といっ

てよいほどの省略が、しばしば使われている。もうひとつだけ例題を挙げよう。

例題 一〇五

傍線部分を解釈せよ。

其の年明けて夏になり、東寺《とうじ》あたりの里人、茄子《なすび》の初生《はつなり》を目籠《めかご》に入れて売り来るを、(イ)七十五日の齢、これたのしみのひとつは弐文、二つは三文に値段を定め、いづれか二つとらぬ人はなし。藤市はひとつを二文に買ひていへるは、「(ロ)今一文で盛りなるときは大きなるがあり」と、心を付くる程の事あしからず。屋敷の空地に、柳・柊《ひいらぎ》・楪葉《ゆづりは》・桃の木・花菖蒲・薏苡仁《じゆずだま》など取りまぜて植ゑおきしは、ひとりある娘がためぞかし。よし垣に自然と朝顔の生えかかりしを、(ハ)同じながめにははかなき物とて、刀豆《なたまめ》に植ゑかへける。

（日本永代蔵）

答 (イ) 初物をたべると七十五日だけ長生きするといわれるので、この初物をたべるのがたのしみのひとつなのだけれど、茄子ひとつを二文、二つを三文と値段をつけて売る。そうすると、誰だって二つ買わない者はない。

(ロ) 出盛りの頃になれば、もう一文よけい出せば、大きなやつがある。

(ハ) 同じながめる物にしては、つまらないしろものだというわけで

(イ) はひどく省略したもので、いかにも西鶴らしい筆つきである。もし、まともに述べ

るとすれば、

（初物くへば）七十五日の齢（を延ぶといへることありとて）、これたのしみのひとつなりけるが、ひとつは二文、二つは三文と値段を定め（て売るに）、いづれか二つとらぬ人はなし。

とでもなるのであろう。（ロ）は倒置のような形で、

今一文で大きなるがあり。

の中間に「盛りなる時は」という条件を入れたのである。その構造をはっきりさせるため、わざわざ順序をかえて訳しておいた。この文章は、藤市（藤屋市兵衛の略称）という抜目のない商人の着眼点を書いたもの。柳は新年の太箸を作るのに、柊は節分の夜に戸にさすため、楪葉は鏡餅用に、桃は三月の節供に、花菖蒲は五月の節供に、薏苡仁は八朔《はっさく》に糸でつらぬき玩び物にというわけで、いずれも実用になる。この話の主人公は京都の人で、東寺はそのころ郊外であった。

f　会話部分

文章には、たいてい**地の文**と**会話**の部分とがある。入試問題なんかでは、会話の部分に「 」をつけてあるのが普通だから、その見別けには苦労するにおよばない。専門の国文学者は、どこからどこまでを「 」の中に入れるかで、たいへん頭を悩ますものだけれど、

高校生諸君としては、むしろ、

1 どの部分が誰のことばであるか。

2 地の文と会話部分とでは、語法的にどうちがうか。

の二点に注意すべきであろう。

例題 一〇六

扇してうち叩きたまへば、童《わらは》出で来たり。「(イ)これ奉れ」とて取らすれば、大輔《たいふ》の君といふ人に、「(ロ)このかしこに立ちたまへる人の、御前に奉れとて」と言へば、取りて、「(ハ)あないみじ。右馬の助のしわざにこそあめれ。心憂げなる虫をしも興じたまへる御顔を見たまひつらむよ」とて、さまざま聞こゆれば、姫君のいらへたまふことは、「思ひとけば、ものなむ恥かしからぬ。人は、夢幻のやうなる世に、誰かとまりて、悪しき事をも見、善きをも思ふべき」とのたまへば、若き人びと、おのがじし心憂がりあへり。（堤中納言物語）

一 傍線の会話の部分は誰が誰に言ったのか。

二 「御前に奉れとて」の下に何が略されているか。

答 一 (イ) 右馬の助が童に (ロ) 童が大輔の君に

（ハ）大輔の君が姫君に

二　「遣はされつ」というようなことば。

「誰が」「誰に」ということは、解釈のとき、いつも頭におかなくてはいけない。とくに会話が出てくる文では、反射的に**誰が誰に**と自問自答するくせをつけておいてほしい。さて、この問題文では、何人が登場するか。童と右馬の助と大輔の君と姫君との四人であることは、すぐわかる。そのほかに「若き人びと」があるけれど、これは複数だから、誰だかわからない。「取らすれば」は、上に「童出で来たり」とあるから、その童にやったのだと考えるが、誰がやったのかは、後に「右馬《うま》の助《すけ》のしわざにこそあめれ」とあることから見当がつくであろう。次に、大輔の君に扇をとりついでいるのは、扇をとりつげといって手わたされた者、すなわち童だとわかる。その扇を受けとって、さまざま申しあげるのは、それに対して姫君が返事をしているのだから、大輔の君であるよりほかない。（ハ）でなぜ「あな、いみじ」と言ったかというに、平安時代の上流婦人は、よその男性に顔を見せることがなかったからで、たとえ知らない間のことにせよ、右馬の助が姫君の顔を見たというのは、たいへん困るわけ。それに対して、姫君は、仏教哲理を持ち出し、なに、善いとか悪いとかいう差別相にとらわれるのは愚だわよとすましたもの。「悪しき事をも見、善きをも思ふ」は、いわゆる**互文**で、同じことを分けた言いかたである。「見」は「善き」にもかかり、「思ふ」は「悪しき」をも受ける。訳文では、その呼吸を出すため、ひとまとめに訳しておいた。**二**は、前項「省略」の応用問題。

次に、会話と地の文とでは、語法にいくらか差があることも、記憶しておいていただきたい。会話にしか使わないことばがあることは、現代語でも同様である。丁寧をあらわす「はべり」などは、その代表的なものだが、ほかに憶えておいて損がないのは、**会話部分では敬語の程度がつよい**ということである。これも、現代語と同様。だから、「せたまふ」とか「させたまふ」とかの言いかたが地の文に出て来たら、最高敬語であって、天皇とかそれに準ずる身分の人にしか使わないけれど、会話部分になら、それほど高貴な人でなくても使う。これを逆に利用して、地の文に「せたまふ」「させたまふ」が出ていれば、その敬語を受ける人はどんな身分だろうということが推察できるわけである。このような敬語程度の高さは、**手紙の文章**についても同じことである。したがって、手紙のなかに「せたまふ」「させたまふ」が出ていても、相手はそれほど高貴でもないわけである。なお、はじめ会話として書き出したのが、いつの間にか地の文になってしまうという現象もある（五一三頁参照）。『源氏物語』のような息の長い作品にはよく出てくるけれど、入試なんかには出ることもあるまいから、くわしい説明は省略しておく。

備考 **扇して**「して」は手段や方法をあらわす格助詞。「で」と訳する。人を呼ぶあいず。**この** 英語の the に当たる用法なので、通釈では省略して訳した。**虫をしも**「しも」は強めの副助詞。

例題 一〇七

まだいと行く先遠げなる御ほどに、(イ)いかでかひたみちにしかは思し立たむ。かへりて罪あることなり。思ひ立ちて心を起こしたまふほどは強く思《おぼ》せど、年月経《ふ》れば、女の御身といふもの、(ロ)いとたいだいしきものになむとのたまへば、幼くはべりしほどより(ハ)ものをのみ思ふべき有様にて、親なども、尼になしてや見ましなどなむ思ひのたまひし。まして、すこしもの思ひ知りはべりて後は、(ニ)例の人様ならで、後の世をだにと思ふ心深くはべりしを、亡くなるべきほどのやうやう近くなりはべるにや、ここちのいと弱くのみなりはべるを、(ホ)なほ、いかでとて、うち泣きつつのたまふ。

（源氏物語・手習）

一　会話部分に括弧を付けよ。

二　傍線部分を解釈せよ。

答

一　「まだ……たいだいしきものになむ」
「幼くはべりしほど……親なども、『尼になしてや見まし』など……いかで」

二　（イ）ひとすじにそう決心なさってよいものじゃろか。
（ロ）罪深いものじゃよ。
（ハ）悩んでばかりいなくてはならない身の上で

（ニ）ふつうの生活を送るのでなくて

（ホ）やはり、どうか（尼にしてくださいませ）。

薫と匂宮との愛情に板ばさみとなって、ついに投身自殺をくわだてた浮舟が、横川《よがわ》の僧都に救われ、味気ない日を送っている。しかし、この世にはもう望みのない身なので、出家させてくれませんかと、僧都にせがんでいる場面。━は、言いかたの丁寧さが着眼点である。上流女性に対し、僧都は尊敬の言いかたをする。「思《おぼ》し立たむ」「起こしたまふ」「強く思《おぼ》せど」など。ところが、丁寧の言いかたはしない。「罪あることとなり」がそれで、もし相手に調子を合わせるなら、「罪あることにはべり」となるはず。「たいだいしきものになむ」の後には省略があるけれど、これも「はべる」でなくて「ある」だと考えられる。それに対し、「幼くはべりし」「もの思ひ知りはべりて後」など言っている人物は、僧都と別でなくてはならない。年齢・僧という身分・いま保護者のような形になっている関係などから、浮舟は、僧都に対し、丁寧の言いかたをするわけ。尊敬語法だけれど丁寧語法ではない「思《おぼ》し立たむ」を「決心なさってよいものじゃろか」と訳した技巧は、ちょっとしたものだろう。なお、会話部分の見わけには、A対Bといったような単純会話でなく、その内部にもうひとつ引用の含まれる場合があるから、注意すること。「　」だけですむか、あるいは『　』まで使うか――である。それから、巻末の通釈（七一八頁）で、「ふつうの（人妻としての）生活を送るのでなくて、（尼になって）せめて死後の世だけなりと（安らかに過ごしたい）」と思う心が……

と「　」を付けたのも、ちょっと注意してほしい。解答では、この部分に「　」を付けていない。つまり、「　」はあってもなくても構わないのだが、付けたほうがはっきりする。こういった部分は、会話ではなくて、心のなかで考えたことの引用だけれども、引用の形が会話と同じ性質なので、**心語**（または「心話」「心中思惟」）と名づけ、会話に準じたあつかいをするのが普通である。**会話や心語の部分には省略が多い**ことも注意。

備考　**しかは**　「しか」は、すこし固い言いかた。僧都は職業がら、いくらか角ばった口調で話す。柔らかく言うなら「さ」である。**たいだいしき**　「怠怠しき」で、強い非難の気持をあらわす。「けしからん」「もってのほか」等の訳語が普通だけれど、この場合は、仏の世界に対して女性がどうしても入りきれない宿命をもっていることをいうので、意訳した。**見まし**　この「見」は、世話する意。上に疑問の係助詞「や」があるので、「まし」は仮想ではなく、推量の用法（二六二頁参照）。**例の人様**　この場合は、女性として普通の生きかた、すなわち結婚生活。**後の世をだに**　下に「助からばや」といった気持が省略されている。したがって、希望文なので、助詞「だに」は「せめて……なりと」の意（三一八頁参照）。**ここち**　feeling の意のほか、中古語では「病気」「容態」等の用法がある。「はやりごこち」といえば、流行病の意。**いかで**　下に「尼になさせたまへ」といった気持が省略されている。

敬語のことが出てきたけれど、これは、なかなか厄介なので、次に、あらためて説明しよう。

(ホ)敬語法

古文を解釈するとき、敬語法についての知識が大切なことは、どなたも御承知のはずだが、さて敬語とは何ぞやということになると、案外、危っかしい。いわゆる敬語には、**丁寧・尊敬・謙譲**の三種類がある。つまり、

丁寧 話し相手に対してあらたまった気持でいう。
尊敬 言おうとする動作または状態の主《ぬし》であるものを、話す人が高めて言う。
謙譲 動作の主を低めることによってその動作の関係する方面を高める。

という区別なのだが、実例でいうと、次のようなぐあいになる。

丁寧 私も出席します。
私も出席しとうございます。
尊敬 先生も出席される。
先生も御出席になる。
謙譲 弟も出席いたします。
弟も出席させていただきます。

まず丁寧の言いかたから考えてみよう。

(1) 私も出席する。

(2) 私も出席します。

の両者をくらべてみるがよろしい。いま話しかけている相手が先生であると仮定すると、(1)はたいへん失礼な言いかたであるが、(2)なら普通である。これは、「する」のかわりに「します」を使ったほうが、あらたまった気持になるからである。この場合、「ます」で丁寧を表現したことになる。そうして、それは先生という相手に対しての敬意のあらわれである。次に、

(3) 先生も出席する。

(4) 先生も出席される。

というような話が、友人との間に出たと考えてみたまえ。この場合、話し相手は友人なのだから、別に丁寧な言いかたを必要としない。しかし、(3)は、やはり失礼になる。なぜならば、先生について「出席する」という言いかたは、日本の社会では認められないからである。が、その失礼は、話し相手の友人に対する失礼でなく、話の内容となっている先生への失礼なのである。失礼でないためには、(4)の言いかたが用いられる。これが尊敬である。もし、話し相手がえらい伯父さんか何かで、その伯父さんと大学時代の同級生であるP先生が同じ会に出席するはずになっており、そのことをP先生の教え子Q君が伯父さんR氏に伝言するような場合なら、丁寧と尊敬をいっしょに使って、

(5) 先生も出席されます。

と言わなくてはいけない。「され」がP先生への尊敬で、「ます」がR氏に対する丁寧である。次に、

(6) 弟も出席します。
(7) 弟も出席いたします。

を比べてみると、両方とも「ます」を使って丁寧の言いかたになっているが、「し」を「いたし」と言いかえると、出席する弟が低められて、出席という動作の関係する方面つまりその会合（あるいは主催者）が高められることになる。こんなのを謙譲という。もちろん「身内の者は自分同様に低めるのが礼儀だ」という意識が前提となっているのである。以上は、わかりやすいように、現代語だけで考えてみたのだが、むかしの言いかたであると、

丁寧 我も出席しはべらむ。
我も出席し候はむ。
尊敬 師も出席せらる。
〔尊敬プラス丁寧〕
師も出席せられはべり。
師も出席せられ候。
謙譲 弟も出席つかうまつる（つかまつる）。

〔謙譲プラス丁寧〕

弟も出席つかうまつりはべり。

弟も出席つかまつり候。

ということになる。さて、それを言いあらわすには、古文では、助動詞を使うことが多い。次に、それらをあげる。

丁寧

いとまめやかに急ぎはべり。

とかくの事もおぼえはべらず。

恥かしうなむ思ひたまふる。

かかる御ありさまを見たまふるにつけても、くちをしうなむ。

（この「たまふ」は下二段活用だから、尊敬の「たまふ」と混同しないこと。尊敬のは四段活用である。なお、下二段の「たまふ」は、話主の行為としての「思ふ」「見る」「聞く」に付く。話主の行為にだけ用いられることは、それが話し相手に対する敬意であるからだと考えられるので、丁寧とする。しかし、謙譲とする説も有力で、決定的なことはいえない。「思ふ」に付くときは、多く「思うたまふる」のように音便形となる。）

いそぎまゐり候べし。

重代の器どもも、みな失ひ候ひて。

(「候」は十三世紀から十四世紀にかけて多く用いられた。「候」をぞんざいに言うと、「さう」となる。「さもさうず」と言えば、「さも候はんず」の意である。)

尊敬

いづれの船にか乗らるべき。

殿の仰せられたりける。

宮によき衣ども賜はす。

かの贈り物、御覧ぜさす。

(「す」「さす」は、「る」「らる」よりも敬意の度が高い。)

感ぜしめきこずこと限りなし。

(「しむ」は、中古の女流作品にはほとんど出てこない。漢文よみくだし調の文章には見られる。十二世紀ごろからだんだん増加し、中世文には多く用いられる。)

交野《かたの》に狩したまふ。

(こちらは四段活用である。混同しないこと。)

人のそしりもえはばからせたまはず。

御ここち例ならずものせさせたまふ。

帝も許さしめたまふ。

（「せたまふ」「させたまふ」「しめたまふ」は、いずれも最高敬語。「しめたまふ」は、漢文よみくだし調の文章に見られ、十二世紀ごろから多く出てくる。）

謙譲

女御に見せたてまつりぬ。

いみじくもてはやしきこゆ。

尊敬＋丁寧、謙譲＋尊敬などいうように併せ用いられる場合のあることは、さきに述べたとおりだが、尊敬のなかに、特殊な用法があるから、注意してほしい。それは、**天皇だけの特殊敬語**で、自分に対し敬語表現をする。

我が御心ながら、あながちに人目おどろくばかり思されしも、長かるまじきなりけりと、今はつらかりける人の契《ちぎ》りになむ。（自分の心ながら、常識をすごして人がおやおやと感じるほど思いこんだのも、長つづきしないはずの仲《なか》だったせいなんだなと、今になってはかえって情ない間がらである。）（源氏・桐壺）

自分のことに「御」とか「思《おぼ》され」とか言うのは、普通なら変だけれど、この場合は、桐壺の帝がおつきの女官に語られることばなので、こうした言いかたになっているわけ。なお、敬語法は、助動詞だけでなく、すでに見てきたとおり、「御」のような接頭語をつけたり、動詞そのものに敬意の含まれた「思《おぼ》す」の類などを使ったりすることによっても成立するが、それらをいちいち挙げるにもおよばないと思うから、解釈のとき、よく原文と訳文とを見くらべて、敬語を見わけるようにしてほしい。

例題 一〇八

敬語の言いかたを、A 丁寧・B 尊敬・C 謙譲の三種に分類するとき、次の文中の傍線の語は、

(1) 右のA・B・Cの中のどの言いかたか。

(2) BとCとの場合は、その話主がだれに、またはどういうものに対して敬意をはらったか。その相手を左の人名・物名中より選んで答えよ。

(イ) この話の語り手　(ロ) 前少将　(ハ) 後少将　(ニ) 母北の方

(ホ) 賀縁阿闍梨　(ヘ) 法花経　(ト) その他の人

天延二年、もがさのおこりたるにわづらひて、前少将はあしたに失せ、後少将はゆふべにかくれたまひしぞかし。一日がうちに二人の子を失ひたまへ(例)りし母北の方のおん心地はいかなりけむ、いとこそ悲しう承(一)はりしか。後少将は年ごろきはめたる道心者にておはしましけるを、生くべくもおぼえたまはざりければ、母上に申し(二)たまひ(三)けるやう、「しばし法花経誦《ず》したてまつらむ(四)の本意はべれ(五)ば、かならずかへりまうで(六)くべし」とのたまひて、方便品《はうべんぼん》を読みたてまつりたまひてぞ、うせたまひける。その遺言を、母北の方、おぼえでおはしければ、思ふに人のしたてまつり(七)てけるにや、枕がへしなにやと、例のやうなる有様どもにしてければ、えかへりたまはずなりにけり。

のちに、母北の方のおん夢に見えたまへり(八)。いかにくやしくおぼし(九)けむな。さて、後ほどへて、賀縁阿闍梨《あざり》と申す僧の夢に、この君達《きんだち》ふたりおはし(一〇)けるが、この後少将は、いたう心地よげなる様にておはしければ、阿闍梨「君はなど心地よげにてはおはする(一一)。母上は君をこそは兄弟よりはいみじく恋ひきこえ(一二)たまふ(一三)めれ」ときこえ(一四)ければ、

時雨《しぐれ》とははちすの花ぞちりまがふなにふる里にたもとぬるらむ

など、うちよみたまひ(一五)ける。（大鏡）

（例）

	(1)	(2)
	B	(ニ)

答

	(1)	(2)
(一)	C	(ニ)
(二)	C	(ニ)
(三)	B	(ハ)
(四)	C	(ヘ)
(五)	A	
(六)	C	(ニ)
(七)	C	(ハ)
(八)	B	(ハ)
(九)	B	(ハ)
(一〇)	B	(ロ)(ハ)
(一一)	B	(ハ)
(一二)	C	(ハ)
(一三)	B	(ニ)
(一四)	C	(ハ)
(一五)	B	(ハ)

敬語法の問題に出あったら、まず注意しなくてはいけないのが、その文章に誰と誰とが登場しており、それらの人物はたがいにどんな関係に在るか——ということである。そこで問題文を見ると、いろんな人物が出てくるけれども、彼らの間における血縁関係は、

母北の方（1）┬兄・前少将（2）
　　　　　　　└弟・後少将（3）

という尊卑の順であり、法花経は仏の教として尊敬すべきものであり、その教理をひろめる僧（賀縁阿闍梨）も尊敬されてよい人である。こういった関係さえしっかり頭に入っておれば、たいていは正解に持ってゆけよう。ただし、いくらか理解しにくいのは、（二）の「申し」であろう。これは、動詞「言ふ」を低めたものだが、その言う主体は後少将で、後少将の「言ふ」という動作を低めることにより、言われる相手である母北の方を高めたのであって、謙譲である。しかし、謙譲とは変だなと思う諸君もおありだろう。つまり、話主が自分のことを低めて言うのは構わないけれど、他人である後少将のことを低めるのは勝手すぎやしないか——という疑問である。たしかに、すぐ下で「たまひけるやう」と後少将を高めているのだから、高めるぐらいなら、低めるにもおよばないわけで、下げてみたり上げてみたりでは、後少将も眼をパチクリだろうと考えられないこともない。しかし、この「申し」は、後少将の動作を低めることが目的なのではなく、それによって母北の方を高めるのが主眼なのである。この場合、母北の方と後少将とに同時に敬意をあらわす方法として、「申し」で母北の方を高め、「たまひ」で後少将を高めているわけ。したがって、謙譲という名称は、低めるのが自分であるときにだけ適当なのであって、（二）のようなときには、かならずしも適切でないけれど、ひろく用いられているので、それを使っておく。だが、謙譲といっても、自分だけのことには限らない点は、注意する必要がある。（一二）（一三）も同様。

備考 **天延二年** 九七四。**もがさ** てんねんとう。**前少将** 藤原挙賢（たかかた）。**後少将** 藤原義孝。**方便品** 法花経の第二章。**枕がへし** 死者を北枕に寝かしなおす作法。

注 原文をすこし取捨してある。例題一二四と同じ箇所なので、その方も参照すること（四八八頁）。

前問の「母上に申したまひけるやう」といった式の敬語は、同時に二人の相手（北の方・後少将）に敬意をあらわすわけなので、**二方面に対する敬語**ともいわれる。しかし、この

謙譲 ＋ 尊敬 ＝ 二方面に対する敬意

という説明のしかたは、何だか、わかったような、わからないような感じを否めない。これは、前述のごとく、謙譲という名称が、自分を低めるときにだけ適切だからである。そこで、他人に対して「申す」「聞こゆ」などを使う場合は、思い切って謙譲という呼びかたをやめ、対象尊敬と呼ぶ説があらわれた。これは、馬淵和夫博士の説である。すなわち、校長先生が生徒に対し、

今回、永井先生がアメリカへ行かれることになりました。

と紹介するとき、この「れる」は話主が話題の当人の動作を高めるもので、**動作主尊敬**と名づける。次に、

みんなで永井先生をお見送りすることになりました。

の「お……する」は、見送る者（みんな）でなくて、見送るという動作の及ぶ相手（永井先生）を高める言いかたであり、**対象尊敬**と名づける。この両者は、いずれも話題についての敬語だけれど、永井先生自身が、

三月三日に出発するつもりです。

と同僚の先生に言うとき、これは従来も**丁寧**と呼ばれていた言いかたとなる。さらにこれを、

三月三日に出発させていただきます。

と言えば、出発するのは永井先生自身であり、その動作は他人に及ぶわけでないから、対象の尊敬ではない。つまり、自分の動作を低めることによって話し相手を高める気持なので、これこそまさしく**謙譲**と呼ぶにふさわしい。そこで、馬淵説によると、敬語は、

- 話題についての敬語
  - 動作主尊敬
  - 対象尊敬
- 話し相手に対する敬語
  - 丁寧
  - 謙譲

と分類されることになる。さて、さきの「母上に申したまひけるやう」は、これに当てはめると、「申し」は「言ふ」という動作の及ぶ相手すなわち母北の方を高めるので、対象尊敬であり、「たまひ」は「言ふ」という動作をおこなう話題の当人すなわち後少将を高めるので、動作主尊敬となる。したがって、二方面に対する敬語は、

対象尊敬 ＋ 動作主尊敬 ＝ 二方面に対する敬意

と修正されなくてはならない。以上が馬淵説の要点である。まことに明快な説明で、将来はこの考えかたになってゆくだろうが、教科書の世界では現在のところまだ定説と認められていないし、従来の説で勉強してきた人たちには、なじみにくいかもしれない。そこで、私も、いまの場合は、二方面に対する敬語を「謙譲＋尊敬」とする旧説に従って処理することにしておく。

例題 一〇九

この姫君いみじううつくしうおはするを、粟田殿きこしめして、この宮をむかへたてまつりて、子にしたてまつりてかしづき(イ)きこえたまふほどに、さるべき人びとおと(ロ)づれきこえたまふ人多かりけれど、聴き入れたまはぬほどに、権中納言せちに(ハ)きこえたまふ。はかなき御ふみがきも、人よりはをかしうおぼされければ、おぼしたちてと

りたてまつりたまふ。　（栄花物語）

一　傍線の（イ）（ロ）（ハ）の「きこえたまふ」について次の問いに答えよ。

a　「きこえ」の用法・意味をそれぞれ記せ。

b　「きこえ」と「たまふ」は誰が誰にどんな敬意を表しているか。それぞれの場合について答えよ。

二　「聴き入れたまはぬ」と「おぼされければ」の主語は誰か。

答

一　a　（イ）（ロ）は謙譲の助動詞で、現代語の「お……申しあげる」にあたる。（ハ）は動詞「言う」の謙譲態。申しこむ意。

b　（イ）きこえ＝栗田殿が姫君に〔謙譲〕

たまふ＝話主が栗田殿に〔尊敬〕

（ロ）きこえ＝さるべき人びとが姫君に〔謙譲〕

たまふ＝話主がさるべき人びとに〔尊敬〕

（ハ）きこえ＝権中納言が姫君に〔謙譲〕

たまふ＝話主が権中納言に〔尊敬〕

二　いずれも栗田殿。

敬語法の問題が出たら、前述のとおり、その文章には**何人の人物がいるか**を確かめるのが急所である。この例題なら、姫君(宮)と粟田殿と権中納言と「さるべき人びと」である。「さるべき人びと」は、実は何人もいるわけだし、そのなかの一人が権中納言なのだけれど、主語がいくつ出てくるかを数える単位としては、「さるべき人びと」をひとつにあつかうのが便利だろう。次に、敬語を含む文節に対する**主語は誰か**をとらえるのが大切である。それが出来たら、ほとんど成功したようなものである。――は、例の二方面に対する敬語で、（イ）でいえば、姫君と粟田殿とに同時に敬意をあらわすため、「かしづききこえたまふ」と言ったのである。「きこえ」は謙譲の助動詞だけれど、主眼は、粟田殿を低めることでなく、姫君を高めることなのである。だから「大切にお育て申しあげられる」という訳になる。「だいたい出来たと思うんだけれど、どうして落第点だったんだろう」というような不審を持った経験のあるお方は、こういった訳しかたを、よく味わっていただきたい。たとえば、「子にしたてまつりて」の訳である。もしこれを「子になさって」とか「養女にお迎えになって」とか訳したら、まさしく減点ものである。つまり、諸君の「なさって」とか「お……になって」とかの訳は、粟田殿に対する尊敬なのである。それなら、原文は「子にしたまひて」となくてはならない。しかし、原文は「子にしたてまつりて」である。「子になさって」と訳した人は、尊敬と謙譲とをとりちがえたわけで、減点されてもしかたがない。「たてまつり」と謙譲の助動詞を使ったのは、幾度も説明したとおり、それによって姫君を高める言いかたである。だから、私の訳文では、当方を低める言いかたの「……願って」で訳したわけ。こういう所が**急所**なのである。私の講義のはじめに「急所がはずれていたら、ほかの所が出来ていたところで、零点をつけるのは、あたりまえである」（一四頁）と言ったことを、ピンと思い出してほしい。なお、原文の「とりたてまつり」は、聟どりしたことで、権中納言が聟としてかよってくることになったのである。中古の結婚様式がわかっていないと、解釈ちがいしそうな所。これは、四〇九頁を参照していただきたい。「おぼしたちて」は「思ひたちて」の尊敬態。中古文では、複合動詞を敬語の言いかたにするとき、上の動詞を尊敬あるいは謙譲にすることがある。

思ひ疑ふ→おぼし疑ふ（尊敬）
見おく→御覧じおく（尊敬）
思ひ知る→思ひたまへ知る（謙譲）
見知る→見たまへ知る（謙譲）

特に謙譲（下二段）の「たまふ」が複合動詞に付くときは、かならず両動詞の中間に入って「思ひたまへ知る」のような形となる。連用形を明示する必要からなのだろう。

例題 一一〇

ひととせ入道殿の大堰《おほゐ》川《がは》の逍遥《せうえう》せさせたまひしに、作文《さくもん》の船、管絃《くわんげん》の船、和歌の船と分たせたまひて、その道にたへたる人びとを(イ)のせさせたまひしに、公任の大納言殿の(ロ)参りたまへるを、入道殿、かの大納言、いづれの船にか(ハ)のらるべきとのたまはすれば、和歌の船にのりはべらむとのたまひて、よみたまへるぞかし。

(ニ)をぐら山あらしの風の寒ければもみぢの錦きぬ人ぞなき

申しうけたまへるかひありて、(ホ)あそばしたりな。御みづからものたまふなるは、作文の船にぞのるべかりける。さてかばかりの詩を作りたらましかば、名のあがら(ヘ)むこともまさりなまし。くちをしかりけるわざかな。さても殿のいづれにとか思ふと宣はせしになむ、われながら心おごりせられしと(ト)宣ふなる。（大鏡）

一　右の文章は『大鏡』から採ったもので、「入道殿」とあるのは藤原道長、「大納言殿」とあるのは藤原公任である。道長の言ったことばと公任の言ったことばに、それぞれ「　」あるいは『　』をつけて示せ。

〔例〕　道長「……」　公任「……」

二　傍線部分は、誰の誰に対する敬語か。また、その種類を示せ。

答

一　道長「かの大納言……のらるべき」

公任「和歌の船にのりはべらむ」

公任「作文の船にぞ……　道長『いづれにとか思ふ』……心おごりせられし」

二　(イ)語り手→入道殿。尊敬。　(ホ)語り手→公任。尊敬。

(ロ)公　任→入道殿。謙譲。　(ヘ)公　任→入道殿。尊敬。

（ハ）入道殿→公任。尊敬。　（ト）語り手→公任。
（ニ）公　任→入道殿。謙譲。

一は、例題一〇七の第一問と関連した着眼で解けよう（三七四頁参照）。問題文の中の敬語を見てゆくと、「逍遥せさせたまひし」「分たせたまひて」「のせさせたまひしに」など、最高敬語が出てくる。その主語は「入道殿」すなわち道長だが、これに対して公任大納言の方は、「参りたまへる」とあって、「参らせたまへる」とはない。道長と公任とでは身分がちがうから、敬語にも差がある。入道殿に「とのたまはすれば」と言っている一方、「和歌の船にのりはべらむ」は「とのたまひて」なのだから、後者は公任の返事だとわかる。あとも同じで、「のたまはせし」の方が道長、「のたまふ」の方が公任だと考えられる。なお、地の文に「せたまふ」「させたまふ」が出てくるのは変だということも考えられるが、これは、設問のなかに、わざわざ『大鏡』から採ったのだとことわっておいたところに注意してほしい。『大鏡』は、言うまでもなく、老翁の対話という形式で書かれたものである。この部分だけ見ると、地の文のようだけれど、実は会話のなかにまた会話が出てきたわけなのであって、筋はとおっていると思う。二は、敬語法が助動詞だけでなく動詞によっても成立することを思い出してもらうねらいで（三八三頁参照）、この場合だと、「参り」（来）・「申し」（言ひ）・「あそばし」（し）・「のたまは」（言は）などが、それである。

平叙――言ふ・聞く

尊敬——宣ふ・聞こしめす

謙譲——申す・承はる

というような使いわけが、古文には、よく出てくる。

備考 **逍遥** ピクニック。この場合は船遊び。**作文** 中古語では、漢詩または韻文を作ること。和文にはいわない。**たへたる人** 練達の人。**さてかばかりの** 作文の船に乗って、これほどすばらしい。**心おごりせられし** 「心おごり」は得意になること。「られ」は自発の用法。

敬語法は、日本語（特に古文）の特色であって、これがちゃんと理解できるところまで来れば、古文の語学的勉強も、ほとんど卒業に近い。ながらく語学的な世界を遍歴してきたが、どうやら、いちばん難しい所までたどりついたので、次に、いよいよ精神的な理解の世界へ進みたい。その前に、いちおう語学的理解のことを復習しておくのは、もちろん必要である。

第二部　精神的理解

ことばやことばの用法がわかれば、何とか解釈ができる範囲を、語学的解釈とする。これに対して、ことばだけわかっていても、どうにもならない世界がある。それは、頭をはたらかせて、その場その場で適切に解釈してゆくよりほかない。ことばの世界は、わりあい法則的だから、法則をのみこんでいると、推理というやつがはたらきやすい。浮袋につかまって泳ぐようなものである。しかし、浮袋なしに泳がなくてはならぬ所もあるわけで、それを精神的理解とよぶことにする。

精神的理解には、法則がない。それは、多くの経験をかさねるうち、自然にだんだん確かさが増してゆくものであって、しいて方法を説いてみたところで、いつもそのとおり行くとは限らない。たいへん厄介な世界であるが、純粋に精神的理解といえるのは、実は、鑑賞とよばれる部分であって、そこへ行くまでには、まだまだ語学的理解の延長といったような部分が続いている。空気がだんだんぬけてはゆくけれど、浮袋は、なお存在している。もうすこしの間は、いろんな知識が諸君の理解を助けてくれるだろう。その知識を、まず古典をよむのにどうしても必要な common sense から、お話しすることにしたい。

一　古典常識

古文は、要するに、むかしの文章なのだから、むかしの事が出てくる。ところが、むかしは、現代とちがった制度や習慣がある。それをよく知っていないと、ことばだけ理解できても、内容そのものはチンプンカンプンという現象がおこる。しかし、単に「むかし」といっても、たいへん長い年代にわたることだから、すべてにわたることは、専門の国文学者でも、なかなか容易ではない。これから述べるのは、ほんの大要で、この程度ぐらいはせめてというギリギリの線である。

(イ)　生　活

七世紀ごろの生活と十六世紀ぐらいの生活とでは、たいへんな差異がある。しかし、古文研究の主眼点を中古文においたので、生活といっても、しぜん九世紀から十二世紀あたりにかけての、わりあい上流の生活を主とすることになる。

a　衣服と調度

中古の人たちが何を着たかは、かなり詳しくわかっている。しかし、それは上流社会についてのことで、庶民たちのことは、あまり明瞭ではない。

まず男からいうと、第一礼装つまり大礼服みたいなのが**束帯**《そくたい》で、下からいうと、単衣《ひとえ》・衵《あこめ》・下襲《したがさね》・半臂《はんぴ》をつけ、表袴《うえのはかま》をはき、いちばん上に袍《ほう》を着て、石帯でしめる。単衣と衵がシャツ、下襲がワイシャツ、半臂がチョッキ、表袴がズボンと思えばよろしい。石帯は、美しい石を飾りにつけたバンド。頭には冠をのせ、足には襪《しとうず》（靴下）をはいてから履（靴）をはく。腰には剣をおび、魚袋《ぎょたい》というアクセサリーをぶらさげ、手には笏《しゃく》を持つ。モーニング程度の礼服には、**狩衣**《かりぎぬ》がある。もと狩のときの服であったのが、礼服に用いられたもの。わりあいゆるやかな上着に、指貫《さしぬき》という袴をはく。足の所で裾をくくるようにした袴である。頭には烏帽子《えぼし》をかぶる。背広にあたるのが、**直垂**《ひたたれ》であろう。背広は、もともと労働着だったが、今では、わりあいあらたまった席にも着て出る。直垂も、もと庶民の着物だったのが、貴人もふだん着るようになった。上衣の裾を袴の内に入れて着る。十二世紀ごろの武士は鎧《よろい》の下に着る。もうひとつ、**素襖**《すおう》というのがある。これは、身分の軽い庶民の着物であったのが、武士の通常服になったもの。江戸時代には、武家の式服にまで出世している。

次に、女性の通常礼装を述べよう。これは、下に緋《ひ》の袴《はかま》をはき、次に単衣《ひとえ》、袿《うちき》、打衣《うちぎぬ》、表着《うわぎ》と着て、さらに唐衣《からぎぬ》を着用し、最後に裳《も》をつける。単衣は、長襦袢《ながじゅばん》みたいなものと考えてよい。その上に袿をかさねるのだが、これは袷《あわせ》を何枚も着る場合だと考えればよかろう。打衣は、実は袿のなかの一枚で、表着と下のかさね袿との間に着るもの。表着は、いちばん上に着る袿である。唐衣は、羽織にあたる。裳は、現代の和服では、これにあたるものがない。形だけでいえば、後部だけのスカートといったもの。この服装を、俗に十二単衣というが、単衣を十二枚着るのではなく、また、かならずしも合計十二枚着るわけでもない。以上は礼装だが、日常の衣服としては小袿《こうちき》と細長《ほそなが》がある。小袿の下には打衣と単衣を着る。小袿だけでもよいけれど、その上に細長を着ると、いくらかあらたまった感じになったようである。細長は、唐衣と裳をいっしょに兼ねた代用品みたいなもので、袴なしに縫紋《ぬいもん》の羽織を着た感じではないかと思う。

少女の場合は、汗衫《かざみ》を着ることがある。汗衫は、もと汗取りのため着たものだが、後にはそれを少女がうわっぱりとして着るようになった。汗衫の下には、表着《うわき》を着たり、衵《あこめ》をかさねて着たりする。衵は、婦人用の場合はブラウスみたいな感じで、男子服の衵とはちがう。

男も女も、いくつかの着物をかさねるとき、色の配合に気をくばった。どの色とどの色とをかさねるという原則が決まっており、それに一定の名がつけられている。たとえば、

柳　――表が白・裏が青　　紅葉――表が赤・裏が濃い赤
花橘――表が黄・裏が青　　氷　――表が白・裏も白

のように。これを「襲《かさね》の色目《いろめ》」という。襲の色目は、季節とか性別とか年齢とか場所がらとかによって、いちばん適切なものを工夫したようで、中古の人たちの感覚のデリケイトなことをよく示している。

身のまわりの調度としては、まず**几帳**《きちょう》と**屛風**《びょうぶ》がある。几帳は、移動式のカーテンで、台に支柱を立て、横木をわたし、それにカーテンをさげたもの。屛風は、いまのと同じようなものだが、それに絵や歌の色紙をはりつけるのが普通である。貴人――特に女性――は、直接に人と顔をあわさないのがたしなみであったから、装飾と同時に実用必需品でもあった。

それから、香《こう》をたくのが、やはり重要な身だしなみであった。香をたく道具が**火取**《ひとり》で、いま香炉《こうろ》というもの。衣服に香をたきこめるときには、大きな籠《かご》を伏せて、そのなかで香をたき、上に衣服をかぶせておく。

寒いときには、**火桶**《ひおけ》と**炭櫃**《すびつ》が煖房に用いられた。火桶は、いまの火鉢である。炭櫃は、角櫃が正しいという説もある。つまり、四角な火鉢ということになる。これは、火桶よりもずっと大形で、平たいものだったらしい。移動は、かなり厄介だったようである。

夜間の照明は、ふつう**燈台**《とうだい》を使う。いろんな形のがあるけれど、要するに、油を入れる皿に脚をつけ、安定の良いような台に立てたものである。電気スタンドをひきのばしたみたいな形を考えれば、大体の構造は見当がつくだろう。これは持ち運びできるものだが、ぶらさげておくのに、**燈籠**《とうろう》がある。今でも古い神社や寺などにある。今のは金属製が多いけれど、むかしのは木製で、四角あるいは六角、うすい絹をはる。戸外の照明は、**篝火**《かがりび》と**松明**《まつ》がある。篝火は、鉄製の籠《かご》をつるし、松を入れて燃やす。松明は、細く割った松材あるいは竹・蘆《あし》などをたばねたもの。「たいまつ」とも「ついまつ」ともいう。室内用には、**脂燭**《しそく》がある。半メートルほどの松の棒の先の方をすこし焦がし、そこに油をひいたもの。

外出のときは、馬あるいは車に乗る。女は車が普通である。車は牛にひかせる。形式にはいろいろあり、檳榔毛《びろうげ》・糸毛《いとげ》・半蔀《はじとみ》・八葉《はちよう》・網代《あじろ》などよばれるが、文章でその差を説明することは、かなり厄介である。それよりも、これらの車には格式があって、身分や場合に応じて乗るものだということを憶えておいてほしい。詳しいことは、とても憶えきれるものでないから、省略する。たとえば、糸毛車に乗るのはごく高貴な人で、檳榔毛車はいくらかそれよりも格が下だとか、赤糸毛車は賀茂の祭のとき女使の乗るものだとか……。

輿《こし》は、あまり乗らないが、手で運ぶ手輿《たごし》は、ときどき使われた。輿に車輪をつけたのが輦《てぐるま》で、押してゆくこともできるし、場所によっては持ち上げてゆくこともできる。これは、天皇や皇后だけの乗用で、特に勅許があったときは、更衣《こうい》ぐらいの人でも、乗ることができる。『源氏物語』の桐壺の巻で、帝が更衣に輦を許したことを「輦の宣旨《せんじ》などのたまはせても……」と述べている。宣旨すなわち天皇の公式命令がなければ、乗ることができなかったわけである。

b　住宅と庭園

中古貴族の住宅は、いわゆる寝殿《しんでん》づくりである。これは、教科書なんかによく図が出ているから、だいたいは御存知のはずだが、こまかい点になると、なかなか頭に入らない。私は、大学に在学中のころ、教授がたから幾度もていねいな説明をお聴きしたのだけれど、何だかよくわからなかった。ところが、修学旅行で、京都御所を拝観したら、いっぺんにわかってしまった。ナンダ、これが母屋《もや》でこれが廂《ひさし》か——といったぐあいで、結局「百聞は一見にしかず」という諺《ことわざ》を実感した次第。だから、私は、文章で説明できる限度に対して、たいへん悲観的である。しかし、ごく要点だけお話しすると、構造の基本形式は、長方形を三つかさねたようなものだと考えればよろしい。つまり、上図のような区切りかたでいちばん内側が**母屋**《もや》、その外側が**廂**《ひさし》、いちばん外側が**簀子**《すのこ》である。これは、みな同じ屋根の下にあるもので、ひとつづきになっている。特に、母屋と廂との間には、柱が立っているだけで、普通は仕切りがない。廂の部分と簀子の部分との間には、**格子**《こうし》（蔀《しとみ》）をはめる。これは、ドアを横たおしにしたような開閉

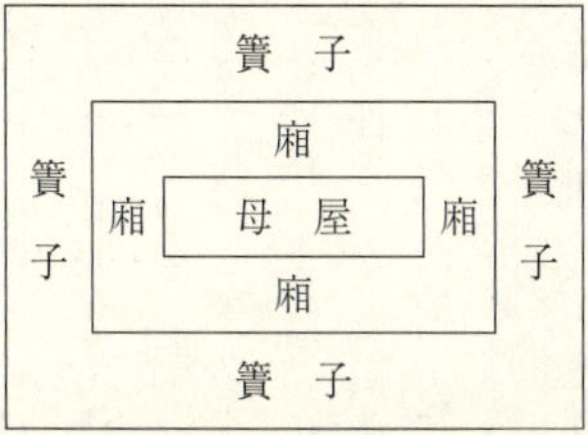

のしかたをする。つまり、上の方へ押しあげて開ける戸である。下半分は、そのままにしておく。必要なときには、下半分をとりのけることもある。格子を開閉するのが「格子まゐる」である。開けるのも閉めるのも「まゐる」というから、どちらであるかは、前後の関係で判断しなくてはいけない。廂の四隅に、**妻戸**《つまど》がある。これは、ドア式の戸である。

寝殿は、その家の中心になる建物だが、そのほかに対屋《たいのや》がある。いまの「離れ」である。その間をつなぐのが**廊**《ろう》（渡殿《わたどの》）である。対屋が東の方にあれば東の対、西にあれば西の対とよぶが、数は一定していない。東の方に二棟あれば、「東の一の対・東の二の対」とよび、北に二棟あれば、「北の一の対・北の二の対」とよぶ。その家の正妻は北の対に住むので、「北の方《かた》」とよばれる。そのほか、召使いたちの住む**下屋**《しもや》あるいはガレージにあたる**車宿**《くるまやどり》なんかも附属している。

庭は、いちばん大きい南側のに、築山をこしらえ、池を掘り、池の中に島を作り、橋をかける。池には、外から水を流しこみ、また流し出す。そういう設備を**遣水**《やりみず》という。建物と建物との間にある中庭を**壺**《つぼ》とよぶ。宮中で萩壺とか藤壺とかいうのは、萩のうえてある壺、藤のうえてある壺の意である。庭にうえた草木を**前栽**《せんざい》という。センザイと発音し、ゼンサイとはいわない。現代語の「植え込み」にあたる。壺にうえた前栽を**壺前栽**《つぼせんざい》という。それらは、いずれも季節感覚をゆたかにするような工夫がこらされていた。

建物および庭園をかこむのが、**築土**《ついじ》である。その現物は、修学旅行のときにでも奈良へ行くことがあれば、奈良ホテルを右の方に見ながら新薬師寺への道をたどるがよろしい。新しいのや崩れたのや、いろんな築土がある。粘土をまるめて直径五センチから七センチ程度の団子にし、それを幾つもかさねたものである。そのほか、**透垣**《すいがい》がある。板や竹で間をすかして造った垣である。透垣の上に、**羅文**《らもん》というアクセサリーをつけることがある。これは、上図のようにぶっちがいの形に木や竹を組みあわせたもの。ヒノキの薄い板を斜めに組みあわせた**檜垣**《ひがき》というものがあるが、わりあい身分の低い者の家に

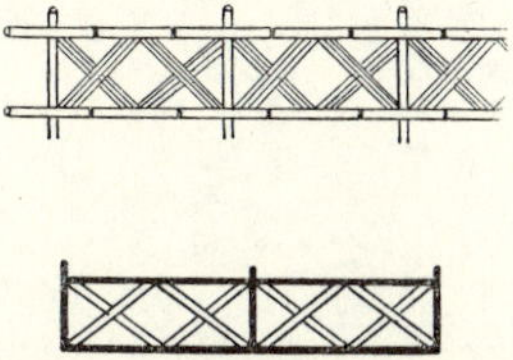

羅文（2種）

多かったようである。

c　暦と時間

むかしの一年も十二箇月だけれど、一箇月は三十日か二十九日である。これは、太陰暦だからで、月のまるくなったり欠けたりの周期で決めた。したがって、当然、日付けと月の大きさが対応している。日記なんかで、十五日夜……とあれば、雨とか何とかことわってないかぎり、外出しても明るかったはずだと考えてよい。十五日を**望**《もち》、十六日を**いさよひ**という。十七日の月が**立待**《たちまち》で、十八日のが**居待**《いまち》、十九日のが**寝待**《ねまち》である。

そうすると、一年は約三百六十日で、太陽の運行とズレが生じるから、余りの日を集め

て一箇月とし、十三箇月の年を作ることがある。その年が**閏年**《うるうどし》で、余りの月が**閏月**《うるうづき》である。名は同じ「閏年」でも、太陽暦の閏年とは意味内容がちがうから、注意してほしい。太陰暦の閏年は、五年に二度、十九年に七度の割である。閏月が何月になるかは不定なので、たとえば三月の次に閏月をおくなら、それを「閏三月」とよび、「やよひに閏のある年」などいう。春の間に閏月があるという意味で「春加はれる年」など称することもある。

次に、古文では、それぞれの月に異名がある。これは、常識中の常識だから、ちゃんと憶えておいてほしい。

一月——睦月（むつき）　二月——如月（きさらぎ）　三月——弥生（やよひ）
四月——卯月（うづき）　五月——皐月（さつき）　六月——水無月（みなづき）
七月——文月（ふづき）　八月——葉月（はづき）　九月——長月（ながつき）
十月——神無月（かんなづき）　十一月—霜月（しもつき）　十二月—師走（しはす）

九月は「菊月《きくづき》」ということもある。

また、季節の分けかたも、いまの感覚とはいくらかちがうから、注意を要する。つまり、

春——一月・二月・三月　夏——四月・五月・六月
秋——七月・八月・九月　冬——十月・十一月・十二月

となっているわけ。太陰暦の一月は、年によってちがうけれども、だいたい太陽暦の二月にあたる。いまの二月は、たいへん寒くて、春という感じがしないが、とにかく春なので

ある。夏と冬のはじめに、着物をそれぞれ夏むきあるいは冬むきに着かえるのが、いわゆる**衣更**《ころもがえ》で、四月一日と十月一日にするのが常であった。

次に、時間のことだが、これは、従来の辞書や教科書がまちがっているから、すこし念入りに説明してみよう。古文で時刻を示すのに、丑の時とか酉の時とかいうことは、どなたも御存知のはずで、自信のある優等生は、

〔午前〕		〔午後〕	
子（ね）――〇時	丑（うし）――二時	午（うま）――〇時	未（ひつじ）――二時
寅（とら）――四時	卯（う）――六時	申（さる）――四時	酉（とり）――六時
辰（たつ）――八時	巳（み）――十時	戌（いぬ）――八時	亥（ゐ）――十時

といった表を、すらすら書いてみせるかもしれない。多くの辞書や参考書には、こんなふうの説明がある。しかし、これは誤っている。子とか丑とかの一時《ひととき》をさらに四等分して「刻《こく》」とする。一刻はいまの三十分にあたり、古文に「子一つ」「丑三つ」など見えるのは、子時の第一刻・丑時の第三刻をさす。ところが、専門学者の研究によると、いまの午後〇時はだいたい午の三刻に当たるので、子時は午後十一時ごろからおよそ午前一時ごろまでとなる。すなわち、正しくは、

子――二三時↓一時　丑――一時↓三時　―　午――一一時↓一三時　未――一三時↓一五時

寅―三時→五時　卯―五時→七時　申―一五時→一七時　酉―一七時→一九時
辰―七時→九時　巳―九時→一一時　戌―一九時→二一時　亥―二一時→二三時

なのである。たとえば、もし「丑の時とは……」と問われたら、正解は「午前一時およびそれ以後の二時間」であり、また「寅三つとは……」なら、答は「午前四時およびそれ以後の三十分間」となる。これは、宮中などにおける公式時間で、**漏刻**《ろうこく》すなわち水時計によって測定し、時報には太鼓を打った。その太鼓の打数は、子が九つ、丑が八つ、寅が七つ、卯が六つ、辰が五つ、巳が四つであった。それ以下の数はない。午はまた九つに返り、未が八つ、申が七つ、酉が六つ、戌が五つ、亥が四つである。そのため子時のことを「九つ」、丑時のことを「八つ」……という式の呼びかたも生じた。卯時と酉時は、夜明けと日の暮れで、混同しやすいため、特に卯時を「明け六つ」、酉時を「暮れ六つ」とよぶ。

ところが、漏刻は操作が難しく、専門の管理官がいなければ、使いものにならない。宮中の勤務はこの公式時間でおこなわれたが、一般民衆は公式時間を知る便宜がない。そこで、一般の実用時間が別におこなわれていた。それは、一日をまず昼と夜に両分し、さらに昼と夜とをそれぞれ六等分する。そうして、子・丑・寅……あるいは九つ・八つ・七つ……とよぶ。この場合、名称は公式時間と同じだが、実質的には一致しない。なぜなら、一日を「昼と夜」に両分するわけだから、季節によってその割合が違ってくる。したがって、一時《ひととき》の長さも季節に応じて動く。次頁の図のように対応するのは、春分と秋分の日だけで

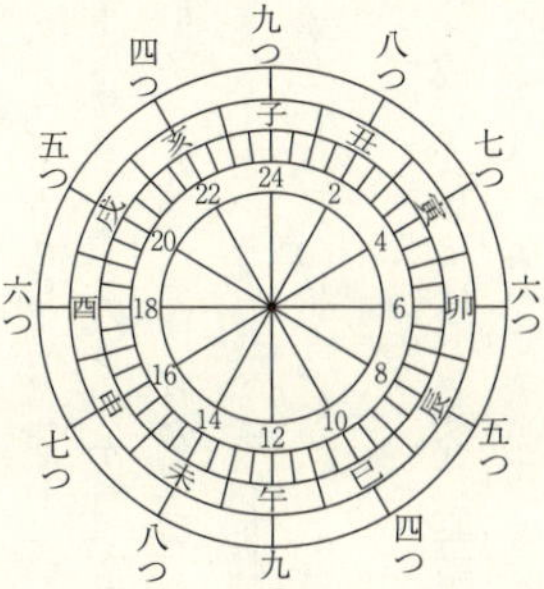

ある。こんなのを、学者は不定時法とよぶ。いつも長さの動いている時間では不便だったろうと思われるかもしれないけれど、実用的には、けっこう間に合っていたらしい。民衆だけでなく、貴族だって旅行の際などは不定時法によらざるをえなかった。『土佐日記』なんかで「戌の時に……」とあるのも、もちろん不定時法と考えられるので、これを「午後七時に……」と解釈した参考書があれば、誤りである。江戸時代だと、掌《てのひら》の大すじが自然光線で見えてくるころを「明け六つ」、見えなくなるころを「暮れ六つ」とし、あとはカンで六等分したのであって、元来が大ざっぱなものだし、経度・緯度によって日出・日没の時間が違うし、盆地と平野でも差があるわけだから、古文に現われる不定時法を現代標準時に当てはめるのが、そもそも無理なのである。

d　中古貴人の一生

妊娠ということになると、まず吉日をえらんで、諸寺にお祈りをさせる。中古貴人の一生は、初めから坊さんの御厄介になるという段取りである。お産のときにも、坊さんが詰めていて、お経をさかんによむ。むかしの坊さんは、死体埋葬業専門ではなかった。生まれると、その夜、三日めの夜、五日めの夜、七日めの夜、九日めの夜に誕生の祝いがおこなわれる。これを産養《うぶやしない》という。五十日めと百日めにも祝宴がある。

三歳から五歳ぐらいの間に、男の子も女の子も、袴着《はかまぎ》の式がある。もうすこし後のこともある。袴をはかせて紐《ひも》をむすぶ役は、ふつう父がすることになっている。親類のなかでいちばん身分の高い人に頼むこともあった。

子どもの間は、男の子も女の子もほとんど同じような生活をしているが、**成年式**以後は、それぞれ男性あるいは女性としての生活をすることになる。男の成年式は**初冠**《ういこうぶり》という。はじめて冠をつけるからである。その儀式は、『源氏物語』の桐壺にかなり詳しい描写が出ている。女の場合は**裳着**《もぎ》という。はじめて裳をつけるからである。「御裳たてまつる」（宇津保物語）などの言いかたで出てくる。裳をつけると共に、髪をゆう。子どものときは、尼そぎといって、肩の辺までのオカッパ頭なのだが、成年式以後は、元結《もとゆい》でむすぶ。これを髪上《かみあげ》という。成年式の年齢は、一定していない。女は十二歳から十四歳、男はそれよりすこし年長のようだが、そう決まっていたわけではない。

成年式以後は、当然、**結婚**問題がおこる。結婚の形態について、現代といちじるしく異なる点は、第一に一夫多妻であること、第二に夫が妻の家にかようことである。一夫多妻といっても、そのなかには正妻がひとり有るわけだけれど、正妻だけがほんとうの妻であると意識されていたのではない。それから、夫が妻の家にかようのは、いつまでも続くわけでなく、適当な時期がくると、正妻とは同居することになる。正妻以外の妻も、いっしょに同居することがある。光源氏の場合などは、そうである。いずれにもせよ、夫の方からある期間かよってゆくのは、同じである。同居しても、妻の財産はもとのとおり妻の所有に属するのであって、夫の財産とは混同しない。そのかわり、子どもの養育は妻の経済的責任になり、夫は子どもを扶養する義務はない。しかし、妻が貧乏でどうしようもないときは、もちろん夫が面倒を見てやるわけだが、それは、夫の義務というよりも、好意と見るべきであろう。十三世紀ごろからは、だんだん今のような嫁入りの形式になってゆき、妻の財産は夫の方へ吸収される慣わしが成立する。

求婚は、まず男の方から手紙をやる。手紙には、かならず歌が含まれる。歌が上手であり字がみごとであることは、良い相手を得るための必要条件だったから、みな熱心にやったわけである。手紙で人物を判定して結婚を決めるやりかたは、三八八頁にも見える。結婚が決まると、夫は妻となる女の家に行き、泊まる。三日間は連続してかよう。第三日あるいは第四日めに、披露宴がある。それを「ところあらはし」という。その後、吉日をえらんで、夫は妻の家から出勤する慣わしもある。ある期間の後、妻が夫の家に迎えられることは、前に述べたとおり。

ある年齢になると祝いをする慣わしは現代もあるけれど、平安時代は早かった。初めが四十の賀で、あと十年ごとに、五十の賀、六十の賀というようにする。お祝いの品を贈ったり、祝宴をもよおしたりするのも、現代と同様だが、その宴のとき立てる屏風は、一流歌人に依頼した祝いの歌をはりつけるのが例であった。それを賀の歌という。勅撰集では、こうした賀の歌だけを集めた巻が設けられるのを常とする。おなじみの

君が代《よ》は千代《ちよ》に八千代にさざれ石《いし》の巌《いはほ》となりて苔《こけ》のむすまで

は、もと第一句が「わが君は」とあって、『古今和歌集』巻七賀歌の部に出ている。やはり、賀宴のときの歌だと考えられる。

人生の最後は**葬式**だが、人が死ぬと、入棺してから、殯《もがり》といって、野辺送りまでの間、朝晩のお膳をそなえ、経をよむ。そうして、陰陽師《おんようじ》に適当な日をうらなわせ、その日に野辺送りをする。棺には喪主および近親者がつきそい、葬地に行き、火葬または土葬にする。たいてい火葬のようで、葬地は、京都なら鳥辺野《とりべの》が多い。人が亡くなった記事に、よく煙とか雲とかいうことばが出てくるのは、この火葬のときの煙なのである。死後四十九日の間は、「中有《ちゆうう》」あるいは「中陰《ちゆういん》」と言い、死者の魂がまだ落ちつくべき所に落ちつかないとされているので、七日ごとに法事をする。いま、どっちつかずのことを「宙に迷う」と

いうが、これは「中有に迷う」のなまったもの。

ゆかりの人が死ぬと、一定の期間は喪《も》にこもる。「おもひ」とも「服《ぶく》」ともいう。「服」はブクとよむ。フクではない。関係の近さかげんで、期間はいろいろだが、父母や夫などのときがいちばん重く、十三箇月とされている。その間、黒系統の色の衣服を着る。色は、やはり関係の近さ遠さにより、区別があったけれど、鈍色《にびいろ》（濃いねずみ色）が一般的に多い。喪の間は、酒やなまぐさい物を避け、音楽なんかもやめて、仏に故人の魂の平安を祈ることになっていた。

（ロ）社　会

a　政治のしくみ

政治そのものについて述べるのはたいへんだから、政治の骨組となる官制を通じて、むかしのお役人たちを紹介してみよう。

奈良時代の官制は、大宝令によって決められたものだが、平安時代になると、いろいろ改正が加えられ、醍醐《だいご》天皇のとき延喜式が公布されるにいたって、いちおう安定した。明治維新まで、あまり変わっていない。

官職の最高は、**摂政**《せっしょう》と**関白**《かんぱく》である。これは天皇の政務を代行する重要な任で、天皇が幼少のときは摂政、成人されてからは関白となる例である。

政治の実際をおこなうのは、神祇《しんぎ》官《かん》と太政《だじょう》官とである。神祇官は、神事・祭典をつかさどる公務員で、その長官を伯《はく》という。その下にいろいろな役がある。中臣《なかとみ》・斎部《いんべ》・卜部《うらべ》などの氏の人たちが、神祇官の諸ポストにつくのを例とした。

太政官は、いまの内閣と同じようなもの。その最高責任者が**太政大臣**《だじょうだいじん》で、いまの総理大臣にあたる。しかし、適当な人がなければその地位をブランクにしておく定めだから、実際に総理大臣のしごとをするのは**左大臣**である。左大臣の次が**右大臣**で、副総理にあたる。左大臣が事故で出勤できないとか、左大臣が関白を兼任しているときとかには、右大臣が総理大臣の事務を代行する。その下に**内大臣**がある。しごとは左大臣・右大臣と同じで、両大臣ともさしつかえのあったとき、その事務を代行する。

大納言《だいなごん》は、内閣官房長官兼国務大臣といったような役。しかし、複数である点は、いまと同じでない。たいてい二人で、そのほかに権《ごん》大納言が何人かある。何人もいるので、藤《とう》大納言とか源《げん》大納言とかいって、よびわける。大納言のうち首席の人を「一の大納言」という。**中納言**は三人で、そのほか権中納言が数名いる。しごとは大納言と同じ。**少納言**は、ずっと下の役で、文書課長といったようなしごとである。少納言の下に、大外《げ》記《き》・少外記とよばれる書記官がいる。少納言以下は書記局とでもいうような事務系統だが、そのほかに、左右の行政事務局がある。左《さ》弁官《べんかん》・右弁官という。それぞれ大弁《だいべん》・中弁・少弁があり、その下に大史・少史がいる。左弁官は中務《なかつかさ》・式部《しきぶ》・治部《じぶ》・民部《みんぶ》の四省を管理し、右弁官は兵部《ひょうぶ》・刑部《ぎょうぶ》・大蔵《おおくら》・宮内《くない》の四省を管理する。大納言・中納言につぎ、少納言の上に在って、無任所国務大臣のような役をするのが**参議**《さんぎ》で、定員は八名。四位の参議以上をふつう**公卿**《くぎょう》という。

そこで、むかしの内閣事務機構を表にしてみると、次のようになる。

太政大臣

左大臣
右大臣
（内大臣）

（中納言）
大納言
（参　議）

左弁官（中務・式部・治部・民部）
少納言―大外記・少外記
右弁官（兵部・刑部・大蔵・宮内）

各省の長官を卿《きょう》、次官を輔《ふ》という。中務卿といえば、中務省の長官である。いまの各省長官たちは同時に国務大臣だが、むかしの卿は事務長官だけで、閣議には出席しない。省の下部機構には、寮と司がある。よびかたがちがうだけで、いまなら局ぐらいにあたるわけ。実質的には、課ぐらいの所もある。

なお、天皇側近の雑用をつとめる役所として、**蔵人**《くろうど》**所**は重要である。その総裁が別当《べっとう》、事務長官が頭《とう》である。別当は、左大臣あるいは右大臣が兼任するので、事実上は名誉職にすぎない。頭は二人で、一人は弁官から、一人は近衛から兼任するのが原則であった。頭《とうの》

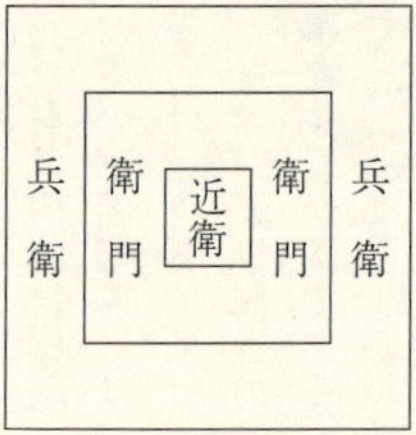

弁《べん》といえば、弁官から出た蔵人頭、頭中将《とうのちゅうじょう》といえば、近衛府中将で蔵人頭を兼ねる人である。その下に五位の蔵人と六位の蔵人とがいる。五位のが三人、六位のが四人か五人。いったい、四位・五位の公務員は**殿上人**《てんじょうびと》といって、清涼殿の殿上の間《ま》に出席する資格があり、それを昇殿《しょうでん》ともいう。殿上人より下の階級を**地下**《じげ》という。ところが、蔵人にかぎり、六位でも昇殿を認められていた。なお、呼びかたは同じ蔵人でも、お后《きさき》づきの**女蔵人**《にょくろうど》があるから、混同しないように注意してほしい。この方は、わりあい下級の女房で、衣類の管理その他の雑用をつとめたもの。身分はずっと低い。女蔵人といわず、単に蔵人といった例が『大和物語』や『枕冊子』なんかに出てくるから、高校生泣かせである。

内閣機構のほかに、皇宮警察の機構がある。**近衛**《このえ》**府**・**衛門**《えもん》**府**・**兵衛**《ひょうえ》**府**がそれである。しごとは、いずれも皇居を守護し、天皇の行幸におつきするなどだが、いちばん内側が近衛府の受持で、その外側が衛門府、さらにその外側が兵衛府という分担になっている。上図で御理解ねがいたい。それぞれの長官および次官以下は次のとおり。

近　衛——大将・中将・少将・将監《しょうげん》

衛門┐
兵衛┘─督《かみ》・佐《すけ》・大尉《たいじょう》・少尉《しょうじょう》

一般警察としては、**検非違使《けびいし》庁**がある。いまの法務省と警視庁とをいっしょにしたような役所で、その長官を別当《べっとう》という。

地方行政では、いまの東京都庁にあたるのが、**京職《きょうしき》**である。むかしの京都は、左京と右京とに区分されていたから、それぞれ知事がいて、左京大夫・右京大夫とよばれた。しかし、後には、実権がほとんど検非違使の方へ行ってしまった。

地方公務員としては、いまの知事にあたる守《かみ》と、次官の介《すけ》と、部長級の掾《じょう》と、課長級の目《さかん》とが、それぞれの国におかれた。守のことを受領《ずりょう》ともいう。位からいうと五位だから、大したこともないようだが、実質的な収入はそうとうなものであったらしく、『宇津保物語』に、三春高基《みはるのたかもと》という握りやさんが、わざわざ大臣を辞任して美濃守にしてもらった話が出ている。守の任期は、四年を原則とする。任期が終わって帰京するとき、後任の守は、前任者が在任中まちがいなく任務を果たしたという証明書を発行する。これを**解由状《げゆじょう》**という。

地方官のなかですこし特別なのが**大宰府《だざいふ》**である。九州地方の行政をつかさどる役所で、いま北海道が特別の行政区域になっているのと似た形。京都と隔たっているうえ、朝鮮や中国に接触することが多かったからであろう。その長官が帥《そち》で、従三位の人がつとめる役である。しかし、これは名誉職みたいなもので、実務は権帥《ごんのそち》か大弐《だいに》が担当する。権帥が在任のときは大弐をおかず、大弐がいるときは権帥をおかない。つまり、資格として大弐がいくらか下だというだけで、事務は同じなのである。だから、『源氏物語』などには、両者を混同した言いかたが見える。大臣が罪になったときは、権帥として大宰府にやる例であったが、これは名目だけの権帥で、実務にはまったく関係しない。

中央官庁および地方行政庁を通じ、その公務員を異動するのが、**除目**《じもく》である。除目すなわち定期人事異動には、地方公務員の県召《あがためし》除目と政府公務員の司召《つかさめし》除目とがある。県召は正月、司召は秋におこなわれるが、そのほか不定期のがあり、臨時の除目とも小除目《こじもく》ともいう。県召のときなど、たいへんな運動ぶりであったらしい。女房にまで頭をさげまわり、「よきに奏したまへ、啓したまへ」とぺこぺこ頼んでいる連中の姿が、『枕冊子』（第三段）に生きいきと描写されている。

b　教育と学芸

教育のことは、式部省のなかの大学寮で管理していた。その長官が別当で、いまの大学学術局長だが、たいてい兼任だったから、実際の長官は頭《かみ》がやっていた。その下に、助《すけ》

（次長）・権助《ごんのすけ》（次長輔佐）・大允《だいじょう》（課長）・少允《しょうじょう》（課長輔佐）なんかの公務員が属する。

以上はいまの文部事務官で、実際の教育にはいまの文部教官があたる。いちばん上は博《はか》士《せ》（教授）で、その下に助教《じょきょう》（助教授）・直講《ちょくこう》（講師）がある。もっとも、この呼び名や定員は、学部によってちがう。右に示したのは**明経**《みょうぎょう》（経学を研究教授する学部）での話である。博士だけは共通で、明経博士・文章《もんじょう》博士・明法《みょうほう》博士・音博士・書博士・算博士などがある。学生はガクショウと発音される。彼らの学費は政府で補助する。そのため勧学田という財源があり、学生に学問料あるいは給料とよばれる学費を支給する。学生は、**紀伝**《きでん》（文学部）でいうと、まず『史記』『漢書』から五題を出し、そのうち三問まで出来たら合格で、擬生《ぎそう》になる。さらに省試という試験をパスすると、文章生（文人《もんじん》とも進士《しんじ》ともいう）になる。文章生がもうひとつ上の試験を受けてパスすると、文章得業生（秀才《すさい》ともいう）になる。文章得業生がこんどは方略《ほうりゃく》の策《さく》つまり論文を書いて提出し、パスすると、叙位任官の段どりになる。学生というものは、むかしから試験とは切っても切れない仲なのである。

そのほか、私立大学としては、奨学《しょうがく》院（在原氏）・勧学院（藤原氏）・学館院（橘氏）・弘文院（和気氏）・文章院（大江氏・菅原氏）などがあった。いずれも、それぞれの氏の出身者を教育するための大学である。一般的な私立大学としては、空海（弘法大師）の設立した綜芸種智《しゅげいしゅち》院《いん》がある。私立大学として最古のものである。

むかしは、学校といえば大学だけであった。小学校にあたるような初等教育は、近世になってから発達した。これは、世界共通の現象で、ヨーロッパでも、まず大学が出来たのである。

これらの大学で教えられたのは、もっぱら漢学すなわちシナの学問であって、そのためには、漢文のよめることがぜったい必要であった。公務員に採用されるためにも、文化人として社交界に顔を出すためにも、漢文はおそらくいまの英語以上に尊重されたであろう。しかし、これは、男子だけのことであって、女は大学へ行かないから、漢学には縁がない。女で漢字や漢文をひねりまわすのは、好感を持たれなかったようで、女性の世界では、仮名と和文がさかえた。もっとも、宮中に仕える女房なんかは別だったらしい。彼女らは、男性にあうチャンスの多い職業婦人だから、漢文にある程度のたしなみを持つことが必要だったと思われる。紫式部にもせよ清少納言にもせよ、漢学の教養は、そうとうなものであった。

c　経済および貨幣

大化改新によって土地は国有となり、貴族は国家公務員となった。民衆は、公民と賤民とに分かれる。公民は、戸籍に登録されている者で、納税の義務があり、移転の自由をもたない。賤民は、いろんな労務者だが、あまり人権を認められなかった。公民と賤民との間の結婚は許されない。その公民から取る税で財政がおこなわれたわけだが、国守つまり知事たちが政府に対して、あまり忠実でなく、国有地を私有化することが多くなって、中央の財政は、だんだん窮迫してゆく。その私有化した土地を**荘園**《しょうえん》という。

光源氏などいう人は、ずいぶん贅沢《ぜいたく》な生活をしたように描かれているが、彼の生活費はどんなふうにしてまかなわれたかというと、仮に正三位・大納言の時を考えてみるならば、正三位という位に対し百三十戸の封《ほう》と四十町の田、大納言という職に対し三千戸の封と二十町の田が与えられるから、三千百三十戸の封と六十町の田から得られるものが、彼の定期的収入である。封は、それだけの世帯が納める庸《よう》(労働による税)と調(繊維製品による税)の全額および租(稲による税)の半分を政府からもらうことになっている基準戸数である。田は、光源氏自身に直属するもので、収穫の五分の一にあたる小作料をとる。そのほか、季禄といって、春と秋にはボーナスが出る。主に繊維製品である。以上が表むきの収入だけれど、そのほか、荘園を持っていたにちがいない。光源氏のような羽ぶりの良い人になると、地方の豪族が、自分の荘園を光源氏にさしあげた形式にし、光源氏の権力で朝廷の方をうまくやってもらうと共に、荘園からの収入の何十パーセントかを光源氏にリベイトするという手を使ったものである。公然たる脱税だが、行政の責任者自身がやる脱税なので、摘発のしようがない。

このような荘園に対し、鎌倉時代から、幕府が地頭をおくことになった。地頭は、平安時代からあり、荘園の領主が任命した支配人だが、十三世紀からは、幕府が地頭を任命し、領主は任免権を失った。その結果、実質的収入は武士たちの方へ取られてしまい、貴族のふところは急にさびしくなる。新古今時代の歌にさびしい哀感が多く含まれているのは、こういった経済的なさびしさと無関係ではない。

経済といえば、すぐ「おかね」を連想するが、むかしは、貨幣はそれほど有力なものではなかった。貨幣の最初は、御承知の**和同開珎**で、その後、天徳二年（九五八）までの約二百五十年間に、十二種の銅銭が発行された。これを「皇朝十二銭」という。しかし、あまり流通しなかったらしく、政府はしばしば銭貨流通を奨励したけれど、効果がなく、慶長十一年（一六〇六）まで銭貨の発行は停止されたきりであった。『土佐日記』を見ると、任地から帰京する国守が、財産を米その他の現物で持って帰ったぐらいだから、当時の人たちの間で、どんなに銭が歓迎されていなかったか、想像がつくであろう。

近世になると、商業が発達し、貨幣制度もずっと変わってくる。幕府で発行したものには、金貨・銀貨・銅貨があり、地方の諸藩では紙幣も出した。それぞれ種類が多くて、とても述べきれないけれど、金貨の代表として大判《おおばん》と小判《こばん》、銀貨の代表として丁銀《ちょうぎん》と豆板《まめいた》、銅貨の代表として寛永通宝と文久通宝ぐらいを挙げておく。

金貨の単位は両《りょう》・分《ぶ》・朱《しゅ》であり、銀貨は貫《かん》・匁《もんめ》であった。みな重さの単位を貨幣価値の単位に使ったのである。銭は文《もん》を単位とする。千文が一貫である。同じ一貫でも、銀一貫と銭一貫とでは、たいへんな差がある。なお、関東は金貨を物価計算の基準としたが、関西は銀が中心であった。これは、関西財界と貿易関係のあったシナおよびオランダが銀本位制だったためらしい。金貨対銀貨の間には、貨幣価値の変動がおこる。公定換算率は金一両が銀六十匁であり銭四貫だったが、貨幣の品質が一定しないので、相場がいつも動いていたのである。その相場をあつかうのが小判市《こばんいち》であった。

貨幣経済に無くてはならぬのが銀行で、江戸時代には、**両替屋**《りようがえや》といった。もとは貨幣交換業だったが、だんだん銀行業務に進出した。つまり、商人たちから現金をあずかり、それを運用して貸し付け、利息を取るという営業内容だった。両替屋で、各種の手形が発行されたことも注目すべきであろう。それには、

(a) 為替《かわし》手形——いまの送金小切手にあたるもの(一八五頁参照)。

(b) 預《あずか》り手形——預金証書で、両替屋から預金者に対し発行する。兌換《だかんけん》券がわりにも使われた。

(c) 振り手形——いまの支払い小切手。取引のある両替屋間で入金に使う。

(d) 約束手形——いまの約束手形と同様。

などがあり、ほかに大手形・蔵預り切手などいうのもある。西鶴の『日本永代蔵』や『世間胸算用』をよむときは、こういった知識が必要である。

（八）宗　教

a　仏教の各宗

仏教とひとくちにいっても、いろいろ有るけれど、まず成立したのは、いわゆる**南都六宗**で、華厳《けごん》宗・法相《ほっそう》宗・三論《さんろん》宗・成実《じょうじつ》宗・倶舎《くしゃ》宗・律《りつ》宗がそれである。奈良時代には、この六宗がおこなわれていたが、平安時代のはじめ、つまり九世紀に、伝教大師（最澄）と弘法大師（空海）とが、それぞれ天台《てんだい》宗・真言《しんごん》宗の二宗をひらいたので、合計**八宗**になった。しかし、天台・真言の両宗がさかんで、中古の仏教は、この両宗によって代表されるといっても、言いすぎではない。**天台宗**は、理論的・哲学的な色彩がつよく、ヘーゲルを思わせる澄みきった知性をもつ。だから、平安時代のインテリさんは、みな天台宗の仏教学をほとんど必修の一般教養として嚙ったものらしい。これに対して、**真言宗**は、もっぱら悩みの解決をひき受けたようである。つまり、お祈りの方が真言宗の本職みたいな形で、お祈りによって、国家的な大事件から個人の病気にいたるまで、万事好転させるのが真言宗の主要な役目だったと思われる。医学の進歩していない時代なので、坊さんが医者の代理もしたわけである。

鎌倉時代になると、新しい宗派がぞくぞく生まれた。浄土《じょうど》宗（法然）・浄土真《じょうどしん》宗（親鸞）・臨済宗《りんざい》（栄西）・曹洞宗《そうとう》（道元）・日蓮宗《にちれん》（日蓮）などがそれで、いずれも実践的宗教の性格をもち、信仰のつよさという点では、たいへんすぐれた特色をもっている。江戸時代からは、各宗とも沈滞し、新しく黄檗宗《おうばく》（隠元）が出来たほか、これという展開もなく、現代の葬式仏教にいたる。

b　中古貴族と仏教

仏教がどんなふうに社会生活のなかで受けいれられてきたかを全体的に述べることは、とてもできない相談だから、しばらく話を中古だけに限ってみる。

正月八日から十四日間、御斎会《ごさいえ》がある。宮中の大極殿で、国家安泰・五穀成就を祈る。最初の日と最後の日とには、天皇がしたしく礼拝される。二月上旬には、修二会《しゆにえ》がおこなわれる。四月八日は仏生会《ぶつしようえ》（灌仏）で、宮中はじめ、諸寺でおこなわれる。五月には最勝会《さいしようえ》、七月には盂蘭盆《うらぼん》供があり、十二月には仏名会《ぶつみようえ》がある。名だけは御存知かと思う地獄変《じごくへん》の屏風は、この仏名会のとき使われる。以上は、みな宮中の仏教行事で、まだほかにもあるのだから、仏教がどんなに深く根ざしていたか、おわかりだろう。貴族たちも、いろんな法会《ほうえ》をやっている。

貴族たちはさまざまの災厄からのがれるため、めいめい本尊と持経をもっていた。本尊とは、その人を守ってくださる仏さまのことで、どの仏が本尊になるかは、坊さんが決めてくれた。持経は、身近におき、いつもよみあげる経である。法華《ほけ》経と般若心《はんにゃしん》経が多いようである。それから、暇をこしらえては寺に参詣したがる。比叡山（天台宗）・高野山（真言宗）はもとより『枕冊子』の「寺は……」に壺坂《つぼさか》・笠置《かさぎ》・法輪《ほうりん》・石山《いしやま》・粉河《こがわ》・志賀《しが》などの諸寺をあげており、そのほか熊野《くまの》・金峯山《きんぶせん》・長谷《はせ》なども有力であった。金峯山に参詣するのが御嶽詣《みたけもう》でだが、その前に身心をきよめる修行が必要であり、それを御嶽精進《みたけそうじ》という。『源氏物語』や『枕冊子』に出てくる。

・御嶽精進にやあらむ、只だ翁びたる声にぬかづくぞ聞こゆる（源氏・夕顔）

・あはれなるもの……よき男の若きが御嶽精進したる（枕冊子・一一九段）

しかし、京都に近いだけ、何といっても、比叡山は、仏教の中心地みたいな形であった。だから、京で単に「山」といえば比叡山あるいは比叡山の寺すなわち延暦寺《えんりゃくじ》をさすほどであり、比叡山のふもとに智証大師のひらいた同じく天台宗の園城《おんじょう》寺（三井寺）を単に「寺」とよぶのに対する。延暦寺のほうを山門《さんもん》、園城寺のほうを寺門《じもん》とよぶこともある。これも常識中の常識で、

山――山門――延暦寺
寺――寺門――園城寺

といったような表でもカードにしておくがよろしい。

病気のとき、医者のかわりに坊さんを頼むということは、前に述べたとおりだが、実際には、坊さんのなかでも験者《げんざ》とよばれる種類の人が、多くそれを受け持った。験者は、修験者の略で、いわゆる山伏《やまぶし》である。山を道場として修行する僧で、天台宗のと真言宗のとある。お祈りで病気をなおすというのは、病が「もののけ」すなわち霊鬼のたぐいによっておこると考えられていたからである。「もののけ」には、生霊《いきりょう》と死霊《しりょう》とがある。死霊は、ghost すなわち dead person appearing to the living のことだが、生霊の方は、生きている人の魂がふらふら迷い出して、どこかの人にとりつく場合である。それを祈るには、病人の家の誰かを「よりまし」にして、お祈りし、護法童子とよばれる神を使い、病人についた「もののけ」を「よりまし」に移す。そして、祈り伏せると、「よりまし」はガタガタふるい出し、ついに卒倒する。それが「もののけ」のにげ出したしるしで、病気全快——というのだが、ほんとうかどうか、私は見たことがないから、保証しないけれど、『枕冊子』（二五段）に、

験者《げんざ》のもののけ調《てう》ずとて、いみじうしたり顔に、独鈷《とこ》や珠数《ずず》など持たせ、せみの声しぼりいだして誦《よ》みゐたれど、いささか去りげもなく、護法もつかねば、集まりゐ念じたるに、男も女もあやしとおもふに、時のかはるまで誦《よ》み困《こう》じて、「さらにつかず。立ちね」とて、珠数とりかへして、「あな、験《げん》なしや」とうちいひて、額より上《かみ》ざま

にさくりあげて、あくび己《おの》れうちして、よりふしぬる。

〔験者が「もののけ」を祈り伏せるのだというわけで、たいへん得意そうに、独鈷や珠数を「よりまし」に持たせ、キイキイ声をしぼり出すように唱えていても、ちっとも「もののけ」がにげ出す様子もなく、護法童子も「よりまし」につかないので、集まって祈念している男も女も変だなと思うのだが、次の刻になるまでよんで、よみくたびれて、「さっぱり護法がつかない。あっちへ行け」と「よりまし」に言って、珠数などとりもどして、「アーア、効果がないなあ」とつぶやいて、額から上の方へなであげて、あくびを自分からして、何かにぐったり寄りかかっちまう。〕

とあるのを見れば、たいてい様子が想像できよう。

c　陰陽道と方違え

中古の人たちは、仏教のほかに、陰陽道《おんようどう》という信仰をもっていた。陰陽道とは、シナに発生した一種の学問で、人間社会のできごとはかならず何かの自然現象に対応するという考えかたが根本になっている。たとえば、星はそれぞれ天皇以下大臣や公卿などの諸官に対応しており、ある星が流れたとすると、それは地上のある大臣が失脚する予告だ——といった類である。天文にかぎらず、自然現象は何でも人事を反映すると考えたから、自然の観念的な分類である五行（木・火・土・金・水）や十干（甲・乙・丙・丁・戊・己・庚・

辛・壬・癸）や十二支（子・丑・寅・卯・辰・巳・午・未・申・酉・戌・亥）などは、判断の有力な拠りどころであった。それらの組み合わせによって、吉凶を判断するわけ。もともと仏教とは別のものである。

陰陽道によって吉凶をうらなう職員が陰陽師《おんようじ》である。これは、公務員で、中務省《なかつかさ》の陰陽寮に属する。陰陽寮の長官を陰陽頭《おんようのかみ》という。陰陽寮で陰陽道を教授するのが、陰陽博士である。陰陽博士として古来もっとも有名なのは、安倍晴明《あべのせいめい》である。

中古の人たちの生活は、かなり徹底的に陰陽道の影響を受けていたようで、たとえば、爪を切ることまで、陰陽師の教えを守ったのである。『土佐日記』に、

爪のいと長くなりにたるを見て、日を数ふれば、今日は子《ね》の日なりければ、切らず。

とある。藤原師輔《もろすけ》の『九条殿御遺誡』によると、丑《うし》の日には手の爪を切り、寅《とら》の日には足の爪を切ることになっていた。あと一日だからというわけで、切らなかったのである。日にも吉日と凶日がある。特にいけないのが庚申《こうしん》の日で、その夜は、ずっと睡《ねむ》らないで、呪文《じゆもん》をとなえる。もっとも、徹夜で呪文をとなえているわけではなく、睡けざましに歌合なんかをやることもある。そのほか、坎日《かんにち》と凶会日《くえにち》も、慎しまなくてはいけない日とされていた。現代でも、大安だから結婚式場が満員だとか、友引だから葬式を延ばすとかいうのは、陰陽道のなごりである。

方角にもタブーがある。自分の行こうとする所が、ちょうどその年の金神《こんじん》のいる方角に

あたるか、臨時に天一神《なかがみ》・太白神《ひとひめぐり》なんかのいる方角である場合、前日に出かけ、他の家にとまり、翌日そこから出かける。そうすると、方角がそれるから、安全だというわけ。これを**方違え**《かたたがえ》とよぶ。方違えのためとめてもらう所を中宿り《なかやど》という。

d 神事

政治のことを「まつりごと」というが、これは、むかし、政治と祭りが区別されていなかったからで、中古の宮廷においても、神事はたいへん多い。祈年祭・鎮魂祭・鎮火祭・鎮花祭・道饗祭《みちあえ》・大殿祭・神今食《じんこじき》・伊勢大神宮奉幣・新嘗祭・内侍所神楽《かぐら》などをはじめ、全部でいくつ有るのか、私は数えたことがないけれど、小さいのまで入れると、平均毎週一度ぐらい有りそうである。

京都あるいは京都ちかくの諸社でも、いろいろ祭りがある。賀茂・大原野・石清水《いわしみず》・春日《かすが》などの諸社のは、特に盛大であったが、なかでも賀茂神社のがいちばん代表的で、単に「祭」といえば、賀茂神社のをさす。**祭といえば賀茂。**これもきわめてありふれた古典常識である。これらの祭は、いずれも行列が観もので、それを観るため押し出す群衆は、たいへんな数であった。身分のある人は、道の両側に桟敷《さじき》を造り、そこから見物した。『徒然草』の第一三七段に、そういう人たちのありさまが生き生きと描写されている。平安時代も、同様であったろう。車の中から観る人もあった。この場合、観やすい位置をしめることが必要だから、車どうしの間で、もめごとがおこることもある。それを「車争い」という。『源氏物語』で、葵上《あおいのうえ》が病死することになった原因は、六条御息所《みやすどころ》と車争いをやって、御息所の方をさんざんな目にあわせたので、御息所の生霊が葵上にとりついたのだとされている。

古典常識は、まだまだこれどころではない。ひとわたり古文をよむのに不自由しない程度の常識をもつことは、専門の国文学者にとってさえ、あまり容易ではないのだから、これぐらいで切りあげるけれど、第一部でも、解釈の間にはさんで、いろんな古典常識を述べてきたわけだから、この章で述べたことだけが古典常識だとお考えにならないことを希望する。こんなふうにまとめて述べてみたのは、語学だけで古文が解釈できると思うのが誤りで、むかしの人の生活をよく知っていなくてはだめだということを頭に入れていただくためである。生きた解釈は、単語プラス文法だけではけっしてできない。次に、すこし例題を出しておく。

例題 一一

七日……白馬《あをうま》見にとて、里人《さとびと》は車清げにしたてて見にゆく。中の御《み》門《かど》のとじきみ引き過ぐるほど、頭一所《かしらひとところ》にゆるぎあひて、挿櫛《さしぐし》も落ち、用意せねば、折れなどして笑ふもまたをかし。左《さ》衛《ゑ》門《もん》の陣《ぢん》のもとに殿上人《てんじやうびと》などあまた立ちて、舎人《とねり》の弓ども取りて馬どもおどろかし笑ふを、はつかに見入れたれば、立蔀《たてじとみ》などの見ゆるに、主殿司《とのもりづかさ》・女官《にようくわん》などの行きちがひたるこそをかしけれ。いかばかりなる人、九重《ここのへ》をならすらむなど思ひやらるるに、内にて見るは、いとせばきほどにて、舎人の顔の衣《きぬ》にあらはれ、まことに黒きに、白きもの行きつかぬところは、雪のむらむら消え残りたるここちして、いと見苦しく、馬のあがりさわぐなどもいとおそろしう見ゆれば、引き入られてよくも見えず。

（枕冊子・三段）

一　この事がらは、何月ごろと思われるか。理由を示して答えよ。

二　次の語句を簡単に説明せよ。

（イ）里人　（ロ）左衛門の陣　（ハ）舎人

（ニ）主殿司　（ホ）九重をならす　（ヘ）内にて見る

答

一　一月。白馬の節会は一月七日におこなわれた。

二　（イ）宮仕え人で、休暇をいただき、自宅にさがっている者。（ロ）左衛門府の役人の控え所。陣は、隊員あるいは班員の勤務場所。（ハ）近衛府所属の役人。武装して、宮中の警備や儀杖などを担当した。（ニ）後宮所属の役所で、照明・燃料・入浴などを管理する。この場合は、そこに勤める女子職員。（ホ）皇居のなかで、ものなれた行動をすること。（ヘ）宮中という場所で近くながめること。

一は、宮中の年中行事に関する古典常識からわけなく解けるが、参考までに、中古におけるおもな年中行事を挙げておくから、復習その他に利用していただきたい。

〔一月〕 **四方拝**——元日。天皇が皇大神宮をはじめ四方の御陵などを遥拝される。

白馬節会——七日。白馬の行列を見る儀式。邪気をはらうためという。この日、若菜もつむ。

望粥《もちがゆ》の節供《せく》——十五日。小豆の粥を食べる。その燃料用の木を削った杖で人を打つ慣わしがある。

子《ね》の日《ひ》——最初の子《ね》の日。ピクニックに出て、小松を取り、若菜をつむ。長寿をいわう意味であった。

卯杖《うづえ》・卯槌《うづち》——最初の卯《う》の日。卯杖（桃などの木に色糸を巻いた飾り杖）や卯槌（槌型の下げ飾り）を奉る。

〔二月〕 **釈奠《せきてん》**——最初の丁《ひのと》の日。大学寮で、孔子およびその高弟を祭る。作詩や講説のあと、賜宴がある。

〔三月〕 **曲水宴《ごくすい》**——三日。水流に盃を浮かべ、それが自分の前を過ぎないうち詩を作る催し。

〔四月〕 **賀茂祭**——中旬または下旬の酉《とり》の日。賀茂神社の例祭。葵《あおい》をアクセサリーに使う。四二八頁参照。

駒牽《こまひき》——二十八日。五月の騎射に出る馬と射手を天皇が親閲される儀式。八月にもあるが意味は違う。

〔五月〕 **端午節会《たんごのせちえ》**——五日。菖蒲《しょうぶ》を軒にさし、冠のアクセサリーにし、薬玉《くすだま》をかけ、賜宴の後、騎射がある。

〔六月〕 六月祓《みなづきばらえ》——晦日《みそか》。朱雀門で、公務員が罪けがれを浄める。個人は、水辺に出ておこなう。

〔七月〕 **七夕《たなばた》**——七日。乞巧奠《きこうてん》とも。牽牛・織女両星に香花を供え、五色の糸をかけ、願い事をする。

相撲《すまい》——下旬。左右の近衛府が諸国から力士を選抜し、二十番の勝負をさせた。負け方の大将が宴会を負担する。

〔八月〕 **仲秋観月**——十五日。池に舟を浮かべ、詩歌を詠じ、管絃の遊びをする。

駒牽——十六日。諸国の牧場から献上された馬を、天皇が紫宸殿で御覧になる儀式。

〔九月〕 **重陽《ちようよう》宴**——九日。紫宸殿でおこなわれる菊花の宴。この日、五月五日にかけた薬玉を片づける。

〔十月〕 **玄猪《げんじよ》**——最初の亥《い》の日。猪子《いのこ》餅《もち》をたべ、無病をいのる。大炊《おおい》寮と内膳司の担当。

〔十一月〕 **新嘗祭《にいなめ》**——中旬の卯《う》の日。天皇が新穀を神に献じ、自身もめしあがる。

豊明《とよあかり》の節会——新嘗祭の翌日。その年の収穫の祝宴。夜は五節舞が奏される。

〔十二月〕 **荷前《のさき》**——中旬。諸国から朝廷に献上した初穂を、天皇の祖先陵へお供えする儀。

追儺《ついな》——大晦日の夜。天皇が紫宸殿でおこなわれる鬼やらいの儀式。鬼に扮した者を追い払う。

なぜ「白馬」をアオウマとよむのか、理屈に合わないようだけれど、奈良時代にはほんとうに青馬（といっても実は青みをおびた黒毛の馬）だったのである。醍醐天皇の延長年間

（九二三―三〇）ごろから白馬にかわったらしいけれど、呼びかたはアオウマを据えおいたわけ。式の模様は、白馬二十一頭を左右の馬寮から引き出し、無名門↓明義門↓仙華門を経て、清涼殿の前を通り、滝口から出る。天皇が御覧になり、そのあと公務員に宴を賜わる。この行列を見る人たちの正月気分が女性の眼をとおして描かれている。当時の上流女性は、けっして人前に姿を現わさず、外出も稀だったことを頭におくと、全体が理解しやすい。

備考 **中の御門** 待賢門。**とじきみ** 門の扉の下にわたされた横木。しきい。**挿櫛** 額髪にさす飾り櫛。**用意** 注意。**はつかに** 「わづかに」と同じ。簾のすきまからのぞくわけ。**立蔀** 板がこいの一種。格子の裏に板を張ったのを、木製の土台に固定させたもの。目かくし用。**女官** この場合は主殿司とならぶので、下級の女子公務員をいう。ニョカンとよめば、女御・更衣まで入る。下級の者だけをさすときは、ニョウカン。**内にて見る** 上の「いかばかりなる人、九重をならすらむ」に結びつけると、この話主は内裏にはじめて入る機会を得た女性という立場で語っていることがわかる。**顔の衣に** 能因本は「顔のきぬも」とあるので、顔の生地すなわち素顔と解する説もあるが、生地のことを「きぬ」といった例はない。「顔の衣」でおしろいの意とする説も、すこし無理なようである。「顔の、衣に洗はれ」とよみ、おしろいが衣類にこすられの意に取るべきでないかと思う。**白きもの** おしろい。「白いもの」ともいった。米の粉などで作ったらしい。宮中人は、男性でもおしろいを塗った。**あがりさわぐ**

立蔀
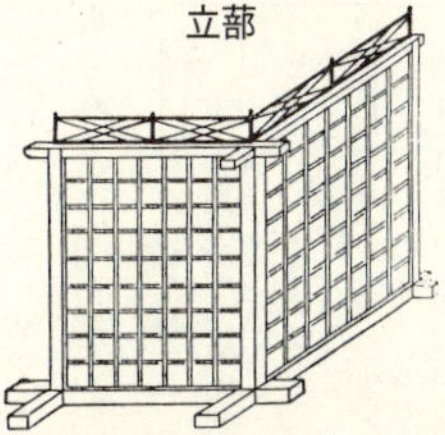

馬について「あがる」といえば、はねる意。**引き入られて**　「れ」は自発の助動詞「る」の連用形。

もうひとつ例題。こんどは、もうすこし暖かくなったころの情景である。

例題　一二

（イ）祭の頃は、なべて今めかしう見ゆるにやあらむ、あやしき小家の半蔀《はじとみ》も、葵《あふひ》などかざして、ここちよげなり。わらはべの、袙《あこめ》・袴《はかま》きよげにて、さまざまの物忌どもつけ、化粧《けさう》じて、我も劣らじといどみたるけしきどもにて行きちがふは、をかしく見ゆるを、ましてその際《きは》の小舎人《こどねり》・随身《ずいじん》などは、殊《こと》に思ひとがむるもことわりなり。とりどりに思ひわけつつもの言ひたはぶるるも、何ばかりはかばかしきことならじかしと、あまた見ゆる中に、いづくのにかあらむ、薄色《うすいろ》きたる、髪脛《はぎ》ばかりある、頭《かしら》つき、様態《やうだい》、なにもいとをかしげなるを、頭《とう》の中将の御小舎人わらは、思ふさまなりとて、（ロ）いみじくなりたる梅の枝に葵をかざして取らす。

（堤中納言物語・ほどほどの懸想）

一　傍線部分（イ）（ロ）を解釈せよ。

二　次の語句を簡単に説明せよ。

（a）半蔀　（b）葵などかざし　（c）物忌

（d）小舎人　（e）髪脛ばかりある　（f）頭つき

答　一　（イ）賀茂の例祭のころは、世間いったいが花やかな感じに見える

（ロ）たくさん実のついている梅の枝

二（a）上半分だけつりあげる式の雨戸。普通のシトミは下半分も必要に応じて開けられる。（b）葵をアクセサリーに付けること。賀茂祭の際は、建物・車・衣冠などに葵を付けた。（c）悪鬼よけのまじないのため、木の枝や蔓草を身に付けること、またはその物だが、単なるアクセサリーとしても付けた。（d）近衛の中将や少将が召し使う少年。（e）髪の長さを示す。同時に、それが少女であること、および大体の年齢をもあらわす。（f）頭髪のぐあい。当時は、髪が美人の要件であった。

一の（イ）は、わざわざ「賀茂の例祭」と「例」を入れた点に注意ねがいたい。さきに述べたとおり（四三二頁）、賀茂祭は四月中旬または下旬の酉《とり》の日だけれど、そのほか十一月下旬の酉の日に臨時祭がおこなわれるので、区別したわけだが、十一月でなくて四月（太陽暦では五月）である点を意識すると、いろんな副産物が出てくる。まず「今めかしう」の解釈に影響する。形容詞「今めかし」は、本来「現代ふうだ」の意だが、現代ふうであることは、しぜん陰気でありにくいし、渋く閑寂な趣でも合わない。そこで、転じて「はでだ」「花やかだ」等の意味が生まれた。また、別に「ことさらめいている」「わざとらしい」等の意味もある。どれが適訳になるかは、問題文の場面が風かおる四月（いまの五月）であることをおさえるなら、わりあい迷わないだろう。次に（ロ）を考えるとき、ぼんやりしていると「たいそう美しく咲いた梅の枝」など誤解しやすいが、いまの五月ごろ梅の花が咲くかどうか、ピンと来るはずだ。

全文は、要するに、平安時代におけるハイ・ティーンたちの青春讃歌で、上流貴族とはちがい、初夏のさわやかさと共に行動の自由を戸外でたのしんでいるわけだけれど、やはり中古人は中古人であって、女性をさそうにも「お茶のまない？」などいう安直な手ではだめだった。「これは」と思う相手を見つけたら、デイトの申しこみは歌でしなくてはいけない。しかも、その歌は、何か気のきいた品に付けてやるのでなくてはいけない。その品が季節とか場面とかにふさわしく、また歌とその品との連想関係が巧みにつけられているとき、相手の心が傾いてくるのであって、品の選択や歌がまずければ、デイトは当然フイになる。「梅の枝に葵をかざして取らす」とあるが、この枝には、もちろん歌が付いていたはず。

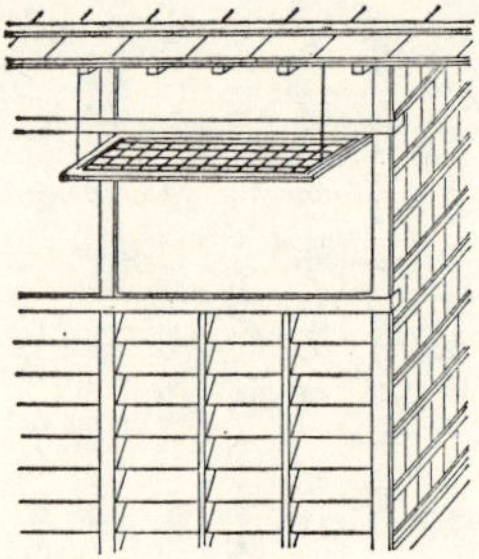
半蔀

備考　**なべて**　全体的に。**あやしき**　卑賤な。みすぼらしい。**半蔀**　いまの腰高窓に、つりあげ式の雨戸をつけたものと考えればよい。その型の窓を牛車につけることもあった。**衵**　女性用のもの。三九八頁参照。**きよげ**　清潔の意ではない。英語の fine あるいは good-looking に当たる。**化粧じて**　おしろいや紅をつけるなど、顔をつくろうだけでなく、アクセサリーを整えたり、身だしなみを全体的によくすることまで含む。**思ひとがむる**　「とがむ」は、欠点を非難する意ではない。気にすること。英語ならば、pay attention to である。**髪膣ばかり** 子どもの時は尼そぎだから（四〇八頁）、それよりずっと髪の長い少女は、ハイ・ティーンだとわかる。

古文のなかでも、特に平安時代の生活をあつかったものは、わりあい限られた地域で、同じような事のくりかえしをしていただけに、その思考や感覚もある型をもつから、季節その他の環境にマッチさせて解釈する心がまえが、他の時代よりもずっと必要なのである。

二　修辞のいろいろ

（イ）掛　詞

掛詞《かけことば》（懸詞）というのは、同音異義を利用して、ひとつの語（あるいは語の部分）を、両様にはたらかせる技巧である。つまり、一語二役だが、かならずしも一語ぜんたいがその技巧に参加するわけでない——というのが、わざわざ「あるいは語の部分」とことわり書きをつけた理由である。実例でいうと、

同じ浮寝の美濃《みの》尾張（謡曲・杜若）

がそれで、美濃の「美《み》」に「身」を掛けているのである。詳しくいえば、

同じ浮寝の身、美濃尾張

だが、同じ「ミ」なので、ひとつに言ってしまったわけ。解釈するときは、

同じ浮寝の身であり、美濃尾張……

というように、補わなくてはいけない。**掛詞の解釈は一方を補う**という原則を、はっきり憶えていただきたい。

音にのみきくの白露《しらつゆ》夜はおきて昼は思ひにあへず消《け》ぬべし（古今集）

おそろしく掛詞を連発したもので、一首のなかに三つも使ってある。「聞く」と「菊」はすぐわかるだろう。「置きて」と「起きて」もそれほど厄介でないと思うが、「思ひ」の活用語尾「ひ」に「日」を掛けたのは、ちょっと意外かもしれない。私たちは「オモイ」と発音しているから、何だか変だけれど、中古の人たちはomoɸiと発音していたので、そのɸiと同音の「日」を掛詞に使ったのである。「ひ」はɸiであってhiでないことも、ついでに申しあげておく。「ひ」だけでなく、平安時代のハ行音ぜんたいが

ɸa　ɸi　ɸu　ɸe　ɸo

だったのである。この技巧は、よく出てくるが、語の部分を利用した掛詞は、見わけにくいから、よく注意すること。しかし、わりあい慣用的な言いかたが多いから、気をつけていると、それほど厄介でもない。

効《かひ》も波間の（「無し」の「な」と「波」の「な」）

情容赦《ようしゃ》も荒磯の（「有らばこそ」の「あら」と「荒」）

人の心を白波の（「知らず」の「しら」と「白」）
どうとりとめてか木更津《きさらづ》の（「来」と「木」）

など近世の歌舞伎あたりにまで、さかんに出てくる。

（ロ）縁　語

縁語は、ちょっと見わけにくい。これは、古文のなかにいつも出てくる**関係の深いことば**であって、その関係の深さがわりあい慣わしで決まっているようなものをいう。たとえば、「竹」と「節」、「浦」と「浪」なんかは常識的にわかるものだけれど、「袖」に「涙」が縁語だということは、ちょっと考えつきにくいかもしれない。むかしの人は、涙を袖でふいたから、縁語になっているのである。半袖のワンピースなんかだけを考えると、この縁語は成立しない。つまり、ある程度まで古典のなかで慣わしとして使われている場合に、縁語だという意識が存在するわけなので、結局、古文をよくよみなれるのが縁語を正確にとらえる秘訣だ。よく出てくるものに、

糸——よる　露——消ゆ　煙——なびく　帯——とく
浦——海人《あま》　火——燃ゆ　弓——ひく　舟——こぐ
草——萌《も》ゆ　塩——焼く　紐——結ぶ　衣——裁《た》つ

などがある。こういったのを基礎にして、もし未知の縁語が出てきても、「はて、縁語で

ないかしら」と考える力をたくわえていただきたい。縁語とは、要するに**連想**のはたらきで成り立つものだから、ある事がらを出発点にして関係のある事がらをたぐってゆく頭がなくてはいけない。たとえば、

あふことの渚《なぎさ》による浪なれば怨《うら》みてのみぞたちかへりける（古今集）

〔あうことが無いのに、渚に寄ってゆく浪のようにあの人のところへ寄ってゆくわたしだから、浪が浦を見て返るように、わたしも怨んでは帰ってゆくのだ〕

において、「渚」と「浦」が縁語であり、「浪」と「たちかへり」が縁語である。「怨みて」だけを見ていると、「渚」と縁語だとは気がつきにくいけれども、同音の「うら」に「浦」が掛けてあることを発見すれば、ついでに掛詞まで発見できる。このように、**掛詞と縁語は重複してもかまわない**という点は、忘れないでほしい。

（ハ） 対　句

掛詞と縁語は和文系統のものだけれど、**対句**《ついく》は漢文系統のものである。対句とは、要するに、

〇〇〇〇〇　△△△△△
〇〇〇〇〇　△△△△△

というように並んだ言いかたなのだが、その条件として、

1　それぞれ同じくらいの分量の句であること。
2　語句が対応する位置に並びあうこと。
3　同じような意味の語を含むこと。

が要求される。なかで、2の並びかたは、単純に二つの句が対立するだけでなく、四つの句が互いちがいに並ぶのもあるから、注意すること。有名な、

祇園精舎《ぎをんしやうじや》の鐘の声、諸行無常の響あり。沙羅双樹の花の色、盛者必衰《じやうしや》の理《ことわり》をあらはす。

がそれである。つまり、「祇園精舎の鐘の声」と「沙羅双樹の花の色」とが対句であり、「諸行無常の響あり」と「盛者必衰の理をあらはす」とが対句なのである。もっと細かくいえば、

祇園精舎：沙羅双樹　　鐘の声：花の色
諸行無常：盛者必衰　　響あり：理をあらはす

ということになる。こんなふうに互いちがいに並ぶ対句を、専門語で**隔句対**《かくくたい》とよぶ。さて、これまでのところで、ひとつ例題を出してみよう。

例題　一二三

(A) 古《ふ》りにける岩の絶え間《ま》より、落ちくる水の音さへ、趣《ゆゑ》び由《よし》ある処なり。緑蘿《りよくら》の墻《かき》、翠黛《すいたい》の山、画にかくとも筆も及びがたし。軒《のき》には蔦《つた》・朝顔はひかかり、葱《しのぶ》まじりの忘れ草、瓢簞《へうたん》しばしば空《むな》し、草顔淵《がんゑん》が巷《ちまた》にしげし、藜藋《れいでう》ふかく鎖《とざ》せり、雨原憲《げんけん》

が扉《とぼそ》をうるほすとも言ひつべし。板の葺目《ふきめ》もまばらにて、時雨《しぐれ》も霜もおく露も、もる月光《つきかげ》にあらそひて、たまるべしとも見えざりけり。後《うしろ》は山、前は野辺《のべ》、い笹小笹《ささをざさ》に風さわぎ、世に絶えぬ身の慣《なら》ひとて、うき節しげき竹柱、都の方《かた》の言伝《ことづて》は、間遠《まどほ》に結《ゆ》へるませ垣や、僅《はつ》かに言《こと》とふ者とては、峯に木伝《こづた》ふ猿《さる》の声、賤《しつ》が爪木《つまき》の斧《をの》の音、これらが訪れならでは、柾木《まさき》の葛《かづら》青つづら、くる人稀なる処なり。

（B）山里はものの寂《さみ》しきことこそあれ、世の憂きよりはなかなかに、住みよかりける柴《しば》の扉《とぼそ》、都の方《かた》のおとづれは、間遠に結《ゆ》へるませ垣や、うき節しげき竹柱、立居《たちゐ》につけてもの思へど、人目なきこそ安かりけれ。際《をり》をりに心なけれど訪《と》ふものは、賤《しつ》が爪木の斧の音、梢のあらし猿の声、これらの音ならでは、柾木《まさき》の葛《かづら》青つづら、くる人稀になり果てて、草顔淵が巷に繁き思ひの行方《ゆくへ》とて、雨原憲が扉《とぼそ》とも湿《うるほ》ふ袖の涙かな。

一　（A）と（B）とでは、どちらが掛詞が多いか。

二　（A）と（B）とでは、どちらが対句が多いか。

三　（A）および（B）の文から、縁語を指摘せよ。

四　（A）および（B）の文は、文体としてどんな名称でよばれるか。

五　（A）と（B）とは、それぞれ
（イ）景色のよい処として描かれているか、（ロ）そうでないか。

六　この文の主人公は、それぞれ現在の生活に
（イ）安住しているか、（ロ）そうでないか。

答　**一**（B）が多い。　**二**（A）が多い。

三（A）時雨→もる　節→竹　間遠→ませ垣　葛→くる

（B）間遠→ませ垣　節→竹　柱→立ち　葛→くる

草→しげき　雨→うるほふ

四　和漢混淆文（和漢混合文）

五（A）＝（イ）（B）＝（ロ）　**六**（A）＝（ロ）（B）＝（イ）

一と**二**は、それぞれ掛詞と対句が幾つあるかと出題したいところだが、ちょっと見わけにくいのがあるから、こんな問いかたにしてみた。掛詞は、

（A）うき節しげき竹柱。言伝は間遠に結へる。青つづらくる人稀なる。

（B）おとづれは間遠に結へる。うき節しげき竹柱。青つづらくる人稀に。顔淵が巷に繋き思ひの。原憲が扉とも湿ふ袖の涙。

で、（A）が三、（B）が五である。（B）の「住みよかりける」も掛詞のようだが、これは、

{山里は住みよかりけり
住みよかりける柴の扉

をひとつづきに言ったもので、三六三頁に述べた省略語法のひとつだと考えられる。掛詞は、上につくときと下につくときとで、いくらか意味がちがってくるのを原則とする。たとえば、

言伝は間遠に結へるませ垣

を採ってみると、上について「言伝は間遠に」となるときは時間的な遠さ、下について「間遠に結へるませ垣」となるときは空間的な遠さになる。こんな区別まで要求するのは無理かと思って、わざと「掛詞は幾つあるか」という問いかたを避けたのである。対句の方は、

(A) 緑蘿の墻：翠黛の山
瓢簞しばしば空し草顔淵が巷にしげし：藜藋ふかく鎖せり雨原憲が扉をうるほす
後は山：前は野辺
峯に木伝ふ猿の声：賤が爪木の斧の音

(B) 草顔淵が巷：雨原憲が扉

で、Aが四、Bが一となる。これも「瓢簞しばしば空し草顔淵が巷にしげし：藜藋ふかく

鎖せり雨原憲が扉をうるほす」が対句としてひとつだと考えるのは、すこし難しいかもしれない。「瓢簞しばしば空し：藜藿ふかく鎖せり」がひとつの対句、「草顔淵が巷にしげし：雨原憲が扉をうるほす」がひとつの対句だと考えやすいけれど、それはいけないのであって、全体でさきに言った隔句対をなしているわけ。しかし、やはり高校生には見わけにくいだろうと思って、わざと「対句は幾つあるか」と問わなかったのである。Bの「間遠に結へるませ垣」と「うき節しげき竹柱」は、対句と見られないこともないけれど、意味としては「間遠に」が「しげき」に対するわけで、対応する位置に並んでいないから、いちおう対句にはしなかった。しかし、こんなふうに位置の対応しない場合でも、弘法大師の『文筆眼心抄』では交絡対《こうらくたい》と名づけて、ひとつの対句形態と認めているから、ぜったいに対句でないとはいえない。同じくBで、「賤が爪木の斧の音」と「梢のあらし猿の声」も、対句みたいである。しかし、前の方は「賤が爪木の斧の」が全部「斧」の連体修飾だから、ものとしては単数であるのに対し、後の方は「梢のあらし」と「猿の声」で、複数である。一対二ではつりあわないから、やはりいちおう除いたけれど、これも『文筆眼心抄』では前単後複対《ぜんたんこうふくたい》と名づけて、対句としている。これを認めるとしても、Bの方は対句三だから、Aの方が多いことには変わりがない。**五**は、Aに「画にかくとも筆も及びがたし」とあり、Bにはそれに当たる文句がなくて、単にさびしい処として述べられている点から解けよう。**六**は、Bに「住みよかりける」「安かりけれ」とあり、Aにはそれに当たる文句がなくて、単にさびしがっているように述べられた点が手がかりとなる。出典は、Aが『平家物語』、Bが謡曲『大原御幸』。

(二) 枕　詞

枕詞は、ほとんど歌だけに使われる修辞だが、特別じたての美文（『古今和歌集』の仮名序など）には、散文でも使われることがある。御婦人がたの頭に載っている小さな帽子みたいなもので、単なるアクセサリーである。通釈なんかするときには、枕詞だけオミットしてもよろしい。ただし、あとで「……」は「――」にかかる枕詞だというような説明をつけておくのが安全。よく出てくる枕詞は、次のようなものである。

あかねさす　日・紫・照る・君が心
あさもよし　紀・木・城《き》
あしひきの　山・峯《を》
あづさゆみ　引く・張る（春）・射（入）る・本・末
あまざかる　鄙《ひな》・日・向かふ
あまてるや　日
あまとぶや　雁《かり》・軽《かる》
あらがねの　土
あらたまの　年・月・来経《きふ》・春
あをによし　奈良
いさなとり　海・浜・灘《なだ》
いそのかみ　布留《ふる》〔地名〕・古《ふる》・降《ふ》る
いはばしる　近江《あふみ》

うつせみの　世《よ》・代《よ》・人・身・命
うばたまの　黒・夜・夢・寝《い》・月
おほふねの　たのみ・わたり・津・たゆたふ
かむかぜの　伊勢〔地名〕
からころも　着・つま・慣《な》る・紐・裁《た》（立）つ
かりこもの　乱る
くさまくら　旅・結ぶ・露
くずのはの　裏・恨み
くれたけの　節《よ》（夜《よ》・世《よ》）
ことさへく　唐《から》・百済《くだら》
こもりくの　長谷《はつせ》〔地名〕
ささがにの　蜘蛛・巣・糸
ささなみや　志賀・大津・比良
しきしまの　大和《やまと》・日本《やまと》
しろたへの　衣《ころも》・袖・たもと・雪・雲（白雲）
たまきはる　命・世・うち
たまだすき　畝傍《うねび》・懸《か》く
たまぼこの　道・里
たまもかる　海・沖《おき》・海に関係のある地名
たらちねの　母・親
ちはやぶる　神・社
つのさはふ　石
とぶとりの　明日香《あすか》〔地名〕・早し
とりがなく　東《あつま》
なよたけの　節《よ》（世《よ》・夜《よ》）
ぬばたまの　「うばたまの」に同じ
ひさかたの　天《あめ》・空《そら》・雨・月・星・雲・光・都・鏡
ほしづきよ　暗《くら》（倉《くら》）・鎌倉
みすずかる　信濃《しなの》
みづくきの　岡・流れ・あと・かき
むらぎもの　心
もののふの　八十・五十（い）
ももしきの　大宮・宮
やくもたつ　出雲《いづも》
やすみしし　大君

ゆふづくよ　小倉《をぐら》〔地名〕

わかくさの　夫《つま》・妻《つま》・新《にひ》・わかし

御覧のとおり、枕詞は、いずれも五音節である。しかし、地名関係にはごく少数の例外がある。「**おしてる**」（↓難波）とか、「**うまざけ**」（↓三輪）とか、「**しなてる**」（↓片岡）とか、「**しらぬひ**」（↓筑紫）とか、「**そらみつ**」（↓大和）とか、「**つぎねふ**」（↓山城）など。どうせ意味に関係がないのだから、わざわざ使わなくてもよいような感じがするかもしれないけれど、枕詞をうまく使うと、理屈ぬきに美しい「しらべ」が生まれる。

たまもかる敏馬《みぬめ》を過ぎてなつくさの野島が埼《さき》に舟近づきぬ（万葉集・巻三）

人麿の名歌のひとつだが、「たまもかる」が海に縁のある「敏馬」（いまの神戸港あたり）の枕詞、「なつくさの」が「野」の枕詞で、これをぬいてしまうと、

敏馬を過ぎて野島が埼に舟近づきぬ

という平凡な叙述でしかない。ふたつも枕詞を使うことによって、はじめて生きいきとした心のはずみが表現されているわけで、枕詞を使いこなす腕まえでは、おそらく柿本人麿が空前絶後だといってよかろう。

（ホ）序　詞

序詞《じよことば》は単に序ともいう。枕詞と同じような性質のものだが、区別されるのは、音数と固

定性との差である。憶えやすいように表で示すと、次のようなぐあいになる。

	枕　詞	序　詞
音　数	五音を原則とする	長くても短くてもよい
固定性	決まったことばにつく	その度ごとにかわる

枕詞とちがい、序詞は音数が不定なのである。何音でもよいのだが、ひどく長いのがある。

春されば水草《みくさ》の上に置く霜の消《け》つつも我は恋ひわたるかも（万葉集・巻十）

この歌では、「春されば水草の上に置く霜の」が「消つつ」の序詞なのである。霜は消えやすいものだから、「春されば水草の上に置く霜のように消えつつ……というのであるが、さらに霜をいろいろ修飾したので、ひどく長い序詞になってしまった。本筋は「消つつも我は恋ひわたるかも」だけなのである。だから、もし通釈せよと要求されたら、

すっかり元気がなくなって、わたしはあなたのことを恋いしたっております

〔上三句は「春が来ると水草の上におく霜が消えやすいように」の意で「消つつ」にかかる序詞〕

など答えておけばよろしい。三句にわたる序詞も珍しくはないが、二句の序になると、いっそう多い。

・風をいたみいたぶる浪の間《あひだ》なくわが思ふ君は相思ふらむか（万葉集・巻十一）

〔「風をいたみいたぶる浪の」は「間なく」の序詞〕

・あしひきの山橘《たちばな》の色に出でて我《わ》は恋ひなむを人目かたみすな（万葉集・巻十一）

〔「あしひきの山橘の」は「色に出でて」の序詞〕

後者の例は、序詞のなかに「あしひきの」といった枕詞が含まれることに注意。途中に序のある場合もある。

わが齢《よはひ》し衰へぬれば白たへの袖のなれにし君をしぞ思ふ（万葉集・巻十二）

〔「白たへの袖の」が「なれ」にかかる序詞〕

これも序詞のなかに「白たへの」といったような枕詞の含まれる例。

思ひ出づる時はすべなみ佐保山《さほやま》にたつ雨霧の消《け》ぬべきものを（万葉集・巻十二）

〔「佐保山にたつ雨霧の」は「消」にかかる序詞〕

序詞は臨時的なものだということも、はっきりした特色である。「山」といえば枕詞はいつでも「あしひきの」であり、「空」といえばいつも「ひさかたの」に決まっている。しかし、序詞は、その時その時に新作するのであって、同じ序詞をくりかえすことはない。それでたいてい見別けがつくであろう。

（へ）切字

以上は主に和歌で使う修辞だったが、切字《きれじ》は連歌や俳諧で発句《ほっく》に出てくるものである。俳諧の発句は、いま俳句とよばれるものと同じ形で、五七五の十七音を原則とする。しかし、連歌や俳諧では、発句のあとにずっと句が並んでゆくのであって、実例をあげるなら、

梅が香《か》にのつと日の出る山路《やまぢ》かな　芭蕉
　所どころに雉子《きじ》の啼《な》きたつ　野坡
家《や》普《ぶ》請《しん》を春の手すきにとりつきて　同
　上《かみ》のたよりにあがる米の値《ね》　芭蕉
宵《よひ》のうちはらはらとせし月の雲　同
　藪《やぶ》ごし話す秋のさびしき　野坡

といったようにつける。このあともう三十句続くのであって、いまの学者は連句とよんでいるが、このなかで第一の「梅が香にのつと日の出る山路かな」を**発句**《ほっく》という。「所どころに雉子の啼きたつ」を**脇**《わき》、「家普請を春の手すきにとりつきて」を**第三**《だいさん》とよぶ。第四句以下はみな**平句**《ひらく》で、最後の句だけ特に**揚句**《あげく》という。発句は、その全体の最初に立ち、ほかの句を統率するような感じが要求されるので、その句だけではっきり独立した姿がなくてはならない。そこで、切字をつかって、はっきり言い切るのである。右の発句でいえば、「かな」が切字である。

はっきり言い切った感じさえあれば、どんなことばでも切字になるのだが、実際問題と

しては「かな」がいちばん多い。それに次ぐのは「けり」であろう。言い切るのは、句の途中でもさしつかえない。そのときは、たいてい「や」が用いられる。

古池や蛙とびこむ水の音　　芭蕉

は、その典型的なもの。用語の終止形あるいは終止形に準ずるもの——係り結びの関係でつかわれた連体形や已然形——も切字になるし、体言を切字にした例もある。その切れかたには、かなり厄介な論があるのだけれど、高校程度としては、右に述べたようなことでよかろう。ただ、切字の資格についてうるさい議論があるという点を知っておくのに良い例があるから、あげてみる。

例題　一一四

辛崎《からさき》の松は花より朧《おぼろ》にて　　芭蕉

伏見の作者、「にて」留めの難あり。其角《きかく》いはく、「にて」は「かな」にかよふ。この故に、「かな」留めの発句に「にて」留めの第三を嫌ふ。「かな」といへば、句切迫《せっぱく》なれば、「にて」とはべるなり。呂丸いはく、「にて」留めのことは、すでに其角が解《かい》あり。また、これは第三の句なり。いかで発句とはなしたまふや。去来いはく、これは即興感偶にて、発句たること疑ひなし。第三は句案にわたる。もし句案にわたらば、第二等にくだらむ。先師かさねていはく、角・来が弁、みな理屈なり。我は、ただ花より松の朧にて、おもしろかりしのみとなり。　（去来抄・先師評）

右の文にあらわれる各人の意見を、簡単に述べよ。

答

(1) 伏見の作者——発句の切字に「にて」を使ったのはよくない。

(2) 其角——「にて」は「かな」に近い性質があるから、切字に代用してもさしつかえない。

(3) 呂丸——「にて」留めは、どうも第三みたいな姿で、これを発句とされたのは不可解。

(4) 去来——実感から生まれた詩想だから、発句と認めたい。第三の句は、頭で考えるものである。

(5) 芭蕉（先師）——私は理屈ぬきに作ったのだ。自分の感じさえよく出たら、それでよろしい。

「発句には切字がなくてはいけない」という法則をめぐって、論戦が展開されている。実際、「にて」は第三に多く用いられる例であり、発句には出てこない。伏見の作者や呂丸の考えは、原則論として正しい。其角の論はすこし強引である。発句が「かな」のとき第三を「にて」にしないということは、連歌の方でもいわれているが、それだから「にて」が「かな」の代用になりうるというのは、論理の飛躍だろう。去来の考えは、いちばん穏当である。つまり、発句は「その座の実景をよまなくてはいけない」という規定があるのに対し、脇よりあとの句はみな前句の世界にふさわしい景色や事がらを想像して作るのである。ところが、この句は実感がよまれているから、形式的にはともかくも、内容的には発句だというのが、去来の説である。しかし、芭蕉は、もっと超越した考えをもっていた。自分の感じ取ったものがいちばん適切に表現されているなら、他人がどう批評しようと、それは他人にまかせておけばよろしいというのである。作者として、まことに確信に満ちたことばだといってよい。

(ト) 季語

季語も、やはり連歌や俳諧の発句《ほっく》に出てくる特殊な修辞である。発句でない平句《ひらく》にも、ときどき季語が出てくるけれど、高校程度ではあまり必要もないかと思うので、発句についてだけ述べておく。発句は、かならず季語を含まなくてはいけない。稀には季語のない発句もあるけれど、それは、たいへん稀な例外であって、原則としては「発句はかならず季語を含む」と記憶しておいてよろしい。季語とは、季節を示すことばで、

古池や蛙《かはづ》とびこむ水の音　　芭蕉

における「蛙」(＝春)がそれである。切字「や」と季語「蛙」とを含むことによって、この句は発句なのである。ところで、蛙が春だというのは、変だなとお感じになるかもしれない。私たちの感覚では、蛙はむしろ夏のものだからである。しかし、これは、もともとトノサマガエルやアマガエルではなくて、カジカのことであった。万葉時代からずっと、歌人たちは「かはづ」といえばカジカのことに使っていたのである。それがいつの間にか

普通のカエルのことになってしまったのだが、季節としてはもとのとおり春のものとされていたので、普通のカエルまで春の季語とされたわけ。こんなふうに、**いまの季節感と合わない季語**もあるから、古文の場合、注意を要する。それから、**いまの時代にない季語**も出てくるから、厄介である。

出代《でがは》りや幼《をさな》ごころにものあはれ　　嵐雪

「出代り」が季語である（＝春）。江戸時代は、奉公人は半年契約であって、春と秋とに契約を更新した。契約打切りということになれば、そこで勤先の家から出るわけ。はじめ二月二日と八月二日だったが、のち三月五日と九月十日になった。八月（または九月）のを「秋の出代り」という。単に「出代り」といえば、春のをさす。こんなのは、憶えておくよりほかない。もうひとつ注意を要するのは、古文の発句に出てくる季語が、**太陰暦**だということである。太陰暦だと、だいたい太陽暦よりも一箇月ほどずれるから、寒さや暑さの感じは同じでない。そんな点で、わかりにくそうな季語をすこし出しておく。

春	夏	秋	冬
蓬萊《ほうらい》・手毬《てまり》・独楽《こま》・万才《まんざい》・冴《さ》え返る・柳・凧《たこ》・	涼し・出水《でみづ》・滝《たき》・泉《いづみ》・清水《しみづ》・更衣《ころもがへ》・祭《まつり》・川《かは》	天《あま》の川《がは》・稲妻《いなづま》・野分《のわき》・十六夜《いさよひ》・七夕《たなばた》・盂蘭盆《うらぼん》・	鉢叩き・網代《あじろ》・干菜《ほしな》・里神楽・狩《かり》・乾鮭《からざけ》・屏《びやう》

遍路《へんろ》・白魚《しらうを》・鳥帰る・帰る雁《かり》・雉子《きじ》・鳥の巣・雀の子・蛤《はまぐり》・囀《さへづり》・子猫・虻《あぶ》・蜂《はち》・蚕《かひこ》
狩《がり》・杏子《あんず》・卯《う》の花・病葉《わくらば》・蟹《かに》・めだか・ほととぎす・閑古《かんこ》鳥《どり》・青鷺《あをさぎ》・水鶏《くひな》・蛇・紙魚《しみ》
墓参り・燈籠《とうろう》・砧《きぬた》・踊り・夷《えびす》講《こう》・角力《すまふ》・虫・小鳥・鹿・桐一葉・木槿《むくげ》・西《すい》瓜《くわ》・木《こ》の実《み》・糸瓜《へちま》
風《ぶ》・障子・蒲《ふ》団《とん》・紙衣《かみこ》・頭《づ》巾《きん》・餅《もち》・鷲《わし》・鷹《たか》・水鳥・千鳥・狐《きつね》・うさぎ・木《こ》の葉・葱《ねぎ》

これらをいちどに憶えるなんてことは、とても出来る芸当ではない。何だか常識では割り切れにくい季語が少なくないという見本を提供したにすぎない。古文に現われる季語が何の季に属するかを判別するためには、巻末に「季語表覧」を付けておいたから（七五三頁以下）、そちらで調べていただきたい。そのうちには、頭に入るだろう。また、季語が俳句の解釈にどれほど重要な役目をもつかも、あとで別に述べるから（四六三頁）、この項では、とにかく季語の基本的な性質だけ頭に刻みつけておけばよろしい。

（チ）譬　喩

譬喩《ひゆ》（比喩）とは「たとえ」のことだ――といえば、何でもないようだけれど、文章のなかで技法として使われる譬喩は、分析批評でも重要な項目になっている。「たとえ」が成立するためには、まず「たとえに使う事物」（vehicle）がなくてはならず、それは何か「たとえられている意味内容」（tenor）をもつはずである。実例でいうと、

あの男は狐のようにずるい。

における「狐」がvehicleで、その意味する内容「ずるい」がtenorである。このように、vehicleとtenorがはっきり示され、多くは「……のようだ」「……の如し」「……に似たり」等の説明語を伴う譬喩を、明喩（simile）とよぶ。これに対して、vehicleだけが示され、tenorは表面に出ていない譬喩を、暗喩（metaphor）という。

かの男は狐なり。

は暗喩である。もっとも、この区別自身は、ぜひ記憶を要するほどでもないが、暗喩に属する表現を問われた場合、すぐ「tenorは？」と反射的に考える癖をつける意味では、けっして無用でなかろう。

例題 一一五

老いぼれたる者こそ、いといたうあさましけれ。顔の色もくろみもてゆくに、天雲《あまくも》のむらむら見ゆるやうなるものさへ見えて、ささなみの皺《しわ》よりくるに、腰もうちかがめて膝なむるさまし、しはぶきがちに涙おしのごひつつ、老舌いだいて、声もわなな

きつつ、耳はかの時知らぬ蟬《せみ》の声にて、ものの音《ね》もうとうとしく、おのが耳に入らねば、人も聞かじとや、いと声高《こわ》にののしり、もの食ふにも目うちしぼめて、顔は大地《な》震《ゐ》ふるやうにうち動かし、はては洟《はな》をさへうちかみつつゐるぞ、あさましき。かくては人をも避けてこそあるべきに、若人《わかうど》にうちまじりて、人より先にゐざりいでつつ、老いたる者よとみづから許して、人の厭《いと》ふをもいとはず、杯《さかづき》人にさして、わが齢《よはひ》ゆづりてむなど放俗《はうぞく》に言ふも、かたはらいたし。

（花月草紙）

一 比喩的な表現の用いられている箇所を原文どおり抜き出せ。

二 「かの時知らぬ蟬の声にて、ものの音もうとうとしく」とは、つまるところ、どういう事を言いあらわそうとしたものか。

（東大・二次）

答 一 「天雲《あまくも》のむらむら見ゆるやうなる」「ささなみの」「膝なむる」「時知らぬ蟬《せみ》の声」「大地《な》震《ゐ》ふるやうに」

二 耳鳴りのため、いつも音や声がよく聞こえないこと。

「やうなる」「やうに」を伴う場合は、わかりやすい。その他は、事実として見れば何だかおかしい点に注目するのがコツだ。つまり、膝をなめるといったって、何もおいしいわけがないから、実際に膝をベロベロなめるやつは、狂人以外にいないだろう。とすれば、これは「膝に顔がつきそうなほどひどく曲がる」という譬喩でなくてはならない。「時知らぬ蟬の声」も、同様だ。耳の中に蟬がいるわけではない。あとに「のようなやかましさ」を補って考えるところ。「天雲の」と「ささなみの」は、厄介だ。前者は「たゆたふ」「ゆく」「わかる」「よそ」等、後者は「志賀」「大津」等に対する枕詞だけれど、この場合は「むらむら」および「皺」で受けるのだから、枕詞ではない。そこで「天雲の（ような）」「ささなみの（ような）」と、譬喩に解したいのだが、前者は「天雲のようなまだらに見えるようなもの」となって、文脈がとおらない。したがって、後者だけを譬喩に解し、前者は「天雲の」の「の」を主格助詞と解するのが適当だということになる。助詞「の」が「……の如く」の意になることは、古代にはよく見られる例で、枕詞のうち「――の」という型をもつものは、もともと「……の如き」と譬喩の意で用いられた場合が多いようである。だから、この際、

の＝（……）の如く

という用法を憶えておくのは、けっして無駄ではない。

備考 **老舌** 年がよって、舌がもつれること。**いだいて** 「いだして」の音便。**時知らぬ** 時間にお構いなしの。**放俗** 品がわるいこと。無遠慮なこと。

譬喩の同類に、寓喩（allegory）というのがある。これは、暗喩がさらに複雑化し、vehicle と tenor の関係がはっきりとは対応しないものをさす。さきの例と同じく狐でいうなら、

虎の威をかる狐

が寓喩である。「虎の威をかる狐」ぜんたいが vehicle で、その tenor は「えらい人の権勢を利用して威ばっているが、実力は無い、ずるいやつ」となる。

例題 一六

うらうらとのどかなる宮にて、同じ心なる人、三人ばかり、ものがたりなどして、まかでてまたの日、つれづれなるままに、こひしう思ひいでらるれば、二人の中に、A「宮仕えはつらいことの多いものですが、あなたがたとごいっしょだった日日がなつかしいことでございます」と聞こえたれば、B「ほんとに宮仕えはこれという楽しみもなく悲しいことばかりでございますわね」いま一人、C「親しい人にお会いできる楽しみもないなら、とてもがまんできませんでしょうに」

同じ心に、かやうにいひかはし、世の中のうきもつらきもをかしきも、かたみにいひ語らふ。　（更級日記）

一　本文中のA・B・Cの「　」内は原文の歌を会話ふうの口語文に改めたものである。次にしる

す三つの歌のうち、それぞれどれが該当するかを、番号で答えよ。
(1)荒磯はあされど何のかひなくて潮《うしほ》にぬるる海人《あま》の袖かな
(2)袖ぬるる荒磯浪と知りながらともにかづきをせしぞ恋しき
(3)みるめおふる浦にあらずは荒磯の浪間かぞふる海人《あま》もあらじを

二 前問にしるした(1)(2)(3)の歌について、次の問に答えよ。
(イ)三つの歌において「宮」と「宮仕えする人」とは、それぞれ何にたとえられているか。
(ロ)(1)の歌から掛詞を一つ、(3)の歌から縁語を三つ以上、抜きだしてしるせ。(1)の歌の掛詞については、その用法を簡単にしるせ。

答

一 A=(2) B=(1) C=(3)

二 (イ)宮→荒磯 宮仕えする人→海人
(ロ)掛詞=「かひ」。「効《かひ》なし」の「かひ」に「貝」を掛けている。
縁語=「みるめ」「浦」「荒磯」「浪間」「海人」

宮廷生活といえば、はなやかな社交界のように感じられるかもしれないけれど、裏面には人知れぬ苦労や悩みが多かった。大会社の秘書室で若く有能な女性がたくさん働いている場合にひきくらべてみれば、おわかりでないかと思う。そんな職場には、よく「虎の威をかる狐」の tenor にふさわしい old maid がいて、男性には見当もつかないような意地わるさを示すのだそうである。純真な心の持主は、何かにつけて涙をおとす。涙のおちる場所は、中古・中世の和歌において、袖とか袂とかにきまっていた。だから、(2)の「袖ぬるる」は涙でぬれるのだとわかる。その「ぬる」の縁語で「磯浪」が出てくる。「磯」は、岩のでこぼこしている海岸で、そこにうち寄せる浪は烈しく砕ける。それが宮中づとめの精神的苦難を、その海にもぐって藻や貝を採ることが勤務そのものを暗示している。いずれも、ある情景を頭に描くことにより、それぞれの「たとえ」がだんだん理解されてくるような複雑さをもっており、暗喩よりは、寓喩というにふさわしい。**二**は、前項の復習である。

備考 **宮** 祐子内親王の御殿。**同じ心なる** 性格的に共通点のある。**あされど** 「あさる」は鳥や獣が食物を求めること。転じて、人が得物を探すこと。**かづき** 頭からかぶる意の動詞「かづく」の連用形が名詞になったもの。この場合は、水をかぶること、すなわち潜水の意。**みるめ** 海藻の一種。「見る目」の掛詞に使っている。**浪間** 浪のうち寄せる絶え間。**かぞふる** ひまを見はからう。

(リ) 象徴

象徴というのは、わかったようなわからないような術語で、高校生諸君を悩ませること多大なるものがあるだろうと思う。これを理解するには、譬喩ということから考えてゆくのがよい。譬喩だと、

A――B

という二つの観念があり、その間をつなぐのは、両者に共通する観念である。そして、その共通性は、わりあい理詰めでとらえ得るものだが、象徴は、理詰めでは行かず、感覚で直観的にとらえられるような場合をいう。つまり、AとBとの間に叙述の飛躍があり断絶があって、論理的に結びつけることはできないけれど、何かしら感じのうえでは深く結びついていることがわかるような表現を、象徴というのである。実例でいうと、幸福のことを「青い鳥」であらわすのなどがそれであろう。「青い鳥」という vehicle をどう分析しても、tenor の「幸福」とは理性的に結びつかない。しかし、両者の間には、たしかに「そうだ」と思わせるものが流れている。また、作品でいえば、

夏 草 や 兵《つはもの》 ど も が 夢 の あ と　　芭 蕉

などは、象徴の好例である。つまり、「夏草」と「兵どもが夢のあと」とは、意味のうえでは何も関係がない。というよりも、わざわざ「や」という切字《きれじ》を入れて、意味的なつながりを切断しているのである。兵どもが夏草をどうしたとかこうしたとかいう意味的な関連はない。作者の眼前には、はてもなくひろがっている夏草の茂みがある。夏草は、ごわごわした手ざわりで、冬草（たとえばクローヴァ）のように柔らかくない。そのあらあらしさは、武士たちの壮烈な最期の場所であるのに、もっともふさわしい。クローヴァや蓮《れん》華草《げそう》のはえている原では、むしろ若人が青春をたのしむのにふさわしい。夏草のはてもな

いひろがりに悠久な時の流れを、あらあらしい手ざわりに武士の最期を感じることができたら、その人は、象徴ということがわかったわけである。象徴とは、このように、夏草なら夏草という素材をいちおう持ち出すけれど、現実の夏草を描写するのではなく、それを手がかりにして、現実の夏草にひそむいちばん夏草らしい点、すなわち夏草の本質を感じ取らせるような行きかたである。気どって言えば「素材に頼りつつも、これを否定して事物の本質へと人を誘う」表現なのである。この「本質」という所が大切であって、夏草なら夏草の**本質**に深まってゆくのが、象徴の表現だと考えてよろしい。本質ということばが頭に入りにくければ、簡単に「いちばんそれらしい点」と憶えてもよかろう。このような象徴的表現を、江戸時代の俳人は「配合」といった。

例題 一一七

なべて自然の風物といふものは見る人のこゝろごころであるからこんな所は一顧のねうちもないやうに感ずる者もあるであらう。けれどもわたしは雄大でも奇抜でもないかう云ふ凡山凡水に対する方がかへつて甘い空想に誘はれていつまでもそこに立ちつくしてゐたいやうな気持ちにさせられる。かういふけしきは眼をおどろかしたり魂を奪つたりしない代りに人なつッこいほゝゑみをうかべて旅人を迎へ入れようとする。ちよつと見ただけではなんでもないが長く立ち止つてゐるとあたゝかい慈母のふところに抱かれたやうなやさしい情愛にほだされる。殊にうらさびしいゆふぐれは遠くから手まねきしてゐるやうなあの川上の薄靄の中へ吸ひ込まれてゆきたくなる。それにつけてもゆふべは秋と何思ひけむと後鳥羽院が仰つしやつたやうにもし此のゆふぐれが春であつてあのおつとりした山の麓にくれなゐの霞がたなびき、川の両岸、峯や谷のところどころに桜の花が咲いてゐたらどんなにか又あたゝかみが加はるであらう。思ふに院のおながめになつたのはさういふけしきであつたに違ひない。だがほんたうの優美といふものはたしなみの深い都会人でなければ理解できないものであるから平凡のうちにおもむきのある此処の風致もむかしの大宮人の雅懐がなければ詰まらないといふのが当然であるかもしれない。

（谷崎潤一郎「蘆刈」）

一　この文章は、後鳥羽上皇の離宮のあった水無瀬に行ったときの感懐を述べている。これに基づいて、むかしの大宮人の感覚と現代人の感覚とがどう違うかを述べよ。

二　「ほんたうの優美」を自然の景色で象徴するとすれば、この文中のどこがいちばん適切か。その部分を抜き出せ。（約三十字程度。原文をすこし切り詰めたり言い替えたりしてもよい。）

答

一　むかしの大宮人は、みがきあげられた微妙な感覚をもっていたから、一見平凡な風景にもしみじみした美しさを発見した。現代人は、感覚の密度があらいから、つよい刺激をあたえるものに感心したがる。

二　「うらさびしいゆふぐれに遠くから手まねきしてゐるやうな川上の薄靄」

「おや、現代文?」など変な顔をするにはおよばない。古文だって現代文だって、日本語であることに変りはない。古文のわからないような現代文学研究者は、どうせ現代文もほんとうにはわからないのだし、ぼくは古文専門でして——など謙遜だか自慢だか見当のつかないような挨拶をする人は、ほんとうには古文もわからないのである。古文と現代文とは、主として語学的にちがうだけで、譬喩とか象徴とかいった表現の問題になれば、同じことである。まして、右にあげた潤一郎の文章なんかは、たいへん古文的な感触が濃いのであって、心がまえとしては『源氏物語』に対するときのような「現代離れ」が必要だろう。わざと句読点を節約し、中古文の流麗な調子を採り入れようと試みた文脈など、古典に通じていないとよくわからないものである。

さて、**一**は、大意を述べよという問いかたの変形である。むかしの大宮人については詳しく語られているから、その要点をまとめればよいが、現代人についてはほとんど語られていない。しかし、大宮人の反対を考えれば、何とか見当はつくはず。**二**は、象徴ということがわかっていなければ、手も足も出ない。まず、作者のいおうとする「ほんたうの優美」を理づめに説明すれば、**一**のようになるわけだから、それをさきの「兵どもが夢のあと」に当て、「夏草や」に当たるようなものを探せばよい。「おつとりした……桜の花が咲いてゐたら」には、ちょっと気がひかれるだろうけれど、これは「又あたゝかみが加はるであらう」とあるように、さらに加わるべき性質のものだから、本体としては「薄靄《うすもや》」をとらなくてはいけない。「雄大でも奇抜でもない凡山凡水」あるいは「眼をおどろかしたり魂を奪つたりしない代りに人なつッこいほゝゑみをうかべて旅人を迎へようとするけしき」としても、誤りではないけれど、それはむしろ「説明」であって、問の「象徴」からすこしはずれている。**二**の正解として示したような景色を「本当の優美」と感じられない諸君は、なるほど、おれは現代人だわいと理解するがよろしい。象徴という表現は、古文にも現代文にも通じていえることだが、これから述べようとする把握とか批評とか鑑賞とかの問題も、現代文と同様の頭が必要である。精神的理解には、古文も現代文もあまりよく区別できないような点が多いのである。

備考 **ゆふべは秋と** 「見わたせば山もと霞む水無瀬川ゆふべは秋と何思ひけむ」〔新古今集・春上〕。
水無瀬 大阪府三島郡の地。三三二頁参照。

三　把握のしかた

把握とは、何かをとらえることである。「何が書いてあるか」をとらえるのは、みな把握だが、そのなかにもいろいろあって、着眼点がいくらか違うようだから、項目をわけて考えることにしよう。

（イ）部分の把握

「この部分でいわれていることは、どんな意味あいか」と問う形式は多く観られるが、内容だけを問うことはあまりなくて、語学的な知識や修辞その他に結びついているのが普通だから、実際には、いろんな方面から考えなくてはならない。しかし、この項では、主として「とらえかた」に中心をおいて説明することにしよう。

部分の把握について、まず何よりも大切なことは、**全体あってこその部分だ**ということである。部分だけが問われていると、ついそこだけに眼が行って、全文をよく味わうことがおろそかになりやすい。しかし、ほんとうに部分だけを問うつもりなら、何も全体を示す必要はない。長い文章のなかである部分が問われているのは、あくまで「全体のなかの部分」が問われているのである。

例題 一一八

ある人のいはく、「歳五十になるまで上手にいたらざらむ芸をば捨つべきなり。励み習ふべき行末もなし、老人の事をば人もえ笑はず、衆に交はりたるも、あいなく見ぐるし。おほかた、よろづのしわざはやめて、暇《いとま》あるこそ、めやすくあらまほしけれ。世俗の事にたづさはりて、生涯《しやうがい》をくらすは、下愚の人なり。ゆかしくおぼえむことは学び聞くとも、そのおもむきを知りなば、おぼつかなからずしてやむべし。もとより

望むことなくしてやまむは、第一の事なり」。（徒然草・一五一段）

一　「老人の事をば人もえ笑はず」とあるが、なぜ笑えないのか。

二　「世俗の事」に相当する語あるいは句が、この段の中に三つある。指摘せよ。

三　「望むこと」は、何を望むのか。

四　この文章の要旨を、簡単にまとめよ。

答　一　年齢の上では尊敬すべき人だから。遠慮もあり、また天分の乏しさを自覚していないことが気の毒でもあるから。

二　「芸」（または「上手にいたらざらむ芸」）。「しわざ」（または「よろづのしわざ」）。「おぼえむこと」（または「ゆかしくおぼえむこと」）。

三　もっと上の段階に進むこと。

四　老年になったら、むだな事はしないに限る。

内容的な問題だが、いくら内容把握だといったって、根本は解釈である。意味がわからなくては、手も足も出るものではない。そこで、はじめに通釈から入ってゆくことが必要である。

ある人のことばに「年が五十代になるまで上達しないような芸は、やめちまうがよろしい。その年齢では、骨を折って勉強するほどの将来性もないし、老人のする事をほかの人も笑うことができず、人なかに出ているのも、たいへんみっともない。だいたい、年をとったら、いろんな仕事はやめて、しずかにくらしているのが、感じもよく、そうあってほしいことだ。世間の俗事にかかわりあって一生をおくるのは、いちばん程度の低い人だ。知りたいと思われるような事でもあるなら、学んだりたずねたりしてもよいが、ひとわたり様子がわかったら、とにかくわかったという辺でやめておくのがよい。はじめから、知りたいなんかという気をおこさないでしまうなら、それが最上である」。

「あいなく」を「たいへん」と訳した理由は、一一八頁参照。「下愚」は、漢文の方で習うはずだが、孔子が「上知と下愚とは移らず」(論語・陽貨篇)と言ったところから出ている。ごくすぐれた天分をもつ人と、うんと素質のわるい人とは、どんな環境におかれても、それぞれもとのとおりだ――という意味。さて、いよいよ内容の方に進むが、―は、老人で、しかも下手な者のことを想像してみるがよい。そんな人が、実際、ちょいちょい存在するものである。そんな老人にくらべて、「どうせ私の将棋は下手くそなんだが、まあ名誉初段だろうと思って、もらっておきましたよ。これからは、もう将棋をさしちゃいけないぞという戒めのつもりでくれた初段かもしれませんな」と自覚している徳川夢声老が、どれぐらい偉い人物であるかは、説明におよばないだろう。専門棋士のタマゴたち――十四五歳の少年――にギューギュー言わされている有段の老紳士も、世のなかには、少なくない。

二は、要するに、はじめに出てきた「上手にいたらざらむ芸」が、何度も、形を変えて言われているわけ。どう探したところで、三つ以上とらえることは難しいのだが、下手をすると、迷うかもしれないのは、終りちかくの「望むこと」である。しかし、これは、「芸」や「しわざ」に対立する体言としての「事」ではなく、「望む」という動詞を体言化するだけのもので、英語の to go とか to catch とかの to みたいな「こと」だから、三つの中には入らない。三は、さきに述べた「全体のなかの部分」が、着眼点である。これは、やはり「上手にいたらむとす」「励み習ふ」「ゆかしくおぼゆ」などに共通するものを「望む」ということばで引っくるめたと考えられるから、その共通点をとらえればよい。逆に、それと反対の「捨つ」あるいは「やむ」の方から考えてもよかろう。二でやったと同様の考えかたを、三でも応用したわけである。四は、大意の把握だが、大意がつかめなければ、どうせ部分もとらえられないのだから、いっしょに出しておいた。

こんなふうに、解釈を根本とした内容把握の問題は、古文の実力をテストするのに、たいへん好都合であって、入試には、この形式の設問がよく出る。「解釈せよ」でなくて「説明せよ」になっている場合、たいてい内容把握の変形と考えてよろしい。同類の問題を、もうひとつ。

例題 一一九

前栽《せんざい》の花咲きみだれ、おもしろき夕暮に、海見やらるる廊《らう》に出でたまひて、たたずみたまふ御さまの、ゆゆしうきよらなること、ところがらはまして、この世のものとも見えたまはず。白き綾《あや》のなよよかなる、紫苑《しをん》色など奉りて、こまやかなる御直衣《なほし》、帯しどけなくうち乱れたまへる御さまにて、「釈迦牟尼仏弟子」と名のりて、ゆるるかによみたまへる、またよに知らず聞こゆ。（源氏物語・須磨）

一 この文章に描かれている主人公は、どんな身分の人と考えられるか。理由を示して答えよ。
二 「ゆるるかによみたまへる」とは、何をよんだのか。
三 この文章に描かれている季節はいつか、理由を示して答えよ。
四 「ゆゆしうきよら」の語感を説明せよ。

答 **一** 上流貴族。「御さま」「奉りて」「たまへる」など、尊敬語が使ってあるから。しかし、天皇ではない。もし天皇なら、「たたずませたまふ」「よませたまへる」となる。
二 お経
三 秋。白と紫苑色のとりあわせが秋めいた感じだから。「花咲きみだれ」は、「みだれ」の語感から考えて、秋草の花であろう。
四 美しさが深められて、形容できないほどの美しさであることに対する感歎。

内容把握の問題だけれど、語法がよくわかっていないと解けないことは、御覧のとおり。**一**は、敬語のぐあいから、高貴な人であることは、すぐわかるけれど、どの程度の高貴さ

かを考えなくてはいけない。そこで、**最高敬語**についての知識を発動する。つまり、

地の文における「せたまふ」「させたまふ」は最高敬語！

ということだが（三七三頁参照）、それを逆用したわけである。**二**は、「釈迦牟尼仏弟子」から考えれば、何でもない。**三**は、かなり厄介である。「花咲きみだれ」を、うっかり解釈すると、桜の花だと考えてしまうところだが、桜のことを中古文で「咲きみだる」と言った例はない。**四**は、結局は語釈なのだが、もうひとつ突っこんで語感まで述べさせたのは、すこし高級な問いかたであり、そのためには、全文から感じ取られるおもむきを把握することが必要である。「きよら」が人の容貌について使われているときは、美しいという意味になる。一五五頁参照。「ゆゆし」は、いやな感じがすることだけれど、例の連用修飾の用法で、もとの意味がなくなり、単にveryという意味になる。一一九頁参照。

備考　**前栽**　庭の植えこみ。**廊**　建物と建物とをつなぐ通路で、屋根がある。いま普通の家でいう廊下ではない。四〇二頁参照。**綾**　模様を染めずに織り出した衣料。**紫苑色**　かさねの色目（三九八頁参照）。表が紫で裏が蘇芳という。**直衣**　高貴な人の通常服。上衣は袍とだいたい同様で、下には指貫という袴をはく。**帯しどけなく**　いまの感じかたでは、だらしないようだが、この時代は、あまりきちんとしているよりも、すこし着かたをくずしている方が魅力的だったらしい。**釈迦牟尼仏弟子**　「私はお

釈迦さまのお弟子のひとりでございます」という意で、経をよむ前おきに言うことば。

これがすこし特殊な知識を必要とするような問題になっても、解釈と内容把握の結合という点では、同じことである。「方違へ」についての問題をひとつ。

例題 一三〇

京極大殿の御時、白河院、宇治に御幸ありけり。余興つきざるによりて、いま一日御逗留あるべき由を申さるるを、「明日還御あらば、花洛は宇治より北にあたりて、日塞《ふさ》がりの憚《はばか》りあり。このため、いかが」といふに、殿下、御遺恨ふかきところに、行家朝臣、申していはく、「宇治は都の南にあらず。喜撰が歌にいはく、

わが庵《いほ》は都のたつみしかぞすむ世をうぢ山と人はいふなり

とよめり。しかれば、何の憚りかあらむ」と申されけり。このむねを奏聞《そうもん》ありければ、その日の還御のびにけり。殿下、御感あり。（十訓抄）

一 「このため、いかが」と言った理由を説明せよ。

二 「何の憚りかあらむ」と言った理由を説明せよ。

答 一 陰陽道の理論からいって、ちょうど翌日は北方が不吉なので、宇治から北方にあたる京都へ行くのは、考えものである。

二 喜撰の歌によると、宇治は京都から東南にあたるわけで、逆に見れば、京都は宇治の

西北にあたり、正北方ではない。だから、安全である。

設問は、大づかみな問いかたをしておいたが、実は、問の表面に出ていない細かな点までわかっていないと、正解は出てこない。たとえば、「花洛」「遺恨」「余興」などの単語を正しくとらえないと、全文の大意もわからないのである。また、「いかが」にしても、単に「どうでしょう」と疑問を述べるだけでなく、「それは考えものです」という反対意見を表明しているのであって、それがつかめないと、どういう意味で**一**が問われているのかさえ見当がつかないだろう。次に、昔の方角の呼びかたを知っていなくてはいけない。これは、左の図のような関係になっており、古文常識のひとつだが、もし忘れたら、日本地理の知識を活用して、宇治が京都からいって正南方であるかどうかを考えればよい。それも怪しければ、前後の意味から推して、「たつみ」が「南に近いけれど正南方でない」方角であることぐらいは、カンでとらえてほしい。そこさえわかれば、**二**は、

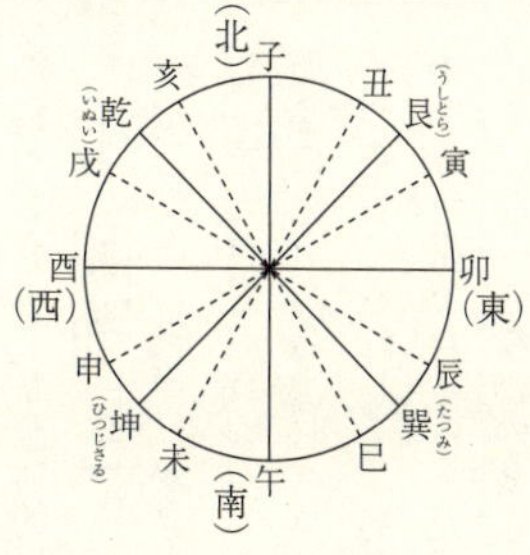

喜撰の歌によると、宇治は京都からいって正南方でないから、逆に見ると、宇治からいって京都は正北方にあたらないわけであり、したがって安全である。

と答えることができよう。これでも、八割ぐらいの点はあるかと思う。方角の吉凶については、四二七頁参照。

これがもうすこし全体的になると、次のような問題にもなる。

例題 一二一

はるかなる世界にかき離れて、幾歳あひ見ぬ人なれど、ふみといふものだに見つれば、ただ今さし向かひたる心地して。なかなかうち向かひては、思ふほども続けやらぬ心の色もあらはし、言はまほしきことをもこまごまと書きつくしたるを見る心地は、めづらしくうれしく、あひ向かひたるに劣りてやはある。つれづれなるをり、昔の人のふみ見出でたるは、ただそのをりの心地して、いみじくうれしくこそおぼゆれ。まして、なき人などの書きたるものなど見るは、いみじくあはれに、歳月の多くつもりたるも、ただ今筆うちぬらして書きたるやうなるこそ、かへすがへすめでたけれ。

（無名冊子）

一 「ふみ」の効用を、なるべく簡単に言いあらわせ。
二 「ふみといふものだに」の「だに」が含む余情を説明せよ。
三 次の両者は、それぞれどう違っているか。
a 「幾歳あひ見ぬ人」と「昔の人」
b 「ただそのをりの心地して」と「ただ今筆うちぬらして書きたるやうなる」

答 一 空間的・時間的な距離をとり除き、いま対坐していない人と対坐しているような実感をよびおこす。

二 たとえ、その人の顔を見なくても——。上に「あひ見ぬ」、下に「さし向かひたる」とあるのに応じる。

三 a「幾歳あひ見ぬ人」の方は、まだこれから会う機会があるかもしれない人だが、「昔の人」の方は、もう会うことのない人。

b「ただそのをりの心地して」は、その手紙をもらったときの気持になるだけだが、「ただ今筆うちぬらして書きたるやうなる」は、遺墨として、その人の筆蹟をなつかしむ気持が加わっている。

一は、結局「何について述べているのか」という主題を問うわけなのだが、その問いかたなら、あっさり「手紙の効用」とやればよろしい。しかし、もうすこし詳しく答えてもらう方が、頭のはたらきを見るには好都合なので、設問のような形にしてみた。したがって、手紙の効用が「時間」と「空間」との両方を超越するという点に注目し、そういった筋あいが出るような答にする必要がある。**二**は、副助詞「だに」の用法が頭に入っていれば、あまり難しくない（三一六頁参照）。**三**のaは、「昔の人」が「なき人」と近い関係であつかわれている点から考えられよう。bは、「昔の人」と「なき人」との解釈から答が出てくる。つまり、両者を言い別けているのは、「昔の人」が「なき人」よりもひろい範囲をさしており、昔の人のなかでも、特に死んだ人だけを取り出して述べたからだと考えればよいわけ。なお、「さし向かひたる心地して。」と句点（マル）で止めたのは、中古文にときどき出てくる「て」の用法で、英語ならセミコロンぐらいの止めかたであるが、日本の文章ではセミコロンにあたる符号がないので、とりあえず句点で切った。『枕冊子』（三巻本）一五八段の末尾に、

おもしろき家の木立《こだち》やけうせたる。池などはさながらあれど、浮草・水草《みくさ》など茂りて。

とあるなどは、はっきりした例。

以上で、部分の把握ということが、だいたいおわかりであろう。はじめにも述べたように、こういう場合にはこう処理するといった公式みたいなものが無いから、何か頼りない気がするかもしれないけれど、根底は解釈にあるのだから、解釈さえしっかりしていれば、心配するにはおよばない。要するに、内容が把握できなければ、解釈だってうまくゆかないのだから。これまで語学的な理解をしたのも、実は、内容の把握をしてきたことなのである。ただ、設問の形式として、解釈問題とはすこし変わってくるから、その問いかたに慣れたらよいのである。

(ロ) 関係の把握

以上に述べてきたのは、結局、解釈を拡大したような性質の内容把握であったが、そのほかに、Aの部分とBの部分とがどんな関係に在るかという把握のしかたも問題になる。

そのいちばんわかりやすい例は、文中の誰が誰をどうしたか、誰が誰にどうされたかというようなことである。これは、しばしば入試問題に出るので、よく研究しておく必要があろう。まず、わりあい解釈を多く織りまぜたものから入ってゆくことにする。

例題 一三三

その夜、山辺といふ処の寺に宿りて、いと苦しけれど、経すこし読み奉りて、うちやすみたる夢に、いみじくやむごとなく清らなる女のおはするに参りたれば、風はげしう吹く。見つけて、うち笑みて、「（イ）何しにおはしつるぞ」と問ひたまへば、「（ロ）いかでかは参らざらむ」と申せば、「（ハ）そこは内裏にこそあらむとすれ。はかせの命婦《みやうぶ》をこそよくかたらはめ」とのたまふと思ひて、うれしくたのもしくて、いよいよ念じ奉りて、初瀬川などうち過ぎて、その夜、御寺にまうで着きぬ。（更級日記）

一 会話の部分を口語に直せ。

二 「いみじくやむごとなく清らなる女」を解釈せよ。

三 「見つけて、うち笑みて」とあるが、誰が誰を「見つけ」たのか。

四 「うれしくたのもしくて」とあるが、何をうれしく思ったのか。

五 「御寺」とは次のどれか。

三井寺　長谷寺　石山寺　清水寺

答

一 (イ) 何だっておいでになったのですか。

(ロ) どうして参らずにいられましょう。

(ハ) そなたは、宮中に居るようになるはずです。博士の命婦と仲よくなさるのがよいでしょう。

二 たいへん高貴で美しい女性

三 「いみじくやむごとなく清らなる女」が話主を

四 「内裏にこそあらむとすれ」という夢のお告げをしてくださった仏

五 長谷寺

一の(イ)の「何しに」は、直訳すると「何をしに」である。「し」は強意の副助詞でなく、サ行変格の動詞「す」の連用形。しかし「何しに」と慣用的に言われているうち、何だって、どうして等の意にもなっている。(ハ)の「そこ」は、いくらか目下の者に対していう代名詞(第二人称)。命婦は、女性で五位になっている人。内侍所につとめる女史という役の主任を博士ともよぶ。二の「清ら」は一五五頁参照。三が関係の把握である。「見つけて」と「うち笑みて」は共に「問ひたまへば」にかかるのであって、

見つけて
うち笑みて　問ひたまへば

となる。その問う内容が「何しにおはしつるぞ」である。そうすると、見つけた人と問い

たまう人とは同じでなくてはならぬが、わざわざ「たまふ」と尊敬の言いかたをしている相手は、この文中では、やはり「おはするに」と尊敬の言いかたをしている人よりほかないわけ。**四**は、「のたまふと思ひて」の解釈がしっかりしていないと、わからない。つまり、「思ひて」の下に「夢さめぬ」というようなことばが省略されているのである。宮中に勤めたいとあこがれていた作者にとって、これほど嬉しいことはないはずだし、こんなにはっきりした夢なら、あてにしても大丈夫だろうと心強いわけである。そういうありがたい夢のお告げをしてくださるのは、当時の信仰からいうと、仏の化身でなくてはならない。**五**の「寺」は、何も手がかりなしに「寺」とだけあれば、三井寺のことになるが（四二四頁参照）、この場合は「初瀬川」とあるので、長谷《はせ》寺だとわかる。

ところで、関係の把握を成功させるには、まず何よりも、その文章のなかに出てくる人物が誰と誰であるかをはっきりさせるのが秘訣である。固有名詞でなくてもよいのであって、問題文に名が示されていなければ、仮にAとかBとかの名にしておいても結構。

関係の把握は人物の登録から！

などいう標語にでもしておきたまえ。そうして、この文章のなかにはA大臣とB少将とC姫君とD女房とが出てくる——というふうに人物の登録ができたら、それらの人物について、在りうる場合をいろいろ想定して、関係を決めるのである。

例題　一二三

入道殿、御嶽に参らせたまへりし道にて、帥《そち》殿の方より便なき事あるべしと聞こえて、常よりも世をおそれさせたまひて、たひらかに帰らせたまへるに、かの殿も、かかる事聞こえたりけり、と人の(a)申せば、いとかたはらいたく思されながら、さりとてあるべきならねば、(一)参りたまへり。道のほどの物語などせさせたまふに、帥殿(二)いたく臆したまへる御気色のしるきを、をかしくも、またさすがにいとほしくも思されて、久しく双六《すごろく》つかうまつらで、いとさうざうしきに、今日あそばせとて、双六の盤《ばん》を召しておし拭はせたまふに、御気色こよなうなほりて見えたまへば、殿をはじめ奉りて、参りたまへる人びと、あはれになむ見奉りける。(三)さばかりの事を聞かせたまはむには、少しすさましくもてなさせたまふべけれど、必ず(b)人の(四)さ思ふらむ事をば、おしかへし、なつかしくもてなさせたまふなり。いみじき御かけ物どもこそはべりけれ。(五)かやうの事さへ、帥殿は常に負け奉らせたまひてぞ、まかでさせたまひける。（大鏡）

一　「参りたまへり」とは、誰がどこへ「参り」たまうたのか。

二　帥殿はなぜ「臆したまへる」御気色を見せたのであろうか。最も適当と思う答の符号を示せ。

（イ）事実、事をしかけようと企てたものだから、さすがに良心がとがめて。

（ロ）事を企てる等という事は思いもかけぬことながら、そのうわさを耳にしたはずの入道の思わく如何と空恐ろしくて。

（ハ）事をしかける等という不埒な意思は毛頭なかったのに、そんな流言のあったことに立腹したので。

（ニ）事をしむけるつもりはなかったのに、世間一般も入道もそれを信じているらしい事をかたわらいたく思ったので。

三　「さばかりの事」とは、具体的に何をさすか。文中のことばを引いて答えよ。

四　「さ思ふ」とは、どう思うのか。文中のことばを引いて答えよ。

五　「かやうの事」とは、何をさすか。

六　（a）および（b）の「人」は、おのおの左の何れに当たるか。

（イ）入道方の従者　（ロ）帥殿方の従者　（ハ）一般人

七　この文に現われる二人の人物の性質傾向は、左の中のどれとどれに当たるか。三項目ずつ取り出せ。

（イ）狡猾　（ロ）善良　（ハ）小心　（ニ）広量

（ホ）厚情　（ヘ）冷淡　（ト）浅慮　（チ）細心

答

一　帥殿が入道殿の所へ　**二**　（ロ）

三　「帥殿の方より便なき事あるべし」という評判

四「便なき事あるべし」と思う。 **五** 双六 **六** (a) = (ロ) (b) = (ハ)

七 入道殿 = (ニ)(ホ)(チ) 帥殿 = (ロ)(ハ)(ト)

さきの原則からいえば、まず**誰と誰が出てくるか**を考えなくてはならない。「入道殿」と「帥殿」の二人が出てくることは確かだが、それ以上はどうか、吟味を要する。ところが、幸いにも、設問**七**に「二人の人物」とあるので、その点は不労所得になる。しかし、そう示されていなくても、「かの殿」は上に出てくる「殿」を受けて「かの」と言ったにちがいないから、入道殿と帥殿以外の人物は出ていないと判断する。次に、**六**の「人」であるが、これは、不特定の人物で、誰それという固有名詞を持たない人たちだから、いちおう除外して、二人と決定する。そこで**一**にもどる。「誰と誰」が決まったら、普通には、

> 誰・誰
> 誰・誰 } (**アリバイ → 引き算**) = 当人

という公式で考える。つまり、登場人物のリストから、あきらかにその場に顔を出していない人物を認定し、それをマイナスしていった残りが、問われている当人(すくなくともその候補者)ということになる。しかし、この場合は、入道殿がすでに帰京しており、帥殿もずっと在京だったと思われるから、せっかくの公式が使えない。こんな時は、

見えない人物は**敬語**反射鏡で

という捜査方針を発動する。そこで、同じ「参る」という動詞が、

{参らせたまへりし
{参りたまへり

と両様に言われている点をおさえる。もちろん前者の方が敬意は高い。そうして前者の主語は「入道殿」だから、後者の主語は「帥殿」だろう——と考える。敬語反射鏡にすこし引き算を参加させた考えかたである。そう考えて他の部分を見ると、前者と同型の言いかたに「おそれさせたまひて」「帰らせたまへるに」「物語などせさせたまふ」「おし拭はせたまふに」等があり、それらの主語はいずれも入道殿だとわかる。これに対し「臆したまへる」「見えたまへば」の主語が帥殿であることも注目されてよい。もっとも、最後の部分では、帥殿に対して「負け奉らせたまひ」「まかでさせたまひける」と言っているけれど、これは、話が一段落し帥殿の平常を追記する形の所であって、入道殿と帥殿とを対照的に述べる部分では、敬意にグレイドをつけることによって両者を区別していると考えられる。なお、地の文で「せたまふ」「させたまふ」を使うのは、いわゆる**最高敬語**で、天皇関係に限られているのだが（七七頁）、この『大鏡』は老翁の話という形式をとっている

ので、敬語の用法が会話に準ずるのである。次に二は、部分的に原因・理由を問うもので、こんな種類の設問に対しては「ある部分について問われた場合、その手がかりは、原則としてそれよりも前の部分に出ているはずだ」という心得が、そうとう高い確率をもって有効である。念のため、

手がかりはバックして探せ

という形で強調しておこう。この場合でいうなら、御嶽まいりの事と「便なき事」のうわさぐらいしか、前の部分には出ていない。山道のけわしさを聞いて、ひどくビクビクしたというのでは、男の端くれとも言えないだろうから、例の事でにらまれやしないかと心配したのだと考えられる。「便なき事」は「不都合な事」で、この場合は、入道殿に対して不穏な企てをする意。答としては、「臆したまへる」から考えて、(ハ)(ニ)はだめだから、(イ)(ロ)のどちらかになるが、帥殿は「かたはらいたく」すなわち「困った事になったわい」と感じたのだから、ほんとうに何か企てたのではないはずで、(ロ)が正解。三の「さばかり」と四の「さ思ふ」は、ともに「さ」が何を受けるかだけれど、三は「聞かせたまはむ」だから、「便なき事あるべしと聞こえて」「かかる事聞こえたりけり」に関係づけるのが当然。四は、「すさましくもてなさせたまふ」に価すると「思ふ」わけだか

ら、前記解答のようになる。**五**は、「負け」ということばからとらえる。**六**は、ちょっと厄介だが、(a)の「人」は、帥殿に告げるような一般人もあるまいし、入道殿の方の従者としてもおかしい——スパイでもあれば格別——。まあ(ロ)が穏当。(b)の「人」は、どんな人でもこういう場合にはといったような感じだから(ハ)。**七**は、いちばん迷いやすい。現に、入道殿に(ロ)を、帥殿に(チ)を配した答もあるが、適当でない。細心というのは、ものごとを注意ぶかく慎重にする態度である。わざわざ「双六でもしようか」と盤を持ち出したりして、相手の気持をそこなわないようにする辺、まことに細心である。細心と小心とは、まるきり違う。また、入道殿は、けっして善良なのではなく、かなり人は悪いのだが、自分よりもずっと弱い者をいじめるほど人物が小さくなかったから、相手を深切にもてなしてやったのである。善良なのは、ありもしないうわさにビクビクして、さっそく入道殿の邸へかけつけ、入道殿が深切にしてくれると、たちまち上きげんになるという帥殿だと考えるべきであろう。

備考 **入道殿** 藤原道長。**御嶽** 大和国吉野郡の金峯山。**帥殿** 藤原伊周。前に事件をおこし、大宰権帥に左遷されたので(四一六頁参照)、帥殿という。この時は京都に召し還されていた。**便なき事** 道長は政敵なので、何かしかえしの企てなどすること。**双六** 盤をはさんで二人でする遊戯。いまの碁盤みたいな盤に、黒・白それぞれ十五の石をおき、二個のサイを振って、早く敵陣に石を送りこんだ方が勝つ。いまの紙双六とは別もの。

「誰が何を」「何がどれを」といったような関係の把握は、結局のところ、全体の把握にもとづくものである。そこで、次に**構成**という面から、全体的なとらえかたを勉強してみよう。そもそも、全体とは部分の集合だが、単に雑然と集まっているだけでは、相手に自分の言おうとすることが効果的な伝わりかたをしない。だから、どの事項をどの位置に出すかは、作者の腕の見せどころである。それを逆に、こんどは解釈する方からつかまえるわけ。手順としては、次のような定石がある。

(1) 全文をいくつかの部分に区切る。
(2) それぞれの部分が互いにどう連関するかを調べる。
(3) それぞれの部分が全体に対し、どんな筋あいで関係しているかをとらえる。

これらの点をまことによく採り入れた問題があるので、ひとつ実例で考えてみることにする。

例題 一二四

かの後少将は義孝とぞ聞こえし。御かたちいとめでたくおはしまし、年ごろきはめたる道心者にぞおはしましける。(イ)やまひおもくなるままに、生くべうもおぼえたまはざりければ、母上に申したまひけるやう、おのれしにはべりぬとも、とかく例のやうにせさせたまふな。しばし法花経誦し奉らむの本意はべれば、かならずかへりまうでくべし、とのたまひて、方便品を読み奉りたまひてぞうせたまひける。その遺言を母北の方わすれたまふべきにあらねど、ものもおぼえでおはしければ、おもふに人のし奉りてけるにや、まくらがへしなにやと、例のやうなるありさまどもにしてければ、えかへりたまはずなりにけり。(ロ) のちに母北の方の御夢に見えたまひける。

しかばかり契りしものを渡り川かへるほどには忘るべしやは

とぞよみたまひける。いかにくやしくおぼしけんな。(ハ) さて後に小野宮の実資の御夢に、おもしろき花のかげにおはしけるを、うつつにも語らひたまへりし御仲にて、いかでかくては、いづくにか、とめづらしがり申したまひければ、御いらへに、昔ハ契リ二蓬莱宮裏ノ月ニ一、今ハ遊ブ二極楽界中ノ風ニ一、とぞのたまひける。(ニ) よのつねの君達のやうに、内わたりなどにても、おのづから女房とかたらひ、はかなきことをだにのたまはせざりけるに、いかなるをりにかありけん、細殿にたちよりたまへれば、例ならずめづらしくて、物語り聞こえさせけるに、やうやう夜中などにもなりやしぬらんと思ふほどにたちのきたまふを、いづかたへかとゆかしうて、人をつけ奉りて見せたりければ、北の陣より出でたまひけるほどより、法花経をいみじくたふとく誦したまひ、大宮のぼりにおはして、世尊寺におはしましつきぬ。なほ見れば、東の対のつまなる紅梅のいみじうさかりに咲きたる下に立たせたまひて、滅罪生善往生極楽といふぬかを西にむかひてあまたたびつかせたまひけり。かへりて御ありさま語りければ、いといとあはれに聞き奉らぬ人なし。(ホ)

(大鏡)

一　文章構成の形式に次の五種類があるとして、右の文章はどの形式にあたるか。番号で答えよ。
実線は文章の段落を示し、点線はその関係を示す。

1　追歩式

2　列挙式

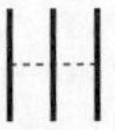

3　頭括式

4　尾括式

5　双括式

二　右の文章に、次の文章をはめこむとすれば、その位置は（イ）（ロ）（ハ）（ニ）（ホ）のうち、どこが適当か。記号で答えよ。

極楽にうまれたまへるにぞあなる。かやうに夢などしめしたまはずとも、この人の御往生をうたがひ申すべきにあらず。（山口大）

答　一＝3　二＝（ニ）

普通なら、まず段落を分ける作業から始まるところ。段落の分けかたは、原則として、

(1)　全文を見わたし、大意→要旨→主題という順でとらえる。

(2) 主題が、どの部分で強調されているかを判定する。
(3) それにもとづき、主題を言いあらわすため、他の部分でどんな素材が採りあげられているかをしらべる。
(4) 素材がa個あるなら、段落もa個またはその倍数になりやすい。
(5) 同じ素材を、いくつかの違った角度から書く手法もある。その場合、角度がb個であれば、段落もb個またはその倍数になりやすい。
(6) 段落であるための資格としては、その区切れのなかで思想のまとまりが必要である。

といったような心得を活用し、いろいろ検証するのだが、この問題では、すでに五段に区切ってあるので、その手数が省ける。五段に分かれるなど、どこにも示してないが――と不審にお感じの方は、どうか（イ）（ロ）等の符号がついている箇所に注意ねがいたい。**二**で要求されているのは、それらの符号に「極楽に……疑ひ申すべきにあらず」をはめこむことだが、考えてみたまえ、ひとまとまりの文章をはめこむことができるのは、そこで問題文が切れているからにほかならない。そうすると、符号（イ）（ロ）等のある箇所が、すなわち段落の切れ目だろうという推定が成り立つ。何と、頭は使いようでないか。そこで、各段の要旨をまとめると、

（1）後少将は道心者だった。
（2）臨終の際、法花経をよみ切るため、生きかえりうる処置を頼んだが、実行されなかった。
（3）後少将の霊は、母の夢に現われ、志がとげられなかったのを歎く。
（4）しかし、極楽に往生できたことが、実資《さねすけ》の夢に見えた。
（5）後少将は、生前、女性と交際する時でさえ、信仰を離れたことがなかった。

となる。これらのうち、第一段はきわめて短く、道心者だということを強調する。そうして、以下の各段いずれも道心者であることが述べられているから、いちおう頭括式だと考えられる。もっとも、末尾にもういちど道心者であった旨がくりかえされていれば、双括式になるから、検討を要するが、末尾は「いとあはれに聞き奉らぬ人なし」と事実の叙述になっており、全文を統括するような主張は見られない。すると、やはり頭括式が**一**の正解となる。**二**は、極楽に生まれたということが「今ハ遊ブ二極楽界中ノ風ニ一」を受けないと理解できないので、簡単に（二）と決まる。この段落どうしが、どんな関係になっているかは、全文の大意・要旨・主題をとらえる際にも利用がきくから、重要な着眼点のひとつだ。問題文は原文を取捨してある（三八三頁参照）。

備考　**後少将**　太政大臣藤原伊尹《これただ》の子である義孝《よしたか》。兄の挙賢《たかかた》と共に少将だったので、兄を前少将といった。天延二年（九七四）に天然痘が流行し、挙賢は九月十六日の午前に、義孝は午後に亡くなった。

やまひ　上記の天然痘。**例のやう**　埋葬までの間に、いろいろ慣習的な処置がなされたものである。下の「枕返し」はそのひとつ。**方便品**　法華経二十八品のうち第二品。**まくらがへし（枕返し）**　死者を北枕に置きかえる作法。**渡り川**　三途《さんず》の川。この世とあの世との境にあるという川。魂がこれを渡ってしまうと、完全に死んだことになり、生きかえる可能性がなくなる。**小野宮**　右大臣藤原実資《さねすけ》の呼び名。義孝の親戚。**蓬莱宮**　本来は仙人の宮殿を意味するが、転じて宮中のこと。**細殿**　細長い廂《ひさし》の部屋をしきった所。女房の私室に用いられた。弘徽《こき》殿とか登華殿

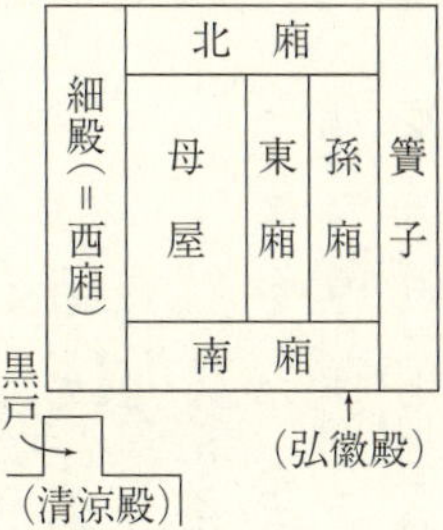

とかにあった。**北の陣**　朔平門の異名。内裏の北門。**のぼりに**　京都の市街で北方へ行くこと。**世尊寺**　父伊尹の邸。大宮の西、一条の北にあった。**ぬか**　もとは額《ひたい》のことだが、額を地面につける意から転じ、礼拝のこと。

こんなふうに全文の構成をとらえる技術がマスターされると、それは内容の把握に大きく響いてくる。つまり、段落を切ったり、段落の相互関係をしらべること自身よりも、むしろ、それを通じ「何が言われているか」に迫るのが重要だという意味で、構成の把握をやかましく述べたてたのである。という証拠をひとつ——。

例題　一二五

I　人は慮なく言ふまじきことを口とく言ひいだし、人の短をそしり、したることを難じ、かくすことをあらはし、はぢがましきことをただす、これらはすべてあるま

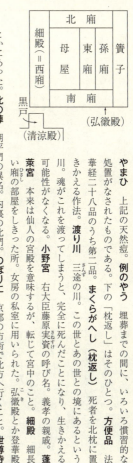

じきわざなり、われは何となく言ひちらして、思ひもいれぬほどに、言はるる人は思ひつめて、いきどほり深くなりぬれば、はからざるにはぢをもあたへられ、身のはつるほどの大事におよぶ、笑中の剣は、さらでだにも恐るべきものぞかし、またよくも心得ぬことを、あしざまに難じつれば、かへりて身の不覚あらはるるなり、大かた口かろき者になりぬれば、それがしにその事な聞かせそ、かの者にな見せそなど言ひて、人に心おかれへだてらるる、口をしかるべし、また人のつつむ事の、おのづからあらはれぬるにも、かれ話されしなど疑はるる、面目なかるべし、しかれば、かたがた人の上をつつしみ、多言をとどむべきなり。

Ⅱ　花園の大臣の御もとに、はじめて参りたる侍の、名簿《みやうぶ》に「能は歌よみ」と書きたりけり。殿、秋のはじめに南殿にいでて、はたおりのなくを愛しておはしましけるに、暮れければ、「下格子《げかうし》に人参れ」と仰せられけるに、「蔵人《くらうど》五位たがひて人も候《さぶら》はぬ」と申して、この侍の参りたるを、「ただ、おのれおろせ」とありければ、参りたるに、「汝《なんぢ》は歌よみとな」とありければ、かしこまりて格子おろしさして候ふに、「このはたおりをば聞くや。一首つかうまつれ」と仰せられければ、「青柳《やぎ》の」と五文字をいだしたるを、候ひける女房《にようばう》たち、際《をり》にあはずと思ひたりけるにや、笑ひいだしたりけるを、「物を聞きはてで笑ふやうやはある」と仰せられて、「とくつかうまつれ」と仰せられければ、

青柳のみどりの糸をくりかへし夏へて秋ははたおりぞなく

とよみたりければ、萩織りたる御直衣《なほし》を、おしいだして賜はせてけり。（十訓抄）

一 問題文Ⅰは「。」になるはずの所もすべて「、」であらわしてある。どこが文の終りかを考え、全文を六段に分けて、各段のはじめ五字を示せ。

二 （a）Ⅱは、Ⅰにおける教訓の具体例のひとつである。Ⅱの話は、前問で分けた第二段から第五段までの、どの段の例として最も適切か。

（b）右で答えた段のうち、Ⅱの～～部分「笑ひいだしたりける」に相当するのは、どの部分か。抜き出して示せ。

三 （a）Ⅱの登場人物のうち、Ⅰのような教訓を、

（イ）述べるのにふさわしい人物は誰か。

（ロ）受けるのにふさわしい人物は誰か。

Ⅱの文中の語句を用いて答えよ。

（b）右で指摘した人物の教訓に相当することばを、Ⅱの文中から抜き出し、かつ現代語訳せよ。（広島大）

答 一 第一段＝「人は慮なく」 第二段＝「われは何と」 第三段＝「またよくも」 第四段＝「大かた口か」 第五段＝「また人のつ」 第六段＝「しかれば、」

二 (a) 第三段 (b)「難じつれば」

三 (a)(イ)＝花園の大臣 (ロ)＝女房たち

(b)「物を聞きはてで笑ふやうやはある」＝ものごとを終りまで聞かないで笑うということがあるか。

出典の『十訓抄《じっきんしょう》』は、鎌倉時代の説話集で、十種類の人生教訓を十巻に配分し、各巻の最初にその趣意を総説として示し、以下それぞれ例話をあげる——という構成になっている。Ⅰは、第四巻「可レ誡二人多言等一事」の巻頭総説、Ⅱはその例話第十四である。したがって、Ⅱに述べられている事実は、どこかでⅠに対応するはず。そこをとらえた設問である。

まずⅠで段落を分けるが、全文が、この程度の長さだから、あまり難しくはない。さきの心得で行けば(四九〇頁参照)、あまり迷う所はないけれど、ひとつ「笑中の剣は、さらでだにも恐るべきものぞかし」を第二段に付けるか、第三段に入れるかだけは、ちょっと考えさせられる。簡単な着眼点は、次の「また」である。接続詞「また」は、これまでの叙述とすこし趣のちがう事を言おうとするとき使うのが普通だから、それより後を第三段とする——と考えるのは、たしかに手っとり早い。しかし、もうすこし慎重な人なら、笑いのなかに含まれる「剣」は、相手を傷つける物という意の暗喩だから(四五七頁参照)、単に無知が暴露される程度のことよりも「身のはつるほどの大事におよぶ」ほうにふさわしく、したがって第二段に付ける――と考え、さきの着眼をさらに検証するだろう。
二を考えるには、さきの例題二四が拠り所になってくれる。つまり、Ⅰの第一段と第六段とは、趣旨としては同じことを言っているのであり、第一段に含まれるさまざまの具体的内容を、中間の第二段～第五段で詳述した形になっている。さきの型に当てはめると、

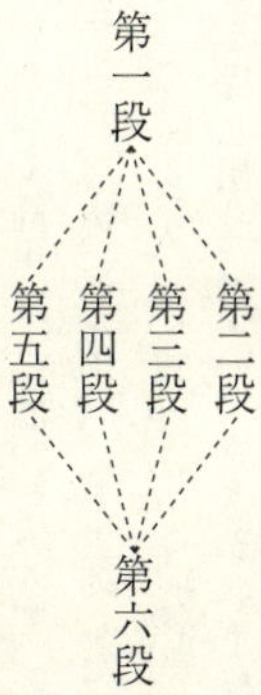

となり、双括式である。設問に「第二段から第五段までの」とある意味が、これでおわかりだろう。そこで、次に、それぞれの段が何を述べているかという差異を考えると、

第二段――思わぬ危害にあう心配がある。
第三段――自分の無知を暴露することもある。
第四段――他人からのけものにされやすい。
第五段――無実の疑いを受けかねない。

などの「悪い結果」が列挙されている。そうした悪い結果は、すべて「多言」から生じるのであって、この全文の主題である「多言はよくない」という思想（第一段・第六段）を根拠づける。これらのうち、例話Ⅱは、どの段に該当するかというのが（a）の問である。

この場合、どれかの段に当てはめるのは、Ⅱの要旨でなくてはならないから、まずそれをまとめてみると、

歌を終りまで聞かないで嘲笑した者たちは、それが実は名歌だったので、歌を味わう態度・たしなみの浅薄さが暴露された。

とでもなるだろうか。そうすれば、（a）の答は第三段のほかにない。（b）は、「あしざまに」まで答に入れるか、あるいは「難じつれば」だけにするか、ちょっと考えさせられるけれど、よいように非難するということはありえず、どうせ「難ずる」なら「あしざま」に決まっているから、答は「難じつれば」だけで結構。

三（a）は、Ⅱの登場人物リストを作ると、⑴花園の大臣・⑵侍・⑶女房たち――だけで、いたって簡単だ。前問によって、無知を暴露したのは女房たちだから、まず（ロ）が解決ずみだ。次に、侍は、歌を詠じたにすぎず、女房たちに対し何も言っていない。とすれば、（イ）は大臣のほかありえない。（b）は、大臣のことばから、教訓的な筋あいをもつのを探し出せばよい。まさか「下格子に参れ」「ただ、おのれおろせ」「汝は歌よみとな」等に教訓がこもっているとは認められないから、それほど難しくはない。

備考　**慮なく**　「口とく言ひいだし」を連用修飾する。**笑中の剣**　唐の李義府という人は、見たところが柔和で、人と話をするとき、にこにこしているのが常だったけれど、実は陰険きわまる人物で、気にくわない相手はみな中傷した。時の人たちは「義府の笑中の刀」とよんだ。**名簿**　ミョウブとよむ。

服従または師事するという意をあらわすため相手の人にさし出す文書。**花園の大臣** 源有仁。後三条天皇の孫にあたる。十二世紀における有名な文化人であり趣味人であった。**蔵人五位** 蔵人は正式には五位だが（定員三名）、六位の蔵人もある。六位の蔵人が勤務良好で五位に昇進した時、運わるく欠員がないと蔵人をやめて地下（ぢげ）になることがある。それが蔵人五位で、蔵人の大夫ともいった。やはり蔵人所で雑用をした。**参りたるに** 四〇二頁参照。

（ハ） 要旨の把握

こんなふうに勉強してくると、段落を分けたり構成を考えたりするうえに、いつも**要旨**が重要なポイントになっていることを思い知らされる。要旨がつかめないと、内容の把握だってうまくゆかない。その意味で、次に、要旨のとらえかたを勉強してみよう。

ところで、要旨と同類の術語として、**大意**と**主題**があり、しかも困ったことに、その定義があまり明確でない。主題はthemeの訳語であって、欧米の学術用語としては「その文章に述べられている思想内容の焦点」（the central concept which is made concrete through the structure of a literary work）を意味するのだが、国文学者はそんな定義におかまいなし、いたって漠然と使っている。要旨と大意は学術用語でなく、高校以下の国語科で、これも漠然と使っており、大学入試においても同様。だから、設問で「要旨を述べよ」と要求されても、出題者がどんな答を期待しているのか、受験生にはよくわからない。私にもよく

わからない。これでは高校生諸君が気の毒だから、私は、自分としての定義を設けてみた。それは、

主題――「言おうとすること」の焦点
要旨――全文の構成をある程度まで加味した「主題の説明」
大意――ある程度まで原文を織りこんだ「要旨の説明」

というのである。大学の教官各位におかれては、願わくは右の定義にもとづいて出題してくださると幸いなのだが、はたしてそのとおり行くかどうか、保証の限りでない。そこで、こんな漠然型教授たちを相手にする自衛手段として、たいへん実用的なあつかいかたを案出した。つまり、

主題よりも要旨は長く、要旨よりも大意は長い

というわけ。質的な区別を無視し、分量だけで片づけようというのだから、何たる非学問的態度か――と抗議されるかもしれない。しかし、その抗議を持ち出した人に「それでは、どうか学問的な定義をお示しください」と要求すれば、頭をかいてひっこむにちがいなか

ろう。「主題を述べよ」と要求されたら、いちおう「単語・文節・短い連文節またはごく短い文」の範囲で答えればよい。字数でいえば、まあ五字から十字ぐらい、いくら長くても二十字未満ぐらいだろう。要旨は、たいてい「何十字以内で答えよ」と条件づきだから、それに近い字数でまとめればよいけれど、字数制限のない場合は、だいたい三十字前後から五十字前後の間ぐらいで答えたらよいのでないか。大意は、それと同じぐらい、またはすこし多いめと考えておけば、ひどく見当ちがいにはなるまい。といったところで、ひとつ練習を――。

例題 一二六

ひろびろと荒れたるところの、過ぎ来つる山々にもおとらず、大きに恐ろしげなるみ山木どものやうにて、都のうちとも見えぬところのさまなり。ありもつかず、いみじうものさわがしけれども、いつしかと思ひしことなれば、「物語もとめて見せよ」と母をせむれば、三条の宮に、親族《しぞく》なる人の衛門の命婦《みやうぶ》とてさぶらひけるたづねて、文やりたれば、めづらしがりて、喜びて、「御前のをおろしたる」とて、わざとめでたき草子ども硯《すずり》の箱のふたに入れておこせたり。うれしくいみじくて、夜昼これを見るよりうちはじめ、またまたも見まほしきに、ありもつかぬ都のほとりに、誰かは物語もとめ見する人のあらむ。（更級日記）

一 この文章の筆者の心境のうちには、二つの気持のたたかいあっているものが見られる。それは、どういう気持とどういう気持か。それぞれ十五字以内に記せ。

二 筆者の心境として、傍線の部分の表現に直接むすびついてくる箇所はどこか。傍線以外のところから、適当するひとつの語句をぬき出して記せ。

三 全文の大意・要旨・主題を記せ。

答

一 殺風景な都ずまいへの不満・物語が手に入る都への満足

二 「ありもつかず」

三 〔大意〕 都ずまいは期待に反して殺風景なものだったが、物語を入手する便宜だけは田舎よりも良かったので、手づるを求め、すこし手に入れた筆者は、もっとほしがっている。

〔要旨〕 生活環境としてはかならずしも筆者を喜ばせない都だが、文芸享受の便宜は悪くなかった。

〔主題〕 都ずまいの不満と物語入手の便宜に対する心のはずみ

東国の田舎で育った筆者が、父に連れられて上京した。田舎で聞いた都ずまいは、どんなにか少女の心を夢で充たしてくれたことであろう。しかし、父は、あまり高い身分の公務員ではなかったから、都ずまいとはいうけれど、旅中の殺風景な山路とかわりのない住居しか得られなかった。現代とちがい、あまり自由に女性の出歩けなかった頃だから、筆者の失望は大きかったにちがいない。しかし、田舎で何よりもあこがれていた物語だけは、入手しようと思えば、できないこともなかった。紙が貴重品だった時代なので、東国では、とても手に入れる望みはなかった。この文学少女は、母や姉が記憶している『源氏物語』を、口語《くちがた》りで聞かされるだけであった。現実に物語の草子を手にした喜び、それは、現代人にはちょっと想像しにくいかもしれない。そういった筆者のシテュエイションを、わりあい深切に示しているのが、設問の一である。たたかいあう二つの気持とは、田舎で夢にえがいていた都へ来てみて「こんなはずではなかったが……」と期待を裏切られた感じと「やはり来てよかった」と思う心とでなくてはならない。「草子を手に入れた喜び」と「さらに他の草子をも見たい願望」など答えたのでは、半分も点をあげられない。そうして、殺風景さへの不満を示す部分にわざわざ傍線を施し、それを言いあらわす語を二で探させるあたり、ちょっと気のきいた設問だろう。中古語の「ありつく」は、ある場所に住みつくことで、その否定形「ありもつかず」は、何か落ちつけない感じをあらわしている。同じようでも、後の「ありもつかぬ」は、単に「住み慣れない」「縁故の乏しい」という意味で、正解にならない。

備考 **いつしかと** 「早く……」と期待し、待ちこがれる気持。**おろしたる** 「おろす」はおさがりにする意。命婦が勝手にやったのではなく、もちろん宮の許可を得てのことである。**わざと** 特に。すぐ下の「めでたき」を連用修飾する。**硯の箱のふた** 平安時代は、人に物をさし出すとき、硯箱のふたを盆のように用いる習慣だった。

例題 一二七

尼君、髪をかきなでつつ、「けづることをもうるさがりたまへど、をかしのみぐしや。いとはかなうものしたまふこそ、あはれにうしろめたけれ。かばかりになれば、いとかからぬ人もあるものを。故姫君は、十二にて殿に後《おく》れたまひしほど、いみじうものは思ひ知りたまへりしぞかし。ただいまおのれ見すて奉らば、いかで世におはせむとすらむ」とて、いみじう泣くを見たまふも、すずろに悲し。幼なごこちにも、さすがにうちまもりて、伏目になりてうつぶしたるに、こぼれかかりたる髪、つやつやとめでたう見ゆ。

生ひたたむありかも知らぬ若草をおくらす露ぞ消えむそらなき

（源氏物語・若紫）

一　右の文章はどんな場面を述べたものか、三十字程度で説明せよ。
二　「いとかからぬ人もあるものを」とはどんな意味か、説明せよ。
三　「生ひたたむ」の歌で、この歌を詠んだ人が言おうとしている内容を、簡単に説明せよ。

答

一　いつまでも子どもっぽい姫君の将来を心配している尼君の教訓。
二　この姫君ぐらいの年齢になれば、もっと大人びた子どもだっているのにということ。
三　こんな子どもっぽい姫君をのこしては、とても死ねないという心配。

いずれも「大意を述べよ」と言いかえてよいだろう。さて、問題文に現われる子どもは、あとで光源氏君の妻になり、紫上とよばれる人である。この時は、祖母と共に京都の北の方の山荘に住んでいた。平安時代の女性は、十三歳から十五歳ぐらいで結婚しているから、いまの人には、このおばあさんの教訓はピンと来ないかもしれないが、当時の人としては、実感をもって受け取られたのであろう。それから、当時の女性は、髪の長く豊かなことが、美人の重要な資格であった。髪が美しくのびて来たことは、美しい女性として成長してきたということなのだが、本人は、櫛を入れるのがめんどうくさいといった調子である。これは、自分が大人になっているという意識をもたないことなので、おばあさんが歎くわけ。それがわかれば、**一**は、しぜんに片づく。中心は、「かばかりになれば、いとかからぬ人もあるものを」と「ただいまおのれ見すて奉らば、いかで世におはせむとすらむ」である。**二**は、まず「かからぬ」が「かく・あらぬ」であること、その「かく」が「いとはかなうものしたまふ」を承けることをとらえる。そうすれば、あとの「十二にて……」と対照して、答は出てくるはず。**三**は、この歌が誰について詠んだものかを考えなくてはいけない。「生ひたたむ」は、これから成長してゆくであろうということだから、生いたつのがこの姫君の祖母にあたる人としては変だし、下の「若草」にも合わない。そうすれば、姫君についで詠んだものであり、詠んだのは祖母の尼君だと考えられる。それと「ただいまおのれ見すて奉らば、いかで世におはせむとすらむ」を結びつければ、何とか行けるのではないかと思う。

備考　**はかなう**　不安定な感じをあらわす。頼りなく。**ものしたまふ**　「おはす」と同じような意。「ものす」は「ゐる」の代動詞。**見たまふ**　光源氏が主語だけれど、この文章では表面に出ていない。**若草**　少女を意味する暗喩（四五七頁参照）。**そら**　あてど。

例題　一二八

よろづの道の人、たとひ不堪なりといへども、堪能《かんのう》の非家にならぶとき、かならずまされることは、たゆみなくつつしみて、かろがろしくせぬと、ひとへに自由なるとのひとしからぬなり。芸能・所作《しよさ》のみにあらず、おほかたのふるまひ・心づかひも、おろかにしてつつしめるは、得のもとなり。たくみにしてほしきままなるは、失のもとなり。

（徒然草・一八七段）

一　この論者は、

(イ) どんな種類の人を比較しているか。

(ロ) 両者の間には、どんな態度のちがいがあるか。

二「ひとへに自由なる」行きかたは、理想的であるかのごとく思われるが、どうして不堪なる専門家に劣る結果となるのか。

答　一　(イ) 何かの「道」にたずさわる人について、たいしたことのない専門家と、達者な非専門家とを比較している。

（ロ）前者は、その道としてきまったやりかたを大切に守るし、後者は、自分の考えによってやることがある。

二　個人の頭で考えたことは、いくらすぐれた人でも、かならずどこかに手ぬかりがある。まして、非専門家だから、自分の気づかない欠点が多いにちがいない。専門家は、その人自身はたいしたことがなくても、彼の守るやりかたは、多くのすぐれた専門家たちの考えを集成したものだから、しぜん良い結果が生まれるのである。

前問は、いずれも原文から具体的な場面とか、事情とかを採り入れた説明になるので、大意の心がまえで答えたが、こんどは、思想内容が問われており、要旨のつもりで答えるのがよいだろう。主題の場合よりもいくらか説明的に、大意の場合よりも原文を離れて、なるべく簡単にまとめるのがコツだ。

さて、設問の順序は、かなり深切に考えたつもりである。まず、本問に出てくる人物は、「道の人」と「非家の人」である。これは、すぐわかるはずだし、二で「不堪なる専門家」というヒントまで与えてあるのだから、出来ないのがふしぎみたいだけれど、軽く視てはいけない——というのは、大きい盲点が隠されているからである。「比較したのか」と問われると、つい差異だけに関心が集中しやすいけれど、「どんな種類の」と問われているのは、見のがしてはならない。「種類」だから、差異はもちろん、共通点もあげなくてはいけないのである。特に、(ロ)で「相違」をたずねているのだから、(イ)では、共通点も述べないと拙い。もっとも、(ロ)では「態度」の差をたずねているのだから、(イ)では態度以外の差も答えるのがよい。二は、実は、この問題文だけよんでも、よくわからない所がある。それは、結局、中世精神ぜんたいの特質というものについて、ひろい知識をもっていないとだめなのだが、この問題に関係のある範囲でいうと、中世精神は、

1 非常に多数の人と長い年月との総和から生まれた「型」によって行動しようとする。

2「型」を通過しない自由は認めない。

というような特色がある。つまり「型」は、延べ何百万何千万という人たちの共同の体験から凝集されたエキスみたいなもので、それに従ってゆけば、あまりえらくない人でも、りっぱにやれるはずだという考えかたである。「最善なるものは、最も多数なるものによって支持されている」というのが、中世芸術を支配する精神なのであり、個人の独創を重んじる西洋近代の芸術とは、たいへんちがう。中世芸術では、能でも、連歌でも、花道でも、茶でも、個人の自由な考えなんかは、それほど重視しない。しかし、型に入りきって、型をすこしも束縛だと感じないほどになった名人が、おのずからやる自由な芸は、たいへん尊重するのである。すなわち、「型以外の自由はきびしく否定するが、型以上の自由はたいへん尊重する」というのが、中世的な立場だといってよいであろう。一の(ロ)と二とは、いくらか批評・鑑賞に近づいたような形で、内容探究の問題として、かなり高度で

ある。

そういった性質の問題を、もうひとつ挙げておく。

例題　一二九

波、すなはち余に俳諧を問ふ。答へていはく、「俳諧は俗語を用ひて俗を離るるをたふとぶ。俗を離れて俗を用ふ。離俗の法、最もかたし。かのなにがしの禅師が隻手《せきしゅ》の声を聞けといふもの、すなはち俳諧禅にして離俗の則《そく》なり」。波、頓悟《とんご》す。却って問ふ、「叟《そう》が示すところの離俗の説、その旨玄なりといへども、なほこれ公案をこらして、我よりして求むるものにあらずや。しかじ、彼もしらず我もしらず、自然に化して俗を離るるの捷径《せふけい》ありや」。答へていはく、「あり。詩を語るべし」。波、すなはち大悟す。　（蕪村『春泥発句集序』）

一　「俗を離れて俗を用ふ」とあるが、上の「俗」と下の「俗」とは、どう違うか。

二　なぜ「我よりして求むるもの」を否定しているのか。

答　一　上の「俗」は下品ないやしいもの。下の「俗」は世間一般のことがら。

二　意識的にもとめようとすると、自己流の勝手な把握態度に陥りがちで、とかく正しい離俗精神をゆがめることが多いから。

俳諧史上に有名な蕪村の離俗論である。俳諧は、和歌や連歌の「雅」なる表現に対し、その「雅」からふみ出した世界、つまり、和歌や連歌でやらない表現をするところに、俳諧としての独自性をもつのである。そのふみ出した世界が「俗」である。この意味での「俗」は、まだ和歌や連歌で詠んでいない世界ぜんたいをさすものだから、健康なみずみずしい俗もあれば、くだらない下品な俗もある。後者が「俗を離れて」の「俗」であり、前者が「俗を用ふ」の「俗」である。そのことは、俳諧史を勉強した人にとっては常識だから、そういう人なら、一の後半は「和歌および連歌の雅と対立する表現世界」または「和歌および連歌で詠み残した表現世界」と答えるであろう。それが最上の答である。しかし、そこまで要求するのはすこし無理かもしれないと思ったので、答には、わざと第二流程度の答えかたをしておいた。二は、「自然に化して」が、手がかりとなる。「俗を離れて俗を用ふ」といったような把握態度は、たいへん難しいのであって、そんなふうにしようとばかり考えると、つい無理が生じやすい。その結果、作品も、わけのわからぬ表現になったりするので、警戒したわけである。なお「隻手の声」は、禅坊主が、理論を超越した絶対の真理を悟らせるため、ことさら非論理的な問題（すなわち公案）を与えるのだが、そのひとつである。つまり、両手をうちあわせてこそパチンと音がするわけだけれど、禅坊主は、片手をニュッと出して、「さあ、この声が聞こえるか」など、謎みたいな寝ごとみたいなことをいう。それがわかれば、悟ったわけ。

備考　**波**　春泥舎召波。俳人。蕪村の高弟。句風は蕪村に似て、高雅な古典趣味が濃い。明和八年

（一七七一）没。その作品をまとめた『春泥発句集』に蕪村が序文を与えたのである。**余** 蕪村。**則** 指導のため与えられる問題。禅語である。**叟** 表面的な字義は「老人」ということだが、転じて代名詞に用い、年長者や目上の人への敬称。**玄** 字義は「黒色」ということ。転じて奥深いこと。深遠。

例題 一三〇

能因入道、伊予守実綱《さねつな》に伴ひて、彼《か》の国にくだりたりけるに、夏の初め日久しく照りて、民の歎き浅からざりけり。(イ)神は和歌にめでたまふものなり。試みによみて、三島に奉るべき由を、国司しきりに勧《すす》めければ、

　天の川苗代《なはしろ》水にせきくだせあまくだりますかみならば神

とよみて、(ロ)みてぐらに書きて、社司して申し上げさせたりければ、炎旱《えんかん》の天、にはかにくもりわたりて、大なる雨降りて、枯れたる稲葉、おしなべて緑にかへりにけり。忽《たちまち》に天災をやはらぐる事、唐の貞観《ちやうぐわん》のみかどの、蝗《いなご》をのめりし政《まつりごと》にもおとらざりけり。

（十訓抄）

一　傍線の部分を解釈せよ。

二　右の文の作者が述べようとしている主題は何か。

三　「天の川」の歌には、神を感動させるような意味あいが含まれているはずである。それは、どういうことか。

答 一 （イ）「神さまは和歌にたいそう感心なさるものだ。ためしに詠んで、三島の神さまにさしあげてみたまえ」ということを

（ロ）幣帛に書いて、神官に命じてその歌を神さまに申しあげさせたところ

二 すばらしい和歌は、神の心まで動かすものだ。

三 「いま地上にいらっしゃるけれど、天上の事についても発言権がおありのはずだから」という筋あい。神さまが地上にばかり滞在していらして、天界に貯水があることをお忘れになっていやしませんかと注意をよびおこした点。

こんどは、はっきり「主題は何か」と問われている。主題とは、作者の**書こうとした中心**なのだから、中心となる主要点をできるだけ簡単にまとめるのがコツである。つまり、全文のキイ・ポイントだけをとらえるのだから、余分の記事は、惜しげもなく切り捨てなくてはいけない。ほんとうに作者が言おうとしたエッセンスだけで十分である。短ければ短いほど結構。さて、**二**は、原文の「神は和歌にめでたまふものなり」が全体のキイ・ポイントになっていることを発見すればよろしい。**三**は、場合によっては「この和歌の趣旨を説明せよ」と要求してもよいわけだが、すこし深切に答の方向を示しておいたのである。神さまは、日本人の考えでは、もともと天上が本籍地なのだが、地上の人民たちがお願いして、特に来ていただいているのである。そのホテルみたいなものが神社である。ところが、あまりホテル暮しが長くなると、神さまは、つい天上の事を忘れて、天にならいくら

でも水があるのに、雨をふらせてくださらない。そこを歌でやんわり抗議したわけ。一は、添えものみたいな設問だが、**会話の立消え**という現象を復習するため、特に出しておいた。現代文ではほとんど無いと思うが、古文では、はじめ会話で出発しながら、いつの間にか地の文になってしまうことがある。そんなときは、会話符号の「　」がつけられない。上のカッコはつくけれど、下のカッコがつかないのである。むりにつけるなら、「神は和歌にめでたまふものなり。試みによみて、三島に奉」るべき由を……。とでもなるよりほかあるまい。こんなふうに、途中で地の文にとけこんでしまう会話が、古文にはときどき出てくる。『源氏物語』には、その例が多い（三七三頁参照）。

備考　**能因**　平安後期の有名な歌人。「みやこをば霞と共にたちしかど秋風ぞ吹く白河の関」の作者。**三島**　伊予国越智郡大三島宮浦にある神社。**国司**　この場合は実綱。**みてぐら**　神に奉る布（絹・綿・麻）。のちには、紙を用いた。この場合は紙製。**貞観のみかど**　唐の太宗皇帝。貞観はその年号。貞観二年に大ひでりがあり、いなごがすごく発生して、農民が困窮したので、太宗は、百姓には何も罪はないから、もし食べるなら朕の内臓を食べるがよいと言って、いなごを呑みこんだ。そうしたら、いなごの害はなくなったという（貞観政要）。

要するに、主題のとらえかたは、全文をよく観察し、どの部分が中心であるかを判別することなのだから、Aの部分はBの部分をひき出すための前置きであるとか、Cの部分はDの部分を詳しく言い変えたものだとか、Eの部分は単なるつけたしであるとか、それぞれの部分が全文に対してもつ位置や使命をとらえるところに、急所がある。部分の把握が適切でないと、全文の構成がよくわからないし、全文の構成がわからなければ、主題もわからないのである。

(二) 内容の把握

構成もとらえたし「要するに……」もわかった場合、めでたく終りかというと、そうではない。それに基づき、さらに深い内容が問われることもある。いや、実は、これが古文の本命なのであって、語学的解釈は、この内容把握を正確におこなうための準備作業にすぎない。いくら助走だけみごとなフォームでも、ジャンプそのものが貧弱なレコードしか示さないのでは、何にもならない。入試問題でも、内容把握がだんだん重視されてきた。当然のなりゆきだと思う。ところで、内容把握は、いわば千変万化の出題方法が可能なので、いくつかのパターンを示し、それの応用で他の場合もこなせるようなコツを提供することが難しい。結局は、いろいろな型の設問にぶつかりながら、じりじりと、地力をつけてゆくよりほかかないだろう。しかし、いくつかの「型」が無いわけでもない。

例題 一三一

秋のけはひの立つままに、土御門殿《つちみかど》の有様、いはむかたなくをかし。池のわたりの梢ども、遣水《やりみづ》のほとりの草むら、おのがじし色づきわたりつつ、おほかたの空も艶《えん》なるにもてはやされて、不断の御読経の声々、あはれまさりけり。やうやう涼しき風のけしきにも、例の絶えせぬ水の音なひ、夜もすがら聞きまがはさる。御前にも、近うさぶらふ人々はかなき物語するを聞こしめしつつ、なやましうおはしますべかめるを、さりげなくもてかくさせたまへり。御有様などの、いとさらなることなれど、うき世のなぐさめには、かかる御前をこそたづねまゐるべかりけれと、うつし心をばひきたがへ、たとしへなくよろづ忘るるにも、かつはあやしき。（紫式部日記）

一　右の文章において、自然と人事との融合を巧みに描き出しているのはどの部分か。最も適切な部分を抜き出せ。

二　右の文章において、作者の内面描写の行なわれている箇所を五十字以内に要約せよ。

（関西学院大）

答　一　「池のわたりの」→「あはれまさりけり」

二　現世の慰めには、こんなお方にご奉公してよかったと、平常の心境と違い、あこがれに没入するのもふしぎだ。

まず一は、自然と人事がどう描かれているかを、全体として検討する。そうすると、内容的に三つの部分から成っていることがわかるだろう。

第一部分＝「秋のけはひ」→「聞きまがはさる」――庭前の景色

第二部分＝「御前にも」↓「もてかくさせたまへり」――中宮の様子
第三部分＝「御有様などの」↓「かつはあやしき」――筆者の独白

これは、構成の把握できたえた頭なら、何でもない所だ。ところで、設問は「融合」の部分を示せと要求している。「融合」とは、二つ以上の要素がまじりあい、もとのそれぞれの姿がよくわからないような状態になることをいう。「これまでが自然、これからが人事」と明らかにわかる両者が単につなぎ合わせられているだけでは、融合ではない。しかるに、第二部分と第三部分は、すっかり人事だから、設問の要求に適合するものは、第一部分の自然描写のなかで、人事的な要素の入りこんだ箇所であるほかない。そこで、主観的な心情をあらわす「をかし」「あはれまさりけり」等の含まれる文が、いちおう候補となる。前者は「秋のけはひ」の立つ土御門邸のありさまを筆者が観察した結果、その感じを「をかし」と述べたにすぎない。これに対し、後者は「池のわたりの梢ども」や「遣水のほとりの草むら」がいちめんに色づき、空の色までが「艶なる」景色と、経をよむ僧たちの声が対照され、しかも経をよむ声は庭の景色に「もてはやされて」、そのため「あはれ」がまさるのである。

備考 **土御門殿** 藤原道長の邸。道長の長女である彰子中宮が、お産のため帰宅していた。**不断の御読経** 一日を十二の時間に区切り、各時ごとに僧が交替で経をよみ、切れ目がないようにすること。この場合は、安産祈禱のため。**御前** 中宮をさす。

自然と人事の交渉についで、よく採りあげられるのは、心理描写の問題である。人の心は、微妙な動きかたをするから、とても把握の原理なんか示せるものではない。しかし、入試問題に出る範囲では、わりあい常識的な心理があつかわれるはずである。そうでなければ、とても採点できない。だから、安心して、いつも

常識的につかめる筋を追うのが、**心理**を問われた時の身がまえ

と心得ていてほしい。次に、ちょっと難問で練習してみよう。

例題 一三三

(1)怪《け》と人の申す事どものさせる事なくてやみにしは、(2)前《さき》の一条院の御即位の日、(3)大極殿《だいごくでん》の御装束すとて人々集りたるに、(4)高御座《たかみくら》のうちに髪つきたるものの頭《かしら》の血うちつきたるを見つけたりける、(5)あさましく、(6)いかがすべきと行事思ひあつかひて、(7)かばかりの事を隠すべきかとて、(8)大入道殿に「かかる事なむさぶらふ」となにがしの主《ぬし》して申させけるを、(9)いとねぶたげなる御けしきにてもてなさせたまひて、(10)ものも仰せられねば、(11)Ⅰ［　］聞《きこ》しめさぬにやとて、(12)また御けしき給はれど、(13)うちねぶらせたまひて、(14)Ⅱ［　］御いらへなし。(15)いとあやしく、(16)さまで御とのごもり入りたりとは見え

させたまはぬに、(17) いかなればかくてはおはしますぞと思ひて、(18) Ⅲ□御前にさぶらふにぞ、(19) うちおどろかせたまふさまにて、(20)「御装束は果てぬるにや」と仰せらるるに、(21) 聞かせたまはぬやうにてあらむと思《おぼ》しめしけるにこそと心えて、(22) 立ちたうびける。(23) げにかばかりの祝ひの御事、(24) また今日になりて停《と》まらむもいまいましきに、(25) やをらひき隠してあるべかりける事を、(26) 心肝なく申すかなと、(27) いかに思しめしつらむと、(28) 後にぞかの殿もいみじう悔いたまひける。(29) さる事なりかしな。(30) さればなでう事かはおはします、(31) よき事にこそありけれ。　（大鏡）

注　前《さき》の一条院――一条天皇　行事――儀式の担当官　大入道殿――藤原兼家。道長の父

右の文章を読んだ人々（A・B・C…で示す）の会話を次にしるすが、これをあわせ熟読して、後の各問に答えよ。

A「短い文章だが、行事の驚き・当惑がよく出ているね。」

B「しかもかれを驚かせ、当惑させたものはただひとつでないのだから……」

C「行事の驚きや当惑を中心に事態を描いて、結末までもってゆく、その叙述の運びはなかなか細かいね。」

D「細かいといえば、行事の心理（意中）が丁寧に書かれているが、そればかりでなく、その心理に基づく行動（言葉・動作）、さらに行事の行動に対する大入道殿

の行動、この三者が対応的に整然と書かれている。」
E「それと同時に、この三者が相互に関連しながら推移し、結末に向かって漸層的に高まってゆく。ちょっとスリラー風の味わいがあるよ。」
F「この点について、副詞などずいぶん効果的に使われていると思うが。」
G「さきほどDさんは、大入道殿の心理のことには全く触れなかったけれども、本文の叙述の中では、この大入道殿の心理の取り扱いかたがひとつの眼目となっているのではないだろうか。」
H「大入道殿の『怪』に対する判断、またその応対の描写に、ひとりのおおらかで、しかもしたたかな人物の姿がみごとに浮かび上がってくるね。」

一　Bの発言に「かれを驚かせ、当惑させたものはただひとつでない」とあるが、その「もの」とは何（または誰）か、簡潔に指摘せよ。かつそれらに対する驚き・当惑の事実を一語で示している箇所があるが、その語をそれぞれ文中より抜き出してしるせ。
二　D・Eの発言に従って左表を完成しようと思う。それについて、まず本文中「行事の心理」を書いている箇所を叙述の順に左表に記入し、次いでそれに基づく「行事の行動」、さらにそれに対する「大入道殿の行動」をそれぞれ同じ段に記入せよ。該当する「箇所」がなければ空欄にしておくこと。なお「箇所」はすべて本文中の番号（1）――（31）を用いて記入せよ。（その「箇所」に含まれる語句の番号を列記すればよい。）

	1	2	3	4	5	6
行事の心理						
行事の行動						
大入道殿の行動						

三 Fは副詞の用法に注目しているが、本文ではそのうちの幾つかを、わざと隠して□にしてある。Fの発言の趣旨を考慮しつつ、□のそれぞれ（Ⅰ）（Ⅱ）（Ⅲ）を埋めるのに最も適切な副詞を、左のうちから選んでその符号をしるせ。ただし同じ語を二度用いてはならない。

（イ）なほ　（ロ）とばかり　（ハ）もし　（ニ）やうやう

四 Gの言うとおり、本文では「大入道殿の心理の取り扱いかた」について著しい特色が見られるが、その特色と思う所を四十字以内で述べよ。

五 大入道殿の行動を支配しているその心理は、どのようなものであったか。それをはっきりと言い表わしている箇所を本文中の番号で示せ。（阪大）

答 **一**

「もの」	一語

二

血のついた首の発見 祝典挙行の支障 大入道殿の不可解な態度	あさましく 思ひあつかひ あやしく

	1	2	3	4	5	6
行事の心理	(5)(6)(7)	(11)	(15)(16)(17)	(21)		
行事の行動	(8)	(12)	(18)			
大入道殿の行動	(9)(10)	(13)(14)	(19)(20)			

三　Ⅰ＝(ハ)　Ⅱ＝(イ)　Ⅲ＝(ロ)

四　大入道殿自身を無言の状態におき、その心理を脇役の心理・行動から間接描写した点。

五　(23)(24)(25)

問題文が1から31までの番号で区切られているのは、さきに例題一二四でも練習したような構成の面から考えるヒントになる。要点は、行事および大入道殿の心理・行動が、どんなふうに整然と構成されているかである。Eの言った漸層的とはclimaxのことで、プロット(筋立て)がだんだん感情の高まりを誘うように構成される技巧をいう。さて、設問によれば、行事の心理がつぎつぎと展開してゆき、それにつれて行動がなされ、その行動に反応して大入道殿が行動する――という構成になっているよしなので、まず行事の心理の述べられている所を探すわけだが、さきに述べたとおり、入試問題に出る程度の心理描写は、どうせ常識的なものであるはずだから、諸君が行事の身になって、いちばんありふれた感じかたをすればよろしい。もし諸君が血のついた首を思いがけない場所で発見すれば、どんな気持だろう。もちろん、びっくりし、あきれるほかあるまい。それが「あさましく」だ。次に、晴れの御大典がおこなわれる直前の玉座にこんな不吉事がおこった場合、諸君ならどうだろう。「いかがすべき」と「思ひあつかひて」（処置に窮して）、とにかく上役に報告しようと考えるのが、いちばん普通のはずだ。「かばかりの事を隠すべきかとて」の「とて」は、当然「と思って」の意である。以上が**一**の答になる。

さて、これらを問題文の番号でいえば（5）（6）（7）だ。こう考えた行事は、その考えを実行に移す。つまり、某氏を介して、大入道殿に報告してもらったのである。番号でいえば（8）だ。この報告を受けた大入道殿は、タヌキ寝入りをきめこみ、てんで相手になってくれない。番号でいえば（9）（10）だ。以上が、行事の心理の第一段階に対応する彼自身の行動と、さらにそれを受ける大入道殿の行動である。これだけを答案欄の1に記入すればよい。以下、同様にして**二**の答が出る。

ところで、かなり疑問になるであろうのは、（11）（15）（16）（17）および（21）が、はたして行事の心理だかどうだかである。行事は、おそらく身分の低い役人だったので、直接に大臣と話をするわけにゆかず、「なにがしの主《ぬし》」を頼んで兼家に申しあげてもらったわけ（笑ってはいけない、現在でも官庁の普通職員が大臣に話しかけることはタブーだ）。『大鏡』の用例では、だいたい「主《ぬし》」というと五位あたりの人をさす場合が多い。あとの「かの殿」は「なにがしの主《ぬし》」と同じなのであろう。行事に対しては敬語が使われていないけれど、この人には使ってあり、

大入道殿――「もてなさせたまひて」「うちねぶらせたまひて」「うちおどろかせたまふさま」「聞かせたまはぬやう」（最高敬語）

なにがしの主《ぬし》――「立ちたうびける」「悔いたまひける」（普通敬語）

行事――「思ひあつかひて」「申させける」（敬語省略）

と、大入道殿と行事との中間に当たる待遇を受けている。したがって、4の欄で「行事の行動」に（22）と答えるわけにゆかない。それにしても、（11）（15）（16）（17）および（21）は、はたして「行事の心理」なのであろうか。事実としては、大入道殿に申しあげているのは「なにがしの主《ぬし》」なのであり、これらはすべて「なにがしの主《ぬし》の心理」だとも考えられる。学者の間では、そう解釈する説が有力だ。しかし、この場合は、入試問題である。入試の際は、与えられた条件のもとで、それに基づいた解答を出すよりほかない。学界における意見の相違なんかは、受験生の知ったことでない。設問では、Cの発言を借りて、行事の驚きや当惑を中心に事態を描いて、結末までもってゆく……。

と指示している。すると、この出題者は、すべて「行事の心理」として解答せよと要求し

ているらしい。それに従って考えれば、直接に大臣と話のできない行事は、局長クラスの「なにがしの主《ぬし》」に報告をしてもらったけれど、自分も傍にいて、大入道殿の態度について「なにがしの主《ぬし》」と同じように感じたのだ——と解釈できないわけでもない。そこで、私も受験生になったつもりで、さきのような解答を出しておいた。ただし(28)の「悔いたまひける」は、あきらかに主語が「かの殿」だし、待遇も「たまひ」なので、これを「行事の心理」と認めることはできない。もちろん「行事の行動」でもない。

次に三は、Eのいう「スリラー風の味わい」から考えるべきだろう。スリラーのねらいは、どうなってゆくか見当のつかないサスペンスに在るのだから、その「わからなさ」に焦点をしぼると、Iは、大入道殿の無言に対し、その心理がわからず、「ことによれば、いまの言上をお聞きにならなかったのかしら?」と不審に感じた場面なので、「もし」が適切。IIは、再度の言上に対し、こんども応答がないので、「さっきだけでなく、またもや」という感じ。だから「なほ」がよい。IIIは、「なほ」でもよいけれど、設問の「同じ語を二度用いてはならない」によれば、「とばかり」のほかない。大入道殿の心理を解しかねて、すぐには立てなかったのである。

四は、大入道殿の心理がこの話の中心題材であるにも拘わらず、(20)あたりまで何も述べられていない。そうして、(21)(23)(24)(25)あたりでやっと解きあかす。スリラー風だ。それが、いずれも大入道殿のことばでは語られず、脇役の心理や行動を通じて示される。当人が何も語らないという扱いかたは、まことに巧妙な書きぶりだ。

その大入道殿の心理は、要するに「怪事なんか、放っておけば何でもない」「祝典を延期することが、かえって不吉さをまねく」「大臣が騒ぎたてたら、世人によけいな混乱をひきおこさせる」「だから黙殺するに限る」ということなのだろう。この考えは、最初から動いていない。その動かない考えをとらえかね、行事（または「なにがしの主《ぬし》」）の心理と行動がさんざん空転させられる。そこに作者のねらいがある。

備考 **装束** 車・室内・庭などを飾りつけ、あるいは整備すること。**高御座** 即位式のとき天皇のおすわりになる椅子。**御けしき給はれど** 「けしき給はる」で指示をあおぐ意の熟語。**たうびける** 「たうぶ」は「たまふ」の口語的な形。

難問ですこしくたびれたろうから、こんどは、いくらかやさしい問題で、心理そのものを扱ってみる。

例題 一三三

源平両氏の合戦で捕虜となった平重衡《しげひら》は、源頼朝の求めによって、寿永三年三月十日、梶原景時に具せられて都から鎌倉へ下った。次の文章はその途中のことを述べた『平家物語』の中の一節である。これについて、後の設問に答えよ。

都を出でて日数《ひかず》ふれば、弥生《やよひ》もなかば過ぎ、春もすでにくれなんとす。遠山の花は残んの雪かと見えて、浦々島々霞みわたり、来し方行く末の事ども思ひ続けたまふに、

「さればこれはいかなる宿業のうたてさぞ」とのたまひて、ただ尽きせぬものは涙なり。御子の一人もおはせぬ事を、母の二位殿も歎き、北の方大納言の典侍《すけ》殿もほいなきことにして、よろづの神仏に祈り申されけれども、そのしるしなし。「かしこうぞなかりける。子だにあらましかば、いかに心苦しからん」とのたまひけるこそ、せめての事なれ。さやの中山にかかりたまふにも、また越ゆべしともおぼえねば、いとどあはれの数そひて、袂《たもと》ぞいたくぬれまさる。　（巻十「海道くだり」）

一　「さればこれはいかなる宿業のうたてさぞ」とあるが、
（イ）「これ」はどういうことをさしているのか。
（ロ）「宿業のうたてさ」とはどういうことなのか。

二　「かしこうぞなかりける」とあるが、
（イ）それはどういう意味なのか。
（ロ）どうしてそのような気持になったのか。

三　「さやの中山にかかりたまふにも、また越ゆべしともおぼえねば、いとどあはれの数そひて」というところは、もし次の歌と関連させるならば、どのような意味を含むことになるか。歌意を織りこんで解釈せよ。

年たけてまた越ゆべしと思ひきや命なりけりさやの中山　（新古今集・西行）

答

一 (イ) 重衡が捕虜となって、鎌倉へ護送される悲惨な境遇。

(ロ) 前世でどんなひどい悪行をした報いなのかと自分で疑われるほど痛切な捕虜のみじめさ。

二 (イ) よくまあ子どもがなかったことだ。

(ロ) 現在でさえどうしようもないみじめさなのに、子どもまであったら、悲惨の極致だったろうと、せめてもの救いを発見しようとしたのである。

三 佐夜中山にさしかかられるにつけても、西行は生涯に二度この山を越えることのできた感慨を詠じているのに対し、自分は生きて再びこの山を越え、帰京できようとも思われないので、いっそう悲しみが増して。

前文に示されているとおり、かなり長い話のなかの一節だから、誰が・どういう事情で・どんな行動をしているか――を、手際よく再構成するのが要点だろう。問題文に出ているだけの事実では、とてもまかないきれない。それを補充するため、前文を活用するのがコツというもの。『平家物語』を丁寧によんでいる人なら、重衡は清盛の子で、源三位頼政たちのクーデターを鎮定したついでに、頼政の尻押しをした東大寺や興福寺まで焼きはらったが、平氏の敗戦で梶原景時の部隊にとらえられ、鎌倉へ護送のあと、東大寺・興福寺の強い要求により、奈良へ連れもどされて、二十九歳で死刑となった――ぐらいは知っていよう。しかし、不幸にしてそこまで『平家物語』と交際がなくても、前文に出ている解説を問題文に代入すれば、設問はちゃんと解けるようになっている。

まず**一**の（イ）だが、さきの「それよりも前の部分に出ていなくてはならない」（四八六頁）を適用してみると、それ以前の部分がなぜ「宿業」なのか、さっぱり理解できないし、なぜ「尽きせぬものは涙なり」なのかも謎めいてくる。この場合は、前文の解説までが「それよりも前の部分」なのだと考えるべきで、ついでに、

> 問題紙に印刷してある全部が問われているのだ。問題文だけが問われているのでなく、設問だけが問われているのでもない。

という心得を強調しておこう。そこで、前文から「捕虜となった」を発見し、それを未知数「これ」に代入すれば、なぜ重衡が「涙」にぬれているのか、無理なしに説明がつく。（ロ）は、それと関係づけて、単なる言いかえに終わらないよう、なるべく具体的に答えるのがよろしい。「前世の因縁によって不幸におちいった宿命のなさけなさ」など書いたのでは、誤りともいえないけれど、良い点はあげられない。**二**の（イ）も、下の「子だにあらましかば」と対照し、実は「かしこうぞ（子の）なかりける」なのだと発見するのがキイ・ポイント。「かしこうぞ」の下に未知数 x が示されていないので、気のつきにくい所だけれど、**具体的事実の代入**というテクニックは同じだ。（ロ）は、心理的な設問だか

ら、自分が重衡の身になったと仮定し、そんな場合にどう思うだろうか——と想像してみる。つまり、

心理的な設問に対しては、その**問われている人物の立場**になってみよ。

である。山上憶良でなくても、普通の家庭人なら、子どもがいてほしいと願うに決まっている。それを、逆に、子どもがいなくてよかったというのだから、たいへん特殊だ。その特殊さが、どこから出てくるのか。やはり前文の「捕虜」という条件に結びつく。**三**は、山を越えるということが問題文と西行の歌とに共通している点をとらえ、前文の「都から鎌倉へ」「その途中」と対応させて、

都——佐夜中山——鎌倉

という関係であること、この場合、佐夜中山を越えるとは鎌倉へゆく意になること、再び越えるとは京へもどる意になること等をおさえて、それらを答にもりこむ必要がある。

備考 **残ん** 「残り」の「り」が撥音便になった形。**宿業** 「業」は、仏教語で、行為およびその行為があとに残す潜在エネルギーの総称。たとえば、酒を飲むという行為は、それだけで終わらず、もういっぱい飲みたいという欲求をひきおこし、それが次の飲む行為に対する原因となる。この潜在エネルギ

ーは、現在の生存においてだけでなく、過去世における生存から継承され、また未来世に延長されてゆく。その過去世から流れてくる行為の残存支配力が「宿業」である。「宿」は「前からの」という意。**二位殿**　平清盛の妻。二位の尼君。**大納言の典侍殿**　大納言藤原邦綱のむすめで典侍を勤めているお方の意。本名は輔子。**さや（佐夜）の中山**　静岡県掛川市にある坂路。**「年たけて」の歌**　年老いてから再び越えることができようと予期したろうか（＝しない）。こうしてまた越えるのも、生きながらえていたからの事なのだ。「また」および経験回想の「思ひき」で、以前にも越えたことがある意を示す。

「問われている人物の立場になってみる」ということは、心理が設問のねらいとなっている場合だけでなく、内容事項の性質をとらえるときにも、まことに有効だ。

例題　一三四

ここもと珍しき干松茸《ほしまつたけ》一袋下され、かたじけなく存じ候《さふらふ》。さりながら御心入れ満足に存ぜず候は、われらこの方へまかり下り申し候は、はや十二三年以前にまかりなり候に、つひに御状も下されず候。わたくし方よりはその時分四五度も書中に申し上げ候へども、一度も御返事なく、世の義理といふ事おかまひなされず、今また御用の儀に文《ふみ》下され、この方満足に存ぜず候。総じて人に無心言ふ前には、ねんごろにしかけ、または音信物《いんしんもの》をつかひ、さまざま軽薄言ふ事、上方の風儀に御座候。関東はなかなかさやうの当座さばき合点いたさぬ所に御座候。つねづね親しく語り合ひ申し候人には、(イ)金銀はさておき、命を捨て申し候。おのおの心底、親類とは申しがたし。わたくし身代破り、そのもとをまかり立ち申し候とき、道中の使ひ銀《がね》わづか三十目の事さへお貸しなされず、まかり立ち候宵《よひ》においとまごひに参り申し候へば、われらの足音お聞きなされ、そのまま奥の間へ駆け入り、念仏講に参られましたと、お内儀まざまざと留守《るす》つかひ候は、今に今に忘れ申さず候。（西鶴『万の文反古』）

一 この手紙の差出人甲と受取人乙とは、それぞれどこにいるか。
二 乙から甲へ届けられた手紙の用件は何であったか。十字以内で答えよ。
三 傍線部分（イ）（ロ）を解釈せよ。
四 甲が乙に対して腹を立てている理由をまとめて、三十字以上、四十五字以内でしるせ。

答
一 甲＝江戸　乙＝大坂
二 金銭的な援助の依頼
三 （イ）おかねはもちろん　（ロ）今になっても忘れはいたしません。
四 甲がむかし破産し、窮状に陥ったとき、乙が無情にとりあつかい、勝手なときに無心してきたこと。

中古文や中世文だけに慣れた眼では、こんな文章にぶつかると、何だか異様な感じがするだろう。近世文のなかでも特に西鶴のスタイルは癖が強い。ざっと挙げてみると、

(1) 古典語法には当てはまらない。

(2) 極端に省略が多く、要点を印象的に描く。
(3) 構成に推理小説めいたサスペンスを採りこみたがる。
(4) 頭括式または尾括式であることが多い。
(5) 数字・計算については、驚くべき正確さを示す。

といったような特色がある。用語も、近世独特のものが現われるから、手も足も出ない感じさえするかもしれない。こんな時は、あまり部分的な難解さに気を取られず、全体として何が言われているかをよく考え、その線に乗せてみると、案外わかるものだ。こんな行きかたを、私は「全体への体当たり」とよんでいる。西鶴の作品がわかりにくいのは、主として用語や語法の面であり、思想的にはむしろ単純だから、発想の型さえつかまえれば、それほどの難物でもない。もっとも、ねらいとされている急所については、おそろしく鋭い観察をする作者だから、その鋭敏さに対しては、何とかついてゆく必要がある。

さて**一**は、文中に「上方」「関東」とあるので、着眼点は与えられている。甲も乙も、金銭の事で交渉をもっているから、おそらく商人で、したがってその活動舞台は地方でなく、都市すなわち大坂・江戸だと認められるが、甲・乙のどちらがどこに住んでいるのかは、文中の「われらこの方へまかり下り」が決め手になる。現代とちがい、皇居は京都に在ったから、「下り」は関東へ行くことで、「われら」すなわち話主の甲はいま江戸にいるはず。

二は、やはり文中の「人に無心言ふ」から見当がつく。あとに「わづか三十目の事さへお貸しなされず」とあるのも、金銭的援助の話なので、いっそう確かとなる。**三**（イ）の「金銭はさておき」が、さらに駄目押しのような設問だ。

これに対し**三**（ロ）の「今に今に忘れ申さず候」は、**四**に結びつく。何を忘れなかったのかといえば、乙の奥さんが「まざまざと留守つかひ候」ことに対するものであり、何のため居留守を使ったかといえば、乙が「わづか三十目の事さへ」貸したくないからであった。そんな立場におかれた人の心理は、どうだろう――と考えるまでもなかろう。きわめて常識的な答のほかありえない。つまり、誰だって腹を立てるに決まっている。それが設問の「腹を立てている理由」となるわけ。ただし、それだけで百パーセントの答になるかどうかは、もういちど全文をよみかえした後まで保留すべきだ。前の方に「御用の儀に文下され、この方満足に存ぜず候」とあるのは、その意味で見のがせない。単に借金をことわられたからでなく、借金をひどいやりかたで拒絶した乙が、こんどは甲に対し借金を申しこんだ厚かましさに腹を立てたのである。何だか難しい言いまわしの文章みたいだけれど、思想的には御覧のとおり単純なのである。

備考　**われら**　この場合は単数。**書中に**　手紙で。単なるあいさつ状でなく、何か頼みごとだったらしい。「四五度も」から、そう推察される。**しかけ**　あらかじめ行動し。**音信物**　「音信」はたより。たよりに托して届ける物の意で、プレゼント。**軽薄**　うわついていることだが、この場合は、歯の浮くよ

うなお世辞。**当座さばき**　その場だけの処置。**おのおの**　この場合は単数の用法と思われる。**三十目**

「目」は「匁」に同じ。四二〇頁参照。**足音**　まさか足音だけで甲が来たと判断したわけではあるまい。

あの男が来たという知らせで姿を隠したのを、こう表現したのだろう。**念仏講**　浄土宗系の信者が集まってする念仏兼懇親の会合。

夜逃げの話が出たついでに、もうひとつ破産に縁のある問題を――。

例題　一三五

世の定めとて、大晦日《おほつごもり》は闇なること、天の岩戸の神代このかた、しれたる事なるに、人みな常に渡世を油断して、毎年ひとつの胸算用ちがひ、節季*を仕廻《ま》ひかね迷惑するは、面々覚悟あしき故なり。一日千金に替へがたし。銭銀《かね》なくては越されざる冬と春との峠、これ借銭の山高うしてのぼり兼《か》ねたるほだし、それぞれに子といふものに身代相応の費《つひ》え、さし当つて目には見えねど、年中につもりて、宝舟にも車にも積み余るほどの物入り、ことに近年は、いづかたも女房*家《にようぼ》ぬし奢りて、衣類に事もかかぬ身の、そのときの浮世模様の正月小袖《こそで》をたくみ、帯とても昔渡りの本繻子《じゆす》、一幅に一丈二尺、一筋につき銀二枚が物を腰にまとひ、小判二両のさし櫛《ぐし》、今の値段の米にしては本俵*三石《ごく》あたまにいただき、白ぬめの足袋《たび》はくなど、昔は大名の御前《ごぜん》がたもあそばさぬ事、思へば町人の女房の分として、冥加《みやうが》おそろしき事ぞかし。せめて金銀我《わが》ものに持ちあまりてすればなり、降つても照つても、昼夜油断のならざる利を出す銀《かね》かる人の身代にて、かかる女の寛闊《くわんくわつ》、能々《よくよく》分別しては、(a)我と我が心の恥かしき儀なり。明《あ》日*分散《す》にあうても、女の諸道具は遁《のが》るるによつて、(b)打ちつぶして又取りつき世帯の物種にするかと思はれける。

（西鶴『世間胸算用』）

*節季――売買の決算期　*女房家ぬし――一家の主婦

*本俵三石――標準量の米俵で三石、三石で約金二両

*分散――破産。その場合、女房の財産は留保することが許された

一　「闇」は暦の上で大晦日が闇夜であることを示しているが、他に何を意味しているか。十五字以内で示せ。

二　傍線部分（a）「我と我が心の恥かしき儀なり」について、なぜ恥かしいのか、次のうちから最適のものを選び、記号で答えよ。

（イ）町人としての身分をわきまえないから　（ロ）渡世を油断しているから

（ハ）借金を無視しているから　（ニ）家族に迷惑がかかるから

三　傍線部分（b）「打ちつぶして又取りつき」とは、何を打ちつぶし何に取りつくのか。本文のなかの語で答えよ。

四　右の文章から、当時の経済界はどんな状態であったと推察されるか。簡単に説明せよ。

答　一　年度末決済の当てがない事　二（イ）　三　何を＝身代　何に＝世帯

四　（1）資本主義商業の時代で、金利が経済につよい影響をあたえていた。

（2）信用取引がおこなわれており、年末に貸借を総決算する慣習であった。

（3）レジャーに伴う消費需要がさかんで、そのため破産する者もあった。

江戸時代の取引は、京・大坂では六十日勘定で、三月二日・五月四日・七月十四日・九月八日・十二月三十日に貸借を清算し、これを五節季といった。享保ごろからはさらに十月三十日が加わり、六節季となった。地方では盆・暮れの二季制。それぞれの節季に、きちんと支払いを済ませておけば、年末だからといって特に騒ぎたてる必要はないはずだけれど、そこは人間、とかく借金の残りができがちで、それを十二月三十日にすっかり支払うわけ。無事に支払いができるような商人は、あまりなかったらしく、みな「お先まっ暗」の連中ばかり。それと、太陰暦では月末がいつも闇夜であるという常識を結びつければ（四〇三頁参照）、**一**は何でもない。

二は、難しい。上に「銀《かね》かる人の身代にて」とあるのを重視すれば、（ハ）になりそうだけれど、よく全文をよみかえしてくれたまえ、もひとつ前に「町人の女房の分として、冥加《みやうが》おそろしき事ぞかし」とあるではないか。「銀かる人」は、すなわち「町人」である。なぜ町人の女房が贅沢をしてはいけないかという理由の説明に「借金で営業している身分なのだから」といったわけ。すると、借金そのものよりも、やはり町人という身分が贅沢制止の理由と考えるべきだろう。だいたい、（イ）（ロ）（ハ）（ニ）のすべてが、ある程度

の正しさをもつのであって、もし客観テスト形式でなく「理由を述べよ」と要求されたのなら、

借金に依存する町人の身分をわきまえず、年末の金融事情を無視して、うかうかした生活態度であった事を反省したので。

とでも書くところ、しかし、設問は「最適のもの」と指定する。（イ）と（ハ）の適切度は、どちらが高いかといえば、（ハ）はやはり部分的に限定されており、（イ）を正解とすべきだろう。もし（イ）が「下層町人としての身分をわきまえないから」とでもなっていれば、こんどは（ハ）のほうが適切度を高める。問題文に述べられているような贅沢は、下層町人ではできないからだ。まことにデリケイトな点である。

三は、西鶴の筆癖として、古典文法ではとても考えられないような文脈が出てくることを知っていれば、迷わないですむ（二六八頁参照）。「世帯」は、現代語とちがい、主として、営業活動の面をさすのだが、この所は

（身代を）打ちつぶして又（世帯に）取りつき（その）世帯の物種にするか……。

となるはず。それを西鶴流に省略したので、わかりにくい構文になっている。

四は、問題文だけでなく、元禄ごろの社会について、ある程度の知識がないと、うまくまとまらない。正解に示したのは、もちろん問題文に出ているだけの事実だが、それを経済の立場から意味づけるためには、たとえば、西鶴の当時は、資本の運用による利潤が財

産を増大させる強力な要因であり、単なる才智や勤勉では、もはや富豪になる可能性の無くなってきた時代だったこと、金融制度が発達し、いまの銀行に当たる業務が両替店でおこなわれ、手形による決済がさかんに利用されていたこと（四二一頁参照）、しかし享保以後とはちがい、町人の財力にかなり余裕があり、自由経済の積極性に対応するのびのびした気風がまだ残っていたこと等を知っておれば、いっそう有利だといえよう。

備考　**胸算用**　思わく。**迷惑**　現代語とすこしちがう。自分のせいで困ること。**覚悟**　これも現代語とちがう。心構え。態度。**一日千金**　蘇東坡の詩句「春宵一刻直千金」（春夜）のもじり。**ほだし**　手足まといになるもの。系累。**つもりて**　概算して。**宝舟**　正月の縁で言ったもの。意味としては単に舟のこと。**銀二枚**　丁銀二個。八十六匁ほど。丁銀は四十三匁が標準。**すればなり**　中古語法なら「せむこそあれ」。するのならとにかく。**寛闊**　のびのびと自由にふるまうこと。この場合は贅沢についての自由さ。

四　批評と鑑賞

以上のような把握が正確にできれば、高校生としての勉強は、いちおう終りだと考えてもよさそうである。それ以上に進んで、作品の芸術性をとらえる**批評**や**鑑賞**は、もっと人生経験も豊かになり、ひろい教養を身につけるところまで成長してからでもおそくはない。

青くさい鑑賞なんかは、何年かたってみると、自分ながら冷汗ものであることが多い。入試問題としても、どの程度の答にどの程度の点をあたえたらよいか、たいへん不明瞭なので、採点技術の面からいって、あまり出題しないほうがよいかと思われる。しかし、現実には、批評・鑑賞の問題がいくらも出ているわけだから、いちおうの対策は必要であろう。それは、韻文系統の問題が多い。散文だけの問題であると、入試の問題文ぐらいの長さで鑑賞したり批評したりは難しいけれど、短歌や俳句なら、ひとつの歌あるいは句で完結しているのが原則なので、わりあい出しやすいのである。

例題 一三六

次の文章のなかに出てくる歌の上句（B）と下句（A）について、あとに示すごとく、いくつかの解釈がある。そのうち、贈答という意味でいちばん適切な組み合わせを、符号で答えよ。

八月ばかりに、太秦《うづまさ》にこもるに、一条よりまうづる道に、男車、二つばかりひきたてて、ものへ行くにもろともに来べき人待つなるべし、過ぎて行くに、随身《ずいじん》だつ者をおこせて、

花見に行くと君を見るかな…………A

といはせたれば、かかる程の事は、いらへぬも便《びん》なしなどあれば、

千ぐさなる心ならひに秋の野の……B

とばかりいはせて、行き過ぎぬ。

（更級日記）

A（イ）花を見に出かけると、いつもあなたに出あうのが例だ。
（ロ）花を見に出かけたら、ちょうどあなたをお見かけしたことだ。
（ハ）花を見にゆくようなお方だと、あなたをお見受けしますよ。
（ニ）花を見に行こうとしていられるのだと、あなたをお見受けしますよ。
B（ホ）あなたは移り気なので、私まで移り気だとお考えになり、いろんな花の咲いている秋の野の
（ヘ）あなたは移り気なので、その移り気にならって、私もいろんな花が見たくなって、秋の野の
（ト）私は生まれつき多様な美しさが好きなので、そのいつもの癖で、多く花の咲いている秋の野の
（チ）私はたいへん趣味が多様なので、私の趣味にならって、いろんな花の咲いている秋の野の

答 A＝（ニ）　B＝（ホ）

要点は「贈答という意味でいちばん適切な」である。平安時代の贈答歌は、相手の歌を、わざとピントのはずれたようなぐあいに受け取って見せ、逆に相手の思いがけない方向でおもしろい意味あいを成立させて、相手を「あっ」と言わせる機智が、そのねらいであった。まずAの方を見ると、（イ）と（ロ）は正解でない。「嘘を言うと、承知しないよ」「頑ばると、大丈夫パスするさ」などいうような使いかたの助詞「と」は、中古語にはないからである。（ハ）は、内容的にはそれほど誤っているわけではないが、「花見に行く

と」という連文節は「見る」にかかるのであって、連用修飾である。「君」にかかる連体修飾ではない。そうすると、(ニ)がAの正解となる。ここまでは、語学的に推しつめてゆけば、ちゃんと解決できるのだが、Bとの組み合わせがむずかしい。なぜなら、Bの方は、どれを採っても、それ自身としては正当な解釈だからである。そこで、まず「千ぐさなる心」が誰の心であるかを考えてみると、答は(ホ)(ヘ)か(ト)(チ)かのどちらかにきまる。自分の心と取れば(ト)(チ)になるが、そうすると、全体としてのやりとりが、たいへんすなおになって、ピリッとした機智のひらめきがどこにも見られなくなる。それでは「贈答の歌」としておもしろくない。これに対し、(ホ)(ヘ)の方は、相手を移り気な浮気者あつかいにしている所が「ひやかし」の感じで、よくはたらいている。それで、(ホ)(ヘ)のどちらかを採ることにする。さて、(ホ)(ヘ)のどちらを採るかは、「君」の解釈できまるのだが、これは話主(女)と見たい。男に対して「あなたは……」と言いかけたのだから、「君」は当然相手の男のような気がするけれど、そうでなくて、男の言ったことばをそっくり流用して自分すなわち女をさすようにわざと取りなしたのである。そうすると、「わたしもいろんな花が見たくなって」の「わたし」は都合がわるい。そこで(ホ)が正解となる。この意味あいをもうすこし説明すると、男が

　花見にお出かけらしいね。

と言いかけたのに対し、「はい、そうです」とすなおには答えず、

あなたが移り気なものだから、わたしもそうだとお考えになって、いろんな花の咲いている秋の野へ「花見にお出かけらしいね」とおっしゃったんでしょう。お気の毒さま。そうじゃありませんよ。

とやりかえしたわけ。話主は、花見に行くのでなく、お寺へこもりに行くのである。五七五の句と七七の句とを、すらりと連続させないで、ちょっとひねって、意味をはぐらかすような技巧は、平安時代の人のお得意芸で、これが連歌の源流となる。

備考 **太秦** 広隆寺をさす。いま、京都市右京区。**男車** 車そのものには男性用・女性用の区別はないが、女性が乗っていると、下簾をかけたり、衣の裾をのぞかせたりするので、すぐわかる。**二つばかり** 以下「待つなるべし」まで、はさみこみ。英語なら、関係代名詞 which でつなぐところ。

例題 一三七

きりぎりす夜寒に秋のなるままによわるか声の遠ざかりゆく

松にはふまさきのかづらちりにけり外山《とやま》の秋は風すさぶらむ

左右ともに、姿さび、詞《ことば》をかしく聞こえはべり。右の「まさきのかづら」や、すこしいかにぞ聞こゆれど、「外山の秋は」などいへる末の句、優《いう》にはべれば、なほ持《ぢ》と申すべくや。

右は『御裳《みも》濯川《すそがは》歌合』のなかの和歌とその判詞である。これについて左の問に答えよ。

一 判詞の中で、左右とあるが、どちらが左で、どちらが右の歌か。

二 「持」（勝負なし）と判定した評者の考えをわかりやすく述べよ。
三 両歌の表わそうとしている情緒を説明せよ。

答 一 「きりぎりす」が左で、「松にはふ」が右。

二 a 姿および詞では、両歌ともすぐれている。
b 右歌は「かづら」だけでよいのに、わざわざ「まさきの」まで加えた表現は、すこしごたつく。しかし、下句が着想としてたいへん優美である。
c 左歌は、特にとり出して示すような着想の妙味もないかわりに、平均して趣が深い。
d ゆえに、姿・詞・心の三点を総合して勝負なしと判定すべきだ。

三 左歌――晩秋のものさびしさを、弱ってゆく虫の音という感傷的なあわれさを通してとらえる。
右歌――晩秋のさびしさを、落葉とか風とかいう客観的な景色だけで表現しようとしているが、眼前の落葉と遠くの秋風とを対照させたところにも、すぐれた感覚がある。

歌学の常識として、心・詞・姿という三要素があることを、この機会に知っておいてほしい。詞は、いうまでもなく用語のこと。心は、歌の内容となる意味あい。姿は、歌ぜんたいから感じられるスタイルである。歌の批判は、この三点についておこなわれるのが普通である。二では、まず姿と詞に問題なしと述べられているのであるから、心に問題があるのだとわかる。そこを中心として判詞を説明すればよいわけ。「解釈せよ」と「大意を述べよ」との中間みたいな気持で答えればよかろう。三は、言いかえると、「それぞれの歌を鑑賞せよ」ということなのである。しかし、めいめい勝手な印象を述べたのでは、採点の基準が立たないから、ある程度まで目標を示しておいたにすぎない。

さて、一は、判詞に「まさきのかづら」「外山の秋は」と引用されているのが「右の」であるとすれば、そうでないのが左に決まっているから、何でもない。が、

歌合においては、まず左方の歌が、次に右方の歌が採りあげられる。

という常識をもっていれば、考えることなしに「きりぎりす」が左の歌だとわかる。二は、判詞の「さび」がほめことばであることを知らないと、まごつく。動詞「さぶ」は、形容詞「さびし」と同じ語源だから、lone といったような感じで、本来はあまり良い意味ではなかったが、十二世紀の末ごろ、藤原俊成がはじめて lonesome なものに美を認め、それ以後、歌人・連歌師・俳人の間で「さぶ」(多くは連用形「さび」で現われる)がほめことばとして用いられることになった(六一八頁参照)。この点では左歌も右歌も共通だし、用語も趣深い。そこで、意味的にどこが「いかにぞ聞こゆれ」なのかを考えると、右の歌

は「松にはふ」とあるので、もういちど「柾木《まさき》の」というと、何だか重複した感じになる。そこが問題なのだろう。「柾木の葛《かづら》」は常緑の蔓性灌木で、いまツルマサキとよぶものだとされている。植物名とすれば「まさきのかづら」が一語だから、そういっても構わないはずだけれど、中世歌人の微妙なセンスでは、やはり「松」と「柾木」が同じ木なのを気にしないわけにゆかなかったのだろう。しかし、その程度の欠点なら、たいしたこともないので、マイナスにはしなかったのだと思われる。**三**は、微小な虫の運命に対して自分ならどう感じるかという観点から左歌を、秋のしんみりした気分とさびしい景色との結びつきから右歌を把握すれば、まず合格点はあるはず。判詞の「さび」「をかしく」を生かすような答案になれば、さらに理想的だ。

備考 **きりぎりす** いまのコオロギ。**外山** 人里に近い山。**御裳濯川歌合** 西行が自分の歌を左右につがえ、俊成に判を依頼したもの。普通の歌合とちがい、添削のひとつの形式と考えてよい。このようなのを「自歌合《じかあわせ》」という。

次に、やはり短歌で、文学史と結合した鑑賞問題を挙げてみる。これとよく似た問題が第三部にも出てくるけれど、鑑賞ということを主にすれば、こんな設問も考えられるだろう。

例題 **一三八**

次の文章の空欄に、最もよく当てはまる歌を、あとに挙げたものから選び、それぞれ符号で答えよ。

新古今集の歌風は、幽玄と艶《えん》とを基調とし、余情の深さをめざす。そのため、①□のような体言止めや、②□のような三句切れの形が多い。その余情は、③□のように夢幻的であり、④□のように寂寥感を伴っているものも少なくない。気分はデリケイトに表現され、そのため⑤□のような絵画的構図をとり、技巧もたいへん細かく発達して、内容を複雑化するため、⑥□⑦□をそれぞれ本歌とする⑧□⑨□のような表現も、さかんにおこなわれた。

（a）春の夜の夢の浮橋とだえして峯にわかるる横雲の空

（b）津の国の難波《なには》の春は夢なれや蘆《あし》の枯葉に風わたるなり

（c）山ふかみ春ともしらぬ松の戸にたえだえかかる雪の玉水

（d）竜田川《たつたがは》もみぢ乱れて流るめりわたらば錦《にしき》なかやたえなむ

（e）竜田川あらしや峯に弱るらむわたらぬ水も錦たえけり

（f）心なき身にもあはれは知られけり鴫《しぎ》たつ沢の秋のゆふぐれ

（g）花さそふ比良《ひら》の山風ふきにけりこぎゆく舟のあと見ゆるまで

（h）心あらむ人に見せばや津の国の難波わたりの春のけしきを

答 ①＝（a）（c）（f）　②＝（b）（d）（e）（f）　③＝（a）　④＝（b）（c）（f）

⑤＝（g）　⑥＝（d）　⑦＝（h）　⑧＝（e）　⑨＝（b）

①と②は常識。六三四頁参照。③は、「夢」という語が（a）と（b）に出てくるけれど、（b）の方は「夢だろうか」と疑っているのであって、現実は風の吹きわたる景色なのだから、採れない。④は、「あはれは知られけり」に着眼点がある。（g）のような気がするかもしれないけれど、「花さそふ」で、舟がいちめんに花の散り敷く水をかきわけてゆくという視覚的な美しさは、寂寥というにはふさわしくない。次に、本歌とは、ある歌の語句をアレンジしてとりこみ、もとの歌の気分や情趣をたくみに感じさせる技巧で、いわば変奏曲である。⑥⑦が本歌にあたるわけ。どれとどれがそのような関係に在るかは、まず、よく似た言いまわしや情趣の歌がないかを探してゆけばよい。すると、「竜田川」「わたる」「錦」「絶ゆ」などの共通語句が（d）と（e）の間にあるから、たしかにそれだと考えられるけれど、どちらが本歌であるかを決めなくてはいけない。ところが、水にいっぱい浮かぶ紅葉を錦と見立てた（d）は、それだけでちゃんと意味が完結している。これに対し、（e）は、単に「錦」と言っているだけで、それが紅葉であることは、この歌だけでは明らかでない。（d）の歌を知っていて、はじめてeの「錦」が紅葉のことだとわかるのである。そこで、（d）の方が本歌だと決定する。次に、「津の国」「難波」「春」などの共通句を有する（b）と（h）も、本歌関係に在ると考えられる。どちらが本歌であるかは、「難波の春」がまるきり夢になってしまったという（b）の表現を考えると、美し

いと言われている難波の春も、いまは見られないという歌意なのだから、情趣を解する人には何とか見せてやりたいものだと感歎している（h）の方が本歌でなくては、理屈に合わないのである。つまり、（d）を本歌とする（e）や、（h）を本歌とする（b）という関係になっているわけ。一般的にいうと、**本歌取り**は、

(1) 当時の人たちが誰でも知っている古歌を利用する。
(2) その歌を引いたことが明らかにわかる程度まで本歌の語句を採りこむ。
(3) 本歌の筋あいや場面と完全に一致するのではなく、微妙な変化を与える。

という原則でおこなわれるので、それを知っていれば、この種の問題はあまり迷わなくてもすむ。

これと同様な傾向の問題を、こんどは俳句について研究してみよう。処理のしかたは、さきの例題に準じてよい。

例題 一三九

野明いはく、「句のしほり・ほそみとは、いかなるものにや。」去来いはく、「しほりは、あはれなる句にあらず、ほそみは、たよりなき句にあらず。しほりは、句の姿

にあり、ほそみは句意にあり。これもまた、証句をあげて弁ず。

鳥どもも寝入つてゐるか余呉《よご》の湖《うみ》　路通

先師『この句、ほそみあり』と評したまひしとなり。また、

十《とを》団子《だご》も小粒になりぬ秋の風　許六

先師『この句、しほりあり』と評したまひしとなり。総じて、さび・位・ほそみ・しほりのことは、言語筆頭におほせがたし。ただ先師の評ある句をあげてはべるのみ。他は推して知らるべし。」（去来抄）

一「鳥どもも」の句は、

（イ）余呉の湖の暗い情景

（ロ）水鳥が寝入っている静寂なおもむき

（ハ）可憐な水鳥にまで思い入ってゆく作者の微妙でしなやかな詩心

のうち、どれについて「ほそみあり」と評されたのか。その理由も示せ。

二「十団子」の句は、

（イ）秋風のさびしい冷たさに、しみじみ感じられる旅愁

（ロ）世間の「せちがらさ」が直接的でなく、小粒になった団子と秋風の感がしみじみ融合した表現

（ハ）十団子というものに含まれる卑小性（普通の団子よりもずっと粒が小さい）

のうち、どれについて「しほりあり」と評されたのか。その理由も示せ。

答 一 (ハ)。「ほそみ」は詩情を生み出してゆく作者の心のはたらきに在ると言われているから。

二 (ロ)。「しほり」は表現されている状態を鑑賞者の立場から見たところに在るとされているから。

難問である。しかし、この程度の難問がときどき出題されているのだから、対策だけは持っている必要がある。もしこれが客観テストの形式でないとしたら、おそらく高校生には手も足も出ないであろうが、こんな形の設問であると、一〇〇パーセントまではわからなくても、何とか見当だけはつける途がある。まず、「ほそみ」と「しほり」の区別を考えると、

ほそみ	句意	たよりなき句にあらず
しほり	句の姿	あはれなる句にあらず

となっている。つまり、句をよんで、たよりない感じやあわれな感じを受け取っても、その句に「ほそみ」や「しほり」があるわけではないという。すると、「ほそみ」と「しほ

り」に共通した性格として、句に詠まれている内容とは直接関係しないという点がとらえられる。すなわち、どんな内容が詠まれていてもよいわけで、にぎやかな内容の句にも「ほそみ」や「しほり」があり得るわけ。そこで一の方は、「句意」が焦点となる。これは「句の心」だが（贄川本には「句のこころ」）、句のなかに詠まれている内容ではなくて、それを表現する作者の心なのである。そうなったら、答はほとんど自動的に出てくる。次に二は、（イ）が話主自身の心に関するものであり、（ハ）が詠まれている内容に関するものだから、しぜん（ロ）であるよりほかない。客観テストというものは、たとえぼんやりでもよいから、急所さえ見つけたら、正解をとらえるのは、わりあい簡単である。

しかし、こんな体をかわす要領ばかりで始末するのに慣れてしまうと、ほんとうの実力がつきにくい。変化球で逃げるピッチングよりも、若い諸君は、正面から胸もとの速球で勝負する態度がまず必要だろう。では、直球式の解きかたとは、どんな方法か。答は簡単だ。例題一一八のように、まず解釈して、それを設問の示す条件に当てはめるのである。そこで、路通の句についていえば、「鳥ども」とだけあるが、下に「余呉の湖」とあるので、水鳥だとわかる。ところが、水鳥は、俳諧では冬の季語になっている（四五六頁参照）。したがって、さわやかな初夏の夜風がわたってゆく湖上に、新緑の香を含む闇がひろがっており、そのどこかに水鳥がすやすや寝入っているのでないか――といったような解釈は、はたぜったい誤りである。比良おろしの寒い水上で、闇のなかに浮き寝する水鳥たちは、はたして寝つかれるだろうか——と思いやる心のデリケイトさこそ、この句の焦点なのであって、それが「寝入ってゐるか」の余情となっている。その思いやりのデリケイトな点を「ほそみあり」と評したわけで、単に水鳥の浮き寝という景色を描写したのなら、芭蕉にほめられるはずがない。とすれば、作者の詩心を採りあげた（ハ）が正解だと考えられる。

許六の句は、いちおう説明的に解釈してみると、次のようなぐあいになるだろう。

　十団子は、宇津山の名物で、小さな団子を十粒、糸でつないだもの。「おや、この前に食べたときよりも、何だか痩せたらしいぞ。こんな山のなかまでデフレ風は吹いてくるのだなあ」。商人のせちがらさに、何か興ざめたしらじらしさを感じ、その感じに、秋風のもつ虚《むな》しさを配合した象徴的表現。

つまり、世間のどうすることもできない「なりゆき」のわびしさと、秋風のうすら寒い虚しさの感じとがひとつになった「姿」を、芭蕉は「しほりあり」と評したわけで、この句の話主が団子のサイズをどう感じたかは問題でない。句ぜんたいから滲み出るしみじみとした「在りかた」に「しほり」が認められているのである。したがって、正解は（ロ）に落ちつく。

　ところで、去来が「しほりは、あはれなる句にあらず、ほそみは、たよりなき句にあらず」と注意しているのは、実は「あはれなる句」「たよりなき句」を「しほり」「ほそみ」と解する人たちが存在したことの反映だと思われる。混同されやすい性質があるから、わざわざ「混同するな」と注意したのである。すこし専門的な話に傾くが、芭蕉の俳諧では「さび」が中心的な理念とされており、それは「落ちついた陰性の美」を意味する（六一八頁参照）。そのなかで、特に閑静な趣を狭義に「さび」ということもある。これに対し、いくらかしんみりした人情にうったえるようなのを「しほり」、作者の心のしなやかなデリケイトさを「ほそみ」とよぶが、広義にはすべて「さび」に含まれる。すなわち、

さび（広義）
- さび（狭義）
- しほり……（姿）
- ほそみ……（句意）

という関係になっている。頭の片隅にまだ収容空間を残す優等生諸君は、記憶しておいても損のない知識だ。なお、「しほり」は「しをり」と表記されることもあるが、正しくは「しほり」で、シオリと発音する。

備考　**野明**　蕉門の俳人。京都郊外の嵯峨に住み、去来と親しかった。**去来**　芭蕉の高弟。性質が篤実で、師の教えをもっともよく守り、同門から尊敬された。宝永元年（一七〇四）九月十日没。**姿**　五四三頁参照。**位**　表現に備わる気品。

もうひとつ俳諧関係で、理由を考えさせる難問にぶつかってみよう。

例題 一四〇

日すでに海に沈んで、月ほのぐらく、銀河半天にかかりて、星きらきらと冴えたるに、沖のかたより浪の音しばしば運びて、魂けづるが如く、腸ちぎれて、そぞろにかなしび来たれば、草の枕も定まらず、墨の袂なにゆゑとはなくて、しぼるばかりになむはべる。

荒 海 や 佐 渡 に 横 た ふ 天 の 川

（芭蕉『銀河序』）

一 「魂けづるが如く、腸ちぎれて」という悲愁の情は、なぜわきおこったのか。

二 「荒海や」の句には、感情が直接にはすこしも述べられていないけれど、実は、深い悲愁がひそめられている。それは、どこにひそめられているか。

答 一 昔から佐渡に流された人たちの思い出と、わびしい自分の旅情と、眼前の深い暗さとの融合によって。

二 「荒海」に含まれる。太平洋岸とちがい、日本海の何となく陰鬱な感じに、月も暗い夜の浪が人の腸にまでとどろき、悲愁の情を深く滲ませるのである。

鑑賞問題として、おそらく最高度のもので、この程度の問題が何とか処理できるなら、どんな難題が出ても大丈夫であることを保証する。一は、佐渡という地名について、歴史的な知識が必要である。この島は、昔から、重罪の人を流したところで、日野資朝《ひのすけとも》などは代表的な人物であり、天皇でも順徳院がこの地にお流されになった。そうした懐古の情が深い悲しみを誘うと共に、筆者自身のわびしい旅情がその悲しみに融けこんで、ひとつの情感となっている。この旅は、すなわち『奥の細道』の旅で、筆者芭蕉は、ほんとうの芸術に探り入るため、あまり丈夫でないのを押して、悲壮な旅をしているのである。「荒海や」の句が『奥の細道』の旅で作られたことぐらいは、ぜひ知っていてほしい。『銀河序』という文章は、この「荒海や」を独立して味わってもらうため、芭蕉が別にこしらえた序文である。**二**は、四六二頁で述べた「象徴」が理解されていないと、手も足も出ない。つまり、俳句は、いろんな作風があるけれど、蕉風においては、象徴という表現のしかたが中心となるのであり（六五二頁参照）、自然の景色がよまれているようでも、その底には、人間の感情がふかくこもっている。いわゆる写生ではなくて、人間の心の動きが、自然を透し微妙な表現となっているところに、蕉風のいちばん蕉風らしい特色がある。「荒海や」の句だけ示されて、その底にひそむ悲愁の情をとらえるのは容易でないけれど、これだけ詳しい序文がついていると、いかにも蕉風らしい象徴の味がわかるであろう。

備考　**運びて**　本来は他動詞だが、芭蕉は自動詞に使っている。漢文の訓点に見られる語法。**魂けづるが如く**　胸がしめつけられるような感じを、漢詩文めいた誇張表現でいった。**草の枕**　旅さきで泊ること。**墨の袂**　僧衣の袖。芭蕉は半僧半俗の姿で旅行していたので、こういった。**横たふ**　これも他動詞を自動詞に使っている。芭蕉には、ほかにも「一声の江に横たふや郭公」などの用例がある。

これがもっと評論的な色彩を濃くすると、次のような問題も現われる。

例題 一四一

美に積極的と消極的とあり。積極的美とはその意匠の壮大、雄渾《こん》、勁《けい》健、艶麗、活発、奇警なるものをいひ、消極的美とはその意匠の古雅、幽玄、悲惨、沈静、平易なるものをいふ。芭蕉は俳句の上に消極の意匠を用ふること多く、したがって後世芭蕉派を称する者また多くこれにならふ。今試みに蕪村の句をもって芭蕉の句と対照して、もつて蕪村がいかに積極的なるかを見む。若葉は積極的の題目なり。芭蕉のこれを詠ずるもの一二句にして、

　　招提《だい》寺

若葉して御目の雫《しづく》ぬぐはばや

　　日光

(a)あらたふと青葉若葉の日の光

のごとき、(イ)皆季の景物として応用したるにすぎず。蕪村には直ちに若葉を詠じたるもの十余句あり。(ロ)皆若葉の趣味を発揮せり。

山に沿《そ》うて小舟漕ぎ行く若葉かな

(b)富士ひとつ埋み残して若葉かな

絶頂の城たのもしき若葉かな

蛇を截《き》つて渡る谷路の若葉かな　（正岡子規『俳人蕪村』）

一　傍線の部分（イ）（ロ）をそれぞれ（a）（b）の句に即して具体的に説明せよ。

二　左の俳句をA「積極的美」を表わしたものと、B「消極的美」を表わしたものとに分け、それぞれの符号をしるせ。

（い）山路来て何やらゆかしすみれ草
（ろ）虹《にじ》を吐いて開かむとする牡《ぼ》丹《たん》かな
（は）菜の花や月は東に日は西に
（に）枯枝に烏《からす》のとまりけり秋の暮
（ほ）ほとゝぎす平安城を筋かひに
（へ）菊の香や奈良には古き仏たち

三　左の中から、この文章の趣意に最もよくかなったものを選んで番号で示せ。

（1）俳句における二種の美を説明している。
（2）芭蕉よりも蕪村を高く評価している。
（3）蕪村よりも芭蕉を高く評価している。
（4）芭蕉と比較して蕪村の特色を論じている。
（5）蕪村と比較して芭蕉の特色を論じている。　（東北大）

答 一 （イ）東照宮の荘厳さを表わすのが主眼で、青葉若葉はこの句が詠まれた季節をあらわす添え物として用いられた景色にすぎず、本来の生動的な趣がよく出ていない。
（ロ）富士山がむしろ添景として用いられ、主眼は見わたす限りの裾野を埋めつくす若葉そのものに在り、生気に充ちた本性がとらえられている。
二 A＝（ろ）（は）（ほ）　B＝（い）（に）（へ）
三 （4）

芭蕉と蕪村の句風を、消極的・積極的という観点から比較評論したものだが、消極・積極の意義については、それぞれ古雅とか壮大とかの評語を示してあるので、だいたい見当がつくだろう。しかし、実例として挙げられた若葉の句は、むしろ、なぜ消極的または積極的なのか、よくわからない点がある。そこを採りあげたのが問の一だ。問題文の筆者によれば、若葉は積極的な題目だという。どこが積極的なのかは、まず諸君自身が若葉のありさまを頭のなかに描き、それを表わす語が問題文にないかと探してみれば、たぶん「活発」に行き当たるだろう。つまり、生命感にあふれた躍動の美である。そこで、そういった若葉の本性が句のなかで全面的にとらえられていれば、その句は積極的だということになり、部分的にしか生かされていなければ、消極的だといわざるをえまい。

次に二は、それぞれの句において焦点となっている題材が、問題文に示された積極・消極の評語のうち、どれに当たるかを検討し、さらに、その題材が句ぜんたいのなかでどんな把握のしかたになっているかを、やはり上記の評語に当てはめるのがよろしい。すると、牡丹→艶麗という結びつきで、まず（ろ）がAだとわかる。秋の暮→沈静で、（に）のBも問題がない。すみれ草と菜の花の性格は、区別しにくい点もあるけれど、句ぜんたいのなかでは、菜の花が「ひろがり」という在りかたで把握されている点から、壮大と結びつけてA。（い）は、いかにもすらりとした把握を平易と認めてBにする。めんどうなのは（ほ）と（へ）で、どちらも都の古典的な趣が背景となっているだけに、判別がつきにくいけれど、空を横切って飛ぶ声の「動き」に活発さを認めるなら、菊と仏の静かな美に古雅・沈静をとらえることは自然だろう。

三は、主題の変形みたいな設問だが、（3）だけを例外とし、いずれも正しさを含む選択肢なので、特に「最もよくかなった」という条件を重視しなくてはいけない。こんな場合は、必要条件よりも、むしろ十分条件のほうに着眼点がある。子規の立場からいえば、もちろん（2）は成立する。しかし、この問題文に述べられている限りでは、かならずしも（2）のような主張が明確でない。蕪村を積極的とし、芭蕉を消極的としているのは、単に美の類型を示したにすぎず、その価値をいったのではない。壮大と古雅を比べ、どちらがすぐれているかを論ずるなどは、およそナンセンスの標本だろう。だから、（4）と（5）のどちらかになるが、問題文の「蕪村の句をもって芭蕉の句と対照して、もって蕪村がいかに積極的なるかを見む」によれば、主役は蕪村だと考えるべきである。

さて、批評・鑑賞の問題を和歌や俳句の領域でながめてきたが、もちろん散文についても批評や鑑賞ができないわけではない。しかし、散文では設問が作りにくいのも事実で、出題しても、せいぜい次の程度だろう。

例題 一四二

万年暦のあふもふしぎ、あはぬもをかし。近代の縁組は、相性・容貌《かたち》にもかまはず、つけておこす金性《かねしやう》の娘を好むこと、世の習ひとはなりぬ。さるに依つて、今時の仲人《なかうど》、まづ敷金《しきがね》の穿鑿《せんさく》して、あとにて、その娘御《むすめご》は片輪でないかと尋ねける。むかしとは各別、欲ゆゑ人のねがひもかはれり。

（西鶴『日本永代蔵』）

一 右の文章の特色を列挙せよ。

二 「万年暦のあふもふしぎ、あはぬもをかし」が、全文に対してもつはたらきについて述べよ。

答 一 (イ) 飛躍的 (ロ) 簡潔 (ハ) 把握が鋭い (ニ) 意表に出た着眼

二 結婚問題が財産を中心に考えられているという主張に対し、思いがけない万年暦の合う合わぬを持ち出し、しかも、それが縁組ということに連関して、たくみな序になっている。

西鶴の文体については、すでに特色を紹介してあるが（五三一頁参照）、作品に即してもういちど復習すれば、問の一みたいなことになる。これは、連句（六二〇・六三四頁参照）における付けかたの呼吸を散文に採りいれたもので、本来は俳諧師だった西鶴のお得意芸。通釈するなら、よほど補わないと、意味がよくつながらない。**二**は万年暦というものを知っていないと解けないが、知っているものとして考えるなら、切れたようで切れない不即不離の前置きであることは、わりあい理解しやすいかと思う。つまり、この問題文における要旨は「近年、結婚は、本人どうしの適・不適よりも、財産の多少で決められる」ということだが、それでは、はたしてその結婚生活がうまく行くものだろうか——という疑いが抱かれよう。その疑念を「あふもふしぎ、あはぬもをかし」で何となく答えたような形なのである。

備考 **万年暦** 人間の運勢・相性などを記した俗信集成。これに類したものは、現代でもある。**あふもふしぎ** あたるも八卦（はっけ）、あたらぬも八卦というような意味あい。適中するのもふしぎだし、はずれるのもおかしい。**相性** 人の生まれ年を木・火・土・金・水の五行に当て、木性の男と土性の女は良いが、金性の男と火性の女はいけない等いう。**金性** 相性でいう金性と、財産の意味の金をかけた。**敷銀** 持参金。**穿鑿** しらべ。**尋ねける** 「ける」は現在を表わす。西鶴の破格語法（二六八頁参照）。

例題 **一四三**

①神無月の初め、空定めなきけしき、身は風葉の行く末なきここちして、

②旅人とわが名よばれむ初しぐれ

③また山茶花を宿々にして

す。岩城《いはき》の住、長太郎といふもの、この脇《わき》を付けて、其角《きかく》亭において関送りせんともてな

時は冬吉野をこめむ旅のつと

この句は露沾《ろせん》公より下し給はらせ侍りけるを、はなむけのはじめとして、旧友・親疎・門人等、あるは詩歌文章をもて訪《とむら》ひ、あるは草鞋《わらぢ》の料を包みて志を見す。かの三月《さん》の糧《げっかて》を集むるに力を入れず。紙衣《かみこ》・綿子《わたこ》などいふもの、帽子《まうす》・したうづやうのもの、心々に送りつどひて、霜雪の寒苦をいとふに心なし。あるは小船をうかべ、別墅《べっしょ》にまうけし、草庵に酒肴《しゆかう》携へ来たりて、行くへを祝し、名残《なごり》を惜しみなどするこそ、ゆゑある人の門出するにも似たりと、いとものめかしく覚えられけれ。（芭蕉『笈の小文』）

一　傍線部分（1）には、作者のどのような心情が表現されているか。

二　傍線（2）の句において「旅人とわが名よばれむ」と「初しぐれ」とは、どのように連関しているか。

三　傍線（3）の句は傍線（2）の句に、どのような付きかたをしているか。（岩手大）

答　一　前途の不安定さに対する心ぼそさ。
二　これから旅人の身となる心境と、降ってはやむ時雨の趣とが、わびしさを伴う不安定な感じで、たがいに滲透しあっている。

三　質素なきよらかさをもつ山茶花の趣が、高雅な詩魂をもつ旅人にふさわしい。「先生のようなお方を迎えるのは、きっと風雅な宿にちがいありません」という意で、発句への挨拶になっている。

もとの設問は、客観テスト形式だったが、記述式に直したので、たいへん難問となった。しかし、いまは試験場でないから、難しいので頭を鍛えてくれたまえ。俳諧（連句）の付けかたに、a物付け・b心付け・c匂付けの三種類があることは、六二〇頁で説明してあるから、まずそちらを見ていただきたい。この場合は蕉風なので、いちおうcの線で考えれば、**三**は何とか正解らしいものが書けるだろう。厳密にいうと、bとcの混合みたいな感じだが、焦点は、時雨と山茶花とが共に陽気な美しさでなく、むしろ深く沈んだ「わび」の情趣をもつことに在る。その共通点において、（2）と（3）が気分のうえで交流する。師匠の芭蕉が、旅の心ぼそさを感じながらも、旅を通じて展開されるであろう風雅の世界への深まりを期待しているので、長太郎が脇でその気持を受けたのである。**二**は、蕉風の発句においては、発句自身が両部分に切れ、ひとつの部分が他の部分に対して匂付けのような感じで連関してゆく技法をよく使うことに注意。当時の俳人は「配合」とよび、現在は象徴的表現という（四六二頁参照）。

備考　**長太郎**　井手由之の通称。内藤家の臣。**脇**　連歌および俳諧連歌の第二句。**露沾**　内藤義英。岩城平の城主で俳人。**帽子**　僧のかぶり物の一種。**したうづ**　足袋。

以上、精神的理解について述べてきたが、語学的理解とちがって、公式とか定理とかで割り切れない点が、ちょっと厄介である。しかし、精神的理解は、語学的理解と別ものではないのであって、さきに語学的な勉強をしっかりやってきた人なら、そのプロセスで、同時に精神的理解もそうとう鍛えられてきたのである。要するに、精神的理解は、語学的理解のひろい応用だと考えてよろしいであろう。

第三部　歴史的理解

高校の学習課程でいうと、古典乙のなかに、文学史と称するものが、かなりの分量をもって顔を出す。諸君は、そのたびにいろいろな作家や作品の名を年代順に憶えさせられる。さぞかし、おもしろくないことであろう。同情に価する。もし入試に出ないのだったら、こんなものを骨折って暗記するのは、よほど感心な――言い換えればおめでたい――学生にちがいない。しかし、現実の問題としては、どしどし入試に出るのだから、迷惑でも、厄介でも、やっこらさと暗記に努力してもらうよりしかたがない。

もっとも、これは、いま入試に出たり、高校で教えたりする文学史が詰まらないからで、本当の文学史というものは、すばらしく魅力的《みりよく》――という漢語がお嫌いならcharming――な存在である。国文学を専門とする限り、どの学者だって「一生にいちどは、力のこもった文学史を書いてみたい」という願いを抱かない人はあるまいと思う。私も、もちろん、その一人である。しかし、そんな「すばらしい文学史」が現実には存在していないことも、残念ながら事実である。「すばらしい文学史」が刊行されるまで、諸君は「詰まらない文学史」を学習するよりほかないという悲しい運命にある。「すばらしい文学史」を——すくなくとも結果的には——書こうとしない責任を棚あげにして、その「しわよせ」を高校生に持ってゆこうとする国文学者たちは、たしかに困った連中である。やたらに異説を製造する文法学者よりは、いくらかマシかもしれないが。

しかし、いくら不完全な地図でも、無いよりは有った方がよろしい。将来「すばらしい文学史」にまで成長するであろう「文学史の若木」によじのぼって、国文の世界を上から観おろすことは、ヘリコプターで舞いあがったほどの効果を期待できないとしても、x軸で表わされる地上をうろつくよりほか能のない牛やアヒルにくらべて、たいへん見はらしがよろしいことは確かである。見はらしがよければ、自然、これまで出なかった知恵も出ようというもの。y軸の偉力である。

ところで、文学史を勉強するのに、いちばん困るのは、文学史そのものが安定していないことである。解析とか、幾何とかならば、教わることはきまっている。$(a+b)^2$は、どんな先生に教わったって$a^2+2ab+b^2$である。もし、それ以外の答を教える先生がいたら、だんぜん抗議を申しこむべきである。ところが、もし『古今和歌集』は九〇五年にできたと教える先生がいらっしゃっても、それは誤りですと抗議するわけにはゆかない。九〇五年にできたのだと主張する学者がおいでになって、彼の学説をなかなかひっこめてくださらないからである。また、それに反対して、いや九一三年ごろの成立だろうとおっしゃる学者もある。これも、たいへん熱心に主張される。私は、たぶん九〇七年あたりにひとまず成立し、九一三年ごろまでにぼつぼつ補修していったのだろうと考えているが、これも学界の皆さんが「なるほど」と承認してくださったわけではない。私どもプロなかまは、そんなことを年中議論しているのがしごとだから、いっこう構わないけれど、暗記する側の高校生諸君にとって、これほど迷惑な話はないだろう。高校生の頭は、なるべく単純な形の事項を、なるべく考えないで吸収することに適しているらしい。「こういう説とこういう説とがある」と説明すれば、ほとんど必然的に「そして、どちらが正しいんですか」と来る。正しい方だけを記憶してやろうという身構えである。「いや、まだ、どちらとも定説がないのだ」と言うと、彼の顔を、とたんに失望と困惑の影がかすめる。そして、彼は、この勅撰集が「九〇五→九一三年ごろに成立した」という、いちばん確かな憶えかたを、永久に敬遠してしまう。

こうした高校生の頭脳経済学について、私は、あまり好意的でない。そういう種類の頭が幾万人分か集まると、役人にはいちばん便利で、国民にはもっとも不便な「お役所」ができるような結果ともなる。しかし、このばあい、国文学者側にもかなり大きい責任があるわけだから、私は、あまり高校生諸君の頭について議論しないつもりである。そして、わりあい妥協的な実行案を持ち出すことにしよう。私の実行案というのは、

1　年代の記憶は、平安前期とか鎌倉後期とか、あるいは十五六世紀とか、十七八世紀

とかいったふうに、だいたい二百年ぐらいを単位とする。

2 定説がない事項については、はっきり「定説なし」と記憶する。

の二点にまとめることができる。これなら実行できるであろう。そのかわり、この実行案を**確実に**実行してほしい。あやふやな実行は、実行でない。

一 事項の整理

以上のべてきたことは、語学的理解の世界でいえば、単語の記憶にあたるわけで、とにかく知っていなければ、どうにもならない。おもしろくないのは確かだが、おもしろい所は、記憶してしまった後であらわれるのだから、御苦労さまだけれど、ひとわたり記憶してくださいとお願いするよりほかない。

記憶するについては、第何章第何節と順序を立てた説明よりも、事項だけを表にした方が頭に入りやすいであろうから、しばらく頭脳経済学に同調して、正味をずらりと並べてお目にかける。これだけは、ぎりぎりの限界で、もうお負けする余地はございません――と言いたいところ。それぞれの事項名、たとえば『万葉集』とか『源氏物語』とかだけをカードに書き出し、この表と照らしあわせて記憶したら、効果的かもしれない。

(イ) 事項年表

時代	西紀	作家(編者)	作品(事象)	種類	内容
奈良時代(上古)	七一二	(太安万侶《おおのやすまろ》)	古《こ》事《じ》記《き》	史書	古代からの神話・伝説・歌謡・史実などを、史書の形にまとめたもの。稗田阿礼《ひえだのあれ》が誦習したものが主要材料となった。大和朝廷側からの政治的潤色が濃いけれど、古代の姿はかなり保存されている。三巻。
	七二〇	(舎人親王《とねりしんのう》)	日《にっ》本《ぽん》書《しょ》紀《き》	史書	本格的な歴史として中国に示し得るようなものを意図して作られた。文章は古事記よりも正格な漢文で、政治的潤色もさらに強い。三〇巻。
	七一三↓七三三		風《ふ》土《ど》記《き》	地誌	諸国の地方記録を、中央政府からの命令でまとめさせたもの。いま常陸・播磨・

奈良時代（上古）

				出雲・豊後・肥前などが残っている。
		（祝《のり》詞《と》）	公文	神に対する公的祈願の文。壮重で美しいリズムをもつ。
		（宣《せん》命《みょう》）	公文	天皇の命を正式に告示する文章。これも壮重厳粛な美しさをもつ。
		（催《さい》馬《ば》楽《ら》）	歌謡	もと地方の古い民謡であったものが、雅楽風に編曲されて、貴族の遊宴歌謡になった。編曲は平安時代だが、歌詞は奈良時代あるいはそれ以前のもので、素朴な野趣がある。
		（神《か》楽《ぐら》歌《うた》）	歌謡	宮中でうたわれる神事歌謡。その儀式の成立は平安初期であろうが、歌詞は多く奈良時代のものと思われる。

奈良時代（上古）

七五一		懐《かい》風《ふう》藻《そう》	詩集	奈良時代詩人の作品を集めたもの。詩風は中国六朝《りくちょう》時代のものを模倣している。作者には、万葉歌人と共通する者がある。一巻。
	（大伴家持が最終段階のまとめに参加しているらしい）	万《まん》葉《よう》集《しゅう》	歌集	奈良時代およびそれ以前の歌謡・和歌を集めたもの。約四五〇〇首。第一期の額《ぬか》田王《たのおおきみ》、第二期の柿本人麿、第三期の山部赤人《あかひと》・山上憶良《おくら》・大伴旅人《おおとものたびと》、第四期の大伴家持《やかもち》などが代表的作家である。歌風は、時期によってちがうけれど、だいたい素朴で力づよく、直線的である。平安時代から江戸時代までは、特殊な歌人に影響しただけで、あまり尊重されなかったが、明治以後その真価が認められ、現代歌壇の源流となっている。二〇巻。

平安時代（中古）				
八一〇頃	（景《けい》戒《かい》）	日本霊異記《にほんれいいき》	説話集	仏教に関する民間説話を集めたもの。本当の書名は大日本国現報善悪霊異記。中国の仏教説話集に影響されて編したと思われる。後の説話集に多くの素材を提供している。三巻。
八一四		凌雲新集《りょううんしんしゅう》	詩集	勅撰の詩集。一巻。漢詩文全盛の平安初期文壇を反映する。中国六朝時代後期の詩風をまねている。
八一八		文華秀麗集《ぶんかしゅうれいしゅう》	詩集	勅撰の詩集。三巻。凌雲新集と同様の性質。凌雲新集は分類なしだが、こちらは文選ふうに分類する。
	空《くう》海《かい》	文鏡秘府論《ぶんきょうひふろん》	芸術論	中国の音韻論および表現論を切り継ぎして、文人の参考書としたもの。中国では早くから無くなった文献を多く引用して

平 安 時 代（中 古）

				いるので、貴重な研究資料である。六巻。
		経《けい》国《こく》集《しゅう》	詩集	勅撰の詩集。二〇巻。凌雲新集や文華秀麗集と同様の性質。この後、勅撰詩集はない。
九〇五↓九一三頃	（紀貫之《きのつらゆき》等）	古今和歌集《こきんわかしゅう》	歌集	第一勅撰和歌集。万葉風の歌も含むが、大部分はいわゆる古今風の歌で、理智的・技巧的・曲線的な表現。江戸時代までずっと和歌表現の基調となっている。業平《なりひら》・小町・貫之・躬恒《みつね》・忠岑《ただみね》らが代表的作家。歌数約一一〇〇首。二〇巻。
九三五	紀《きの》貫《つら》之《ゆき》	土《と》佐《さ》日記《につき》	紀行	作者が土佐守の任を終えて帰京するまでの旅日記。女が書いた形にして、仮名文を用いた。人生や芸術に対する作者晩年の深い思想が軽妙な文章で書かれている。

平安時代（中古）

		伊《い》勢《せ》物語《ものがたり》	歌物語	業平《なりひら》の歌とそれに関する歌説話を集めたもの。清純な情熱のこもった文章である。私どもがいま見る業平の伝記風な伊勢物語は、平安後期になってから順序を置きかえたものであろう。
		竹《たけ》取《とり》物語《ものがたり》	作り物語	かぐや姫を中心とする求婚と、月世界対人間界のロマンティックな交渉を描く。文章は素朴簡潔だが、構成はわりあい緊密で、当時として傑作。
	（源順《みなもとのしたがう》等）	後《ご》撰《せん》和《わ》歌集《かしゅう》	歌集	第二勅撰和歌集。古今集にもれた歌およびその後の作品を収める。表現は古今集風。二〇巻。
		大和《やまと》物語《ものがたり》	歌物語	歌説話の集だが、伊勢物語のような情熱にとぼしい。後半は普通の説話集に近い。

平安時代（中古）

	道綱《みち》綱《つな》の母《はは》	蜻蛉《かげろふ》日記《にっき》	日記	藤原兼家《かねいえ》の妻（道綱の母）が、二〇年にわたる悲しい結婚生活の記録を自叙伝風に書いたもの。心理描写の精細さは、この時代としておどろくべきである。
		落窪《おちくぼ》物語《ものがたり》	作り物語	この頃に多かった継子《ままこ》いじめ物語のひとつ。話の筋におもしろさを求めるようになったので、竹取物語よりも長く、中篇物語といってよい分量である。
		宇津保《うつお》物語《ものがたり》	作り物語	藤原仲忠という琴《きん》の名手を主人公とし、いろいろな事件を雑然とよせ集めている。全体としての統一はないけれど、分量としては、源氏物語に次ぐ大作。
	（花山院《かざんいん》？）	拾遺和歌集《しゅういわかしゅう》	歌集	第三勅撰和歌集。古今・後撰にもれた歌およびその後の作品を収める。表現はだ

平安時代（中古）

作者	作品	種類	内容
			いたい古今集風。二〇巻。
紫《むらさき》式《しき》部《ぶ》	源《げん》氏《じ》物語《ものがたり》	作り物語	光源氏という理想的貴公子およびその子薫《かおる》を主人公に、人生の如何ともできぬ運命と、永遠の世界をあこがれ求める群像とを描く。心理描写と自然観照の融けあった表現、美しい余韻のこもった文章など、平安時代文芸の最高峰というだけでなく、世界的な名作である。後の文芸にもたいへん影響している。五四帖。
	紫式部日記《むらさきしきぶにっき》	日記	紫式部が宮廷生活をしていた中の或る時期、見聞や感想を書きつけたもの。
清《せい》少《しょう》納《な》言《ごん》	枕《まくらの》冊《そう》子《し》	随筆	身辺観察・随想・回顧などを、断片的に書き綴ったもの。鋭く新鮮な感覚と自由な知性のひらめきは、他に類を見ない。

平安時代（中古）

	（藤原公任《ふじわらのきんとう》）	倭漢朗詠集《わかんろうえいしゅう》	詩歌集	朗吟するのによい日本・中国の詩句および和歌を集めたもの。当時の文化人にとって便利な名文句ハンドブックであり、習字の手本でもあった。
	孝標《たかすえ》の女《むすめ》	更級日記《さらしなにっき》	日記	夢多い少女時代から人妻となり、約四〇年をすごして来た想い出を回想した日記風の作品。文章は平明である。
一〇八〇頃	宣旨《せんじ》？	狭衣物語《さごろもものがたり》	作り物語	狭衣大将を主人公とし、宮廷貴族の恋愛生活を書いたもの。源氏物語の影響がつよいけれど、文章はとうてい及ばない。源氏物語のような集篇物語でなく、筋の展開を重視した長篇物語である。
		夜半《よわ》の寝覚《ねさめ》	作り物語	やはり源氏模倣の作品であるが、心理描写の細かさに特色がある。現在は少し欠

平安時代（中古）

				けた本しか伝わらない。
		浜松中納言《はままつちゅうなごん》物語《ものがたり》	作り物語	これも源氏模倣の作品であるが、場面を中国にまでひろげ、人生の問題よりも筋のおもしろさが主となっている。やはり欠けた本しか伝わらない。
一〇八六	（藤原通俊《ふじわらのみちとし》）	後拾遺《ごしゅうい》和《わ》歌集《かしゅう》	歌集	第四勅撰集。すこし新風の歌が進出してきた。女流歌人の作が多い。
		今昔物語集《こんじゃくものがたりしゅう》	説話集	インド・中国・日本にわたり、いろいろな説話を集めたもの。未定稿本のまま伝わったものだが、日本の部には庶民の生活を示す貴重な材料が多い。文章は、女流の作品と語法および風格を異にする。
		大《おお》鏡《かがみ》	歴史物語	文徳↓後一条の歴史を、二老人の昔話を書きとめたという形式で、個人別の伝記

平安時代（中古）

				体にまとめた。批判精神がゆたかで、文章もちからづよい。
一一二七	（源俊頼《みなもとのしゅんらい》）	金葉和《きんようわ》歌集《かしゅう》	歌集	第五勅撰集。新風が著しく進出している。しかし、巻数は半減して一〇巻。
	（源俊頼《みなもとのしゅんらい》）	散木奇《さんぼくき》歌集《かしゅう》	歌集	俊頼自身の歌集。新風歌人の面目を示す歌が多いけれど、難解だという非難もあった。
		栄《えい》花《が》物語《ものがたり》	歴史物語	宇多→堀河の歴史を年代順に書いたもの。文章は、女流日記などを材料とした関係もあって、大鏡よりもややわらかである。批判精神にはとぼしい。
		和泉式部《いずみしきぶ》日記《にっき》	日記	和泉式部と帥宮《そちのみや》との恋愛生活を、物語ふうに書いた日記。『和泉式部物語』ともよばれる。

平安時代（中古）

年代	作者・編者	作品	種類	解説
		とりかへばや物語《ものがたり》	作り物語	作り物語としては末期的な作品。デカダンスのにおいが濃い。いま残っているのは、これを一二〇〇年ごろ改作したもの。
一一五一頃	（藤原顕輔《ふじわらのあきすけ》）	詞《し》花《か》和《わ》歌集《かしゅう》	歌集	第六勅撰集。新風を重んじたことは金葉集と同じだが、金葉集よりも穏健である。一〇巻。
	小《こ》式《しき》部《ぶ》等	堤中納言物語《つつみちゅうなごんものがたり》	作り物語	作者および成立年代の異なる一〇種の短篇物語を集めたもの。中で『逢坂こえぬ権中納言』だけは、作者がわかっており（小式部）、一〇五五年の成立。あとは不明だが、早い時期に成立した篇は『源氏物語』に近いころのものもあるらしい。編者は不明。どうして『堤中納言物語』というのかも不明。
				仏教歌謡・神事歌謡・民俗歌謡にわたり、

平安時代（中古）	一一七九頃	（後白河院《ごしらかわいん》）	梁塵秘抄《りょうじんひしょう》	歌謡集	その歌詞とうたい方を集成したもの。二〇巻。庶民の生活を反映したものが多い。いまは約一〇分の一ぐらいしか残っていない。
	一一七八	（藤原俊成《ふじわらのしゅんぜい》）	長秋詠藻《ちょうしゅうえいそう》	歌集	俊成自身の歌集。新旧両派の長所をとりいれ、幽玄な歌風を大成している。
	一一八八		千載和歌集《せんざいわかしゅう》		第七勅撰集。用語では古今集時代の温雅な趣を、把握では後拾遺集以後の景情融合をめざしている。二〇巻。
		西《さい》行《ぎょう》	山《さん》家《か》集《しゅう》	歌集	西行自身の歌集。清澄な心境でしみじみと自然を観照し、人生の真実を深く詠みきった傑作が多い。
鎌倉時代（中世）	一一九八頃		無《む》名《みょう》冊《ぞう》子《し》	評論	平安時代の作り物語を批判したもの。いま伝わっていない作品を研究するのに、

鎌倉時代（中世）

				たいへん貴重な資料。
一二〇五	（後《ご》鳥《と》羽《ば》院《いん》）	新古《しんこ》今和《きんわ》歌集《かしゅう》	歌集	第八勅撰集。歌壇の最盛期にあたり、さまざまな歌風が百花みだれ咲くような盛観だが、中でも、定家を中心とする妖艶な歌風は、特に新古今的である。技巧のデリケイトな複雑さ、余情の深いゆらめき、感覚的な色彩美、幽玄な象徴などは、万葉集・古今集に対立する大きい特色である。形式的には、三句切れ・体言止めが著しい。二〇巻。
一二一二	鴨《かもの》長《ちょう》明《めい》	方《ほう》丈《じょう》記《き》	随筆	平安末期の動乱を経験し、草庵生活に世をのがれた作者の身辺雑記。慶滋保胤《よししげやすたね》の「池亭記」を模倣したものだが、厭世観の濃厚さを特色とする。
一二一四	源《みなもとの》実《さね》朝《とも》	金槐《きんかい》和《わ》歌集《かしゅう》	歌集	歌壇の流行風とまったく趣を異にする万

鎌倉時代（中世）

年代	作者	作品	種類	内容
				葉調の作品が多く、壮大な調べの高さがある。
一二一六	藤《ふじ》原《わらの》定《てい》家《か》	拾《しゅう》遺《い》愚《ぐ》草《そう》	歌集	定家の妖艶風を代表する自撰歌集。
		毎《まい》月《げつ》抄《しょう》	歌論	定家が晩年に理想とした有心体を説いたもの。中世歌論の源流をなしている。
一二二三頃		海《かい》道《どう》記《き》	紀行	京から東海道を経て鎌倉に往復した紀行。漢文の文脈をまじえ、懐古の情を述べている。
	（両書同作者かとされる）	保《ほ》元《げん》物語《ものがたり》	戦記物語	保元の乱を素材とする。文章は簡潔素朴。源為朝の英雄的行動が中心となっている。
		平《へい》治《じ》物語《ものがたり》		平治の乱を素材とする。保元物語と共に、琵琶にあわせて盲法師が語ったものである。

鎌倉時代（中世）

		平《へい》家《け》物語《ものがたり》	戦記物語	平家興隆から没落までを、無常の理にひきずられてゆく悲劇的叙事詩として、琵琶法師が語ったもの。もとは三巻ぐらいだったらしいが、だんだん増補されて一二巻となった。文体は和漢混交文で、唱導ふうの匂いが濃い。
		源平盛衰記《げんぺいじょうすいき》		平家物語の異本にもとづいて書かれたもので、読み本らしい。記事は詳しいけれど、文章としてはすこし劣る。四八巻。
		宇治拾遺物語《うじしゅういものがたり》	説話集	『今昔物語集』の中で興味ぶかい説話に、編者の見聞した話を加えたもの。いくらか小説的に書いている。一五巻。
一二四二頃		東《とう》関《かん》紀《き》行《こう》	紀行	海道記と同様、鎌倉への旅行記。やはり漢文調をとりいれているが、海道記より

鎌倉時代（中世）

				も和文脈がつよい。
一二五二		十《じっ》訓《きん》抄《しょう》	説話集	作者の見聞した話を一〇箇条の教訓的綱目のもとに分類したもの。四九六頁参照。
一二五四	橘成季《たちばなのなりすえ》	古今著聞集《ここんちょもんじゅう》	説話集	古今の説話を集成分類し、教訓的な短文をそえる。この時代としては最大の説話集で（二〇巻）、文章は平明。
一二八〇	阿《あ》仏《ぶつ》尼《に》	十六夜日記《いざよいにっき》	紀行	作者がその子為相《ためすけ》の領地を確保するため、鎌倉へ訴訟のためくだったときの紀行。かざりけのない文章の中に、子を思う真情があふれている。
一三一二	（京極為兼《きょうごくためかね》）	玉葉和歌集《ぎょくようわかしゅう》	歌集	第一四勅撰集。『風雅和歌集』（第一七勅撰集）と共に、この時代の平凡な歌風に対し、清新な観照による景情融合の秀歌が多い。

鎌倉時代（中世）

	京極為兼	為兼卿和歌抄《ためかねきょうわかしょう》	歌論	定家晩年の思想すなわち有心体の論を正しくうけついだもので、中国詩論もよく消化している。
		（宴《えん》曲《きょく》）	歌謡	鎌倉→室町時代にうたわれた流行歌謡。早歌《そうが》ともいう。歌詞は長篇のものが多い。その歌詞集が一七種ほど現存する。大部分が明空《めいくう》の編で、一三一九年ごろまでに編された。
一三三〇頃	吉《よし》田《だ》兼《けん》好《こう》	徒《つれ》然《づれ》草《ぐさ》	随筆	歌人であり深い思想をもつ文化人である作者が、さまざまな事がらにふれての随想を書きとめたもの。老荘・仏教の融合した人生観のなかに、健康な「おとな」の常識が織りまぜられている。文章は簡潔なうちに深みがある。

室町時代（中世）

一三三三頃	二条良基《にじようよしもと》？	増《ます》鏡《かがみ》	歴史物語	後鳥羽→後醍醐の歴史を年代順に書いたもの。文章は美しいけれど、弱い。大鏡・今鏡・水鏡とあわせて四鏡という。談話の筆記という共通形式をもつ。
一三三九	北畠《きたばたけ》親房《ちかふさ》	神皇正統記《じんのうしようとうき》	史書	日本の政治史を度会《わたらい》神道すなわち伊勢外宮系統の世界観から説いたもの。
一三五六	（二条良基）	菟《つ》玖《く》波《ば》集《しゆう》	連歌集	連歌の付合《つけあい》および発句を集めたもの。勅撰に準ぜられた。和歌における古今集のような地位を占める。
		義《ぎ》経《けい》記《き》	戦記物語	源義経の少年時代および不遇な後年をえがく。戦記物語というよりも、英雄流離物語というのにふさわしい。
		曾《そ》我《が》物語《ものがたり》		曾我兄弟の敵討を素材とする。これも語

				りものを書きとめたものらしい。義経記と共に、後代文芸に多大の影響をあたえた。
		太《たい》平《へい》記《き》	戦記物語	いわゆる南北朝の内乱を素材とする。平家物語に比して詩情にとぼしい。
		（謡《よう》曲《きょく》）	楽劇	能の台本である。神舞もの（高砂《たかさご》等）・武人もの（田村《たむら》等）・女性もの（松風《まつかぜ》等）・現在もの（隅田川《すみだがわ》・鉢木《はちのき》等）・鬼もの（鞍馬天狗《くらまてんぐ》等）など、いろいろあるが、文章は美しく、流動的である。作者としては、観阿弥《かんなみ》・世阿弥《ぜあみ》・禅竹《ぜんちく》・信光《のぶみつ》などがすぐれている。
		（狂《きょう》言《げん》）	笑劇	十四世紀はじめごろから発達した滑稽劇の台本。当時の話しことばを用い、人間性の急所をついた高いユーモアを含む。

室町時代（中世）

				作者はまったく不明。
一四一九頃	世阿弥《ぜあみ》元清《もときよ》	花《か》伝《でん》書《しょ》	芸術論	正しくは『風姿花伝』という。能の表現理論を「花」として体系的に述べたもの。その芸術思想としての高さは、近代人をもふかく感動させる。その他に『花鏡』『至花道』『能作書』『九位』など約二十部の芸術論があり、まとめて『世阿弥十六部集』とよばれる。
一四三〇頃	正《しょう》徹《てつ》	正徹《しょうてつ》物語《ものがたり》	芸術論	当時の平凡な歌風に反対し、定家に還れと主張したもの。妖艶美を再認識させた。
一四七二頃	心《しん》敬《けい》	ささめごと	芸術論	連歌の表現論としてすぐれているだけでなく、中世芸術論のひとつのピークである。妖艶のもうひとつ深まった「冷え」の美を説く。

室町時代（中世）

一四八八	宗《そう》祇《ぎ》等	水無瀬《みなせ》三吟《さんぎん》	連歌	連歌興隆の祖である後鳥羽院にささげるため、連歌史上の最高位に在る宗祇が、肖柏《しょうはく》・宗長《そうちょう》と共に詠じたもの。連歌の模範作品といわれる。
一四九五	（宗祇）	新撰菟玖波集《しんせんつくばしゅう》	連歌集	菟玖波集以後の作品を収める。連歌最盛期のものだけに、質的には菟玖波集よりもすぐれている。やはり勅撰集に準ぜられた。
一五一八		閑《かん》吟《ぎん》集《しゅう》	歌謡集	この時代に流行した小歌の歌詞集。小歌とは、短い歌謡の総称らしく、種類はさまざまである。
		（お伽《とぎ》草子《そうし》）	小説	上流階級の子女のため作られた平易な小説。絵入本であることが多い。『文正草子《ぶんしょうのそうし》』『一寸法師《いっすんぼうし》』『鉢《はち》かづき』などが有名。

時代				
室町時代(中世)	荒《あら》木《き》田《だ》守《もり》武《たけ》	飛《とび》梅《うめ》千《せん》句《く》	俳諧	まだ俳諧が独立した文芸と認められていなかった時代に、一人で千句ひとまとまりの作品を出した意義は大きい。『守武独吟千句』ともよばれる。
	(宗《そう》鑑《かん》)	犬《いぬ》筑《つく》波《ば》集《しゅう》	俳諧集	山崎にいた志那宗鑑の編した俳諧の付合集。まだ洗練されていない句が多い。
江戸時代(近世)		(仮《か》名《な》草《そう》子《し》)	小説	庶民教化の目的で作られた実用的よみもの。文芸性は高くないが、ひろく行なわれた。
		(古《こ》浄《じょう》瑠《る》璃《り》)	浄瑠璃	あやつり人形の芝居に必要な三味線伴奏の語りものを浄瑠璃とよぶ。近松門左衛門の現われるまでは、構成も文章も曲節も素朴だったので、特に古浄瑠璃とよぶ。

江戸時代（近世）

		（貞門俳諧《ていもんはいかい》）	俳諧	松永貞徳を指導者とする古風な俳諧。俳諧は連歌をまなぶための土台だと考え、表現手法は連歌を標準とする。
		（談林俳諧《だんりんはいかい》）	俳諧	貞門の固くるしさを打ち破り、自由な表現を主張した。西山宗因を頭領とし、井原西鶴が事実上の代表者であった。
一六八二	**井《い》原《はら》西《さい》鶴《かく》**	**好色一代男《こうしょくいちだいおとこ》**	浮世草子	浮世草子のはじまり。世之介という主人公の好色生活を題材としながら、人間性をするどく描いている。『好色五人女』も、同様の題材だが、現実凝視の眼はだんだん深まっている。
一六八三	（**榎本《えのもと》其《き》角《かく》**）	**虚《みなし》栗《ぐり》**	俳諧集	芭蕉とその門人たちの俳諧が、談林風をぬけて蕉風に向かおうとする過渡期の集。かたい漢語調。

江戸時代（近世）

一六八四	（山本荷兮《やまもとかけい》）	冬《ふゆ》の日《ひ》	俳諧集	芭蕉七部集の第一。尾張地方の俳人たちと作った俳諧を集めたもの。蕉風がこの集からひらけてきた。
一六八八	井原西鶴	日本永代蔵《にほんえいだいぐら》	浮世草子	町人ものといわれる種類の浮世草子。財産を築く秘訣に関してするどい観察を述べながら、人情の機微をついている。『世間胸算用』『西鶴置土産』は、この類の傑作。
一六八九	松《まつ》尾《お》芭《ば》蕉《しょう》	奥《おく》の細《ほそ》道《みち》	紀行	奥州・北陸にかけての紀行。旅によって人生の真実な在りかたをつきつめてゆき、そこに文芸のまことを発見しようとする芭蕉の道が、紀行の形で表現されたもの。中に含まれる発句は、質・量ともにすぐれている。『野ざらし紀行』『笈の小文』も名高い。

江戸時代（近世）

一六九〇	松《まつ》尾《お》芭《ば》蕉《しょう》	幻《げん》住庵記《じゅうあんのき》	俳文	芭蕉が石山寺の奥の幻住庵にこもっていたときの随想。文章は、たいへんこったものである。『銀河の序』『柴門の辞』『閉関の説』なども著名。
一六九一	向《むか》井《い》去《きょ》来《らい》 野《の》沢《ざわ》凡《ぼん》兆《ちょう》	猿《さる》蓑《みの》	俳諧集	芭蕉七部集の第五。「さび」を中心とする蕉風が完成期に達したときの作品集。近江俳人に支持されて成立した。
一六九四	（志《し》太《だ》野《や》坡《は》）	炭《すみ》俵《だわら》	俳諧集	芭蕉七部集の第六。芭蕉の晩年に成熟してきた「かるみ」の作風を代表する。
一七一五	近松門左《ちかまつもんざ》衛《え》門《もん》	国姓爺《こくせんや》合戦《がっせん》	浄瑠璃	時代もの浄瑠璃の代表作。日本人と中国人の混血児和藤内《わとうない》が明《みん》王朝再興のため奮闘する筋。構成の雄大さで、たいへんな興行的成功をおさめた。
一七一六	新《あら》井《い》白《はく》石《せき》	折《お》りたく	伝記	すぐれた政治家であった白石の半生自叙

江戸時代(近世)

		柴《しば》の記《き》		伝。簡潔平明な文章に真情がこもっている。
一七一八	上《かみ》島《じま》鬼《おに》貫《つら》	独《ひとり》言《ごと》	俳論	俳諧についての随想集。「まことのほかに俳諧なし」という俳諧観が述べられている。
一七二〇	近松門左衛門	心中天網島《しんじゆうてんのあみじま》	浄瑠璃	世話もの浄瑠璃の代表作。家庭悲劇が心《しん》中《じゅう》にまで落ちこんでゆく型の作品を近松はいくつか書いたが、『曽根崎心中《そねざきしんじゅう》』『冥《めい》土《ど》の飛脚《ひきゃく》』『心中宵庚申《しんじゅうよいごうしん》』『女殺油地《おんなごろしあぶらじ》獄《ごく》』などの傑作がある中でも、この曲は特に名作である。
一七三二	室《むろ》鳩《きゅう》巣《そう》	駿《すん》台《だい》雑《ざっ》話《わ》	随筆	儒者としての立場から書かれた随想録。文章はひきしまっている。
				赤穂浪士の敵討を脚色した。時代と世話

江戸時代（近世）

一七四八	竹《たけ》田《だ》出雲《いずも》 三《み》好《よし》松洛《しょうらく》 並《なみ》木《き》千柳《せんりゅう》	仮《か》名《な》手《て》本《ほん》忠《ちゅう》臣《しん》蔵《ぐら》	浄瑠璃	を巧みに構成した名作。この時代の浄瑠璃は、幾人かの合作が常であった。同じ顔ぶれで作られた『義経千本桜《よしつねせんぼんざくら》』や『菅《すが》原伝授手習鑑《わらでんじゅてならいかがみ》』も、これに劣らない傑作である。
一七六五	（呉陵軒可有《ごりょうけんかゆう》）	誹風柳多留《はいふうやなぎたる》（初篇）	雑俳集	柄井川柳《からいせんりゅう》の選した前句付《まえくづけ》から、付句だけ集めたもの。いわゆる川柳の集である。その続篇は一六七篇まで刊行された。
一七七六	上《うえ》田《だ》秋成《あきなり》	雨《う》月《げつ》物語《ものがたり》	読本	九篇の怪談を集めたもの。中国および日本の先行文献を巧みに翻案し、妖気と詩情のあふれる名文である。
一七七五	向《むか》井《い》去来《きょらい》	去《きょ》来《らい》抄《しょう》	俳論	芭蕉および門人たちの語ったことばを書きとめたもの。蕉風の俳諧精神を研究するための根本資料。この年にいたり刊行された。

江戸時代（近世）

一七七六	服《はっ》部《とり》土《ど》芳《ほう》	三《さん》冊《ぞう》子《し》	俳論	赤・白・黒の三部から成る。芭蕉の真意を正確に伝えた点で、貴重な資料。これも、この年になってから刊行された。
		（天《てん》明《めい》中《ちゅう》興《こう》俳《はい》壇《だん》）	俳諧	芭蕉の没後、しばらく堕落期が続いたのを、「芭蕉に還れ」という精神のもとに、正しい俳諧が復興した時期。蕪村をはじめとし、暁台・樗良・白雄・几董・麦水・太祇などが、それぞれ清新な作品を出した。
一七八五	横《よこ》井《い》也《や》有《ゆう》	鶉《うずら》衣《ごろも》	俳文集	日常的な素材を古典めかした表現のもとにおもしろく戯画化した俳文の集。
一七九五↓一八一二	本《もと》居《おり》宣《のり》長《なが》	玉《たま》勝《かつ》間《ま》	随筆	古典研究に伴ってうかんだ感想や考証を書きつけたもの。宣長のすぐれた学識を反映している。

江戸時代（近世）

一八〇三	松平定信《まつだいらさだのぶ》	花月草子《かげつそうし》	随筆	すぐれた政治家である定信が、人生・社会・自然・趣味などについて流麗な文章で記している。
一八〇六	滝沢馬琴《たきざわばきん》	椿説弓張月《ちんせつゆみはりづき》	読本	源為朝がふしぎな運命のもとに琉球平定のため活躍する筋の通俗小説。
	十返舎一九《じっぺんしゃいっく》	東《とう》海《かい》道中《どうちゅう》膝《ひざ》栗《くり》毛《げ》	滑稽本	弥次郎兵衛・喜多八の道中記という形で、ばかばかしい失敗談をたくさん集めたもの。
	村田春海《むらたはるみ》	琴《こと》後《じり》集《しゅう》	歌文集	中古文をまねた文体で風流なことがらを書き綴った文集。
一八一三	式亭三馬《しきていさんば》	浮世風呂《うきよぶろ》	滑稽本	江戸時代における庶民のクラブであった銭湯と床屋を舞台にし、彼らの日常生活をユーモラスに描いたもの。会話の生き

江戸時代（近世）

一八一四		浮《うき》世《よ》床《どこ》		いきとした写実ぶりは、他に類がない。
一八一四→四一	滝沢馬琴	南《なん》総《そう》里《さと》見《み》八《はっ》犬《けん》伝《でん》	読本	中国の近世俗語小説（特に『水滸伝《すいこでん》』）を模倣し、犬に縁のある八人の勇士を主人公として里見家の興亡を描いている。分量はたいへんなものだが、後になるほど弛んでくるのは欠点。
一八二五→四二	柳《りゅう》亭《てい》種《たね》彦《ひこ》	偐《にせ》紫《むらさき》田《い》舎《なか》源《げん》氏《じ》	合巻	源氏物語を室町時代の事に翻案した絵入通俗小説。実際には徳川将軍家の大奥がモデルになっていたと認められ、そのため発禁処分となり、未完のままとなった。
一八一九	小《こ》林《ばやし》一《いっ》茶《さ》	おらが春《はる》	句文集	身辺随想を俳句まじりに書いたもの。一茶の「ひねくれた純情」がよく出ている。刊行は一八五二。
				頽廃期の世相を題材にした怪談劇の代表

江戸時代（近世）				
一八二五	鶴屋《つるや》南北《なんぼく》（四世）	東海道《とうかいどう》四谷怪談《よつやかいだん》	脚本	作。末梢的な刺激と早替りなどの目さきの技巧に興味を求めており、芸術的価値は低い。
一八二八	香川景樹《かがわかげき》	桂園一枝《けいえんいっし》	歌集	古今集の深い研究から、平明な桂園派の作風をうち建てた景樹の集。
一八二九	頼山陽《らいさんよう》	日本外史《にほんがいし》	史書	平安末期から江戸時代にいたる政治史を漢文で述べたもの。史実よりも史観を主にしたもので、幕末から明治の人士に多大の精神的影響を与えた。
一八二九	中島広足《なかじまひろたり》	橿園集《かしぞのしゅう》	歌文集	江戸時代学者がよく作った歌文集の一つで、特にすぐれた点もないけれど品格のある歌がわりあい多い。

念のためおことわりしておくが、最上欄の時代区分は、いま、いちばん普通におこなわ

れているのを採っただけで、かならずしも学界の定説というわけでもない。年代の分けかたは、人によってまちまちで、

奈良時代	上古	上古	古代	古代	古代
平安時代	中古	中古		中世	
鎌倉時代	中世	近古	中世		中世
(吉野時代)					
室町時代					
江戸時代	近世	近世	近世		
明治以後	現代	現代	近代	近代	近代

などあり、専門的にいうと、まだまだ説が出てくるのだから、高校程度の人たちなら、どれか通りのよい一説に従っておくのが賢明であろう。それから、第二段の西暦は、さきにも述べたとおり、かならずしも暗記する必要はなく、まあアクセサリーといったところ。調べあげた私だって、いちいち記憶しているわけではない。

さて、こうした事項の記憶は、解釈の方でいえば、単語の暗記に当たるわけだが、いま、どこの大学でも、単語そのものを出題するところはない。単語が出ても、それは、問題文

のなかにおいて、それぞれの単語がどんな意味に用いられているかを問うものであって、辞書的な意味だけを出題したら、その大学は見識を疑われてもしかたがあるまい。ところが、文学史に限って、事項の単なる暗記がしばしば出題される。これは、あまり感心できた現象ではない。私は、文学史も、やはり考える力をテストするような問題が望ましいと思う。解釈と融合したり、文学史のなかで考えさせるくふうをしたり、何とかして**考える文学史**を出題するのが、大学側の義務であると思う。

例題 一四四

中世は思索的生活の発展した時代であるから、文芸評論に見るべきものがある。新古今時代の大歌人である俊成とその子定家とは、歌論においても偉大な業績を残し、その門流の間からも多くの歌論書が出ている。この流れは連歌の中にも伝わり、また能楽の方で今日でも驚くような見事な芸術理論を出すことができたのも、歌論の進歩の結果であると言えないこともない。しかし、さらによく考えると、何事にも深い体験を積み、道のために鍛錬を重ね、絶えず反省し思索して行こうとする態度は中世の宗教家の志したところで、その心構えがここにも現われたということも否定し得ないであろう。近世の文芸論はその数が極めて多く、その種類は一々挙げることができないほどである。中で芭蕉の遺語と伝えられるものや、国学者の歌論・物語論に見るべきものがある。しかしこれら各部門に現われた原理を総合するような偉大な評論は出なかった。近世に入って文芸とその理論とは、次第に専門化して来たのである。

一　中世・近世の特色を示す語を次から二つずつ選び、中世には○を、近世には△を、語の上につけよ。

（イ）耽美的　（ロ）求道的　（ハ）進歩的　（ニ）専門的　（ホ）総合的
（ヘ）実際的　（ト）詠歎的　（チ）外面的　（リ）論理的　（ヌ）説明的

二　次のそれぞれの項目について、書名一つまたは人名一人を挙げよ。

（1）定家の歌論書名　（2）連歌師の名　（3）能楽論書名
（4）芭蕉の遺語を記した書名　（5）国学者の物語論の名

三（a）俊成の和歌一首、（b）能楽の曲名一つ、（c）芭蕉の俳句一句を記せ。

答　一　○（ロ）・○（ホ）・△（ニ）・△（リ）
二（1）毎月抄　（2）宗祇　（3）風姿花伝　（4）去来抄　（5）玉の小櫛
三（a）「夕されば野辺の秋風身にしみてうづら鳴くなり深草の里」
（b）「羽衣」　（c）「古池や蛙とびこむ水の音」

一が考える問題。「道のために鍛錬を重ね、絶えず反省し思索して行こうとする態度」をさらに「宗教家の志したところ」と説明しているから、中世に「求道的」をあげるのは文句なし。近世は「専門化して来た」とあるので「専門的」は動かない。「専門的」の反対は「総合的」だし、求道的の反対は「論理的」と考えられるので、あとの二つは片づく。中世に「見事な芸術理論」とあるので、それを「論理的」にあてたいところだが、あとに「何事にも深い体験を積み」とあるので、単に論理的なのではない。それならば、中世に「実際的」と答えるのはどうか。理論は、やはり論理的でなくてはならない。中世的な行きかたの指標は、論理プラス実際なのである。だから、総合的といえるわけ。**二**はさきの事項年表から拾えばよい。(5)だけが出ていないけれど、これは文芸そのものでなく、文芸の研究書であるため。六一四頁参照。なお、(1)は『近代秀歌』あるいは『詠歌大概』でもよく、(2)は心敬・宗長・肖柏・紹巴などでもよいが、二条良基は不可。良基は摂政太政大臣という最高地位に在った人で、連歌師なんかではない。連歌師とは、連歌の制作もしくは指導を職業とする民間人をいう。(3)は『花鏡』あるいは『至花道』などでもよく、(4)は『三冊子』あるいは『旅寝論』なんかでもよい。**三**も、かならずしも私の答だけが正解ではないから、適当に――。

例題 **一四五**

左の図は、平安時代における国文学の展開を示したものである。このうち、□印の中にはそれと近接する作品を産み出す契機となった顕著な事項を、□印の中には該当する作品名を入れるものとする。

古語拾遺――［A］――大鏡――今鏡――水鏡

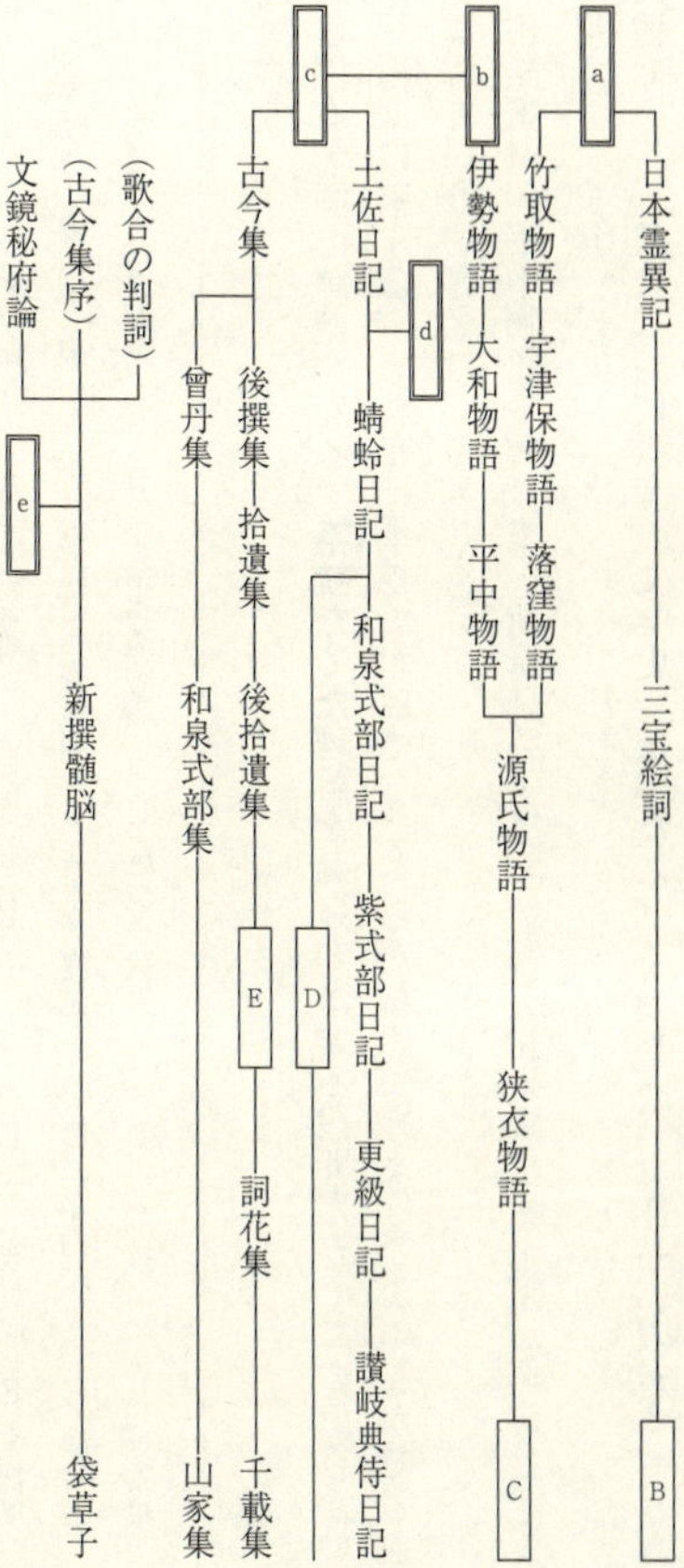

一　[　]印中に入る事項の組み合わせとして、正しいものは次のどれか。

イ　伝説歌の詞書の発展　ロ　仮名文字の発達　ハ　外来伝説の移入

ニ　批評精神の発達　ホ　自照文学精神の誕生

(1)　a―ハ　b―イ　c―ロ　d―ホ　e―ニ

(2)　a―イ　b―ロ　c―ハ　d―ニ　e―ホ

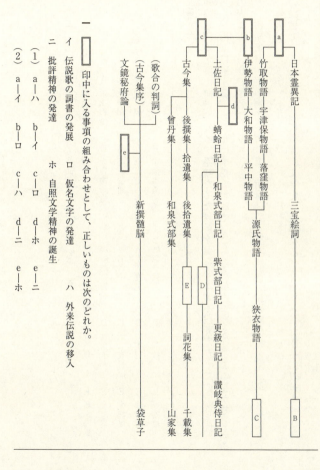

(3) a—ロ　b—イ　c—ニ　d—ホ　e—ハ
(4) a—ニ　b—ホ　c—イ　d—ロ　e—ハ
(5) a—ハ　b—ホ　c—ロ　d—イ　e—ニ

二 □印A〜Eの中に入る作品名の組み合わせとして、正しいものはどれか。

(1) A 神皇正統記　B 古今著聞集　C 浜松中納言物語　D 徒然草　E 新古今集
(2) A 栄花物語　B 今昔物語集　C 堤中納言物語　D 枕冊子　E 金葉集
(3) A 太平記　B 雨月物語　C 無名冊子　D 十六夜日記　E 金槐集
(4) A 増　鏡　B 東海道四谷怪談　C 夜半の寝覚　D 方丈記　E 閑吟集
(5) A 吾妻鏡　B 宇治拾遺物語　C 好色一代男　D 十訓抄　E 玉葉集

答 一＝(1)　二＝(2)

単なる固有名詞の暗記でなく、**系統だてた理解**をねらいとする設問だが、二のほうがいくらか記憶型に属する。それだけ単純なわけで、こちらから片づけよう。このなかで、さきの表に出ていない書名は、

古語拾遺・平中物語・曾丹集・新撰髄脳・三宝絵詞・和泉式部集・讃岐典侍日記・袋冊子・吾妻鏡

の九種である。私は、高校程度の文学史では、なるべくありふれた作品に限定すべきだと

いう意見なので、右の九種をぜひ知っていてほしいとは思わないが、人の考えはいろいろだから、記憶にない書名だって、いくらもぶつかる可能性がある。いや、知らない書名や人名にぶつかるのが、入試では当然の現象なのだと悟っておきたまえ。そうすれば、平気でいられる。知らない書名に出あったときは、それを**系統**のなかにおき、既知のものとの**関連**から割り出すことだ。方程式で、未知数 $x\,y$ を既知数 $a\,b$ から算出するようなものである。**二**の場合は、系統が時間的な着眼でとらえられる。つまり、同じ時代（横に同じ高さ）の作品を比べればよいはずで、（1）はA・D・Eが、（3）はA・B・D・Eが、（4）はA・B・C・D・Eが、（5）はA・C・D・Eが、それぞれ隣の作品と時代ちがいだから×で、残るのはしぜん（2）だけとなる。複雑なように見えても、実はAだけ検討すれば（2）が正解だとわかるのであって、わりあい簡単なしくみだといえる。**一**は、ジャンルの成立要因から系統をとらえること。まず、いちばん多くのジャンル（縦線であらわされる）に関係するCを採りあげると、勅撰集や私家集の歌がすべて伝説に基づくとはいえないから、イとハが×となり、日記の系列は事実の記述がもとで、かならずしも批判精神の参加を要しないから、ニが×となり、歌集は自照文学精神すなわち自己の内面を客観的に描き出す態度が必要だとは限らないから、ホが×となる。すると、Cはロであるほかないので、（2）（3）（4）が×である。残る（1）と（5）は、a・c・eが共通だから、dを採りあげると、伝説歌の詞書が参加して『蜻蛉日記』が生まれたとは認められないから、(5)は×。残る(1)が正解。

例題 一四六

今の京となりて、文のすぐれてよきは伊勢の物語、源氏の物語なり。(1)□は詞すくなく、いといと深き心を言はでこめたる書きさま、いひ知らずおもしろし。(2)□は、深き心をしたにはこめながら、うはべはもののくまぐままで残りなく書きつくせるさま、いはむ方なくめでたしともめでたし。このふた物語をおきては、大和の物語、をかしきふしありてすぐれたり。さては、狭衣の物語、おもしろし。早き頃の(3)□の日記、(4)□の日記、清少納言の(5)□、栄花の物語など、とりどりにをかしく、これらは、狭衣の作り主にまさるべき文書きのしわざなれど、そのかみありつる事ども書きしるしたるものゆゑに、そらごとを作れる物語のやうにはおもしろからざるなり。たとへば、同じ人の書ける文も、(6)□の日記は、源氏の物語にはいたく劣れるがごとし。物語のおやなる(7)□の物語、宇津保の物語は、いと古き物語にて、文こはごはし。すべて、源氏の物語より先に出で来たる、または同じ頃なる物語・草子やうのものは、みなひとふしありて、見るにかひあり。おくれて出で来たるは、おほかたは源氏の物語のさまにならひて書けるものにて、めづらしきふしなし。

（藤井高尚『三つのしるべ』）

一　番号を付けた□にはいるべき適当な作品名、またはその一部分を次に示せ。おのおの違った作品でなければならない。

二　次の文章の□内に、前出の文章に見える作品名を適当に書き入れよ。

「小説形態の文章は、我が国では先ず物語として発生した。平安朝の小説はいずれもこの名称で呼ばれている。その中にも、（イ）□や（ロ）□のごとき和歌を中心として作られた歌物語があり、（ハ）□のごとき伝奇的物語もあり、（ニ）□や（ホ）□のごとき写実的傾向の強い物語もあり、なおこれらのいわゆる「作り物語」に対して歴史的な事実を物語ろうとする、（ヘ）□などの歴史物語も現われた。」（九州大）

すこし古文を織りまぜると、こんな問題も生まれる。古文まで混合したのでは、ちょっと出題者の横暴じゃないか——と文句を言いたくなる諸君もいるだろうけれど、この程度が入試問題としてだいたい適当なレベルなのであって、文部省の大学学術局で出した『大学入学者選抜試験問題作成の参考資料』にも、

（1）古文読解力と文学史に関する力を見る問題としてくふうされている。文学史の問題としては、この程度のものにとどめたい。

（2）問一の「作品名、またはその一部分」という表現は受験者にはわかりにくいと思われる。重複のうらみはあっても、「作品名、または作品名の一部分」とするほうがわかりやすいように思われる。『紫式部日記』『蜻蛉日記』などはふつうにはそ

の中間に「の」を入れないで呼んでいるからである。ただし、幸いにして、問題文に「狭衣の物語」「栄花の物語」のようにあるので、設問としては手落ちはない。

（3）問二は全文の趣旨を受けて、これと別個のまとめ方をしたもので、文学史の問題として苦心の跡が見られる。

と批評されている。問の一は、右の批評（2）と次の通釈とを見あわせて正解を得ることができるだろう。

現在の都の時代（平安時代）になってからは、文章のごくすばらしいのは『伊勢物語』と『源氏物語』である。『伊勢物語』は表現が簡潔で、しかも非常に深い心情を言外に含ませた書きぶりが、何ともいえずおもしろい。『源氏物語』は、内面に深い心情を含めると同時に、表現の方ではものごとを至れり尽せりに描写している点、何ともいえないほど飛びきりおもしろい。この物語以外では、『大和物語』が、興趣のふかいところがあり、すぐれている。それから、『狭衣物語』も結構だ。初期の『土佐日記』『蜻蛉日記』や清少納言の『枕冊子』や『栄花物語』など、それぞれ興趣がふかく、これらは『狭衣物語』の作者なんかより上手な作家の作品だけれど、当時の事実を記述したものなので、フィクションを書いた物語のようにはおもしろくないのだ。たとえば同じ人の書いたものでも『紫式部日記』は『源氏物語』よりもずっと劣るようなものである。物語の祖先である『竹取物語』や『宇津保物語』は、たいへん古風な物語で、文が生硬だ。だいたい、『源氏物語』以前あるいは同じころ作られた物語や冊子の類は、みなおもしろい点があって、よむ価値がある。それより後に現われたのは、たいてい『源氏物語』の文章をまねて書いたもので、新鮮な点がない。答は、二の方は、問題文の解釈ができれば、しぜん正解が出るようになっている。

イ＝伊勢物語　ロ＝大和物語　ハ＝宇津保物語
ニ＝源氏物語　ホ＝狭衣物語　ヘ＝栄花物語

である。こういった性質の問題は、要するにある程度の記憶が必要だから、さきの事項年表をよく活用されたい。

（ロ）　文学精神史の要点

これまで述べてきたのは、作家や作品についての話であったが、そのほかに、文学精神の流れをざっと知っておくことが必要だと思う。一般に、高校生は、作品や作家の名については、わりあいよく記憶しているけれど、その作品や作家にどんな文学精神がひそんでいるかについては、案外あやふやだし、さらに「まこと」とか「幽玄」とかいうことばの意味あいになると、おどろくほど不確かである。これは、学者がわの責任も大きいのであって、専門の研究書を見ても、いろんな学説がごちゃごちゃ出ていて、はっきりした拠り所がない。だから、それを「うけ売り」する参考書も、てんで自信がなくて、あいまいな説明でお茶をにごしておくわけ。それをよむ高校生がよくわからないのは、当然である。高校生たちの頭がわるいからではない。

だいたい、私は、専門学者のあいだで定説がないようなことを入試に出すのは、たいへんよくないと思う。「有心」とか「かるみ」とかは、目下、学界でさかんに議論している難問題で、大学の国文学科教授だって、自信をもって答え得る人は、幾人もないだろう。だから、そういうのが出題されないことを心から希望するが、現実には、どんどん出ているのだから、ひととおり知っておくことは、やむを得ないようである。つぎに、なるべく簡単に説明しておく。説明がもし他の参考書とちがっていたら、私の説明が現在の学界でいちばん進んだ、いちばん確かな説を採っているためだと御承知ねがいたい。それほど異説が多くて、統一的な説明が難しいのである。たとえば、幽玄について、これこれの学説があり、そのなかでも、どの説が有力で、どんな学者が反対意見を述べている――などいうことを紹介していたら、千頁ぐらいの本になってしまうであろう。

まこと

自分の心を、かざらず、まっすぐに表現しようとする精神である。これは、日本に限らず、どの国の文学でも、つねに根本となるものであり、また時代にもかかわらない。上代文学は「まこと」の文学だなどいわれるが、何も上代だけに限ったわけではない。万葉時代の歌に、すぐれた「まこと」がこもっていることは事実だけれど、江戸時代の上島鬼貫《おにつら》も「まことのほかに俳諧なし」と主張しているし、良寛や一茶も「まこと」の作家だといえないわけではない。また、「まこと」は、ほかの文学精神と対立し併列するものではなく、むしろ、いっしょに存在するような性質のもので、幽玄も「まこと」を根本とし、有心も「まこと」にもとづくのだというように考えられる。幽玄がビールで有心がサイダーで「かるみ」がジュースだとすれば、「まこと」は、水分である。時には、水だけを飲料とすることがあるように、「まこと」だけが特に目だつ作品もある。そういう作品を、特に「まこと」の作品だと称してもよいわけだが、そういう作品だけが「まこと」を含むのだと誤解してはいけない。

もののあはれ

これは、たいへん誤解されやすい文学精神で、世間では、何かほのぼのとした、すこし感傷的な、少女趣味めいた、薄紫で象徴されるような、高雅微妙なものだと考えている人が少なくない。しかし、それは、正しい理解ではない。「もののあはれ」は、特定の色あいを持っていないのである。いったい、ことばの成り立ちからいうと、名詞「あはれ」に接頭辞みたいな「ものの」がついて出来たのが「もののあはれ」であって、「具《ぐ》」「怪《け》」「名《な》」に「ものの」がついて「ものの具」「ものの怪」「ものの名」となるのと同じような現象である。ところで、「あはれ」がひろく感動をあらわすことばであり、喜怒哀楽いずれもみな「あはれ」であることは、七八頁を参照してほしい。それに「ものの」がついても、根本の性質は変わらない。だから、「もののあはれ」は、いろんな事がらによってひきおこされる感情なのである。どんな感情でもよろしい。ただ、すぐれた人の受け取る「もののあはれ」が、いちばん良質なわけだから、それを「もののあはれ」の代表だと考えれば、いろんな事がらについて正しく感じ取られた感情が「もののあはれ」である。それは、時代によって、かならずしも同じではない。優美でデリケイトな感受性が尊重される時代には、そういう色あいの「もののあはれ」があるわけだし、しぶい落ち着いた感受性が尊重される時代には、やはりそういう「もののあはれ」がある。それなのに、さきに述べたような誤解が生じたのは、本居宣長《もとおりのりなが》あたりが火元らしい。つまり、宣長は、『源氏物語』の解釈書である『玉の小櫛《おぐし》』で、この物語は「もののあはれ」を書いたものだと述べた。それは、当時、『源氏物語』は教訓の本だとか仏教の理を示した本だとかいう説がおこなわれていたので、宣長はそれに反対して、いや『源氏物語』は「人間の心のいちばん深いありさま」を書いたのだ――と主張したのである。ところが、『源氏物語』をほのぼのとした情趣的な優雅さだけの作品だと理解しているような人たちが、ついでに「もののあはれ」までそんなふうに受け取ってしまったのである。しかも、御丁寧に「もののあはれ」は平安時代だけの美だという誤解までつけ加えたわけ。だから、仮に私が受験生であるとしても、

次の文学精神は、どの時代に属するか。それぞれ符号で答えよ。

（1）もののあはれ　（2）幽玄　（3）まこと
（4）かるみ　（5）有心　（6）粋

奈良時代――イ　平安時代――ロ　鎌倉時代――ハ
室町時代――ニ　江戸時代――ホ

というような式の問題を出されると、良心的には、ちょっと答えられない。こんな問題が出された場合、出題者氏は、たいてい、

(1)＝ロ　(2)＝ハ・ニ　(3)＝イ　(4)＝ホ　(5)＝ハ　(6)＝ホ

という答を要求していることが多い。こういう式の問題が出たら、「この大学の出題者は、あまり研究に熱心でないらしいぞ」という判断のもとに、右に示したような答を書いておくがよろしい。良心的な研究者なら、こんな問題は出さないはずだから。

幽玄

これも、たいへん厄介きわまる文学精神で、同じ幽玄という語でありながら、時代により、人により、場合により、意味内容がちがうのである。たとえば、歌の方で俊成《しゅんぜい》が幽玄といったのは、しんみりした奥深いかすかさを意味するが、能の方で世阿弥が幽玄と使っているのは、女性的な優美さのことである。しかも、細かくいうと、同じ俊成でも、歌の詞についていうとき、心についていうとき、姿についていうとき、それぞれに微妙な差がある。同じ能の方でも、世阿弥と金春禅《こんぱるぜん》竹《ちく》とでは、いくらか違う。ただ、どんな場合でも幽玄に共通しているのは、「深さ」という性質である。深さが伴わなければ、幽玄ではない。だから、

幽玄とは、十世紀から十六世紀ごろにかけておこなわれた文学精神で、「深さ」を基

本とする。

ぐらいのことを憶えておけばよかろう。幽玄という語を日本ではじめて使ったのは伝教大師だが、文学用語として使われたのは『古今和歌集』の漢文序が最初である。

有　心

「有心」(うしん)は、藤原定家《ていか》が唱えた文学精神で、十六世紀ごろまでの歌論や連歌論に出てくる。ところが、その意味あいが、学界でもまだ決定していないのである。たとえば、久松潜一博士は、妖艶《ようえん》を基本とする美だとされているし、私は、「表現する心」と「表現される心」がひとつに融合した行きかたであるという説を出している。そのほかにも、いろんな学説があって、これこそ正しい説明ですと紹介できるところまで来ていない。だから、

有心とは、定家の唱えた文学精神で、その内容は学界でもまだ決まっていない。

と憶えておくのが、いちばん良心的である。「有心の序」ということが前に出てきたけれど、その有心とはまったく違うから、注意すること(三三六頁参照)。

艶・妖艶

「艶」(えん)は、わりあい理解しやすい。上品な優美さといえば、まず九五%ぐらいは当たっている。もっと具体的には、『源氏物語』から感じられるような優美さとして、中世の人たちには受け取られていたらしいのだが、まあ、そこまでは憶えなくてもよかろう。その艶が、もうひとつ濃くなって、いちばん艶らしい艶になったのを「妖艶」(ようえん)とよぶ。妖艶は、花でいうなら牡《ぼ》

丹《たん》のような美しさである。歌でいえば、

春の夜《よ》の夢の浮橋《うきはし》とだえして峯にわかるる横雲《よこぐも》のそら　定　家〔七三七頁参照〕

風かよふ寝さめの袖の花の香《か》にかをる枕の春の夜《よ》の夢　俊成女〔六四七頁参照〕

などは、まさに妖艶である。艶は、平安時代から室町時代あたりまで、特別な範囲に限らないでよく出てくるが、妖艶は、定家を中心とする新古今時代の新派歌人に観られる特色である。新古今時代でも、旧派歌人は、妖艶美をあまり好かなかったようである。室町時代になってからは、正徹《しょうてつ》が定家をたいへん尊敬し、その妖艶さを形容して「朧夜《おぼろよ》に仙女が天《あま》くだったようだ」といっている。名評である。

花

観阿弥や世阿弥の能楽論に出てくる語で、いわゆる『世阿弥十六部集』に見える。特に『風姿花伝』では、中心的な事がらになっている。「花」(はな)とは、わかりやすくいえば、舞台における「表現的効果」のことである。観世寿夫《ひさお》君が「木賊《とくさ》」という曲を演じ、私がたいへん感心したとする。すると、それは「花」が有ったことなのである。観客をひきつけるような「よさ」が「花」だといってもよろしい。だから、「花」こそ能の命だとも考えられる。どうしたらその「花」が得られるか。これは、能役者にとって死活問題なので、観阿弥や世阿弥は、彼らの貴重な体験を精錬して、「花」をとらえるための秘訣《ひけつ》をまとめあげた。それは、能を成功させるのに大切な心得であるばかりでなく、芸術論としても、人生教訓としても、たいへんすば

らしい意見を多く含んでいるので、学者や思想家たちにふかく尊重される。その中心となるのが「花」である。高校生程度では、

十五世紀ごろの能役者に使われた芸術用語で、舞台における表現的効果のこと。それを中心として、すばらしい芸術論が形成された。

ぐらいに憶えておけばよかろう。

さび・わび

「さび」は、形容詞「さびし」や動詞「さぶ」と同じ系統の語で、花やかさ・にぎやかさ・豪快さ・たくましさ等とは反対の性質をもつ。人でいえば、青壮年よりも老年、色でいえば、赤や紫よりも茶や灰色、声でいえば、ソプラノやアルトよりもしぶいバス、季節でいえば、春や夏よりも秋や冬、建物でいえば、一流デパートや大ホテルよりも草庵などに、多く「さび」があると考えてよろしい。要するに、陰性の美である。これを、はじめて美と認めたのは、藤原俊成《しゅんぜい》である。美といえば、誰だって、明るく、はでなものが、まず、頭にうかぶ。薄暗く、しぶいものに美を認めるということは、なかなか難しい。一般の西洋人なんかには、どう説明してみても、理解されそうにもない。それを、はじめて美だと認めた俊成の感覚は、実におどろくべきものである。俊成のあと、連歌師の心敬《しんけい》・宗祇《そうぎ》、俳人では芭蕉などが、「さび」の文芸を代表する。要点だけいえば、

陰性を基調とする美で、俊成にはじまり、心敬・宗祇から芭蕉にいたる。

とでもなるであろう。

「わび」の方は、形容詞「わびし」や動詞「わぶ」と同系統だが、「わびし」「わぶ」が「厭だ」という感じのことばであることは、一三九頁に述べた。それがひとつの美になったのは、ちょっと変なようだが、これは、どうも成金趣味へのレジスタンスとして生まれた現象らしい。つまり、十六世紀ごろのいわゆる戦国時代が終わると、戦後派の成金たちがたくさん出来た。いつの時代でも、成金などいう連中は、ぴかぴかした贅沢品《ぜいたくひん》がいちばん高級なんだと考えたがる。十六世紀の成金たちも、金《かね》をかけた茶の湯が高い文化価値をもつように考えた。それに対して、ありあわせの道具で、粗末な座敷で、ほんとうに茶の味だけをたのしむのこそ、正しい茶道であるという考えかたが生まれた。それを「わび茶」とよぶ。わび茶に見られるような簡素な味が「わび」である。「わび」は、「さび」と同じような性質のもので、根本は同じだが、「わび」の方が質素とか倹約とかいった傾向をつよく含む。「さび」は、かならずしも質素倹約には限定されない。そこで、「わび」を簡単にいえば、

「さび」が簡略質素な性質を含むときの美。

となるであろう。「わび」にばかり執着しすぎると、西洋人に「貧乏美」と笑われるようなことにもなるが、もともと「わび」は成金趣味へのレジスタンスなのだから、しかたがない。

にほひ・うつり・ひびき

蕉風俳諧の術語。俳諧は「俳諧連歌」の略称で、五七五の句と七七の句を交互に付けてゆく日本独自の詩だが（六三四頁参照）、各句の付きかたは、時代により、流派により、いろいろである。その代表的なものは、次の三種とされる。

貞門（松永貞徳）――物付け（ことばの縁で付ける）
談林（西山宗因）――心付け（意味の連絡で付ける）
蕉風（松尾芭蕉）――匂付け（余情の交流で付ける）

もっとも、これは、ごく代表的な特色をあげたので、貞門にも心付けはあるし、談林にだって物付けが出てくる。匂付けの源流と見るべきものは、すでに貞門時代にある。しかし、いちばん貞門らしい特色は物付けに在り、いちばん談林らしい特色は心付けに在り、いちばん蕉風らしい特色は匂付けに在るというわけ。実例でいうと、

迷ふは狐《きつ》や筑《つく》波《ば》山こえ　　長頭丸
蹴あげしてまつ毛をぬらすみなの川　　季吟

〔「狐」と「まつ毛をぬらす」、「筑波山」と「みなの川」がそれぞれ縁語。みなの川は、筑波山から出る川。狐や狸《たぬき》にだまされないため、眉毛をつばでぬらすという俗信がある。昔は、まつ毛をぬらしたものらしい。物付けの例〕

本《もと》やら末やら春のけしきを　高政
先に立て二子《ふたご》の雉《きじ》の歩みゆく　春澄

〔「どちらが本でどちらが末かわからないが、とにかく春の景色を……」という前句に対し、「双生児の雉だから、どっちがどっちかわからないさ。それを先に立て、親の雉が歩んでゆく。のどかな春景色だよ」と付けた。雉は春の季語。縁語がなくて、意味だけの連関。心付けの例〕

かきなぐる墨絵《すみゑ》をかしく秋暮れて　史邦
はき心よきめりやすの足袋《たび》　凡兆

〔法式にとらわれず自由に墨絵をかいてたのしむ隠士の「気持よさ」という余情と、ぴたりと足に合うメリヤスの足袋の「気持よさ」と、余情がたがいに流れかよう。匂付けの例〕

といったぐあい。以上は俳諧史の常識だが、その匂付けのなかに、また三種あって、

匂付け
- にほひ——余情が流れあう
- うつり——余情が移ってゆく
- ひびき——余情が打ちあう

となるのである。だから、同じ「にほひ」という術語で、広い意味と狭い意味との両方に使われているわけ。その間の区別を正確にとらえることは、なかなか厄介だから、とりあ

えず、蕉風の連句には「にほひ」「うつり」「ひびき」という三種の付けかたがあり、三種とも広い意味の「にほひ」に含まれる。

ぐらいに憶えておけばよかろう。

かるみ

これも蕉風俳諧の重要な表現精神だが、たいへん難しい。というのは、芭蕉のいう「かるみ」がどんな意味であるか、学界でも定説がないからである。潁《え》原退蔵《ばらたいぞう》博士の発表された「かるみ」の研究は、たいへんすぐれたもので、戦前は、それが定説となっていたが、その後、いろいろ新研究が出て、すこし修正を要するようである。新しい研究を加えて、ごく確かなところだけをまとめると、

「作る」というよりも「生まれる」という感じで、老年の円熟した多感さをひそめたやすらかな平淡美。

とでもなろうか。何のことかわからないかもしれないけれど、すぐれた芸術家は、老年になると、かえって豊かな感受性を増し、青年時代には無かった微妙な感覚が生まれてくる。そういう感覚では、刺激のつよい表現なんかは、むしろうるさいだけなので、ちょっと見ると無味平淡なような表現のなかにふかい味をひそめた作品におもむく。芭蕉の場合は、それが「かるみ」とよばれているらしい。

をかしみ

「をかしみ」は、人により時代によっていろいろ内容がちがう。しかし、いつでも、笑いが根本となっている。卑俗な笑いもあれば、上品な笑いもあり、薄っぺらな笑いもあれば、味のふかい笑いもある。蕉風の連句における、

蚤《のみ》をふるひに起きし初秋　芭蕉
そのままに転《ころ》び落ちたる升《ます》落《おと》し　去来
ゆがみて蓋《ふた》の合はぬ半《はん》櫃《びつ》　凡兆

などは、ごく微かなユーモアで、さきの「かるみ」の例にもなる。何だかむずむずしてやりきれないので、寝巻をぬいでふりまわしている男、鼠《ねずみ》をとるため升《ます》で伏せるようにしかけておいたのが、鼠も伏せずにころがり落ちている台所か何かのまぬけな風景、ガラクタやオンボロ類を入れておく小型長持が、ゆがんで蓋もうまくしまらないという状態、どれを見ても、貧乏らしいおもむきで、あわれさがこもっているけれど、じめじめした陰惨さはなく、その底に、何となくユーモラスな感じが流れていて、しみじみと私どもをひきつける。この「あわれなユーモア」は、芭蕉のもっとも得意とするところで、「をかしみ」のなかでも最高級のもの。これに比べると、一九の『東海道中膝栗毛』や三馬の『浮世風呂』『浮世床』なんかの笑いは、ずっと低級である。

粋・通

「粋」（すい）も「通」（つう）も江戸時代の精神で、よく似ているが、違った点もある。「粋」は当て字で、もともと「推《すい》」だろうといわれる。相手の気持をちゃんとのみこんで、満足のゆくようにしてやるという態度である。そして、そのためには、努力や費用は惜しまない。「お前たちの気持は、言わんでも判っとる。万事まかせておけ。ナニ、結婚式の費用は、わしが出してやるから」などいう伯父さんでもいたら、それは粋人《すいじん》だといってよろしい。これに対して、「通」は、よく通《つう》じていること、すみずみまで知りぬいていて、ヘマをやらないことである。そして、その知識を最大限度まで利用して、ぜったいに無駄とか損とかをしない態度である。「鉄道の運輸規定をすっかり暗記しているんでね、普通運賃よりも三割以上やすく乗ってさ、おまけに手荷物も特別に早く配達させてね、着駅ではハイヤーの手配まで優先的につけてもらったぜ」などいう人種は、まさに旅行の通人《つうじん》である。「粋」は、積極的で、生きいきしており、好感がもてるけれど、「通」は、消極的で、みみっちくて、厭みである。「粋」は、紀文大尽《きぶんだいじん》のような成金がいくらも出た江戸前期のものであり、「通」は、幕府の弾圧のもとに町人たちが小さくなり、卑屈になった江戸後期のものである。もちろん、どの時代にも粋人タイプはあるし、通人タイプもあるわけだけれど、江戸時代を前期と後期に分け、それぞれに特色となる点を示すということになれば、

江戸時代		
前期	粋	積極的
後期	通	消極的

のような対照ができるかと思う。前期と後期の境は、享保《きょうほう》年間つまり一七一六から二十年ぐらいの間である。芭蕉・西鶴・門左衛門などは前期に活躍しているし、蕪村・馬琴・三馬・黙阿弥などは後期に属する——といえば、だいたいの見当はつくだろう。

例題 一四七

次にあげる文芸理念は、あとの事項のどれに当たるか。イ・ロ・ハ等の符号で（　）のなかに記入せよ。（イ）（ロ）のごとく記入するものもある。

（イ）まこと　（ロ）さび　（ハ）通　（ニ）虚実
（ホ）をかしみ　（ヘ）勧善懲悪　（ト）優雅　（チ）写実

芭　蕉（　　）　馬　琴（　　）　近松門左衛門（　　）
小沢蘆庵（　　）　浮世草子（　　）　黄　表　紙（　　）
儒教精神（　　）　猿　蓑（　　）　一　　茶（　　）
俳風柳樽（　　）

答 芭蕉（ロ） 馬琴（ヘ） 近松門左衛門（ニ） 小沢蘆庵（イ）
浮世草子（ハ） 黄表紙（ホ）（ハ） 儒教精神（ヘ） 猿蓑（ロ）
一茶（イ）（ホ） 俳風柳樽（ホ）

「黄表紙」は、（ホ）だけでもよく、「一茶」は、（イ）（ホ）の一方だけなら、半分ぐらい点を与えてもよかろう。「まこと」は、上代においていちばん顕著だが、上代だけに限るわけではない。和歌・和文の世界では、江戸時代中期に復古精神がおこり、小沢蘆庵もその一人として「ただごと歌」の説を唱えた。自然のままの感情を、技巧をこらさず、日常語でうたうのがよいという主張である。「さび」が芭蕉俳諧における特色であり、集として『猿蓑』に結晶していることは、くりかえすまでもない。「粋」は、世のなかのすじみちや人情のこまかさをよくわきまえる「わけ知り」の精神だから、西鶴などの世界にあてはまる。「**虚実**」は、すこし特殊な文芸理念なので、さきには説明しなかったが、

a 戯曲の虚実（事がらの真実さと芸術的フィクションの調和）
b 俳論の虚実（事実の叙述と頭のなかで構成された表現との調和）

と両方の使いかたがある。しかし、bの方は、まだほかにも違った用法があり、専門学者でもいろいろ議論のあるところだから、高校程度の人に出題するのは考えものである。この例題では、わかりやすい近松の虚実を出しておいた。近松のは、歌舞伎なんかで舞台に出てくる人物は、ほんものどおりでは興味がわかないから、どうしても実際と異なったふ

うに演出しなくてはならないが（虚）、そればかりでも観客をひっぱってゆく迫力にとぼしいので、どうしてもほんとうの事が骨組になっていなくてはいけない（実）。両者がうまく調和したとき、すぐれた芸術が生まれる——というのである。「をかしみ」は、黄表紙と一茶と『俳風柳樽』とに共通する。黄表紙は、正確には「をかしみ」と「通」とであるが、高校程度では、そこまで要求しかねるので、（ホ）だけでもよいとした。しかし、一茶は（ホ）だけではいけない。しみじみとした人生の真実凝視をぬきにしては、一茶の句は語れない。「勧善懲悪」は、儒教道徳の通俗化で、それを文芸のなかにおびただしく織りこんだのが馬琴である。（ト）と（チ）は、問題の綾《あや》として付け加えただけ。客観テスト形式には、ときどきこういう余分な選択肢があるから、迷わされないこと。

こういった事項だけの設問は、わりあい処理しやすいけれど、次のような内容把握と嚙み合わせたものになると、古文・現代文・文学史にわたる理解力が必要なので、かなり柔軟な頭でなければ、こなしきれない。

例題 一四八

紹鷗《しょうおう》がわび茶の精神を最もよくあらわしているものとして、定家作の

見わたせば花も紅葉《もみち》もなかりけり浦のとまやの秋の夕ぐれ

という歌を挙げたということが『南坊録』に書かれている。そして利休がこの歌について次のような解釈をしたといっている。花・紅葉は書院・台子《だいす》の豪奢《しゃ》な茶のたとえ

で、浦のとまやは無一物の境界《がい》をさしている。㋑「花紅葉を知らぬ人の初めよりとまやには住まれぬ所、詠《なが》め詠めてこそ、とまやのさび住居たる所は見立てたれ。是《これ》茶の本心なり」と利休が言ったという。この言葉はなかなかおもしろい。私は、利休のわびは、ひとつの対比概念だと思っている。金に対しての銀、花・紅葉に対してのとまや、その後者を選びとりながら、前者に抵抗しているのが利休のわびというものである。天下の富をあつめた堺《さかい》の豪商の家に生まれ、花も紅葉も知りつくしている利休が、意識して、とまや・藁《わら》屋に住む㋺という形である。利休は定家の歌よりも更に一層よく自分の精神を示すものとして、家隆作の

花をのみ待つらん人に山里の雪間の草の春を見せばや

をあげている。㋩ここでは対比はさらに際立っている。具体的にいえば、利休が仕えた秀吉の豪奢、大阪城の九層の天守閣、それが示している黄金《ごん》趣味、また秀吉が事実造った黄金づくめの茶屋、それに対抗して、利休は大阪城内の山里丸にきわめて簡素・素朴な藁ぶきの茶室を作った。従って、さきの家隆の一首は秀吉に対する皮肉でもあり、批評でもあったわけである。雪間の草の春を見せばやの口調に、㋥利休は溜飲をさげたことであろう。

（唐木順三『中世から近世へ』）

一　傍線部分㋑のような利休のことばから、筆者は、利休のわびのどういう特徴を感じ取っているわけであろうか。㋺より前の部分から、それを述べていると思われる文章を抜き出せ。

二　傍線部分㋺のように記しているのは、何がそうであるというのか。文意をくんで具体的に記せ。
三　傍線部分㋩は次のいずれのことを言おうとしているのであろうか。該当のものを符号で答えよ。
（イ）定家も簡素な美こそ茶の精神だと歌っていたのだったということが、ここでは一層はっきりわかる。
（ロ）豪奢な美と簡素な美とが対立的なものであることが、ここでは更にはっきりわかる。
（ハ）豪奢な美よりも簡素な美の方を選びたいと思っていることが、ここで一層はっきりわかる。
（ニ）豪奢な人工の美よりも自然そのままの美の方を重んずるということが、ここでは更によくわかる。
四　傍線部分㊁のように筆者が言っているのは、「見せばや」という口調から利休がどんな気持を引き出していると考えたからであろうか。二十字以内で答えよ。

答
一　「ひとつの対比概念だ」
二　豪奢趣味への抵抗としての「わび」
三　（ハ）
四　簡素の美を解しない成り上がり者への風刺

いろいろ尋ねているようだけれど、実質的にはいずれも同じねらいである。さきに述べた

「わび」の説明をおぼえている諸君なら（六一八頁参照）、まず三の正解が（ハ）であることを見抜くだろう。定家の時代にはまだ茶道が存在しなかったから、（イ）は不可。利休の意味するところが、単に豪奢と簡素をならべるだけでなく、簡素を優位においていることは明瞭だから、（ロ）も不可。したがって、正解は（ハ）と（ニ）のどちらかであるほかない。（ニ）も八十パーセント程度の正解だが、簡素と自然との微妙な差を考えれば、やはり（ハ）を正解とすべきである。自然といえば、人手を加えないことで、原始人の未開生活も自然だといえる。しかし、紹鷗や利休のめざした境地は、文明と無縁な原始世界でなくて、逆に、きらびやかな文明を知り抜いている人が、文明よりも高次の段階としてとらえた簡素性なのである。つまり、文明のきらびやかさが無ければ、利休の意味での簡素も存在できないのであって、西田哲学ふうの言いまわしを借りるなら、利休の「わび」は、豪奢によって否定的に媒介された簡素の美なのである（こんな言いまわしは、ときどき現代文の問題に現われるから、おぼえておいても損はあるまい）。

さて、傍線部分㈧でいう「対比」がこのような意味内容だとすれば、一の正解は、すらりと出る。「対比」ということを、単に「ならべて、くらべる」意だと考える人は、正解を「ひとつの対比概念だ」とすることに不安を抱くかもしれない。たしかに、一般的な意味では「ならべて、くらべる」のが対比だけれど、この問題文の筆者は、それを三の選択肢（ハ）に示されるような特殊の意味に使っている。だから、辞書的意味よりも場面的意味という観点で、この問題文における「対比」のさし示す内容をとらえるべきだろう。**二**は、表に出ていない主語を考えさせる設問である。「利休が」は「意識して、とまや・藁屋に住む」の主語だから、㋺の「という形である」に対する主語は、別に求められなくてはならない。この所は、まず「利休のわびは、ひとつの対比概念だ」という結論を示し、それを「金に対しての……利休のわびというものである」と説明し、さらにそういった態度がどんな筋あいのものであるかを「天下の富……藁屋に住むという形である」で示している。つまり、同じことを三段階に反覆して述べたわけだから、第三段階は第二段階を受けているはずで、そこから正解が求められよう。**四**は、願望の終助詞「ばや」の示す余情に着眼すればよい。

備考 **紹鷗** 十六世紀の茶人。利休の師。**見わたせば** 六四八頁参照。**南坊録** 利休の弟子の南坊宗啓が利休から聞いたことを記した書。**利休** 千宗易の号。茶道で信長・秀吉に仕えたが、のちに秀吉の怒りにふれ、自害させられた。**書院** 室町中期から現われた儀式・接待用のりっぱな座敷。**台子**（儀式ばった茶の湯に用いる棚。茶器をのせる。**花紅葉を** 七四二頁参照。

（八） 文学形態

さきの事項年表で「物語」とか「随筆」とかの名称を示した欄がある。こういう区別を、文学形態（ジャンル）と名づける。ジャンルはフランス語の genre で、種類という意味である。従来は、作品名・作者名の暗記が多かったけれど、もっと内容に即してとらえてゆくという方向が要求されていることだから、文学形態についても、ひとわたりの知識はそなえておいてほしい。

a 叙事詩

歴史的あるいは伝説的な事がらを述べた詩で、きちんとした筋の展開をもち、中心には英雄が活躍する。民族ぜんたいの感情を代表するもので、個人心理はあまり問題にならない。西洋では、ホメーロスの『イーリアス』『オデュッセイア』、古代イギリスの『ベオウルフ』、フランスの『ローランの歌』等をはじめ、すぐれた叙事詩が多いけれど、日本では、叙事詩がない。最近になって、『古事記』のなかのある部分や『平家物語』を叙事詩と見る学説も出ているけれど、無理を免れない。

b 抒情詩

日本の詩は、ほとんどすべてが抒情詩である。抒情詩は、個人の感情を述べた詩で、日本でいうと、長歌・短歌・旋頭歌《せどうか》・今様《いまよう》などをはじめ、みな抒情詩だといってさしつかえない。いくらか抒情詩の定義にあてはまらないような作品もあるけれど、そうかといって叙事詩にも入れにくい。いったい、叙事詩・抒情詩という区別がそもそも西洋文学についてのことなのだから、日本の作品をピタリと割り切るわけにゆかないのも、当然であろう。

【長歌】　五七・五七・五七……とつらねてゆき、最後にひとつだけ七音の句を添えた形の和歌。

(5＋7)n＋7

であらわすことができる。万葉時代にさかえて、古今時代にはだいぶん衰退している。万葉時代のなかでも、古い時期ほど優勢で、いちばんえらい長歌作者は柿本人麿である。

【短歌】　五七・五七・七というリズムの和歌で、さきの(5＋7)n＋7のnが2になった場合である。万葉時代には、五七・五七・七という切れかたが基本だったけれど、古今時代には、五・七五・七七という切れかたが優勢になり、五七五を上の句、七七を下の句とよぶ慣わしが成立した。古今時代より後は、和歌といえばすなわち短歌をさすようになったほどである。抒情詩としてもっとも適当な詩型だからであろう。短歌の五・七・五・七・七を、上から順に初句・二句・三句・四句・末句と名づける。これらの句は、それぞれ独立しているのでなくて、

五・七五七七（初句切れ）　　五七五・七七（三句切れ）

五七・五七七（二句切れ）　　五七五七・七（四句切れ）

のように、いくつかの句がひとかたまりになり、その間に息の休止（ポーズ）があるのを普通とする。休止のある場所に従って、それぞれ（ ）内に示したような呼びかたをする。

四句切れは、わりあい少ない。また、まったく切れのない歌もある。ひとつの短歌のなかに、切れが二つあることも少なくない。その場合は、大きい方の休止に従って何句切れと称する。たとえば、

a 年のうちに春は来にけり・一年《ひととせ》を去年《こぞ》とやいはむ・今年《ことし》とやいはむ

b 見わたせば・花も紅葉《もみぢ》もなかりけり・浦の苫屋《とまや》の秋のゆふぐれ

は、いずれも切れが二つあるけれど、大きい方の切れは、やはり詠歎の気持ではっきり言い切った「来にけり」「なかりけり」で、したがって、aは二句切れ、bは三句切れとなる。末句が「ゆふぐれ」のような体言で終わっているのを、**体言止め**という。三句切れで体言止めの歌は、新古今時代に多い。

【旋頭歌】 五七七・五七七という形式の歌。万葉時代に多く見られるが、長歌ほど流行したわけではない。古今時代になると、ほとんど化石みたいにして残っていただけである。

【今様歌】 略して「今様」ともいう。十一世紀ごろから流行した歌謡曲だが、それに和讃の基本形式がとり入れられて出来たもの。七五・七五・七五・七五と、七五の句を四つかさねた形式であるが、八五調のこともあり、きちんとしたリズムをもたない句のまじることもある。はじめはメロディーに乗せて唄うものであったが、のちにはひとつの文学形態ともなった。『梁塵秘抄』は、代表的な今様歌集である。

【連歌】 三句切れ短歌の上句（五七五）と下句（七七）とをかわるがわる付けてゆくもの。

はじめは二句だけであったが、のちには百韻（百句）が基本形式となり、千句・万句の連歌もおこなわれた。何人かで作るのが原則だけれど、一人で作ることもある。厳重なルール（式目という）があり、それに違反することは許されない。そのルールを確立したのは、二条良基《よしもと》である。

連歌は、優雅なおもむきでなくてはいけない。しかし、その優雅さという制限から踏み出した連歌もあり、それを俳諧連歌という。俳諧連歌を略して、単に俳諧ともあるいは連句ともいう。俳諧は、形式だけでいえば、正式の連歌とまったく同じで、ルールはすこしゆるやかである。

【俳句】　江戸時代は発句《ほっく》といった。俳句という名称がひろまったのは、明治以後である。もともと俳諧連歌の第一句なのだが、第一句は特に大切なので、それだけを独立させて鑑賞しあるいは創作することもおこなわれた。五七五という基本形式のほかに、切字と春夏秋冬を示す季語とが必要である。四五〇頁参照。

【川柳】　俳諧連歌を練習する方法として、前句付けということがおこなわれた。七七の句を示して、それにいろんな五七五を付けるのである。これが独立して、ひとつの文芸となり、万句合せなどいう催しまである。前句付けを、万あつめるのである。それに点者《てんじゃ》（指導者）が点をつけた。点者のなかで、柄井《からい》川柳がもっとも著名だったので、彼のつけたのを川柳点という。川柳点の万句合せから、前句を除いて、付句ばかり集めたのが、

『俳風柳樽』である。この集に収められた句のことを、略して「川柳」とよび、それがまた、この類の作品をさす名称ともなった。前句付けから生まれた関係で、切字も季語もないのを原則とする。

c 物語

西洋の文学論では、物語という文学形態を叙事詩や抒情詩に対立させることはないが、日本文学では物語を別に立てるのが適当である（土居光知氏『文学序説』）。

【作り物語】 物語といえば、平安時代は、作り物語をさすのが例であった。仮構の事件を題材とし、かならず昔の時代の事として叙述する。『竹取物語』がいちばん古く、『源氏物語』を代表作とする。

【歌物語】 有名な和歌には、作られた由来について言い伝えをともなうのが例である。そういう説話が貴族たちの間におこなわれていたのを筆記し編集したのが、歌物語である。『伊勢物語』を代表とする。

【説話物語】 歌物語が貴族たちの伝承なのに対し、民間の言い伝えを主体にしたのが説話物語である。もっとも、知識階級の人が仏典などから翻案したものもまじっている。はじめは、仏教をひろめるために集めたらしいが、のちには、言い伝えそのものを集めることに興味を感じたような形もある。『今昔物語集』を代表とする。

【歴史物語】 歴史を物語の形式で書いたもの。正式の歴史は漢文で書かれるのが例であった。『大鏡』を祖とするいわゆる四鏡は、対話形式で叙述を進めるという点で、めずらしい特色をもっている。『栄花物語』はおそらく『源氏物語』の形式で歴史を書こうとしたものであろう。中古文で書くことになっている。

【戦記物語】 軍記物語ともいう。武人の活動を主な題材にした物語。和漢混合文で書く。代表作『平家物語』を叙事詩に入れるのが無理なことは、さきに述べたとおりだが、これが『義経記』や『曽我物語』になると、ぜったい叙事詩とはいえない。やはり戦記物語という類に入れておくのが、日本文学史としては穏当かと思われる。

d 小 説

物語と小説とは同じでない。その違いを述べていると、たいへん専門的になるから、簡単に「物語は中古的、小説は近世的」と憶えておけばよかろう。

【仮名草子】 いろいろな小説的題材をあつかっているが、その根本に、実用に役立てようという目的があり、文芸のための文芸ではない。道徳・経済・地理・宗教そのほか、多くの知識を民衆に普及するというねらいがあった。『可笑記』などが代表作。

【浮世草子】 これが、ほんとうの小説の初めである。社会や人間の姿を生きいきと描写するところに特色がある。井原西鶴が創始者で、『好色一代男』がその第一作である。

【合巻】　通俗的な絵入本に草双紙《くさぞうし》とよぶものがある。表紙の色によって赤本・黒本・青本・黄表紙などとよばれる種類がある。ところが、これは一冊五丁（一〇頁）という定めなので、ごく簡単な内容しか入らない。その結果、小説というほどのものはなかったが、それを何冊分か綴じあわせたものが、合巻《ごうかん》である。合巻になってから、筋の展開が自由となり、小説的内容が発達した。しかし、あくまで通俗小説という限界から出ていない。代表は柳亭種彦の『修紫《にせむらさき》田舎源氏《いなかげんじ》』である。

【読本】　絵が主で文章はその説明にすぎない草双紙に対し、文章を主としたのが読本《よみほん》である。これは、いくらか高級な読者を予想したもの。前期と後期ではすこし違い、後期読本の方が通俗味に富む。前期読本の代表は上田秋成の『雨月物語』、後期読本の代表は滝沢馬琴の『南総里見八犬伝』。

【滑稽本】　おもしろおかしいだけのストーリーを会話本位に書いたもの。式亭三馬の『浮世風呂』『浮世床』、十返舎一九の『東海道中膝栗毛』など。

【洒落本】　江戸後期におこなわれた遊里文学で、やはり会話本位に書いている。通《つう》をえがくのが主眼である。代表作は『遊子方言』。

【人情本】　下町ふうの恋愛小説。江戸時代のごく末期にあらわれた。為永春水の『春色梅暦』が代表作。

e　雑　筆

【日記】和文の方で「日記」というのは、diaryのことではない。年月を追って書かれた作品は、みな日記である。紀行であるはずの『土佐日記』も、私小説にあたる『蜻蛉日記』も、みな日記という名を持つ。また、『伊勢物語』が『在五中将日記』、『多武峯少将物語』が『高光日記』、『和泉式部日記』が『和泉式部物語』ともよばれるように、歌物語系統の作品は、日記とも物語とも考えられていた。

【紀行】紀行をも日記とよぶのは、鎌倉時代中期ごろまでのことらしく、以後は、旅行記を紀行とよぶのが普通。『東関紀行』は、その早い例。『土佐日記』と『奥の細道』をくらべても、旅行記という本質はすこしも変わらないから、日記と紀行との区別は、絶対的なものではない。

【随筆】いろんな事がらを雑然と集め、あまり統一のないもの。『枕冊子』と『徒然草』が代表。雑然と書けば何でも随筆だと考えられたようで、江戸時代には、百科事典みたいなものを随筆と称した例もある。

f　戯　曲

演劇の台本が戯曲である。演劇そのものは文学でない。言語表現だけでなく、身体の動きや舞台装置や音楽などの綜合芸術が演劇だからである。しかし、言語表現だけを取り出して記録した戯曲は、一種の文学と考えることができる。

【謡曲】 能の台本である。セリフの部分と節付けした部分とから成る。節付けの部分は、美しい修辞で飾り立てられており、その中でも、拍子に合う部分は、七五調を基本とするリズムに書かれている。舞台で進行する文章なので、読むと意味のよく通じない所が多いけれど、うたわれるのを聞くと、たいへん効果的である。

【浄瑠璃】 三味線の伴奏で語られる音楽的戯曲。関西の浄瑠璃は、義太夫節ひとつに代表される。近松門左衛門の作った浄瑠璃は、みな義太夫節である。関東のは、豊後《ぶんご》節・河東《かとう》節・一中《いっちゅう》節・富本《とみもと》節・常盤津《ときわづ》節・清元《きよもと》節・新内《しんない》節など、たいへん種類が多い。常盤津・清元・新内は豊後節の支流。

【歌舞伎脚本】 歌舞伎劇の台本。純然たるセリフ劇であることを本体とするが、後には浄瑠璃を採り入れる傾向もあった。河竹黙阿弥の作には、それがいちじるしい。

g 歌謡

眼で読み味わう歌に対し、節を付けてうたうのが歌謡である。種類はたいへん多いけれど、形態としては、特に述べるほどのこともない。和歌と歌謡とは、入れまじっている所があるので、はっきり分けることが難しい。たとえば、『万葉集』のなかにも、歌謡だろうと思われる歌が少なくないし、今様にも、うたわれた今様と眼で読むだけの今様とがある。

例題　一四九

次にあげる文章は、いずれも平安時代の作品から採ったものであり、それぞれについて、(A)所属する文学形態の名称・(B)その文学形態の代表作品ひとつ・(C)その作品の作者または編者を、あとの例にならって記せ。

例

(一)男もすなる日記といふものを、女もしてみむとてするなり。

(二)年の内に春は来にけり一年《ひととせ》を去年《こぞ》とやいはむ今年《ことし》とやいはむ

(三)京には見えぬ鳥なれば、皆人見知らず、渡守に問ひければ、「これなむ都鳥」といふを聞きて、

名にしおはばいざ言《こと》とはむ都鳥わが思ふ人はありやなしやと

と詠めりければ、舟こぞりて泣きにけり。

(四)秋は夕暮れ。夕日はなやかにさして、山ぎはいと近くなりたるに、烏《からす》の寝どころへゆくとて、三つ四つ二つなど飛びゆくさへあはれなり。

(五)おのが身は、この国の人にもあらず、月の都の人なり。それを、昔の契りありけるによりてなむ、この世界にはまうで来たりける。

(六)今は昔、愛宕《あたご》の山に久しく行なふ持経者の聖人《しやうにん》ありけり。年来、法華経を持《たも》ち奉りて、他の念なくして、坊の外に出づることなかりけり。

文章	A	B	C
例(一)	日記	土佐日記	紀貫之

答

(二)	和歌集	古今和歌集	紀貫之ら
(三)	歌物語	伊勢物語	不明
(四)	随筆	枕冊子	清少納言
(五)	作り物語	竹取物語	不明
(六)	説話物語	今昔物語集	不明

これは、「左の文章の出典を示せ」という形で出題される可能性もあるが、いま、文学形態を主とした問いかたにしてみた。実はそれぞれの文章は、(六)以外は高校の教科書にたいていい出ているはずなので、記憶していれば、いちばん話は早い。しかし、もし忘れていたら、

(三)――歌と散文がまじっており、地の文に「けり」が多く出てくる。
(四)――景色の客観的描写で、現在のテンスで書かれている。
(五)――月世界の人が人間世界に来るという、非現実的なことが述べられている。

などという点から考えるがよろしい。最後のはすこし厄介だけれど、(十六)――「今は昔」で書き出すのは、たいてい説話物語である。という常識で、何とか行けそうである。作り物語でも「昔……けり」と書き出すのが例であるけれど、「今は昔」というのは、ほとんど無い。

二　表現との連関

基礎となる事項がひとわたり頭に入ったら、こんどは、それが自由に応用できなくてはいけない。単語や文法のきまりだけいくら記憶しても、生きた知識になったとはいえない。文学史の基礎知識を解釈その他と結びつけた出題は、だんだん多くなってきたようで、結構な傾向だと思う。いろいろな場合があるけれど、わかりやすい種類のものから入ってゆこう。

(イ)　詩歌系統

まず、三大歌風の識別を採りあげてみる。和歌のスタイルには、万葉風・古今風・新古今風という基本的な差があり、後世の歌人たちも、骨組みとしては、いずれもこの三大歌風のどれかに属している。それだけに、三大歌風の特色をとらえるのは重要なので、しばしば入試にも現われる。

例題 一五〇

和歌は「まこと」を美的理念とする①（象徴・現実・理想）的傾向と「あはれ」を理念とする②（象徴・現実・理想）的傾向の二つに分けて考察することができる。和歌における「まこと」は［(イ)　］、また一方「あはれ」は［(ロ)　］。万葉集の和歌は、自然な民族的なる生を素材としてとりあげ、写実によって自然の真実に迫り、あるいは民族的真実を表現せんとしたものである。古今集・新古今集の和歌は、自然および個人的なる生を直接対象としてとりあげることなく、それらは情趣・情調を表現するために、作品構成の素材としてとりあげられているのである。とくに新古今集は、写生の手法と構成の手法とが渾然《こんぜん》たる融和をとげて、天衣無《む》縫《ほう》の境地に達している。いわゆる象徴の域である。和歌の表現様式をみると「まこと」を理念とした歌は、③（主知性・技巧性・素朴性）があり、「あはれ」を理念とした歌は、それと全く異なった傾向がみられる。「石激《いはばし》る垂水《たるみ》の上のさわらびの萌えいづる春になりにけるかも」にみる作者の態度は、④（自然をあるがままにみている・自然を作者の主観で解釈している）ことが窺えるし［(ハ)　］。しかるに「袖ひぢてむすびし水の氷れるを春たつ今日の風やとくらむ」の歌には、⑤（現実的・理知的・絵画的）な趣がみられ［(ニ)　］。新古今集の俊成女の歌「風かよふ寝さめの袖の花の香にかをる枕の春の夜の夢」は、花さく春の夜のしめやかな情趣を構成的に表現せんとしており、そこには言語を越えた、いわゆる余情の境地がある。さらに三夕《せき》の歌の一つとして有名な藤原定家の「見わたせば花も紅葉もなかりけり浦のとまやの秋の夕暮」の歌は、一見⑥（写実的・理知的・浪漫的）な歌のようにみえるが、実は⑦（生き生きとした自然・理知的に解釈された自然・美的に再構成された自然）で、源氏物語などに描かれた花・紅葉の風情《ふぜい》のなかに、秋の夕暮のあわれを思いあわせ、「幽玄」の境地を写生的手法を用いて構成的に表現したものである。

一　右の文の①〜⑦の（　）内の語または文のうち最も適当と思うものを示せ。

二　右の文の（イ）〜（ニ）の□中に次の文のうち最も適当なものを符号で記入せよ。

（A）自然に対する純粋な感動が、非構成的主情的に感覚を通して一気に歌いあげられている。

（B）あらゆる対象に向かって、愛の感動をもって対して行こうとするものである。

（C）自然に対する感傷を主知的に観念を通して表現し、自然の純粋性とは遥かに遠い点がある。

（D）対象あるいは対象にともなう率直な感動を、そのまま表現する態度である。

（E）近世の蕉門俳諧の「さび」「しほり」などに通じる象徴的境地を詠んでいる。

三　万葉集巻一の持統天皇御製a「春すぎて夏来るらし（イ）しろたへの衣ほしたり（ロ）天の香具山」の歌は、新古今集にb「春すぎて夏来にけらし（ハ）しろたへの衣ほすてふ（ニ）天の香具山」と字句を変えて収録されている。ab二首の歌の（イ）（ハ）、（ロ）（ニ）の部分の表現の違いについて、次の語を必ず全部使って、百字以内に記述せよ。一語を何回使ってもよい。

率直　技巧　素朴　幽玄　写生　余情　（長崎大）

答

一　①＝現実　②＝理想　③＝素朴性
④＝自然をあるがままにみている　⑤＝理知的
⑥＝写実的　⑦＝美的に再構成された自然

二　（イ）＝D　（ロ）＝B　（ハ）＝A　（ニ）＝C

三　（イ）は実感の率直な表明だが、（ハ）は理知的に判断した技巧的な姿勢がある。（ロ）は対象を素朴にとらえているが、（ニ）は幽玄な余情をねらいとしたのだろうか、直接な写生を避け、伝聞表現をとる。

こういった種類の問題については、まず、三大歌風の特色をはっきり思い浮かべること、次に問題文の和歌をしっかり解釈すること、最後に和歌の表現と歌風の特色を結びつけること――の手順が原則である。三大歌風についての説明は、問題文のなかに与えられている場合が多い。本問はその例だが、説明なんかあろうとなかろうと、自分なりに基本知識は持っていなくてはいけない。参考のため、記憶しやすいようにまとめておく。

万葉風＝五七を基調とするリズム。実感がまっすぐに表出され、緊張した響きが迫る。

古今風＝七五的な流麗さで、知的な趣向をこらし、曲線的な遠まわしの技巧を尊重。

新古今風＝濃艶な情趣を繊細に表現し、実感にまさる仮象の美を構成する。

このほか、新古今風では三句切れ・体言止めの歌が多いけれど（六三四頁参照）、逆はかならずしも真ならずだから、絶対的な決め手にはしないよう注意するがよろしい。さて、さきの原則に従って、次にそれぞれの歌を評釈してみよう。

石激る――岩の上をはげしく流れる滝のほとりのワラビが芽ぶく春になったことだなあ。

〔雪どけで水かさが増し、流れがはげしいのである。待ちわびた春の訪れをワラビの芽に発見し、活気にあふれる水流を背景に、のびのびとした調子で心の躍動をよんでいる。〕

袖ひぢて――夏のころ、袖もぬれて手にすくい、冷たさをたのしんだ水が、秋も過ぎ、冬になって氷りついたのを、立春の今日の風がどこかでとかしているだろう。

〔季節による水の変態を、ひとつの歌によみこんだ知的な技巧のおもしろみがねらい。「らむ」は、現に見ていないことへの推量。〕

風かよふ――風がほのかに吹き過ぎて、夢がさめた。枕がわりの袖に、花の香りが残っているような気がする。それは、甘美な夢のなごりにも似て……。

〔助詞「の」をいくつもかさね、流麗なリズムを形成しているが、最後の体言止めで、夢のさめた後の感じを心にくいまでの余情として表現する。優艶でロマンティックな気分が、とらえがたい「おもかげ」の美となっている。〕

見わたせば——遠く見やると、桜花の美しさも紅葉のみごとさも無いことだ。浦に漁師の小屋がぽつんとあるだけの秋の夕暮れのながめなのである。

〔花や紅葉など、視覚的な美しさを代表するものでなく、むしろ閑寂な浦の夕景にほんとうの歌境を見出し、下句における「の」の連続でそこへひきこんでゆくあたり、いかにも新古今らしい余情の美である。「なかりけり」で三句切れ、「秋の夕暮」で体言止め。〕

この解釈・鑑賞を、問題文の説明と結びつければ、設問の**一**は、あまり迷う余地がないだろう。もっとも、いきなり①②だけにとりついたりすると、何が現実だか理想だか、見当がつかなくなるかもしれないけれど、③で「まこと」を理念とする歌に主知性・技巧性・素朴性を、その反対の傾向⑤で現実的・理知的・絵画的を選択肢に示している点から考え、現実とは素朴性に、理想とは主知性あるいは理知的に対応するものだと判断できよう。**二**は、「率直な感動」と素朴性の結びつきで（イ）、さきの解釈・鑑賞から（ハ）（ニ）が把握される。めんどうなのは（ロ）だが、中古語の「あはれ」は、何によらず感動のつよさをあらわすという説明を思い出してくだされば（七八頁参照）、Bの「愛の感動」に結びつけることができよう。三は、これまでに考えてきたことを、具体的な例歌について説明するのだと思えばよろしい。その際、一方が万葉風であり、他方が新古今風に言いかえられていることがわかっているわけだから、一と二とについて与えられた問題文の説明は大いに利用すること。

例題 一五一

(イ) 春霞たつを見捨ててゆく雁《かり》は花なき里に住みやならへる
(ロ) 花にそむ心はいかで残りけむ捨てははててきと思ふわが身は
(ハ) 桜田へ鶴《たつ》なきわたるあゆち潟《がた》汐ひにけらし鶴《たつ》なきわたる
(ニ) 時により過ぐれば民のなげきなり八大竜王雨やめたまへ
(ホ) 天空は梅のにほひにかすみつつ曇りもはてぬ春の夜《よ》の月

一 右の歌は、それぞれ、次にあげる歌集のどれから採ったと思われるか。符号の数字で答え、その理由を簡単に述べよ。
(1) 万葉集　(2) 古今集　(3) 新古今集　(4) 山家集
(5) 金槐集　(6) 散木奇歌集　(7) 草庵集
二 傍線部分を解釈せよ。

答 一 (イ) ＝ (2) 理知的な技巧が中心になっているから。

（ロ）＝（4）西行は、たいへん桜にあこがれた歌人だから。
（ハ）＝（1）感動がすなおで、印象が直線的だから。
（ニ）＝（5）将軍らしい気迫の大きさに充ちているから。
（ホ）＝（3）艶麗繊細な技巧の歌だから。

二

（イ）桜の花のない土地に住みなれているからか
（ロ）桜の花にふかくあこがれる心
（ハ）汐がひいたらしい
（ニ）程度をこすと、人民の悩みになる
（ホ）梅の香をただよわせて、いちめんに霞んでいる

こんどは、三大歌風よりもずっとこまかい歌集単位の識別だから、だいぶん難しい。このなかで、（ロ）がいちばん厄介である。西行は、桜の花がひどくすきで、

願はくは花のもとにて春死なむそのきさらぎの望月のころ

と詠んだ（山家集）。その願いはかなえられて、建久元年（一一九〇）二月十六日に、七十三歳で亡くなった。これを知っていると、わりあい楽なのだが、高校生諸君としては、知らない人も多いだろう。そういうときは、次のように考える。もし（ロ）が4でないとすれば、1であるか5であるかのどちらかにちがいない。なぜなら、理知的な技巧（2）もないし、特に目新しいおもしろさ（6）もないし、型にはまった平凡なだらかさ（7）

ともいわれないからである。しかし、「民のなげき」は、どうしても支配者階級の人の立場から言った表現で、放浪詩人の詠みそうもないことばだから、5としなくてはいけないだろうし、（ハ）のごく自然なくりかえしにこもる素朴《そぼく》な響きは、1と考えなくてはなるまい。そうすれば、残るのは（ロ）＝4だけである。**二**の方は、**一**に対する答がまぐれあたりでないかどうかを調べるため設けた問である。解釈そのものは大して難しくないけれど、**二**の方が出来なければ、**一**が出来るはずがないわけだから、解釈と文学史の融合という点で、よく注意していただきたい。

例題 **一五二**

俳諧には、（A）貞門風・（B）談林風・（C）蕉風・（D）天明調・（E）月並調などの詠じかたがある。次にあげる発句は、それぞれどの句風に属するか。

1 下《しも》京《ぎやう》や雪つむ上の夜の雨
2 狩《かり》衣《ぎぬ》の袖の裏はふ蛍《ほたる》かな
3 雪のなかの雪見つけたり一つ松
4 歌いくさ文武二道の蛙《かはづ》かな
5 うづくまる薬のもとの寒さかな
6 時鳥《ほととぎす》いかに鬼神もたしかに聴け

答 1＝（C）　2＝（D）　3＝（E）　4＝（A）　5＝（C）　6＝（B）

こんどは俳諧である。俳諧にいろんな句風があることは常識だが、憶えやすいように表にしておく。

	句　風	代表者
貞門風	ことばの洒落・理屈・古典趣味	貞徳・貞室
談林風	奇抜さ・自由さ・破調	宗因・西鶴
蕉　風	さび・象徴的表現・深み	芭蕉・去来
天明調	絵画美・繊細・高雅・古典趣味	蕪村・太祇
月並調	理屈・小主観・見せかけの風流	蒼虬・鳳朗

このなかで、理屈というのが、貞門にも月並にも出てくるが、色あいはすこし違う。貞門のは、頭のなかで考え出した生《なま》の理屈が多いけれど、月並のは、いかにも風流めかした、洗いあげられたような、そのなかまだけが喜びそうな理屈である。また、古典趣味というのが貞門にも天明調にも出てくるけれど、貞門風のは、古典を知識として利用し、有名な古典の文句にもとづきながら、うまく踏みはずしてみせるおかしみが中心なのに対し、天明調のは、古典のもつ高雅な気品・美しい情趣・現実ばなれのした幻想美などをうたい出

すための古典趣味である。こんな説明をしてみても、なかなか頭に入りにくいだろうけれど、実際の作品について考えると、かえってわかりやすい。そこで、さきの例題を解釈してみる。

1　下京あたり、雪のつもった上に、夜の雨がしんしんと降る。閑寂さのなかに、冬のわびしさがこもっており、下京という場所の感じとしっくり融けあった情景である。(凡兆)

2　平安時代の貴公子が眼にうかぶ。夏のことだから、うすものを着ているわけだが、この狩衣の袖をとおして、蛍の光が美しく明滅する。蛍を袖に入れることは、平安時代の歌文に多く見え、いかにも王朝らしい古典美の世界である。(蕪村)

3　いちめんの銀世界で、見わたすところ雪のほか何もないのだが、そのなかで、ひときわ目だつ雪がある。それは松につもった雪で、何といっても、松の雪こそ、雪の中の雪、雪の王様といってよろしい。松に雪という風流人めいた好みで、「雪のなかに雪がある」というちょっと変わった着想を、うまく理由づけている。(鳳朗)

4　貫之は「花になく鶯、水にすむ蛙の声を聞けば、生きとし生けるもの、いづれか歌をよまざりける」といったから、蛙は歌よみのはずで、文の道に通じているわけ。ところが、いまギャフギャフやっているのは、たいへんなわめきかただから、蛙なかまで合戦——但し歌の——でも始めたのだろう。すると、武の道にも通じているわけで、

文武二道の達人と称してよろしかろう。貫之のことばを、理屈で滑稽化した。（貞室）

5　師の芭蕉は、死に近い病床にあり、弟子たちは、看護にいっしょけんめいである。疲れと心痛と不安とに、話主は、炉のほとりにうずくまった。ちょうど、薬を煎《せん》じているので、その匂いが、話主の心をいっそう切実にする。寒い夜である。その寒さは、心の寒さでもあった。偽りない心情をすなおに詠じた真実味が、ひしひしと人の心にせまる。（丈草）

6　時鳥がないた。いまかいまかと待ちかねるうち、やっと一声ないた。おい、ないたぞ。皆よく聴け。いや、鬼神までもたしかに聴け。謡曲「田村」に「いかに鬼神もたしかに聴け。昔もさる例《ためし》あり。千方《ちかた》といひし逆臣《げきしん》に仕へし鬼も……」とあるのを、そっくり借用したもので、その奇抜な着想、字余りの破調ながら歯切れの良い響き、いかにもとらわれない自由さがあふれている。（宗因）

解釈といっても、俳句なんかでは、通釈形式だけでは、うまく述べきれないから、しぜん鑑賞と説明とがごっちゃになったような形になるが、やむをえまい。

最後に、和歌と俳句とにわたるスタイルの鑑賞問題を試みよう。

例題　一五三

A（1）あしひきの山谷越えて野づかさに今は鳴くらむうぐひすの声

（2）印南野《いなみの》の浅茅《あさぢ》おしなべさ宿《ぬ》る夜の日長《け》くあれば家しのはゆ

(3) 明日よりは春菜つまむと標《し》めし野に昨日も今日も雪はふりつつ
(4) 春の野に菫《すみれ》つみにと来し吾ぞ野をなつかしみ一夜宿《ね》にける
(5) 浅茅はら葉末の露の玉ごとに光つらぬる秋の夜の月
(6) かき分けて折れば露こそこぼれけれ浅茅にまじる撫子《なでしこ》の花
(7) いづくにか眠り眠りて倒れふさむと思ふ悲しき道芝の露
(8) 露しげく浅茅しげれる野になりてありし都は見しここちせぬ
(9) しばらくは花の上なる月夜かな
(10) 山路きて何やらゆかし菫草
(11) 春なれや名もなき山の朝霞
(12) 雲雀《ひばり》より上にやすらふ峠《たうげ》かな

B

赤人は自然の素朴《そぼく》な恋人であって、自然との融合がおのずからできる。これが平安朝の感傷的な歌人ならば（二）眠り得ないであろう。西行の愛は感傷的である。彼は愛の対象であるものをとらえようとするが、それは露のようにこぼれてしまう。その露も彼には涙として感ぜられる。美は彼の心をあこがれしめ誘って行くが、とらえ得るものでなく、いつまでも満足を与えない。芭蕉の心は西行の抱いていた如き感傷的な愛の否定を経てきた。この否定は個物に対する執着の否定であって、愛そのものを殺したのではない。いま彼の心には対象のない広やかな愛が動いている。彼はもはや菫を摘もうとも、撫子を折ろうともせぬ。彼は菫を通して普遍を眺める。そして彼の愛は菫草に一刹那《せつな》の間依存してゆかしさのさざ波を起こす。(二)そのさざ波が俳句の表現である。芭蕉の詩魂は象徴の世界にいこい、普遍から個物を顧みる故に迫らない所があり、ユーモアが漂う。

一　右のBの文章に最もふさわしい赤人・西行・芭蕉の短歌と俳句とを、Aの中からそれぞれ一つずつ選び、その番号を示せ。

二　傍線(一)の「眠り得ないであろう」というのは何故か。文章に即して四十字以内で説明せよ。

三　傍線(二)の「そのさざ波が俳句の表現である」というのはどういう意味か。文章に即して四十字以内で説明せよ。

四　赤人・西行・芭蕉の自然に対する愛を説明してある語を文章中から選び、それぞれ次の括弧内にはいるような形で示せ。

(a) 赤人―(　　)な愛　(b) 西行―(　　)な愛　(c) 芭蕉―(　　)な愛

五　赤人・西行・芭蕉に最も関係の深いものを、次の各項の中からそれぞれ一項ずつ選び符号で答えよ。

(イ) 万葉集　(ロ) 古今和歌集　(ハ) 新古今和歌集　(ニ) 金槐和歌集　(ホ) 往生要集
(ヘ) 閑吟集　(ト) 土佐日記　(チ) 更級日記　(リ) 十六夜日記　(ヌ) 嵯峨日記

答

一　（4）（6）（10）

二　愛の対象である菫の美が彼の心を感傷的にあこがれさせ、不安定にするから。

三　個物への依存を通し普遍的な世界へひろがってゆく動きが俳句の表現である。

四　（a）＝素朴　（b）＝感傷的　（c）＝広やか

五　赤人＝（イ）　西行＝（ハ）　芭蕉＝（ヌ）

古代・中世・近世の代表的な自然詩人について、対象のとらえかたがどんなに違うかを論じたもので、こういった研究がほんとうの文学史である。作品や作家の名を暗記するのは、正直なところ、文学史以前のしごとにほかならないであろう。ところで、赤人は自然との間に何のへだても感じないから、たいへんやすらかに自然とつきあうことができた。子どものときから仲よくしてきたどうしが、青年と少女とに成長しても、何のこだわりもなく心をかよわせることができるように――。つまり「自然の素朴な恋人」である。これに対して、中世の歌人は、自然との間に何かしら距離があった。彼らは、あまりにも都市的・室内的な生活に慣れすぎて、自然といっしょに育たなかったから、青年期になってはじめて美しい少女と語りあうチャンスを得た人のように、感情ばかり高まって、ほんとうの相手を見さだめることができない。都市的な感情のデリケイトさは、ともすれば感傷におぼれやすい。平安時代このかたの和歌に「涙」がおびただしく現われるのは、その反映である。しかし、それでは、ほんとうの自然は「涙」（感傷）のむこうに霞んでしまう。芭蕉は、中世よりあとの人だから、古代人のようなへだてない態度で自然とつきあうことは、もはやできなかった。といって、いま眼前に見ているものを感傷の波におぼれさせるのでもない。眼前に見ているものを通してひろく一般的なものに向かうのが、芭蕉の態度である。ちょうどP子さんとかQ子さんとかいう特定の個人を愛するのでなく、ひろく「女性」への愛を抱くように――。それは、大人《おとな》の愛だといってもよかろう。芭蕉の俳句は、そうした自然への態度から生まれた作品である。こんなふうに問題文の趣旨を理解すれば、さきに示したような答はおのずから出てくるが、そのためにはA群の作品を理解することが必要で、文学史と古文解釈とおまけに現代文まで加わった大がかりな融合問題といえよう。なお、A群のうち、(1)から(4)までは赤人、(5)から(8)までは西行、(9)から(12)までは芭蕉である。

(ロ) 散文系統

散文の方でも、解釈と文学史との融合は考えられる。まず、和歌の三大歌風判別にあたるような性質の問題から入ってゆくことにする。

例題 一五四

次の文章は、それぞれ何時代のものか。理由を付して答えよ。

(イ) 炭櫃《すびつ》に隙《ひま》なくゐたる人びと、唐衣《からぎぬ》こきたれたるほど、慣れやすらかなるを見るも、いとうらやまし。御文とりつぎ、立ち居、行きちがふさまなどのつつましげならず、もの言ひ、ゑ笑ふ。いつの世にかさやうにまじらひならむと思ふさへぞつましき。さしつどひて絵など見るもあめり。

（ロ）雲海沈沈として青天すでに暮れなむとす。孤島に夕霧へだてつつ、月海上にうかぶ。極浦の浪を分け、汐にひかれて行く舟は、半天の雲にさかのぼる。日数ふれば、都は山川程をへだてつつ、遠国はまた近くなる。はるばる来ぬと思ふにも、尽きせぬものは涙なり。

（ハ）その噂《うはさ》、東西南北にぱっと弘まりぬ。つらつら思ふに、全く有りと信じがたく、また、ひたすら無しとかたづけがたし。天地不思議のなせるわざにて、いにしへ甘露をふらせ、少女《をとめ》の天《あま》くだりて舞ひしためしなきにしもあらず。

答（イ）平安時代。純粋の和文脈で、「こきたれ」「あめり」などの用法が中古らしいから。
（ロ）鎌倉時代。和漢混合文で、対句を使ったのが、戦記物語によくある文体だから。
（ハ）江戸時代。「ぱっと」「かたづけ」などの近世語が含まれているから。

（イ）は『枕冊子』、（ロ）は『平家物語』、（ハ）は一茶の『おらが春』である。「理由を付して」と要求されているから、右のように答えたわけだが、実際には、あまり考えず、最初よんだときの感じでぱっと判断できるのがいちばん良い。

このような種類の問題は、それほど解釈に深入りしなくてもよいわけだが、もうひとつ解釈に関連させると、次のような問題になるであろう。

例題 一五五

村上《むらかみ》の御時の宣耀殿《せんえうでん》の女御、かたちをかしげに、うつくしうおはしけり。帝、いとかしこく時めかせたまひて、かく仰せられけるとか。

生きての世死にての後の後の世もはねを交《かは》せる鳥となりなむ

御返し、女御、

秋になることの葉だにも変らずばわれも交せる枝となりなむ

古今うかべさせたまへりと聞かせたまひて、帝、試みに本をかくして、女御には見せ奉りたまはで、「やまとうたは」とあるをはじめにて、前の句のことばを仰せられつつ問はせたまひけるに、いひ違《たが》へたまふ、ことばにても歌にてもなかりけり。

一　傍線部分は、何をどうしたことを言っているのか、説明せよ。

二　次の空欄に適当な文字を記入せよ。

右の文中の二首の歌は①□国の②□代の詩人③□の④□という詩の中の「在《リテハ》レ天《ニ》願《ハクハ》作《ラン》二比翼《ノ》鳥《ト》一、在《リテハ》レ地《ニ》願《ハクハ》作《ラン》二連理《ノ》枝《ト》一。」という対句によっている。この詩は、わが国の文学に大きな影響を与え、⑤□の書いた⑥□の桐壺の巻もやはりこの詩に深い影響を受けている。

三　この文の出典と思うものを、左に挙げた書名の中から選び出せ。

源氏物語　大和物語　今昔物語集　大鏡　増鏡

四　この文章の書かれた時代を示せ。

答　一　『古今集』の仮名序の最初から始めたこと。

二　①中　②唐　③白楽天　④長恨歌　⑤紫式部　⑥源氏物語

三　大鏡

四　平安時代

一は、『古今集』の仮名序が「やまと歌は人の心を種として、よろづのことの葉とぞなりける」で始まっていることを知っていないと出来ないわけだが、私の講義を丹念によんできた諸君なら、おわかりのはず（例題三参照）。二も、古典常識で解釈がつくはずだけれど、三はめんどうだと思う。村上天皇とか宣耀殿女御とかの実名が出てくるから、作り物語である『源氏物語』は不適当。村上天皇時代の事が出てくるから、十三世紀以後のことを書いた『増鏡』は不適当。『今昔物語集』でないことは、ちょっと厄介だが、文体で見別けるよりほかあるまい。昔の事を書くのに「けり」だけを用いて「き」との混用がなく、敬語の用法も『源氏物語』や『枕冊子』等と同様であり、全体として純然たる和文脈である。いくらか漢文訓読の調子がまじった『今昔物語集』とは、感じが違う。また、問題文がもし『今昔物語集』の第何話をそっくり引いたものとすれば、最初が「今は昔……」で書き出してあるはず。これらの点から『今昔物語集』も不適当と判断される。次に、歌が主要題材になっているので、歌物語かという気もするが、歌物語とは、その歌が作られた由来に関する説話の書きとめである（六三六頁参照）。しかし、問題文は「……とさ」で結ばれるような説話でなく、上述のとおり実話の性格をもつ。とすれば、歌物語である『大和物語』は失格ということになるだろう。

備考　**かしこく**　たいへん。二九頁参照。**ことばにても歌にても**　これだけが「はさみこみ」のような形で「なかりけり」を修飾している。「いひ違へたまふ」の次に「こと」が省略された気持で、それが「なかりけり」に対する主格となっている。

例題　一五六

このごろの歌は、ひとふしをかしく言ひかなへたりと見ゆるはあれど、ふるき歌どものやうに、いかにぞや、ことばのほかに、あはれにけしきおぼゆるはなし。貫之が「糸によるものならなくに」と言へるは、古今集のなかの歌屑《うたくづ》とかや言ひ伝へたれど、今の世の人のよみぬべきことがらとは見えず。その世の歌（イ）には、すがた・ことば、このたぐひのみ多し。この歌に限りて、かく言ひたてられたるも知りがたし。源氏物語には「ものとはなしに」とぞ書ける。新古今には「のこる松さへ峯にさびしき」と言へる歌をぞいふなるは、まことに少し砕けたるすがたにもや見ゆらむ。されど、この歌も、衆議判のとき、よろしき沙汰《さた》ありて、後にもことさらに感じおほせ下されるよし、家長が日記には書けり。歌の道のみ古《いにしへ》にかはらぬなどいふこともあれど、いさや、今もよみあへる同じことば・歌枕も、(ロ)昔の人のよめるは、さらに同じものにあらず。やすくすなほにして、姿もきよげに、あはれも深く見ゆ。梁塵秘抄の郢曲《えいきよく》のことばこそ、また、あはれなる事は多かめれ。昔の人は、ただ、いかに言ひ捨てたることぐさも、みないみじく聞こゆるにや。（徒然草・一四段）

一　傍線（イ）の「その世」は、いつの時代をさすか。
二　傍線（ロ）の「昔」は、いつの時代をさすか。
三　この段における筆者の主張によれば、歌は、どんな変遷をしてきたと考えられているか。

答
一　平安時代前期
二　平安時代前期↓鎌倉時代初期
三　古今集時代には余情ゆたかな落ち着いた表現であったのが、鎌倉時代後期には、技巧だけのこせこせした歌にまで下落してきた。〔古今時代の特色として、なお用語の平明・格調の流麗などを加えてもよい。〕

出典は『徒然草』だが、実際の入試では、出典は示されていないとお考えねがいたい。『徒然草』だと知っていれば、大いに助かるわけだけれど、いちおう知らないものとして解いてみる。まず、傍線（イ）は何を受けるかである。これは、上の「今の世」と対しており、古今時代をさす。つまり、貫之が「糸によるものならなくに」の歌をよんだ時代なのである。だから、一の答は「古今集時代」「紀貫之の時代」「十世紀前半」「醍醐天皇の時代」など、いろいろある。どれでもよいけれど、単に「平安時代」としたのでは拙い。二は、かなり厄介である。まず上限を考えると、奈良時代もたしかに「昔」ではあるが、この問題における「昔」は、奈良時代を含まない。はじめの方に「このごろの歌」と「ふるき歌ども」とが対しており、その「ふるき」が（ロ）の「昔」にあたるわけだから、「昔」は「ことばのほかに、あはれにけしきおぼゆる」歌のよまれていた時代と考えなくてはならない。つまり、ことばで言いあらわされていることのほかに、言われていない情趣があふれ、しみじみとその情趣に共感できるような歌が、昔はよまれていたというわけである。そうして、そのなかには、古今時代の歌が入っている。貫之の歌を「今の世の人のよみぬべきことがらとは見えず」とほめているからである。ところが、古今時代と万葉時代とでは、たいへん表現がちがうことは、前に見てきたわけだから（六四七頁参照）、いっしょにはできない。そこで、万葉時代は除く。次に、下限として、新古今時代を入れるか入れないかだが、「すこしくだけたる」傾向はあるとしても、結局は「よろしき沙汰ありて、後にもことさら感じおほせ下されける」という次第で、肯定されている。そうして『新古今集』は、わざわざ「古今」という名称を採り入れていることからもわかるように、ひろい意味では、けっして『古今集』と別な種類の歌風ではない。そこで、下限としては、新古今時代までは入れてよかろう。つまり、鎌倉時代前期までは入ることになる。しかし、鎌倉時代後期までは入らない。なぜならば、もし鎌倉時代後期まで「昔」に入れるなら、問題文は、どうしても室町時代より後でなくてはならぬはずだけれど、和歌は、室町時代になると、すっかり衰えてしまい、連歌に太刀打ちできなくなっている。そうすると、下限は新古今時代までと考えるのが適当である。これは、問題が『徒然草』だと知らなかったとき、文学史の知識を利用して解決するときの考えかたで、もし『徒然草』だと知っていれば、話はずっと簡単である。三は、要旨問題の変形だが、結局は「このごろの歌は……けしきおぼゆるはなし」を解釈せよということにもなる。最初の部分に全体の主張がまとめられていることをとらえ、あとは具体例および補説にすぎないことを見ぬけば、大したことはない。そのためには、全文を何段かに分け、それぞれの要旨をとらえることが必要である。

第一段——総　論（「このごろの」→「おぼゆるはなし」）
第二段——具体例（「貫之が」→「家長が日記には書けり」）
第三段——補　説（「歌の道のみ」→「聞こゆるにや」）

第三段は、第一段・第二段で述べたことを、別の具体例まじりに、もういちど繰りかえしているのである。

備考 **糸による** 糸によるものならなくに別れ路の心ぼそくも思ほゆるかな（古今集）。**ものとはなしに** ものとはなしにとか、貫之がこの世ながらの別れをだに心ぼそきすぢにひきかけけむをなど、げにふるごとぞ人の心をのぶるたよりなりけるを思ひいでたまふ（源氏・あげまき）。**のこる松さへ** 冬の来て山もあらはに木の葉ふり残る松さへ峯にさびしき（新古今集）。**衆議判** 歌合のとき、一人の判者が優劣をきめるのでなく、幾人かで討論してきめる方法。**家長が日記** 新古今集を編集するときの事務局総裁であった源家長の日記。現存する。**郢曲** 十一世紀から十二世紀にかけて流行した通俗歌謡の総称。

以上は解釈と文学史との融合とでもいうべき問題であったが、こんどは、もうひとつ進めて、表現と文学史との融合とでもいったような問題を考えてみよう。

例題 一五七

次の文章は、文学史的に見て、四箇所の誤りを含む。それぞれの箇所と、誤りである理由とを示せ。

『平家物語』は、庶民が文芸の享受に参加することによって生まれた新しい作品のひとつであり、普通、戦記物語とよばれている。したがって、貴族的な表現精神とは、はなはだ異質的である。私どもは、この物語から没落してゆく貴族たちの哀傷と回顧とを、ゆたかに受けとる。それは、斜陽美にも似た輝きを含んでいる。こうした美しさが当時の民衆にふかく共鳴されたのは、民衆の精神が貴族的なものに滲透する方向をもっていたからではなかろうか。しかも、その斜陽美は、この物語が『保元物語』

や『平治物語』よりもずっとおくれて成立しただけに、いっそう美しい。後の西鶴に観られるような頽廃《たいはい》的現実否定と比較して、たいへん興味がある。また、同じ戦記物語である『太平記』に比較すると、記事の単調で変化にとぼしいことは、『太平記』よりも百年以上ふるい作品だから、やむを得ないけれど、その叙事詩的な表現の流れは、私どもを英雄たちの世界にひきこまずにはいないのである。

答（イ）「貴族的な表現精神とは、はなはだ異質的である」
〔理由〕貴族的な表現と異なるのであれば、大原御幸のような文章の書かれるはずがない。
（ロ）「保元物語や平治物語よりもずっとおくれて成立した」
〔理由〕保元・平治ともに、平家とほとんど同じ時代の成立と思われる。
（ハ）「西鶴に見られるような頽廃的現実否定」
〔理由〕西鶴の作品は、むしろ、たくましい現実肯定の精神に充ちている。
（ニ）「記事の単調で変化にとぼしい」
〔理由〕単調で変化にとぼしいのは、むしろ『太平記』である。

問題文は私のこしらえたものだが、かならずしも正解はひとつでない。（イ）なんかは、いろいろ答えかたがあり、右に示したようなのが唯一の答だというわけではない。たとえば、もし貴族的な精神と異質であれば、あとの「民衆の精神が貴族的なものに滲透する方向をもっていた」と矛盾する。

と答えても、筋はとおっている。しかし、それだと、現代文の問題になってしまう。「文学史的に見て」とあるのだから、それを尊重した方が穏当であろう。古歌や漢詩をたくさん引用し、美しいことばで飾りたてた大原御幸の章は、あきらかに貴族的な表現精神に基づくものである。大原御幸を採りあげたのは、いちばん有名な章だからで、ほかにも貴族的な表現は、たくさんある。要するに、文学史で憶えるだけでなく、作品そのものを実際によみ味わった経験から、その答が出てくるのであって、作品をよんでいなければ解けないような文学史の問題こそ、もっとも良質のものだといえる。もちろん、高校程度という条件づきで――。(ハ)も(ニ)も同様である。西鶴の作品では、たぶん『日本永代蔵』か『世間胸算用』をおよみだろうが、そこに出てくる商人たちの抜け目なさ、たくましい商魂などは、じめじめした現実否定とはまるきり違う。学校では習わないはずの好色物についても、同様のことがいえる。(ニ)も、実際に『平家物語』をおよみになっていれば、当然の答だろう。「作品を離れた文学史は、無意味な知識の集積にすぎない」。これが私の信念である。

三　時代と思潮

作品そのものに根ざした文学史こそほんとうの文学史だといえるが、その根底には、作品そのものでなく、しかも文学史にとってたいへん重要な事がらがあることは、忘れてはいけない。そのひとつは、文芸思潮である。文芸思潮は、文学精神史の項で述べたような「幽玄」とか「さび」とかいうものが、個人単位でなく、ある時代の特色となるほどの傾向にまで成長したもので、本質的には文学精神のひとつの在りかたである。もっとも、日本では、文芸がわりあい個人単位に発達しており、西洋ほど思潮の流れがはっきりしていないけれど、そういった方面に、ざっとした常識をもっておくことは、けっしてマイナスではない。

例題　一五八

浪曼主義の特性のひとつは、一般から個へ、普遍から特殊へ向かう傾向である。浪曼主義は、その点で、古典主義の反対概念であるといわれる。古典主義の重んずるところは、一般と普遍とであり、その分裂を伴わない調和統一を特色とする。それゆえ、古典主義が堕落すると、形式的になり、通俗的マンネリズムに陥る。これに反して、浪曼主義は、高く個を掲げて、衆俗化した一般と普遍とに対抗し挑戦する。浪曼主義者の通俗凡庸に対する嫌悪と反抗とが、そこから起こる。一般から個へ、普遍から特殊への傾向は、同時にまた、中心から周辺への傾向であり、それは、規範から解放への動向を随伴する。そうして、それはしばしば旧秩序の破壊ともなって現われる。

（石山徹郎『近代浪曼主義文学』）

一　もし浪曼主義が堕落すれば、どんなふうになると思われるか。

二　「通俗凡庸に対する嫌悪と反抗」は、次にあげる事項のうち、どれに関係が深いか。

芸術至上主義　現実への凝視　社会改造運動　情熱的精神
透徹した知性　無限へのあこがれ　虚無主義

三　「通俗的マンネリズム」とは、どんなものか。簡単に説明せよ。

答　一　とりとめのない空想的傾向・安っぽい感傷性・自分だけの勝手な感情・実際の社会から浮きあがった観念的な現状批判などに陥る。

二　芸術至上主義・情熱的精神・無限へのあこがれ

三　個性がなく、誰にでもわかるような安易さと、これまで行なわれてきた惰性にひきずられて、無限に新しい世界をひらいてゆこうとする意志と、精神の高さとをもたない態度である。

三問あるけれど、実質的には、みな同じことである。そのなかで、二がわりあいヒントを与えてくれそうだから、この辺から考えてゆくのがよかろう。これは、正解がひとつだけと指定されていないので、答は複数となる。さて**二**を考えるにしても、「通俗凡庸」の意味がわかっていないと、結局は行き詰まるから、どうしても**三**と関連して考えることになる。ところで、「通俗凡庸」「通俗的マンネリズム」についてのヒントは、問題文のなかに示されている。「衆俗化した一般と普遍」がそれで、その具体的な内容を考えると、**三**の答になる。それに対する反抗は「高く個を掲げる」「旧秩序の破壊」などにヒントが示されている。**二**と**三**がわかれば、その反対を考えて、**一**の答に到達できよう。「個」を主張しすぎ、秩序をまるきり失ったら、どうなるか——である。

しかし、これは、浪曼主義とか古典主義とかいうことが、もうすこしよく判っていないと、ほんとうは無理なのである。それで、もっとくわしい説明を、問題の形であげてみよう。

例題　一五九

私たちは、永遠なるものに憧れずにはいられない。それは、私たちの日常心においては、あまり無いことであるが、日常心の底には、日常的でない何ものかが、深淵のようにわだかまっており、日常心がそれに行きあたるとき、日常性がどこかで綻《ほころ》びて、永遠の光が、きらりとさしてくる。そういう意味では、私たちは、永遠なるものにつらなっているわけだが、私たち自身は、けっして永遠ではない。私たちが永遠でないことを自覚するとき、永遠なるものへの憧れは、いよいよ深まるであろう。しかし、憧れは、どこまでも憧れであって、永遠なるものへの憧れは、結局、永遠なる憧れであるよりほかない。そうした憧れが、具体的には、宗教とか芸術とか科学とかの形において表現される。あるいは、宗教や芸術や科学などを媒介として、私たちが、永遠なるものにつらなり得るのだといってもよかろう。さて、その永遠への憧れは、芸術の世界において、ふたつの極をもつ。ひとつは「無限」であり、ひとつは「完成」である。無限を極とする方向は、どこまでも新しいものへの探求に徹しようとするし、完成を極とする方向は、すっかり出来あがって、それ以上どうしようもないような美しさをめざす。前者が浪曼主義であり、後者が古典主義である。

一　「永遠なるもの」は、宗教・芸術・科学において、それぞれどのような「憧れ」として求められるか。

二　日常心が綻びるのは、次のどれによるか。ひとつだけ○をつけよ。
(イ) 日常があまりにも単調すぎるとき。
(ロ) 現在の自分に満足できず、もっと高まろうとするとき。
(ハ) 異常な出来ごとによって、日常がゆり動かされたとき。
(ニ) 自然とある汐時がおとずれて。
(ホ) 宗教とか芸術とか科学とかを研究した結果として。

三　問題文によれば、人間とはどんな存在だと定義したらよいか。

四　宗教や芸術や科学が、もし「日常」と離れたら、どうなるか。また「永遠」を失ったら、どうなるか。

五　浪曼主義と古典主義の作品とは、具体的にはどんな差異があるか。

答

一　宗教─神や仏など　芸術─美　科学─真理

二　(ロ)

三　無限なるものにつらなる有限の存在

四　日常性から離れると、人間の血のかよわない空虚なるものになり、永遠性を失うと、人間性を高める力が無くなり、これも空虚なぬけがらとなる。

五　浪曼主義──これまで無かったような、みずみずしい、力づよい、未来への憧れに充ちた作品となるが、失敗すると、奇怪な、とりとめのない、暗くあらあらしい作品になる。

古典主義──すっかり磨きあげられた、端正な、きめのこまかい、過去への思慕をひそめた作品となるが、失敗すると、形式だけの、化石したような、平凡きわまる作品になる。

問題文は、私がこしらえたもの。一から四までは、浪曼主義・古典主義ということを理解してもらうための基礎事項である。まず**一**は、いちばん根底になることで、これがわからなければ、お話にならない。「真・善・美」ということばぐらいは、どこかで聞いているはず。**二**は、(ロ)が正解だけれど、その他がすべて誤りだというわけではない。たとえば、(ロ)を5点とすれば、(ハ)と(ホ)は3点、(ニ)は1点ぐらい与えられてよかろう。**四**と**五**は、諸君にこれらの答を導き出してもらうよりも、むしろ、答という形で浪曼主義・古典主義ということの成り立ちを説明するのが主眼である。こういった答は、いくら考えても、美学や文芸学の素養がないかぎり、出てくるものではない。要するに、

永遠
┌無限――浪曼主義
└完成――古典主義

という関係がわかればよいわけ。もっとも、日本では、こういう主義が実際に唱えられていたのでないから、ひとつひとつの作品をどちらかの主義に当てはめるわけにはゆかない。西洋でいわれる浪曼主義・古典主義を、現代人の頭で日本の文芸に当てはめると、だいたいそれが認められるということなのである。日本では、古典主義が主流をなしており、それに浪曼主義が加わったような形で、時代により人により、浪曼主義の分量が多くなったり少なくなったりする程度だと思われる。

これを、実際の作品や作家に関係させると、次のような問題にもなる。

例題 一六〇

芭蕉の俳諧論における「まこと」を重んずる態度は、日本の不易《ふえき》の文学精神を表わしているが、その「まこと」の上に建てられた風雅は、不易の上に流動し顕現する文学の美でもある。それを［ a ］という語で表わしているが、この［ b ］は、中世における［ c ］の伝統の上に立っていると同時に、近世的な美をその中に包蔵している。中世の山を思わせる文学精神が近世の水のような文学精神と融合したのが芭蕉の［ d ］であるともいえる。伊賀の上野の山国の精神を内に有しつつ、江戸の水辺の文化をつつんでゆく姿でもある。

一　文中の［ ］に入れるべきものとして、次のア〜カの中から適当なものを選んで、符号で示せ。ただし、aとbとdは同一語句である。

（ア）もののあはれ　（イ）をかし　（ウ）道

（エ）いき　（オ）正風　（カ）流行

二　芭蕉の活躍した時期は、何世紀か。

答　一　abd＝（オ）　c＝（ウ）

二　十七世紀

「不易」は「流行」に対する概念で、芭蕉が自分の正しいと信じた表現すなわち正風を論じたなかに使われている。しかし、本来は中国の宋代哲学から出たことばであり、かならずしも文芸に限ったわけでなく、いわんや俳諧だけの専用語ではない。この場合は、もちろん広義の用法である。芭蕉についての論説なので、まぎれやすいから、注意が必要。さて、不易とは、時代の移り変わりに影響されず、安定した恒常性をさす。流行とは、その時その時における新しみを創造してゆくことである。ところが、その時その時の単なる新しみは、すぐ消えてゆくもので、永遠性をもたない。いっぽう、移り変わりを無視した単なる恒常性は、たえず移り変わってゆく社会の現実についてゆけず、後世の人たちをも共感させることができない。つまり、単なる不易も、単なる流行も、ほんとうの芸術性をもつものではない。正風すなわちほんとうの芸術は、永遠性を含む不易、永遠性につらなる流行でなくてはならない。問題文は、変わらないことを山で、変わることを水でたとえるが、芭蕉の正風は、変わるものと変わらないものとを共に含む。すなわち、それは、その時代の人たちを感心させる新しみに溢れていると同時に、いつの世の人をも感動させる新しみなのである。言いかえれば、いつまでも古びない新鮮さなのである。中世の「道」という理念は、その重要な特色のひとつとして「いつまでも受け継がれてゆく」という性質をもつが、単に受け継がれてゆくだけでは、とかく古びやすい。その古びやすさを克服した「不易的な流行」が、芭蕉の正風にほかならない。

以上で、私は、ごく大ざっぱに思潮というものを問題にしてみた。写実主義とか印象派とかいったものを挙げてゆけば、まだまだ際限もないわけだが、それらはいずれも明治以後の文芸について考えられることであり、古文の世界ではそれほど重視するにも及ぶまいと思われるので、この辺でそろそろお開きにしたい。しかし、最後にひとつだけ付け加えておきたいのは、文学史も要するに歴史だということである。日本の歴史の流れのなかで、文学がどんなふうに展開してきたかをとらえるのが文学史であって、一般歴史がよくわかっていないと、文学史もほんとうにはわからない。その意味で、国文学史を勉強するには、いつも日本史の全体的な知識が伴っていなくてはいけないのである。

おわりに

ながながと古文の勉強について述べてきた。辛抱して終りまでよんでくださった諸君に、あつく感謝したい。というのは、この本を私が書いたのは、入学試験の対策なんかだけに役立てようとしたわけでなく、試験勉強というやむを得ないしごとに対処するうち、いつとなく古典の正しい理解を身につけるところまで行ってほしいと念願したからである。

自分の国の古典というものは、民族の宝である。りっぱな国のりっぱな人たちは、みな自国の古典について深い理解と高い誇りとをもっている。イギリスでも、フランスでも、ソ連でも、中国でも、古典はたいへん尊重されている。古典を尊重しないような国は、下等な連中しか住んでいない国だと考えてさしつかえない。ところが、戦後の日本では、古典を軽視することが進歩的であるかのような誤った考えが横行し、西洋の近代芸術をまねることが日本を世界的にするとでも考えているらしい人たちは、高校の教科課程から古典をひどく減らしてしまった。そうして、悪文の標本としか思えないような舌足らずの現代文が入試問題に登場し、吹けば飛ぶような三文作家の名が、人麻呂や紫式部や芭蕉とならんで出題されている。こんなばかげた話はない。わたくしは、一年半あまりアメリカの大学で比較文学という研究をしていたが、その間、自国の古典がどんなに尊いものであるかを身にしみて悟らされた。西洋では、どれほど古典が尊重されているか、よく日本人ぜんたいで考え直してほしい。近松門左衛門の著名な作品について何事も答えられなかった日本外交官が、国際的な恥をかいた話もあるのだから。

しかし、日本の古典には、いま若い人たちが情熱をもってよみふけることのできるような作品が、残念なことに、あまり多くはない。だから、いま無理に興味をもちたまえとは奨めないつもりである。若いうちには、すぐれた翻訳小説にでも熱中するのがよろしい。外国の文化について無関心な人は、とてもこれからの世のなかに活動できるものでない。だが、すこし人生の経験をつんで、社会の重要なしごとを受け持つころになると、どうしても日本の古典へ帰らざるを得ない。また、そのころになると、古典の味がほんとうにわかってくる。ところが、古典は、現代語で書かれていない。現代語訳でも、ある程度までは古典を理解できないわけではないけれど、結局、原文以外は古典でないのである。そのとき、原文でよむだけの語学力や基礎知識がないと、手も足も出ないわけだが、それは、若いときでないと、身につけることは非常にむずかしい。頭の柔軟な青年期に、しっかり勉強しておけば、いつでも知識は再生してくる。私がこの本で述べた程度のことを、いま身につけておいた人は、生涯、古典を友とすることができるであろう。

『徒然草』に書いてあるようなことは、諸君をあまり同感させないだろう。しかし、二十年の後には、きっとうなずくにちがいない。同感できないものは、いま無理に同感するにはおよばない。それは、青春をゆがめるだけだから。しかし、青年期の感じかたが唯一のものだと思ってはいけない。諸君の前には、まだまだ未知のひろい世界がある。そのひろい世界にわけ入るため、私の書いてきたことが役に立つならば、私は、たいへんうれしい。

例題通釈

例題のなかには、通釈を加えたものと加えないものとがある。はじめから通釈に頼ると、自力で考えてゆく「ねばり」がつかないから、なるべく私の説明だけで理解してゆくように努めてほしい。しかし、それでは不安な諸君もあるだろうから、参考までに通釈を添えておく。もちろん、本文に通釈の出てくるものや通釈を要しないものは省いてある。

例題 二　30頁

日が暮れると同時においでになって、お見もうしあげて、「あ、たいへんです。昼間お見もうしあげなかったうちに、おむくみになってしまいましたわ」など言いかわしていられるのをお聞きあそばされて、「何を話しているのか」とおっしゃるので、「昼の間におむくみになってしまいましたことを話しているのでございます」とお答えになると、「もう耳もはっきりと聞こえない」とおっしゃって、ますます御衰弱の様子にお見えになる。

例題 三　31頁

何事にも不案内なふうをしているに限る。教養の高い人は、知っている事だって、そんなに知ったようなふうに言うものではない。ずっと田舎の方から出てきた人が、いろんな道に対してよくわきまえているようなふうの受け答えをするものだ。だから、そういう人は、ほんとに気がおける点もあるけれど、当人自身でもえらいもんだと思っている様子が、愚劣だ。自分の精通している道の事については、かならず口数がすくなく、人がたずねない限りは、何も言わないのが、りっぱである。

例題 五 35頁

火桶や炭櫃などに、手の甲をひっくりかえし、皺をさすりのばしなどして、あったためている者(は憎らしい)。若わかしい人が、いつそんなふうにしたか。老人じみていやなやつが、火桶のふちに、足まで持ちあげて、ものを言いながら、さすったりなどもするのだろう。そんなやつは、人の所へやってきて、すわろうとする場所を、まず扇であおぎとばし、ちゃんとすわりもせず、ばたついて、狩衣の前を、下の方へまくりこんでなんかいるものだ。こんな事は、つまらない連中のやる事かと思うが、いくらか身分のある者で、式部大夫とか前駿河守などいうのが、そうしたのである。

例題 九 44頁

頭中将が、いい加減なデマを聞いて、わたしのことをひどくけなし、「何だって一人前のやつと思ったんだろう」など、殿上でもひどくおっしゃると聞くにつけて、はずかしいけれども、「ほんとうなら、しかたがないが、自然に真相をお聞きなさるにちがいあるまい」など笑っていると、黒戸の方なんかへ行くのにも、わたしの声など聞こえるときは、袖で顔をかくして、まったくこちらを見てくれず、ひどくお憎みになるのを、別段、何とも言いわけせず、頭中将のことを問題にしないで日を送る。

例題 一二 51頁

さて、この際にいろいろな事がある。今日、従者に破籠を持たせて来た人——名は何と言ったか、そのうち思い出すだろう——、この人は、いま考えると、歌をよんでやろうという気があって、来たのだったのだ。それからそれへとしゃべった後、「浪がだいぶん立ってますな」と、心配したようなことをいって詠んだ歌、
　これからさきの航路に立つ白浪の音よりも、とり残されて泣く私の声の方が大きいでしょう。
と詠んだものだ。たいへん大声にちがいない。持ってきたごちそうに比べると、歌の出来はどんなものかしらね。この歌を、いあわせた誰彼は、ほめはするものの、一人も返歌しない。していいはずの人も同坐しているのだが、歌を「いや、どうも結構」とばかり、ごちそうを頂戴するばかりで、夜もふけてしまった。歌の詠み手もまた、「おいとましましょうかな」と言って座を立った。

例題　**一四**　57頁

　虫は、鈴虫・松虫・はたおり・きりぎりす・蝶・われから・ひお虫・蛍（などが興ふかい）。

みの虫は、たいへん心を動かす。鬼がうんだので、親に似て、これも恐ろしい心があるだろうというので、親がわるい着物を着せて、「そのうち秋風の吹くだろうころに、きっと来てやる。待ってろよ」と言って、にげていっちゃったのも知らず、風の音を聞きわけて、八月（陰暦）ごろになると、「父よ、父よ」とたよりなげに鳴くのが、たいへん心を動かす。ひぐらしにも、心を動かされる。ぬかづき虫は、またしみじみ感動させられる。こんな者の心にも、仏道をねがう気になって、いつも頭をさげまわっているのだろう。意外にも、暗い所なんかにほとほとやっているのを聞きつけたのが、実に興ふかい。

例題　**一五**　60頁

　たいへんひどい状態だとお感じになって、「わたしもたいへん気分がわるく、どうなるんだろうかと案じられる」とおっしゃる。「何を、このうえ御心配なさるのでございますか。万事

は、そうなるはずの運命でございましょう。人にも秘密にと存じておりますので、わたくし（惟光）がのり出しまして、何もかもやっております」など申しあげる。

例題一六 63頁

「それじゃ翁丸？」というと、（犬は）はいつくばって、ひどく鳴く。中宮さまも、お笑いになる。人びとも集まってきて、右近の内侍をおよびになって、「こうこう」などおっしゃると、大笑いするのを、天皇もお聞きつけになって、「おどろいたことに、犬なんかにも、こういう心があるものなのだな」と、お笑いあそばす。天皇づきの女房たちも聞いて、集まってきて、名をよぶのにも、こんどは立ちあがって動く。「食べでも、顔なんかは、はれているようだ。「とものをこしらえさせましょう」と言うと、「とうとう種をあかしてしまった」などお笑いあそばすのに、忠隆が聞いて、台盤所の方から、

「ほんとうでございますか。あいつを見てやりましょう」と言ったので、「あら、いやだわ。そんな者はいません」と取り次に言わせると、「だって、おしまいには見つけるチャンスもございましょう。そんなに隠しきることもおできになりますまい」と言う。

例題一七 64頁

あちこちへ通じるようなぐあいの透垣の戸を、すこし押しあけて御覧になると、月が趣ふかく見られるようなふうに、ずっと霧がたちこめているのをながめて、簾を低く巻きあげて、人びとが坐っている。なかにいる人は、一人は柱にすこし隠れるようなぐあいに坐って、琵琶を前において、撥を手でもてあそびながらいる所へ、雲にかくれていた月が急にあかるく出て来たので、大君「扇じゃなくても、これでもきっと月は呼び出せるわ」といって、のぞいた顔が、たいそうかわいらしく美しいようだ。何かにより

かかっていた人は、琴の上に身体を寄せて、中の君「入る日を呼びかえす撥があるそうですが。変わったふうにお考えつきのお方ね」といって笑う様子が、さきの人より、もうすこしおもおもしく深みがある。大君「思いつかなくても、この撥だって月に無縁のものじゃありますまい」など、何でもないことを気楽に話しあっておいでになる御様子が、想像していたのといっこう合わないで、たいへん心をひかれ、好感が持てて、興ぶかい。

例題 一九 70頁

長く間をおいて久しぶりで会った人が、自分の方であった事を、あれこれとすっかり話し続けるのは、実に興ざめだ。分けへだてなく親しんでいる人だって、久しぶりで会う場合は、遠慮の気分がないものだろうか。ひとつ下の層の人は、ほんのちょっと出かけても、今日こんな事があったよと、息もつげぬぐらいにおもしろがって話すものだ。教養の高い人が話すのは、聴き手が大勢いても、そのなかの一人に向かって言うのを、しぜん一座の人たちも耳をかたむけることになるのだ。教養の低い人は、誰を相手ということなく、満座のなかへ出しゃばって、いま見る事のようにしゃべりまくると、皆そろってわいわい笑うというぐあいで、たいへんそうぞうしい。興味のある事を言ってもたいして興じないのと、つまらぬ事を言ってもよく笑うという点で、人の教養の程度はきっと推測できるはずである。

例題 二〇 74頁

海は、何といっても気にくわないと思うのに、まして漁師が水にもぐってしごとをするのは、いやな事だ。腰についている綱が切れでもしたら、どうしようというのだろう。男がしさえするのなら、まあまあといってよいが、女とあっては、ひととおりの気持ではあるまい。男は舟に乗って、鼻唄なんかうたって、この綱を海にひたして行くのだが、それは、危険で心配ではないのだろうか。浮かびあがろうとして、その綱をひっぱるという。あわててたぐりこむ様子は、ほんとにもっともだ。舟ばたに手をかけて吹く息なんかは、まったく、ただ見ている人だって涙がこぼれるのに、水にほうりこんで自分だけ水上を行く男は、見るのもむしょうにあきれたものだ。

例題 二一　75頁

たとえようもなくもの思いにしずみ、憂鬱になっていらっしゃる夕方に、沖の方に、たいへん小さい木の葉が浮いているように見えて、漕いでくるのを、漁師の釣をする舟かと御覧になると、都からのおたよりであった。黒色の衣や夜具など、都でも夜寒なのでそちらはさぞ寒かろうとお思いやりあそばされた七条院からのお手紙を、おひらきになるや否や、たいへんひどく胸がおつまりになる心地がするので、しばらくためらって御覧になると、「よくもまあ、こんなふうで年月をすごして参りましたこと。今日までか明日までかわからないような頼りないこの命があるうちに、もういちど、何とかしてお目にかかりとうございます。このままでは、死んでも行く所へ行けそうもございません」など、たいへん多くごちゃごちゃお書きになっているのを、お顔におしあてて、

お母さまが露のように消えやすい命をお消えにもならないで待っておいでになるのを、すぐにもおたずねしたい。もし、できるなら、風よりもさきに。

例題 二二　80頁

和歌は、人の心をもとにして、いろんな表現となっているのである。世のなかに生存する人は、さまざま経験することが多いものだから、心に感ずることを、見るもの聞くものに関して

表現しているのである。花になく鶯や水にすむ河鹿の声を聞くと、すべて生物は、どれだって歌をよまないものがあろうか。力も入れないで天地を動かし、眼に見えない精霊を感じさせ、男と女のなかも調和させ、武勇いってんばりの軍人の心もなごやかにするのは歌である。

例題 二三 81頁

八月末日ごろに太秦に参詣するというわけで、見ると、穂を出した稲田で、人がたくさんさわいでいる。稲をかるのだった。「早苗とりしかいつの間に……」という歌があるが、ほんとだ。なるほど、先日、賀茂へ参詣するというわけで見たのが、まああこんなにも成長したことだ。これは、女もまじらず、男が片手によく黄ばんだ稲の根もとは青いのを手にしていて、刃物か何かだろう、根もとをかる様子がぞうさもなさそうで、すばらしいわざであり、自分もやって見たいように見えることだわ。どうしてそんなふうにするのだろうか。穂を敷き物がわりにして（百姓たちが）ならんでいるのも、たいへん感興をそそられる。小屋の様子なんかも、かわっている。

例題 二四 84頁

この殿は、コマに斑濃の紐を添えておさしあげになったところ、「へんてこな形だなあ。これは何か」とおたずねになったので、「これこれと申します。まわして御覧なさいませ。おもしろいものでございます」などお申しあげになったところ、紫宸殿にお出ましになって、おまわしあそばされると、たいそう広い殿の内で、隅から隅までくるくるまわってあるいたので、ひどくおもしろがられて、こればかりをいつも御覧になってお遊びになるので、ほかのおもちゃはすっかりおしまいになったということだ。

例題 二五 85頁

その山を越えきって贄野の池のあたりに行き

ついたころ、日は山の端に入りかけた。「こうなったら泊りなさい」といって、人びとが手分けして、宿をさがす。「ここは場所が中途はんぱで、とても粗末な下人の小屋だけあります」というので、「どうしようもない」といって、そこに泊った。家の者はみな京へ参りましたというわけで、下っぱの下男が二人だけいた。その晩も眠れない。この男が出たりはいったり、うろつきあるくのを、奥の方にいる（その家の）女たちが「何だってそんなに歩きまわっていらっしゃるの」とたずねたところが、「いや、なに、気心も知れない人をおとめして、釜でも失敬されちゃったら、どうしようと思って、とても眠っていられないので、見まわって歩くのでさあ」と、（われわれが）寝ていると思って言う。それを聞くにつけて、たいへん気持がわるくもあり、興味もあった。

例題 二六 88頁

上がその道にお得意であると、下もしぜん時代の傾向をのみこむならわしだろうか、男も女も、この天皇の御治世にあたって、りっぱな歌人がたくさん知られましたなかに、宮内卿の君といった人は、まだたいへんわかい年齢で、限りもなく深いおもむきばかり詠んだのこそ、ほんとうに、なかなか無いことだ。

例題 二八 93頁

夜なかごろから船を出して漕いでくる途中に、道祖神にお祈りをする所がある。船長（ふなおさ）に命じてヌサをさしあげさせたら、ヌサが東方へ散るので、船長が祈願して（ヌサを）さしあげるそのことばは、「このヌサが散る方角へ、お船を早急に漕がせてくだされ」というわけで、奉納する。これを聞いて、ある召使いの少女がよんだ歌に、

わだつみの……。

という次第だった。この時、風（のぐあい）が

よいので、船長はたいそう元気づいて、船に帆をあげなどして喜ぶ。その音を聞いて、子どもやお婆さんたちも、なんとかして早くと、そればかり思うからだろうか、非常に喜ぶ。

例題 三〇 98頁

牛係りは、大男で、髪が赤っちゃけて、あから顔で気のきいた様子のがよい。雑色や随身は、ほっそりしたのが、結構だ。男も、でも、若いうちは、そういうぐあいなのが結構だ。ひどくふとったのは、ねむそうな人と思われる。小舎人は、小さくて、髪のきちんとしているのが、毛の末の方がさらさらとして、声がよくて、つつしんでものを言ったりなんかするのが、愛らしい。

例題 三一 100頁

無実の罪でこのように処罰をお受けになるのを、ひどくお悲しみになり、すぐに、山崎で御出家になって、都が遠くなるにつれ、しみじみと心ぼそくお感じになって、

天皇のおすまいあそばす御殿の庭木の梢を、遠ざかってゆきながらも、隠れて見えなくなるまで、ふり返りふり返りしたことです。

また、播磨の国に御到着になり、明石の駅という所におとまりになったが、そこで駅の長がたいへんきのどくに思っている様子を御覧になって、お作りになった漢詩は、たいそう悲しいものである。

駅の長よ、このはげしい移り変わりにも驚いてはいけない。ある時には咲きさかえ、ある時には散り萎れるというのが、春秋の移り変わりであり、またこの世の姿でもあるのだ。

例題 三二 103頁

親孝行の心のない子でも、自分が子持ちになって、はじめて、親の心底がしみじみわかるのである。世捨て人で、万事係累のない人が、い

ろいろ関わりの多い人の何かにつけておべっかを使い欲ばっているのを見て、いちがいに軽蔑するのは、まちがいだ。当人の気持になって考えてみれば、ほんとうに愛する親のため妻子のためには、恥も恥と思わず、盗みだってきっとやるにちがいない。だから、盗人をとらえ、悪事を罰するようなことばかりでなく、むしろ世間の人が食えなかったり、着るものも着られなかったりすることのないように、天下の政治をやってゆきたいものだ。

例題　三五　110頁

すなおでなく、ろくでなしなのは、女だ。こういう女の気に入るようにして、よく思われることがあるとしたら、それは情ないことだろう。何だって女に気がねなんかする必要があるものか。もし賢い女があるとしたら、それは、したしみにくく、気にくわないものにちがいない。ただ、迷いに占領されて、それに従っている間だけ、女がやさしくも魅力的にも感じるはずのことなのである。

例題　三六　112頁

（わたし自身の）気持では、（こんな）重症におちいる筋あいも、考えられませぬ。どこといって、とくに苦痛を感じることもないので、急にこんなことに（なろうと）は思っていませんでしたうちに、わずかの間に衰弱しましたので、（我ながら）もう意識もなくなったようなぐあいで……。（死んだところで）別に惜しくもない身なのに、（皆さんがわたしの命を）いろいろお引きとめになる祈禱や立願などの効験でしょうか、とにかく（この世に）とどまってはいますが、それも（わたしにとっては）かえってくるしゅうございますので、自分の心から死に急ぎしているような感じです。とはいうものの、この世のあきらめかねる心残りは、まことに多うございまして、（この世を去るについての）一般的な悲しみはともかくとして、また（わたしの）心のうちに思い乱れておりますことがございますけれど、（それを）こんな臨終の際に漏らしてよいものかと存じますが、でも、辛抱しきれません（この）ことを、どなたに訴えたらよいでしょうか。

例題 三七　116頁

風も台風めいて急に肌寒い夕暮れ時に、（帝は）平生にも増して（亡き更衣のことを）お思い出しになることが多くて、（そのお里に）靫負の命婦（という女房）を（弔問のため）お遣わしになる。夕方の月の趣もひとしおの時分に、（命婦を使者として）出しておやりあそばして、そのまま思いにふけっておいでになる。このような際には、合奏などをあそばしたものだが、（亡きこの更衣は）格別たくみに演奏し、また何げなくお耳にお入れする歌も、他の女房とはちがった（ものがあった）その様子・容貌が、幻影となってぴったりと（御身に）寄りそっているように（帝は）お感じになるにつけても、（幻影は要するに幻影にすぎず、「闇の現は夢と大差がない」とはいうものの）「闇の現」にはやはり劣るのだった。

例題 三八　120頁

都の風俗がいっぺんにかわって、まったく田舎っぽい武士と同じことだ。世のなかが平和でなくなる前ぶれだとか聞いたちょうどそのとおりで、日がたつにつれ、世のなかが動揺して、人の心もおちつかず、人民からの訴えがついに効を奏して、同じ年の冬、ふたたびこの京都にお帰りになった。

例題 三九　122頁

人びとが（源氏の所へ）参上して、「まったくのところ、きっとひどく吹きそうな風（の様子）でございます。東北の方から吹きますので、この（南がわの）お前の（庭）は静かなのでございます。馬場殿や南の釣殿なんかは（東北方ですから）危なそうで（ございます）」といって、大騒ぎして（台風に備え）あれこれ処置をする。

例題 四〇 124頁

関東でもたいそうあわてさわぐ。「こういった廻りあわせで死ななくてはならぬ時じゃわい」と思うものの、討伐軍がいざ攻めてきた時に、つまらないザマの死にかたはしたくない。朝廷でなさる事と言われても、上皇御自身でなさる事ではないから、ひとつには自分の運をためしてみるまでだと決心して、弟の時房と、泰時という長男と、二人を長として、すごく大勢の兵士を集め、京都へ攻めのぼらせる。

例題 四三 131頁

むかし、ある男がいた。深草にいる女と夫婦関係になったが、その女にだんだん愛情が持てなくなってきたように感じたのだろうか、こんな歌をよんだ。

長年の間、あなたと家庭を持ってきたこの里から、わたしが出て行ったら、いまでさえ深草という名の所が、いっそう草の深く茂る荒れ野となり、あなたはさびしいことでしょうかね。

これに対し、女の返歌は、

この所が荒れ野となったら、わたくしはウズラに生まれかわって鳴いていますわ。そうすれば、あなたは、せめて、かりそめに狩りぐらいには来てくださらないことがありましょうか。その時、お目にかかれますわね。

というのだった。男はそれに感動して、別れようという気がなくなったよしだ。

例題 四四 133頁

女は、「この家へ例の女を呼び迎えようとして言うのだろう。あの女は、親なんかあるのだから、この家に同棲しなくともよいわけなのに、これまで私と長年いて、出てゆく所もないと承知していながら、こんな事を言うのだわ」と思い、情なく思ったが、顔色にも出さないで答える。「御もっともですわ。はやく連れていらっしゃいませ。私は、どこへなりとも出てまいりましょう。これまで、こんなふうに気楽に、世間の事も知らずにすごさせていただきまして」という。それがかわいそうなので、男は、「何だってそんなふうにおっしゃるのでしょう。それっきりというのではない。ほんのしばらくの事です。帰っちゃったら、またあなたをお呼び寄せましょう」と言いのこして外出してしまったあと、女は、召使いの者と対坐して、泣いてばかりいる。

例題 四五 136頁

医官の篤成が、故法皇の御前に参上して、そこへお食事がはこばれたとき、篤成「いま御前へあがりましたお食事のいろいろを、文字でも栄養分のことでも御たずねくださいまして、私が何も見ずにお答えいたしましたら、本草の文献に照らしあわせてくださいませ。ひとつだって言い違えなんかいたしますまい」と申しあげた、ちょうどその時、故六条内大臣が参上なさって、（六条内大臣有房）「小生も、この機会に勉強させてもらおう」といって、「まず、シオという字は、何偏でしょうかな」とおたずねになったところ、「土偏でございます」とお答えしたので、「学問の程度がもうはっきりしちまったわい。もう、それで結構。この上たずねたい事なんかない」とおっしゃったので、大笑いになって、篤成は退出しちゃったとさ。

例題 四七 140頁

「この枝を折っちまいましたので、いっそう気がせきまして、船に乗って、追風が吹きまして、四百日あまりで、やって参りました。神仏にひたすらお祈りしたお蔭か、難波から、昨日やっと帰京いたしました。潮にぬれた着物も全部ぬぎかえなんかせず、こちらへ参上しました」とおっしゃるので、おじいさんは、それを聞いて感嘆のため息をつき、詠んだ歌。

長い間、野山で竹を取り、つらい思いもしましたが、あなたさまほどの経験はいたしませんでした。

例題 四九 196頁

俊蔭が十六歳になる年、遣唐使の船を出される。こんどは、特に学問のよく出来る人をえらんで、大使・副使とお召しになるのに、俊蔭が指名された。父母が悲しむことは、とても言いあらわしようがない。一生の間にたった一人ある子である。容貌も才能も、人なみすぐれている。朝、顔を見て出してやって、夕方の帰りがおそくなる時だって、血のような涙を流すほどなのに、遠い所へ再会できそうもない旅に出るわけだから、父母も俊蔭も、悲しみは想像できる。三人の者は、顔を見あわせて、血のような涙を流して、そして出発し、とうとう船に乗りこんだ。シナに到着しようとする時、じゃまな風が吹いて、三隻の船のうち、二隻は難破してしまった。たくさんの人たちが沈んでしまったなかで、俊蔭の（乗っていた）船は、波斯国に漂着した。

例題 五〇 200頁

(イ) こういうお使いがみぐるしいあばらやを露にぬれながらお尋ねくださいますにつけても、おはずかしう（ございます）。

(ロ) すっかりなりきった世捨人は、かえって望ましい方面も、きっとあるでしょう。

(ハ) ものごとに感動する心もなくなってゆくのが、あきれはてたことである。

(ニ) ちらりと見たあなたが、ことによるとおいでになるかもしれないという望みがあるので、桜の花は、今日じゅう待ってみて、もし来ないのなら、そこで散るということにして、目下のところは散らないでほしい。

（ホ）ひどくお泣きになって、「退出いたします！」とお申しあげになる。

例題　五一　203頁

お食事室に帝がおいでだったが、これを御覧になって、たいへんお驚きあそばされる。猫をふところにお入れあそばして、侍医たちをお呼びになると、蔵人の忠隆となりなかとが参上したので、「この翁丸を打ちこらして、犬島へ追放せよ。いますぐ」と命令なさったから、寄ってたかってわいわい（翁丸を）追いたてる。（帝は）馬の命婦にも小言をいわれ、「ぜひ（猫の）世話役をかえよう。（こんな事では）まことに不安でならない」とおっしゃるので、（命婦は）すっかり恐縮して、御前にも出ずひっこもっている。犬は駆り出して、滝口の武士などに命じ追っぱらってしまった。

例題　五二　207頁

清水へ参詣する人に、こっそり加わった。初夜のお勤めが終わって、（控え室に）さがると、時刻は午後十一時ごろである。夜食なんか頂戴しているうちに、いあわせる者たちが、「西北の方角に火が見えるぞ。門から出て見ろ」など言っているようだし、（他の者はまた）「シナだよ」など言っているようだ。内心では、やはり気がかりな辺だ——など思っていると、人びとが「督の殿（のお邸）だったわい」と言うので、いやもう、びっくりしたの何のって。わたしの家も（督の殿の邸と）土塀ひとつ隔てるだけなので、どさくさで年少の者をもきっと途方にくれさせているのでないかしら、何とかして（早く）行こう——とあわてるので、まったくのところ、車のすだれはかけられるものでない。

例題　五三　211頁

清水に以前こもっていたことがあったが、そ

こへ、わざわざお使いの人に持たせてくださった。そのおたよりは、シナの紙の赤い色であるのに、草仮名で、

「山近い晩鐘の音につけて、お前をなつかしく思うが、その心はお前の方でもよくわかっているにちがいない……

のに、おそろしく長とうりゅうだね」とお書きになってある。紙の失礼にあたらない程度のもの持ってくるのを忘れた出先なので、紫の蓮の花びらに御返事を書いてさしあげる。

例題 五四 213頁

もし静かな夜なら、窓の月に昔の人を思い、猿の声に感傷的になる。草むらの蛍は遠く槙の島のかがり火かと思われ、暁の雨はおのずから木の葉を吹く風に似ている。山鳥がほろほろと鳴くのを聞いても、父の声か母の声かと疑い、峯に住む鹿が近くへやってくるまで馴れてきたのにつけても、世間に遠ざかっているぐあいがわかる。ある時は灰にうずめた火をかきおこして、その暖かさを老人特有の目ざめがちな夜の友とする。おそろしい山ではないが、フクロウの声にしみじみ心を動かされるにつけても、山の中の景色は、時節ごとに無限のおもしろさがある。まして、感受性もこまやかで、深くものごとのわかっているような人は、上に述べたような点だけに限るわけではないはずだ。

例題 五五 222頁

（源氏がその辺を）お見わたしになると、（そこは）高い所なので、あちらこちらに僧の住院がいくつも、すっかり見おろされる。（源氏は）「同じような小柴垣だが、（あの）きちんと作りめぐらして、小ぎれいな家や廊を建てつづけ、木もまことに趣があるのは、誰の住む所か」とおたずねになると、お供の者は、「これがあの、何某僧都が、二年このかたこもっております住院だそうでございます」（と答える）。（源氏は）

「気のおける人が住んでいる所のようだな。（我ながら）粗末すぎる姿で来たものだな。（私が来たと）聞きつけやしないかしら」などおっしゃる。（むこうの建物では）小ぎれいな子どもの召使いが何人も出てきて、（仏前に）水をそなえたり、花を折ったりなどするのも、すっかり見とおしだ。

例題 五七 228頁

かわいいと思う子があるとして、その子を坊さんにするとしたら、それこそ気の毒なことだ。坊さんが自分自身を木のはしくれなどいった感情のないもののように、いちずに思っているのは、たいそうかわいそうなことだ。はなはだお粗末な精進物をたべ、寝るのをさえろくに……。若いうちは、ものも見たり聞いたりしたかろう。女なんかのいる所も、どうして、禁物みたいに、のぞきもしないでいられようか。それさえ、世間ではいけないことにいう。ふつうの坊さんでさえこうなのに、まして修験者などは、たいそう苦しそうなようだ。くたびれて居ねむりをすると、「居ねむりばかりして、けしからん」など非難される。言われた当人は、ひどく立つ瀬がなく、どんな気がするだろうか。

例題 五九 232頁

「故大納言の遺言にそむかず、後宮づとめの意思をしっかり持ち続けた褒美としては、ぜひそれだけの事のあるようにと、いつも思っていたのだ。（それなのに）つまらない事になったものだなあ」とおっしゃって、まことにしみじみと（母君の宅へ）心をおやりになる。「こんなふうだって、若宮が成人でもなさったら、ことによれば、きっとぐあいのよい機会もあるだろう。（それまでは）長生きをしようと、辛抱しておくれ」など仰せあそばす。

例題 六〇 236頁

寝ながら耳をすまして、あちこち吹く風音をお聞きになると、浪がすぐ近くに打ち寄せてくる気持がして、涙が流れるということを感じたわけでもないのに、枕が浮くほどぐっしょりぬれてしまった。琴をすこしおひきになっているのが、自分ながらひどくしんみりと聞こえるので、ひきやめて、

恋ひわびて……

とおうたいになっていると、人びとは目をさまして、すばらしい声だなと感ずるにつけ、こらえきれなくて、どうしようもなく起きていながら、みな鼻をこっそりかむ。「ほんとうに、この人たちは、どう思っているだろう。わたし一人のため、親きょうだいや、それぞれの身分につけわずかの間も離れにくく恋しく思っているだろう家を離れて、こんなふうに流浪している」とお思いになるにつけ、ひどく心を動かされて、自分がこんなに憂鬱になっているのを、心細いと思っているようだとお考えになるので、

昼はあれこれと冗談をおっしゃってまぎらし、することもないままに、いろんな色の紙をついでは、手習いをなさる。

例題 六一 240頁

世のなか(に生活してゆくうえ)で、何といってもやりきれないのは、人に憎まれるような、そのことだろう。どんな変人でも、自分は他人から憎まれたい、と思う者があるだろうか(あるはずがない)。けれども、勤めさきでも、親きょうだいの間でも、かわいがられる者とかわいがられない者とが自然にできるのは、実にいやなことだ。りっぱなお方の場合はいうまでもなく、身分の低い者たちの間でも、親などのかわいがる子は、(他人からも)注目され評判されて、なおざりにできない感じだ。(他人が)見てもりっぱな子は、なるほど(親が)かわいがるのも当然だと感じられる。平凡なとりえのない子であるときは、また、こんな子を(親の身では)

かわゆく思うものなんだろうが、それは親だからこそだと、しみじみ心を動かされる。

例題 六二 244頁

人は、自分の身を質素にたもち、ぜいたくをしないようにして、財産をもたず、世間的な欲にふけらないようなのが、りっぱなことであるにちがいない。昔から、賢人といわれる人で金持だった例は、めったにない。シナで、許由という人は、てんで自分のための貯えなんかなくて、水でも手ですくって飲んでいたのを見て、ある人がヒョウタンという物をあたえたところ、ある時、木の枝にぶらさげておいたのが、風に吹かれて音を立てたのに対し、やかましいといって捨ててしまった。そしてまたもや手ですくって水なんかも飲んでいた。どんなにか心の中はさっぱりしていたろう。孫晨は、冬の頃に夜具がなくて、ワラがひとたば有ったのを、夜はそれに寝、朝になると片づけておいたということである。シナの人は、こんなふうなのをりっぱだと思ったから、書きとめて後世に伝えたのだろう。こういった種類の人たちは、(日本なら) 語りつたえもしないにきまっている。

例題 六四 253頁

御乳母の大輔が、今日、日向へ旅だつのに対し、(せんべっとして) 御下賜になる扇のなかに、片面には日がたいそう明るくさしている田舎の建物などを多く描いてあり、他の片面には、京都のちゃんとした所で雨がひどく降っているの (なんか描いてあるの) に、

そなたが日向の国に着いたら、東の方からさしのぼる日に向かってでも、せめて思い出しておくれ。いまごろ都ではわたしが、この絵の晴れない空に長雨が降りつづいているように、晴れない心でもの思いにしずんでいるだろうと。

と、御自筆でお書きになっているのが、しみじ

みと心に感じられた。こんなに愛情のこまやかな御主人からお離れして、とても(遠くへなんか)行けるものではなかろうよ。

例題 六五 256頁

(イ) 今もまあいったい美しく咲いているだろうか、あの橘の小島の突き出た所の山吹の花は。〔古今集・春下〕

(ロ) 降る雪は、(春めいた陽気に)降るそばからすぐ消えてしまうようだ。(なぜなら、雪どけで水かさが増し)山間の急流は瀬音が高いのである。〔古今集・冬〕

(ハ) 「薄い絹地を使った表紙は、はやく痛むのがいやだ」と、ある人が言った。〔徒然草〕

(ニ) この人は、別に召し使っている者でもないようだ。〔土佐日記〕

(ホ) 死後も、他人の胸がおさまらない(ほどの)あのお方の御寵愛ぶりだこと。〔源氏物語・桐壺〕

注 訳文は、すべて修正した形に従ってある。

例題 六六 259頁

天地の神にお気に入りでおいでになるのは、この殿でいらっしゃいます。いろんな事でも主催なさいます時には、たいへんな大風が吹いたり、長雨が降っていても、まず二三日前から空が晴れ地面が乾くといったぐあいです。こういう次第ですので、あるいは聖徳太子が再生していられるのだとか、あるいは弘法大師が仏法をさかんにするため再生なさったのだとか申しあげているようです。ほんとに、それは、このじじいなんかのヤクザ眼にも、普通人とはお見えなさらないみたいです。何といっても、神さまか仏さまがこの世にあらわれておいでになるようだと、あおぎ見たてまつるのです。

例題 六七 263頁

(イ) どこへ行くというあてのない旅だから、やって来た方角もどうなんだろうか。よく知らない。

(ロ)カジカの鳴く井手の里の山吹は散ってしまったことだ。花ざかりにあえるものならあいたかったのに。

(ハ)まだ秋のうちにわたしの袖は涙でぼろぼろになってしまうにちがいない。そうしたら、冬になって、当然やってくるはずの時雨が降ってきたら、誰かの袖をかりて、時雨にぬれないようにしなくてはなるまいが、さて誰の袖をかりたらよかろうか。

(ニ)本文参照。

例題 六八 266頁

a 黒戸の御所は、光孝天皇が御位におつきあそばされた後、以前まで親王でいられたとき、あそび半分の事をなさったのをお忘れにならないで、いつもそれをなさった間である。燃料の煙で黒くなったので、黒戸というのだそうだ。

b 財産が多いといって、あてにしてはいけない。わずかの間に無くしやすいものだから。学問があるといって、たのみにしてはいけない。孔子ほどの人でも不遇だった。徳があるからといって、期待してはいけない。顔回も不幸だった。

c 「毎年頂戴する足利の染物が、待ち遠しいことです」とおっしゃったところ、「用意してございます」といって、いろいろの染物三十反ほど、面前で女房たちに小袖に仕立てさせて、あとからお届けになったということだ。その時に見ていた人で近年まで生きていた人が、話しましたことです。

例題 七〇 272頁

むかし安倍の仲麿とかいった人は、唐へ渡って、こちらへ帰ってくる時にとか、船に乗るはずの所で、向うの国の人たちが、送別の宴をひらき、別れを惜しんで、あちらの詩を作ったりなどしたよし。なごり惜しさが尽きなかったのであろうか。なんと二十日の晩の月が出るまで、そこにいたという。その月は、やはり海から出たとやら。これを見てのことだが、仲麿どのは「わたしの国では、こういう歌を、神代から神様もおよみになり、今では、上下中いずれの人も、このように別れを惜しんだり、喜びや悲しみのある時にはよみます」といって詠んだ歌は、海上はるかに見わたすと、月があがる。奈良の春日にある三笠山に以前さしのぼった月、あの月ではないか。

というのだったそうだ。

備考 この例題は、とくに伝承回想を強調するため「けり」を用いた条なので、通釈でもわざと「けり」をいちいち訳し出した。

例題 七一 275頁

名まえを聞くとすぐにその顔つきは想像されるような気持がするのだが、実際にその人にあってみると、前もって頭に描いていたとおりの顔をしている人って、ないものだ。昔の話を聞いていても、現在の、あの人の家のあの辺だったろうと思われ、出てくる人物も、いまあうことのできる人のなかでくらべて考えられるのは、誰でもこんなふうに感じるのだろうか。また、どうした場合だったかしら、現にいまの人の言うことでも、目に見えるものでも、自分の心のなかのことでも、こんなことがいつだか有ったがと思われて、いつのことだとは思い出せないけれど、たしかに有った気持がするのは、自分だけがこんなふうに感じるのだろうか。

例題 七二 276頁

a 仮立ちをして（滞在して）いる所は、周囲（の垣）などもなくて、ちょっとした茅ぶきの家で、シトミなんかもない。（かわりに）スダレをかけ、幕などをひきめぐらしてある。南は、遠く野のほうがずっと見える。

b 「いやもう、くたびれちゃったよ。」「あーあ、紅葉でたき火をする人はないかなあ。」「(お祈りの)利き目がありそうな坊さんたちよ、ためしに祈ってごらん。」

c 花タチバナは(昔の事をしのばせるので)有名になっているけれど、何といったって、梅の匂いによってこそ、以前の事もその当時にもどって、なつかしく思い出される。

例題 七三 282頁

風が吹き通ってきて、夢からさめた。枕にしいていた袖に、花の香がするようだ。その香に、先刻の甘美な春の夜の夢がほのぼの感じられる。

「袖の」の「の」は、いま世間で「が」という場合と同じ意味で、ほかの「の」という語とはちがう。第三句「花の香に」を「梅が香に」としても同じことで、全体のありさまが、梅のおもむきだ。桜は似つかわしくない。(美濃廼家苞)

「梅が香に」と言い直せば梅の歌になるとしても、もとのとおり「花の香に」という本文で桜の歌に解釈できさえすれば、問題はない。古来のテクストに従うのがよい。こういった非難は、このごろの人たちがいつもするけれど、融通のきかない論だ。桜は似つかわしくないというが、桜に香がないというのなら話は別だけれど——。どうして桜として似つかわしくないことがあろうか。(尾張廼家苞)

例題 七四 284頁

実用主義に徹し、(額髪を)耳にはさみがちな、しゃれ気のない主婦が、ただもう日常的な世話ばかりして、(夫は)朝夕の出勤・帰宅につけても、公私それぞれ(の人)の行動や、よかれあしかれ見聞きする事がらを、しっくりしない人に、(どうして)わざわざ話して聞かせなんかしましょうか。気心の知れた妻で理解してくれそうなのに(しんみり)話しあってみたいと、(自分の)胸ひとつにおさめきれない事などが多いものですが、それが(しぜん)ひとりごとなんかに出るのに対し、(妻が)「なに?」など(いって夫の顔を)見あげているようなのは、どうして「なっちゃないね」と思わずにいられましょうか。

例題 七六 289頁

また(人の)話で聞くと、侍従の大納言の姫君がおなくなりになったよしだ。(夫である)殿の中将がお嘆きの様子を、自分が万事につけ悲しく感じている際なので、心からお気の毒だと(思って)聞く。京都に到着した時、「これを手本にしなさい」といって、この姫君のお書きになったものを(ある人がわたしに)くれたが、それに「もし夜がふけて、ふと目がさめなかったら……」など書いて、

もし鳥辺山の谷に煙が立ちのぼったら、その煙は、日ごろ弱よわしく見えたわたし(の火葬の煙)だと知ってほしい。

と、言いようもないほど趣深くみごとにお書きになってある、それを見て、ひとしお涙を流す。

例題 七七 293頁

なおも旅行を続けてゆくうち、武蔵の国と下総の国とのさかいに、たいへん大きい河があって、それを、すみだ河というのだが、その河のあたりに集まってはるか遠く(都)のことを考えると、「おそろしく遠くまで来ちまったものだなあ」と思われて、みな情なく感じている時に、船頭が「はやく船に乗りなせえ。日も暮れちまうだ」というので、乗って渡ろうとする時に、誰もみな情なくて、都に恋しく思う人がないわけではない。そんな状態の時に、白い鳥でくちばしと足が赤くてシギぐらいの大きさのが、水の上で遊びながら魚を食べている。都では見かけない鳥なので、誰もみな見たことがなくて、船頭にたずねたところ、「これが都鳥でがすよ」

とこたえるのを聞いて、
都という名をもっているなら、ひとつ、お前さんにたずねたい。都にわたしの恋しく思う人は無事でいるか、そうでないかと。
と詠じたので、乗っている人たちはみな泣いてしまったということだ。

例題 七八 295頁

桜の花は盛りなのだけ、月はくもりなく照りわたっているのだけを賞美するものだろうか(=そんなことはない)。雨に対して月をしたい、家のなかにひっこもって春の暮れてゆくのを知らないでいるのも、やはりしみじみと趣が深い。程なく咲きそうな梢、また、散りしおれている庭などの方が、見るねうちが多いものだ。歌の詞書にも、「花見に出かけたところ、すでに散ってしまっていたので」とか、「さしつかえがあって、花見に行かないで」とか書いてあるのは、「花を見て」とあるのに比べて、劣っているだろうか(=劣りはしない)。花が散ったり、月が入ってゆくのを惜しみしたう世人のならわしは、もっともだけれど、とくに教養の低い人に限って、「この枝もあの枝も花が散ってしまった。もう見るねうちはない」など言うようだ。

例題 七九 300頁

こうして京へ向かって行くと、島坂で、ある人がもてなしてくれる。こんな事まで、わざわざしてくれなくともよいのだ。京を出て土佐へくだって行った時よりは、帰ってくる時のほうが、人は何やかやしてくれるというものだ。この人にも返礼する。夜になるのを待って京都に入ろうと思うので、たいして急ぎもしないうちに、月が出た。月光の明るい桂川をわたる。人びとが言うには、「この川は飛鳥川ではないので、淵瀬が昔といっこう変わっていないことだ」と言って、ある人のよんだ歌。
月世界にはえているという桂と同じ名の桂

川よ。川の流れはもとより、底にうつる月の光までも変わっていないことだ。

また、ある人が（次の歌を）よんだ。

桂川は何も私の心に流れ入っているわけでもなく、何の似かよった所があるわけでもないのだが、ただ深さだけは、自分の喜びの心の深さと同じほど深く流れているようだ。

例題 八〇 301頁

a 巻向のヒノキの原にもまだ雲がかからないのに、小松の枝さきのところをあわ雪が流れるように降っている。

b 嘘というものがもし無い世のなかだったら、どんなにかあなたのおことばが嬉しいことでしょうか（＝実は嘘が多いので、せっかくのおことばも、手放しでは信用できませんね）。

c 夕方になると、（婿君は）さっそくおいでになった。北の方は、「だからこそ（思ったとおりだ）。もしお気に入らなかったら、遅くおいでになるところだろうに」と喜んでお入れ申しあげなさる。

d ツバメをたくさん殺してみてさえ、腹には何もないものです。でも、（ツバメが）卵をうむとき――どうして出すんでしょうか――、（子安貝を）腹に抱えると申します。人がちょっとでも見ると、（かならず）無くなってしまいます。

例題 八一 306頁

以前にも申しあげようと思ったのですけれど、きっと御心労をおかけするにちがいないと思って、これまで申しあげずに参りましたのでございます。いつまでもそうばかりしていられないと思って、おうちあけしてしまうのでございますよ。私という者は、この地上の人間でもなく、月の都の人です。ところが、前世の約束事があったものですから、この人間世界にやって来たのでした。もう帰らなくてはならぬ時期になってしまいましたので、この月の十五日に、あの故郷の月世界から迎えに人びとがやって来るはずでございます。しかたなく、参らなくてはなりませんので、お歎きになるだろうと、それが悲しくて、そのことを今年の春から歎いているのでございます。

例題 八二 308頁

a 月は有明なので、光は薄らいでいるのに、形がはっきり見えて、(光がさしているのよりも)かえって趣の深いあけぼの(の景色)である。無心な(はずの)空の様子も、まったく見る人(の気持)しだいで、はなやかにも、さびしくも見えるのだった。

b あけぼの時の空がぼんやり霞み、月は有明で、光は薄らいでいるので、富士の峯が遠くほのかに見えて、上野・谷中(あたり)の桜の花の梢(を見るの)も、またいつの事だろうと、心ぼそい感じがする。

例題 八三 310頁

a 待つ人も来ないのに、(あの人にみごとな花を見せようと思って)せっかくウグイスが(たのしく)鳴いていた(梅の)枝を折ってしまったことだ。

b (大伴御行大納言は家来たちに)「竜の首についている玉が取れなかったら、帰国するな」とおっしゃるので、(家来たちは)「やれやれ、こんなものずきをなさるとは」と悪口を言いあっている。(また)「いくら親方だって、こんな無理をおっしゃるとは」と、なっとくできないので、大納言をけなしあっている。

例題 八五 314頁

月がたいそうきれいに出たのに対して、「今夜は十五夜だったなあ」とお思い出しになって、宮中での風流が恋しく、「いろんなお方がいまごろものを思いながらこの月を見ていられるだろうよ」と思いやられるにつけても、月の顔ばかり見つめるようなことにおなりである。「二千里も遠く離れたむかしの知りあいたちの心」という詩を吟じておいでになるのだが、いつものように涙がとまりもしない。言いようもなく恋しくて、いろいろな時のことをお思い出しになるにつけ、しのびねに泣けてきてしかたがない。「もう夜ふけになりました」と申しあげるけれど、やはり家のなかにおはいりにならない。（和歌略）その夜、陛下がたいへんなつかしげに昔物語などなさった御ありさまが、上皇にそっくりでおいでになったのも、恋しくお思い出しになって、「恩賜の御衣はいまここにある」という詩を吟じながら、おはいりになった。

例題 八六 318頁

ぜったい「さへ」というはずの所でも、近ごろの人たちは多く「だに」という。これは（古典語の）「だに」も「さへ」も「すら」も、現代（＝江戸時代）の口語では、みなひっくるめて同じく「さへ」というため、「さへ」を口語と思い（違いし）、ただ「だに」だけを古典語のように受け取って、（「だに」「さへ」の）両方とも古典語であり、両者の意味に区別があることを知らないのである。（両者の区別を説明すると）まず「だに」（のほう）は、たとえば、口語で「これはできなくても、せめてこれだけでも」というような意味（だし）、「さへ」（のほう）は、「この事があるうえ、さらにもうひとつの事が添い加わる」といったような意味（であり）、「すら」（のほう）は、「やはり」「なお」と（口語で）いうのに近い。ところが『古今和歌集』以後は、「すら」であらわすべき意味をも、いっしょに「だに」といっている。だから、「すら」の意味を「だに」で言いあらわしてもさしつかえないけれど、「さへ」の意味を「だに」というのは誤りである。

〈「いのちだに」の歌〉〔ほかの事はともかく〕命さえわたしが自由にできるものであったなら〔うんと長生きできるから〕あなたとの別れなんか、どうして悲しいことがありましょうか〔＝事実は、あなたが帰ってくるまで生きられそうもないから、どうしようもなく悲しい〕。
〈「山しなの」の歌〉音〔＝うわさ〕にだけでも人が知るように、わたしは愛情表現をしましょうか〔＝しません〕。〔「山科の音羽の山の」は「音」を呼び出すための序詞。通釈からは省いてもよい。448頁参照。たぶん「われわれの恋は秘密だよ」という男のことばに対し、女が「心配なさいますな」という気持でよんだ返歌なのであろう。〕
〈「夢にだに」の歌〉〔現実にはもちろん〕夢にだって〔あなたと〕お会いすることがむずかしくなってゆくのは、わたしが熟睡しないせいでしょうか〔それとも〕あなたが〔わたしを〕お忘れになってしまったからでしょうか。〔当時は、思い寝をすると、その思いが相手に通じて夢に現われるという俗信があった。〕

例題 八七 321頁

「こちらへ」と言う人があるので、あけたてに骨のおれそうな引戸からおはいりになった。家のなかは、それほど殺風景でなく、おくゆかしく、灯火はあちらにぼんやりついているが、調度のみごとさなども見えて、いま急にたいたとも思われない香のにおいがただよって、ほんとうに人の心をひきつけるようにおくゆかしく住まっている。「門をよくしめておくれ。雨がふりゃしないかしら。御車は門の下に。お供の人たちはどこそこに」と言うと、「今晩こそゆっくり寝られそうだ」とひそひそ言うのも、そっと話しているのだが、間があまり遠くないので、ほそぼそ聞こえる。

例題 八八 325頁

きりょうが良く若い女性で、めいめいは塵もつけまいというほど身だしなみに念を入れ、手紙を書いても、おっとり文章をくふうし、墨のかげんも余情こまやかに、どうなんだろうといろいろ気をもたせ、また、はっきりした所を書いてくれた手紙を見たいものだなあと、どうしようもないほど待ち遠がらせ、ほんのすこし声を聞くというあたりまで言いよるのだが、ほそぼそとしかものを言わないで、ろくな返事もしない女性が、欠点をたいへんうまく隠すというわけなんですなあ。

例題 八九 330頁

この上皇は、鳥羽殿や白河殿などをお手入れあそばされて、いつもそちらへお出かけになってはお過ごしあそばされるが、そのうえまた、水無瀬という所に何ともいえないほど風流なふうに御建築なさって、たびたびおかよいになっては、春の花、秋の紅葉につけて、満足できるまで世の評判になるほど、管絃などのもよおしをなさる。場所のありさまも、はるばると川にのぞんでいるながめが、たいそう趣が深い。元久のころ、漢詩と和歌とをつがえたコンクールをなさった際にも、とくに(次のように詠まれた)。

この景色を見わたすと、山のふもとまで霞んだ水無瀬川の春は、何ともいえない。夕方は秋にかぎるなど、これまで考えていたが、どうしてそんなことを考えていたのだろう。

例題 九〇 332頁

かぐや姫が言うには、「大きな声でおっしゃいますな。屋根の上に乗っかっている人たちが聞くと、たいへんみっともない。いつまでもいっしょにいられる前世からの運命がなかったので、間もなくおいとましなくてはならぬような次第だと思いますと、それが悲しうございます。御心配ばかりおかけして行ってしまいますことが、悲しくたえきれないのでございます。あの世界の都の人は、たいへん美しくて、年をとりません。そういう所へ参ることになっておりますのも、結構でもございません。年をおとりになり、お弱りになったお姿を見申しあげないようなのが、悲しいでございましょう」と言って泣く。じいさんは、「悲しいことを言ってくださるな。りっぱな姿をしている天の使いにも、じゃまされまい」と恨めしがっている。

例題 九二 338頁

気のあうような人としみじみ語りあって、風雅な話でもちょいとした世間話でも、かくさずにして心を慰めるようなことは、うれしいはずだけれど、そうした（間がらの）人は、ちょっとありそうにもないので、すこしも（相手の言うことに）対立するまいと（気を使いながら）向かいあっているようなのは、（実質的には）ひとりいる（みたいなわびしい）気持になるのではなかろうか。おたがいに、話すことは「なるほど」と聞くねうちがありながら、しかもすこしばかり意見の相違があるような人こそ、「わたしはそう思うものかね（＝そうは思わない）」など論争し、「こうこうだから、こうなんだ」とでも話しあったならば、所在なさが慰められようと思うのだが、実際には、すこしグチをこぼす方面の事も、自分と同じでないような人は、通りいっぺんのとりとめもない話をするうちはまあよいけれど、真に理解しあった友人にくらべ、ずっと距離の大きい点があるにちがいないと思われるのは、やりきれないね。

例題 九五 344頁

満月が千里も向こうまで照らしているのを眺めるよりも、明けがた近くなって、待ちに待っているうち、やっと出た月が、たいそう趣深く、青白い感じで、深山の松の梢にかかっている木の間ごしの光、あるいは、さっとひとしきり降ってゆく時雨の雲に姿を隠した時分の景色なんかの方が、とりわけ趣が深い。椎の木や白樫などの濡れたように光沢のある葉の上に、月光がきらきらしているのこそ、ほんとに身にしみて、情趣のわかるような友人があったらいいなあと、都が恋しく思われる。いったい、月や花を、そんなに目で見るばかりのものかね。春は家から出かけなくても、秋の月夜は寝室のなかにいるままでも、花や月の情景を心に描いているのが、実に興趣ゆたかでおもしろいものである。

例題 九六 346頁

ある姫君に――こっそり通ってくる男があったのでしたろう――たいへんかわいらしい子どもまで生まれたので、いとしいとはお思いしていたものの――やかましい本妻でもあったのでしょう――とかく足が向かないようなぐあいでいるうち、子どもは父を忘れもせず、たいへんなついてくるのがかわゆく、時どきは自宅に連れてきたりするのも、女君は「いけません」なども言わないでいたのだが、しばらく間をおいて訪ねたので――たいへんさびしそうで――久しぶりだなという感じだったのだろう、頭を幾度もなでながら相手になっていたのだが、いつまでもいられない事情があって帰ろうとするのに対して、習慣になっていたので、いつものようにいっしょに行きたがるのが、かわいそうになって、しばらく立ちどまって、「それじゃ、さあ」といって、抱いて出たのだが、女君は、たいへんつらそうに見送って、前にある火取り（香炉）をいじりながら、

子どもまでもこんなにそわそわ出て行くなら、ひとり（火取り・独り）でますます思いこがれることでしょう。

と耳立たぬように詠むのを、屏風の後で聞いて、ひどく感動したので、子どもも女君にかえして、そのまま女君のところに腰をおすえになってしまった。

例題 九七 349頁

皇子を宮中にお残しして、こっそり御退出なさる。限度があるので、これ以上それほどおひき止めにはなれない。見送りさえなさらない心もとなさを、情なくお思いになる。たいへん艶っぽく美しい様子の人が、ひどくおもやつれして、たいへん深く心を動かされながら、口に出しては申しあげられず、生きているのか死んだのかわからないようなぐあいに失神状態でいられるのを御覧になるにつけ、これまでの事もこれからの事もお考えになれず、いろんな事を泣くなく御約束なさるけれども、御返事も申しあげられない。眼つきなんかもひどくだるそうで、いっそうぐったりと、人事不省みたいなふうで寝ているので、どうしたらよかろうと、心がお乱れになる。

例題 九八 351頁

プライヴェイトな歌集など称して、歌人たちこそ歌を記録しておくことだが、わたしのは、けっしてそんなのではない。ただ、しみじみと、あるいは悲しく、あるいは何となしに忘れがたく感じる事で、そのおりそのおりに、ふと心に感じたのを、しぜん思い出されるにしたがって、自分ひとりが見ようというので、書いておくのである。

この書き物がもし後世まで残るようなことがあっても、ほんとうにしみじみと見る者は、わたし以外にはおそらくあるまい。

〔「水茎」の「み」に「見」を掛ける。〕

例題 九九 354頁

皇子がたは、皇太子殿下を別にして、皇女が四人おいでになった。その皇女のなかで、藤壺とおよびしたお方——先帝の御子で臣籍に降下された方のむすめだったが、帝がまだ皇太子殿下でいられたとき御結婚になって、皇后にもおなりになるはずだったお方だけれど、これというバックもおありでなく、母方も皇后などにはなれない頼りない更衣の家がらでいられたので、御交際のぐあいも心細そうだったし、皇太后がむすめを尚侍としておさしあげになり、そばに並ぶ者もないほど羽ぶりよくおひきたて申しあげなどしたので、圧倒されて、帝も、御心のなかではいじらしい人だとはお思いあそばされながら、御譲位なさったので、皇后に昇格させる希望は実現せず、つまらない結果となって、世のなかを恨んでいるようなぐあいでお亡くなりになったお方——に生まれた第三皇女を、たくさんあるお子たちのなかでも、特にお気に入りで大切にお育てなされる。

例題 一〇一 359頁

賀茂祭の勅使の帰りを見るというわけで、雲林院・知足院などの前に車をとめていると、郭公も——だまっておれないのか——啼くのに、ほかの鳥がたいそうよく似せて、高い木立のなかで声をあわせて啼いているのが、ほんとに何といっても趣がある。が、郭公は、やはり、何とも言いあらわしようのないほど趣が深い。早くも得意顔に聞こえるのだが、卯の花や花橘などに宿って、半分隠れているのも、しゃくな心がけだ。梅雨の短夜に、ふと目をさまして、何とかして人よりもさきに聞こうとしぜん待っているうち、夜がふけてから鳴き出した声のかわいらしく情緒ゆたかなのに、ひどく心がひきつけられ、どうしようもない。六月になると、まったく声もたてずなってしまう。すべて、言いたてるのもばかげているほどだ。夜なくものは、みな、どれもどれも結構だ。赤ん坊たちだけは、例外だが。

例題 一〇二 361頁

たいへんおもしろいことだな。そんなふうに聞いた、神南備の蔵人のお生みしたお方があると——。あの蔵人は、とてもりっぱな人だった。父（種松）は身分が低いけれど、子（蔵人）は教養が深くて、たいへん優雅だったんだが（きのどくなことをした）。このごろさっぱり聞かないのだが、（蔵人のお生みしたお方は）どんなふうに御成長かね。

例題 一〇五 369頁

その年が明けて（やがて）夏になり、東寺あたりの百姓がナスビの初物を目籠に入れて売りに来るのだが、（初物を食べると）七十五日だけ長生きするといわれるので、この初物を食べるのがたのしみのひとつなのだけれど、ナスビひとつを二文、二つを三文と値段をつけて売る。（そうすると）誰だって二つ買わない者はない。藤市は、ひとつを二文に買って言ったことには、「出盛りの頃になれば、もう一文よけいに出せば、大きなやつがある」と（いう次第で、藤市の）気を配ることはすべてソツがない。屋敷の空地に、柳・柊・ユズリハ・桃の木・花菖蒲・ジュズダマなどをとりまぜて植えておいたのは、ひとり娘のためなのである。葭垣に自然ばえの朝顔がとりついたのを、同じながめる物にしては、つまらないしろものだというわけで、刀豆に植えかえた。

例題 一〇六 371頁

扇でお叩きになると、召使いの子どもが出てきた。「これをさしあげてくれ」といって、やると、この子は大輔の君という女房に「あそこに立っていらっしゃる方が、お姫さまにさしあげてくれといって……」と取りついだので、手に取って、「あら、たいへんだわ。右馬の助のやったことらしいわよ。いやな虫なんかをおもしろがっておいでになる御顔を、きっとごらんになったのでしょうよ」というわけで、いろいろ御意見すると、姫君が御返事なさるには、「よく考え分けてみると、恥ずかしいというわけがない。人は、夢か幻かのようなはかないこの世に、誰がずっと存在して、ものごとを悪いとか善いとか判断することができるだろうか」とおっしゃるので、若い女房たちは、めいめい情ないことだとなげきあっている。

例題 一〇七 374頁

「まだ将来の長い御身で、そうひとすじに（出家なさると）決心なさってよいものじゃろか。（若くて出家した後、仮に道心がぐらつきでもしたら、出家しないのよりも）かえって（仏様に対し）罪をおかすことになる。決心してその気におなりの当座は、思い詰めておいでじゃけれど、（そのうち）年月がたつと、女性という存在は、罪深いものじゃよ（＝なかなか仏道には入りきれない）」と（僧都が）おっしゃると、（浮舟は）「子どもでしたころから（わたくしはいろいろな事情で）悩んでばかりいなくてはならない身の上で、親なんかも『尼にでもしてやろうかなあ』など思い、そうおっしゃいました。まして（わたくしが）すこし道理もわかるようになってからは、『ふつうの（人妻としての）生活を送るのでなくて、（尼になって）せめて死後の世だけなりと（安らかに過ごしたい）』と思う心が深かったのですけれど、（わたくしが）この世を去る時期がだんだん近づいたのでございましょうか、健康が衰えるいっぽうですので、やはり、どうか（尼にしてくださいませ）」と、泣きながらおっしゃる。

例題 一〇八 383頁

天延二年、天然痘が流行したのに感染して、前少将は午前に、後少将は午後に、お亡くなりになった！ 一日のうちに二人の子をお亡くしになった母の奥方のお心は、どんなだったろうか、まことに悲しくうけたまわった。後少将は、年来たいへんな仏道熱心のお方でおいでだったが、とても助かりそうな気がなさらなかったので、母上にお申しあげなさったことには、「もうしばらく（この世に在って）法花経をおよみいたしたいという志がございますから、きっと（この世に）もどって参ります」とおっしゃって、（法花経の）方便品をおよみあげ申して、お亡くなりになった。その遺言を、母の奥方は、正体もなくとり乱していられたので、たぶん（その間に誰かお側の）人が処置いたしたのか、枕返しその他、普通のやりかたにしてしまったので、（後少将は）ついに再生できずそれきりになられた。あとで、母の奥方の御夢にお現われになった。どんなにかくやしくお感じになったろうよ。そうして、その後しばらくたって、賀縁阿闍梨という坊さんの夢に、この若殿二人がお見えになったが、この後少将は、たいそう気持よさそうな様子でいられたから、阿闍梨は「あなたはなぜ気持よさそうにしていられます？　母上は、あなたをお兄さんよりもひどくお慕い申しあげておいでになるようです」と申しあげたら、

時雨と蓮の花とが区別できないように散るこの浄土で、気持よく暮らしているのに、どうして人間世界では私のためなげき悲しんでいるのだろうか。

などお詠みになったということである。

例題 一〇九 388頁

この姫宮は、たいへん愛らしくていらっしゃったが、それを粟田殿がお聞きになって、この姫宮をお迎え申しあげて、養女におなり願って大切にお育て申しあげられるうちに、りっぱな方がたで求婚申しあげられる方が多かったけれど、お許しにならぬうち、権中納言がひどく熱心にお申し入れになった。ちょっとしたお手紙の書きぶりなんかも、ほかの人よりは趣深いと

お感じになったので、心をお決めになって、聟《むこ》にお迎え申しあげなさった。

例題 一一〇 391頁

ある年、入道殿（道長）が大堰川の船遊びをもよおされました時、作詩の船・音楽の船・和歌の船とお分けになって、それぞれその道のエクスパートたちをお乗せになりましたが、この大納言殿（公任）がいらっしゃったのを御覧になって、入道殿は「あの大納言はどの船にお乗りだろうか」とおっしゃったところ、「和歌の船に乗りましょう」とおっしゃって、お詠みになった歌ですがね。

　川の両岸にある小倉山と嵐山とから吹いてくる風が寒いので、その風にはこばれてくる紅葉を身に受けない人はない。まるで錦を着たように……。

志願して乗せておもらいになったかいがあって、あっぱれ、みごとにお詠みになったものですなあ。御自身もおっしゃるには、「作詩の船に乗ればよかったよ。そして、この歌ぐらいの詩を作っていたら、評判のあがるのも、きっといっそうだったろうに、残念なことをしたわい。それにしても、入道殿が『どの船に乗ろうと思うか』とおっしゃったのには、自分ながら得意にならざるをえなかった」と言われたそうだ。

例題 一一一 429頁

七日は……白馬（の儀式）を見に行くというわけで、自宅にさがっている人たちは、車をきれいに飾って見に出かける。待賢門のシキイを（車を）ひっぱって通るはずみに、（乗っている人たちの）頭が鉢合わせして、さし櫛も落ちるし、用心していないから（その櫛が）折れなんかして、（皆が）笑うのも一興だ。左衛門府警備員の控え所あたりに、殿上人などが多勢たって、舎人たちの弓を借りて、馬どもを驚かして笑うのを、ちらりとのぞいたところ、（向こうに）立蔀などが見える、その辺を主殿司や下級女官などの往来しているさまが、まことに興趣ぶかい。どんな（幸運に恵まれた）人が（こんなに）皇居でなれなれしくふるまっているのだろう――など思いやられるのだが、宮中でも（いま）ながめているのは、ごく視界の狭い場所で、（めかしたてた）舎人の顔が着物でこすられ、ほんとうは黒いところへ、おしろいの行きわたらない部分は、雪がまだらに消え残っている感じで、たいそう見ぐるしいし、馬がはねまわるのでなんかも、実にこわく見えるので、（とかく車の中に）ひっこむようなぐあいになり、よくも見えない。

例題 一一二 434頁

賀茂の例祭のころは、世間いったいが花やかな感じに見えるのだろう、貧しげな小家の半蔀までも、葵を付けなどして、気持よさそうである。少女が、アコメや袴をきれいによそおい、いろんな物忌のしるしを付け、おめかしをして、「自分も負けまい」と競争している様子で（街を）往来するのは、（傍観者にとってさえ）わるくない景色だが、まして（その少女たちと）お似あい程度の小舎人や随身なんかは、特に注意をはらうのも、無理のないことだ。（彼らは）それぞれ気に入る相手をえらんでは、歌など詠みかけ、じょうだんを言うが、それも多くは、たいした歌であるまいと思われるそのなかに、どこの（お邸の召使い少女）なんだろうか。うすい色の着物をきて、髪は脛にとどくほどで、そのヘア・スタイルや身なりなんかも実に魅力的なのだが、それを頭の中将にお仕えする小舎人童が「申し分ない」というわけで、たくさん実のついている梅の枝に葵をくっつけ、（その少女に）あたえる。

例題 一一三 441頁

（Ａ）さびのついた岩の隙間から流れ落ちる水

の音さえ、趣ふかく由緒のありそうな処である。緑のツタが生い茂って垣となり、まゆずみで描いたような姿の山が見えるなど、とうてい画にも表現できない。軒にはツタや朝顔がはいかかり、シノブやカンゾウがごちゃごちゃ生えている。「飲み水さえしばしば欠乏するほど貧しい顔淵の住居は草ぼうぼうだし、アカザの生い茂る原憲のあばらやには雨が漏って戸をつたう」という詩句があるが、ちょうどそのとおりだ。屋根にふいた板の隙間があいていて、時雨も霜も露も、その隙間から漏る月光とどちらが多く漏るかと思われるほどで、とても雨露をしのげそうにも見えない。後は山、前は野原で、たくさん生えている笹には風が音をたて、この世に生きながらえる身の常として、つらい事が多く、竹柱の粗末な庵に住んでいるが、都からの伝言は、間隔を大きくあんだまがきのように間遠である。わずかに訪ねてくる者といっては、峯を

木から木へわたりあるく猿の声か、里人たちが薪をきる斧の音ぐらいで、そのほかには、カズラやツタのおいしげるこの所へは、来る人もめったにない。

(B) 山里は、何かにつけてさびしいという点はあるけれど、世間の住みづらいのよりも、かえって気持が良くて、柴の戸の粗末な庵に住みついている。都の方からのたよりは間遠で、あらく編んだまがきに節の多い竹柱を立てたこの庵で、立居につけてもの思いが多いけれど、人目がないのは、何といっても気楽だ。ときどき無心におとずれてくるのは、里人が薪をきる斧の音や、梢を吹く風、猿の声、こうした音でなくては、カズラやツタのおいしげるこの所へ来る人も稀になってしまい、顔淵の貧居にしげる草のように多いもの思いの結果、原憲のあばらやをぬらす雨のように際限もない涙が、袖をしめらすことである。

例題一一四 452頁

(辛崎の有名な松は霞のなかにボーッと見えて、その間に美しく散在する桜花よりも松の方がおぼろだ。)　芭　蕉

伏見在住の俳人から、発句なのに「にて」で言い切ったのを非難してきた。其角の説では、「にて」は「かな」と共通する点があり、そのため、発句が「かな」止めであれば、第三は「にて」を用いないのであって、右の句では、「かな」止めにすると、あまりに切れた感じがはっきりしすぎるから、やわらかく「にて」止めにしたのだ——とある。呂丸の意見は、「にて」止めのことは其角の説明どおりだけれど、どうも右の句は第三みたいな感じで、なぜ発句になさったのか不可解だという。去来の考えだと、これは感じたとおりを表現したものだから、まさに発句である。第三は、頭のなかで考えて作るものだが、発句は、考えたら二流品になるだろうというわけ。なくなられた先生(芭蕉)は、かさねておっしゃった。「其角や去来の説明は、みな理屈だ。わたしは、ただ花よりも松がおぼろで、おもしろかっただけなのだ」というのである。

例題一一五 457頁

もうろくした者は、何ともいやはや、言語道断だ。顔の色もくろずんでゆくうえ、雲がまだらに見えるようなシミまでがあらわれ、小波のような皺がよってくるのに加えて、腰もかがめて膝をなめそうなほどの姿勢となり、いつも咳ばかりしながら涙をふいてばかりで、まわらぬ舌でものを言い、声もふるえながら、耳はあの「いつも鳴いてばかりいる蟬の声」みたいなぐあいで、もの音もよく聞きとれず、自分の耳にはいらないから、他人も聞こえまいというのだろうか、ひどく大声でどなり、ものを食べるのにも目をしょぼしょぼさせ、顔(の筋肉)は大

地震でゆれるように動かし、あげくには水ばなをかんでいるのが、何とも興ざめだ。こんなザマでは、人に会わないようにしているのがよいのに、若い者の仲間いりをして、人よりも先にのり出しては、老人の特権だと自分で決めこみ、他人のいやがるのも構わず、杯を人にさして、小生の寿命をお裾分けしましょうなど不しつけに言うのも、聞いちゃいられない。

例題 一一六 460頁

(春の日の)うららかでのんびりしている(ころの)宮家で、気のあった者が三人ほど話しあって、(自宅に)さがって、その翌日、することもないのにつけて(あの日の事が)恋しく思い出されるので、(この時の話し相手だった)二人あてに、

「袖ぬるる……」

と申しあげたところ、(その返歌に)

「荒磯は……」

(とあった。)もう一人の方は(次のような返歌だった。)

「みるめおふる……」

仲よく、こんなふうに(したしく)交際し、人づきあいのいやな事もつらい事も趣深い事も、おたがいに語りあうのだった。

例題 一一九 471頁

植えこみの花が咲きみだれ、趣の深い夕方に、海を見わたせる渡殿(わたどの)にお出になって、ぼんやり立っていられる御様子の、おそろしく美しいこと——場所がらはまして——、この世のものともお見えにならない。白い綾のやわらかな紫苑色のなんかをお召しになって、濃い色の御直衣でいられる。帯もきちんとせず着くずした御様子で、「お釈迦さまの弟子のわたくし……」と名のって、ゆるやかに経をよんでおいでになるのが、何ともいえないほどに聞こえる。

例題 一二〇 474頁

京極大殿の御時に、白河院が宇治の別邸へ行幸された。あとからあとから興味がわいて、尽きないので、もう一日滞在しようということをおっしゃったところ、「御帰京が明日に延びますと、都は宇治から北にあたっていまして、日のぐあいが悪くて帰れませぬ。この点から申しまして、如何かと存じます」と反対したので、殿下はたいへん残念がられた。ところが、行家朝臣が申しあげるには、「宇治は都の南でありません。喜撰の歌に、

わたしの庵は都の東南にあり、そこに住んでいる。それを、世人は、わたしが世のなかを憂く思って宇治に隠れ住むのだと言っているようです。

と詠んでいる。そうすると、別にさしつかえなんかありません」とおっしゃった。このむねを申しあげたので、その日の御帰京は延期された。殿下は、上きげんだった。

例題 一二一 476頁

遠く隔たった土地に離れて住み、何年か会わない人だが、手紙というものさえ見れば、ほんとに今むかいあっているような気持がする。かえって顔をあわせては思うだけのことも述べにくいような心のニュアンスも表現したり、言いたいことも詳しく書きつくしてあったりするのを見る気持は、珍らしく、うれしく、対坐しているのに劣るということがあろうか。することのない時、もう会うことのない人の手紙を見つけ出したのは、まったくその手紙をもらった時の気持がして、たいへんうれしく感ずる。まして、亡くなった人なんかの書いたものなど見る時は、ひどく心を動かされ、年月が多く経っているのも、ほんとに今筆に墨をふくませて書いたようなのこそ、何といっても結構なものだ。

例題 一二二 479頁

その晩、山辺（やまのべ）という所のお寺にとまって、たいへんくたびれて弱っていたのだが、お経をすこしばかりお読みして、ひとやすみした夢に、たいへん高貴で美しい女性のいらっしゃる所におうかがいしたところ、風がはげしく吹いている。私を見つけて、にっこりなさって、「何だっておいでになったのですか」とおたずねになるので、「どうして参らずにいられましょう」と申しあげると、「そなたは、宮中に居るようになるはずです。博士の命婦と仲よくなさるのがよいでしょう」とおっしゃると見て、うれしく頼もしくて、いよいよ仏さまをお祈り申しあげて、初瀬川などをこえて、その夜、お寺に行った。

例題 一二三 482頁

入道殿が御嶽に参詣しておいでになった道中で、帥殿の方から何か不届きな事がたくらまれるだろうといううわさが立って、いつもよりも万事を警戒していらっしゃったが、無事にお帰りになったところ、帥殿の方も、こういう事がうわさに立ったそうですと人が申しあげるので、たいへん気にはされながら、そのまま放ってもおけないので、入道殿を御訪問になった。道中の様子の話などをなさるのに、帥殿のひどく気おくれがしていらっしゃる御様子がはっきり見えるのに対し、入道殿はおもしろくもあり、一方、気の毒にもお思いになって、「長らく双六をいたしませんので、ひどくものたりない気がしますが、今日はお打ちなさい」と言って、双六の盤をお取り寄せになって、お拭きになると き、帥殿の御きげんがすっかり変わってお見えになるので、入道殿をはじめとし、そこに参上していられた人たちは、お気の毒だなと同情もうしあげたとか。それほどのうわさが立ったということをお聞きになるような場合には、入道殿もすこし冷淡に待遇なさるのが当然だけれど、ふつうの人ならきっとそう思うだろうことを押さえて、逆に、したしくおもてなしになるのである。すばらしい御賭物があったそうだ。こういったことでさえ、帥殿はいつもお負けになって御退出になったという。

例題 一二四 488頁

あの後少将（の御名）は、義孝と申しあげた。御容貌がまことにりっぱでいらっしゃって、年来たいへんな仏道熱心のお方でおいでだった。病状が悪化するに従い、とても助かりそうな気がなさらなかったので、母上にお申しあげなさったことには、「わたしが死にましても、あれこれと普通どおりのやりかたになさいますな。もうしばらく（この世に在って）法花経をおよみいたしたいという志がございますから、きっと（この世に）もどって参ります」とおっしゃって、（法花経の）方便品をおよみあげ申してから、おなくなりになった。その遺言を、母の奥方は、お忘れになるはずもないのだけれど、正体もなくとり乱していられたので、たぶん（その間に誰かお側の）人が処置いたしたのか、枕返しその他、普通どおりのやりかたにしてしまったので、（後少将は）ついに再生できずそれきりになられた。あとで、母の奥方の御夢にお現われになった時（の御歌に後少将は）、

あれほど固く約束したのに、（わたしが）三途の川からもどってくる（わずかな）間に、それをお忘れになってよいものでしょうか。

とお詠みになった。どんなにかくやしくお感じになったろうよ。そうして、その後、小野宮の実資（大臣）の御夢に、（後少将が）美しく咲いた花のかげにいらっしゃるのを（見かけて）、存生の時も（親密に）交際なさったお間がらなので、（実資大臣は）「どうしてこんなふうに（いらっしゃるのですか）。（いま）どこに（お住みな

のですか)」と、めずらしく思っておたずねになると、(後少将の)お答えに「昔は宮中であなたと親しくおつきあい願いましたが、今は極楽世界でたのしく過ごしています」と(いう意味の詩句を)おっしゃった。(きっと)極楽にお生まれなさったのだろう。こんなふうに夢なんかお見せなさらなくても、このお方の(極楽に)往生なさったことは、お疑い申しあげる余地がない。(後少将は)普通の貴公子のように、宮中なんかでも、何かのぐあいで女房と親しくなさったり(することもなく)、ちょっとした世間話だってなさらなかったのに、どうした際だったろうか、細殿にお立ち寄りなさったので、(女房たちは)いつになくめずらしい事と思って、おしゃべりを申しあげたところ、だんだん(ふけて)夜半ぐらいになったであろうと思う時分(後少将は)立ち去られたが、(女房は後少将がこれから)どちらへ行かれるのか知りたくて、人を尾行させて(様子を)見させたら、(後少将は)北の陣からお出になったが、そのころから、法花経をたいそう尊くおよみになり、大宮通りを北へいらっしゃって世尊寺(の邸)に帰宅なさった。(尾行者は)なおも見ていると、(後少将は)東の対の軒にある紅梅が満開に咲いている下にお立ちになって、「(仏様の力で現世の)罪をなくし(来世で)善いことがあるようにし、極楽へ往生させてくださいませ」という(文句)をとなえてする)礼拝を、西に向かって何度もなさった。(尾行者が)帰って(後少将の)ご様子を報告したので、(細殿の人たちはみな)たいそう深く感動して承らない者はない。

注 設問二の欠文補充部分は、すでにはめこんだ形で通釈してある。

例題 一二五 493頁

Ⅰ 人は、よく考えもせずに、言ってはいけないことをベラベラ口に出し、他人の欠点をそしり、行為を非難し、私事を暴露し、(その人にとって)恥になるような事を(人前で)質問するなど、これらは、みな、してはいけないことである。自分としては、何気なしに放言し、気にもとめないでいると、言われる人は頭に来て、深く根に持ってしまうと、(放言した人が)思わぬ場合に(逆に)はずかしめを受けたり、命を失うほどの大事件になったりする。「笑いにかくされた悪意」は、そうでなくても恐れなくてはいけないものだ。また、(自分が)あまりよく理解していない事について(相手を)ひどく非難すると、かえって自分の無知が暴露されるのである。だいたい「あいつは口の軽いやつだ」ということになってしまうと、(何か事のあった際にも)「あれにはあの事を聞かせるな」「あいつには見させるな」などいって、他人から警戒され、差別待遇をされることになるが、それは詰まらない次第といえよう。また、他人の隠している事が、何かの拍子に知れわたった際にも、「あの人が話されたのか」など疑われ、これも面目ないだろう。だから、何かにつけて、他人の立場に関しては慎重におしゃべりをやめなくてはいけない。

Ⅱ　花園の大臣の所に、はじめて勤務することになった侍が、就職書類に「特技は歌を作ること」と書いた。殿は、初秋のことだったが、南向きの建物に出て、キリギリスが鳴くのを賞翫していられたところ、日が暮れたので、「誰か、格子をおろしに来い」とおっしゃったが、「蔵人五位がいあわしませず、(ほかに)誰もおりません」と申しあげて、この侍が参上したのに対し、(大臣は)「かまわないから、お前、おろせ」といわれたので、(格子を)おろしたところ、(大臣が)「お前は歌よみだそうだな」といわれたから、恐縮して、格子をおろしかけにしていると、「このキリギリス(の声)が聞こえるか。(これを題材にして歌を)一首よめ」とおっしゃったので、(侍は)「青柳の」と(最初の)五字を言ったところ、おそばにいた女房たちが、季節はずれだと思ったのだろうか、笑い出したのに対し、(大臣は)「ものごとを終りまで聞かないで笑うということがあるか」とおっしゃって、(侍に対し)「はやく(残りの部分を)よめ」とおっしゃったので、

青柳の枝が緑の糸のようなのを、夏が過ぎた今、もういちど織糸として繰りなおし、この秋の宵にハタオリが鳴いております。

と(いう意の歌を)よんだので、(大臣は感心のあまり褒美として)萩の模様が織り出してある直衣を、れいれいしくお与えになったということだ。

例題 一二六 501頁

(京での宅は)ひろびろとして、ろくに手入れもしてない所で、通ってきた山々にもまけず、大きくごつごつした深山の木立みたいで、とても都の中とは思えない様子の所である。落ちつかず、ひどくごたごたしているけれど、早く見たいと思っていたことだから、「物語を手に入れて読ませてちょうだいよ」と母をさいそくしたところ、(母は)三条の宮に親類の者が衛門の命婦という呼び名でおつかえしていたのを、尋ねて手紙をやったら、(命婦は)めずらしがり、喜んで、「(宮様の)お手もとのをいただいたのです」といって、たいへんりっぱな綴じ本を、何冊も硯箱のふたに入れて持たせてよこした。うれしさこの上なく、夜も昼もそれを読むのが始まりで、次々と読みたいのだが、まだ住み慣れない都のあたりに、だれが物語を探して読ませてくれるような人なんてあるものだろうか(=そんな人のいるわけがない)。

例題 一二七 504頁

尼君は、姫君の髪をなでながら、「櫛で整え

るのもおうるさがりだけれど、良い髪だこと。たいへん頼りないようなぐあいでいられるのが、ほんとうに心から心配ですよ。あなたぐらいの齢になると、もうすっかりこんなふうでない人もあるのに……。おなくなりになったあなたのお母さんは、十二歳で父上に死別なさったけれど、そのころ、たいへんよくいろんな道理をわきまえておいでだったのよ。いまにも何かのぐあいで、わたしがあなたを残して死ぬようなことが無いとはかぎらないのだけれど、そんなとき、どうして生活してゆこうとなさるの」といって、たいそうお泣きになるのを御覧なさるにつけても、何だか悲しくなってくる。子ども心にも、尼君のことばはこたえたらしく、やはりおばあさんの方を見つめて、視線を下に向けて、うつむいたところ、はらはらとさがってきた髪が、つやつやと美しく見える。

〔尼君の歌〕これから成長してゆく将来もよくわからない子どもをあとに残して、消えてゆく露のようにはかなくこの世を去るであろう私だが、子どものことを思うと、とても死にきれない。

例題 一二八 506頁

いろんな方面の専門家は、たとえ上手でなくても、上手な素人とくらべると、きっとすぐれているのは、いつも怠らないで自分の専門をいい加減にしないのと、やたら自由にやるのとの差である。これは、芸能とか技術とかばかりではなく、一般のすること・心がまえなども、鈍くはあるけれど注意ぶかくしているのは成功のもとであり、器用だが自分勝手なのは失敗のもとである。

例題 一二九 509頁

召波は、そこでわたしに俳諧のことを質問した。答えて言う。「俳諧は、俗語を使いながら俗っぽさを離れることを尊重する。俗っぽくない俗を生かしてゆくのだ。俗を離れる離れかたは、たいへんむずかしい。例の何とか禅師の片手の鳴る音を聞けという公案が、すなわち俳諧にも通用する禅の極意で、離俗についての導きとなる問題だ」。召波は、その場で理解した。そして逆に問いかえす。「先生がお話しくださった離俗の論は、意味するところがたいへん深遠ですけれど、やはり工夫をこらして、ことさら追求してゆくというのでして、ほんとうの自然な悟りではないじゃありませんか。それよりも、あらゆる差別対立を感じないところまで、自然のなかに溶けこんで俗を離れる近道がございませんか」。答えて言う。「ある。漢詩を勉強しなさい」。召波は、そこですっかり理解が徹底した。

例題 一三〇 511頁

能因法師が、伊予守実綱について、伊予の国に行ったところ、夏の初めひでりが長く続いて、人民の弱りかたはたいへんであった。「神さまは和歌にたいそう感心なさるものだ。ためしに詠んで、三島の神さまにさしあげてみたまえ」ということを、地方長官（実綱）がしきりにすすめたので、

天に在る天の川の水をせきとめて苗代用の水に落としてください。天から下界におりてくるのが神さまなのだけれど、その「あまくだる」と同音の「雨下る」というわけで……。

と詠んで、幣帛に書いて、神官に命じてその歌を神さまに申しあげさせたところ、かんかん照りの空が急にすっかりくもって、大雨がふって、枯れていた稲の葉が、ずっと緑色を回復しきった。即座に天災を撃退したのは、唐の太宗皇帝がイナゴをのんだ善政にもまけないことである。

例題 一三一 514頁

秋の様子になるにつれ、土御門邸のありさま

は、言いようもなく趣深い。池のあたりの（木の）こずえや、引きこんである水の辺の草むらは、めいめいにずっと色づいており、空いったいもほのぼのと魅力的なのにひきたてられて、休みなしによみ続けるお経の声が、ますます心にしみるのだ。だんだん涼しくなる風のぐあいにも、いつものとおり絶え間のない水の音が（経をよむ声と入りまじって）夜っぴて区別なく聞こえてくる。中宮さまも、おそば近くお仕えする人たちがとりとめのない話をするのをお聞きになりながら、（妊娠のため）けだるくいらっしゃるはずのようだけれど、そんなでもないようなふうに、よそおっておいでになる。（その）御様子などが（すばらしいのは）、いまさら言うまでもないことだけれど、つらいこの世のなぐさめには、こんなお方を慕ってあがるに限る（のだが、自分はそうしてよかった）と、ふだん意識している思いとはうってかわり、たとえようもない気持ちで、さまざまな（つらい）事を忘れるにつけても、一方では（我ながら）わからない心理だ。

例題 一三二　517頁

怪異だと人たちがいった事で（しかも）たいした結果にならず済んだのは、一条天皇の御即位の日、大極殿の飾りつけなどをするため、人びとが集まったところ、（殿内の）高御座のなかに、髪の毛のはえた何かの首で（しかも）血がついているのを見つけたので、びっくり仰天し、「どうしたらよかろう」と儀式係が処置をつけかね、「これほどの事件を内密にしておいてよいものか」と思い、兼家公に「こういう事件がございます」と、某氏を通じて申しあげさせたら、（兼家公は）ひどく睡そうな御様子をなさって、何もおっしゃらないので、「あるいはお耳に入らないのかしら」と（思い）、もういちどおさしずを仰いだけれど、うつらうつらしておいでになり、やはり御返事がない。ひどく不審に感じ、「それほど熟睡しておいでの様子でもないのに、何だってこんなふうにしていらっしゃるのか」と思って、しばらく御前にひかえていると、ふと目をおさましになった様子で、（兼家公が）「（大極殿の）飾りつけは終わったのか」とおっしゃったので、「わざとお聞きにならないふりで済まそうとお考えになったのだな」と気づいて、退席なさった。「まったくのところ、これほど重大な祝典の儀が、いまさら当日になって中止されようなどいうことは、不吉千万なので、（こんな事は）そっと内密に伏せておくべきだったのを、思慮もなく申しあげたものだ」と、（また）「どんなに（腹のすわってい ないやつだと兼家公が）お思いになったろう」と、某氏もひどく後悔なさったよし。まことに、当然の処置でした。（兼家公が）こうなさったからといって、何も別状などおありのわけがなく、万事めでたしでした。

例題 一三三　525頁

京都を出て、日数もたったから、もう三月もなかばをすぎ、春もすでに終わろうとしている。遠くに望む山に咲く花は、残雪かと見え、浦々島々はかすみわたり、（そんな自然をながめやりながら）過去や未来のことをお考えつづけになって、「いったい、なんの因縁でこんな情ないことになったのだろう」とおっしゃって、ただただ尽きないのは涙ばかりである。お子様がひとりもいらっしゃらないことを、母上の二位殿もなげき、奥方の大納言典侍殿も残念がって、あらゆる神さま仏さまにお祈りされたけれども、そのききめはない。「子どもがなくて、よいことをした。（もし）子どもがありでもしたら、どんなに心配なことだろう」と仰せられたことだけが、せめてものなぐさめであった。佐夜の中山におかかりになったときにも、（あの西行が歌によんだように）ふたたび越えられるとも思われないので、ますます悲しみが増してきて、たもとが、さらにひどく涙でぬれる。

例題 一三四 530頁

この頃としてはめずらしい干松茸を一袋いただき、ありがたく存じます。しかしながら（せっかくの）お志も、喜んでは頂戴いたしかねます――というのは、わたしがこちらへ参りましたのは、もう十二三年以前のことになりますのに、（その間あなたは）ついにお手紙をくださったこともございませぬ。わたくしのほうからは、こちらへ参りました当時、四五度も手紙でいろいろ申しあげましたけれど、一度も御返事はなく、世間の筋あいという事を無視なさいまして、（そのくせ）こんどあなたがわたくしの助力を必要とする件について、（いきなり）手紙をくださっても、わたしとしては承知いたしかねます。大体において、人に頼みごとをする前には、丁重にあつかい、または贈り物をし、いろいろお世辞をいったりするのは、関西のならわしでございます。関東は、そんな目先の細工はなかなか相手にしない土地でございます。ふだんから親密に交際しております人のためには、金銭はもちろん、命だって惜しみはしませぬ。あなたの心の持ちかたは、親類とは申せません。わたくしが破産し、あちらを逃げ出しましたとき、旅費としてわずか三十匁の額さえお貸しくださらず、出かける晩、おいとまごいに参上いたしましたら、わたしの足音をお聞きなされ、すぐ奥の間へかけこみ、「（うちの主人は）念仏講に出かけられました」と、奥さんがありありと（見えすいた）居留守をお使いになったのは、いまだに忘れはいたしませぬ。

例題 一三五 534頁

世間のお決まりとして、大晦日が闇であることは、天の岩戸の（話で知られている）神代以来、わかりきっているのに、世人はみないつも経済生活をうっかりしていて、毎年いちどの当てはずれに、決算期をやりくりできず困りきるのは、各人の心がけが悪いからだ。(商人にとってこの)一日は千両の金にもかえられないほど大切である。金銀がなくては越えることのできない冬と春の峠で、つまり借金の山というわけだが、その高さはとても登りきれないほどの厄介ものだ。(厄介ものといえば、人は)それぞれ子というものに収入相当の費用がいり、その場としては目に見えないけれど、一年のうちには計算してみると舟にも車にも積みきれないほどの支出になるし、ことに近年は、どこも主婦が贅沢になり、着物に不自由のない身分なのに、その時の流行模様の新春用晴着を買いたがり、帯にしても、古い舶来の本繻子で、いっぱいの幅に(長さは)一丈二尺(のものだから)、一本について銀二枚もする物を腰に巻き、小判二両もするさし櫛で、現在の相場の米なら規定量の三俵に当たるのを頭につけ、白ぬめの足袋をはくなど、昔は大名の奥様がたもなさらなかった事で、思えば町人の妻君の分際で神仏のおとがめも恐ろしいことだ。せめて自分の財産をタップリもってならばともかく、降っても照っても常に気の許せない利息を払う借金でやりくりしている人の経済状態で、女房がこんな贅沢をするなんか、よく考え直してみれば、自分で自分の心が恥ずかしくなるはずの事である。明日にでも破産したところで、妻の所有物件は差し押えられないから、(いったん)破産の処置を取ってから再出発するための営業資本にするのかしらと勘ぐられるのである。

例題 一三六 539頁

八月(旧暦)ごろに、太秦におこもりをするのに、一条通りをとおって参詣する途中で、男車――二つほど停めてあり、どこかへ出かける

のに同行するはずの人を待ちあわせているのだろう——を行きすぎたところ、随身みたいな人をよこして、

花を見に行こうとしていられるのだと、あなたをお見受けしますよ。

と言わせたので、「こんな場合のことは、返事をしないのもぐあいがわるい」など(供の者が)言うので、

あなたは移り気なお方なので、わたしまで移り気だとお考えになって、いろんな花の咲いている秋の野の……。

とだけ返事させて、通りすぎてしまった。

例題 一三七 542頁

もう秋も末で、夜寒のころとなったのにつれ、きりぎりすも弱ったのだろうか、声がだんだん細くなってゆく。

松にまきついているカズラの葉は散ってしまったことだ。それから考えると、里近い山は秋になって風がはげしくいまごろ、吹いているのだろう。

左右の歌ともに、姿がさびており、詞も趣ふかく感じられます。右の「まさきの」が、すこしどうかと思われるけれど、「外山の秋は」など表現している下の句が優美ですので、勝負なしと申すべきでしょうか。

例題 一三八 545頁

(a) 春の夜にまどろむ夢が、ふとさめた。橋の代用につなぎあわせた小舟の綱が切れ、どこかへ流れてゆくように、夢は流れ去る。ふと見ると、峯のあたりで横にたなびく雲がほのかな曙光のうちに別れてゆくところだ。

(b) 「津の国の難波わたりの春」とよまれて有名なこのあたりの美しい春景色も、いまは夢のような感じだ。眼前には、冬枯れの蘆の葉とそれを吹きとおる風だけしかない、ものさびしい景色だ。

（c）奥深い山里なので、春になったとも知らずに住んでいるが、その松の木で造った戸に、雪どけの水がしずくとなってはらはら落ちてくる（ので春になったなあと感じさせられる）。

（d）竜田川には紅葉がいっぱい散って流れている。それを渡ると、錦のような美しい落葉の帯が切れるかもしれない（ので渡りかねる）。

（e）竜田川のあたりを吹く強風が、峯に当たって弱まったのであろうか。「渡らば錦なかや絶えなむ」といわれたけれど、渡りもしないのに、水上の錦が切れたことだ（＝紅葉を水に吹き落としてくれない）。

（f）趣味の浅いわたくしにも、しみじみとした感興が迫ることだ、シギの飛びたつこの沢に見る秋の夕暮れには――。

（g）比良からの山風が花をさそって湖上に散らすことだ。おかげで、昔の人が「見えない」とよんだ舟のあとまであざやかに見える。〔本歌「世のなかを何にたとへむ朝びらき漕ぎいにし船の跡なきがごと」（万葉集・巻三）〕

（h）趣味の深い人に見せたいものだなあ、この津の国の難波あたりの美しい春のありさまを――。

例題 一三九 548頁

野明がいう、「句のしおり・ほそみとは、どんな表現ですか。」去来のこたえに、「しおりは、感傷的な句ではなく、ほそみは、繊弱な句ではない。しおりは、句ぜんたいとしてのスタイルに、ほそみは、詩情を生み出してゆく作者の心のはたらきにおいて現われる。これも、やはり例句をあげて説明しよう。

水鳥たちも寝入っているのだろうか、音もしない。余吾の湖は寒く、はるかな暗のひろがりだけを感じるのだが。

亡くなられた先生（＝芭蕉）は『この句は、ほそみがある』と批評なさったよしだ。また、宇津山の名物である十団子も、この前たべた時よりも小粒になった。こんな山の中にまで、せちがらい秋風は吹いてくるのだなあ。

(に対して) 先生は『この句は、しおりがある』と批評されたということだ。いったい、さび・位・ほそみ・しおりのことは、ことばや文章で説明しきれない。ただ、先生の評された句を(例として) あげるだけだ。他は、類推して理解なさるがよい。」

例題 一四〇 554頁

日がもう海に沈んで、月はほのぐらく、天の川は中空に横たわって、星がきらきらと冷たく光っているのに、沖の方から浪音が幾度となく寄せてきて、魂を削られるよう、腸もちぎれるほどで、どこからともなしに悲しみが迫ってくるので、旅寝もよく眠られず、ころもの袖は、何故ということなしに、しぼるほどぬれたのです。

荒海が暗くとどろいている。黒く見える影は、佐渡である。その上を、はるかに天の川が横たわっている。悠久な歴史の流れをのせて……。

例題 一四一 556頁

若葉して――この寺の開祖鑑真和尚は、中国から日本へ来られる航海・難破の辛苦に失明されたので、御像も盲目の姿だ。しかし、その見えない肉眼の奥には、衆生の業苦を救ってやろうという深い慈悲の光がひそめられており、それが涙をやどしていられるようにさえ感じられる。薄暗い堂内とは対照的に、外は初夏の光線に若葉が美しい。この若葉で、和尚の御目を拭ってあげたいものだ。若葉にこもる「この世の明るさ」は、きっと和尚の霊を喜ばせてくれるにちがいない。

あらたふと――東照宮の荘厳・華麗には、頭がさがる。あたりには青葉・若葉が初夏の日光に映えており、その日光は、家康公の威徳を象徴するかのように、輝かしさに充ちている。
山に沿うて——山はいちめんの若葉だ。谷間の川を小舟が漕いでゆく。舟の動きが小さく見えるのと対照的に、若葉のひろがりは印象があざやかだ。
富士ひとつ——見わたす限りの裾野は若葉だ。そのなかに埋め残されているのは、富士山だけで、初夏の生気に充ちた若葉の景色は、壮大そのものだ。
絶頂の——頂上に城が見える。ひきしまった威厳と美しい構成の線は、見る者にたのもしさを感じさせる。その感じは、山を埋めつくす若葉のいきいきした色を、いっそうあざやかにする。
蛇を截って——漢の高祖が、若いころ、谷間の道を行くと、大蛇が横たわっており、通れない。そこで、剣を抜いて蛇をぶち斬り、押し通った。その高らかな意気を思いおこすような張り切った感じになることだ、生気にあふれた若葉を分けて行くと。

（い）ひとり山道をたどってくると、何だかほのぼの心をひかれる事があるのだが、それが何であるかは、我ながら意識にのぼらない。ふと見ると、可憐なスミレが咲いている、わたしのほのぼのとした思いを迎えるかのように。

（ろ）大空に架けて壮大な虹の橋を吐くほどの意気で、いま牡丹は、ぱっと華麗な花を開こうとする。牡丹の豪奢な美しさがいま開けようとする瞬間は、虹というイメイジのもつ壮大・華麗さに、ぴたりと合っている。

（は）月は東の空にのぼろうとしているが、落日はまだ西空を荘厳な朱色に染めている。日月の両光に抱かれる野のひろがりは、まことに雄大というべきだが、そこに菜の花がやさしい黄のカーペットを敷いていることにより、この大景がいっそう印象的だ。

(に) 秋の暮れがた、葉の落ちつくした枝に、鳥がぽつんととまっている。天地の寂寥が、この鳥に凝集されたような感じだ。

(ほ) 郭公の声が平安京を斜めに横切って去る。昔から風流人士の魂を動かしてきた郭公の声は、古い歴史をもつこの都に余韻を引き、限りない懐古の情を誘う。

(へ) 奈良には、古代からの仏像が多い。その高雅な美しさには、われわれを「咲く花のにほふがごとく」といわれた天平の昔へと誘う。おりふし菊のころで、仏前には美しい菊花が供えられており、そのほのぼのとした香は、高雅な古代の夢に遠くかよいあうのである。

例題 一四二 560頁

万年暦が適中するのもふしぎだけれど、はずれてもまた興味がある。といった次第で、近年の結婚は、万年暦にある相性とか容貌とかにもおかまいなく、持参金の多い娘を好むのが、世間のならわしとなってしまった。そのため、このごろの仲人は、まず持参金の多いか少ないかを調べて、あとで「その娘さんは不具者でないかどうか」とたずねる。昔とはたいへん違い、欲のため人の願いも変わってきた。

例題 一四三 561頁

十月上旬で、はっきりしない空模様に、自分の身は風に吹かれる木の葉のように、どこへゆくのか当てもないような感じで、初しぐれに濡れながら、旅人とよばれる境遇になって、どうなるとも知れない心ぼそさのうちに、風雅の世界へと深まってゆきたい。

おりから山茶花の咲く宿に泊まりをかさね、どうか心ゆくまで風雅の旅を味わってください。

この第二句を、岩城の住人である長太郎が付けなどして、（そして）其角の宅で壮行会をしようというわけで、もてなしてくれる。

今は冬だが、君は、ずっと旅をして、来春は吉野まで廻り、その句をみやげに、元気に帰ってくるだろうね。

この句は、露沾さまから下さったものだが、これを餞別の初めとして、旧友・親しい人・ちょっとした知り合い・門人らが、あるいは詩歌や文章で挨拶をし、あるいは旅費として金一封で親切さを示してくれる。昔の人は「遠く旅だつには三月も前から食糧を集める」と言ったが、わたしの場合は（旅費の調達に）あまり骨も折れない。紙製の防寒衣・綿入れの類、かぶりもの・足袋など、それぞれの心くばりであちこちから贈ってくれ、冬の寒さをしのぐのに心配はいらない。ある者は小船を（川に）浮かべ、ある者は別荘で宴席を用意し、ある者は拙宅に酒・さかなを持参して、前途（の平安）をいのり、なごりを惜しみなんかするのは、まったく身分の高い人が旅だつみたいだと、たいそうものものしく感じられた。

例題 一四八 627頁

花紅葉を――桜花や紅葉の美しさを経験した人でなければ、最初から苫屋などの住まいをすることは、とうてい難かしい。外面的な美しさをたっぷり味わいつくした後にこそ、苫屋の住まいとしての閑寂なよさが発見できる。この点が茶道の中心的な考えかたである。

花をのみ――桜花のような外面的華麗ばかり期待しているようなお方には、ひなびた山里の雪を分けて生い出る草の、飾りはないけれど、ほんとうの生命にあふれた美を見せてあげたいものだなあ（どうせ、わかりはしないだろうけれど）。

例題 一四九 641頁

（一）男もするとかの日記というものを、女性のわたしもやってみようというわけで、書くのである。

（二）まだ年内なのに立春になったことだ。同じ年なのを、去年といったらよいだろうか、それとも今年といったらよいだろうか。

（三）都では見かけない鳥なので、誰も名を知らず、渡し場の番人にたずねたら、「これが都鳥でさあ」というのを聞いて、

（都鳥という）名をもっているなら、ひとつ質問しよう、わたしの恋しく思う人たちは無事でいるかどうかと。

とよんだので、舟に乗りあわせた人たちは、ことごとく泣いてしまったということだ。

（四）秋は夕暮れ（がいちばん魅力的）だ。夕日があかあかとさして、スカイラインが近づいた感じであるところに、烏がねぐらへ帰るというわけで、三羽四羽二羽といったぐあいに飛んでゆくのまでが、しみじみと感興が深い。

（五）わたくしは、この国の人でなく、月世界の都の者です。ところが、過去にどうしてもこうなる運命が決まっていまして、そのため、この人間世界に参りましたのです。

（六）今からいえばずっと昔の話だが、愛宕山に長年修行して経文をたいせつにする和尚がいたそうだ。数年このかた、法華経をたいせつにしており、他の事を考えないで、住まいの外に出ることはなかった。

例題 一五一 649頁

（イ）春霞が立つこの頃、もう桜の花が咲くのも近いわけなのに、雁は北へ帰ってゆく。彼らは、花のない土地に先祖からずっと住んでいて、あの美しさを知らないのだろうか（そうでなければ、いまこの国を去るとは、理解できないことだ）。

（ロ）桜の花に深くあこがれる心だけは、どうして残ったのだろうか。あらゆる迷いや執着を捨てきったと信じているわたしなのに。

（ハ）桜田のほうへ鶴が鳴きながら飛んでゆく。年魚市潟《あゆち》は汐がひいたらしいな。（食物を求めて）鶴が鳴きながら飛んでゆく。

（ニ）時と場合によっては、ありがたいはずの雨だって、度が過ぎると人民の悩みになります。八大竜王よ、どうか雨をおやめください。

（ホ）大空は梅の香りをただよわせながら、いちめんに霞んでおり、しかし曇りというほどでもない春の夜空には、おぼろ月がほのかに見えることだ。

例題 一五三　654頁

（1）山や谷を越えてきて、野の小高い所で、今ごろは鳴いているだろう鶯の声よ。

（2）印南野の低いチガヤを押し伏せて旅寝する夜が数かさなったので、わが家が恋しい。

（3）明日からは若菜をつもうとシメを張っておいた野に、昨日も今日も雪が降っていることだ。

（4）春の野にスミレの花をつみにきたわたしは、野があまりにもしたしみ深い感じなので、思わず一晩とまってしまった。

（5）低いチガヤの生えた原は、葉末の露の玉にひとつひとつ秋の夜の月光が宿されている。

（6）低いチガヤにまじっているのをかき分けて、ナデシコの花を折ると、露がはらはらとこぼれる。

（7）このように夜ごとの眠りをかさねて、いずれは道ばたの芝におく露のように、果てはどこに倒れ伏すことだろうと思う。

（8）露がいっぱいで、低いチガヤのしげっている野原になってしまい、以前の都とはすっかり見ちがえるほどの変わりようだ。

（9）やがて西空に傾き去るであろう月だが、

しばらくは桜花の上にあり、映えあって、夢のように美しい春の夜だ。あかるく美しい景物の代表である月と花を採りあげながら、しんみりとした静寂さが滲透している点、蕉風の「さび」が見られる。

(10) 例題一四一通釈参照 (740頁下段)。

(11) ふだんなら見すごしてしまいそうな平凡な山に、朝霞がたなびいて、何となく心をひかれる。さすがに春だからであろう。めざましいもの・美しいものでなくても、しみじみ心をひかれるところに、芭蕉らしさがある。

(12) 峠にのぼりついて、ひと休みしていると、ヒバリの声が聞こえる。いつもは頭の上に聞く声だが、いまは下から聞こえてくる。かすかな驚きと無心な喜びの感じられる句である。

例題 一五四 658頁

(イ) 火鉢に(あたりながら)いっぱい坐っている女房たちが、ゆったりと唐衣を着流している様子が、もの慣れ、落ちついているのを見るにつけても、まことにうらやましい。御手紙のとりつぎをしたり、立ったり坐ったり、行きかう様子なんかが平気そうで、おしゃべりをし、笑いなどする。(それを見るにつけ)いつになったらあのように付きあいができるようになるだろうかと想像することまでが気がひける。(他の所では)集まって絵など見ている女房たちもいるようだ。

備考 清少納言が宮仕えに出たばかりで、まだもの慣れなかった頃の回想記事である。

(ロ) その果ては雲に続く海原がひっそりとして、青空はもう暮れようとする。離れ島を夕霧がへだて、月は海の上にうかぶ。どこまでもうねうね続く浦ぞいに浪をおし分け、潮流にひかれてゆく舟は、中空の雲にまで分け入ってゆくような気がする。日数がたつにつれ、都との間は山や川が遠くへだててゆき、都では遠国だと思っていた国がこんどは近くなる。はるばるやってきてしまったと思うにつけ、涙が限りもなく流れる。

備考　月海上に――都人にとって、月は山の端から出るのが常識であった。

（ハ）その評判が、あちらにもこちらにも、ぱっとひろがった。よくよく考えてみると、ほんとに有るとは信じにくいし、また、ぜんぜん無いともきめにくい。宇宙間の現象としておこったことで、むかし甘い雨がふったり、天から少女がおりて舞った前例もないわけではない。

備考　その噂――天から音楽が聞こえるという流言。

例題　一五五　660頁

村上天皇の御代の宣耀殿の女御は、御きりょうがよくて愛らしくいらっしゃった。天皇は、たいへん御かわいがりあそばされて、こんなふうに詠んでおやりになったとかいう。

生きているこの世ではもちろんのこと、死んでから後のあの世でも、羽をならべていっしょに空を飛んでいるという比翼の鳥となって、きっと離れないで愛しあってゆこうよ。

その御返歌に、女御は、

秋になると木の葉は色変わりしますが、陛下もお心変わりあそばされて、今の御ことばが変わるというようなことがございませんなら、わたしもたがいに枝がつながってはえているという連理の枝となって、きっとおそばを離れないでまいりましょう。

とお詠みになった。『古今和歌集』を暗記しておいでになるとお聞きあそばされて、天皇は、ためしにテクストを隠して、女御にはお見せにならないで、「やまと歌は……」という所から始めて、上の句のことばをおっしゃってはおたずねになったところ、詞書だって歌だって、言いちがえなさるのはなかったということである。

例題 一五六 662頁

近ごろの歌は、ある点でおもしろく言いまわしてあると思われるのはあるが、むかしの歌などのように、どういうものか、言外にしみじみと余情の感じられるのはない。貫之が「糸によるものならなくに」と詠んだのは、『古今和歌集』のなかの歌のくずだとか伝えているけれど、現今の人の詠めそうな表現だとは思われない。その当時の歌には、格調も用語も、この類の歌ばかりが多い。この歌に限って、このように歌屑と言いたてられたわけもわからない。『源氏物語』には「ものとはなしにとか……」と書いてある。『新古今和歌集』では、「冬の来て山も……」という歌をやはり歌屑だといっているようだが、これは、ほんとに、すこし姿の整わない歌と思われるかもしれない。けれど、この歌も、皆で批判したときは、わるくないという認定があって、後にも後鳥羽院がとくに感心なさっておほめあそばされたということが、家長の日記には書いてある。歌道だけはむかしに変わらないなどいう説もあるが、さあ、どんなものかしら、いま詠んでいる同じことばや歌の名所も、むかしの人の詠んでいるのは、けっして同じようではない。いかにも自然ですなおであり、歌の格調も美しく、感情もしみじみ受けとられる。『梁塵秘抄』の流行歌曲のことばは、実にまたしみじみ感情のこもったのが多いようだ。むかしの人は、まったく、どんなに無造作に詠みっぱなしたことばでも、みなすばらしく聞こえるのだろうか。

重要事項のまとめ――下に出した数字は頁を示す――

助動詞

終止形＋なり＝伝聞・推定
体言（連体形）＋なり＝断定 } **なり**……………二一七

つ
ぬ } 確述
たり
り } 存続 } ［いわゆる完了］……………二〇二・二〇九

［回想］ { 目睹回想――**き**……………二六四
伝承回想
詠　歎 } **けり**……………二六九

む――単純推量（………だろう）
らむ―現在推量（…ているだろう）
けむ―回想推量（…たことだろう） } ［推量］…二一四

［仮想］ { （ましかば）
（せば）
（ならば） } **まし**……………二六一
（連体形）――**む**……………二一七

てむ――助動詞（つ＋む）……………二二六

なむ { (1)連用形―助動詞（ぬ＋む）
(2)未然形―終助詞（願望）
(3)その他―係助詞 } ……一九九

助詞

が——中古文では格助詞……二六一

の　体言＋の（　）連体形＝体言＋で（　）の……二六六

体　言＋を→格助詞 ／ 連体形＋を→接続助詞 ｝ **を**……二九一

ば		
未然	仮定	（ならば）
已然	確定	（ので）

……二九七

とも	仮定
ども	確定

……三〇五

順接	逆接
仮定（未然の「ば」）	仮定（と・とも）
確定（已然の「ば」）	確定（ど・ども）

……三〇六

中古語	**だに・すら**	**さへ**	
現代語	さえ	までも	even

……三一六

も　ぞ ／ **もこそ** ｝（…やしないかしら）……三二二

呼応語法

ぞ・こそ——（はっきりした強め） ／ **なむ**——（少し柔らかい強め） ｝ 強調

や・か ┌「にや」「にか」→多くは疑問 ／ └「やは」「かは」→多くは反語 ｝……三四二

係り（結びなし）｛立ち消え／省略｛（はさみこみ）（言い切り）……三四二

［はさみこみ］こそ→（已然形）＝逆接……三四三

え｛ず＝できない／で＝できないで／じ＝できまい｝……三一八

文の組み立て

ならびの修飾
○○（連用形）○○○○｝○○○○○○○○（$(a+b)n=an+bn$）……三五〇

はさみこみ
○○○○○、○○○○○○、○○○○○○○○○○。……三五三

敬語法

尊敬―動作主尊敬｝話題についての｝敬語……三八八
謙譲―対象尊敬／謙譲｝
丁寧―丁寧｝話し相手に対し｝

地の文における［せたまふ／させたまふ］最高敬語……四七三

会話部分／書簡文｝敬語の程度が強い……三七三

天皇―自敬表現あり……三八二

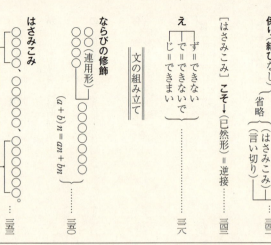

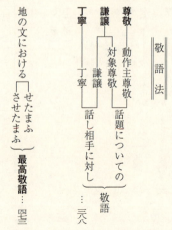

関係の把握

(1) 全文をいくつかの部分に区切る
(2) 各部分が互いにどう連関するか
(3) 各部分が全体にどう関係するか
……文章構成　四八八

(1) 全文につき大意→要旨→主題と追求
(2) 主題がどの部分で強調されているか
(3) 他の部分はどんな素材が存在するか
(4) 素材が a 個なら段数も a 個（$a\times n$）
(5) 角度が b 個なら段数も b 個（$b\times n$）
(6) 段落の資格は思想のまとまりを要す
……段落　四九〇

和歌・俳句

万葉風―五七基調・緊張・直接の実感表出
古今風―七五基調・知的な趣向・遠まわし
新古今風―濃艶・繊細・実感以上の仮象の美
……六四七

枕詞・序詞……四四六
本歌取り……五四八

貞門風―洒落・理屈・古典趣味・物付け
談林風―奇抜さ・自由さ・破調・心付け
蕉　風―さび・象徴表現・深み・匂付け
天明調―絵画美・繊細・雅・古典趣味
月並調―理屈・小主観・見せかけ風流
……六一〇・六五二

切字……四五〇
季語……四四四

表現精神

あはれ―全体的・情的・直感的
をかし―分析的・知的・観察的
……一四一

さび（広義）
さび（狭義）
しほり
ほそみ
［発句］……五五三

にほひ（広義）｛にほひ（狭義）／うつり／ひびき｝［付句］……六三

粋——江戸前期——積極的

通——江戸後期——消極的｝……………六四

季語表覧

備　考

（1）「新」は「新年」の略号。春に属するが、区別してあつかうことが多い。
（2）春・夏・秋・冬は旧暦の感覚によるものである。現在の暦とはすこしズレがある。
（3）配列は古典かなづかいによるが、判別しにくいものは現代かなづかいでも出し、古典かなづかいで出る場所を示した。

【あ】

秋近し	夏
朝顔	秋
朝寒（あささむ）	秋
紫陽花（あじさい）	夏
網代（あじろ）	冬
汗	夏
粟（あは）	秋
袷（あはせ）	夏
虻（あぶ）	春
扇（あふぎ）	夏
葵祭（あふひまつり）	夏
菖蒲（あやめ）	夏
雨乞ひ	夏
雨蛙	夏
天の川	秋
鮎（あゆ）	夏
蟻	夏
青嵐（あをあらし）	夏
青鷺（あをさぎ）	夏
青簾（あをすだれ）	夏
青田	夏
青葉	夏
青麦	春

【い】

十六夜（いざよひ）	秋
伊勢参り	春
苺（いちご）	夏
泉	夏
竈馬（いとど）	秋
蝗（いなご）	秋
稲妻	秋
稲刈	秋
稲雀	秋
飯蛸（いひだこ）	春
芋（いも）	秋
囲炉裏→ゐ	
鰯（いわし）	秋

【う】

鵜飼（うかひ）　夏
萍（うきくさ）　夏
鶯（うぐひす）　春
兎（うさぎ）　冬
薄物　夏
薄紅葉　秋
薄氷（うすらひ）　春
団扇（うちは）　夏
空蟬（うつせみ）　夏
埋み火　冬
独活（うど）　春
梅　春
鶉（うづら）　秋
末枯（うらがれ）　秋
盂蘭盆（うらぼん）　秋
うららか　春
瓜（うり）　夏

【え】

枝豆　秋
夷講（えびすこう）　秋
衣紋竹（えもんだけ）　夏

【お】

老鶯（おいうぐひす）　夏
おうぎ（扇）↓あ
置炬燵　冬
鴛鴦（おしどり）↓を
遅き日　春
落ち鮎（あゆ）　秋
落ち葉　冬
落ち穂　秋
落とし水　秋
踊り↓を
朧月（おぼろづき）　春
お水取り　春
おみなへし↓を
沢瀉（おもだか）　夏
泳ぎ　夏

【か】

河骨（かうほね）　夏
かうもり（蝙蝠）　夏
案山子（かかし）　秋
燕子花（かきつばた）　夏
柿　秋
牡蠣（かき）　冬
柿の花　夏
蜉蝣（かげろふ）　秋
飾り　新
河鹿（かじか）　夏
粕汁（かすじる）　冬
霞（かすみ）　春
風薫る　夏
蝸牛（かたつむり）　夏
帷子（かたびら）　夏
鰹（かつを）　夏
門火（かどび）　秋
蟹（かに）　夏
鉦（かね）叩き　秋
鹿（か）の子　夏
川狩（かはがり）　夏
翡翠（かはせみ）　夏
蛙（かはづ）　春
帰る雁　春
南瓜（かぼちゃ）　秋
紙衣（かみこ）　冬
神の留守　冬
鴨（かも）　冬
蚊帳（かや）　夏
蚊遣り火　夏
乾鮭（からざけ）　冬
雁（かり）　秋
狩り　冬
刈り田　秋
枯れ野　冬
閑古鳥　夏

寒菊	冬
灌仏→く	
【き】	
菊	秋
菊根分け	春
雉子（きじ）	春
啄木鳥（きつつき）	秋
狐火（きつねび）	冬
砧（きぬた）	秋
茸（きのこ）	秋
行水	夏
霧	秋
きりぎりす	秋
桐の花	夏
桐一葉（きりひとは）	秋
金魚	夏
【く】	
草刈り	夏
草の花	秋
草の実	秋
草餅	春
薬玉（くすだま）	夏
葛（くず）の衣	秋
崩れ簗（やな）	秋
桑	春
水鶏（くひな）	夏
雲の峰	夏
栗	秋
栗の花	夏
灌仏（くわんぶつ）	春
【け】	
鶏頭	秋
芥子（けし）の花	夏
毛虫	夏
【こ】	
蚕（こ）飼ひ	夏
木枯（こがらし）	冬
木下闇（こしたやみ）	夏
炬燵	冬
東風（こち）	春
小鳥	秋
子猫	春
木（こ）の芽	春
小春	冬
こほろぎ	秋
独楽（こま）	新
胡麻（ごま）	秋
更衣（ころもがへ）	夏
【さ】	
冴（さ）え返る	春
ざくろの花	夏
ささげ	秋
挿木（さしき）	春
里神楽	冬
早苗（さなへ）	夏
五月雨（さみだれ）	夏
さるすべり	夏
早少女（さをとめ）	夏
残菊	冬
残雪	春
【し】	
鹿	秋
鴫（しぎ）	秋
時雨（しぐれ）	冬
茂り	夏
羊歯（しだ）	新
下萌（したも）え	春
自然薯（じねんじよ）	秋
椎（しひ）の実	秋
汐干（しほひ）	春
紙魚（しみ）	夏
清水（しみづ）	夏
しめかざり	新
霜	冬

障子　冬
障子洗ふ　秋
芍薬（しやくやく）　夏
白魚（しらうを）　春
代掻（しろか）く　夏
紫苑（しをん）　秋
新酒　秋
新米　秋
新涼　秋

【す】

水仙　冬
水盤　夏
杉菜　春
杉の花　春
ずきん（頭巾）→づ
薄（すすき）　秋
涼しさ　夏
煤（すす）払ひ　冬
雀の子　春
相撲　秋
炭（すみ）　冬
菫（すみれ）　春

【せ】

施餓鬼　秋
鶺鴒（せきれい）　秋
蟬（せみ）　夏
芹（せり）　春

【そ】

走馬燈　秋
蕎麦（そば）　秋

【た】

大根引き　冬
大文字　秋
田打ち　春
蟷螂（たうらう）　秋
田植ゑ　夏
鷹（たか）　冬
高黍（たかきび）　秋
耕す　春
滝　夏
焚（た）き火　冬
田草取り　夏
茸（たけ）狩り　秋
筍（たけのこ）　春
凧（たこ）　春
太刀魚　秋
蓼（たで）の花　秋
七夕（たなばた）　秋
種蒔き　春
足袋（たび）　冬
玉子酒　冬
霊棚（たまだな）　秋

【ち】

千鳥　冬
茅（ち）の輪　夏
粽（ちまき）　夏
茶摘み　春
茶の花　冬
ちょう（蝶）→て

【つ】

追儺（ついな）　冬
接木（つぎき）　春
月見　秋
月見草　夏
頭巾（づきん）　冬
蔦（つた）　秋
つつじ　春
椿（つばき）　春
燕　春
摘み草　春
梅雨（つゆ）　夏
露　秋
露草　秋
露涼し　夏

つりしのぶ　夏

【て】

出代り　春
蝶（てふ）　春
手毬（てまり）　春
出水　夏
天草取り　夏

【と】

冬瓜（とうぐわん）　秋
燈籠　秋
とうろう（蟷螂）↓た
蜥蜴（とかげ）　夏
ところてん　夏
年の市　冬
鳥帰る　春
鳥の巣　春
どんぐり　秋
とんぼ　秋

【な】

梨（なし）　秋
茄子（なす）　夏
夏近し　春
薺（なづな）　春
撫子（なでしこ）　夏
菜の花　春
苗代（なはしろ）　春
鳴子（なるこ）　秋

【に】

濁り酒　秋
虹（にじ）　夏
二百十日　秋
韮（にら）　春

【ぬ】

零余子（ぬかご）　秋

【ね】

葱（ねぎ）　冬
猫の恋　春
涅槃（ねはん）　春
根深（ねぶか）　冬
ねむの花　夏

【の】

野菊　秋
後の月　秋
のどか　春
幟（のぼり）　夏
蚤（のみ）　夏
野焼く　春
海苔（のり）　春
野分（のわき）　秋

【は】

墓参り　秋
萩（はぎ）　秋
箱庭　夏
端居（はしゐ）　夏
蓮　夏
芭蕉　秋
鯊（はぜ）釣り　秋
畑打つ　春
肌寒　秋
蜂　春
鉢叩き　冬
初嵐　秋
初午　春
初霞　春
初がつを　夏
八朔（はっさく）　秋
初しぐれ　冬
初潮　秋
花　春
花野　秋
花火　秋

花見　春
羽ぬけ鳥　夏
蝿（はへ）　夏
蛤（はまぐり）　春
破魔弓　新
葉柳　夏
針供養　春
春惜しむ　夏

【ひ】

日傘（ひがさ）　夏
彼岸　春
蟇（ひきがへる）　夏
蜩（ひぐらし）　秋
日盛り　夏
菱（ひし）の実　秋
旱（ひでり）　夏
灯（ひ）取り虫　夏
雛　春
日永　春
ひなたぼこり　冬
枇杷（びは）　夏
枇杷の花　冬
火鉢　冬
雲雀（ひばり）　春
柊（ひひらぎ）の花　冬
ひまはり　夏
屛風　冬
冷やか　秋
鵯（ひよどり）　秋
蛭（ひる）　夏
昼顔　夏
火桶　冬

【ふ】

風鈴（ふうりん）　夏
蕗（ふき）　夏
蕗のとう　春
河豚（ふぐ）　冬
瓢（ふくべ）　秋
衾（ふすま）　冬
葡萄（ぶだう）　秋
藤の花　春
蒲団（ふとん）　冬
船遊び　夏
船虫　夏
芙蓉（ふよう）　秋
鰤（ぶり）　冬
古暦　冬

【へ】

糸瓜（へちま）　秋
紅（べに）の花　夏
蛇　夏
遍路（へんろ）　春

【ほ】

鳳仙花　秋
蓬莱（ほうらい）　新
木瓜（ぼけ）の花　春
星月夜　秋
干し菜　冬
星祭　秋
榾（ほだ）　冬
蛍（ほたる）　夏
牡丹（ぼたん）　夏
郭公（ほととぎす）　夏
頰白　秋
酸漿（ほほづき）　秋

【ま】

松落葉　夏
松茸（まつだけ）　秋
待宵（まつよひ）　秋
祭り　夏
間引き菜　秋
繭（まゆ）　夏
万歳（まんざい）　新

【み】

実梅（みうめ）　夏
三日月　秋
蜜柑（みかん）　秋
短日（みじかび）　冬
短夜　夏
御禊（みそぎ）　夏
水涸（か）る　冬
水喧嘩　夏
みづすまし　夏
水鳥　冬
水ぬるむ　春
水番（みづばん）　夏
壬生（みぶ）念仏　春
都鳥　冬

【む】

迎へ火　夏
麦打ち　夏
麦の秋　夏
麦笛　夏
麦蒔き　冬
木槿（むくげ）　秋
虫　秋
虫干し　夏

【め】

名月　秋
目刺し　春
目白　秋
めだか　夏

【も】

藻刈り　夏
木犀（もくせい）　秋
百舌鳥（もず）　秋
餅つき　冬
藻の花　夏
籾（もみ）　秋
紅葉　秋
紅葉散る　冬
桃　夏
百千鳥（ももちどり）　春

【や】

矢車　夏
焼け野　春
柳　春
柳散る　秋
屋根替へ　春
藪入り　新
山吹　春
山焼く　春

【ゆ】

浴衣（ゆかた）　夏
雪　冬
雪解（ゆきげ）　春
ゆづり葉　新
夕顔　夏
夕立　夏
柚味噌（ゆみそ）　秋
百合（ゆり）の花　夏

【よ】

余寒（よかん）　春
夜寒（よさむ）　秋
葦切（よしきり）　夏
葦戸（よしど）　夏
夜長（よなが）　秋
夜なべ　秋
嫁菜　春
蓬（よもぎ）　春
夜の秋　夏

【ら】

蘭（らん）　秋

【り】

流灯　秋
良夜　秋

緑陰　夏
竜胆（りんだう）　秋

【れ】

連翹（れんげう）　春
蓮根掘る　冬

【ろ】

炉（ろ）開き　冬
炉塞（ろふさぎ）　春

【わ】

若鮎　春
若草　春
若竹　夏
若布（わかめ）　春
病葉（わくらば）　夏
早稲（わせ）　秋
渡り鳥　秋
山葵（わさび）　春

鷲（わし）　冬
蕨（わらび）　春

【ゐ】

藺（ゐ）　夏
井守（ゐもり）　夏
囲炉裏（ゐろり）　冬

【を】

鴛鴦（をしどり）　冬
踊り　秋
をみなへし　秋

索引

索引は何のため本の終りにつけられているのか。それは、けっしてアクセサリーではない。諸君はこの本をよんでいるうち、何頁参照と示した所がたいへん多いことに気がついていられるだろう。いろんな知識は、断片的では充分な「ちから」とならない。気のつかないようなところで複雑な結びつきをしながら、全体を構成しているのが、ほんとうの知識というものである。そんなふうに知識をまとめるとき、索引は非常に役だつ。次に、諸君がこの本をよむうち、自分ではちゃんと勉強したつもりでいて、ついよみ過ごした所もあるだろう。それを発見するとき、索引はやはり有用である。また、ほかの本をよんでいるとき、この本のどこかに参照したいことができても、それを発見することが容易だろう。索引は、ふつう第三の目的に使われることが多いけれど、いちばん大切なのは、第一の使いかたであると思う。それらの目的をすべて満足するような索引を作ることは、たいへん難しい。しかし、わたくしの作った索引は、ある程度までその役にたつであろうことを信じている。

事項索引（現代かなづかい）

【あ行】

【か行】

【た行】

語彙索引（古典かなづかい）

【あ】

【い】

【こ】

【さ】

【た】

解説　古文への情熱

土屋博映

今の高校生（受験生）で『古文研究法』を知らない者はいないだろう。いや、現代日本人の大部分が、『古文研究法』という書名を目に、また耳に、したことがあるはずである。かくいう僕ももちろん『古文研究法』を知っている。それどころか本書（以下『古文研究法』を「本書」と記す）で古文の受験勉強をしたものである。今から四八年前のこと。およそ半世紀前である。本書は、学習参考書の世界では、化石になってもいいほどの時代を経過しているといっても過言ではない。化石と異なるのは、いまだにその生命を失っていない、ということである。いわば古文参考書のシーラカンスである。

僕の手元には、当時の、長年にわたって読み込んですり減った本書が存在する。その奥付を見ると、「昭和30年9月20日　初版発行」とあり、さらに「昭和41年2月28日　改訂第2版発行」と記されている。僕が持っているのは、この「改訂第2版」である。高校三年の春に購入し、大学合格に大いに役立ったのみならず、僕の国語（古文）の教師としての原点ともなったといえる参考書である。僕は本書のおかげで、著者の小西甚一先生（以下、著者を「先生」と記す）が勤務している大学に合格することができた。先生の講義でAをとったのが自慢である。先生は予備校や塾で教えるような人ではない。それなのに、古文の聖書といってもよいほどの本書が成立したのは、「洛陽社」の阿部邦義社長（先生の教え子にあたる）の熱意である。「はしがき」を読むと、そのことがよくわかる。阿部社長には僕の大学の先輩として、その尽力に心より感謝したい。大げさに言えば（大げさではないのだが）、日本の若者の思考に多大な影響を与えた画期的な学習参考書を世に送り出してくれたからだ。本書は、本来ハードカバーの単行本であったが、このたび、「ちくま学芸文庫」により文庫本として復活されたのはまことによろこばしい。誰でも手に取りやすく、持ち運び便利なものになったからである（僕も愛用したい）。

現代の学習参考書は、大部分が細分化されている。古文においても、単語、文法、常識（文学史・歴史的背景）などと分冊されている場合がほとんどであるが、当時は、古文は古文ですべて一冊にまとまっているのが常識であった。考えてみれば、古文は古代日本語であり、言語の一種なのであるから、単語、文法、常識をまとめて扱うのが当然といえば当然である。ばらばらに学んでも、ただ暗記に終わるのみで、言語としての総合的な実力はつきにくい。本書がいまだ必要とされるのもわかるというものだ。

本書の「はしがき」で、先生は以下のように述べている。まず「例題は、自分で作らなくてはいけない。それが苦労の第一であった。」と。普通は入試問題の流用ですますものだが、創作問題で良問を目指すという「真摯《しんし》な姿勢」がうかがえる。また「大切な所は、ふだん教室で講義しているような調子で書いていった。」ともある。これはおそらく先生の独創であろう。文語調で堅苦しい参考書ばかりの中で、いうならば口語調でわかりやすく記していくという姿勢をとった。これはすごいことだ。先生のすごさが如実にあらわれている。難しいことを難しくいうのは、実は誰でもできる。難しいことをわかりやすく述べるのは、本物の実力がないとできないのだ。先生は学者として超一流である、だからこそ超一流の参考書が書けるのだ。また「最後の索引まで、全部を私だけの手でしあげた。」ともある。普通の教師なら、たいていのところは他人任せにするのに、「索引」まですべて自分の手作りである。良書にならないわけがない。

「はしがき」の中にはまた次のように記される。「これからの日本を背負ってゆく若人たちが、貴重な青春を割いて読む本は、たいへん重要なのである。学者が参考書を著わすことは、学位論文を書くのと同等の重みで考えられなくてはいけない。」と。こういうところに小西先生のお人柄があらわれている。売れればいいのではない、内容の良いものを若者に与えていくという姿勢は、まさに現代の教師をはじめとする、大人たちにも是非学んでもらいたいものである。「はしがき」のまとめは、「私は、自分の書いた本には、どこまでも責任を持ちたい。」という言葉である。僕は、教師の一人として、もって肝に銘じたい。

初版から一〇年後の、「改訂版」では、「改訂版のあいさつ」の中で、本書をまねた作品についてふれている。本書の、いわゆる海賊版に近いものがぞくぞく出現したのだ。先生の校正ミスまでそっくりそのままの参考書まで見られたという。先生は次のように記す。「それらの糊ハサミ式参考書を見て感じたのは、いっぽん筋がとおっていないということである。器用にまとめてはあっても、全体としてぐいぐい迫ってくる力がない。つまり、死に本である。では筋とは何か。良心である。十年にわたって書き直したけれど、私の本にはまだ不備があるかもしれない。だが、良心だけは、ぜったい不備でないつもりである。」と。こういうまとめに、先生の、ゆるぎない信念と、偽物は許せない、という姿勢（良心）がよくわかる。まさに今の時代にも言えることではないか。これも高校生だけではなく、教師を含めた大人たちに聞かせたいと思うほどである。

以上のように、「はしがき」から、本書の本質がよくうかがえる。先生は全精力をこめて、本書を世の中に送り出したのである。若者よ、頑張れ、しっかり古文を学べ、といった先生の言葉が聞こえるようではないか。

さて、本書の構成は、次のようになっている。まず、大きく見ると、「第一部　語学的理解」「第二部　精神的理解」「第三部　歴史的理解」と、三部に分かれ、それぞれ、第一部が、「一　語彙」「二　語法と解釈」の二項からなり、第二部が、「一　古典常識」「二　修辞のいろいろ」「三　把握のしかた」「四　批評と鑑賞」の四項からなり、第三部が、

「一　事項の整理」「二　表現との連関」「三　時代と思潮」の三項からなっている。その後には「例題通釈」等、付録（サービス）にあたるものがまとめられている。

「目次」を見ればわかることだが、先生の、緻密さ、繊細さ、がその配列にあらわれている。全体がシステム化されていて、本書をはじめから素直に読んでいけば、知らぬ間に（無理なく、自然に）古文の実力が身につくのである。これは先生が、「古文」、言ってみれば、「言語」について本質的に理解している、超一流の学者だからこそできることなのである。一本のしっかりした「筋」が通っているわけで、真似をしてできるものではない。まがい物の類似品など、すぐに底がしれてしまう。先生は、第一部から第三部までについて、次のように述べている。「三系列（第一部〜第三部）がたがいに別のものでなく、深く融合した理解のしかた」「そのすべて（三系列）にわたるのでないと、ほんとうに理解したことにはならない。」と。

特に大事なのが、第一部の「一　語彙」であり、先生の見識を如実に示しているのが、「古文単語」は、「中古的語彙を中心とする」と断定しているところである。それ以外の時代の言葉はたとえ「古文」の領域にはあっても、重要度では、中古的語彙にはるかに及ばないということである。それらを「非中古的語彙」として、よい意味で差別化している。非常に簡潔明瞭な姿勢である。

その中古的語彙を「a　現代語にないもの」（古文特有語）と「b　現代語と意味のちが

うもの」（古今異義語）に分けて説明している。「あいなし」をはじめとして、本当に重要な単語に的をしぼり、懇切丁寧に説明しているのである。その説明が、実にわかりやすく、面白い。多くの単語の丸暗記ではなく、重要単語のそれぞれの内包する世界について、昔話を聞くような感覚で楽しめる。詳しい説明は四四単語だけである。四四単語では少ないと感じる読者が多いかもしれないが、いい加減な上っ面の丸暗記など一〇〇〇語身につけても役には立たないものだ。四四単語はすべて語源などをからめ、その成り立ち、意味のひろがりが、選別された例文とともに語られる。まさに単語ひとつずつに、古文の世界のエッセンスがこめられているのだ。僕は四四単語を読み終えたときに、自分の脳裏に、ずっしりと古文の世界が埋め込まれたのを昨日のことのように覚えている。若者よ、肝に銘じたまえ、「量より質」だと先生の声が聞こえてくるように感じたのである。

次に、「二　語法と解釈」だが、いわゆる「文法」のことだと考えていい。しかし、「文法」ではなく「語法」というところに、また先生の見識があらわれている。「文法」は、ルールであり、あくまで規範である。それは実は抽象的なもので、実体はないに等しいとも言えよう。先生は「語法」とは「言い方」だという。これは「言語学」の理論に通じていないと、出てこない言葉である。先生の博学さがうかがい知れるが、それをさらりと誰にでもわかるように表現するところがすごいのである。

しかも語法について「私は、その（語法の）説明を、助動詞から始めるつもりである。

（中略）私が説明の必要を認めるのは語法なのだから、助動詞からで十分なのである。」と言い切っている。「解釈と結びついた文法」こそが「語法」ということだ、言い換えれば「生き生き実感古文文法」とでもいうことになろうか。この辺は高校生のみならず、大学生、いや教員レベルでも十分に楽しめるところだ。助動詞から助詞、係り結びから、文の組み立て、さらに敬語法までをのべてまとめとしている。係り結びや敬語の説明も、実にわかりやすい。無味乾燥な品詞分解主体の学習がいかにつまらないものか、本書を一読すればそれが実感できる。

「第二部　精神的理解」は「一　古典常識」から始まる。それは「（イ）生活」「（ロ）社会」「（ハ）宗教」の三つからなるが、いずれも熟読すべき内容である。「第一部」が最重要な主役とすれば、それを支える重要な脇役が「第二部」だ。古文が使われる背景にある世の中を知ることなくして、本当の意味での古文の理解にはなりえない。たとえば「（イ）生活」では「a　衣服と調度」「b　住宅と庭園」「c　暦と時間」「d　中古貴人の一生」など読みながら古文の世界がビジュアルに、鮮明に浮かんでくることだろう。きっと読者を古文の世界にひきこんでくれるはずだ。

「第二部」は、以下「二　修辞のいろいろ」「三　把握のしかた」「四　批評と鑑賞」と続く。これは基本（第一部）を支える応用編といったところであり、第一部をしっかり読み切った読者なら、いい意味で手ごたえのある内容となっている。

「第三部　歴史的理解」は「一　事項の整理」「二　表現との連関」「三　時代と思潮」からなる。第一部から第二部へ、そしてそれを受けた、総まとめ応用編といった内容で、このあたりは、若者にむけて、ハイレベルな世界への挑戦をうながしているかのようである。圧巻の一つは、「一」の「(ロ)　文学精神史の要点」である。わかりやすく言えば、時代の背景にある「美的理念」の歴史、というところか。上代の「まこと」から、中古の「もののあはれ」を経て「幽玄」「有心」「艶・妖艶」「花」「さび・わび」「にほひ・うつり・ひびき」「かるみ」「をかしみ」「粋・通」など重要な、各時代をいろどる理念が、中世から近世までわかりやすく記されている。この部分を読むだけで、日本人の心の歴史がわかってしまうのだ。この辺は完全に学習参考書のレベルをこえている。教師レベルが学ぶ内容だ。それでいてわかりやすいからすごいのだ。

さらに超高校級の部分が「三　時代と思潮」である。わずか三問だけであるが、いずれも評論的な現代文をとりあげており、中味は濃い。これを最後にもってきたところが先生の真骨頂であると言えよう。古文は日本語であり、最終的には、現代日本語を使う自分のプラスにならなくてはいけないという寓意を含んでいると見たのは、僕の深読みだろうか。「解説」のまとめとして、本書最末尾に記された部分を、そのまますべて掲げる。

「『徒然草』に書いてあるようなことは、諸君をあまり同感させないだろう。しかし、二十年の後には、きっとうなずくにちがいない。同感できないものは、いま無理に同感するにはおよばない。それは、青春をゆがめるだけだから。しかし、青年期の感じかたが唯一のものだと思ってはいけない。諸君の前には、まだまだ未知のひろい世界がある。そのひろい世界にわけ入るため、私の書いてきたことが役に立つのならば、たいへんうれしい。」

僕が初めてこの部分を読んだ、高校三年生の時、思わず涙があふれそうになったことを昨日のことのように思い出す。僕はこの言葉によって、先生の勤務する大学の国語学国文学専攻に入学し、今も教師として『徒然草』を研究しているのだ。まさに先生に導かれて人生を生きている。

本書の若き読者が、先生の言葉を十分に味わい、古文にチャレンジし、成長することを大いに期待するものである。


（跡見学園女子大学文学部教授）

本書は洛陽社より一九五五年に初版が、一九六五年に改訂版（本書底本）が刊行された。

なお、本文中および訳中に現代の人権意識からは差別的と考えられる表現が見受けられるが、原書刊行の時代的背景、テクストが古典であること、および著者が故人であることに鑑みそのままとした。

（ちくま学芸文庫編集部）

ちくま学芸文庫

古文研究法《こぶんけんきゅうほう》

二〇一五年二月十日 第一刷発行
二〇二四年五月二十日 第十一刷発行

著者 小西甚一（こにし・じんいち）

発行者 喜入冬子

発行所 株式会社 筑摩書房
東京都台東区蔵前二―五―三 〒一一一―八七五五
電話番号 〇三―五六八七―二六〇一（代表）

装幀者 安野光雅

印刷所 株式会社精興社

製本所 加藤製本株式会社

ISBN978-4-480-09660-9 C0181